Bernd Richard Knospe

# Am tiefsten Punkt der Schuld

Kriminalroman

Bibliografische Information der Deutschen Nationalbibliothek:
Die Deutsche Nationalbibliothek verzeichnet diese Publikation in der Deutschen Nationalbibliografie; detaillierte bibliografische Daten sind im Internet über http://dnb.dnb.de abrufbar.

© 2023 Bernd Richard Knospe

Lektorat: Joern Rauser
Korrektorat: Joern Rauser
Cover-Gestaltung: Gerald und Alina Allenstein

Herstellung und Verlag: BoD – Books on Demand, Norderstedt

ISBN: 978-3-7578-7963-1

*Alle wahrhaft schlimmen Dinge beginnen mit der Unschuld.*

**Ernest Hemingway**

# Prolog: Freundinnen

Langsam wurde die Zeit knapp. Schon bald sollte Verena Haslinger aus der Haft entlassen werden. Unermüdlich hatte Angelika Wiechert ihr den Plan erläutert. Letztendlich mangelte es der jungen Gefangenen nicht nur an der nötigen Konzentration, sondern auch an der Fähigkeit, die wesentlichen Zusammenhänge zu verstehen.

Gleich nach ihrer Entlassung würde sich Angelikas Anwalt um Verena kümmern. Um alles, was für die ersten Schritte in der Freiheit wichtig war. Sie musste sich nur an das halten, was sie besprochen hatten. Davon hing eine ganze Menge ab. Allerdings durfte Verena keine Risiken eingehen, nichts auf eigene Faust unternehmen. Ob sie das verstanden habe, wollte Angelika wissen. Diese Frage trieb eine nervöse Röte in Haslingers Wangen. Resignierend musterte Angelika die Geliebte, die sich ihr im Gefängnis von Anfang an angeschlossen hatte. Im Schutz ihrer starken Persönlichkeit war sie für die Mitgefangeninnen tabu geworden. So sehr die Wiechert hier auch verhasst war, niemand legte sich mit ihr an. So waren die beiden Frauen weitgehend ungestört geblieben.

In Freiheit wäre keine von ihnen auf die Idee gekommen, eine gleichgeschlechtliche Beziehung einzugehen. Inzwischen aber fiel es ihnen immer schwerer, sich ein Leben ohne einander vorzustellen. Eine Partnerschaft, die keine Augenhöhe erforderte. Die Wiechert hatte das Sagen. Haslinger folgte.

Verena Haslinger hatte ihre Strafe bald verbüßt. Die Freude auf die bevorstehende Freiheit hielt sich jedoch in Grenzen. Die Aussicht, demnächst ohne Angelika klarkommen zu müssen, in einer Welt, in der sie sich sowieso noch nie zurechtgefunden hatte, behagte ihr wenig. Vor allem sollte sie sich von ehemaligen Bekannten aus dem alten Leben fernhalten, hieß es in den vorbereitenden Gesprächen immer wieder. Aber wer blieb dann noch übrig?

„Was ist los mit dir?", fragte Angelika in scharfem Ton. „Schon wieder alles vergessen?"

Trotziges Kopfschütteln.

„Dann wirst du es also schaffen?"

Eifriges Nicken.

„Weil du an meine Unschuld glaubst?"

Verena öffnete den Mund, diese vollen, schön geschwungenen Lippen, schloss ihn dann aber wieder. Was sollte sie antworten? War das überhaupt eine Frage gewesen?

Angelika durchbohrte sie förmlich mit ihrem Blick. Nur noch mühsam beherrscht.

„Hältst du mich etwa immer noch für die Mörderin meiner Kinder?"

In Verenas Augen trat ein nervöses Flackern. Natürlich dachte sie das! Niemand hier im Knast zweifelte daran. Angelika hatte diese Ausstrahlung, die sie noch schuldiger wirken ließ als jede andere Mörderin, die hier ihre Strafe absaß. Viele von denen hatten aus Verzweiflung getötet oder aus Angst. Manche aus

Habgier. Aber die eigenen Kinder …? Nur, um frei zu sein für den Kerl, mit dem man seinen Mann betrog!

Verwirrt schwieg Verena.

Angelika blieb unerbittlich, war nicht gewillt, die Freundin so einfach davonkommen zu lassen. Sie bestimmte Beginn, Verlauf und Ende eines Gesprächs. Das war schon als Lehrerin ihre Devise gewesen, in dem Leben damals … vor der Verurteilung. Sie war eine strenge Pädagogin mit klaren Grundsätzen gewesen. Im Gefängnis war sie das geblieben, mit unvermindert hohen Erwartungen und unnachgiebiger Härte. Keine Rücksichtnahme. Nicht mal auf Verena, die Frau, die ihr mehr gab, als ein Mann ihr je hatte geben können. Endlich bot sich die Gelegenheit für den von Angelika lange erhofften Befreiungsschlag. Darauf hatte sie sich hier im Knast in den letzten Jahren systematisch vorbereitet. Und nie war der Zeitpunkt besser gewesen als jetzt.

„Du hältst mich für eine Mörderin!", stieß sie verbittert hervor. „Nach allem, was ich dir anvertraut habe? Denkst du, ich hab dir Märchen erzählt, um uns die Zeit zu vertreiben?"

Verenas Augen wurden feucht, glasig, dann senkte sie den Blick. In ihrer ganzen Körperhaltung lag etwas Devotes, die totale Selbstaufgabe. Der Wunsch, unsichtbar zu werden. Die Bitte um Gnade.

Die aber gewährte ihr Angelika nicht.

„Wenn du wirklich glaubst, dass ich meine beiden Jungs getötet habe, warum bist du dann so gern mit mir zusammen? Mit einer Mörderin. Träumst von unserer gemeinsamen Zukunft draußen."

Jetzt stiegen Tränen in Verenas Augen. Eine typische Reaktion, sobald der innere Druck zu mächtig zu werden drohte und ihr keine passenden Antworten mehr einfielen. Hier im Gefängnis war sie bisher bei solchen Blackouts von der Frau beschützt worden, die sie jetzt erbarmungslos in die Enge trieb.

„Was bist du nur für eine verdammte Heuchlerin!", zischte Angelika und schlug Haslinger mit der flachen Hand gegen die Stirn. „Herrscht da drinnen mal wieder totale Finsternis? Wozu bin ich ehrlich zu dir? Damit du mich weiter für eine Bestie hältst?"

Verena begann lautlos zu weinen. Lautlosigkeit war ihr prägendster Wesenszug. Hatten ihr doch die gottesfürchtigen Eltern schon früh alle unnötigen Geräusche und Worte ausgetrieben, mit jedem Gegenstand, der sich dafür anbot. Im Schmerz wäre sie Gott besonders nah, hieß es bei jeder Züchtigung, die in der Regel erst beendet wurden, wenn sie den Schmerz lang genug stumm ertragen hatte. Tränen oder Betteln verlängerten nur das Ritual. Dass sie ihren Eltern später dankbar sein würde, hatte der Vater ihr prophezeit, kaum dass er verschwitzt, aber zutiefst befriedigt von ihr abgelassen hatte. Auf diese Weise war Verena von Kindesbeinen an regelmäßig sehr nah an Gott herangekommen, und das mit einer Intensität, die ihren sanften Glauben in etwas Dunkles verwandelte.

Mittlerweile waren die Eltern längst tot. Dafür hatte Verena Gott tatsächlich gedankt. Von ganzem Herzen!

Schon seit einer Weile hatte die Justizvollzugsbeamtin Britta Riemenschneider die beiden Frauen beim Sortieren der aktuellen Bücherlieferung im Blick. Die großgewachsene Wiechert, die mal wieder pausenlos am Flüstern war, und die beschränkte Haslinger, die mit offenem Mund lauschte, in dieser für sie typischen, geradezu hündischen Unterwürfigkeit. Riemenschneider war sofort zur Stelle. Fast so groß wie Wiechert, mit einem Körper, der einem Sumo-Ringer zur Ehre gereicht hätte, baute sie sich vor den beiden Frauen auf.

„Ehekrise?"

Angelika musterte die Aufseherin furchtlos.

„Ihr Fachgebiet, Major?" Sie nannte Riemenschneider grundsätzlich *Major*, und der schien das nichts auszumachen. Es gab schlimmere Spitznamen für das Wachpersonal.

„Im Krisenmanagement bin ich jedenfalls bestens ausgebildet. Ich könnte dafür sorgen, dass ihr beiden Turteltäubchen mal für eine Weile getrennte Wege geht, um euch voneinander zu erholen. Ihr klebt ja wie Kletten aneinander."

„Fick dich", murmelte Angelika Wiechert, allerdings bemüht, es scherzhaft klingen zu lassen. Sie lächelte sogar.

„Ja, fick dich", wiederholte Haslinger und wischte sich mit dem Handrücken die Tränen weg.

Riemenschneider richtete den Blick auf die zierliche Gefangene, als bemerke sie erst jetzt deren Anwesenheit.

„Hast du grad ein Bäuerchen gemacht, Haslinger?"

Die junge Frau senkte den Kopf und zeigte plötzlich großes Interesse an dem vor ihr liegenden unsortierten Bücherstapel. Eine harsche Ansprache reichte in der Regel aus, um jeden Funken Widerstand in ihr zu ersticken.

Riemenschneider grinste.

„Und wollen wir jetzt mal mit der Arbeit weitermachen? Oder wünscht eine von euch eine weniger anspruchsvolle Tätigkeit?"

Angelika Wiechert begann mit stoischer Miene den nächsten Karton zu öffnen, und Haslinger konzentrierte sich mit schmalen Augen auf das Entziffern von Buchtiteln.

Zufrieden nickend verzog sich die stämmige Justizbeamtin wieder auf ihren Lieblingsstuhl in der Nähe des Eingangsbereiches, auf dem sie meist mit offenen Augen vor sich hindöste.

„Die Riemenschneider sieht aus wie ein Kerl", murmelte Verena und warf Angelika einen um Versöhnung bettelnden Blick zu. Ließ ein betörendes Lächeln folgen, das beherrschte sie wie sonst keine hier. Alles wieder gut?

„Die Riemenschneider *ist* ein Kerl", erwiderte Angelika und betrachtete nur mäßig interessiert das erste Buch, das sie aus dem frisch geöffneten Karton befreit hatte. „Die kriegt einen Ständer, sobald sie dich nur sieht, wetten?"

Dann lachten sie leise.

„Ich liebe dich", flüsterte Verena und strahlte wieder.

Angelika wusste das. Aber das war ihr zu wenig.

Später, auf dem Weg zum Mittagessen, packte sie Verena im Gang fest an beiden Schultern und zog sie zur Seite. Beugte sich zu ihr hinunter, biss ihr kurz ins Ohrläppchen, bevor sie zu reden begann. Dass ihre Zukunft bald in Verenas Händen läge, und das solle die Freundin nie vergessen.

Verena versprach ihr, vorsichtig zu sein und errötete, weil Angelika sie so fest umklammert hielt und, ungeachtet der vorbeiströmenden Mitgefangeninnen, an sich presste.

„Wenn alles gut geht, gibt es für uns beide ein echtes Happy End!", sagte Angelika. „Davon haben wir doch die ganze Zeit geträumt."

Verena versicherte ihr, sich an den Plan halten zu wollen, schien damit den Vorrat an Worten für dieses Gespräch aufgebraucht zu haben.

Angelika blickte auf sie hinunter und fixierte sie, als wolle sie zur Sicherheit auch noch hypnotische Kräfte einsetzen, während Verena vor lauter Anspannung glühte.

„Müsst ihr es jetzt schon öffentlich treiben?", pöbelte eine Mitgefangene. „Habt ihr überhaupt kein Schamgefühl mehr?"

Angelikas Stimmung war zu euphorisch, um sich auf ein Wortgefecht einzulassen. Sie lachte nur. Bei anderen Gelegenheiten konnte ihre Reaktion deutlich aggressiver ausfallen. Diesmal aber zog sie die kleine Haslinger weiter mit sich, erfüllt von Zuversicht. Wenn auch eine vorgetäuschte Zuversicht. Sie hatte Verena zwar schon viel erzählt. Aber längst nicht alles.

## Kapitel 1: Rückkehr

Rechtsanwalt Andreas Brodersen hielt Wort. Wie versprochen kümmerte er sich um Verena Haslinger, die nach der vorzeitigen Haftentlassung in Hamburg vor dem Nichts stand. Besser gesagt: Er ließ kümmern. Dem Juristen selbst mangelte es an der nötigen Zeit. Stattdessen schickte er seine Tante Elisabeth, die Verena vorerst bei sich aufnehmen und ihr in der nächsten Zeit behilflich sein sollte.

Als überzeugte Christin praktizierte Elisabeth Brodersen eine selbstverständliche und pragmatische Nächstenliebe. Sie war Anfang sechzig und eine alleinstehende kettenrauchende Hundenärrin. Vor dem Gefängnis empfing sie die unsicher wirkende Verena mit einer herzlichen Umarmung, nahm der jungen Frau die Sporttasche ab und führte sie zu einem alten Polo. Dabei folgte Verena hauptsächlich der Sporttasche, in der die verbliebenen Reste eines Lebens steckten, das eigentlich nie wirklich begonnen hatte. Schon in jungen Jahren war es verkorkst gewesen. Genau genommen bot ihr die Frau, der sie gerade mit schnellen Schritten hinterherlief, die einzige Chance für einen hoffnungsvollen Neuanfang. Allein deshalb hatte Angelika Verena unmissverständlich eingeschärft, sich bei Brodersens Tante so lange wie möglich einzunisten. Genau so war es mit dem Rechtsanwalt besprochen worden. Außerdem schien Elisabeth Brodersen nach Meinung des Neffen eine Frau zu sein, der ein wenig Gesellschaft ganz guttäte. Es könnte also beiderseitig passen.

„Betty", korrigierte Elisabeth in bestimmendem Tonfall, nachdem Verena sie wiederholt mit *Frau Brodersen* angesprochen hatte. Da saßen sie bereits in dem verräucherten Polo, während in Bettys Mundwinkel die nächste Zigarette qualmte. „Darf ich dich Verena nennen, wäre das okay? Du wirst eine ganze Weile bei mir wohnen, da sollten wir uns das Leben so einfach wie möglich machen."

„Die meisten nennen mich Vreni", bot Verena errötend an. *Verena* war sie bevorzugt von den Eltern genannt worden.

Auf der Fahrt zu ihrer Wohnung auf der Uhlenhorst erklärte die Betty der Vreni, dass sie in den nächsten Tagen volles Programm haben würden. Sie habe sich bereits ausführlich darüber informiert, worauf es nach einer Haftentlassung besonders ankäme. Im Kern waren alle Ratschläge immer die gleichen gewesen:

Fester Wohnsitz, Job und ein geregeltes Einkommen! Also müssten sie sich darum als Erstes kümmern. Mit Gottes Hilfe, wie Betty betonte. Zusammen würden sie zum Sozialamt und zum Arbeitsamt marschieren, sich irgendwann auch auf Wohnungssuche begeben. Nach Bettys Ansicht konnten sie diesen Punkt allerdings vorerst vernachlässigen. Schließlich hätte Vreni eine feste Bleibe bei ihr.

Der Hinweis auf *Gottes Hilfe* beunruhigte Verena zwar, trotzdem gelang ihr ein tapferes Nicken. Bei Betty Brodersens forschem Tempo blieb ihr sowieso nichts anderes übrig, zumal deren Vorschläge mehr wie unumstößliche Entscheidungen klangen. Über Verenas mit leiser Stimme geäußerte Befürchtung, sie müsse für die Hilfe der Anwaltstante bestimmte Gegenleistungen erbringen, hatte Angelika nur herzlich gelacht. In diesem Fall liefen die Dinge anders. Verena befinde sich schließlich in der Obhut einer braven Christin, und solche Menschen wären weit davon entfernt, ihre Unterstützung mit Bedingungen zu verknüpfen.

Während der Fahrt betrachtete Verena die *brave Christin* verstohlen von der Seite und war froh, die stark nach Tabak riechende hagere Frau nicht körperlich entlohnen zu müssen. Ebenso froh war sie aber auch, gerade jetzt nicht allein zu sein, so frisch aus dem Gefängnis entlassen und orientierungslos. Momentan würde sie ohne fremde Hilfe vermutlich schnell wieder unter die Räder kommen. Zur Religion hatte sie aufgrund ihrer Erziehung zwar ein gestörtes Verhältnis, aber Betty Brodersen wirkte freundlich und gütig und schien einen helleren Glauben zu haben als ihre Eltern.

Im wohltuenden Gefühl einer langsam einsetzenden Entspannung machte Verena es sich auf dem Beifahrersitz bequem, den Blick nach draußen gerichtet. Dabei umklammerte sie mit eisernem Griff die Sporttasche und versuchte, sich an das zu erinnern, was ihr Angelika mit auf den Weg in die Freiheit gegeben hatte. Schon jetzt wusste sie nicht mehr, wie genau sie beginnen sollte. Und niemand würde ihr dabei helfen können. Aus Angelikas Mund hatte es ganz einfach geklungen. Aus Angelikas Mund hatte alles ganz einfach geklungen!

Verena hatte wissen wollen, was danach käme. Nach den ersten Schritten. Sobald sie ihren Teil erledigt hatte.

Angelika hatte – wie so oft – undurchsichtig gelächelt.

Das werde sich zeigen.

Natürlich wollte Verena so schnell wie möglich wieder mit ihr zusammen sein. War der Ansicht, doch viel mehr tun zu können. Angelika hatte entschieden den Kopf geschüttelt.

Bloß nicht übertreiben. Ein Schritt nach dem anderen.

„Aber ich könnte ...!"

„NEIN!" Angelika hatte Verena gepackt und einen herrischen Tonfall angeschlagen. „*Nichts* wirst du! Du hältst dich an den Plan und damit hat's sich. Ansonsten kümmerst du dich um *dein* Leben. Du suchst dir einen anständigen Job, hältst dich von deinen alten Kontakten fern und bleibst so lange wie möglich bei Brodersens Tante in Deckung. Hast du das kapiert?"

Verena lächelte vor sich hin, während sie sich an Angelikas letzten liebevollen Blick zum Abschied erinnerte. Den Kuss danach. Und die letzte Umarmung. Es tat gut, wenn sich jemand so um einen sorgte! Wenn man geliebt wurde. Und begehrt.

„Du lächelst, mein Kind", stellte Betty Brodersen mit einem zufriedenen Seitenblick fest. „Das ist gut! Gott scheint dir jetzt schon Kraft und Zuversicht zu geben."

Am Rückspiegel des laut brummenden und klappernden Polos baumelte hin- und herschaukelnd ein Jesusbild. Jesus, der da wie ein Rockstar aussah, eingenebelt von Betty Brodersens Zigarettenqualm. Ein anderer Jesus als der, der damals in Verenas Kinderzimmer von seinem Kreuz auf sie herabgestarrt hatte – Tag für Tag. Ohne eine Miene zu verziehen, auch nicht, wenn Vater oder Mutter der Tochter wieder mal den Teufel aus dem Leib prügeln mussten, sich an ihr abarbeiteten, direkt vor seinen Augen.

„Haben Sie zu Hause Internet?", fragte Verena aus ihren Gedanken heraus.

„*Du!*", korrigierte Betty heiter. „Aber natürlich, Kindchen. Ich bin eine moderne Frau, auch wenn ich vielleicht nicht danach aussehe!"

Verenas Lächeln verstärkte sich. Gott schien dieses Mal wirklich auf ihrer Seite zu sein. Das verleitete sie zu einem spontanen Entschluss: Auch wenn Angelika es ausdrücklich verboten hatte, sie wollte unbedingt eigene Ideen verfolgen. Handeln! Endlich selbst Entscheidungen treffen, statt sich unterzuordnen. Warum immer nur tun, was die anderen von ihr verlangten?

Sie wollte den Weg finden, der Angelika am schnellsten aus der Gefangenschaft führte, der die beiden Frauen bald wieder vereinte. Dann würde alles gut werden. Sie und ihre Freundin würden zusammenziehen und ein neues Leben beginnen können, so, wie sie es sich während ihrer Gefangenschaft gern ausgemalt hatten. Nein, noch viel, viel schöner!

\*\*\*

Hamburg war nicht seine Heimat. Dennoch löste der Anblick der Hafenstadt bei ihm das bewegende Gefühl einer Rückkehr aus. Am Grab seines älteren Bruders auf dem kleinen Niendorfer Friedhof fand Christian Gravesen nach einer länger währenden Odyssee endlich einen Moment ... ja, tatsächlich, einen Moment innerer Einkehr. Für einen Mann Anfang Fünfzig war das fast überfällig. Er besaß noch klare Erinnerungen an Frank und die letzten gemeinsamen Tage, die ihnen damals in Hamburg geblieben waren. Gespräche im Hospiz, in dem der Bruder den schwindenden Rest seines Lebens verbracht hatte, vom Krebs gezeichnet und doch ausgesöhnt mit dem Schicksal. Zusammen hatten sie ein letztes Mal den Blick zurück gerichtet auf die verwischten Bilder einer nie existenten Familie. Die chronisch rastlose Mutter, die ihre beiden Jungen in ungeklärten Lebenssituationen zurückgelassen hatte und, auf der Jagd nach unerfüllbaren Träumen, nach beiden Geburten einfach weitergezogen war. Gravesen besaß kaum gute Erinnerungen an die Zeit in den verschiedenen Kinderheimen, bevor ihn eines Tages überraschend der ältere Bruder Frank zu sich geholt hatte. In Hamburg hatten sie vor fast zwei Jahren kurz vor Franks Tod noch mit dem Journalisten und Buchautoren Eric Teubner zusammengearbeitet. Sie hatten dessen damalige Lebensgefährtin Marie aus einer dramatischen Lage befreien können. Vieles hatten sie richtig gemacht – aber nicht alles. Seitdem hatte die Zeit schon wieder jede Menge Zukunft in Vergangenheit verwandelt.

Nach einer Weile der Besinnung verließ Gravesen den Friedhof und schlenderte zum Wagen zurück. Endlich mal ohne jeden Zeitdruck. Seelenruhig tippte er das nächste Ziel in das Navi ein, wartete geduldig, bis es gefunden war und fuhr los, den präzisen Angaben der mechanischen Stimme folgend. Er wusste nicht genau, was ihn als Nächstes erwartete. Ein guter Bekannter hatte ihm diesen potenziellen Auftrag in der Hansestadt vermittelt. Dort sollte ein ziemlich reicher Mann ein ziemlich großes Problem mit seiner jüngsten Tochter haben. Die Lösung dieses Problems, so hatte Gravesen erfahren, erforderte jemanden, der mit den Grenzen der Legalität im Ernstfall flexibel umzugehen verstand – für ihn ein alles andere als unbekanntes Terrain. Noch immer galt er als Spezialist für aussichtslose Fälle. Außerdem war er ein gut vernetzter Experte mit breit gefächerten Kontakten, Mitteln und Möglichkeiten. Das aktuelle Angebot aber interessierte ihn vor allen Dingen aus einem Grund: Geld. Für die Suche nach extremen Herausforderungen wurde er langsam zu alt, und sein Ego kam längst ohne Bestätigung aus. Würde er über ausreichende Rücklagen verfügen, er könnte sich von heute auf morgen problemlos ein Leben ohne besondere Vorkommnisse vorstellen. Relaxen. Ausgiebig Schlaf. Zeit für Bücher. Gutes Essen und gute Weine. Oder auch einfach nur in die Ferne starren. In dieser Ferne endlich die letzten bedeutsamen Ziele ansteuern, die ihn noch reizten. Vielleicht sogar so ganz nebenbei irgendwo auf der Welt die ideale Gefährtin für den Rest seines Lebens finden. Der Traum der inneren Ankunft war verlockend, aber davon konnte er nicht leben. Selbst für einen genügsamen Menschen wie ihn war das Geld aus dem letzten großen Auftrag inzwischen knapp geworden. Nach einigen eher wenig lukrativen Jobs im Süden Deutschlands mit Schwerpunkt München versprach das Angebot aus Hamburg endlich wieder gute Einnahmen. Sein Konto könnte eine üppige Aufbesserung gut gebrauchen.

Der mögliche Auftraggeber wohnte in Falkenstein, einem bewaldeten elbnahen Gebiet in Hamburg-Blankenese, in dem sich weitläufig verstreut einige der nobelsten Villen der Stadt verbargen. Er hatte sein Vermögen auf verschiedenen Wegen gemacht. So viel wusste Gravesen bereits. Nicht gänzlich transparente Immobiliengeschäfte, weitreichende Unternehmensverflechtungen im Baugewerbe, gepaart mit guten Kontakten in Wirtschaft und Politik. Oberflächlich betrachtet wies Roger Bauer keinen untypischen Werdegang eines Selfmade-Millionärs auf. Die wichtigste finanzielle Grundlage hatte er allerdings Mitte der Achtziger Jahre geheiratet. Alles, was danach gekommen war, hatte er sich durch Beharrlichkeit, Geschick und einer wohldosierten Portion Risikobereitschaft selbst erarbeitet. Mit seiner Frau Marlene hatte er drei Töchter gezeugt und das Vermögen stetig vermehrt, dabei nie Zeit für Tennis, Golf oder den roten Teppich gehabt, und schon gar nicht für solche Spleens wie das Sammeln von Oldtimern oder Yachten. Heute lebte er als Siebzigjähriger noch zurückgezogener abseits des High Society Rummels für den er ohnehin nie viel übrig gehabt hatte, auf einem großen und abgeschirmten Anwesen in Falkenstein. Marlene, zehn Jahre jünger, durch einige Schönheits-OPs ein wenig zu straff verjüngt und mit einer für ihren durchtrainierten Körper etwas zu großzügig optimierten Oberweite ausgestattet, genoss dagegen weiterhin ihre regelmäßigen Auftritte als Vorsitzende einiger Stiftungen und als aktive Förderin kultureller Projekte. Sie selbst beschäftigte sich in ihrer Freizeit mit Malerei. Dass sie in dieser Kunstrichtung nicht gänzlich untalentiert sein sollte, bescheinigten ihr immerhin einige Nebenfiguren der Kunstszene, zu denen sie zum Teil besonders enge Kontakte pflegte.

Viel mehr wusste Gravesen noch nicht über seine potenziellen Auftraggeber. Allerdings war ihm schon in Grundzügen klar, worum es bei dem Job ginge. Julia, die jüngste Tochter der Bauers, steckte in Schwierigkeiten. Sie war Gravesen als ebenso attraktives wie schwarzes Schaf der Familie beschrieben worden. Fotos im Internet bestätigten die optische und einige Berichte die inhaltliche Einschätzung. *Himmlisches Aussehen vereint mit teuflischer Selbstzerstörungswut.* Vom Gymnasium geflogen, am Ende nicht mal die Mittlere Reife geschafft, in mehreren vom Vater *organisierten* Ausbildungen gescheitert, Exzesse auf Partys, mehrfach von der Polizei aufgegriffen. Zuletzt war sie immer wieder in der Hamburger Drogenszene gesichtet worden. Ohne Zweifel befand sich die Fünfundzwanzigjährige im freien Fall, und die Eltern suchten jemand, der sie auffing, egal wie!

In Gravesens Augen traf kein Klischee für reiche Männer auf Roger Bauer zu. Der mehrfache Millionär wirkte eher wie sein eigener Buchhalter. Er sah noch unscheinbarer aus als auf den wenigen Fotos, die Gravesen im Netz von ihm hatte finden können. Dort präsentierte er sich auf den Bildern wenigstens elegant gekleidet, was seine unauffällige Erscheinung einigermaßen kaschierte.

Im wirklichen Leben kam Bauer in einem altmodischen Jogginganzug auf Gravesen zu und schüttelte ihm - immerhin fest zupackend – die Hand.

Bauer war mittelgroß, mittelschwer mit leichtem Bauchansatz und hatte dünnes, an den Seiten ergrautes und etwas zu langes Haar, das den tiefen Stirnfalten viel Platz ließ. Sein rundes Gesicht zierte eine dezente Brille. Sie war so randlos wie Bauers gesamte Erscheinung. Es war mehr als offensichtlich, dass dieser Mann wenig Wert auf den großen Auftritt legte. In den stilsicheren und von Kunstobjekten dominierten Räumen seines beachtlichen Anwesens, das vermutlich zu einem hohen Prozentsatz den Geschmack seiner Gattin widerspiegelte, wirkte er wie ein Fremdkörper – und das zutiefst gewollt und sichtlich zufrieden.

Der unauffällige Mann überraschte Gravesen mit einer auffällig tiefen und warmen Stimme, die seinem bis dahin grauen Auftritt Farbe und Präsenz verlieh. Fragte seinen Gast nach dessen Getränkewunsch – egal was! Schien auf etwas Ausgefallenes zu hoffen, wie jemand, der die Herausforderung liebt.

Gravesen entschied sich für Wasser, und Bauer kümmerte sich ein wenig enttäuscht per Sprechanlage darum. Anschließend bat er den Besucher noch um ein wenig Geduld. Seine Frau wolle ebenfalls an dem Gespräch teilnehmen und käme gleich.

Die beiden Männer nahmen in einem Raum Platz, der offensichtlich als eine Mischung aus Bibliothek und Arbeitszimmer diente. Bauer hatte seinen Gast in eine gemütliche Sitzecke gelotst. Bequeme Clubsessel im englischen Stil um einen Tisch gruppiert, der in einem Hohlraum unter einer Glasplatte feinen Sand beherbergte, verziert mit einigen Muscheln und Steinen.

An der Wand prangte ein übergroßes Gemälde, das sich weder um Proportionen noch um eine realistische Farbgebung scherte. Die Sessel und den Tisch habe er höchstpersönlich ausgewählt, erklärte Bauer. Gegen den ausdrücklichen Willen seiner Frau, wie er selbstzufrieden betonte. Das Bild habe sie gemalt. Und gegen seinen ausdrücklichen Willen hier aufgehängt. Der einzige Winkel im Haus, den sie beide gestaltet hätten.

Bauer lächelte, nachdem er das Thema angeschnitten hatte.

„Ich denke, damit wissen Sie so ziemlich alles über uns."

Wies dann auf den Sand unter der Glasplatte des Tisches und erklärte konspirativ:

„Etwas Strand von Lökken. Dort hat die Familie Bauer ihre glücklichsten Zeiten verbracht, bevor uns die Kinder mit ihren Problemen über den Kopf gewachsen sind. Ich liebe diese Ecke im Norden Dänemarks ganz besonders. Die Weite, das außergewöhnliche Licht, die Klarheit der Natur, die Verschmelzung des Himmels mit dem Meer, die Gelassenheit der Menschen. Den Sand hab ich da einfach geklaut. In zwei Eimer meiner Mädchen geschaufelt und mitgenommen. Bitte verpfeifen Sie mich nicht!"

Ein Mann mit seinen Möglichkeiten hätte von jedem exotischen Traumstrand der Welt schwärmen können. Dass er einer eher unspektakulären Ferienregion in Dänemark seine Liebe erklärte, machte ihn in Gravesens Augen gleich ein wenig sympathischer. Es war zwar nicht unbedingt nötig, einen Auftraggeber zu mögen, aber es schadete auch nicht.

„Man hat Sie mir als echten Profi empfohlen", fuhr Bauer fort, während er seinen Besucher aufmerksam ins Visier nahm.

„Echter Profi für was?", fragte Gravesen. Doch bevor Bauer antworten konnte, rauschte – wie aufs Stichwort in einer gut getimten Theatervorstellung – Marlene Bauer ins Zimmer. Sie eroberte die Szenerie mit dem Willen, vom ersten Moment ihres

Auftrittes an die Hauptrolle an sich zu reißen. Woher sie auch immer gerade gekommen sein mochte, vom Tennis, aus dem hauseigenen Fitnessstudio oder von einem Quickie mit dem Personal Trainer, sie wirkte aufgekratzt, leicht erhitzt und energiegeladen. Duftete sündhaft, während sie Gravesen, der sich höflich aus dem Sessel erhoben hatte, wie einen alten Freund begrüßte, und ihren Mann, der sitzenblieb, gar nicht. Nur ein kurzer Blick, wie man ihn einem ungebetenen Gast zuwirft.

Eine junge Frau folgte der Hausherrin auf dem Fuße und brachte auf einem Servierwagen Getränke, kleine Sandwiches und Knabbereien in einer Größenordnung, die für eine Party gereicht hätte. Gravesens bemerkte den vertraulichen Blickkontakt der jungen Bediensteten mit dem beherzt nach einem Häppchen greifenden Hausherrn.

Nachdem er wieder Platz genommen hatte, schenkte Marlene Bauer ihm und sich jeweils ein Glas Wasser ein. Gravesen registrierte stark beringte Finger und die vielen dünnen Armbänder, die bei jeder Bewegung an äußerst schmalen Handgelenken klirrten und klimperten. Roger Bauer angelte sich vom Servierwagen eine Kräuterlimonade und wandte sich an Gravesen. Kam dann ohne Umschweife auf den Grund des heutigen Treffens zu sprechen: seine Tochter Julia.

Gravesen trank einen Schluck Wasser. *Bling H20!* Er hatte genügend Kenntnis, um zu wissen, dass man ihm hier nicht *irgendein* Wasser servierte.

„Schon Julias Geburt war die schwierigste unserer drei Mädchen", ergriff Marlene das Wort. „Von der Nabelschnur erdrosselt kam sie bereits tot zu Welt. Die Maßnahmen der Ärzte, sie wiederzubeleben, verliefen glücklicherweise erfolgreich. Aber nach meiner Auffassung hat dieses Nahtoderlebnis während der Geburt Julias Wesen entscheidend geprägt."

Bauer räusperte sich hörbar ungeduldig.

„Ich glaube nicht, dass Herrn Gravesen solche Nebensächlichkeiten interessieren. Es ist doch nicht von Bedeutung für den Job!"

„Aber für mich ist es von Bedeutung!", entgegnete Marlene Bauer. Und an Gravesen gewandt: „Ich halte es für wichtig, dass Sie so viel wie möglich über meine Tochter wissen. Im Zweifelsfall wird es Ihnen die Entscheidung erleichtern, ob Sie den Fall überhaupt annehmen wollen. Hab ich nicht recht?"

„Dazu müssen wir überhaupt erst einmal eine Entscheidungsmöglichkeit bieten", brummte Bauer. „Also darf ich jetzt wieder?"

Er durfte nicht.

„In der Schule war Julia in den ersten Jahren immer Klassenbeste", sprach seine Frau unbeeindruckt weiter. „Ein kluges und aufgewecktes Mädchen. Der Leistungsabfall kam dann während der Pubertät."

„Der Leistungsabfall wurde von schlurfenden Jungs in hängenden Hosen ausgelöst", fuhr Bauer dazwischen. „Als unsere Julia auf einmal wie eine kleine Nutte herumlaufen wollte und ihre Mutter sie darin sogar noch bestärkte. Eine Tätowierung auf dem Hintern. Zum *vierzehnten* Geburtstag! Für Mutter und Tochter ging es nur noch um die Frage, ob auf der linken oder rechten Seite, Herrgott!"

„Die Welt hat sich nun mal seit deiner Jugend permanent weiter entwickelt, mein Lieber", entgegnete Marlene Bauer und griff nach einigen Salzstangen, auf denen sie ärgerlich zu knabbern begann. „Die Mädchen dachten damals schon lange nicht mehr wie *Hanni und Nanni*!"

Bauer sah seine Frau geringschätzig an.

„Hätten sie bloß! Ist es nicht unsere Aufgabe, die Mädchen davon abzuhalten, sich mit vierzehn in kleine Luder zu verwandeln?"

Nachdem Marlene schmollte, übernahm der Millionär endgültig die Gesprächsführung, und Gravesen war erleichtert, nicht Zeuge eines weiter eskalierenden Ehekonflikts zu werden.

„Leider müssen wir erkennen, dass unsere Jüngste heute im Alter von fünfundzwanzig Jahren am Ende ist. Nach unseren Erkenntnissen haust sie mit einem seltsamen Vogel in einer meiner Eigentumswohnungen in St. Georg und hat selbst die ‚Karriere' als Edelnutte nicht hingekriegt. Sie ist cracksüchtig. Und da ich ihr endgültig den Geldhahn abgedreht habe, befürchte ich, dass sie zukünftig noch viel schlimmere Sachen machen könnte als bisher."

„Dann gib ihr verdammt noch mal endlich wieder Geld", giftete Marlene Bauer ihren Mann an. „Du hast sie doch schon in die Prostitution getrieben. Was willst du ihr noch antun?"

Entschieden schüttelte Bauer den Kopf.

„Ich möchte sie retten. Warum kapierst du das nicht endlich?"

Er blickte Gravesen an.

„Besser gesagt, *Sie* sollen meine Kleine retten. Sie sollen sie aus der Scheiße ziehen. Koste es, was es wolle."

„Sie ist volljährig", stellte Gravesen fest.

„Ja, und?" Bauer sah ihn verständnislos an.

Skeptisch bewegte Gravesen den Kopf hin und her.

„Wenn ich sie gegen ihren Willen aus ihrer jetzigen Lebenssituation heraushole, ist das rechtswidrig."

Bauer nickte, während sein Gesichtsausdruck weiter verständnislos blieb.

„Also lassen Sie sich was einfallen", forderte er Gravesen auf. „Man hat Sie mir als Spezialisten für besondere Fälle empfohlen.

Ich kann mir nicht vorstellen, dass die Rettung meiner Tochter zu den schwierigsten Aufgaben Ihrer Laufbahn gehören sollte. Ich habe Erkundigungen über Sie eingezogen. Vor einiger Zeit haben Sie mit Ihrem Bruder und einem Journalisten eine entführte junge Frau befreit. Ein spektakulärer Fall damals. Da soll auch nicht gerade alles legal abgelaufen sein."

Gravesen grinste. Bauers Hinweis erinnerte ihn daran, hier in Hamburg auch noch unbedingt mit Eric Teubner Kontakt aufzunehmen. Der war es gewesen, der seinen Bruder Frank und ihn seinerzeit in den Fall hineingezogen hatte. Bei der entführten Frau hatte es sich um Teubners ehemalige Freundin Marie gehandelt. Teubner lebte und arbeitete immer noch in Hamburg, der konnte gar nicht anders. Auch Marie hielt sich seit kurzem wieder in der Hansestadt auf. Das wusste Gravesen. Sie hatte sich erst kürzlich wieder bei ihm gemeldet.

Marie! Die Zeit mit ihr auf La Palma. Aufregend. Ob sie jetzt wieder mit Eric zusammen war? Ob sie Eric von ihrer damaligen Liaison mit Gravesen erzählt hatte? Das Leben steckte voller unberechenbarer Entwicklungen! Nicht alle ließen sich auf das Schicksal schieben.

Gravesen schüttelte die Vergangenheit ab und konzentrierte sich wieder auf das Jetzt.

„Manchmal geht es um Leben und Tod", erklärte er Bauer. „Dann ist alles erlaubt."

Der Millionär breitete vielsagend die Arme aus. Na bitte! Auch bei seiner Tochter ginge es um Leben und Tod.

Gravesen musste nicht lange überlegen, bevor er einwilligte.

Der Auftrag klang machbar. Aber jeder weitere Schritt musste ab jetzt gut überlegt sein. Besonders entscheidend war das Zeitfenster.

Angesichts der Lage, in der die jüngste Tochter der Bauers inzwischen steckte, musste er so schnell wie möglich handeln. Bauer wollte es dennoch seiner Erfahrung überlassen.

„Tun Sie einfach, was getan werden muss. So schnell wie möglich. Es muss nur rechtzeitig geschehen."

„Ich brauche einen Vorschuss", sagte Gravesen und sah den Millionär direkt in die Augen.

„Ich weiß", entgegnete Bauer unergründlich lächelnd. Auch er hatte seine Hausaufgaben gemacht.

\*\*\*

Eric Teubner versuchte über die Liebe zu schreiben, als wüsste er darüber mehr als jeder andere. Die, die sich aus seinen Gedanken befreite, verwandelte sich nach wenigen Seiten von einer fiktiven Protagonistin in seine Ex-Freundin Marie. Gegen seinen Willen. Natürlich. Erfüllt von einer nebulösen Sehnsucht entwickelte er eine ebenso rast- wie ziellose Kreativität, doch egal was er schrieb, alles blieb von Selbstmitleid durchzogen.

Nach einer auf dem Büchermarkt mäßig erfolgreichen Biografie über den verstorbenen Hamburger Verleger Heinrich Michaelsen hatte sich Eric endlich an seinen ersten Roman gewagt. Hatte dann doch wieder … gar nichts frei erfunden. Ein überfrachteter und eingeengter Versuch, wenigstens in der Fantasie das eigene Schicksal in eine sonnige Richtung zu schreiben.

Zu Beginn dieses Prozesses war Marie von einer langen Reise zurückgekehrt. Nicht zu ihm, sondern *nur* nach Hamburg. Es gab nicht die geringste Chance, die früher so großen Gefühle wieder aufleben zu lassen, denn Marie war nicht allein gekommen, sondern in Begleitung ihres Mannes. Sie hatte in Spanien spontan geheiratet, kurz hinter der Ziellinie ihres privaten Jakobsweges. Einfach so.

Als sie Eric vor einer gefühlten Ewigkeit verlassen hatte, wollte sie sich selbst suchen. Das Ergebnis blieb ihr Geheimnis. Aber in Spanien war sie immerhin auf einen Gefährten gestoßen, der ihr nach Hamburg gefolgt war.

In erster Linie hatte sich Marie bei Eric gemeldet, um ihm vom Ende ihrer Suche zu erzählen, und dass sie nun am Anfang von etwas Neuem stünde, das mit ihm nichts mehr zu tun habe.

Immerhin bot ihm ihr überraschender Besuch die Gelegenheit, die beiden für ihn derzeit wichtigsten Frauen miteinander bekannt zu machen. Die eine, die ihn schon längst verlassen hatte – und dann die andere, die ihn in Kürze verlassen wollte. Zwei Frauen, die aus völlig verschiedenen Lebensabschnitten stammten. Jede ein Kapitel, nein, eher beanspruchte jede ein ganzes Buch für sich.

Daniela Michaelsen, mit der er augenblicklich noch zusammenlebte, mit der gemeinsamen Verantwortung für ihre fast einjährigen Zwillinge. Und Marie. Die Frau, die nach dramatischen Ereignissen vor mehreren Jahren zu einer inneren und einer realen Reise aufgebrochen war.

Nach dieser ersten Begegnung hatte Daniela Marie als *erfrischend* empfunden und die Hoffnung geäußert, sie und Eric könnten eines Tages vielleicht doch wieder zueinander finden. Eine absurde Idee! Marie war verheiratet. Ein *Vielleicht* gab es nicht mehr für Eric.

Marie hatte Daniela Michaelsen als *außerordentlich sympathisch* bezeichnet. Begeistert davon, wie gut diese Frau an Erics Seite passte und mit ihm zu harmonieren schien.

Deshalb musste Eric Marie erst einmal über Danielas Vorliebe für Frauen aufklären. Ihre gemeinsamen Zwillinge waren lediglich die Folge eines weinseligen One-Night-Stands, aus dem sich ihre aktuelle Zweckgemeinschaft entwickelt hatte. Vorübergehend. Eine einzige Nacht und – Peng! Besser gesagt: Peng! Peng!

Ob er es trotz allem wieder bei Marie versuchen werde, hatte Daniela später wissen wollen. Fast hatte es ein wenig eifersüchtig geklungen.

Wie oft sollte Eric sie noch darauf hinweisen, dass Marie verheiratet war? Schlimm genug, sich das selbst immer wieder verdeutlichen zu müssen.

Marie war *verheiratet*!

„Wie willst du mit einer Lesbe auf Dauer glücklich werden?", hatte Marie von ihm wissen wollen. Eine Frage, spitz wie eine Nadel, die zeigte, dass Marie immer noch Marie war, egal wohin ihr persönlicher Jakobsweg sie geführt haben mochte.

Im Gegenzug wollte Eric wissen, ob sie auf Dauer mit einem Mann glücklich werden konnte, der ihr Großvater hätte sein können.

Beinahe mühelos hatten sie wieder den emotionalen Siedepunkt erreicht, der damals zu ihrer Trennung geführt hatte.

Marie erklärte ihm mit diesem fremden Lächeln, wie gut ihr die Liebe eines reifen und wohlhabenden Mannes tat, der genau wusste, wann es besser war, den Mund zu halten.

Erics augenblickliche Lebenssituation, so kompliziert und aussichtslos, hatte sich dann aber langsam von selbst zu entknoten begonnen. Daniela plante die Trennung von Hamburg und somit auch von ihm. Nach einem zwar harten, aber doch hoffnungslosem Kampf hatte sie das Medienunternehmen ihres Vaters endgültig veräußert und wollte so schnell wie möglich zurück nach Paris. Dort wartete schon das verlockende Angebot auf sie, wieder die Geschäftsführung des Kunstverlages zu übernehmen, die sie nach dem Tod des Vaters schweren Herzens aufgegeben hatte, um in Hamburg dessen Medienkonzern zu retten. Ein Unterfangen, das trotz unbedingten Einsatzwillens am Ende nicht erfolgreich verlaufen war.

„Daniela kehrt in ihr altes Leben zurück", erklärte Eric Marie. „Nach Paris. Insofern gibt es nicht einmal für unsere Zweckgemeinschaft eine Zukunft. Wir haben Mutter und Vater gespielt, es hat nicht wirklich funktioniert."

„Was wird nun aus dir?", wollte Marie wissen und betrachtete ihn wie einen zum Tode Verurteilten.

Er verstand die Frage nicht. Besser gesagt, er wollte sie nicht verstehen. Sein Leben klärte sich doch gerade.

„Ich bleibe in Hamburg. Mache weiter wie bisher."

„Und die Kinder?"

„Besuche ich so oft wie möglich."

Seine Antwort überzeugte Marie nicht, aber in Wahrheit glaubte auch er nicht wirklich daran. Denn eins hatte er während der Zeit mit Daniela und den Kindern gelernt: *Das* war nicht sein Leben!

„Du hast dich nicht verändert", sagte Marie zu Eric. Das war von ihr nicht als Kompliment gemeint, und das wusste er auch. Umso mehr habe sie sich verändert, fand er. Sie strahlte nichts Vertrautes mehr aus. Eine Fremde. Nicht mehr so weich und einfühlsam wirkend, eher strikt und zielstrebig, Körper und Wille eisern durchtrainiert. Die schulterlangen Haare zu einem mädchenhaften Pferdeschwanz gebunden, der Blick klar, die Bewegungen sicher, das Lächeln reif und wissend in Grübchen eingebettet.

„Wer kann schon aus seiner Haut raus?", murmelte Eric. „Außer dir."

Sie tat so, als klänge das nett, was er da von sich gegeben hatte. Wollte betont unbekümmert wissen, ob er ihr noch böse sei, nachdem sie damals gegangen war. Nicht *einfach so*, wie er es vielleicht empfunden hatte, sondern nach reiflicher Überlegung.

„Es war der richtige Schritt", entgegnete er, konnte es sich aber nicht verkneifen noch hinzuzufügen: „*Für dich!*"

Sie verstand die Antwort, aber beide schienen wenig Lust auf die Diskussion zu verspüren, die sich an dieser Stelle hätte führen lassen.

Stattdessen rieb sich Eric unternehmungslustig die Hände und strahlte Marie mit vorgetäuschter Fröhlichkeit an, als sei nun alles in bester Ordnung.

„Was hast du vor hier in Hamburg. Erzähl doch mal. Wirst du länger bleiben?"

Länger zu bleiben hatte sie in der Tat vor. Ihr Mann und sie planten zwei Projekte. Eine Multimedia-Show mit Filmausschnitten, Fotos und Berichten über verschiedene außergewöhnliche Reisen. Dazu die Vorstellung eines gemeinsamen Buches. Wie man den inneren Frieden finden und sich dem Sinn des Lebens auf Sichtweite nähern könne. Durch eine gezielte Verbindung von aktivem und spirituellem Reisen. Dafür hatte das Paar einen Hamburger Verlag gewinnen können.

Das waren ambitionierte Pläne, und Eric wünschte ihr Glück und Erfolg. Sie vereinbarten, in Kontakt zu bleiben, solange sich Marie in Hamburg aufhielt. Es wirkte allerdings eher wie eine geschäftliche Übereinkunft, die auch durch flüchtige Wangenküsse nicht persönlicher wurde. In Wirklichkeit hatten sie sich nicht mehr viel zu sagen, dafür aber erstaunlich viele Worte gebraucht.

\*\*\*

Einige Tage später brachte Eric seine Familie zur Bahn. Die Zwillinge waren unruhig, Daniela wirkte traurig, er selbst kam sich vor lauter widersprüchlichen Gefühlen ganz konfus vor.

„Du hättest mitkommen können", sagte Daniela auf dem Bahnsteig zu Eric. „Wir hätten das alles irgendwie hinkriegen können."

Genau diese Formulierungen waren Erics Problem. *Das alles. Irgendwie.* Abgesehen davon, dass es für ihn nie in Frage gekommen wäre, Hamburg zu verlassen.

Er hielt Daniela eine Weile mit der Erkenntnis im Arm, dass sie hier und jetzt das Richtige taten, für sich selbst und auch für die Kinder.

Eric küsste sie auf eine Weise, als hätte es doch eine gemeinsame Zukunft geben können. Gleich danach kam es ihm fast ein wenig unanständig vor, Daniela so zu küssen.

„Immerhin haben wir zwei prächtige Kinder!", murmelte sie ein wenig benommen von dieser Abschiedsszene. „Du verrückter Kerl!"

Die prächtigen Kinder weinten gerade in Stereo. Sie konnten das Ausmaß dieser Trennung nicht wirklich ermessen, doch das, was sie von der Situation aufnahmen, reichte für kindliche Traurigkeit. Eric nahm sich vor, seine kleine Familie so oft wie möglich zu besuchen und wusste zugleich, wie unrealistisch dieses Vorhaben war. Aber kleine Kinder vergaßen schnell, und große Kinder verbargen die Risse in ihrem Leben hinter guten Vorsätzen

Während ihr Hab und Gut durch eine Spedition von Hamburg Richtung Paris befördert würde, hatte sich Daniela für eine Bahnfahrt entschieden. Dies bot Eric die Gelegenheit, den dreien auf dem Hamburger Hauptbahnhof beim Einsteigen ein letztes

Mal zuzuwinken und anschließend dem modernen Zug hinterherzuschauen, bis er nicht mehr zu sehen war.

Die Zeiten, in denen Fahrgäste aus geöffneten Fenstern Taschentücher schwenkten, gehörten längst der Vergangenheit an. Heute verschwanden Reisende in modernen Zügen und wurden hinter getöntem Glas nahezu unsichtbar. So raubte der Fortschritt auch dieser klassischen Abschiedsszenerie den letzten Funken Romantik.

In seine Wohnung zurückgekehrt, blickte Eric auf Leere und Lücken. Eine Frau und zwei Kinder ließen jede Menge davon zurück, dazu diese zermürbende Stille. Es würde eine große Umstellung werden, die familiäre Lebhaftigkeit des vergangenen Jahres plötzlich nicht mehr um sich zu haben. Keine Gespräche mit Daniela, keine Balgerei mit den Kindern, kein Gefühl mehr, mittendrin zu sein, umgeben von lebendigen, nicht immer harmonischen Geräuschen.

„Ohne uns wirst du mit dem Schreiben wieder besser vorankommen", hatte Daniela ihm prophezeit. Da mochte was dran sein. Denn allein in einer halbleeren und geräuschlosen Umgebung wuchs zweifellos das Verlangen, sich Einiges von der Seele zu schreiben.

Leider spürte er nach längerer Zeit auch wieder Lust darauf, eine alte *Affäre* aufleben zu lassen. Allerdings hatte Daniela dafür gesorgt, dass es im Haus keinen Tropfen Alkohol mehr gab. Überhaupt hatte sie sich um viel Stabilität und Struktur in Erics Leben gekümmert und ihn auf Kurs gehalten, wie ein kleiner wendiger Schlepper einen großen, behäbigen Frachter. Doch nun befand sich dieser *Frachter* wieder allein auf hoher See.

Das Klingeln des Telefons entfachte in Eric die Hoffnung auf eine überraschende Nachricht. Daniela käme mit den Zwillingen zurück. Oder Marie könnte ihren uralten Spanier in den Wind geschossen haben und sich nach Trost sehnen.

Tatsächlich entpuppte sich der Anrufer als Erics Agent Florian Siegel. Auch der war auf Betreiben von Daniela in Erics Leben getreten. Sie hatte diesen Schritt eingeleitet, damit Eric sich neben dem Schreiben nicht mehr um jede lästige organisatorische Angelegenheit kümmern musste – all die Dinge, die aus der bloßen Schriftstellerei ein lukratives Geschäft machten. Siegel war für die namhafte Literaturagentur *Marin & Seeberg* tätig und Erics persönlicher Betreuer.

Heute konnte der rührige Agent in dieser Funktion am Telefon die triumphale Botschaft verkünden, Erics erfolgreiches Buch *Blue Note Girl* für einen guten Preis an einen Fernsehsender verkauft zu haben. Ein Zweiteiler sei geplant. Eine Mischung aus Dokumentation über den alten Fall, ergänzt durch Spielszenen. Siegel hielt das für eine spannende und großartige Sache.

Da von Eric am anderen Ende der Leitung nichts zu hören war, erkundigte sich der Agent besorgt, ob er gerade vor lauter Freude über die Nachricht in Ohnmacht gefallen sei.

Eric beruhigte ihn. Nein, nein, alles sei okay. Ein Zweiteiler. Im Fernsehen. Das sei ja ... großartig!

Er war ein zu schlechter Schauspieler. Die Begeisterung klang hölzern.

„Hast du schon mal ein Drehbuch geschrieben?", erkundigte sich Siegel, obwohl er die Antwort längst kannte.

Erics *Nein* kommentierte er launig mit:

„Wunderbar."

Für den Abend machte Siegel ein Treffen in dem italienischen Restaurant *La Monella* mit ihm aus. Italienische Küche. Vegetarisch und Vegan. Er wolle Eric mit einer Drehbuchautorin bekannt machen, das beste Pferd im Stall, wie er sagte.

„Ein Pferd?", fragte Eric.
„Komm einfach!", entgegnete Siegel und beendete das Gespräch.

## Kapitel 2: Begegnungen

Verhalten nahm Verena Haslinger Betty Brodersens Heim in Augenschein. Ein sparsam eingerichtetes kleines Reihenhaus, drei Zimmer, Küche, Bad, sauber, schmucklos, nur hier und da ein Bild an der Wand, meist religiöse Motive. Im Wohnzimmer dominierte an einer Wand ein mächtiges Regal, drohte überladen mit Büchern aus allen Nähten zu platzen.

Immerhin gab es auch ein modernes Fernsehgerät, eine betagte Kompaktanlage, nur wenige CDs in einem spiralförmigen Ständer daneben. Im Arbeitszimmer, in dem ein Bett für Verena hergerichtet war, stand ein Computer auf einem Schreibtisch. Auf einer antiquierten Anrichte im Wohnzimmer präsentierten unterschiedliche Bilderrahmen Fotos, alles dicht an dicht aufgereiht. Die meisten zeigten Hunde, mal mit und mal ohne Frauchen Betty. Auf einigen wenigen waren lachende Menschen zu sehen, von denen Verena natürlich niemanden kannte. Trotzdem schenkte sie jedem einzelnen Foto viel Aufmerksamkeit, nahm sich vor, in ihrem künftigen Zuhause mit Angelika eines Tages eigene Fotos aufstellen zu wollen, in ganz besonders schönen Rahmen, sobald es auch von ihrem Leben bewahrenswerte Erinnerungen an besondere Menschen und Momente geben würde.

Sie habe bisher drei Hunde gehabt, erzählte Betty mit wehmütigem Blick auf die Fotosammlung. Die letzte Hündin Greta sei erst kürzlich gestorben. Ihre Stimme wurde brüchig als sie davon sprach, eine Freundin verloren zu haben. Erst wenn sie eines Tages über den Verlust hinweggekommen sei, würde sie sich vielleicht wieder ... sie holte tief Luft. Nein, noch wäre sie nicht so weit!

Verena musterte Betty zweifelnd.

„Eine Freundin?", wiederholte sie verständnislos. „Ein ... Hund?"

Betty zuckte mit den Achseln. Es machte keinen Sinn, das für sie so emotionale Thema zu vertiefen. Manchen Menschen fehlte das Verständnis dafür, wie erfüllt das Leben mit einem vierbeinigen Begleiter sein konnte.

„Wir sollten zusammen beten, Vreni", schlug sie vor. „Für deine Seele, dein Glück, deine Zukunft und unser gemeinsames Leben in der nächsten Zeit. Der Herr soll auf unsere Geschicke ein wachsames Auge richten, findest du nicht?"

Verena reagierte ähnlich reserviert wie bei dem Thema *Hunde*, fügte sich dann aber doch Bettys Wunsch. Sie wollte die Frau nicht verletzen. Auch wenn sie mit Gott noch weniger anfangen konnte als mit Hunden.

Betty betete genau für die Dinge, die sie zuvor angesprochen hatte. Gradlinig, inbrünstig, mit gesenktem Haupt und geschlossenen Augen murmelte sie die Worte so vor sich hin, dass Verena sie gerade noch verstehen konnte.

Verena betete lediglich für zwei Dinge. Natürlich lautlos! Dass Angelika bald aus dem Knast käme und es endlich was zu essen gäbe. Sie war regelmäßige Mahlzeiten gewöhnt. Ihr Magen knurrte bereits.

Außerdem hoffte sie, sich über Bettys Computer alle Informationen beschaffen zu können, die sie zur Klärung ihrer wichtigsten Fragen benötigte. O ja, sie musste sehr vorsichtig sein. Sich jeden Schritt genau überlegen. Viele hielten sie für dumm, weil sie gedanklich langsam und behäbig auftrat. Jede Form von Druck brachte sie aus der Fassung. Doch jetzt hatte sie Zeit. Bewohnte ein eigenes Zimmer mit Computer. Es gab Betty, die sich um sie kümmerte, und es gab Angelika, in der sie ihre Zukunft sah. Vor allen Dingen aber gab es ihren ersten eigenen Plan, der alles verändern sollte.

Nach dem Gebet verkündete Betty, etwas zu essen machen zu wollen, was Verena mit einem beglückten Lächeln zur Kenntnis nahm. Hatte es je zuvor in ihrem Leben einen derart reibungslosen Ablauf wie heute gegeben? Zufrieden bezog sie das neue kleine Reich und packte ihre Sachen aus.

***

Nur zögernd hatte sich Angelika Wiechert dem neuen und noch sehr jungen Anwalt zu öffnen begonnen. Dann aber durfte Andreas Brodersen immer tiefer in die Seele der verurteilten Mörderin eindringen. Gebannt lauschte er ihren Ausführungen, in denen der systematische Ehebruch deutlich mehr Raum bekam als die Rolle einer liebenden Mutter. Gerade der schonungslose Umgang mit ihren eigenen Schwächen und Fehlern machte die ungewöhnliche Frau in Brodersens Augen glaubwürdig. Wenn sie ihre Familie sowieso ohne Gewissensbisse hätte verlassen können, warum also hätte sie dann noch ihre Kinder ermorden sollen?

Trotz aller Indizien, die im Gerichtsverfahren gegen sie in Stellung gebracht worden waren, hatte sich auf diese Frage nie eine befriedigende Antwort finden lassen. So erfuhr Brodersen viel über den kaltblütigen Egoismus Angelika Wiecherts, ebenso wie über Momente tiefer Sehnsucht nach einem Leben, in dem sie geliebt und durch starke Arme beschützt wurde. Die Ambivalenz dieser Frau war atemberaubend. Ihr Lebensweg erwies sich als Achterbahn der Leidenschaft. Mit Beginn des Tages, an dem sie als Vierzehnjährige ihren Pastor nach dem Konfirmationsunterricht verführt hatte, bis zu den zahlreichen Affären einer frustrierten Ehefrau und genervten Mutter zweier Söhne, für deren Ermordung sie am Ende verurteilt worden war. Die schicksalhaften Episoden ihres Lebens, die Angelika Wiechert vor ihrem Anwalt nach und nach preisgab, nisteten sich in dessen Fantasie ein und lähmten jegliche Objektivität. Wie eine Droge, die ihn süchtig machte – süchtig nach dieser Frau.

Als sich Brodersen und seine Klientin am heutigen Tag in einem der Sprechzimmer der Justizvollzugsanstalt gegenübersaßen, befand sich Angelika Wiechert in einer sehr aufgekratzten Stimmung und flirtete besonders heftig und eindeutig mit dem Juristen. Sie sprach mit rauchiger Stimme, gönnte ihm wiederholt ein strahlendes Lächeln, wirkte zuversichtlicher und offener denn je. Außerdem hatte sie die schon länger angekündigte große Überraschung für ihn mitgebracht, die sie stolz mitten auf dem Tisch platzierte, dick und schwer und bedeutungsvoll. Ein Stapel pure Wahrheit, wie sie betonte.

„Nun sind Sie dran!", sagte sie. „Von jetzt an stecken Sie tiefer in mir als jemals irgendein anderer Kerl zuvor. Ich hoffe, ich darf das mal so ausdrücken. Bin sehr gespannt, was nun dabei herauskommt. Was meinen Sie?"

Er starrte auf den Tisch und dann in ihre funkelnden Augen. Die Frau, über deren Leben er vermutlich bald mehr wusste als sonst irgendjemand. Sie hatte in seinen Träumen längst die Herrschaft übernommen.

„Wird es ein gutes Ende geben?", fragte er.

„Sind Sie jemand, der so was braucht? Für mich ging es immer nur um optimal genutzte Gelegenheiten. Die sind weniger verlogen als ein naives Happy End. Außerdem gibt es da noch etwas sehr Wichtiges, was Sie von mir wissen müssen. Aber nicht alles auf einmal, okay? Ich möchte Ihnen von mir keine Überdosis verpassen. Wer weiß, ob Sie das verkraften."

Er fand ihre Taktik anstrengend, so zu tun, als gäbe es da noch ein letztes großes Geheimnis, immer dann, wenn er glaubte, alles von ihr zu wissen. Als müsse er sich einen letzten Rest ihres Vertrauens immer wieder aufs Neue verdienen.

„Von jetzt an müssen Sie vorsichtiger sein", mahnte sie und bedachte ihn mit diesem intensiven Blick, der ihm immer das Gefühl gab, sie hätte direkten Zugang zu seinen intimsten Gedanken. Immerhin handelten die nicht selten davon, es mit ihr zu treiben, in derselben Art, wie sie es ihm ohne jede Scheu geschildert hatte. Dass sie ihm gegenüber dennoch gern wie eine reuige Büßerin vor ihrem Beichtvater auftrat, kitzelte seine Erregung genau an der richtigen Stelle.

„Mit einem guten Ende meinte ich eigentlich nur Ihr weiteres Schicksal", erklärte er.

Sie lachte. Diesmal fast ein wenig scheu und mädchenhaft. Sie beherrschte sämtliche Varianten, um einem Mann emotional auf Trab zu halten.

„Damit ich Sie hier rausbekomme, muss ich mehr wissen als das, was Sie mir bisher erzählt haben", fuhr er fort. „Da benötigen wir eine ganz andere Beweislage als die im damaligen Prozess. Neue Zeugen. Neue Spuren. Neue Fakten. Vor allen Dingen welche, die mir helfen, die damaligen Indizien zu entkräften."

„Ich will Ihnen nicht die ganze Spannung verderben", entgegnete sie. „Für das üppige Anwaltshonorar müssen Sie sich einiges selbst erarbeiten. Die Grundlagen haben Sie jetzt. Ich bin mir aber sicher, dass Sie schon bald wieder den Wunsch verspüren werden, mit mir zu sprechen. Keine Sorge, ich werde da sein!"

Brodersen grinste. Auch ihr Humor gefiel ihm. Sie wollte jetzt wissen, ob er sich wie vereinbart um Verena Haslinger gekümmert habe. Er berichtete ihr von seiner Tante, die diese Aufgabe gewissenhaft übernommen hatte. Die beiden hätten sich auf Anhieb prächtig verstanden.

„Meine Tante ist mit Veronika ..."

„Verena!"

„... mit Verena schon überall gewesen. Arbeitsamt. Sozialamt und so weiter. Hilft ihr dabei, Bewerbungen zu schreiben. Betty ist halt eine gute Christin und sehr engagiert."

„Und Sie?"

Er stutzte.

„Was soll mit mir sein?"

„Sind Sie auch ein guter Christ?"

„Ich bin ein guter Anwalt." Brodersen ließ sich von ihrem spöttischen Blick nicht herausfordern. Es schien ihr Spaß zu machen, ihn zu verunsichern. Daran gewöhnte er sich langsam. Kaum vorstellbar, was eine solche Frau bei Männern draußen in der Freiheit anrichten konnte!

Nachdenklich schürzte Angelika die Lippen.

„Na gut, ich hoffe, Tante Betty übertreibt es nicht mit der Religion. Verenas Eltern waren diesbezüglich schon sehr eifrig. Ich möchte nicht ..."

„Alles läuft bestens!", unterbrach er sie. „Ich hab erst gestern mit meiner Tante telefoniert. Hören Sie, es ist ein großes

Entgegenkommen, dass ich diese Hilfe auf privater Ebene organisiert habe. Wir sollten Betty einfach vertrauen."
Angelika reagierte verstimmt. Sie mochte keine Belehrungen.
„Ein noch viel größeres Entgegenkommen ist es, dass ich meine Beine vor Ihnen so weit gespreizt habe, dass Sie in meine Seele blicken konnten! Eine Hand wäscht die andere. Oder haben sich die Spielregeln draußen inzwischen geändert?"
Brodersen schwieg. Die Vorteile, die sich aus den aktuellen Entwicklungen für ihn ergeben könnten, hatten sich ihm bis jetzt noch nicht so ganz erschlossen. Er hoffte weiterhin auf ein furioses Finale. Allerdings empfand er es als Zeitverschwendung, die Diskussion über die Aufrechnung gegenseitiger Gefälligkeiten zu vertiefen. Ohne jeden Zweifel war sie ihm gegenüber beeindruckend offen gewesen. Doch für ihn galt dasselbe. Darüber hinaus würde er von jetzt an den Rest der Strecke allein gehen müssen.
Angelika rieb sich das etwas spitze Kinn und fixierte den jungen Anwalt. Brodersen wurde das Gefühl nicht los, das Wichtigste noch immer nicht von ihr erfahren zu haben. Als stecke er mitten in einem Spiel, dessen Regeln er nicht durchschaute. Als erfahre er immer nur so viel wie er benötigte, um den nächsten Zug machen zu können, das nächste Feld zu erreichen.
Warum also nicht noch einmal in die Offensive gehen?
„Bis jetzt haben Sie nicht einmal mich von Ihrer Unschuld überzeugt", erklärte er ihr in aller Deutlichkeit. „Um erneut vor Gericht zu bestehen, wird das noch ein harter und steiniger Weg."
Mit seiner Direktheit hatte er sie endlich mal verblüfft. Es war fast so, als habe er ihr eine Ohrfeige verpasst.
„Sie kleiner dummer Junge", stieß Angelika zornig hervor. „Haben Sie denn gar nichts begriffen? Für diese Haltung sollte

ich Sie auf der Stelle feuern! Ihr Vorgänger besaß deutlich mehr Instinkt."

„Wir reden über ein Wiederaufnahmeverfahren", sagte Brodersen. „Da zählen nur Fakten. Es muss wirklich jeder Stein umgedreht werden."

Sie nickte, ohne dass der Zorn aus ihren Augen wich.

„Ich tue nichts anderes. Und das wissen Sie auch ganz genau. Ich bin weiß Gott offen. Meine Arbeit ist getan. Jetzt sind Sie am Zug, Herr Anwalt. Dass Sie ein *guter* Anwalt sind, müssen Sie erst noch beweisen."

Er wollte sich erheben, aber sie deutete ihm, das Gespräch noch nicht als beendet zu betrachten. Also ließ er sich wieder auf den Stuhl sinken.

„Verena hat sich noch immer nicht bei mir gemeldet", beklagte sie sich. „Da stimmt doch was nicht. Immerhin ist sie schon eine Weile draußen."

„Sie hat bestimmt viel um die Ohren", vermutete Brodersen leichthin. „So, wie meine Tante mir gesagt hat, sitzt sie oft stundenlang am Computer oder telefoniert herum. Schätze, sie versucht, ihr Leben in Freiheit zu organisieren."

„Sie hat nicht die geringste Ahnung, wie man sein Leben organisiert", entgegnete Angelika. „Bringen Sie die Kleine so schnell wie möglich zu mir. Von mir aus gefesselt. Sie braucht mich."

Jetzt, zum Ende des Treffens, blätterte Angelika Wiecherts Zuversicht ab wie alte Farbe, kam ein müdes, abgespanntes Grau zum Vorschein. Während sie Brodersen noch letzte Instruktionen gab, packte er sämtliche Unterlagen zusammen und ließ sie in seinem Aktenkoffer verschwinden. Die ganze Wahrheit und nichts als die Wahrheit! Alles hing nun davon ab, ob er ihren Gedanken folgen konnte - und wollte. Bis zur letzten Tür. Dass er ihr glaubte. Sich auf ihre Theorie einließ. Und vieles von dem in

Frage stellte, was im damaligen Gerichtsverfahren als die wahrscheinlichste Wahrheit ermittelt worden war. Jene Indizien, die nur einen einzigen Schluss zuließen: Dass Angelika Wiechert ihre beiden Söhne kaltblütig ermordet hatte. Warum hatte sie damals zu den meisten Punkten geschwiegen? Und warum wollte sie ihr Schweigen nach all den Jahren ausgerechnet jetzt brechen?

Zum Abschied äußerte Angelika Wiechert einmal mehr ihre Bedenken, ob Brodersen überhaupt der richtige Anwalt für sie sei und ob eine Anwältin vielleicht doch geeigneter wäre, um auch die Zwischentöne ihrer Gedanken zu verstehen. Diese Ansicht teilte Brodersen nicht. Welche Frau würde sich schon in die abgründige Welt einer verurteilten Kindesmörderin versetzen wollen? Unabhängig von der Schuldfrage mussten die neuen Ansätze erst noch sorgfältig überprüft werden. Als Fakten müssten sie über jeden Zweifel erhaben und beweisbar sein. Egal, welche Strategie am Ende in Frage käme, Angelika Wiechert schien es nach wie vor schwerzufallen, den Mittelpunkt für andere Überlegungen zu räumen. Aber gerade diese selbstsüchtige Ader hatte Brodersen von Anfang an erregt, kaum dass er die juristische Betreuung dieser Frau für die Anwaltskanzlei *Berger, Bergmann & Roland* übernommen hatte. Seine erste große Aufgabe! Obwohl noch immer eine prominente Gefangene, hatte sich niemand in der Kanzlei um die Wiechert gerissen, und so war es am Ende an dem jüngsten Anwalt hängen geblieben, sie von dem aus Altersgründen ausgeschiedenen Jochen Wegemann zu übernehmen.

Brodersen hatte sich von Anfang an große Mühe gegeben, Angelika Wiechert so objektiv wie möglich gegenüberzutreten. Dabei fiel es ihm leicht, sie begehrenswert zu finden, aber schwer, Sympathie für sie aufzubringen. Er hielt sie für berechnend und folgte damit der allgemeinen Meinung. Sie hatte den jungen und smarten Juristen oft und gern provoziert. Flirtete mit ihm und setzte auch als Gefangene weibliche Reize ein, soweit es möglich war. Es schien tief in ihrer Natur verankert zu sein, sich Männern gegenüber wie eine Blüte zu präsentieren, die Bienen anzulocken versuchte. Der alte Anwalt Wegemann hatte mal gesagt, sie habe ihm das Gefühl vermittelt, als säßen sie sich bei ihren Gesprächen nicht im Knast gegenüber, sondern in einer Bar. Aus ihren triebhaften Neigungen hatte die Wiechert nie ein Geheimnis gemacht. Warum auch? Einige Aussagen im Prozess hatten sich verstärkt um dieses Thema gedreht. Viele Zeugen hatten es bestätigt. Eine Reihe höchst unterschiedlicher Männer, mit denen sich die Angeklagte trotz ihrer Ehe getroffen hatte. Die wahre Erfüllung aber schien sie am Ende bei ihrer letzten bekannten Affäre gefunden zu haben: Arne Hansen. Sie hätte mit ihm zusammen ein neues Leben beginnen wollen, hatte der große und athletische Lover der Wiechert vor Gericht ausgesagt. Sie hätte geplant, seinetwegen die Familie zu verlassen. Die beiden Jungs, für die sie nie echte Muttergefühle hatte aufbringen können, und den Ehemann, der von ihrem Doppelleben angeblich nichts mitbekommen hatte.

Angelika Wiechert hatte zu Hansens Aussage ebenso geschwiegen, wie zu fast allen Behauptungen von Zeugen, was sie vorgehabt hätte und was nicht. Stattdessen hatte sie keine Gelegenheit ungenutzt gelassen, ihren Mann Volker zu belasten, der – im Gegensatz zu ihr – im Lauf des Prozesses zunehmend unschuldiger wirkte. Sie war die Hexe, die alle auf dem Scheiterhaufen sehen wollten.

Angelika Wiechert hatte markante Gesichtszüge, war keine Schönheit im klassischen Sinne, strahlte eine eher geheimnisvolle Anziehungskraft aus. Ihre grünen Augen standen weit auseinander. Mit ihnen konnte sie facettenreich kommunizieren.

Wer sich auf einen längeren Blickkontakt einließ, war schon so gut wie verloren.

Die Nase wirkte etwas zu groß, der Mund etwas zu breit.

Sie war schlank und groß gewachsen, verstand es, mühelos den Mittelpunkt zu erobern, stark und selbstbewusst aufzutreten.

Brodersen verfügte über eine gute Menschenkenntnis, aber diese Frau entzog sich jeder Einschätzung. In ihren Augen konnte er nicht lesen, ihre Körpersprache nicht deuten. Kaum erkennbare Emotionen, selten mal Unsicherheit, keine Ängste, keine Trauer. Lieber sendete sie verwirrende Signale aus, die jeden Mann aus der Fassung bringen mussten.

Zweifellos hatte ihre direkte Art Brodersen von Anfang an gereizt. Gerade die unverblümten Gespräche der letzten Zeit belebten seine Fantasie mehr als ihm lieb war. Trotzdem, oder vielleicht gerade deshalb, beschäftigte ihn immer öfter die Frage, ob diese Frau tatsächlich ehrlich zu ihm war. Oder ob er das Opfer einer äußerst arglistigen Manipulation zu werden drohte. Die Zweifel blieben, egal wie oft er seine Klientin besuchte.

Tauchte er mit fünf Fragen bei ihr auf, verließ er sie später wieder mit zehn neuen. Und alles wurde von der Vorstellung überlagert, wie es wohl wäre, mit ihr zu schlafen. Ob von ihr beabsichtigt oder nicht, längst hatte sie einen festen Platz in seiner Fantasie erobert, seine Vorstellungen beflügelt. Die Erinnerungen an ihre Worte, ihre Blicke und ihr vielversprechendes Lächeln faszinierten ihn wie ein Film, den er nicht verstand.

In letzter Zeit dachte er immer öfter an diese Frau, wenn er mit seiner Verlobten Christiane schlief, was seine Lust beträchtlich steigerte. Seine spezielle Klientin war zu einer Art Inspirationsquelle für ihn geworden, womit er die gradlinige Christiane ein ums andere Mal in völlige Verwirrung stürzte und in einer bisher harmonischen Beziehung erste Misstöne erzeugte.

Trotz dieser beunruhigenden Entwicklung wollte sich Brodersen ernsthaft auf die Suche nach der Wahrheit begeben.

Zuhause setzte er sich an seinen Computer, um alternative Theorien für den Fall Wiechert zu entwickeln. Doch statt an einem neuen Konzept zu arbeiten, gab er wie unter Zwang Angelika Wiecherts Namen ein und rief sämtliche ihrer Fotos auf. Bestaunte einmal mehr ihre auffällige Präsenz. Ihre Wirkung als Angeklagte in einem eleganten Kostüm vor dem Gerichtsgebäude damals inmitten des öffentlichen Interesses. Ihre Verteidiger, Justizbeamte, Medienvertreter. Entspannt lächelnd, als plaudere sie mit Bewunderern. Sie groß, herausragend, die Menschen, die sie umringten, fast so unterwürfig wie Fans, die um Aufmerksamkeit oder ein Autogramm buhlen.

Brodersen klickte sich durch die zahlreichen Fotos, die es von ihr gab und ließ die Erregung zu, die ihn bei ihrem Anblick durchströmte. Sie war fotogen, sah auf vielen Fotos sogar noch besser aus als in Wirklichkeit. Er dachte an die Dinge, von denen sie ihm ohne jede Scheu erzählt hatte. In seinen Gedanken nahm er die Rolle eines ihrer Geliebten ein. Hoffte, dass Christiane bald nach Hause käme.

\*\*\*

Eric kam zu spät ins *La Monella*. Winkend signalisierte Literaturagent Florian Siegel seine Position in dem ohnehin überschaubaren Restaurant am hintersten Fenstertisch. Er begrüßte Eric mit einer ungewohnt herzlichen Umarmung und machte ihn dann mit der Drehbuchautorin Lisa Hinze bekannt. Diese ebenso zierliche wie lebhafte Person weckte mit ihrer offenen Art sofort Vertrauen. Aufrichtig erfreut darüber, Eric Teubner kennenzulernen. Kundig lobte sie sein Werk. Zeigte sich begeistert von einer möglichen Zusammenarbeit. Liebend gern, so betonte sie, würde sie mit Eric gemeinsam dessen Buch *Blue Note Girl* zu einem Drehbuch umarbeiten, all ihre Erfahrung und ihr Wissen in das Projekt einbringen.

Siegels Kalkül ging auf. Eric wurde von der literarischen Leidenschaft der dreißigjährigen Powerfrau förmlich überrannt, unfähig, auf ihre muntere Art ablehnend zu reagieren. Dabei war er alles andere als ein Teamplayer, und die Vorstellung, mit einer anderen Person, egal welcher, zusammenarbeiten zu müssen, klang ebenso absurd wie ein italienisches Restaurant, in dem nur vegetarische Gerichte angeboten wurden.

Nach der Begrüßung setzte sich Eric, ohne bis jetzt ein Wort gesagt zu haben. Anstehende Aufgaben schwirrten zusammenhanglos in seinem Kopf herum. Verfilmung. Drehbuch. Zusammenarbeit. Regelmäßige Meetings mit Lisa Heinze. Deadline in zwei Monaten. Blablabla.

Gern würde er jetzt erst einmal eine Flasche Wein leertrinken, möglichst zügig. Seine Vernunft, noch immer von Danielas missionarischem Eifer beeinflusst, bestellte ein stilles Wasser, während sich alles andere in ihm nach einem dreifachen Martini Dry sehnte – zum Auftakt, noch vor der Flasche Wein.

Lisa und Siegel tranken Rotwein, und die Situation erfüllte Eric plötzlich mit Panik; hier zu sein, zwischen allen diesen Verlockungen, die ein Abend in einem Restaurant mit sich brachte. Wie sollte sein Leben ohne Daniela funktionieren? Gerade in derart kritischen Momenten hatte sie ihn oft geerdet. Im Grunde genommen war sein Leben ja nichts weiter als eine Aneinanderreihung kritischer Momente und pausenloser Verlockungen, verbunden durch den roten Faden seiner maßlosen Kreativität, auf ihre Art einer Sucht sehr ähnlich.

Lisa unterbrach seinen inneren Kampf, indem sie sein Buch *Blue Note Girl* als emotional berührend bezeichnete. Dabei schienen ihre Augen keine seiner Reaktionen versäumen zu wollen. Unterdessen konnten sich seine Augen kaum von ihrem Weinglas losreißen. Jetzt hob er kurz den Blick und rang sich ein vertrocknetes Grinsen ab. Sie hatte lebenslustige Augen und genoss den Rotwein – eine faszinierende Kombination!

Er wollte wissen, ob sie seine Geschichte wirklich für verfilmbar hielt. Fühlte sich bei seiner Frage aber unbehaglich, sie klang eher kleinkariert und engstirnig.

Wie ein Ringrichter fuhr Siegel dazwischen. „Himmel! Was soll dies gestelzte Gesieze! Kinder, ihr seid ab sofort ein Team. Bloß keine Förmlichkeiten hier an unserem Tisch, okay?"

Er strahlte wieder diese Alles-ist-möglich-Haltung aus, bereit, jeden Zweifel und jeden Einwand zu zerschmettern.

Lisa hob ihr elegantes Weinglas in Erics Richtung, und er antwortete nur andeutungsweise mit dem Wasserglas, fast schamhaft. Kam sich damit wie ein Kind unter Erwachsenen vor.

„Dein Buch schreit förmlich danach, sich endlich in ein Drehbuch und dann in einen Film zu verwandeln", schwärmte sie. Alles, was sie sagte, klang mitreißend wahrhaftig.

Eric schenkte ihr gleich etwas mehr Aufmerksamkeit. Er mochte es, wenn Menschen vom Fach die Qualität seiner Arbeit schätzten. Professionalität und Überzeugung ausstrahlten.

Aus dem Internet hatte er erfahren, wie begehrt Lisa Hinzes Drehbücher waren, doch einer möglichen Zusammenarbeit blickte er dennoch mit gemischten Gefühlen entgegen. Zum einen war er durchaus gespannt auf neue Erfahrungen. Zum anderen fürchtete er sich aber davor, dieser eher nüchternen Form des Schreibens am Ende nicht gewachsen zu sein. Im kreativen Prozess zu viel Macht an die agile Drehbuchautorin zu verlieren.

Immerhin trat sie sympathisch und unverkrampft auf. Außerdem war Lisa Hinze eine überzeugte Teamplayerin, daran gab es nicht den geringsten Zweifel. Aber er?

In weiteren Verlauf des Abends zeigten sich Lisa und Siegel in bester Gesprächslaune, und Eric hatte Mühe, in deren pointierten Dialog passende Lücken für seine halbherzigen Zwischentöne zu finden. Sein Timing blieb schlecht.

Nach dem Essen stürzte Siegel noch fast gleichzeitig Grappa und Espresso hinunter und rüstete sich anschließend beflissen zum Aufbruch. Er habe einen dringenden Anschlusstermin. Wie immer, wenn man sich mit ihm traf und egal zu welcher Tageszeit. Dringende Anschlusstermine trieben ihn zu stetiger Eile an, der Blick im Minutentakt auf das Smartphone gerichtet.

Nach Lisa umarmte er auch Eric zum Abschied, was er sonst nie tat. Als wolle er die innige Verbundenheit mit seinem Starautor ausdrücklich demonstrieren, bevor er eilig das Restaurant verließ.

„So", sagte Lisa, sobald sich nach Siegel auch dessen etwas zu intensiver Aftershave-Duft langsam verflüchtigt hatte. „Dann sollten wir jetzt mal Klartext reden."

Erics Augen verengten sich. Klartext?

Sie ließ ihm keine Zeit für eine Antwort, fuhr gleich fort:

„In Wirklichkeit hast du nicht die geringste Lust auf dieses Projekt. Liegt das an mir?"

Ihr Blick war jetzt wachsam, während sich Eric nach dieser direkten Attacke entlarvt fühlte. Sie zwang ihn hier und jetzt zu einer Klarheit, von der er noch weit entfernt war.

An diesem Punkt angekommen, fühlte er sich unfähig, einen simplen Gedanken zu fassen oder auf einfache Fragen einfache Antworten zu finden. Lisa war eine interessante Persönlichkeit, aber er hatte die ganze Zeit mehr Augen für ihr Weinglas gehabt als für sie. Jetzt gab er auf. Weckte durch ein kurzes Handzeichen die Aufmerksamkeit einer Bedienung. Bestellte entschlossen eine Flasche Rotwein und bemühte sich, dabei gelassen zu wirken. Sofort danach setzte ein Gefühl der Entspannung ein, und er sah Lisa Hinze zum ersten Mal wirklich an. Endlich klang seine Stimme gelöst.

„Ich habe noch nie Drehbücher geschrieben und noch nie im Team Texte bearbeitet", gab er zu. „Mit diesem Gedanken muss ich mich erst mal anfreunden."

„Mit dem Gedanken oder mit mir?", wollte sie wissen.

Er grinste.

„Bei dir wird es mir bestimmt leichter fallen."

Sie blieb ernst.

„Ich übernehme solche Projekte auch nur, wenn ich ein gutes Gefühl habe", versicherte sie ihm.

„Und?", wollte er wissen. „Hast du?"

Nein, da musste sie bedauernd den Kopf schütteln.

„Noch nicht."

Auf seine Frage, wovon das abhinge, reagierte sie mit einem Stirnrunzeln.

„Vor allen Dingen muss ich herausfinden, wie du kreativ tickst."

Das leuchtete ihm ein.

„Ob wir harmonieren", fuhr sie fort. „Vielleicht fürchtest du dich davor, dass wir die Seele deines Romans nicht ins Drehbuch transportiert bekommen."

Wie recht sie doch hatte. Eric lauschte ihr aufmerksam. Er mochte ihre Augen, die konnten ohne Beteiligung des Mundes lachen. Sie wusste, was sie wollte, und bei diesem Thema wusste sie es ganz besonders.

„Besteht denn die Gefahr, dass mein Buch bei der Umwandlung in ein Drehbuch seine ... Seele verlieren könnte?", fragte er.
„Immer! Dein Text hat seine eigene Struktur und einen speziellen Rhythmus. Alles zusammen erzeugt eine Atmosphäre. Das prägt das Leseerlebnis. Beim Drehbuch müssen wir das aufbrechen und visualisieren. Bilder funktionieren anders als Worte. Das, was dein Buch ausmacht, müssen wir umwandeln. Es geht also um die schlichte Übersetzung von Literatur in Bilder, Szenen und Dialoge. Dafür schreiben wir präzise Anweisungen. Und wir müssen seitenlange Dialoge und Literatur auf Kernaussagen eindampfen, mindestens im Verhältnis fünf zu eins. Das heißt aus fünf Buchseiten machen wir eine Drehbuchseite. Für den Autor ist das ein blutiges Gemetzel. Schlimmer als das Lektorat, verstehst du? Du wirst dich vielleicht an deine Worte klammern, weil du sie in meiner Verdichtung nicht mehr wiederfindest. Und ich werde mich an die Vision klammern, zu der mich deine Worte inspiriert haben. Im schlimmsten Fall werden wir uns hassen. Ab und zu jedenfalls."
„Werden wir auch schöne Momente haben?", fragte Eric.
Da lachte sie.
„Die habe ich gerade geschildert. Der Rest wird noch schlimmer. Aber mal im Ernst. Jede Drehbuchseite, die wir in diesem Prozess gemeinsam erarbeiten, wird uns zutiefst befriedigen."
„Und wenn nicht?"
Sie blieb ihm die Antwort schuldig. Die Bedienung brachte Erics bestellte Weinflasche, und er zwang sich, zunächst ohne jede Hast zu agieren – wie ein Genießer und nicht wie ein Trinker. Seine Nase nahm den fruchtigen und beerigen Duft auf, sein Auge prüfte die Farbe und die Qualität, seine Lippen suchten nach längerer Abstinenz wieder Kontakt zu dem geliebten Feind. Der erste Schluck! Ein inneres Aufatmen, wie jemand, der sich in

letzter Sekunde seine Herztropfen einflößte. Da konnte er nur hoffen, dass es ihm äußerlich nicht anzumerken war. Ein knappes Nicken Richtung Bedienung und dann der wohlwollende Blick auf das sich füllende Glas, nur eine vornehm kleine Menge, weniger als ein Schluck. Dabei hätte Eric am liebsten gleich aus der Flasche getrunken, um dieses so lange entbehrte Glücksgefühl bis in den letzten Winkel des Körpers zu spüren und ... für immer in sich einzusperren.

Man erwartete große Dinge von ihm. Dafür benötigte er die passende Stimmung.

Er hob das Glas in Lisas Richtung und lächelte. Er lächelte mit dem gesamten Körper.

# Kapitel 3: Pläne

Gravesen traf Julia Bauers älteste Schwester Corinna zum Lunch in einem Restaurant in Alsternähe. Sie arbeitete nicht nur als einzige der drei Töchter in einem Unternehmen des Vaters, sondern hatte auch seine Unauffälligkeit und Kurzsichtigkeit geerbt. Marlene Bauer hatte Gravesen anvertraut, dass seitens der Familie allein Corinna regelmäßig den Kontakt zur jüngsten Schwester aufrecht hielt, sie ohne Wissen des Vaters sogar nach wie vor finanziell unterstützte.

„Julia ist am Ende", erklärte Corinna mit sorgenvoller Miene. „Aber ohne meine Hilfe wäre sie wahrscheinlich schon tot. Sie lebt nur noch für die verdammten Drogen. Es ist schrecklich!"

Gravesens Wissen über Crack reichte aus, Julias Lage realistisch einschätzen zu können. Der erhoffte Rausch blieb nur für kurze Zeit. Die Süchtigen brauchten pro Tag immer mehr Pfeifen, um das notwendige Level zu halten. Der steigende Bedarf musste täglich finanziert werden, das übte auf die Konsumenten einen permanenten Beschaffungsdruck aus. Zu allem Überfluss nahmen die Betroffenen meistens auch noch andere Drogen und pflegten einen recht sorglosen Umgang mit Alkohol. Ein Teufelskreis!

Corinna Bauer hatte sich eine Pizza bestellt und verspeiste sie mit sichtlichem Appetit. Ihre Sucht war offensichtlich. Im Gegensatz zur Mutter schien sie wenig von gesunder Ernährung und Fitness zu halten. Ihr freundliches rundes Gesicht wies viel Ähnlichkeit mit dem des Vaters auf. Mit der großen Hornbrille und in dem grauen Kostüm sah sie wie ein als Geschäftsfrau verkleidetes übergewichtiges Mädchen aus.

Gravesen beschränkte sich auf eine Salatvariation und gönnte sich dazu ein Malzbier – wie immer, wenn er übernächtigt war.

Nach der offiziellen Übernahme des *Falls Julia Bauer* hatte er im ersten Schritt damit begonnen, systematisch seine Strategie zu entwickeln. Roger Bauers großzügige Anzahlung hatte ihm den notwenigen Handlungsspielraum ermöglicht.

Was ihre jüngere Schwester für ein Mensch sei, wollte Gravesen von Corinna wissen. Die überlegte eine Weile kauend, bevor sie antwortete, aber erst, nachdem sie aus tiefster Seele geseufzt hatte. Mit seiner Frage berührte Gravesen das Kernproblem. Denn die Julia von früher, die existierte nicht mehr. Damals sei sie sanftmütig und verträumt gewesen. Klug und aufgeschlossen. Bestimmt auch die unbekümmertste der drei Schwestern. Erst später in der Schule sei sie dann in schlechte Gesellschaft geraten. Habe sich von irgendwelchen

Spinnern beeinflussen lassen. Schon bei der ersten großen Liebe mit vierzehn, als ihr ein zwanzigjähriger Blödmann total den Kopf verdreht und sie nur ausgenutzt habe. Durch ihn sei sie mit Drogen in Berührung gekommen. Danach sei es stetig bergab gegangen. Julia schien miese Typen förmlich anzuziehen. Die Schwester könne sich an keinen normalen Freund und an keine einzige vernünftige Freundin von ihr erinnern. Nur an dunkle Gestalten und schräge Vögel. Je irrer desto besser.

Corinna seufzte erneut.

„Wenn Sie meine kleine Schwester heute sehen, werden Sie sich kaum noch vorstellen können, was für ein süßes Ding sie mal war. Unsere Ma hatte sich für sie eine Model-Karriere erträumt, und sie war der Liebling unseres Vaters. Bis zuletzt."

„Aber jetzt hat er doch den Geldhahn zugedreht", bemerkte Gravesen. „Ist da etwas Besonderes vorgefallen, das zu diesem Entschluss geführt hat? Oder war es eine Bauchentscheidung? Mir gegenüber wollte er sich dazu nicht so recht äußern."

Corinna schüttelte ratlos den Kopf, bevor sie sich das nächste große Pizzastück einverleibte. Gravesen hielt ein Schlüsselerlebnis als Auslöser für Bauers Entscheidung trotzdem für sehr wahrscheinlich, nur war es für seinen Job nicht weiter von Bedeutung. Ihn interessierte mehr, auf welche Weise Corinna Bauer der Schwester zurzeit noch behilflich war.

Der Blick der jungen Frau wirkte etwas gequält, während sie erst einmal ausgiebig kaute.

„Hilfe ist das ja nicht wirklich", stellte sie dann fest. „Julias Konsum ist kaum noch finanzierbar. Keine Ahnung, was sie mittlerweile täglich braucht. Ohne die verdammte Crackpfeife geht nichts mehr."

Es war der klassische Abstieg einer Süchtigen, deren Denken nur noch um die Droge und deren Beschaffung kreiste. Crack war ihre Sonne, alles andere bedeutete Dunkelheit.

„Sie teilt sich in St. Georg die Wohnung mit einem völlig irren Typen", erzählte Corinna weiter und vergaß sogar zeitweilig die Pizza. „Die Wohnung gehört meinem Vater. Also fällt wenigstens die Sorge um die Miete weg. Ihr Mitbewohner ist Mitte zwanzig und heißt Nico. Der ist extrem schräg drauf, aber Julia lässt nichts auf ihn kommen. Sie kennt ihn schon aus der Schulzeit, und der Typ ging bei uns früher ein und aus. Der war schon immer irre. Was die beiden bis heute verbindet, weiß ich nicht. Möchte ich auch lieber nicht wissen. Das gehört zu den Dingen, über die ich mit meiner Schwester nicht mehr sprechen mag. Sie interessiert das sowieso nicht. Sie hat mir von Partys erzählt, auf denen sie Geschäftspartner unseres Vaters getroffen hat. Männer, die wir schon seit unserer Kindheit kennen. Und die sich finanziell überboten haben sollen, um es jetzt mit ihr zu treiben. Ich hätte sie ohrfeigen können, wie gleichgültig sie mir das erzählt hat. Kommt mir vor wie eine Fremde mit dem Aussehen und der Stimme meiner Schwester. Die Julia, die ich kannte, gibt es nicht mehr."

„Macht sie das denn immer noch?"

„Sie meinen, für diesen Escort-Service arbeiten? Sie macht so ziemlich alles für Geld. Sie kann gar nicht mehr anders. Hat sämtliche Hemmungen über Bord geworfen. Tatsächlich hab ich keine Ahnung, was sie macht, um an Geld zu kommen. Und wissen Sie was? Ich bin echt froh darüber!"

Auch das waren keine für die Drogensucht ungewöhnlichen Entwicklungen. Der Weg führte steil nach unten. Immer miesere Optionen für Verdienstquellen gehörten im selben Maße dazu wie eine dramatisch sinkende Hemmschwelle, um den Crackkonsum weiter zu ermöglichen.

Corinna Bauer konzentrierte sich jetzt wieder auf die Pizza.

„Haben Sie schon einen Plan für die Rettung meiner kleinen Schwester?", wollte sie wissen.

Er schüttelte den Kopf. So einfach zauberte man den nicht aus dem Hut.

Sie nickte, als habe sie sich das schon gedacht.

„Mein Vater sagt, Sie ergreifen immer die Mittel, die notwendig sind. Spielt keine Rolle, ob legal oder nicht."

Gravesen sah der jungen Frau eine Weile beim Essen zu und fragte sich, zu wie vielen Menschen Roger Bauer das noch gesagt haben mochte. Mit dem Überschreiten der Legalität war das so eine Sache. Da gab es auch außerhalb des offiziellen Spielfeldes Regeln. Regel Nummer eins war die absolute Verschwiegenheit. Regel Nummer zwei die radikale Beschränkung der Mitwisser. Von beiden Regeln schien Roger Bauer nicht viel zu halten.

„Ich sag es nur ungern", fuhr Corinna fort, nachdem ihr Mund wieder leer war. „Aber Julia wird immer versuchen, Sie auszutricksen. Sie ist ausgesprochen raffiniert. Sie müssen sich vor ihr in Acht nehmen, wenn Sie ihr helfen wollen. Denn Julia will sich nicht helfen lassen. Von ihrer Familie nicht. Und von einem Fremden schon gar nicht."

Gravesen grinste. Nichts an diesem Fall überraschte oder beunruhigte ihn. Bis jetzt.

\*\*\*

Rechtsanwalt Andreas Brodersen hatte eine Liste angefertigt. Punkte, die er im Zusammenhang mit seiner Klientin noch unbedingt wissen wollte. Als Erstes besuchte er den Ex-Kollegen und Ruheständler Jochen Wegemann. Von dem erhoffte er sich noch mehr Insiderwissen über den damaligen *Fall Wiechert*. Schließlich hatte Wegemann Angelika Wiechert bis zum Antritt seines Ruhestands betreut. Erst vor Gericht während ihres Prozesses. Und danach im Gefängnis.

Nichts an Wegemann erinnerte an einen Rentner. Er sah eher wie ein Yachtbesitzer während eines kurzen Landurlaubs aus. Großgewachsen, schlank und tief gebräunt, dazu recht jugendlich und farblich sehr mutig gekleidet, mit kurzgeschnittenen grauen Haaren, einer auf der Stirn platzierten Sonnenbrille und lässigem Drei-Tage-Bart. Dass dieser Mann siebzig Jahre alt war, mochte man kaum glauben.

Er empfing Brodersen in seiner Penthousewohnung im Stadtteil Rissen, wirkte entspannt und aufgeräumt. Ein Mann, der mit sich im Reinen war, und dessen Lebenssituation einem Werbespot über die goldrichtige Entscheidung bei der Altersvorsorge glich. Er führte Brodersen bei angenehmen Temperaturen auf eine großzügige Dachterrasse mit bequemen italienischen Gartenmöbeln. Zitronenlimonade und trockene Martinis auf Eis luden zu einem ungezwungenen Gespräch ein. Wäre jetzt im Hintergrund eine musikalisch untermalte Werbebotschaft erklungen, Brodersen hätte sich nicht im Geringsten darüber gewundert.

Seine Bitte, mehr über Angelika Wiechert erfahren zu wollen, entlockte Wegemann ein breites Grinsen, begleitet von einem verständnisvollen Nicken.

„Habe mich damals bei der Übergabe bewusst bedeckt gehalten, mein Lieber. Sie sollten sich erst mal Ihr eigenes Bild von der eiskalten Lady machen. Die ist nicht ohne, stimmt's?"

„Nicht *ohne*?" Brodersen nippte kurz an seinem Martini. „Die ist ... von allem etwas aber immer zu viel! Undurchschaubar.

Verrucht. Sexy. Provokant. Erotisch. Unberechenbar. Faszinierend. Arrogant. Selbstherrlich."

Dieser Analyse konnte Wegemann nur beipflichten, um es dann auf den Punkt zu bringen: Sie packe einen direkt bei den Eiern. Das mochte etwas drastisch klingen, aber letztlich entsprach es ziemlich exakt Brodersens bisherigen Erfahrungen.

Wegemann schob seine Sonnenbrille auf die Nase und lehnte sich entspannt zurück. Eine Weile genoss er die Sonne und das Wissen, für nichts und niemanden mehr verantwortlich zu sein, außer für sich.

„Bei diesem Weib muss man immer auf der Hut sein, mein Junge", sagte er dann. „Wenn Sie nicht höllisch aufpassen, werden Sie von ihr am Nasenring durch die Manege geführt. Sie beherrscht alle Töne, die wir hören, alle Blicke, die wir sehen wollen. Spielt mit Männern wie die Katze mit den Mäusen."

„Die Katze hat mir viel aus ihrem Leben erzählt", sagte Brodersen. „Heiße Storys. Mit einer äußerst spannenden Rahmenhandlung."

Wegemann winkte gleichmütig ab.

„Die hat zu reden angefangen, sobald sie hinter Gittern saß. Nur wusste man nie, was wirklich stimmte. Vor Gericht war es ziemlich anstrengend, weil sie sich wie eine Diva benahm und die Aufmerksamkeit zu genießen schien. Da hat sie leider kaum geredet. Hat immer nur ihren Mann des Mordes bezichtigt. Das war die einzige Strategie. Dabei wuchs die Last der Beweise gegen sie immer weiter."

Brodersen wusste das meiste schon aus den Unterlagen. Die Frau hatte sich verhalten, als könne ihr nichts passieren. Als käme sie am Ende frei.

„Das ist das Problem", meinte er. „Ihr scheint es ziemlich egal zu sein, was andere über sie denken. Etwas Demut hätte ihr da mehr gebracht."

Wegemann lachte.

„*Demut?* Du lieber Himmel! Dieses Wort in einem Atemzug mit der Wiechert! Sie haben wirklich Humor!"

„Was denken Sie?", fuhr Brodersen fort. „Würde es sich lohnen, den Fall noch mal aufzurollen?"

„Dazu brauchen Sie neue handfeste Beweise. Neue vertrauenswürdige Zeugen. Etwas mit Substanz, das Ihnen die Staatsanwaltschaft nicht mal eben wie ein Wattebällchen vom Tisch pusten kann."

„Ich weiß, ich weiß."

„Gibt es da was?"

„Vielleicht."

Skeptisch verzog Wegemann das Gesicht.

„Was immer Sie vorhaben, ich kann Sie nur warnen. Das wird ein Tsunami. Wenn das wieder Fahrt aufnimmt, werden Sie es allein nicht schaffen."

„Ist ja erst mal nur ein Gedankenspiel."

„Keine gute Idee, glauben Sie mir. Selbst wenn das auch nur im Ansatz eine juristische Relevanz haben sollte. Wenn Sie meinen Rat hören wollen ..."

Aber Brodersen war nicht hier, um *diesen* Rat zu hören. Und das strahlte er auch aus, da ließ Wegemann den Satz lieber unvollendet im Nichts verpuffen.

„Die Wiechert steckt seit einiger Zeit plötzlich voller Energie", erzählte der junge Anwalt dem Ex-Kollegen. „Es fällt mir schwer, ihr nicht zu glauben. Die Vorstellung, sie könnte unschuldig sein, treibt mich an. Sie hat mir eine völlig neue Geschichte erzählt, verstehen Sie? Ich muss mich jetzt erst einmal mit allen Einzelheiten beschäftigen und das Puzzle Teil für Teil zusammensetzen. Aus dem, was ich gehört habe und dem, was sie mir aufgeschrieben hat. Sie hat eine Menge Schulhefte fabriziert, eng beschrieben mit ... Erinnerungen. Aber auch mit neuen Spekulationen. Unstrukturiert. Spontan. Nicht chronologisch. Ein kreatives Chaos, das ich jetzt entschlüsseln werde."

Wegemann blieb unbeeindruckt.

„Dann benimmt sie sich wie immer", stellte er fest. „Ich hab dieses Auf und Ab echt lang genug mitgemacht. Ein Wechselbad der Gefühle. Die Spinne webt ein neues Netz. Mir scheint, Sie zappeln längst drin und merken es noch nicht. Lassen Sie sich bloß nicht aussaugen, mein Freund."

Wegemanns skeptische Haltung ärgerte Brodersen, und er bereute bereits die Entscheidung, den ehemaligen Kollegen so tief ins Vertrauen gezogen zu haben. Erfahrungen hin oder her, hier ging es letztlich auch um eine mögliche Chance, für einen spektakulären Fall ein Wiederaufnahmeverfahren erwirken zu können. Welcher Anwalt würde sich das entgehen lassen?

„Dann halten Sie Angelika Wiechert für schuldig?", fragte Brodersen den Ex-Kollegen.

Wegemann nahm sich für die Antwort Zeit, als wäre ihm ausgerechnet diese Frage noch nie in den Sinn gekommen.

„Ich habe zumindest nie daran gezweifelt, dass sie die Morde hätte begehen können", sagte er dann. „Ich meine emotional und moralisch. Aber ich hab mich auch nie festgelegt. Damals gab es für die Experten nur zwei denkbare Mörder. Entweder die Wiechert oder ihren Mann. Beide hatten kein Alibi. Beide standen unter extrem hohem psychischem Stress und wären somit fähig gewesen, in einer Art emotionalem Ausnahmezustand die Kinder zu töten. Aber nahezu alle Indizien wiesen auf die Mutter hin. Frau Wiechert reagierte auf die Anschuldigungen gegen sich mit einer eisigen Gleichgültigkeit, die sie nur noch verdächtiger machte. Ich kenne keinen Menschen, der diese Frau sympathisch findet. Mit Ausnahme ihres letzten Liebhabers vielleicht. Aber selbst der hat ihr am Ende nicht mehr geglaubt. Sie konnte einem fast leid tun, als sich nach und nach jeder von ihr abwendete. Am Ende war sie allein. Dazu muss sie doch auch was erzählt haben – sofern sie wirklich ehrlich zu Ihnen war."

„Ja, das war sie,", versicherte ihm Brodersen trotzig. So wirklich erinnern konnte er sich daran nicht.

„Ich meine aber nicht die Beichten aus ihrem Leben, bei denen Sie immer wieder einen Ständer bekommen haben", bemerkte Wegemann trocken. „Die beste und vermutlich einzige Freundin der Wiechert hat mal sehr treffend formuliert, was für ein Mensch diese Dame ist. Eine skrupellose Hauptdarstellerin. In ihrem Leben sowieso. Aber sie möchte es auch im Leben der anderen sein. Denken Sie mal drüber nach, welche Rolle die inzwischen in Ihrem Leben eingenommen hat."

Brodersen bemühte sich um eine neutrale Reaktion, obwohl der Vorschlag beunruhigend nachhallte. Der Raum, den Angelika Wiechert inzwischen in seinen Gedanken eingenommen hatte, war beträchtlich.

„Sie ist meine wichtigste Klientin. Da ist es doch völlig normal, wenn ich ihr viel Zeit widme."

„Ach ja, meinen Sie? Wer sagt das denn? Sie müssen vor allen Dingen professionelle Distanz wahren."

Brodersen errötete, als hätte ihn Wegemann bei erotischen Heimlichkeiten erwischt. Innerlich war er sowieso schon fast wieder auf dem Weg ins Büro, während Wegemann aussah, als wolle er den Rest seines Lebens hier in der Sonne sitzen bleiben, Drinks schlürfen und sich … großartig finden.

„Haben Sie sonst noch einen Tipp für mich?", fragte Brodersen zum Abschied, für den sich Wegemann nur widerwillig erhoben hatte.
Der große Mann nickte entschieden, legte in einer väterlichen Geste seine Hand auf Brodersens Schulter.
„Tun Sie's nicht!"

\*\*\*

Nico hatte von einer Party morgens ein paar Gramm Crack mitgebracht. Außerdem zwei Flaschen *Grey Goose Vodka*. Julia Bauer hatte sich nach dem Aufwachen sofort mit flatternden Händen Rocks in die Pfeife gestopft und gierig geraucht, während ihr Mitbewohner auf der bloßen Matratze in seinem Zimmer in einen komatösen Schlaf gesunken war. Nico schlief viel und lange. Oder er war nicht da. Eigentlich der ideale Mitbewohner.
Julia trat ans Fenster und verfolgte, was unter ihr in der *Langen Reihe* los war. Menschen mit Zielen, Autos mit Zielen, ein Metro-Bus, dessen Ziel sogar deutlich über der Frontscheibe abzulesen war – die gesamte Stadt strotzte nur so vor Zielstrebigkeit und Aktivität. Für eine Weile war auch die junge Frau von Euphorie und Tatendrang erfüllt, verspürte Lust darauf, sich in diese Zielstrebigkeit einzureihen. Sie wollte raus aus den schlampigen Klamotten, duschen, Haare waschen, Kaffee trinken, Musik hören, Einkäufe machen, etwas essen, zum Friseur gehen, nach neuen Schuhen stöbern und so tun, als führe sie ein normales Leben. Aber dann lümmelte sie doch nur wieder auf dem breiten Sofa herum, begutachtete die seit langer Zeit nässende Brandblase an ihrem Finger und verlor den Faden. Es kamen immer zu viele Gedanken, zu viele Pläne und Ideen auf einmal. Entweder alles oder nichts. Und es verschwand auch immer alles auf

einmal. Nie blieb am Ende wenigstens mal eine gute Idee übrig, mit der sie etwas hätte anfangen können.

Manchmal tauchte zwischen den Gedanken sogar Igor auf. Das war dann wirklich das Gegenteil des Lichtes am Ende des Tunnels. Igor, der so vieles in ihrem Leben war, aber niemals wäre ihr bei ihm der Ausdruck „Freund" in den Sinn gekommen. Und im wahren Leben gab es ihn auch nicht mehr. Da war er eine verblassende unerfreuliche Erinnerung geworden. Eine, mit der sie gebumst hatte, von der sie verprügelt und um Liebe angebettelt worden war. Ein Schläger, der in nüchternen Momenten sogar etwas ähnliches wie nett sein konnte, und eines Tages war er abgeholt worden, wegen irgendeiner hässlichen Sache, da hatten sie ihn von der U-Haft nach einer Gerichtsverhandlung in den Knast überführt und weggesperrt. Wann das gewesen war? Ihr Umgang mit Zeit und zurückliegenden Ereignissen verlief meistens teilnahmslos, alles versank hinter ihr im Nichts. Igor war weg, ihr Leben ging weiter. Ohne ihn kaum weniger beschissen als mit ihm.

Julia bewegte sich zwischen Fenster und Sofa hin und her, Verlor jede Erinnerung an Igor und redete sich ein, ihre Unruhe wäre Aktivität. Immerhin erinnerte sie sich noch daran, früher regelmäßig gejoggt zu haben. Um die Außenalster - in einer ziemlich guten Zeit. Auch, dass sie im Fitness-Studio auf dem Crosstrainer sechzig Minuten lang mühelos ein hohes Tempo gehen konnte, ohne aus der Puste zu geraten. Mit knackigem Hintern, strammen Beinen und festen Brüsten. Heute würde sie das schon allein deshalb nicht schaffen, weil sie es keine sechzig Minuten mehr ohne Crack aushielt.

Glücklicherweise schien Nico eine erfolgreiche Nacht verbracht zu haben. Als Typ von schmächtiger Statur, der mit über Zwanzig immer noch etwas Jungenhaftes ausstrahlte, war er eine begehrte Alternative für Männer, die sich an kleine Jungs – noch – nicht herantrauten. Nico verstand es nach wie vor gut, den kleinen Jungen zu spielen. Vieles von dieser Rolle musste er nicht einmal vortäuschen. Lukrativ war sie auf jeden Fall. Mal brachte er gute Einnahmen nach Hause, mal kümmerte sich Julia um die täglich notwendige Ration. Manchmal lief es über ein paar schnelle Nummern, gelegentlich brachte ein einziger extravaganter Job so viel ein, dass es länger reichte. Darüber hinaus hatte sie während einer Durststrecke auch mal einige wertvolle Möbel und Kunstgegenstände aus der Wohnung verkauft. Nico beschaffte auf verschiedenen Wegen Geld. Er sprach nicht gern darüber, und Julia fragte ihn nie danach. Irgendwas ging immer.

Jetzt starrte sie in den geöffneten Kühlschrank, der wieder nahezu leer war, durchwühlte Nicos Klamotten nach Zigaretten, goss sich ein Glas Wodka ein und verzog sich rauchend auf das Sofa. Die ganze Wohnung wirkte inzwischen leer und kahl. An einer Wand hing nur noch der große Flachbildschirm, der Tag und Nacht lief, meistens ohne Ton.

Das Klavier hatte Nico bis zuletzt verteidigt. Aber er spielte kaum noch. Manchmal hockte er nur davor und glotzte auf die Tasten, als frage er sich, wozu sie da waren. Betrachtete dann seine Finger, als müsse er herausfinden, wie beides zusammenpasste. Julia konnte nicht Klavier spielen. Ihre Mutter hätte sich früher vor Freude überschlagen, hätte die Tochter auch nur irgendeine künstlerische Fähigkeit besessen. Wenn sie die dann annähernd so weiterentwickelt hätte wie Nico, der an guten Tagen atemberaubend klang, hätten ihre Eltern endlich mal stolz auf sie sein können. Dann hätte ihr Vater vor Freunden und Geschäftspartnern mit ihr prahlen können, die immer gleich so entzückt reagierten, wenn Klein-Julia und ihre Schwestern wie dressierte Pudel neue Kunststückchen aufführten.

Mittlerweile hatte sie den guten alten Geschäftspartnern des Vaters ganz andere Kunststückchen gezeigt und damit viel mehr Begeisterung ausgelöst, als mit kindlichen Tuschgemälden oder stockend vorgetragenen Weihnachtsgedichten.

Letztes Jahr in der Vorweihnachtszeit hatte sie sich für einen dieser feinen Herren als Engel verkleidet, und er war als Knecht Ruprecht mit seiner großen Rute über sie hergefallen. Julias Weltbild konnte durch solche Erlebnisse längst nicht mehr erschüttert werden. Sex war eine Dienstleistung, durch die man schnell zu Geld kam. Und das Geld brauchte sie für Crack. Und Crack brauchte sie für den Zustand, der sie alles andere vergessen ließ. So ergab sich ein stimmiges Bild aus nur drei Puzzleteilchen.

Im letzten Telefonat mit der Mutter, es lag jetzt schon einige Wochen zurück, hatte Julia das noch einmal ganz unmissverständlich zum Ausdruck gebracht. Ihre Altersgenossinnen fokussierten sich auf Job oder Familie, am liebsten auf beides, trieben wie besessen Sport oder drängten ins Rampenlicht, durch Gesang, Schauspielerei oder über eine Modelkarriere. Julia aber wollte nur die Droge. Schlicht und ergreifend! *Das* war ihr Lebenssinn, das war ihre Philosophie. Keiner – außer vielleicht Nico – hatte auch nur annähernd eine Vorstellung davon, was ihr das bedeutete. Das Füllen der Pfeife, das Knistern beim Anzünden, das tiefgreifende und umfassende Gefühl, das sofort da war, zuverlässig und ohne Verzögerung. Darum ging es. Um diesen Moment, wenn der inhalierte Rauch eine direkte Verbindung zwischen Verstand und Seele herstellte, wie eine Brücke, die zwei gegensätzliche Ufer verband. Wenn Julia sich echt fühlte, im eigenen Zentrum.

Als sie das erste Mal Crack konsumiert hatte, damals noch zusammen mit einem Typen, in den sie unsterblich verliebt gewesen war, hatte sie mit ihm gleich danach den besten Sex ihres Lebens gehabt. Ein Moment, in dem sie alles verstanden, empfunden und beherrscht hatte. Voller Gefühl und Extase, als wären Seele und Möse eins.

Sie hielt es für etwas Besonderes, *solche* Erfahrungen zu machen. Diese universelle Bedeutung des Moments, verbunden mit dem Bewusstsein, genau das zu erkennen und in sich aufzunehmen – Teil davon zu sein. Crack war für sie zur Goldsuche nach solchen Momenten geworden. Das Navigationssystem für die Sinne. Ohne die Droge gab es das nicht; gab es gar nichts. Mit ihr ging es täglich auf Entdeckungsreise.

Was unterschied diesen Weg von den Wegen, auf denen Menschen ohne Absicherungen in irgendwelchen Steilwänden nach dem ultimativen Kick suchten? Oder wenn die sich in Sechzehn-Stunden-Arbeitstagen an irgendwelchen überschätzten Jobs aufgeilten? Oder sich exzessiv durch Partynächte schwitzten, mit ihren erbärmlichen Pillen? Julias Mutter malte beschissene Bilder. Ihr Vater baute beschissene Häuser. Sie rauchte Crack. Wo war das Problem, wenn jeder von ihnen das tat, was ihn besonders befriedigte?

„Ich hab alles unter Kontrolle", hatte Julia ihrer Mutter versichert. „Wenn Papa mir kein Geld mehr gibt, muss ich mich eben von seinen Geschäftsfreunden noch öfter durchbumsen lassen."

Die Mutter war am Boden zerstört. Sprach vom Leben. Von der Familie. Von den echten Werten. Julia fragte sich, ob die Mutter mit „echten Werten" ihre viel zu großen Kunsttitten meinte, die aufgespritzten Lippen oder die mit Haarteilen aufgepeppten Frisuren. Vielleicht meinte sie auch ihre lächerlichen Gemälde, von denen Julia deutlich weniger hielt als einige Kritiker. Schon als Jugendliche hatte sie sich mit den Schwestern über den Kunsttick der Mutter lustig gemacht. Mama als begabte Malerin! Mama als anerkannte Künstlerin! Gäste, die staunend vor ihren Gemälden verharrten, ihr eine gestalterische Tiefe bescheinigten, die sie in Wirklichkeit nie hatte.

Die Mutter süffelte einfach ein paar Gläschen Schampus und klekste danach wie ein unbedarftes Kind die Leinwand voll. Sie hatte sogar mal ihre Brüste in Farben getaucht und gegen eine Leinwand gepresst. Da waren es allerdings mehr als ein paar Gläschen Schampus gewesen.

Marlene Bauers größte Begabung war es, sich selbst zu inszenieren und sich für diesen Zweck optimal zu vernetzen. Das war die Wahrheit. Wie so oft. Genauso wie die Erkenntnis, dass Roger Bauers Häuslichkeit auf nichts weiter als Bequemlichkeit basierte. Er verspürte einfach keine Lust mehr, abends noch etwas zu unternehmen. Lieber vertrieb er sich seine Zeit mit einer der häufig wechselnden weiblichen Hausangestellten.

Julia trat erneut ans Fenster und blinzelte ins Sonnenlicht hinaus. Sie könnte jetzt eine Runde spazieren gehen. Oder wenigstens ein paar Besorgungen machen. Sie musste endlich mal die ständig nässende Brandblase an ihrem Finger verarzten, hatte aber nicht mal Pflaster im Haus. Die Brandblase hatte sie bekommen, weil sie beim Rauchen das überhitzte Glas der Pfeife einfach nicht hatte loslassen wollen. Die Gier hatte sogar den Schmerz überlagert. Angesichts dieser Wunde erinnerte sie sich wieder an das wohlige Knistern der Pfeife. An das entspannende kleine Lagerfeuer, an dem ihr Hirn so gern Platz nahm. Da verging ihr der letzte Rest an Lust, etwas anderes zu wollen als *das*.

# Kapitel 4: Besuche

Eric traf sich mit Gravesen auf dem Niendorfer Friedhof. Am Grab von dessen Halbbruder Frank Jensen. Den beiden Männern verdankte er eine ganze Menge. Sie hatten ihn während der Recherche für sein bisher erfolgreichstes Buch unterstützt, als Eric und seine damalige Freundin Marie sich immer tiefer in das Schicksal einer verschwundenen Sängerin verstrickt hatten. Eine aufwühlende Suche war das gewesen, aus der Eric am Ende als Verlierer und Gewinner gleichermaßen hervorgegangen war. Als erfolgreicher Autor zwar, im Privatleben aber mit einer bitteren Niederlage.

Die Beziehung mit Marie hatte er dem Buchprojekt *Blue Note Girl* geopfert, durch seine fast krankhafte Besessenheit ihre Liebe zerstört. Als er Marie zum Bleiben hatte bewegen wollen, war es längst zu spät gewesen.

„Und jetzt ist sie plötzlich wieder in Hamburg aufgetaucht", erzählte Eric dem Mann, der schweigend neben ihm stand und das gut gepflegte Grab mit einer Intensität betrachtete, als wolle er sich jede Einzelheit für den Rest seines Lebens einprägen. „Hat auf der Suche nach sich selbst einen Mann fürs Leben gefunden. Alt und mit viel Geld. Hätte ich mich damals nicht mit Janina Nossaks Verschwinden beschäftigt, wär ich heute vermutlich noch mit Marie zusammen, vielleicht sogar glücklich verheiratet, mit Kindern, Haus und Hund und den Freuden und Sorgen normaler Menschen."

Gravesen warf ihm einen kurzen Seitenblick zu und grinste dann.

„Du als normaler Mensch? Mit einem Hund? Das passt doch gar nicht ..."

„Fantasie ist mein Geschäft."

„Hast du nicht gesagt, du hättest Kinder?"

„Ja, aber nicht mal das ist eine normale Geschichte."

„Würdest du den Erfolg deines Buchs nachträglich gegen ein normales Leben mit Marie eintauschen mögen?", wollte Gravesen wissen.

Eric zögerte mit der Antwort. War nicht genau das die Frage, die ihn schon lange quälte? Auf die er keine Antwort fand. Wie wichtig ihm Erfolg am Ende wirklich war. Seinem Ego. Seiner Eitelkeit. Selbst seinem Konto. Brauchte er die überragenden Kritiken? Die Begeisterung der Leser? Den Platz ganz oben in den Bestsellerlisten, und das möglichst immer wieder?

Auf jeden Fall schmeichelte ihm der sichtbare Erfolg, ebenso wie gut besuchte Lesungen und Signierstunden. Vom Schreiben war er besessen. Von seinen Themen, von den Figuren, mit denen er sich beschäftigte. Die Liebe zu Marie war in dem Maß gewachsen, in dem sie ihm entglitten war, um schließlich unerreichbar zu werden. Da endlich liebte er sie wie eine Romanfigur und verdrängte schamhaft die Erinnerung daran, wie oft er sie im wahren Leben vernachlässigt hatte. Ihr nur mit halbem Ohr gelauscht, an ihr vorbei oder durch sie hindurchgesehen hatte, weil er vor allem seinen literarisch verwobenen Gedanken folgte.

„Zu deinem Buch gab es keine Alternative", stellte Gravesen fest. „Egal, was du nachträglich darüber denkst."

Aus Gravesens Mund klang alles immer klar und einfach.

„Der Stoff soll jetzt sogar verfilmt werden", murmelte Eric. „Aber das verdammte Drehbuchschreiben ist eine Qual."

„Dann mach halt was anderes. Oder zwingt man dich?"

„Von irgendwas muss ich leben."

Gravesen nickte. Das Problem kannte er.

„Worum geht es bei deinem neuen Job hier in Hamburg?", erkundigte sich Eric beiläufig. Er fand, sie hatten genug über seine Situation geredet. „Vielleicht inspiriert mich das zu einem neuen Buch."

Gravesen schüttelte den Kopf.

„Kein Kommentar!"

„O Lala! Streng geheim?", bohrte Eric weiter.

„Streng langweilig."

Eric wusste, dass Gravesens Jobs alles waren, nur nicht langweilig.

Auf dem Niendorfer Friedhof herrschte eine friedliche Ruhe. Lediglich eine Amsel lieferte eine bemerkenswerte Kostprobe ihres Könnens, die Bühne irgendwo in einem nahegelegenen Geäst.

„Es geht immer um eine Story", sagte Eric nachdenklich. „Meinst du nicht?"

„Schon möglich", entgegnete Gravesen. „Der Versuch, eine verlorene Seele zu retten, ist allerdings eher ein Klischee."

„Scheint dein Spezialgebiet zu sein."

„Klischees?"

„Du weißt genau was ich meine."

Gravesen beugte sich vor und berührte liebevoll den schlichten Stein auf dem Grab seines Bruders.

„Das Retten von Seelen war eher Franks Spezialgebiet. Es gibt bis heute immer wieder Situationen, da könnte ich seinen Rat gut gebrauchen."

„Auch bei dem aktuellen Fall?"

„Da ganz besonders."

Nach dem Treffen auf dem Friedhof suchten die beiden Männer ein Café am Tibarg auf, einem Marktplatz des Stadtteils Niendorf.

Eric fühlte sich wohl. Nach Danielas Abreise hatte er endlich mal wieder jemanden zum zwanglosen Reden gefunden, wobei hauptsächlich er selbst redete. Besonders wenn es um Marie ging, hielt sich Gravesen auffällig bedeckt, was Eric nicht davon abhielt, dieses Thema im Café erneut aufzugreifen.

„Damals, nach Franks Beerdigung, da hattest du mir erzählt, dass du einen Spezialauftrag angenommen hättest. Es hatte mit Marie zu tun. Mehr wolltest du nicht verraten. Hast nur gesagt, dass du mir eines Tages mehr dazu erzählen wirst."

Gravesen nickte und betrachtete die Färbung seines Kaffees.

„Und? Kannst du mir heute mehr erzählen? Hatte dieser damalige Auftrag unter Umständen auch damit zu tun, dass Marie nie zu mir zurückkehrte?"

„Nein", entgegnete Gravesen entschieden, fast ärgerlich. „Es ging nur um Geld. Ihr stand damals noch eine Abfindung und eine Prämie zu. Ihr ehemaliger Chef hat mich darauf angesprochen."

„Du hast das geregelt?"

„Ja."

„Einfach so?"

„Ihr kam das Geld gerade recht, um für eine Weile auszusteigen. Das passte also zusammen. Der Zeitpunkt war ideal."

„Klingt nach einer simplen Geschichte", murmelte Eric.

Gravesen schwieg düster. Das Thema schien ihm nicht zu behagen.

Eric starrte unbefriedigt in das zu dieser Zeit spärlich besuchte Café. Irgendwas an der Geschichte passte nicht. Aber es war ein Ereignis aus einer vergangenen Zeit, leer wie eine Bühne, die von den Hauptfiguren längst verlassen worden war. Am Ende schien Marie ihr persönliches Glück woanders gefunden zu haben. Das Happy End, von ihr vielleicht schon immer erträumt. Nur Eric hatte die Zeit mit dem Lecken alter Wunden vergeudet.

„Ist was nicht in Ordnung?", wollte Gravesen wissen.

„Das klingt alles so folgerichtig", murmelte Eric. „War das wirklich unvermeidlich? Ich hatte einen anderen Ausgang der Geschichte geplant."

„Dann verändere eben den Lauf der Dinge. Schreib dein nächstes Buch darüber."

„Nicht, wenn ich emotional derart tief drinstecke."

Gravesen zuckte mit den Achseln. Trank einen Schluck Kaffee. Würde das Thema jetzt wohl am liebsten beenden.

„Hat Marie damals noch irgendwas über mich ... oder über *uns* gesagt? Die Trennung bedauert? Um mich geweint? Mit dem Gedanken gespielt, vielleicht doch zu mir zurückzukehren, wenn die Zeit reif ist? Irgendwas in der Art?"

„Dir geht es um die Wahrheit?"

„Worum sonst?"

„Also gut. Sie hat in der Sonne gesessen und überlegt, wie lange das Geld, das ich ihr gebracht hatte, wohl reichen könnte. Kein Wort über dich."

„Klingt ernüchternd. Wollte ich daraus eine Story machen, wer würde das lesen wollen?"

Gravesen grübelte eine Weile, schließlich fragte er:

„Was ließe sich dann aus dem Stoff machen?"

Eric grinste schief und spielte mit dem Cognacglas vor sich auf dem Tisch. Ein doppelter. Natürlich!

„Ich könnte Marie und dir beispielsweise eine heiße Affäre auf La Palma andichten. Auf der einen Seite die desillusionierte junge Frau, dem Horror einer brutalen Verschleppung gerade noch entkommen, auf der anderen Seite der smarte Typ für Spezialaufträge, der zu ihren Lebensrettern gehört hatte und ihr nun auch noch genügend Geld bringt, um für eine Weile den ersehnten Ausstieg zu finanzieren. Sie muss sich wie zu Weihnachten gefühlt haben."

„Um dann gleich mit dem Weihnachtsmann ins Bett zu hüpfen?", fragte Gravesen.

„Ich betrachte das rein literarisch."

Gravesen holte tief Luft, sagte dann aber nur:

„Nennt man das nicht Klischee?"

Dem mochte Eric nicht widersprechen. Zurück blieb der Verdacht, von Gravesen nicht die ganze Geschichte erfahren zu haben. Ebenso wie das Gefühl, es vielleicht auch lieber nicht so genau wissen zu wollen.

\*\*\*

Die Entscheidung, sich mit Andreas Brodersen zu verloben, hatte Christiane Neumann bis zum heutigen Tag nie bereut. Der acht Jahre jüngere Mann war ein ambitionierter Jurist, noch am Anfang seiner Karriere, gutaussehend, mit guten Manieren. Durch seine ungezwungene Art hob er sich angenehm von den Typen ab, mit denen es Christiane bisher zu tun bekommen hatte. Aus ihrer Sicht zählte es zu ihren besten Entscheidungen, mit ihm die gemeinsame Zukunft zu planen. Deshalb hatte sie in letzter Zeit keine Gelegenheit ungenutzt gelassen, in ihren Gesprächen das Thema Ehe zu forcieren. Verbunden mit der Idee, die Pille abzusetzen, um sich endlich den größten Lebenswunsch zu erfüllen. Mit Mitte dreißig hatte der an Dringlichkeit gewonnen. Sie hatte nie eine alte Mutter werden wollen, selbst wenn das späte Gebären inzwischen im Trend lag.

Doch während sie sich verstärkt auf die Realisierung ihrer Pläne konzentrierte, hatte sich Andy in der letzten Zeit verändert. Diese Veränderung hatte mit dem Tag begonnen, an dem man ihm in der Kanzlei die Betreuung einer Kindermörderin übertragen hatte. Anfangs hatte er verunsichert und irritiert darauf reagiert, sogar mit dem Gedanken gespielt, sich von dieser Aufgabe entbinden zu lassen. Doch davon hatte ihm Christiane gegen ihre eigene Überzeugung abgeraten. So sehr sie die Vorstellung auch verabscheute, dass ihr Verlobter juristisch eine Frau beriet und betreute, die vor einem Jahrzehnt ihre beiden kleinen Söhne umgebracht haben sollte – *verurteilt auf Basis von Indizien*, wie Andy gern betonte – ließ sich andererseits nicht bestreiten, was für eine außerordentliche Chance dem jungen Anwalt damit geboten wurde. Zweifellos war Andy in der Kanzlei auf dem Weg nach oben, und jede falsche Reaktion könnte vielleicht alles verderben.

Es ließ sich mit Christianes Vorstellungen bestens vereinbaren, die Frau eines *erfolgreichen* Mannes zu werden. Nach ihrer Vorstellung war das Teil des großen Plans: Liebe, Heirat, Kinder, Wohlstand, Familienglück. All das musste mit Andys Karriere beginnen. Dem sollte ein baldiger Auszug aus dem sterilen Appartement in ein eigenes gemütliches Haus mit Garten folgen. Christiane wünschte sich mindestens zwei Kinder. Einen Hund. Eine glückliche Familie, in deren Mittelpunkt sie alles geduldig und mit Umsicht managen wollte. Ein Leben, das ihrer viel zu früh verstorbenen Mutter versagt geblieben war und das sie aus diesem Grund umso sehnlicher anstrebte.

Später hatte Andy immer weniger über Angelika Wiechert gesprochen, stattdessen aber oft abwesend und reizbar gewirkt. Das aber war es nicht, was Christiane zunehmend störte. Es war viel mehr die Art, wie sich sein Verhalten ihr gegenüber im Bett veränderte. Hatten sie über längere Zeit eine sehr vertraute und zärtliche Beziehung gepflegt, schien er von einem Tag auf den anderen plötzlich wie ausgewechselt. Er wurde fordernder, härter, selbstsüchtiger, rücksichtsloser und begann Dinge von Christiane zu verlangen, die sie strikt ablehnte. Ihren Fragen wich er aus, ihre Ängste ignorierte er, und wenn sie bestimmte Handlungen verweigerte, reagierte er beleidigt oder sogar aggressiv.

Heute Nacht war es wieder einmal zu einem Disput über eine solche absonderliche Idee von ihm gekommen. Er war ärgerlich geworden, hatte ihr Prüderie und Spießigkeit vorgeworfen. Zum ersten Mal verspürte Christiane leise Zweifel an der Wahl des Partners für den Rest ihres Lebens. Während Andy trotz des Streits problemlos eingeschlafen war, hatte der Kummer auf sie wie eine Überdosis Koffein gewirkt. Immerhin war Andy bereits der dritte Mann, mit dem sie ernsthaft die Gründung einer Familie in Erwägung gezogen hatte. Im Vergleich zu seinen beiden Vorgängern war sie bei ihm am zuversichtlichsten gewesen.

Möglicherweise aber lag in seinen Vorwürfen auch ein Fünkchen Wahrheit. Vielleicht sollte sie bei manchem Wunsch doch etwas aufgeschlossener reagieren. Selbst wenn ihr einige Praktiken zuwider waren. Besser gesagt, die meisten. Aber nicht alle. In manchen Fällen war ihre Ablehnung eher ein Reflex gewesen, während sie mit etwas mehr Abstand allein bei der Vorstellung, mal etwas Neues auszuprobieren, eine gewisse Erregung verspürte; womit sie gegen ihre Erziehung und die tief verwurzelten Moralvorstellungen verstieß. Wäre es wirklich so schlimm, wenn er sie mal ...?

Christiane unterbrach schlagartig ihre Gedanken, weil aus dem unteren Wohnbereich ein lautes Geräusch zu hören war. Ein Knall. Erschrocken hielt sie den Atem an. Es folgte eine Art

Scharren. Dann abgrundtiefe Stille. Panisch weckte sie Andy, der immer etwas Zeit brauchte, um aus seinem beneidenswert tiefen Schlaf in die Realität zu finden. Klammerte sich an ihn. Atmete ängstlich in sein Ohr. Worte, die sie lieber geschrien hätte, als sie mühsam in ein heiseres Flüstern zu pressen.

„Unten. Ist. Jemand."

Sie bewohnten ein doppelstöckiges Appartement. Oben ein großzügiges Schlafzimmer mit angrenzendem Bad und einem begehbaren Kleiderschrank. Unten – über eine stählerne Wendeltreppe erreichbar – Wohn- und Essbereich mit Küche in fließendem Übergang, ein Arbeitszimmer und eine Gästetoilette.

„Wer soll denn da sein?", murmelte Andy und gähnte. „Die Putzfrau kommt erst um zehn. Oder hat dein Liebhaber einen eigenen Schlüssel?"

„Bitte Andy! Das ist nicht witzig! Ich hab ganz deutlich was gehört. So als wäre etwas umgestoßen worden. Kannst du nicht wenigstens mal nachsehen?"

„Na, wenn du dich dann besser fühlst." Unwillig brummend kroch er aus der Bettwärme. In der Tür stehend, nur mit einer Shorts bekleidet, drehte er sich noch mal zu ihr um, durchtrainiert, attraktiv und furchtlos. „Wie du siehst, *ich* tue immer alles, um was du mich bittest!"

Sie verstand die Anspielung und formte mit den Händen seufzend das Timeout-Zeichen.

„Andy, bitte nicht jetzt!"

Er verschwand auf leisen Sohlen. Ihre Sorge wuchs, als er fort war. Wenn nun unten tatsächlich ein Eindringling lauerte – oder gleich mehrere?! Perverse Typen, die kurzen Prozess mit ihm machten. Ihn erstachen und dann nach oben kamen. Die sie wehrlos im Bett liegend vorfanden und sich gegenseitig grinsend anstießen. Sich über sie hermachten und all das mit ihr taten, was sie Andy zuvor verweigert hatte.

Sie verkroch sich unter der Bettdecke, als böte die einen sicheren Schutz gegen jede Art von Bedrohung. Nichts war zu hören. Minuten verstrichen entnervend langsam und geräuschlos. Dann plötzlich ein Poltern und Krachen. Ein Schrei. Schritte, die zu ihr heraufgestürmt kamen, die Tür wurde aufgerissen. Andy, mit vor Schreck geweiteten Augen, taumelnd, offenbar schwer verletzt. Sie blickte ihn erschrocken an. Erstarrte vor Angst.

„Andy", flüsterte sie.

Er streckte ihr flehend die Hände entgegen und presste ächzend ihren Namen hervor. Dann brach er stöhnend zusammen. Erst dachte sie, er würde weinen oder wimmern, aber schnell schwoll sein Gelächter an, das er einfach nicht mehr unterdrücken konnte, bis es aus ihm herausbrach und er neben dem Bett auf dem Boden liegend nach Luft schnappte.

„Wenn du eben dein Gesicht hättest sehen können", japste er. „Was für ein Spaß!"

„Spaß?!", fauchte sie ihn an. „Bist du verrückt geworden? Du hast mich zu Tode erschreckt, du Idiot!"

„Und ob das ein Spaß war! Dein verdammtes Bügelbrett ist aus dem kleinen Haushaltsschrank geknallt. Wieder mal! Die Tür hat dem Druck nachgegeben. Ich hab dir schon tausend Mal gesagt, dass du das da nicht immer alles so planlos reinstopfen sollst, verstehst du? Aber nein, du machst ja nie, was ich sage. *Egal was!*"

Sie war immer noch wütend.

„Egal was?!", stieß sie bitter hervor. „Geht es eigentlich nur noch um diese ... dreckigen Sachen?"

„Dreckige Sachen", spottete er. „Lächerlich."

Sie begann zu weinen, konnte sich gar nicht mehr beruhigen.

Da setzte er sich zu ihr auf das Bett und zog sie schuldbewusst in die Arme. Verwandelte sich endlich wieder in den Andy, in den sie sich vor zwei Jahren verliebt hatte, als er noch perfekt zu ihren Träumen gepasst hatte.

Zärtlich versuchte er sie zu trösten und sich für sein ruppiges Verhalten zu entschuldigen. Er habe sich ja nur einen kleinen Scherz erlaubt. Doch nun schluchzte sie bitterlich, und diese Tränen hatten längst nichts mehr mit seinem *kleinen* Scherz zu tun.

Er versuchte, sie irgendwie aufzuheitern, indem er von seinem Kampf mit dem widerspenstigen Bügelbrett erzählte. Es habe ihn mehrfach angegriffen, bevor es ihm gelungen war, es zu besiegen und wieder im Schrank einzusperren.

Gegen ihren Willen musste Christiane über diese Vorstellung lachen.

„Mein Bügelbrett ist ein bisschen so wie ich", sagte sie schon etwas friedfertiger. „Es hat seinen eigenen Willen und einen unbeirrbaren Freiheitsdrang."

In diesem Augenblick knallte es unten schon wieder, und sie mussten beide lachen.

„Es gibt einfach nicht auf", sagte Andy. „Da sehe ich tatsächlich Ähnlichkeiten mit dir. Was mach ich nur mit euch beiden?"

Er wiegte Christiane eine Weile fest im Arm, und ihr aufgeregtes Zittern hatte sich noch immer nicht ganz gelegt. Dann aber wurde sie mutig, klammerte sich fest an ihn und flüsterte ihm Dinge ins Ohr, die er noch nie von ihr gehört hatte. Nach dem überwundenen Schreck fühlte sie sich plötzlich so bereit wie nie, über ihren Schatten zu springen. Ihr ganzer Körper befand sich in einer Art Ausnahmezustand, das Herz pumpte das Blut bis in den letzten Winkel ihres Körpers, alles kribbelte angenehm, und sie sehnte sich nach Nähe, egal um welchen Preis. Andy sollte seinen Willen bekommen – und sie so bald wie möglich ein Baby!

„Muss was trinken." Jetzt wirkte er nervös, während er sie in altvertrauter Zärtlichkeit küsste. „Hab plötzlich 'nen total trockenen Hals. Bin gleich wieder da, Schatz!"

In der Tür stehend blickte er sie noch einmal zweifelnd an, als habe er sich verhört. Grinste wie ein Schuljunge.

„Lauf bloß nicht weg, kleines, verdorbenes Luder!", sagte er.

„Beeil dich", entgegnete sie mit rauer Stimme und gab sich große Mühe, wie ein verdorbenes Luder zu wirken. Dabei kam sie sich einfach nur albern vor, wie immer, wenn sie sich um eine verruchte Ausstrahlung bemühte.

Gutgelaunt verschwand Andy noch einmal nach unten. Es dauerte nicht lange, bis er zurückkehrte und wieder zu ihr ins Bett kroch. Sie lag mit dem Rücken und mit geschlossenen Augen zu ihm und hatte sich längst wieder beruhigt. Fühlte sich bereit – für alles, was jetzt kommen sollte. Seine kalten Hände glitten zu ihr unter die Decke, und sie erschauerte bis in die Seele. Zugleich war sie auch ein wenig aufgewühlt und gespannt, worauf sie sich jetzt eingelassen hatte. Andy war nicht mehr wie früher. Die liebevolle Zärtlichkeit ihrer Anfangszeit fehlte, als seine Fingerspitzen noch ausgiebige Reisen über ihre besonders empfindsamen Körperregionen unternommen hatten. Seelenlosen Sex, den hatte sie ein für alle Mal hinter sich lassen wollen. *Alles* würde sie Andy sowieso nicht durchgehen lassen. Sie wollte nur die Leine etwas lockern, um ihn dann so sanft wie möglich in die Vaterrolle zu lenken. Geben und nehmen! Mehr als nur Fingerspitzen berührten ihren nackten Körper. Sie hatte sich nackt ausgezogen, um Bereitschaft zu signalisieren. Vernahm erregte Atemzüge dicht neben ihrem Ohr. Seine Hände schoben ihr etwas über den Kopf, das sich sofort fest um ihren Hals legte und ihr die Luft zum Atmen raubte. Erschrocken bäumte sich Christiane auf. Das war nicht Andy!

***

Kriminalhauptkommissarin Diana Krause stellte den Karton mit den persönlichen Sachen auf dem alten Schreibtisch in ihrem neuen Büro ab und atmete danach erst einmal tief durch. *Alter Schreibtisch?* Alles hier war alt! Die Wände hätten längst mal wieder einen Anstrich vertragen können. Das Regal sah aus, als bräche es jeden Moment zusammen. Ihr Vorgänger hatte es offensichtlich nicht für notwendig erachtet, alte Fachbücher zu entsorgen. Ebenso wenig wie einen leeren Blumentopf, an dem noch Reste ausgelaugter Blumenerde klebten, einen Globus mit verblassten Kontinenten, ein paar schäbige Aktenordner, eine mit Isolierband geflickte grüne Plastikgießkanne und einen Holzkarteikasten. All diese Dinge wirkten in dem Regal wie übriggebliebene Relikte einer vergangenen Zeit. Hinter dem Schreibtisch gab es einen Bürostuhl, dessen Lehne einen seltsam geformten Riss aufwies, als hätte sich *Zorro* dort verewigt. Vor dem Schreibtisch standen drei unterschiedliche Besucherstühle, von denen jeder auf seine Art unbequem aussah. Die Magnettafel an der Wand hinter dem Schreibtisch schien noch das neueste Ausstattungsstück im Büro zu sein - natürlich ohne Magnete. Gegen das Regal lehnte sich ein müder Aktenschrank, der allein vermutlich nicht mehr aufrecht hätte stehen können, vollgestopft mit Ordnern. Und auf dem Schreibtisch erinnerte ein überraschend neu wirkender Monitor an das Computerzeitalter. Ein Flipchartständer ohne Papier und Stifte rundete das Bild eines schlecht ausgestatteten Büros ab.

Alles in diesem Raum machte auf Diana den Eindruck, von niemandem erwartet worden zu sein. Es war genau die Situation, die ihr prophezeit worden war. Aber auch genau die, die sie sich gewünscht hatte: Neuanfang bei der Mordkommission. Egal wie. Selbst wenn sie in einem leeren Büro hätte beginnen müssen.

Einzelkind, Einzelgängerin, Einzelkämpferin, mittlerweile fünfundvierzig Jahre alt und immer noch froh darüber, bei der Kripo zu sein. Ihr Dienstplan erlaubte kaum Privatleben. Ein Glücksfall! Das bisschen Freizeit ließ sich mit Schlafen, fleischloser Ernährung und Sport optimal ausfüllen. Sport, den sie nicht aus Überzeugung trieb, sondern als unbarmherzigen Krieg gegen überschüssige Pfunde. Als Tochter zweier übergewichtiger Eltern, die beide früh an Gefäßerkrankungen verstorben waren, achtete Diana übertrieben penibel auf ihren BMI und wurde panisch, sobald das von ihr festgelegte Idealgewicht beim morgendlichen Wiegen auch nur leicht überschritten war. Darüber hinaus war sie aber keine Frau, die viel Wert auf Äußerlichkeiten legte. Ließe sie es darauf ankommen und würde sie die dafür notwendigen Maßnahmen ergreifen, könnte sie sich durchaus in eine auffällige Erscheinung verwandeln, alle Voraussetzungen dazu waren vorhanden. Aber genau diese Ambitionen hatte sie nicht. Das erklärte ihre eher saloppe Art sich zu kleiden und das eher nachlässig frisierte rotbraune Haar mit den ersten grauen Strähnen. Ihre Miene wirkte immer etwas gleichgültig und die braunen Augen schläfrig.

Seit Jahren pflegte die Kriminalhauptkommissarin einen lockeren Kontakt zu ihrem Nachbarn Thomas Strobel, Drummer einer in Insiderkreisen verehrten Heavy Metal Band, mit dem sie schlief, wenn ihr danach war, und der ansonsten angenehm wenig Ansprüche an eine Beziehung stellte, sofern er überhaupt einmal da war.

Diana Krause hatte sich vor einiger Zeit ohne viel Hoffnung auf die Stelle als Leiterin der Mordkommission beworben. Ihr war klar gewesen, dass sie ohne Stallgeruch und Lobby kaum eine Chance besaß, den Job zu bekommen. Während einer mehrjährigen Tätigkeit beim Kriminaldauerdienst hatte sie für die Kollegen der Mordkommission oft nur die Tatorte absperren und erste Spuren lesen und sichern dürfen. Nicht nur sie war darüber erstaunt gewesen, dass ihre Bewerbung als Leiterin der Mordkommission klappte. Einfach so, ohne großes Vorspiel. Fast alle Kolleginnen und Kollegen der neuen Dienststelle machten kaum einen Hehl aus ihrer Überraschung.

Aber nun stand Diana in diesem neuen und doch so alten Büro und ließ die Umgebung erst einmal auf sich wirken. Vor einigen Minuten hatte sie eine kurze Ansprache an das neue Team gehalten und dabei in versteinerte Mienen über verschränkten Armen geschaut. Sie hatte präzise Worte gewählt, um ihre Vorstellungen und Philosophie deutlich zu machen. Das entsprach ihrem Motto. Offenes Visier! Die Kollegen sollten wissen, woran sie bei ihr waren. Eine Vorgesetzte, für die der hundertprozentige Einsatz die Untergrenze war. Das Minimum dessen, was sie von ihren Leuten verlangte. Sie würde es vorleben. Mit Leib und Seele! Sie würde alle aus dem Team noch zu Einzelgesprächen bitten, um herauszufinden, mit wem sie es zu tun bekäme. So schnell wie möglich wollte sie über Freund und Feind Bescheid wissen. So schnell wie möglich wollte sie das Team zu *ihrem* Team formen. Wer nicht mitzog, dem drohten ungemütliche Zeiten. Mit den Vorgesetzten hatte sie ihren Weg schon abgestimmt. Die Frage war, ob man sie wirklich unterstützte, wenn es drauf ankäme.

Einer aus dem Team, das noch nicht ihr Team war, steckte nach kurzem Klopfen den Kopf an der halbgeöffneten Tür vorbei ins Büro. Gerade so weit wie nötig.

„Darf man schon stören?" Eine fast spöttisch klingende Frage des großen Burschen, trotz jüngeren Alters schon mit kahlem Schädel. Da wirkte das pfiffige Bärtchen fast ein wenig trotzig. Diana lächelte.

„Nur wenn es wirklich wichtig ist", entgegnete sie. „Ich bestaune gerade meine innovative Büroeinrichtung." Sie hoffte, dass der Mitarbeiter Ironie richtig einordnen konnte. Er konnte.

„Würden Sie einen Doppelmord als wirklich wichtig einstufen?", wollte er wissen. „Ich meine, im Vergleich zur Bestandsaufnahme eines Luxusbüros?"

Nachdenklich bewegte sie mit geschürzten Lippen den Kopf hin und her, als falle ihr die Entscheidung schwer, bevor sie nickte.

Ein Doppelmord klang nicht ganz unwichtig.

Der Kollege wollte sogleich wieder verschwinden, aber ihr Fingerschnippen hielt ihn davon ab.

„Ich habe hier leider Namen und Dienstgrade noch nicht so parat. Verraten Sie mir doch bitte mal Ihre wichtigsten persönlichen Daten. Ich lerne schnell, das verspreche ich."

Er schien einen Moment zu stutzen, als hätte sie ihm eine zu intime Frage gestellt. Spulte dann seine Antwort runter: „Kommissar Hanspeter Jürgens. Vierunddreißig Jahre alt und Schuhgröße 48."

Diana nickte zufrieden. Den Namen würde sie behalten. Und die Schuhgröße auch. Sie hatte ein exzellentes Gedächtnis für persönliche Daten und Besonderheiten. Konnte sich überhaupt sehr viel merken und aus einer Fülle von Fakten schnell die richtigen Schlüsse ziehen. Das war bekannt und vielleicht auch einer der Gründe gewesen, ihr die Leitung der Mordkommission zu übertragen.

„Kommissar Jürgens", sagte sie sanft. „Dann werde ich mir das Vergnügen gönnen, mich gleich von Ihnen zu unserem Doppelmord bringen zu lassen. Wie finden Sie die Idee?"

Seiner Miene war nichts abzulesen, wie er diese Idee fand. Er zog den Kopf endgültig aus ihrem Blickfeld - wie aus einer Schlinge.

Später im Wagen fragte sie ihn nach den Hintergründen des Doppelmordes.

Ein Rechtsanwalt namens Andreas Brodersen war in seiner Wohnung tot aufgefunden worden. In der Küche. Im Schlafzimmer hatten die von einer hysterischen Putzfrau alarmierten Streifenpolizisten Brodersens Verlobte Christiane Neumann gefunden. Erdrosselt. Nackt neben dem Bett auf dem Boden liegend. Der mutmaßliche Tatort sei wie üblich gesichert worden und Beamte vom Kriminaldauerdienst, der Spurensicherung und der Rechtsmedizin wären bereits vor Ort.

„Gibt es auch ein *Wow* bei diesem Fall?", wollte Diana von Jürgens wissen.

Der junge Ermittler, der den Einsatzwagen mit deutlicher Anspannung lenkte, als befände er sich mitten in der Führerscheinprüfung, warf ihr kurz einen irritierten Blick zu.

Verstand die Frage nicht. Ein Wow? Wie bitte?

„Irgendwas Bemerkenswertes, was Sie mir jetzt noch sagen können, bevor ich es später vor Ort erfahre und wie eine Idiotin dastehe", ergänzte sie. „Ich wäre dann nur unnötig sauer auf Sie, und wir beide hätten einen schlechten Start."

Jürgens lächelte unergründlich.

„Der ermordete Anwalt betreut die Kindermörderin Angelika Wiechert", sagte er – um sich dann zu korrigieren: „*Hat* sie betreut! Wer auch immer in seine Wohnung eingedrungen ist, muss Brodersen eine ganze Weile gefoltert haben. Danach wurde die Bude systematisch durchsucht. Da steckt also schon auf den ersten Blick mehr dahinter als nur ein Einbruch mit Totschlag. Die Kollegen vom KDD haben uns jedenfalls gleich verständigt."

„Angelika Wiechert", murmelte Diana. „Die Lehrerin, die vor Jahren ihre beiden Jungs vergiftet hat."

„Genau die!", bestätigte Jürgens. „Vor zehn Jahren war das."

„Das fängt ja gut an!", brummte die neue Chefin und Jürgens riskierte einen weiteren Seitenblick, um an ihrer Miene ablesen zu können, wie sie das gemeint haben könnte. Aber ihr Gesichtsausdruck verriet nichts, mit diesen schläfrig wirkenden Augen und dem leicht belustigten Zug um die Mundwinkel. Als liefe alles wie gewünscht.

Kriminaloberkommissar Steffen war einer der Ermittler vom KDD. In weißer Schutzkleidung – dem Dresscode aller Personen am Tatort – führte er Diana Krause und Hanspeter Jürgens durch die Räume. Weil die Leiche des Juristen im unteren Wohnbereich gerade von den Rechtsmedizinern untersucht wurde, stiegen sie zunächst einmal die Wendeltreppe hinauf, die ins Schlafzimmer führte, zur Leiche der Verlobten. Steffen verriet schon auf dem Weg nach oben erste Details über den bisher rekonstruierten Tathergang.

„Sind einfach durch die Tür", sagte er, während er sich immer wieder zu Diana umwendete. „Keine Alarmanlage. Nicht mal besonders gesichert. Gerade ein Anwalt müsste es eigentlich besser wissen."

„Warum denn gerade ein Anwalt?", erkundigte sich Diana.

Steffen zuckte mit den Achseln.

„Wer mag schon Anwälte?"

Da die Hauptkommissarin über seinen Witz nicht lachte, fuhr er fort: „Also dieser Brodersen scheint zumindest was gehört zu haben. Geht also runter und kriegt was über den Schädel.

Während er unten besinnungslos in der Küche liegt, nimmt man sich seine Lebensgefährtin vor. Bei der geht es schnell, sie wird effizient erdrosselt. Danach wurde es für Brodersen noch einmal hässlich. Vor seiner Ermordung musste er einiges aushalten. Aber das sollten Sie unten lieber selbst begutachten. Üble Geschichte. Spusi und Rechtsmedizin wollen ja auch noch ihre Berechtigung nachweisen, nicht wahr?"

„Sie sind ein Witzbold", bemerkte Diana. „Kompensieren Sie auf diese Weise die dunklen Seiten unseres Jobs?"

„Auf diese Weise kompensiere ich so ziemlich alles", entgegnete Steffen gutgelaunt. „So, wir sind da!"

Christiane Neumanns Leiche lag seltsam verrenkt neben dem Bett, daneben Decken und Kissen, wie ein kleines Gebirge angehäuft.

„Sie wurde fachgerecht stranguliert", erklärte Steffen, während sich Diana vorsichtig der Leiche nährte. „Wenn ich das mal so salopp ausdrücken darf. Aber sie hat echt gekämpft. Soweit sind wir uns einig. Den Rest möchte ich lieber den Kollegen vom Fach überlassen. Die Frau hat sich tapfer gewehrt. Der Täter wollte sie vermutlich einfach nur so schnell wie möglich ausschalten."

Diana betrachtete die weit aufgerissenen blutunterlaufenen Augen des Opfers.

„Wurde sie vergewaltigt? Was meinen Sie?"

Steffen schüttelte den Kopf.

„Unwahrscheinlich. Darum ging's hier nicht."

Diana blickte sich um.

„Wenn hier wirklich nach was Bestimmtem gesucht wurde, dann möchte ich so schnell wie möglich wissen, was das gewesen sein könnte", sagte sie.

Hanspeter Jürgens war neben sie getreten.

„Das werden wir alles herausfinden, Chefin", versprach er mit ruhiger Stimme. Sie blickte ihn nachdenklich an. Noch hatte sie keine Ahnung, was sie von ihm halten sollte, was in seinem kahlen Schädel vor sich ging. Alles, was er von sich gab, schien von einem spöttisch gefärbten Unterton getragen zu werden. Die Frage war, ob es eine für ihn typische Grundhaltung war, oder ob er sich nur ihr gegenüber so benahm. Es ließ sich jedenfalls jetzt schon mit Gewissheit feststellen, dass hier mehr Arbeit auf sie wartete, als „nur" die Aufklärung eines Doppelmordes. Auch wenn es noch so zynisch klingen mochte: Das war genau der Fall, den eine Mordkommission unter neuer Leitung brauchte, um zu einer Einheit zu verschmelzen! Natürlich hatte sich Diana diesen Fall nicht gewünscht oder etwas Vergleichbares herbeigesehnt. Aber jetzt, da sie hier am Schauplatz eines Verbrechens erste Eindrücke sammelte, war sie wild entschlossen, diesen Fall so schnell wie möglich zu lösen.

„Beziehungstat kann man wohl ausschließen", sagte Steffen zu Jürgens.

„Liebe Kollegen", mischte sich Diana entschieden ein. „Wir schließen vorerst einmal gar nichts aus, okay?"

Dann ging sie neben der ermordeten Frau in die Hocke und schien schon im nächsten Augenblick die Anwesenheit der beiden anderen Beamten verdrängt zu haben. Jürgens vernahm ein eigentümliches Murmeln von seiner Chefin. Was man ihr nachsagte, stimmte also tatsächlich: Sie sprach mit den Toten an den Tatorten. Kommunizierte irgendwie in einem geflüsterten Monolog mit ihnen. Steffen drehte sich zu Jürgens um und wischte mit der Hand vor der Stirn auf und ab. Dann verließ er grinsend den Raum. Jürgens blieb. Hockte sich neben die Chefin. Lauschte dem unverständlichen Wispern.

Bekam eine Gänsehaut.

## Kapitel 5: In die Enge getrieben

Die Zeitung lag dort auf dem Küchentisch, wie üblich, als sei es ein Tag wie jeder andere. Nur hatte Betty Brodersens Blick am heutigen Morgen nicht mit mäßigem Interesse die Schlagzeilen auf der Titelseite überflogen, sondern war sofort wie erstarrt an dieser einen Nachricht hängen geblieben. Unfähig, die Schreckensmeldung zu realisieren, trotz der alarmierend großen Buchstaben. Die Polizei musste sich geirrt haben. Die Presse musste sich geirrt haben. Unmöglich, dass ihr Neffe und dessen sanftmütige Verlobte ermordet worden waren! Solche Dinge las man höchstens über Fremde. Deren weit entferntes Schicksal ließ sich schnell und leicht bedauern, aber danach konnte man wieder in den gewohnten Tagesablauf wechseln. Niemand aus dem persönlichen Umfeld, schon gar nicht ein Mitglied der eigenen Familie, fiel einem Verbrechen zum Opfer, wurde zu einer Schlagzeile, die einen gleich morgens beim Frühstück, noch vor dem ersten Schluck Kaffee ins Gemüt knallte. Es war einer jener seltenen Augenblicke, in denen Betty nach Gott rief und keine Antwort bekam.

Verena Haslinger musste hilflos mit ansehen, wie ihre eben noch munter plaudernde Gastgeberin quasi aus dem Nichts von einem Weinkrampf gepackt wurde. Entschlossen aber ungeschickt, beinahe hätte sie das Milchkännchen umgestoßen, langte die junge Frau über den Tisch hinweg nach der Zeitung und begann zu lesen, die Augen vor lauter Konzentration ganz schmal.

Dabei formte sie mit den Lippen tonlos jedes einzelne Wort wie ein Kind bei ersten Lesebemühungen. Es dauerte eine Weile, bis sie sich das Geschehen aus dem Artikel zusammengereimt hatte. Und noch länger, sich der Tragweite dieses Ereignisses bewusst zu werden.

Mit wachsender Erkenntnis setzte auch bei ihr eine Art Schockstarre ein, allerdings aus anderen Gründen als bei Betty. Während die ältere Frau in einen Zustand tiefster Trauer verfiel, breitete sich in Verena Panik aus. *Das* war nicht Teil des Plans gewesen. *Ihres* Plans! Obwohl sie dieses Mal so sicher gewesen war, das Richtige zu tun. Doch rückblickend erinnerte sie sich kaum noch an Einzelheiten. Am Ende schien es ihr, als sei da eine böse Macht geweckt worden.

Die blutige Schlagzeile lieferte einen weiteren Beleg dafür, dass Verena Haslinger ihren Mitmenschen nur Unglück brachte. Vielleicht hatten die Eltern damals doch mit der Vermutung richtig gelegen, es verberge sich etwas Böses in der Tochter. Etwas Unheilvolles, das sich trotz intensivster Bemühungen nie hatte austreiben lassen. Es hatte Schlägen und Bestrafungen getrotzt, sich vor Gott und später auch vor der Gefängnispsychologin verkrochen, und es hatte sich ihrer Geliebten Angelika nur gezeigt, wenn die es lockte. Wenn sie es brauchte und danach verlangte. Wie aber sollte Verena nach der aktuellen Tragödie ihrer Freundin jemals wieder unter die Augen treten können?

Erst kürzlich hatte Rechtsanwalt Brodersen Verena gedrängt, sich unbedingt bei Angelika zu melden oder ihr wenigstens eine Nachricht zukommen zu lassen. Jetzt war er tot. Ermordet. Zusammen mit seiner Verlobten. So stand es heute in der Zeitung. Von einem brutalen Verbrechen war die Rede. Angelika würde Verena garantiert Fragen dazu stellen. Unangenehme Fragen. Instinktiv würde sie die Schuld der Freundin an den aktuellen

Entwicklungen wittern. Verenas Beteiligung an diesem Drama war mehr als offensichtlich. Das kam dabei heraus, wenn ein naiver Geist glaubte, den Lauf der Dinge auf eigene Faust beeinflussen zu müssen. Anfangs hatte Verena ihren Plan unbeirrt umgesetzt, dann aber wie so oft in ihrem Leben viel zu schnell den Überblick verloren. Hatte einfach nicht damit gerechnet, dass sich aus einem harmlos rollenden Steinchen *diese* Lawine entwickeln konnte.

Jetzt stand sie nach wenigen Wochen in Freiheit schon wieder vor den Scherben eines neuen Lebens, bevor es richtig begonnen hatte. Die zweite Chance war so schnell verspielt, als hätte sie beim Roulette alles auf die falsche Zahl gesetzt.

Längst sehnte sie sich wieder nach der straffen Ordnung im Gefängnis, nach einem überschaubar eingeteilten Tagesablauf. Von Frauen umgeben, an die sie sich zum größten Teil gewöhnt hatte, und deren Gemeinheiten meist erträglicher waren als die der Männer. Vor allen Dingen sehnte sie sich nach Angelikas beruhigender Nähe, der Sicherheit in ihren Armen, nach der Hoffnung, die von der starken Frau ausging und die immer für sie beide gereicht hatte. Verena wünschte sich, die Uhr noch einmal zurückdrehen zu können, bis zum Tag ihrer Entlassung, um dann alles exakt so zu erledigen, wie von Angelika aufgetragen. Nachdem der jungen Frau das Ausmaß der eigenen Schuld im vollen Umfang klar geworden war, begann auch sie heftig zu schluchzen. Sie hätte auf Angelika hören sollen! Nun war es zu spät. Der Beweis ihrer Unfähigkeit beherrschte unmissverständlich die Titelseite der Zeitung:

*BRUTALER RAUBMORD AN HAMBURGER RECHTSANWALT!*

*Anwalt der Kindermörderin Wiechert und seine Verlobte Opfer eines Gewaltverbrechens!*

Da saßen die beiden unterschiedlichen Frauen in der Küche und weinten. An einem liebevoll gedeckten Frühstückstisch, auf dem in einer blumenverzierten Porzellankanne der Kaffee unbeachtet abkühlte. Daneben frische Brötchen, die nicht gegessen wurden. Dazu die Träume, die an diesem trostlosen Morgen ein jähes Ende fanden.

Betty klammerte sich an Gebete und Zigaretten, bis sie sich irgendwann wie in Trance erhob, im Schlafzimmer verschwand, sich mit mechanischen Bewegungen anzog und danach in die Küche zurückkehrte, in der Verena wie versteinert am Tisch sitzengeblieben war.

Nur in der Kirche werde sie mit dem tragischen Verlust einigermaßen fertig werden können, verkündete Betty. Verena dürfe sie gern begleiten. Zum gemeinsamen Trauern und Beten. Aber die junge Frau schüttelte den Kopf, floh lieber schuldbeladen in ihr Zimmer. Wollte sich dort zur Ruhe zwingen, um nachzudenken. Das hatte ihr Angelika im Knast unermüdlich eingetrichtert, besonders für jene Momente, in denen sie wieder mal vor Aufregung konfus zu werden drohte, wenn die Gedanken rotierten, der Kopf glühte, der Schweiß ausbrach. Aufgewühlt trat sie auf den winzigen Balkon, zu dem sie von ihrem Zimmer aus Zutritt hatte, schaute in den trüben Morgen hinaus und rauchte hastig zwei Zigaretten hintereinander. Im Knast hatte sie sich das Rauchen abgewöhnt. Kaum war sie draußen, hatte sie wieder damit angefangen. Vorrangig stärkte die Freiheit offenbar Schwächen.

Wieder in ihr kleines Zimmer zurückgekehrt, weinte Verena erneut und versuchte anschließend, ihre Gedanken zu ordnen.

Was sollte sie jetzt tun? Was konnte sie überhaupt tun? Am Ende gab es immer noch die Möglichkeit, sich nach all den Jahren wieder an Gott zu wenden. Vielleicht sprach er ja schon längst zu ihr? Machte ihr gerade jetzt deutlich, wie wenig sie von seinen Antworten bisher begriffen hatte, wie weit sie längst wieder vom Pfad der Tugend abgewichen war.

Dabei hatte es damals so harmlos begonnen, mit der Freiheit außerhalb des Elternhauses, nach der sie sich mit dem ersten Tag ihrer Volljährigkeit sofort auf die Suche gemacht hatte. Dass sie in irgendeiner Hamburger Gosse landen würde, hatte die Mutter ihr prophezeit, mit diesem kleinen, verkniffenen Mund, aus dem alles nicht nur säuerlich klang, sondern auch säuerlich roch. Aber Hamburg war Verenas erklärtes Ziel gewesen. Selbst eine Gosse in dieser Stadt schien ihr verlockender zu sein als weiterhin im Elternhaus zu bleiben. Endlich all die Dinge ausprobieren, vor denen der Vater und die Mutter sie immer gewarnt hatten. Aber auch die, von denen die Eltern nicht die geringste Ahnung hatten. Die ganz besonders.

Erst mit kleinen Verrücktheiten und überschaubaren Wagnissen. Die führten zu größeren Verrücktheiten und folgenschweren Bekanntschaften. Eine unaufhaltsame Abwärtsspirale, die durch die Gosse direkt ins Gefängnis geführt hatte. Da waren die Eltern aber schon längst bei einem Busunfall ums Leben gekommen – auf einer Pilgerfahrt. So brauchten sie wenigstens den Absturz der Tochter nicht mehr mitzuerleben – Gottes Wege waren tatsächlich unergründlich. Es blieb den Eltern erspart erfahren zu müssen, dass Verena im Gefängnis ein Verhältnis mit einer Kindesmörderin begann. Allein für diese „Sünde" hätte der Vater sie vermutlich erschlagen.

Nun aber, kaum, dass sie wieder auf freiem Fuß war, klebte schon Blut an ihren Händen. Nur weil sie gemeint hatte, eigene

Entscheidungen treffen zu können. Was käme als Nächstes? Was hatte dieses launenhafte Schicksal noch für sie bestimmt? Vor ihr lag die Hölle in Sichtweite, und Satan höchstpersönlich schien sich als Begleiter anzubieten. War sie ihm nicht schon so nah gewesen wie nie zuvor? Sie hatte mit ihm gesprochen, ihn gereizt und bedroht, ihn in die Enge getrieben.

Fest entschlossen betrat sie das fensterlose Badezimmer, versperrte die Tür, zerrte sich wütend die Kleidung vom Leib. Mit Hilfe eines Messers begann sie zu beten. Schnitte weckten die alte Demut und den nötigen Eifer, den man für das Gespräch mit Gott brauchte. Die scharfe Klinge verhalf ihr dazu, endlich wieder intensiv mit dem Herrn in Kontakt zu treten, um seinen Zorn zu besänftigen. Frische Wunden in der eigenen Haut beruhigten sie. Schmerz tat gut und belebte vertraute Gefühle. Sie sehnte sich nach Prügel und Qual, denn sie musste bestraft werden. Jetzt war die Zeit der Buße gekommen. Ihre Eltern wären stolz auf sie, hielt sie doch bis zum Ende der intensiven Gebete ohne einen Laut durch. Beim Anziehen biss sie tapfer die Zähne zusammen. Fühlte sich geläutert. Alles war gut. Wenigstens für den Augenblick.

***

Die Arbeit mit Lisa entwickelte sich für Eric ebenso inspirierend wie anstrengend. Inspirierend, weil sie ihn pausenlos forderte. Offen. Direkt. Aber immer positiv. Und anstrengend war sie aus genau denselben Gründen.

Diese Frau ließ nie locker, wollte alles ausdiskutieren, kämpfte um jede Idee, verteidigte ihre Meinung bis ins letzte Argument und gönnte Eric keine Verschnaufpause. Zwei Besessene, die für ihre ausufernde Kreativität einen Konsens finden mussten. Der

Mann des Wortes und die Frau, die in Dialogen und Szenen dachte.

Lisa erwies sich als Energiebündel, das Eric bei Konflikten auch mal spontan aus der Wohnung trieb, raus aus den volldiskutierten und leergeatmeten Räumen, um gemeinsam mit ihm während eines Spaziergangs bei frischer Luft neue Ansätze zu finden.

Manchmal joggten sie morgens zusammen seine bevorzugte Laufstrecke am Kaiser-Friedrich-Ufer, Lisa immer etwas schneller und leichtfüßiger als er. Zu solchen Anlässen klingelte sie ihn bereits früh um sechs aus dem Bett, um ihn selbst beim Laufen noch anzutreiben. Gelegentlich blieb sie über Nacht in seiner Wohnung, wenn die beiden vor lauter Arbeit die Zeit vergessen hatten. Dann schlief sie bei – aber nie mit ihm. Dieser heikle Punkt in ihrer frischen Beziehung entwickelte sich nur einmal zum Problem, als sie sich während der gemeinsamen Textarbeit vor seinem *iMac* versehentlich einen Tick zu nahe gekommen waren und in der Folge für die zukünftige Zusammenarbeit eine richtungsweisende Entscheidung treffen mussten. Eric wäre in diesem Moment jeden Weg mit ihr gegangen. Am liebsten direkt ins Bett. Dabei gab es auch ohne eine überstürzte und unüberlegte Affäre genügend Hindernisse zwischen ihnen.

Es war Lisa, die den Überblick bewahrte, da waren ihre Lippen nur noch eine schicksalhafte Sekunde voneinander entfernt. Im nächsten Augenblick sprang sie entschlossen auf, um sich erst wieder aus sicherer Distanz zu äußern, sichtlich um Haltung bemüht. Hob abwehrend die Hände. Nein, Eric. Nein!

Sie müssten diesen Job wie Profis erledigen. Es ginge um das Drehbuch. Und nur darum!

Eric erstaunte ihre strikte Reaktion. Warum sollte die Arbeit an einem verdammten Drehbuch gleich alles andere ausschließen?

Für ihn war im Leben vieles grenzenlos. Alles ließ sich mischen, verbinden, kombinieren. Keine Schubladen. Keine blöde Ordnung. Scheißegal! Mit Lisa schlafen. Später weiterarbeiten. Letzte Gedanken an Marie wegsaufen. Wegvögeln. Es konnte so befreiend sein, jenseits der Regeln.

Arglos sein Blick, gewinnend sein Lächeln. Wo genau war Lisas Problem?

„Ich halte nichts von solchen ... Verwicklungen", beharrte sie.

„Verwicklungen?", Eric musste lachen. Welch ein entzückend harmloser Begriff! Eine Formulierung ohne Mut und Lust. Wie aus einem schlechten Roman.

Aber Lisa waren seine Einwände egal. Er mochte ein Abenteurer sein. Sie war eine Frau mit Prinzipien.

„Etwas mit dir anzufangen, das wäre erst recht wie in einem schlechten Roman", sagte sie. „Ich habe eine sechzehnjährige Tochter, die bei ihrem Vater lebt. Ich habe schon einige miese Kapitel in meinem Leben hinter mich gebracht, die zu einem schlechten Roman passen könnten. Das brauch ich nicht mehr, okay?"

„*Das?*"

„Ja, *das!* Es fordert von uns Zeit. Und Gefühle. Aber wir haben einen ambitionierten Abgabetermin. Das passt nicht zusammen."

„Und danach?", wollte Eric wissen.

„Ich habe einen Freund", erwiderte sie schroff, und jetzt klang ihre Stimme wie eine zuschlagende Tür. Damit war die Sache für sie geklärt. Für Eric aber war sie danach nur noch interessanter geworden. Den Freund nahm er ihr nicht ab. So viel er wusste, lag eine frische Trennung hinter ihr.

Und er? Ja, klar, Marie weilte wieder in Hamburg, blieb aber weiter entfernt als je. Daniela war mit den Kindern – mit *seinen*

Kindern – wieder in Frankreich. Das juckte ihn kaum. Denen ging es gut, mehr brauchte er nicht zu wissen. Eric Teubner war kein verlässlicher Mann, Gefährte, Partner, kein brauchbarer Vater mit einer langfristigen Perspektive. Er konnte schreiben. Saufen. Die meisten Frauen blenden. Argumentieren. Am Ende vielleicht sogar Lisa verführen – wenn er sich Mühe gab. So viel zu seinen Prioritäten.

„Ich weiß überhaupt nichts von dir", stellte Lisa fest, das klang fast verzweifelt. „Wie kommt das?"

Eric stand auf. Zeit für das erste Glas Wein. Es war bald Mittag.

***

Marlene Bauer hatte Gravesen um ein kurzfristiges Treffen gebeten. Am Telefon hatte sie geheimnisvoll getan, für diese Zusammenkunft um Vertraulichkeit gebeten, auch, nein, gerade gegenüber ihrem Mann. Gravesen behagten solche Spielchen nicht. Loyalität gegenüber dem Auftraggeber hatte höchste Priorität für ihn. Trotzdem traf er sich mit Roger Bauers Frau. Danach wollte er weitere Schritte entscheiden.

Die Frau seines Auftraggebers bestand darauf, ihn in seinem Hotel am Hauptbahnhof aufzusuchen, was sein ungutes Gefühl verstärkte. Sobald Marlene Bauer sein Hotelzimmer betreten hatte, hielt er instinktiv Distanz, bei äußerster Wachsamkeit. Der Auftritt dieser Femme Fatale bestätigte auch dieses Mal den Eindruck, den sie bei der ersten Begegnung hinterlassen hatte: Sie versetzte einen Mann in höchste Alarmbereitschaft. Dabei legte sie es gar nicht mal betont und offensichtlich darauf an. Eher verfügte sie über eine natürliche Ausstrahlung, auffällig wie eine Leuchtreklame, der man sich nicht entziehen konnte.

Gravesen wartete, bis sich die nervöse Frau in einen der beiden eng gruppierten Sessel niedergelassen hatte, nahm erst dann auf einem etwas entfernteren Stuhl Platz.

Marlene Bauer war perfekt gestylt und agierte ansonsten unruhig und fahrig. Sie wollte wissen, wie Gravesen ihre jüngste Tochter Julia vor weiteren Gefahren eines Junkie-Daseins bewahren wollte. Er gab sich Mühe, im Fokus ihrer angespannten Erwartungshaltung gelassen zu bleiben.

„Sorry, Frau Bauer, aber ich hatte es schon im ersten Gespräch betont. Ich muss mir zunächst ein präzises Bild von der Lebenssituation und dem Umfeld Ihrer Tochter machen. Erst danach beginnen die konkreten Planungen. Und am Ende wird gehandelt."

„*Frau Bauer!*", stöhnte sie. „Du lieber Himmel! Nennen sie mich doch bitte Marlene! Wie lange dauern diese einzelnen Phasen?"

„Kann ich noch nicht sagen, *Frau Bauer*", entgegnete er. „In meiner Branche haben die meisten Jobs keine Guideline. Die muss ich mir erst erarbeiten."

Sie kniff die vollen pinkfarbenen Lippen zusammen, enttäuscht über die unbefriedigenden Antworten.

„Wann werden Sie sich die Guideline zur Rettung meiner Tochter erarbeitet haben, *Herr Gravesen*? Nur so ungefähr? Damit ich mir als Mutter und Auftraggeberin ein Bild machen kann. Ob meine Tochter bis dahin überhaupt noch lebt."

Gravesen räusperte sich kurz. Mit dieser Art von Gesprächen tat er sich schwer, immer dann, wenn eine emotionale Wolke jede Form von Vernunft und Sachlichkeit überlagerte.

„Mit Ihrem Mann besteht darüber Einigkeit, die Aktion so sicher und nachhaltig wie möglich zu planen. Ich kann Ihre Tochter natürlich schon heute aus der Wohnung holen. Aber was dann? Was denken Sie, wie es weitergehen soll und welche Reaktionen ich damit auslöse?"

Unwillig stöhnte sie auf. Richtete den Blick verzweifelt nach oben.

„*Sie* sind doch der Profi!", rief sie. „Sagen Sie es mir."

„Ich sage es Ihnen schon die ganze Zeit."

Sie sprang auf, als verursachte ihr die sitzende Haltung plötzlich Schmerzen. Wünschte etwas zu trinken. Den Standort der Minibar hatte sie längst erfasst und bewegte sich zielstrebig darauf zu. Gravesen erhob sich ebenfalls. Sein fester Vorsatz, Marlene Bauers Reize zu ignorieren, wurde allein durch ihre knallengen Jeans auf eine harte Probe gestellt. Und das wusste sie auch, und sie spielte damit. War hier zweifellos nicht einfach nur so verbeigekommen, nein, sie zeigte sich, wollte sich von ihm bewundern lassen. All das mit dem Ziel, gegenüber Gravesen die Befehlsgewalt an sich zu reißen, den eigenen Mann als Auftraggeber ins zweite Glied zu drängen. Dafür setzte sie ein was sie hatte. Nichts an dieser Frau, nichts an diesem Körper, konnte annähernd sechzig Jahre alt sein! Darüber hinaus musste sie sich einem ausgeklügelten Trainingsprogramm unterworfen haben. Fitness bis in den kleinsten Muskel. Es lohnte sich wirklich, sie als Gesamtkunstwerk zu betrachten.

Marlene Bauer entschied sich für eine kleine Sektflasche, registrierte mit abfällig hochgezogener Augenbraue die mangelhafte Gläserauswahl, das Fehlen von Sektgläsern. Majestätisch hielt sie Gravesen die Flasche zum Öffnen hin. Auch diesen Job erledigte er professionell und füllte ein Weinglas mit Sekt. Diese erste Gelegenheit nutzte sie sofort, um ihm nahe zu kommen. Zu nah! Ihre Hand sanft auf seinem Unterarm platziert, um das Einschenken zu steuern, während ihr Frühlingsduft ihn einhüllte. Den ersten Schluck Sekt trank sie gleich im Stehen. Diese Chance nutzte Gravesen, um wieder auf Abstand zu gehen. Zu ihr, zu dem feingewobenen Netz, das sie in Windeseile zu weben verstand. Er mochte ihr Parfüm. Es trug bestimmt den Namen *Verheißung*. Ein Duft, subtil wie eine geöffnete Schlafzimmertür, ein aufgeschlagenes Bett. Es musste angenehm sein, diesen Duft morgens noch vor dem ersten Schluck Kaffee in der Nase zu haben, nach einer unvergesslichen Nacht.

Marlene Bauer setzte sich wieder. Schlug die langen Beine übereinander. Mit einem Gläschen Sekt in der Hand sah sie endgültig vollkommen aus. Sie erhellte den Moment mit einem kurzen Lächeln. Dann erzählte sie, die Stimme etwas gedimmt:

„Ich habe Julia kürzlich einen Überraschungsbesuch abgestattet. Heimlich. Keiner sonst weiß davon. In dieser Wohnung, in der sie da mit ihrem verrückten Freund haust. Nico. Der gute alte Nico!"

„Sie kennen ihn?"

Seine Frage beantwortete sie mit einem amüsierten Lachen.

„Weiß Gott! Er klebte schon während Julias Schulzeit wie eine Klette an ihr. Ging früher bei uns ein und aus. War eigentlich kein schlechter Kerl. Spielte beeindruckend Klavier. Aber wenn ich sehe, was aus dem geworden ist, wird mir angst und bange! Jetzt leben diese beiden ... Kinder hier ganz in der Nähe. Die Wohnung war mal ein echtes Schmuckstück, und gerade als Immobilie in der Gegend ist sie mittlerweile ein Vermögen wert. St. Georg, ich bitte Sie. Inzwischen eine der coolsten Adressen in Hamburg. Aber Julia und Nico haben die Wohnung in einen Saustall verwandelt. Es ist mir unbegreiflich, wie ein Wesen, das neun Monate umgeben von meiner Liebe in mir herangewachsen ist, sich in diesem Dreck wohlfühlen kann."

Gravesen beobachtete Marlene Bauer beim zügigen Leeren des Glases, bevor sie sich den Rest aus der Flasche nachfüllte. Das randvolle Glas stellte sie so heftig auf einem Beistelltischchen ab, dass es überschwappte. Sie sprang erneut auf, um auf ihren High Heels mit hektischen Schritten durch das Hotelzimmer zu staksen.

„Sie wollen also, dass ich Ihre Tochter so schnell wie möglich aus der gewinnträchtigen Immobilie entferne", stellte Gravesen fest. „Gibt es schon Planungen für eine anderweitige Nutzung?"

Jetzt blieb sie vor ihm stehen, die Hände in die Hüften gestemmt, ein zorniges Funkeln in den Augen.

„Hab ich das etwa mit irgendeiner Silbe gesagt? Hier geht es allein um die Sorgen einer Mutter. Es ist nur wenige Tage her, da stand ich vor meinem Kind und musste den Atem anhalten, weil ich den Gestank nicht ertragen konnte. Julia muss sich schon länger nicht mehr gewaschen haben, trug alte, verschwitzte Klamotten, und ihre Haare triefen vor Fett. Die Haut ist unrein und fahl, und die Augen sind glanzlos und leer. Sie hat mich angestarrt, als müsste sie erst einmal überlegen, wer ich überhaupt bin. Dass ich mich ganze zehn Minuten mit ihr unterhalten *durfte*, hat mich tausend Euro in bar gekostet. Und im Hintergrund hockte dieser Psychopath auf dem Sofa, bohrte in der Nase und aß seine Popel. Können Sie sich ungefähr vorstellen, wie ich mich gefühlt habe? Zwei Zombies in der Drogenhölle. Es war grässlich! Wollen Sie da wirklich noch ernsthaft fragen, warum ich so drängle, dass meiner Tochter endlich geholfen wird?"

Gravesen nickte, zeigte Verständnis.

„Aber Sie versuchen seit Jahren erfolglos, ihr zu helfen. Ich habe jetzt gerade mal ein kleines Zeitfenster für meine Recherchen nutzen können. Ein bisschen mehr Spielraum werde ich noch benötigen."

„Wie viel mehr?", drängte sie.

„Kann ich Ihnen leider noch nicht sagen. Entscheidend ist das Umfeld Ihrer Tochter. Ich habe es schon erwähnt. Wenn ich sie endgültig aus ihrer aktuellen Situation heraushole, muss ich vorher jede Schnittstelle kennen. Ich muss abgeklärt haben, was ich in ihrer Umgebung damit unter Umständen auslösen könnte. Wie reagiert der Popelesser, mit dem sie zusammenlebt? Was wird man bei dem Escortservice machen, wenn Julia von einem auf den anderen Tag nicht mehr verfügbar ist? Wer wird sie vermissen? Wie ist sie sozial vernetzt? Wer könnte nach ihr suchen? Vielleicht sogar zur Polizei gehen? Gibt es Zuhälter, mit denen Ihre Tochter irgendwie verbandelt ist, Drogendealer, Stammkunden, irgendjemand, der ihr so nahesteht, dass er ihr plötzliches Verschwinden nicht einfach hinnehmen würde ..."

Angewidert von seinen Überlegungen verzog Marlene das Gesicht. Präziser konnte man das vermurkste Leben ihrer Tochter nicht auf den Punkt bringen.

„Schon gut, schon gut, ich möchte das alles gar nicht so genau wissen", rief sie resignierend, während sie mit den Händen herumwedelte, als müsste sie schlechte Luft vertreiben. „Ich habe verstanden. Alles, was Sie sagen, klingt einleuchtend. Sie sind sehr gewissenhaft. Ich bin nur die besorgte, sicher auch naive Mutter. Danke, *Herr* Gravesen, danke für Ihre Offenheit."

Sie ließ sich wieder in den Sessel sinken. Zum Leeren des zweiten Gläschens Sekt benötigte sie zwei Züge, bevor sie Gravesen gequält anblickte, plötzlich mit glitzernden Tränen in den katzenartig geschminkten Augen, vielleicht auch nur wegen der schlagartig aufsteigenden Kohlensäure des zu schnell getrunkenem Sekt.

„Was haben wir bei Julia bloß falsch gemacht?", fragte sie mehr sich als ihn. „Was für ein Alptraum! Das eigene Kind so abrutschen zu sehen. Sie ist mir völlig ... *völlig!* ... fremd geworden.

Wir haben geredet, als wären wir verfeindet. In ihrer Nähe kann ich es einfach nicht lange aushalten. Und das hatte nicht nur mit ihrer Verwahrlosung zu tun. Nach zehn Minuten war ich froh, wieder aus dieser furchtbaren Wohnung rauszukommen. Ich konnte da nicht atmen, nicht klar denken und hatte schon nach wenigen Minuten jede Zuversicht verloren. Normalerweise sehen Eltern in ihren Kindern die Zukunft. Ich schaue meine Kleine an und sehe das Ende. Das ist doch nicht normal, oder?"

Jetzt weinte sie und war eine Weile damit beschäftigt, aus ihrer übergroßen Handtasche ein Taschentuch hervorzukramen.

Gravesen beobachtete die Millionärsgattin, als säße er im Theater mit Blick auf die Bühne. Und er betrachtete sie in der Rolle der verzweifelten Mutter. Dabei wirkte sie eher wie eine überforderte Fehlbesetzung, obwohl sie sich mächtig ins Zeug legte. In der Rolle der Verführerin wirkte sie authentischer als beim Trauern um die Tochter. Behutsam tupfte sie mit einem Taschentuch in ihrem Gesicht herum, als müsse sie unbedingt vermeiden, sich selbst als Kunstwerk zu verwischen.

Für Gravesen waren Marlene Bauers Zweifel und Fragen zwar verständlich, aber objektiv auch leicht zu beantworten. Natürlich gab es viele Gründe, warum Kinder auf die schiefe Bahn gerieten. Nicht immer und für alle Fehlentwicklungen waren die Eltern verantwortlich. Aber das, was er bisher über das Ehepaar Bauer erfahren hatte, ließ ihn nicht im Geringsten an deren unfreiwillige Mitwirkung am Abstieg der Tochter zweifeln. Eine selbstverliebte Mutter und ein arbeitswütiger Vater schienen kaum dafür geeignet, ihren Kindern während der Entwicklung die nötigen Impulse und den erforderlichen Halt zu geben. In manchen Fällen mochte es trotzdem funktionieren. Bei zwei Töchtern schien es ja auch geklappt zu haben. Nur das Nesthäkchen hätte mehr Präsenz der Eltern gebraucht. Leider kamen die

Einsichten oft erst, wenn das Kind schon im Brunnen lag – oder Drogen nahm. Da bildete das Schicksal der Familie Bauer keine Ausnahme.

„Was kann *ich* denn jetzt noch tun?", wollte Marlene schluchzend wissen.

Gravesen erhob sich und holte sich aus der Minibar eine Flasche Wasser.

„Sie und Ihr Mann haben mich engagiert", entgegnete er, während er mitten im Raum stehen blieb. „Sie müssen jetzt nichts weiter tun. *Ich* werde mich kümmern. Nach meinen Regeln. Und meinem Zeitplan."

Zum ersten Mal während des Gesprächs hellte sich Marlenes Miene ein wenig auf, schien sie aus seinen selbstsicheren Worten doch etwas Hoffnung zu schöpfen.

Nach der geübten Beseitigung letzter Spuren der Verzweiflung verabschiedete sie sich am Ende wieder so perfekt gestylt, wie sie gekommen war. Dabei ließ sie es sich nicht nehmen, Gravesen zu umarmen und auf beide Wangen zu küssen, mit einem Höchstmaß an Nähe und Körperlichkeit. Ihr betörender Duft kribbelte ihm noch in der Nase, als er vor dem aufgeklappten Notebook längst schon wieder mit ihrer Tochter beschäftigt war.

\*\*\*

Ob man das als Chefin tun sollte oder besser anderen überließ, Diana Krause hatte das Büro zum Teil lieber selbst gereinigt, das Gerümpel ihres Vorgängers, der hier eh nur kurze Zeit bis zu ihrem Beginn überbrückt hatte, entsorgt, Lücken im Arbeitsumfeld geschlossen und die Bürotechnik auf einen akzeptablen Stand bringen lassen. Wäre es ihr zeitlich möglich gewesen, sie hätte auch noch die Scheiben geputzt, Wände gestrichen und

Fensterrahmen und Heizungen geschrubbt. Immerhin war es ihr recht zügig gelungen, das Büro freundlicher zu gestalten. Sie hasste unpersönliche, kalte Räume, die sich nach ihrer Überzeugung negativ auf die Stimmung auswirkten. Eine ungemütliche Umgebung beeinträchtigte Leistungsbereitschaft und Einsatzwillen, davon war sie überzeugt.

Diana hatte sich die Berichte der Spurensicherung und der Rechtsmedizin zum mutmaßlichen Raubmord an Rechtsanwalt Andreas Brodersen und seiner Verlobten Christiane Neumann durchgelesen und sich nebenbei viele eigene Gedanken und Fragen notiert. Irgendwas Grundsätzliches an dieser Geschichte störte sie noch, ohne dass sie es konkret benennen konnte. Dabei beschäftigte sie auch der Altersunterschied der beiden Opfer. Eine Frau Mitte dreißig und ein acht Jahre jüngerer ehrgeiziger Anwalt. Verlobung. Der Traum von baldiger Hochzeit. Vielleicht der Wunsch nach Kindern, so bald wie möglich. Natürlich auch ein eigenes Heim, denn der Tatort war zweifellos ein typisches Junggesellendomizil, in dem sich eine Frau dauerhaft nicht wohl gefühlt hätte. Doch bevor sich weitere Pläne realisieren ließen, war jemand bei diesem Paar eingestiegen und hatte es ausgelöscht. Zwei Leben, mit all ihren gemeinsamen Plänen, Wünschen, Hoffnungen und Träumen. Einfach so? Zufällig? Willkürlich?

Kollegen des Kriminaldauerdienstes, die kurz nach der ersten Streife am Tatort gewesen waren, hatten in ihren Berichten wie selbstverständlich einen Raubmord vermutet. Begründeten die Folterung Brodersens mit der brutalen Suche nach versteckten Wertsachen. Doch dieses Vorgehen entsprach nicht dem üblichen Verlauf eines solchen Verbrechens. Einbrecher morden höchst selten. Vor allen Dingen nicht so gezielt, sondern wenn überhaupt, dann eher im Affekt und nahezu niemals vorsätzlich.

Woran es keine Zweifel gab: Ein oder mehrere Täter mussten sich höchst professionell Zugang zu Brodersens Appartement verschafft haben. Der Anwalt war in der Küche niedergeschlagen worden. Man hatte ihn gefesselt und geknebelt, dann seine Verlobte erdrosselt und Brodersen danach gequält - und schließlich erschlagen. Hatte die Folterung Brodersens am Ende zu einem Ergebnis geführt? Konnte der Anwalt überhaupt mit den notwendigen Informationen dienen? War gezielt nach etwas Bestimmten gesucht worden oder war man einfach nur einer Vermutung gefolgt? Nach dem Motto: Wer so wohnte, der musste irgendwo noch wertvolle Dinge versteckt haben. Einen Tresor aber hatte es in der Wohnung nicht gegeben. Eine Liste möglicher Wertsachen, die verschwunden waren, musste erst noch mit Hilfe von Verwandten und Bekannten des Paares erstellt werden.

Die Spurensicherung hielt mittlerweile nur *einen* Eindringling für wahrscheinlich. Die beiden Morde mussten nach Ansicht der Spezialisten entschlossen und zielstrebig durchgeführt worden sein, doch hilfreiche Spuren waren daraus nicht entstanden. Es war anzunehmen, dass Brodersen mit einem schweren stumpfen Gegenstand erschlagen worden war, am Ehesten mit einem Bügeleisen. Christiane Neumanns Verletzungen ließen auf eine Erdrosselung mit einem schmalen Gürtel oder einer Lederschnur schließen, wobei von einem minutenlangen Todeskampf auszugehen war. Die Frau musste bis zum letzten Atemzug um ihr Leben gekämpft haben.

*Sie hat mehr verteidigt als „nur" ihr Leben,* dachte Diana. Hatte nicht so einfach aufgeben wollen. Ihre Ziele. Ihr Lebensglück. Was auch immer sie vorgehabt hatte. Aus dem Leben gerissen. Von einem Menschen, der unbarmherzig seine eigenen Ziele verfolgte, denen ein Anwalt und dessen Lebensgefährtin aus irgendeinem Grund im Weg gestanden hatten.

Wohin führte dieser Weg?

Diana hatte mit einem Schreiber die Formulierungen *entschlossen* und *zielstrebig* in dem Bericht eines Kollegen des Kriminaldauerdienstes markiert. Die waren schnell am Tatort gewesen. Das kannte sie noch aus der eigenen beruflichen Vergangenheit. Himmel, so lange war das ja noch gar nicht her! Da hatten die Leichen nach ihrem Eintreffen oft eine letzte Restwärme ausgestrahlt. So frisch verstorben, dass Diana meinte, die Seelen im Raum spüren und den Täter wittern zu können, als wäre er erst kurz zuvor durch die aufgebrochene Haustür entwichen. Aber ein Einbrecher, der möglicherweise überrascht worden war und in Panik handelte, der Menschen im Affekt umbrachte, der mordete doch nicht *entschlossen* und *zielstrebig*. Der handelte überstürzt. Hinterließ Spuren und ein wildes Durcheinander. Das Appartement des Rechtsanwaltes war viel zu systematisch durchsucht worden, auf eine verdächtig sorgsame Art.

Die jüngste Kollegin aus Dianas Team, die frisch gebackene Kommissarin Miriam Franke, hatte es in einer zurückliegenden Besprechung präzise auf den Punkt gebracht:

Da habe jemand ganz gezielt nach etwas Bestimmten gesucht.

Dazu war eine lebhafte Diskussion im Team ausgebrochen. Denn wenn ein Einbrecher auf Geld und Wertgegenstände aus war, bedeutete dies ja auch nichts anderes als eine gezielte Suche. Und es mochte durchaus ein Wesensmerkmal des Einbrechers sein, dabei nicht wahllos, sondern ausgesprochen umsichtig vorzugehen – ohne das übliche Chaos anzurichten. Je nachdem, wie viel Zeit dafür zur Verfügung stand. Das könnte unter Umständen auch die Folterung Brodersens erklären. Aber wenn der Jurist geredet haben sollte, über was auch immer, einfach mal vorausgesetzt, er hatte am Ende geredet, warum schien trotzdem so ziemlich jeder Winkel im Haus durchsucht worden zu sein? Oder hatten sie es mit ganz anderen Motiven zu tun, die sich Ihnen bisher noch nicht erschlossen hatten?

Diana hielt schließlich an dem ersten Eindruck fest, den sie direkt am Tatort gewonnen, aber bislang noch nicht geäußert hatte: Der Täter war aus einem speziellen Grund bei Brodersen eingebrochen, hatte dort etwas Bestimmtes gesucht, und er hatte es vermutlich auch gefunden. Etwas, von dem er gewusst hatte, dass er es nur in der Wohnung des Juristen bekommen würde.

Gab es vielleicht eine typische Sache, die man speziell bei einem Rechtsanwalt suchen und finden konnte? Vor allen Dingen war es ja auch nicht irgendein Rechtsanwalt gewesen, sondern der relativ frisch gekürte juristische Beistand der vor zehn Jahren verurteilten Kindesmörderin Angelika Wiechert.

Gern hätte Diana an dieser Theorie entlang ein Brainstorming mit dem Team durchgeführt. Doch noch fehlte ihr die nötige Bindung zu den Ermittlern, und ohne Vertrauen mochte sie derart kreative Prozesse noch nicht einfach so in Gang setzten.

Dann würde sie vielleicht eher mal Miriam Franke beiseite nehmen und diese Überlegungen erst nur mit ihr durchspielen. Schließlich waren die junge Ermittlerin und sie die Einzigen im Team, die nicht zwingend von einem simplen Raubmord ausgehen mochten. Darüber hinaus waren sie beide die einzigen Neuen hier, denn auch Miriam Franke war erst vor wenigen Wochen dazu gestoßen und wirkte zwischen den anderen noch wie ein Fremdkörper.

Es war auch mehr als offensichtlich, dass die junge Kommissarin im Verbund mit dem schlaksigen Jürgens nicht besonders gut harmonierte. Diese Konstellation hatte sich Diana schon als eine der dringendsten Baustellen vorgemerkt. Ein Team, das sich mehr mit sich selbst beschäftigte als mit seinen vielschichtigen Aufgaben, konnte sie in ihren Reihen nicht dulden. Die Kollegen mussten sich nicht lieben. Aber respektvoll und professionell sollten sie schon miteinander umgehen.

Diana starrte auf ihre Notizen und versuchte, sich daraus ein Konzept für das bevorstehende Teammeeting zu erstellen. Wichtig war, dass sie die Befragungen im Umfeld der Ermordeten vorantrieben. Im Haus, in dem Brodersens Appartement lag, waren bereits Beamte unterwegs, um die Nachbarn zu befragen. Man würde diese Befragungen systematisch auf Nebengebäude und gegenüberliegende Wohnkomplexe in der Straße erweitern.

*Haben Sie zum ungefähren Zeitpunkt des Verbrechens etwas Ungewöhnliches in der Straße bemerkt, gehört oder gesehen? Und so weiter. Und so fort.*

Überwachungskameras in der näheren Umgebung sollten zügig ausgewertet werden. Dianas Leute würden sich hauptsächlich auf das Verhör von Angehörigen, Freunden und Kollegen des ermordeten Paares konzentrieren. Sollten deren Spuren in den sozialen Netzwerken auswerten sowie sämtliche verfügbaren Kommunikationsdaten.

Alle Spuren und Merkmale des Verbrechens wurden zusätzlich mit anderen vergleichbaren Tatorten der letzten Jahre nach Übereinstimmungen verglichen. Möglicherweise war hier jemand schon häufiger auf diese oder ähnliche Art zu Werke gegangen.

Ganz besonders aber reizte Diana der Gedanke, bei Bedarf auch der prominentesten Klientin des jungen Rechtsanwalts im Gefängnis einen Besuch abzustatten. Natürlich mussten die laufenden Ermittlungen erst noch dazu passende Spuren liefern, die eine solche Maßnahme rechtfertigten. Eine unüberwindbare Hürde konnte sie da allerdings nicht erkennen.

Wie schon öfter, seit sie die Leitungsfunktion in der Mordkommission angetreten hatte, tauchte Hanspeter Jürgens' kahler Schädel eine Sekunde nach einem kurzen Pochen im Türspalt auf, mit einer Geschwindigkeit, als wolle er sie bei einem Nickerchen überraschen.

„Störe ich grad?", war seine bevorzugte Frage an die Chefin, wie immer freundlich vorgetragen. Heute reagierte Diana mit einem verärgerten Gesichtsausdruck, denn sein Auftritt war in der Tat außerordentlich unpassend. Ein komplexes Gedankenkonstrukt krachte gerade in sich zusammen ... verdammt! Sie zwang sich zu einem säuerlichen Lächeln, aber dieser große dünne Kerl hatte ein ziemlich dickes Fell, da prallten Unmut oder leiser Tadel einfach ab.

„Ich stecke in Vorbereitungen für das Meeting heute", erklärte sie, bemüht darum, ungnädig und vorwurfsvoll zu klingen, wie eine Chefin eben, die während wichtiger Vorbereitungen gestört worden war.

„Ach ja?"

Er reagierte wieder einmal mit diesem aufmerksamen Blick, als fände er alles hintergründig, was sie von sich gab. Als müsse er jede ihrer Botschaften erst einmal entschlüsseln.

Sie nahm ihre Lesebrille ab und blickte ihn direkt an.

„Bei meinen Überlegungen ist mir eine wunderbare Idee gekommen", sagte sie und ordnete Papiere, um etwas geschäftiger und dienstlicher zu wirken.

Jürgens bugsierte – ohne die Tür weiter zu öffnen – den gesamten Körper in ihr Büro, schien den Grund für seine Störung vergessen zu haben und strahlte pures Interesse aus. Verbunden mit einem Rest Misstrauen, denn die *wunderbare Idee* einer Vorgesetzten verhieß selten etwas Gutes für das Fußvolk.

„Mit dem Mordopfer Brodersen haben wir ja einen richtigen Staranwalt serviert bekommen", fuhr Diana fort. „Da frage ich mich, ob es im Lauf unserer Ermittlung nicht sinnvoll wäre, seine berühmteste Klientin im Knast zu befragen. Den Fall Wiechert habe ich damals aus der Distanz mit allergrößtem Interesse verfolgt. Eine beunruhigende Frau, ein faszinierender Fall – natürlich rein kriminalistisch betrachtet. Der Dame würde ich gern mal auf den Zahn fühlen."

Jürgens nickte begeistert, da war jetzt jede Ironie aus seinem Blick gewichen. Seine Miene drückte nur noch gespannte Aufmerksamkeit aus.

Da er sich aber nicht äußerte, sie nur erwartungsvoll anstarrte, wollte Diana seine Einschätzung dazu wissen.

Erst jetzt schien sich Jürgens einen inneren Ruck zu geben, in dieser für ihn so typisch krummen Haltung, als habe er nach einem ratlosen Anheben der Schultern vergessen, sie wieder sinken zu lassen.

„Alle Achtung, Chefin. Sie haben aber Sinn für Spektakel. Ein Verhör dieser Kindermörderin? Klingt nach einer wirklich coolen Idee."

Diana nickte im Gefühl tiefster Zufriedenheit. Mit Mitte vierzig wurde man besonders gern für *coole* Ideen gelobt.

„Find ich auch. Deshalb werde ich das bald in die Wege leiten. Aber erst, wenn wir über Brodersens aktuelle Situation einen umfassenderen Überblick gewonnen haben. Es müssen sich inhaltlich gewichtige Fragen ergeben, die wir nur Angelika Wiechert stellen können. Ich werde nicht in die JVA marschieren, um mit ihr nur ein gemütliches Pläuschchen zu halten. Sagen Sie dem Team bitte noch nichts davon, ich möchte das nachher beim Meeting selbst thematisieren, okay?"

An seinem Blick konnte sie erkennen, wie sehr ihm dieser Vertrauensvorschuss schmeichelte. Ihn vor der Teambesprechung ins Boot zu holen, stärkte ihr Verhältnis. Diana schätzte solche Maßnahmen. Regelmäßig testete sie Menschen in ihrer Umgebung subtil auf besondere Eigenschaften und Fähigkeiten. Verlässlichkeit. Verschwiegenheit. Taktgefühl. Moralische Ausrichtung. Und logisches Denken.

Jürgens sicherte ihr seine Verschwiegenheit zu. Schweigen würde er, wie ein ...

„Grab?", half ihm Diana auf die Sprünge, weil ihm das Wort nicht einfallen wollte.

Ja, genau! Er nickte. Wie ein Grab. Wie ein ganzer Friedhof.

Dann wollte er ihr Büro schon wieder verlassen, aber spätestens jetzt hielt sie es für angebracht, ihn daran zu erinnern, dass sein Erscheinen bei ihr auch einen Grund gehabt haben musste, über den sie bis jetzt noch nicht gesprochen hätten.

Auf diesen Grund musste sich Jürgens erst wieder besinnen. Ja, warum hatte er die Chefin überhaupt bei den Vorbereitungen auf das Meeting gestört? Schließlich tippte er sich kurz mit der flachen Hand gegen die Stirn. Natürlich!

„Es geht um Brodersens Tante", rief er aus, erleichtert darüber, den Faden wiedergefunden zu haben. „Wir haben nämlich herausgefunden, dass sie sich um eine vor kurzem entlassene Strafgefangene kümmert, weil ihr Neffe sie ausdrücklich darum gebeten hatte." Etwas gepresst fügte er hinzu: „Kollegin Miriam Franke hat das rausgefunden."

Diana sah ihn aufmunternd an. Jürgens' umständliche Art passte nicht sonderlich gut zu ihrer notorischen Ungeduld. Aber sie zügelte ihr Temperament, darum bemüht, seinen langatmigen Ausführungen weiterhin wohlwollend zu lauschen. Erfuhr, dass die entlassene Strafgefangene Verena Haslinger hieß, und verschiedene Quellen vermeldeten übereinstimmend, dass sie im Knast ein enges, ein sehr enges Verhältnis mit Angelika Wiechert gepflegt haben sollte.

„Wie eng?", wollte Diana wissen.

Jürgens blinzelte. War das seine Antwort?

„Sie meinen ein *intimes* Verhältnis?", fragte Diana vorsichtshalber, um sicherzugehen, Jürgens' zweideutiges Blinzeln eindeutig verstanden zu haben. Und dazu seine Zeigefinger-Pantomime für Anführungszeichen bei dem Begriff Verhältnis, das war ja schon fast wieder altmodisch. Himmel, war der Kerl verklemmt!

Jürgens nickte.

Die Chefin ließ diese Information erst einmal sacken.

„Na, wunderbar", murmelte sie nach einer Weile. „Da werden wir uns in der nächsten Zeit bestimmt nicht langweilen."

„Wir haben uns hier noch nie gelangweilt, Chefin", erwiderte Jürgens. Jetzt endlich wieder ganz der Alte!

Nachdem Diana keine weiteren Fragen mehr an ihn zu haben schien, verließ er lautlos das Büro. Betont leise zog er die Tür hinter sich ins Schloss, als wolle er die feinen Schwingungen, die zwischen ihm und der Chefin entstanden waren, nachträglich durch nichts erschüttern. Dianas Notizen vermehrten sich unterdessen in rasanter Geschwindigkeit. Sie konnte die Teambesprechung kaum noch erwarten. Aber sich den umständlichen Jürgens und die aufgeweckte Miriam Franke als Team vorzustellen, das fiel ihr mit jedem Tag schwerer.

# Kapitel 6: Nebenwege

Das Gebäude in St. Georg, in dem Julia Bauer in einer großen Wohnung hauste, überwachte Gravesen schon seit geraumer Zeit. Von seinem am Hauptbahnhof gelegenen Hotel war es nicht allzu weit zu diesem neuen „Arbeitsplatz". Heute zeigte sich die junge Frau endlich mal wieder auf der Straße. Blass und mager in schlabbrigen Sportklamotten, den größten Teil ihrer blonden Haare einfach unter eine Wollmütze gestopft, mit einer großen Sonnenbrille getarnt.

Gravesen trat während einer Überwachung gern mal mit veränderter Optik auf. Sich gelegentlich ein wenig zu verkleiden, war Teil seines Jobs, aber auch ein kleiner Spleen von ihm. Heute mit längeren Haaren, einem verwaschenem Cap und einer Brille verfremdet, beschäftigte er sich auf der gegenüberliegenden Straßenseite vorrangig mit dem Smartphone, was ihn zu einem von vielen machte. Immer wieder ging es darum, Julias Bewegungsradius auszukundschaften, ihre Vernetzung in der Szene nachzuvollziehen, Kontakte zu identifizieren. Wen traf sie? Mit wem sprach sie? Von wem bezog sie Drogen? Hatte sie Freunde, gute Bekannte, gab es regelmäßige Begegnungen? Wohnung und Festnetz waren längst verwanzt. Jedes Mal, wenn Julia und ihr Mitbewohner gleichzeitig unterwegs waren, hatte Gravesens Team die Gelegenheit genutzt, die Räume zu durchsuchen und die notwendige Überwachungstechnik anzubringen. Auch Julias Smartphone war unter Kontrolle. All diese Dinge liefen ohne große Probleme ab. In das Leben eines ahnungslosen Menschen einzudringen, war keine große Sache mehr.

Heute wurde Gravesen auf der Straße von einem jungen Mann namens Max unterstützt. Ein fähiger Bursche, der ihm für Aktionen in Hamburg ausdrücklich empfohlen worden war und mit dem er sich bei der Observierung von Julia Bauer gern abwechselte.

Unauffällig folgte Gravesen der jungen Frau bis zum nächsten Supermarkt. Wegen ihrer zittrigen Finger brauchte sie ewig, um mit einem Eurostück einen der aneinander geketteten Einkaufswagen zu lösen. Anschließend irrte sie durch die Gänge des Ladens, als wäre sie zum ersten Mal in ihrem Leben in einem Supermarkt. Gravesen folgte ihr mit einem Einkaufskorb und hielt dabei angemessen Abstand. Immer wieder verweilte sie lange vor Regalen, ohne sich entscheiden zu können, wühlte planlos in den Tiefkühltruhen, grübelte unschlüssig vor der Wurst- und Käsetheke und warf dann doch nur Erdnüsse, Chips und Salzstangen in den Wagen. Bei den Spirituosen entschied sie sich deutlich schneller für drei Flaschen Wodka. Ergänzte den Einkauf mit Toastbrot und zwei Tafeln Schokolade. In der Nähe der Kassen blätterte sie eine Weile in verschiedenen Zeitschriften, ohne sich für eine zu entscheiden. An der einzigen geöffneten Kasse positionierte sich Gravesen dann direkt hinter ihr, während sie den Einkauf noch mit drei Schachteln Zigaretten abrundete.

Marlene Bauer hatte nicht übertrieben. Ihre Tochter musste dringend mal wieder Körperhygiene betreiben. Ein penetranter Geruch breitete sich im Kassenbereich aus. Die Kassiererin rang sichtlich um eine neutrale Miene. Und um Atem. Zum Bezahlen kramte Julia Bauer ein schmales Bündel Banknoten aus der Tasche der schlabbrigen Jogginghose. Murmelnd suchte sie einen einigermaßen passenden Schein für die Einkäufe, und die Verkäuferin verdrehte kurz in Richtung Gravesen die Augen. Er lächelte. So wurden sie zu Verbündeten des Moments, gemeinsam betroffen von Julias unangenehmen Ausdünstungen und ihrer Unfähigkeit, einen normalen Einkauf zügig über die Bühne zu bringen. Schließlich beugte sich die Verkäuferin vor und zupfte aus dem Geldpacken, der in Julias flattrigen Händen feststeckte, einen geeigneten Schein.

„Wollen wir den nehmen?", fragte sie in einem Tonfall, der normalerweise ausschließlich für Rentner oder Kinder reserviert war.

Julia brummte eine unverständliche Erwiderung und klammerte sich an die restlichen Scheine wie an einen Griff. Die Entscheidung, was sie jetzt mit den Einkäufen machen sollte, schien ihr ebenfalls Probleme zu bereiten. Das Organisationswunder an der Kasse händigte Julia flink das Wechselgeld aus, verstaute nicht minder flink die Teile vom Band in einer Papiertüte, zwinkerte dabei dem geduldig wartenden Gravesen zu und hielt am Ende strahlend die Tüte hoch, um eine sonderbare junge Kundin ebenso freundlich und professionell zu verabschieden wie alle anderen.

*Vielen Dank für Ihren Besuch und beehren Sie uns bald wieder!*

Julia riss ihr die Tüte aus der Hand und verließ wortlos den Supermarkt. Gravesen bezahlte seine kleine Wasserflasche passend und wechselte mit der Kassiererin ein letztes verschworenes Grinsen, bevor er Julia ohne Eile nach draußen folgte.

Sie war auf der Straße mitten im Trubel stehen geblieben und versuchte sich zu orientieren, die Tüte mit beiden Armen fest umklammernd. Gravesens Handy klingelte. Max. Ganz in der Nähe.

„Der Typ mit der grünen Mütze, siehst du den? Der hat die ganze Zeit vor dem Laden gewartet und mehrfach reingestarrt. Kam mir komisch vor."

Gravesen sah die grüne Mütze ganz in Julias Nähe.

„Der hat bestimmt was vor", warnte Max.

Der bärtige Mann mit der grünen Mütze schnippte gerade seine Kippe zur Seite und setzte sich energisch in Bewegung. Das Ziel war ohne Zweifel Julia Bauer. Gravesen verfolgte aufmerksam, wie der Kerl von der Seite auf die junge Frau zustrebte, sie wie eine alte Freundin begrüßte und umarmte. Kannten die sich? Der mit der Mütze erweckte jedenfalls den Eindruck. Die Art, wie er auf Julia einredete und dabei lachte, als wären sie bestens bekannt. Sie aber ließ alles konsterniert über sich ergehen, ohne zu wissen, was dieser Typ von ihr wollte, nur darauf konzentriert, die Papiertüte nicht fallen zu lassen.

Gravesen presste immer noch das Handy ans Ohr. Max hatte den besseren Blick auf das Geschehen.

„Der Kerl hat ihr gerade die Scheine aus der Tasche geklaut", meldete er. „Keine große Kunst, wenn du mich fragst. Der könnte ihr auch noch die Tüte ausräumen, ohne dass sie es merkt."

Nach dem Diebstahl wandte sich die grüne Mütze von Julia ab, winkte ihr noch einmal zu und schlenderte ohne Eile in entgegengesetzter Richtung davon.

Sekundenschnell wog Gravesen ab, ob sie sich einmischen sollten. Der kühle und besonnene Profi würde im Geldverlust bessere Möglichkeiten erkennen. Julia Bauer würde stärker unter Druck geraten, müsste sich schnellstens wieder Geld beschaffen, also aktiver werden. Aktivität würde ihnen mehr über ihr Umfeld verraten, mehr über ihre Kontakte. Aber nicht zum ersten Mal bei diesem Job stellte Gravesen fest, emotionaler zu reagieren als sonst. Statt auf seinen Verstand zu hören, entwickelte er zunehmend Empathie für die junge, drogensüchtige Frau.

„Schnapp dir das Arschloch!", befahl er Max. „Ich will das Geld."

„Okay, Boss!" Max beendete das Gespräch und folgte der Mütze, die im Getümmel nicht allzu schwer auszumachen war.

\*\*\*

Julia bemerkte den Verlust des Geldes erst oben, da war sie schon wieder in der Wohnung. Fluchend durchwühlte sie mehrfach die leeren Taschen, fragte sich, wo sie das verdammte Geld verloren haben könnte. Im Supermarkt? Auf dem Weg zurück in die Wohnung irgendwo auf der Straße? Im Treppenhaus?

Wütend rief sie nach Nico und ließ die Tüte einfach zu Boden sinken. Murmelte vor sich hin und durchwühlte nochmal alle Taschen. Rief wieder nach Nico. Dieser verdammte Penner! Wo steckte der schon wieder?

Ihr Mitbewohner war nicht da. Der trieb sich seit Tagen sonstwo rum. Er führte ein Leben, von dem sie nicht viel mitbekam – auch nicht viel mitbekommen wollte. Sie erzählte ihm ja auch wenig über ihre Vorhaben. Sie lebten einfach nur nebeneinanderher, teilten sich Drogen, gemeinsame Erinnerungen, alte Geheimnisse und gelegentliche Phasen dumpfer Stille. Aber auch seltene Momente der Euphorie, in denen sie absurde Pläne schmiedeten. Wenn Nico kurzzeitig wieder davon träumte, doch noch als gefeierter Pianist die Welt zu begeistern und Julia sich einen anderen Sinn im Dasein wünschte, als nur ihre Eltern zu hassen.

Es klingelte, und sofort riss sie die Tür auf. Ein Typ stand vor ihr, mit Cap, Brille, komischen Haaren, gab sich als Zivilfahnder aus. Man habe eben gerade bei einer verdeckten allgemeinen Überwachung des Viertels zufällig mitbekommen, wie ein

Taschendieb sie bestohlen habe. Er wedelte grinsend mit einem Bündel Scheine. Der Taschendieb sei bei der Überwachungsaktion gefasst worden und der Zivilbulle sei ihr gleich gefolgt, um das Geld zurückzugeben. *Die Polizei, Dein Freund und Helfer!* Das sagte er zwar nicht, aber in dieser strahlenden Rolle stand er vor ihr.

Julia nahm ihre Sonnenbrille ab und musterte Gravesen ungläubig, als wäre ihr noch nie im Leben etwas Gutes widerfahren. Das Gesicht blass und schmal. Die frühere Schönheit immerhin noch zu erahnen, besonders als sie Gravesen kurz anlächelte. Sie hatte die Augen ihrer Mutter, aber ohne deren Strahlkraft. Auch sonst hatte sie viel von Marlene Bauer. Bei ihr sah es nur etwas vernachlässigt aus – andererseits natürlicher. Lippen, Brüste. Alles eine Nummer kleiner. Nichts aufgespritzt. Nichts vergrößert. Die Haare eine dunklere Art von blond, strähnig. Julia griff erleichtert nach dem Geld, das er ihr hinhielt und stammelte einen Dank, nicht so richtig, weil ihr die passenden Worte fehlten. Nie hätte sie damit gerechnet, sich mal über einen Bullen vor ihrer Tür zu freuen.

„Darf ich kurz reinkommen?", fragte er schnell, bevor sie ihm die Tür wieder vor der Nase zuknallen konnte. Sie holte tief Luft, ein wenig konsterniert, als verlange er Unmögliches. Gleichzeitig wirkte sie erschöpft. Ein anstrengender Einkauf im Supermarkt. Der aufregende Geldverlust. Und die Drogen verlangten auch wieder ihr Recht. Ihre Miene verdunkelte sich. In ihrem Leben waren Misstrauen und Ablehnung eine Grundhaltung. Erfahrungen und durch die Drogen hervorgerufene Stimmungen waren längst gleichberechtigte Ratgeber. Soziale Kontakte nur noch erwünscht, wenn sie einen Vorteil brachten. Einen Bullen hatte man sowieso nicht gern um sich. Schon gar nicht in der Wohnung.

„Wozu? Hab meine Kohle wieder, war nett zu Ihnen, und der beschissene Dieb ist gefasst. Die Welt ist wieder in Ordnung, oder nicht?"

„Ich brauche noch Ihre Aussage und Daten", erklärte Gravesen. „Eine unterschriebene Bestätigung für das zurückgegebene Geld. Sonst können wir nicht ordnungsgemäß Anklage gegen den Burschen erheben. Wir wollen doch nicht, dass der Kerl sich hier gleich morgen wieder herumtreibt, weil wir ihn aus Mangel an Beweisen laufen lassen mussten. Er behauptet, Sie hätten ihm das Geld geschenkt."

„Nee, super, schon klar."

„Ohne Ihre Aussage lässt den jeder Richter gleich wieder laufen."

„Ich wollte gerade ... ähm ... ja ... duschen", sagte Julia schleppend und mürrisch.

„Ich kann später wiederkommen", schlug Gravesen vor. „Oder Sie schauen mal bei uns im Revier vorbei, wenn's besser passt. Dann nehme ich erst einmal nur Ihre Personalien auf."

Er pokerte hoch, war sich aber sicher, dass Julia Bauer niemals freiwillig bei der Polizei erscheinen würde. Sie überlegte angestrengt, welche Lösung am besten passte. Dann trat sie zur Seite, ließ Gravesen in ihr Leben.

***

So unkonzentriert wie heute hatte Eric Lisa während der bisherigen Zusammenarbeit noch nie erlebt. Irgendwas schien sie massiv zu beschäftigen. Gerade hatte er ihr einen Vorschlag für die Verdichtung eines Dialogs im Rohbau des Drehbuchs präsentiert, an dem er zuvor intensiv gefeilt hatte. Doch Lisa starr abwesend aus dem Fenster. Fingerschnippend versuchte er, sie aus fernen Gedanken zu wecken.

Erde an Lisa …

Ihr Blick kehrte zögernd in Erics Arbeitszimmer zurück. Sie rang sich ein mattes Lächeln ab. Erde was?

„*Was* los ist mit dir", erklärte Eric. „Wollen wir darüber reden, damit wir uns danach wieder voll auf den Job konzentrieren können? Erinnerst du dich? Das Drehbuch."

Sie brauchte noch eine Weile der Besinnung.

„Andreas Brodersen", stieß sie dann hervor. „Der Anwalt, der vor kurzem ermordet worden ist. Hast du das mitbekommen?"

Natürlich hatte Eric davon gehört, darüber gelesen, einige Berichte im Fernsehen verfolgt. Ihn hatte an diesem Verbrechen hauptsächlich die Tatsache interessiert, dass Brodersen der Anwalt Angelika Wiecherts gewesen war, der verurteilten Kindesmörderin, deren Fall vor Jahren viel Aufsehen in Hamburg erregt hatte; mit einem spektakulären Indizienprozess und der Verurteilung einer nach Meinung des Gerichts gewissenlosen Mutter. Jahre später hatte Eric sogar mal ernsthaft in Erwägung gezogen, die Lebensgeschichte Angelika Wiecherts literarisch aufzuarbeiten. Hatte mit der Idee geliebäugelt, die als kalt und berechnend geltende Frau im Gefängnis zu besuchen und ihr ein gemeinsames Buchprojekt vorzuschlagen. Das Projekt hatte sich erst erledigt, nachdem ihn im Rahmen einer Auftragsarbeit das ungeklärte Schicksal vermisster Personen zu fesseln begann, bis er schließlich auf die Story der verschwundenen Sängerin Janina Nossak gestoßen war und damals endgültig sein erfolgreichstes Buch in Angriff genommen hatte, *Blue Note Girl*. Eben jenen Bestseller, mit dem Lisa und er sich seit geraumer Zeit intensiv beschäftigten, um daraus ein Drehbuch zu erarbeiten.

Jetzt stand der Name Andreas Brodersen im Raum. Eric war auf die Erklärung gespannt, was dieser Mordfall mit Lisas auffälliger Abwesenheit zu tun haben mochte. Ausgerechnet sie, die Antreiberin, das Arbeitstier, die Konsequente, in deren Augen selbst kurze Pausen reine Zeitverschwendung waren.

Heute offenbarte sie ihm einen Wesenszug, den er bisher noch nicht von ihr kannte. Still und in sich gekehrt. Ohne den Schutzwall ihrer lebhaften Vitalität wirkte sie fragil und verletzlich. Auch ein Beleg dafür, wie maßgeblich sie sich über den Job definierte. Und wie sie ohne diese Deckung an Strahlkraft verlor.

„Brodersen war auch mein Anwalt", verriet sie gedankenverloren. „Kannte sich exzellent mit Vertragsrecht aus."

Das fand Eric nur mäßig interessant. Gerade heute hatte er endlich mal wieder den notwendigen Flow in der Zusammenarbeit gefunden, da stockte es ausgerechnet jetzt bei Lisa. Meist war es bisher umgekehrt gewesen, sie hatte also noch einiges gut. Allerdings zeigte sich der Nachteil der Teamarbeit am Beispiel ihrer Zusammenarbeit deutlich. Viel zu selten ließ sich ihr Rhythmus synchronisieren. Heute jedenfalls lag Lisa etwas auf der Seele, das schien sie zu blockieren.

Eric wollte eigentlich nur mehr über ihr persönliches Verhältnis zu diesem Anwalt wissen. Eine unnötige Frage, er stellte sie trotzdem. Auch auf die Gefahr hin, seine Neugier könnte plump wirken. Ebenso gut hätte er sich gleich nach einer möglichen Affäre Lisas mit Brodersen erkundigen können, weil ihm exakt diese Vorstellung sofort durch den Kopf geschossen war. Vermutlich eine typisch männliche Reaktion. Latente Eifersucht auf andere Kerle. Oder besser noch: Typisch Eric.

Sie habe einige ihrer Verträge von Brodersen prüfen lassen, erklärte Lisa. Er sei immer sehr zuvorkommend gewesen und habe sie gut beraten.

„Echt gut", betonte sie.

Eric nickte, ohne eine Idee zu haben, was er weiter dazu sagen oder fragen könnte. Verstorbene hinterließen in der Regel gute Erinnerungen. *Echt* gute Erinnerungen! Keine neue Erkenntnis. Auch nicht, dass Lücken blieben. Lisa zeigte sich vom Tod des Anwalts berührt und betroffen, außerdem würde sie sich eine neue juristische Beratung suchen müssen. Das waren die beiden bemerkenswerten Punkte. Doch inzwischen kannte er sie gut genug, um zu wissen, von ihr noch nicht alles über dieser Angelegenheit erfahren zu haben. Jetzt bloß nicht drängeln, das konnte sie nicht leiden. Mit gesenktem Kopf versuchte sich Lisa zu sammeln. Eric wartete ab, bis sie mit gedämpfter Stimme fortfuhr.

„Kurz vor seiner Ermordung hat Andy mich angerufen. Wollte wissen, ob ich Zeit für einen ganz besonderen Auftrag hätte. Eine dringende Angelegenheit, die ich sofort hätte erledigen müssen."

„Ein ganz *besonderer* Auftrag?", wiederholte Eric verwundert. „Wow!"

Sie nickte.

„Er wollte mir am Telefon keine Einzelheiten verraten. Zumal es für mich sowieso nicht in Frage kam. Ich hab ja im Moment wirklich keine Zeit, wie du weißt. Für nichts und niemanden und selbst für *ganz besondere Aufträge* nicht. Da war er richtig enttäuscht. Meinte, er hätte so gehofft, ich könne das übernehmen. Auch, weil ich die einzige ihm persönlich bekannte Autorin wäre. Wollte dann wissen, ob ich ihm jemand anderes empfehlen könne."

Wieder versank sie in dumpfes Brüten.

Nach einer Weile fragte Eric behutsam:

„Und? Konntest du?"

Sie hob den Kopf, richtete den Blick auf ihn, antwortete zögernd.

„Ich empfahl ihm eine gute Bekannte. Eine, mit der ich schon oft zusammengearbeitet hab. Eine Journalistin, mit einer professionellen Schreibe. Das war's. Damit war er dann zufrieden. Aber jetzt ist er plötzlich tot, wenige Tage nach unserem letzten Telefonat. Nach der besonderen und eiligen Sache, von der er sprach. Ermordet."

Nun, das war bekannt. Weil sie schon wieder stockte, versuchte Eric die losen Enden ihrer Überlegungen zu verknüpfen:

„Und jetzt hältst du es für denkbar, es könnte eine Verbindung geben zwischen dem Spezialauftrag und der Ermordung dieses ... Anwalts?"

„So weit bin ich noch nicht, Eric. Ich denke nur nach. Es beschäftigt mich, verstehst du? Weil ich mich dem Ganzen so nahe fühle."

„Ja und?"

„Nun, irgendwie klang Brodersen so, als stünde er mächtig unter Druck. Anders als sonst. Ziemlich nervös. Ich hätte schon gern gewusst, um was für einen Auftrag es da ging. Und als Drehbuchautorin habe ich ein Gespür für schicksalhafte Zusammenhänge und tiefgründige Verstrickungen."

„Was für ein Typ war dieser Brodersen überhaupt?"

„Na ja, recht charmant und irgendwie smart, würde ich sagen. Hat gern mal geflirtet und sich Zeit genommen für unsere Gespräche. Wir waren sogar mal zusammen aus. Essen und so weiter."

„Und so weiter?", wiederholte Eric mit einem Stirnrunzeln.

„Ja", entgegnete Lisa gereizt. „Er wollte mehr, ich nicht. Ist jetzt ja wohl nicht mehr von Bedeutung, oder?"

„Was ist denn von Bedeutung?" Eric ließ nicht locker. War er gerade tatsächlich eifersüchtig auf einen ermordeten Rechtsanwalt? Entwickelte er seit einiger Zeit nicht sogar völlig unbegründet Besitzansprüche an Lisa? Ziemlich absurd! Eigentlich war sie nicht mal sein Typ, ihre oft anstrengend quirlige Art, klein, meist ungeschminkt, die halblangen Haare bevorzugt hochgesteckt, und gern in schlichtem eher sportlichem Outfit. Aber aus dem weiblichen Kumpel-Typ war im Lauf ihrer Zusammenarbeit mehr geworden. Eric begann sie längst anders wahrzunehmen, ihre bevorzugt verborgene Weiblichkeit, mit der sie ihn auf eine defensive Art reizte, unfreiwillig lockte und verwirrte. Eric meinte, sich mit Frauen auszukennen, aber bei ihr nützte ihm das wenig.

Lisa holte tief Luft.

„Über das Wichtige denke ich im Augenblick nach."

„Ruf deine gute Bekannte an", riet ihr Eric. „Die du Brodersen empfohlen hast. Bestimmt ist sie sich mit ihm einig geworden und kann dir verraten, welcher Spezialauftrag dir da durch die Lappen gegangen ist."

„Hab ich doch schon längst. Sie ist momentan nicht erreichbar. Warum auch immer. Sie heißt Kirsten. Kirsten Braun."

„Versuchs halt weiter."

Lisa verdrehte die Augen.

„Na, was denkst du wohl, was ich vorhabe?"

„Wollen wir uns dann mal wieder auf das Drehbuch konzentrieren?", schlug Eric vor. „Es ist doch irre, wenn ausgerechnet ich hier plötzlich den Antreiber spielen muss. Vom Bock zum Gärtner. Das hat mir grade noch gefehlt!"

Entschlossen rückte Lisa wieder dichter an ihn heran. Natürlich hatte er recht. Die Zeit war knapp, sie durften sich keine Ablenkung leisten. Bedeutsam wedelte Eric mit der ausgedruckten

Seite seines geänderten Textvorschlags herum, wollte jetzt endlich ihre Meinung dazu wissen.

Betont konzentriert las sie sich die Passage durch, um eine Weile mit geschlossenen Augen darüber nachzudenken.

Dabei betrachtete Eric gespannt ihren Mund, mit dem sie schon so viele geistreiche Analysen zu seinen Texten formuliert hatte, ohne andererseits vor harten Urteilen zurückzuscheuen. Ein Mund, der ihn in seiner Fantasie unentwegt zum Küssen einlud, in Erwartung einer besonders regen Zunge.

„Sie fehlt schon seit zwei Tagen unentschuldigt in ihrer Redaktion", sagte Lisa, die Augen immer noch geschlossen. „Das ist überhaupt nicht ihre Art. Die Kollegen sind zutiefst beunruhigt. Die wollen jetzt sogar die Polizei verständigen. Ist das nicht unheimlich?"

Sie öffnete die Augen, um Eric direkt anzusehen. Weil er eher irritiert wirkte, fügte sie ergänzend hinzu: „Ich meine Kirsten Braun, die ich Brodersen ... du weißt."

Ja, okay, da gab ihr Eric recht. Das war zumindest merkwürdig. Da konnte man schon ins Grübeln kommen. Also schlug er eine Auszeit vor. Aber das wollte sie nicht. Wollte sich lieber zusammenreißen, holte nochmals tief Luft und erklärte Eric, warum seine Änderungen ihrer Meinung nach nicht drehbuchtauglich waren. Brach dann aber mitten in der Erklärung ab, starrte ins Nichts und murmelte:

„Ich will es doch noch mal schnell bei Kirsten versuchen. Die Sache lässt mir einfach keine Ruhe."

Dafür hatte Eric Verständnis. Solange diese Angelegenheit ungeklärt war, würde Lisa nicht mehr mit voller Kraft am Drehbuch arbeiten können. Es gehörte wohl zu ihren markanten Eigenschaften, sich immer und für alles und jeden verantwortlich zu fühlen.

Also beschäftigte sich Eric ebenfalls mit seinem Handy, checkte eine Reihe neuer Nachrichten, darunter mehrere von Daniela aus Paris und eine von Marie, die sich immer noch in Hamburg aufhielt. Die von Marie las er zuerst. Sie wollte sich mit ihm treffen! Geradezu euphorisch antwortete er:
*Wo und wann immer du willst!*
Kurze Zeit später hatten sie eine Verabredung zum Abendessen. Eric verspürte sofort wieder den emotionalen Ausnahmezustand, den nur Marie in ihm auszulösen vermochte. Seit ihrer Ankunft in Hamburg hatte das ersehnte Happy End in seinem Leben wieder ein Gesicht bekommen. *Ihres!*

***

Julia Bauer hatte Gravesen gefragt, ob er was trinken wolle. Natürlich in der Hoffnung, er würde ablehnen und endlich verschwinden. Er war kein Freier und kein Dealer. Seine Existenz ergab in ihrem Leben nicht den geringsten Sinn.

Gravesen widerstand der Versuchung, sich besonders forschend umzusehen, begegnete ihrer abweisenden Haltung mit charmanter Gelassenheit.

Ja, sehr gern wolle er etwas trinken.

Auf ihre Frage, was Bullen gewöhnlich tränken, schlug er Wasser vor.

Mit einem halbvollen Glas Leitungswasser kehrte sie aus der Küche zurück, reichte es ihm und verzog sich auf das Sofa. Mit dem Glas setzte er sich auf die vordere Kante eines alten Ledersessels, stellte es mangels Alternativen auf dem Boden ab.

„Ihre verdammten Haare sind falsch!" Julia sah ihn nicht an, als sie das sagte, beschäftigte sich lieber mit der hässlichen Brandblase an ihrem Finger. Nur eine schlichte Feststellung, aber aus ihrem Mund klang es grimmig. Gravesen war für einige Sekunden baff. Sie hatte trotz ihrer gleichgültigen Art eine funktionierende Beobachtungsgabe. Darauf war er nicht wirklich vorbereitet.

„Gehört zum Job", erklärte er lapidar, und das war ja nicht mal gelogen. Bisher hatte er seine Fähigkeit, sich zu verkleiden, allerdings immer als höchst professionell empfunden, war damit nie aufgeflogen. Jetzt aber hatte er das Gefühl, hier in einem Karnevalskostüm zu sitzen, enttarnt von einer Drogensüchtigen, die er unterschätzt hatte.

„Und Ihr Job ist es, Taschendiebe zu jagen?", fuhr Julia fort.
„Macht das Spaß?"
„Wenn ich sie erwische."
„Es sind arme Schweine."
„Ach ja?"
Sie zuckte mit den Achseln.
„Laufen Sie immer kostümiert rum?"
„Je nach dem", entgegnete er ausweichend.
„Sieht jedenfalls uncool aus!" Julia richtete den Blick von der Brandblase wieder auf ihn. „Vor allen Dingen, weil man's sofort erkennt. Wenn das zu Ihrem Job gehört, sollten Sie darin besser werden, okay?"

„Haben Sie Ahnung von so was?", wollte er wissen. „Vorzutäuschen, jemand anders zu sein."

„Das ist mein Spezialgebiet", entgegnete sie. „Oder denken Sie vielleicht, das bin wirklich ich, die vor Ihnen sitzt?"

Gravesen rang sich ein Lächeln ab. Verfluchte innerlich die Idee, hier einfach so aufgetaucht zu sein. Sagte zu Julia:

„Für den gemeinen Kriminellen hat meine Maskerade bisher gereicht. Und immerhin haben wir den Burschen erwischt, der

Sie beklaut hat. Trotz mieser Verkleidung. Ist das vielleicht nichts?"
Julia deutete spöttisch Applaus an.
„Ja, echt super! Oscarreife Leistung, Mann. Bedankt habe ich mich schon. Was kann ich sonst noch tun?"
„Nur noch ein paar Fragen beantworten." Gravesen blieb der Rolle des korrekten Bullen treu. „Dann bin ich auch schnell wieder weg. Ich bin nicht Ihr Feind, in Ordnung?"
Plötzlich verlangte sie, seinen Dienstausweis sehen zu wollen lachte aber, kaum dass er danach zu suchen begann.
„Schon gut, schon gut! Wer sich so schlecht verkleidet, der kann nur ein Bulle sein. Fragen Sie endlich, damit wir das hinter uns haben! Ich werd ganz fickrig bei diesem bürokratischen Scheiß."
Gravesen unterbrach das Suchen. Natürlich hätte er einen Ausweis parat gehabt. Er besaß eine Fülle falscher Papiere. Die junge Frau spielte mit ihm. Er kannte sie noch zu wenig, um einschätzen zu können, ob solche Spielchen gut oder schlecht waren. Außerdem spielte er ja auch mit ihr. Es hatte ihn gereizt, mit einem guten Vorwand überraschend bei ihr aufzutauchen. Diese Chance hatte ihn unvorsichtig werden lassen. Einfach so den ersten Kontakt aufzunehmen. Mit ihr zu reden. Bevor er bald die Herrschaft über ihr Leben übernehmen würde. Solche Wagnisse waren sonst nicht seine Art. Aber diesmal schien alles ein wenig anders zu sein, nicht, weil es sich so entwickelte, sondern weil er diese Entwicklung zuließ. Der Auftrag. Seine Haltung dazu. Die junge Frau, die er vor sich selbst retten sollte. Die es gerade eilig hatte, ihn loszuwerden. Weil die nächste Crack-Pfeife rief.
„Ich beeile mich, damit Sie endlich unter die Dusche können", sagte er. „Davon möchte ich Sie bestimmt nicht abhalten!"

Sie wagte einen ersten längeren Blickkontakt, was sie zuvor beharrlich vermieden hatte. Argwöhnische, vom Leben enttäuschte Augen, die überall Gefahren befürchteten.
„Soll das jetzt irgendwie witzig sein?", fragte sie.
Er hielt ihrem Blick stand. Zuckte mit den Achseln.
„Sie haben nicht gelacht. Dann war's auf keinen Fall witzig."
„Was soll dann die blöde Bemerkung?"
„Sie haben es vorhin selbst gesagt. Ich hab's nur wiederholt."
„Ich meine auch nicht, *was* Sie sagten, sondern *wie* Sie es sagten."
„Kümmern wir uns doch lieber um meine Fragen", schlug er vor und sah sich vielsagend um. „Ihre Lebensgewohnheiten sind für mein Protokoll nicht relevant, okay?"
„Da hab ich ja noch mal Glück gehabt", entgegnete sie. „Ich hatte schon fast das Gefühl, Sie sind aus ganz anderen Gründen hier."
Jetzt lachte er.
„Halten Sie sich für so wichtig?"
Aber sie blieb angespannt und vorsichtig.
„Was wollen Sie?" Sie fragte das sehr leise, und Gravesen wurde langsam klar, es mit einer sensiblen und aufmerksamen Seele zu tun zu haben, egal, was ihr Zustand vortäuschte. Sie schien immer noch über wache Instinkte zu verfügen. Er beschloss, es nicht auf die Spitze zu treiben. Ohne auf ihre Frage einzugehen, stellte er seinerseits einige typische „Bullenfragen" zu ihren Personalien und dem Diebstahl, die Julia zwar mürrisch aber wahrheitsgemäß beantwortete. Gewissenhaft notierte er sich alles. Schließlich erhob er sich, ohne das Wasser angerührt zu haben. Noch niemals zuvor war ihm ein schmutzigeres Glas angeboten worden. Julia begleitete ihn zur Tür, als wolle sie sichergehen, dass er die Wohnung auch wirklich verließ.

„Tut mir leid", sagte sie, als sie ihm die Tür öffnete.
Er blieb stehen. Sah sie fragend an. Grinste schief.
„Was denn?"
Für eine genauere Erklärung schienen ihr die passenden Worte zu fehlen, jedenfalls verfiel sie in hilfloses Schweigen. Für einen winzigen Moment, er dauerte nur Sekunden, waren ihre Augen wirklich offen, ihr Blick klar, und Gravesen meinte, bis tief in eine zerrissene Seele blicken zu können. Ihr Schicksal rührte ihn mehr, als ihm lieb sein durfte. Es vereinnahmte ihn. Julia Bauer war in einen Bereich seiner Gefühlswelt eingedrungen, den er bisher immer unter Kontrolle und von seinem Job konsequent abgeschirmt hatte. Jetzt beschlich ihn ein ungutes Gefühl, vom Läuten einer innere Warnglocke begleitet. Noch in unbestimmter Tiefe zwar, aber deutlich vernehmbar. Die junge Frau und er standen an der Tür, als hätten sie ihren Text vergessen.
„Alles okay?", fragte Gravesen.
„Nichts ist okay", murmelte sie. „Das sehen Sie doch."
Schob kurz ihre Hand auf seinen Unterarm, als müsse sie sich einen Moment festhalten. Abgekaute Fingernägel. Schmale, kühle Finger. Schmucklos. Nur diese nässende Brandblase.
„Danke für ... das Geld. Eigentlich mag ich keine Bullen. Aber Sie sind erträglich. Trotz der blöden Verkleidung. Oder vielleicht gerade deshalb."
„Alles nur Tarnung."
„Ja. Schon kapiert. Eigentlich ganz witzig. Genau genommen weiß ich nicht, wer Sie sind. Und das bleibt dann auch so."
Es dauerte noch eine Weile bis Julia langsam die eiskalten Finger von seinem Arm zurückzog. Fast ein wenig widerwillig, als hätte die Berührung ihr gutgetan.
„Was werden Sie jetzt tun?", wollte sie wissen und lehnte ihren Kopf gegen den Türrahmen. „Den nächsten Verbrecher jagen?"

„Meinen Bericht schreiben", log er. „Und Sie?"

Da flackerte ein warmes Lächeln über ihre rissigen Lippen, und es ließ viel von der Frau erkennen, die sie mit einem anderen Lebenslauf hätte werden können.

„Duschen", sagte sie und nickte ihm zu.

Dann schloss sie die Tür.

Nachdenklich stieg Gravesen die Stufen nach unten. Draußen, in der *Langen Reihe* sah er sich um und überlegte die nächsten Schritte. Der Fall begann tiefgründig zu werden. Kompliziert. Zumal er in diesem Moment alles in Frage zu stellen begann, was er sich bis jetzt vorgenommen hatte. Sein Smartphone brummte. Max. Wollte wissen, ob alles gut gelaufen wäre und er noch gebraucht würde. Gravesen dankte ihm. Für heute war alles erledigt. Ansonsten würde er sich wieder melden.

Der Tag, an dem gehandelt werden musste, rückte unaufhaltsam näher. Alle Beteiligten wussten das, und die allgemeine Anspannung wuchs. Nur die Hauptperson hatte keine Ahnung davon, was sich um sie herum zusammenbraute.

Um sie aus ihrem Leben herauszuholen, hatte Gravesen zunächst tiefer darin eintauchen müssen. Der Grundstein war gelegt. Blieb die Frage, wie viel Zeit sie noch benötigten, bevor sie ohne Risiko losschlagen konnten.

„Die ist total fertig", hatte Max zum Abschied bemerkt. „Wenn wir die nicht bald aus dem Sumpf ziehen, ist sie weg."

Damit bestätigte er Gravesens Eindruck. Der ursprüngliche Zeitplan, den er zur Rettung Julia Bauers entworfen hatte, passte nicht mehr zu ihrer Verfassung. Sie würden erheblich schneller handeln müssen. Mit deutlich mehr Risiko. Und mit höherem Einsatz.

***

Weinend und zitternd stand Julia unter der Dusche. Es war ein seltener Moment aufrichtiger und tiefer Scham, gerade weil sie erkennen musste, dass sie sich nur noch in eine Richtung bewegen konnte: Abwärts. Aus solchen kurz aufblitzenden Einsichten kroch die pure Angst hervor. Sie wusch sich mit dem Gefühl, niemals wieder sauber werden zu können, normal, geliebt, unbeschwert.

Der verdammte Bulle hatte sie aus irgendeinem Grund an bessere Zeiten erinnert. Warum? Das war ihr nicht klar geworden. Etwas in seinen Augen vielleicht. Die Art, wie er sie angesehen hatte, als sei sie einfach nur sie. Einen solchen Blick war sie nicht mehr gewöhnt, schon gar nicht von einem Mann. Oder war etwas in seinem Lächeln gewesen, ganz zuletzt, kurz bevor er gegangen war? Vor ihm hatte sie sich nicht ganz so wertlos gefühlt wie sonst – als hätte er mehr von ihr gesehen … und als hätte ihm das gefallen.

Nach dem Duschen vertrieb sie mit der nächsten Pfeife alle Zweifel und damit auch das zart erwachte Interesse an einem anderen Menschen. Wenn etwas in ihrem Leben verlässlich funktionierte, dann das Verdrängen der Realität.

***

Gewöhnlich zog Diana Rückschlüsse von der Einrichtung einer Wohnung auf den Charakter der Bewohner. Das half bei Lebenden und Toten gleichermaßen. Elisabeth Brodersen zählte zu den Lebenden, gemessen an der Luft und den gelbgerauchten Wänden in ihrer Wohnung allerdings wohl nicht mehr allzu lange. Sie empfing die Beamten mit einer qualmenden Zigarette zwischen den Fingern, die Augen vor Kummer verquollen. Ihr

Husten röhrte aus der Tiefe verklebter Atemwege, die Stimme heiser und kratzig.

Dianas Augen brannten schon nach kurzer Zeit in dieser Räucherhöhle, während Kollege Jürgens sich mehrfach räusperte. Elisabeth Brodersen hatte sie in das Wohnzimmer geführt, es gab Tee und Kekse. Die beiden Beamten waren einer telefonischen Ankündigung gefolgt, wobei Diana die Befragung der Tante Brodersens ausschließlich für sich beanspruchte, während Jürgens mit der Rolle des aufmerksamen Beobachters Vorlieb nehmen durfte. Die Chefin entschied, er folgte. Mit ihrer Befragung wollte Diana das Hauptaugenmerk auf Elisabeth Brodersens Untermieterin richten, die bei dem Gespräch heute nicht anwesend war: Verena Haslinger.

Die sei unterwegs, hatte Brodersens Tante kurz angebunden erklärt, und das war nach Dianas Empfinden auch besser so. Die Kleine würde sie sich gesondert vornehmen. Irgendetwas an dieser Personenkonstellation kam ihr merkwürdig vor. Nicht auf den ersten Blick, da ließ sich alles noch nachvollziehbar erklären. Aber sobald sie es genauer betrachtete. Ein toter Anwalt. Dessen kettenrauchende Tante. Und eine junge Kriminelle, gerade aus dem Knast entlassen, wo sie die Geliebte einer Kindesmörderin gewesen war, einer Kindesmörderin, die von dem Anwalt verteidigt wurde, der vor wenigen Tagen ermordet worden war. Wenn das ein Bild war, wo war der Fehler?

Das war die Richtung, in die Diana sich fragen wollte.

„Ich bin eine unbelehrbare Raucherin", entschuldigte sich Elisabeth Brodersen, während sie mit der Hand den Qualm der Zigarette völlig sinnlos von links nach rechts fächelte. „Ich weiß ja, das ist nicht mehr *in*, das Rauchen. Sie beide sind bestimmt Nichtraucher."

Das konnte Jürgens nur bestätigen, wobei er, sich wieder räuspernd, mit spitzen Fingern einen Keks aus der Etagere zupfte, die üppig befüllt einladend auf dem Tisch stand.
„Selbstgebacken", merkte Elisabeth Brodersen an.
„Hmmm!", lobte Jürgens kauend.
Nach einem kritischen Seitenblick Richtung des zufrieden vor sich hin knuspernden Kollegen ergriff Diana das Wort und verkündete mit dem Stolz einer ehemals Nikotinabhängigen, seit mehr als fünf Jahren clean zu sein. Nach früher mal vierzig Zigaretten täglich! Damit sicherte sie sich sofort Elisabeth Brodersens vollen Respekt und bot ihr ein gutes Einstiegsthema.
Wie sie das denn bloß geschafft habe, wollte Elisabeth Brodersen erstaunt wissen. Mit Pflaster? Akupunktur? Hypnose? Seminare?
„Selbstdisziplin", entgegnete Diana. „Einfach aufgehört, von einem Tag auf den anderen. Mein damaliger Lebensgefährte wollte nicht mehr mit mir …ich meine, er hat mich ja nicht mal mehr…"
Diana brach ab.
Jürgens' Augen weiteten sich vor unverhohlenem Interesse, während Elisabeth Brodersens Augen eher schmal wurden. Fast so schmal wie ihr Mund, den kleine Fältchen wie Risse umsäumten.
„Kommen wir zu unseren Fragen", schlug Diana hastig vor. „Wie haben Sie zu Ihrem Neffen gestanden?"
Die ältere Frau versuchte, mit instabilem Handgelenk Tee einzuschenken. Es fiel schwer, ihr dabei zuzusehen. Sie antwortete mit ihrer knarzenden Raucherstimme:
„Er war für mich wie ein Sohn!"
„Und die restliche Familie?"

Mit immer noch zitternder Hand stellte Elisabeth Brodersen klirrend die Teekanne ab.

„Was meinen Sie? Wir alle haben ihn geliebt. Und alle sind nach Hamburg gekommen. Die Beerdigung steht an. Wir sind im Schmerz vereint."

Im weiteren Verlauf beantwortete sie tapfer alle Fragen zur Familie ihres Neffen. Zu den Eltern aus Wilhelmshaven, die bereits in Hamburg weilten und im selben Hotel wohnten wie Christiane Neumanns Vater, und die Schwester aus Amsterdam wollte morgen anreisen.

Schweigend lauschten Diana und Jürgens der guten Tante Betty, die ihren Neffen über alles geliebt hatte und ansonsten in Hamburg ein sehr christlich geprägtes Dasein führte. Ein christliches Dasein, in das sie seit einiger Zeit eine ehemalige Strafgefangene zu integrieren versuchte. Der Punkt, auf den Diana hatte hinarbeiten wollen, kam schneller als erwartet, wesentlich interessanter und bedeutsamer als die Historie der Brodersens. Sie hakte gleich ein.

„Was wissen Sie über Verena Haslinger?"

„Alles, was mein Neffe mir über sie erzählt hat."

„Und das wäre?"

„Eine vom rechten Pfad abgewichene Seele, die wegen ein paar kleiner Betrügereien im Gefängnis gelandet ist und jetzt eine zweite Chance braucht. Von mir bekommt sie Hilfe – mit Gottes Segen!"

Skeptisch neigte Diana den Kopf hin und her, während sich Jürgens mit hörbarem Genuss durch die Kekse arbeitete.

„Die kriminelle Energie des Mädchens sollten wir dabei schon angemessen gewichten. Die ist nicht nur einfach falsch abgebogen. Verena Haslinger hat eine Weile als Prostituierte gearbeitet, in zwei wirklich abstoßenden Pornofilmen mitgewirkt, ist mehrfach in Häuser und Wohnungen eingebrochen und hat mit Komplizen Senioren betrogen. Dabei wurde auch Gewalt angewendet. Und im Gefängnis war Verena Haslinger die Geliebte einer Mörderin."

„Die Geliebte einer Mörderin", wiederholte Elisabeth Brodersen und nickte. „Die Frau, die ihre Söhne ..."

„Was Ihnen bekannt ist."

„Selbstverständlich. Aber die Zeitungen machen aus dieser Frau ein Monster. Das gehört sich nicht."

„Was hat Ihr Neffe Ihnen denn über Angelika Wiechert erzählt?"

„Es gäbe berechtigte Zweifel an ihrer Schuld. Die Verurteilung erfolgte auf Basis von ... wie sagt man noch?"

„Indizien."

„Ganz recht. Indizien. Sie hat ja nie gestanden, ihre Söhne ermordet zu haben."

„Ihr Neffe hatte also Zweifel an Angelika Wiecherts Schuld?"

„Er wollte den Fall neu aufrollen, so viel weiß ich. Andy war sehr gewissenhaft und mitfühlend. Ein guter Junge."

„Hat er Ihnen dazu mehr erzählt?"

Elisabeth Brodersen zündete sich hustend die nächste Zigarette an.

„Natürlich nicht! Warum sollte er auch? Aber jeder verdient eine zweite Chance. Selbst die Wiechert. Mein Andy bat mich, auf die Vreni Acht zu geben. Sie ist eine arme Sünderin, die Hilfe braucht. Für ihre Schuld hat sie gebüßt. Jetzt schauen wir nach vorn. Hier ist nichts weggekommen, seit sie bei mir ist. Sie hat auch niemanden angeschleppt. Und wenn sich zwei Frauen lieben, dann ist das so. Wie käme ich dazu, das zu verurteilen?"

„Alles gut", warf Diana schnell ein. „Ich denke nur, Sie sollten möglichst genau wissen, mit wem Sie unter einem Dach wohnen."

„Das weiß ich bereits", beharrte Elisabeth. „Nächstenliebe sollte gerade in unseren Zeiten wieder mehr Bedeutung gewinnen. Die Welt spielt sowieso verrückt. Schauen Sie sich an, wie viele Menschen vor Krieg, Hunger und Elend flüchten. Wir dürfen nicht mehr wegsehen!"

„Ich finde Ihr Engagement wirklich großartig", lobte Diana. „Bitte nicht falsch verstehen. Wenn es mehr Menschen mit Ihrer Einstellung gäbe, wäre unsere Gesellschaft erheblich reicher."

Elisabeth nickte zufrieden. Das gehört auch endlich mal in aller Deutlichkeit ausgesprochen, fand sie. Die Beamtin wurde ihr sogleich noch sympathischer.

„Was macht die kleine Haslinger denn augenblicklich?", wechselte Diana ansatzlos die Laufrichtung und registrierte nebenbei Jürgens ungebrochenes Interesse an den Keksen. Das Gebäck schienen ihn inzwischen mehr zu interessieren als das Gespräch.

Elisabeth Brodersen wirkte durch den Richtungswechsel der Ermittlungsleiterin verunsichert.

„Was meinen Sie? Ich versteh die Frage nicht. Was soll Verena machen?"

„Geht sie Ihnen zur Hand? Macht sie sich nützlich? Oder hängt sie den ganzen Tag nur rum? *Chillen*, so nennt man das heute, oder? Bewirbt sie sich? Bekommt sie Besuch? Wenn ja, von wem? Geht sie aus? Wenn ja, wohin und mit wem? Telefoniert sie oft? Bekommen Sie in letzter Zeit Anrufe? Benutzt sie den Computer, und wenn ja, wie oft?"

„Ich glaube nicht, dass ich auf diese Fragen antworten möchte", sagte Elisabeth Brodersen pikiert. „Vreni wohnt bei mir. Sie ist mein Gast. Ich bin nicht ihre Aufseherin."

„Warum lassen Sie das Mädchen bei sich wohnen?"

„Um ihr zu helfen. Sagte ich das nicht schon?"

„Ja, genau!" Diana nickte energisch, als habe Elisabeth Brodersen den Nagel auf den Kopf getroffen. „Da stehen wir alle doch auf derselben Seite. Genau darauf zielen meine Fragen ja ab. Gerade wenn Sie Verena wirklich helfen wollen, müssen Sie ein äußerst wachsames Auge auf sie haben. Auf das, was sie tut. Wann sie es tut. Und mit wem sie es tut. Verena ist ein liebes, aber sehr einfältiges Mädchen mit einem äußerst labilen Charakter und einer höchst unappetitlichen Vergangenheit. Sobald ihre alten Komplizen sie aufspüren und die Macht über sie zurückgewinnen sollten, würde sie unvermeidlich wieder abstürzen. Und das wird dann ganz sicher schlimmer als vorher, verstehen Sie? Verena ist im höchsten Maße rückfallgefährdet, da ist es nur eine Frage der Zeit, wann sie wieder im Gefängnis landet."

Elisabeth musterte die Beamtin ärgerlich.

„Was hat das arme Ding denn schon groß verbrochen? Ein paar Betrügereien, Diebstähle, Einbrüche und dann war sie im Gefängnis mit einer Frau zusammen. Na und wenn schon?"

Diana beugte sich etwas vor und senkte verschwörerisch die Stimme.

„Leider ist nicht auszuschließen, dass die leicht beeinflussbare Verena Haslinger in Freiheit längst wieder in dunkele Machenschaften verwickelt worden ist. Vielleicht sogar in etwas, zu dem Angelika Wiechert sie angestiftet haben könnte. Wir müssen in dem Mordfall an Ihrem Neffen und seiner Frau wirklich jeder Spur nachgehen."

„Seiner Verlobten", warf Jürgens ein.

Der Blick, mit dem ihm Diana bedachte, drückte nicht gerade Dankbarkeit für seine Bemerkung aus. Er grinste schief.

Elisabeth richtete sich auf, reagierte jetzt ein wenig ungehalten.

„Soll das etwa heißen, dass Verena irgendwas mit dem Tod meines Neffen zu tun hat?"

Diana hob beschwichtigend die Hände.

„Das soll zunächst noch gar nichts heißen, liebe Frau Brodersen, ich bitte Sie. Aber wir können und dürfen als verantwortliche Mordkommission bei der Untersuchung eines Doppelmords nichts und niemanden ausschließen."

„Dann betrifft das natürlich auch mich", stellte Elisabeth fest. „Möchten Sie mein Alibi überprüfen? Welche Angaben benötigen Sie genau?"

Diana blieb gelassen.

„Es ist doch auch in Ihrem Sinne, wenn wir den Mord an Ihrem Neffen mit der gebotenen Sorgfalt behandeln."

„Aber was wollen Sie jetzt konkret von mir?"

Diana beugte sich nochmals vor. Mit ernsthaft besorgter Miene.

„Wachsamkeit. Nicht im Sinne einer Aufseherin. Das absolut nicht. Ich meine die Wachsamkeit des Schutzengels. Gemeinsam müssen wir das Übel von Verena Haslinger fernhalten so gut es geht. Sie braucht einen anständigen Job und starke und verlässliche Menschen um sich herum. Sie benötigt Vorbilder, Anleitung und ein gutes Zuhause. Also, wenn Ihnen was Verdächtiges aufgefallen sein sollte, dann scheuen Sie sich bitte nicht, uns jetzt davon zu erzählen. Mein Kollege wird Ihnen gleich noch Fotos von Verenas früheren Komplizen zeigen. Und wenn Ihnen demnächst etwas seltsam vorkommen sollte ...", sie reichte Elisabeth Brodersen eine Visitenkarte, „... verständigen Sie mich bitte gleich. Wir ziehen am selben Strang. Das müssen Sie mir glauben."

„Woher soll ich wissen, dass Sie es wirklich gut mit der Kleinen meinen?", fragte Elisabeth und starrte auf Dianas Visitenkarte, als fände sie vielleicht dort eine Antwort.

„Auch wenn diese Sichtweise ein wenig aus der Mode gekommen sein sollte, aber wir sind immer noch die Guten", entgegnete die Ermittlungsleiterin. „Sie müssen mir einfach vertrauen! So, wie ich Ihnen vertraue. Sonst wäre ich Ihnen gegenüber kaum so offen gewesen."

Elisabeth Brodersen blieb unentschlossen. Ihr fehlte das Wissen, wie tief Verena Haslinger vor ihrem Gefängnisaufenthalt bereits gesunken war.

„Hören Sie, Frau Brodersen", Diana startete den nächsten Versuch, Vertrauen und Verständnis zu schaffen. „Wir wollen doch beide nicht, dass Verena wieder in den Sumpf aus Prostitution und Pornografie abrutscht. Wir müssen uns einfach verbünden."

„Ich bin Christin", erklärte Elisabeth mit Nachdruck. „Das wissen Sie. Aber ich bin nicht weltfremd. Ich verliere nicht gleich die Nerven, nur weil Verena anschaffen gegangen ist oder in irgendwelchen Pornofilmchen mitgewirkt hat. Davon bricht nicht gleich die Welt zusammen, oder?"

Diana verzog das Gesicht, als kämen ihr die nächsten Worte nur schmerzhaft über die Lippen.

„Dann wird es Ihre weltoffene Haltung auch nicht erschüttern, dass Verena Haslinger in einem Porno die offensichtlich von Drogen berauschte Hauptdarstellerin einer Massenvergewaltigung war, während sie in dem anderen Film keine menschlichen Sexualpartner hatte."

Elisabeth Brodersen kniff die Augen zu und hob erschrocken die Hände, als werde sie mit Dreck beworfen. Es folgte ein Moment vollkommener Stille, in deren Verlauf sich niemand von ihnen auch nur bewegte. Bilder, die erst einmal über die Fantasie in das Bewusstsein sacken mussten. Elisabeth Brodersens Augen waren nach dem Öffnen wieder feucht geworden, aber sie weinte nicht, da war nur das leichte Rasseln ihrer Atemwege zu hören. Verzweifelt wandte sie sich an Jürgens, als könne sie das direkte Gespräch mit Diana nicht länger ertragen.

„Zeigen Sie mir jetzt bitte die Fotos der Typen, die Verena gefährlich werden könnten?", forderte sie ihn mit sehr leiser Stimme auf.

Später, beim Abschied, konnte sie den beiden Ermittlern nicht mehr in die Augen schauen. Sagte in Dianas Richtung:

„Es war mir kein Vergnügen, Sie zu treffen. Wirklich nicht."

Was Diana sehr bedauerlich fand.

„Dabei versuchen wir doch beide mit unseren jeweiligen Möglichkeiten, eine schon fast verlorene Seele zu retten", erklärte sie Elisabeth Brodersen. Doch die schüttelte den Kopf.

„Ihre Mittel sind schrecklich. Aber ich werde mich bei Ihnen melden, sollte mir was Verdächtiges auffallen."

„Und bitte kein Wort über unser heutiges Gespräch zu Verena!"

Elisabeth Brodersen winkte ab.

„Worüber bitte sollte ich mit dem Mädchen reden? Etwa über das, was Sie mir erzählt haben? Ich werde um unser aller Seelen beten, sobald Sie weg sind."

Diana nickte.

„Tun Sie das. Wir sollten nichts unversucht lassen."

Jürgens fand erst wieder im Auto seine Stimme.

„Alle Achtung, Chefin, das war echt beeindruckend", lobte er. „Sie haben hoch gepokert, um Tante Betty auf unsere Seite zu ziehen. Meine Lieblingsstelle war der Hinweis, dass wir die Guten sind. Ich vergess das selbst immer wieder."

Diana schmunzelte.

„Eine Notlüge. Fahren Sie jetzt einfach mal los, Jürgens. Wenn ich wieder Lust auf spritzige Dialoge habe, sag ich Bescheid, okay? Danke."

Der junge Ermittler kniff die schmalen Lippen zusammen und startete den Wagen.

„Wie wär's zwischendurch mal mit Essen?", schlug er vor. „Und sei's nur 'ne Wurst auf die Faust."

Diana runzelte die Stirn, als verstünde sie den Sinn seines Vorschlags nicht.

„Sie haben sich eben gerade die ganze Zeit mit Tante Bettys Keksen den Bauch vollgeschlagen", sagte sie. „Das muss erst mal reichen."

# Kapitel 7: Schlechte Aussichten

Mit sorgenvoller Miene studierte die Augenärztin Irina Mayer die Ergebnisse der aktuellen Gesichtsfeldmessung. Christian Gravesens Normaldruck Glaukom hatte sie vor mehr als zehn Jahren in München entdeckt und therapiert, bis sie eines Tages nach Hamburg gezogen war, um dort nach der Heirat mit ihrem Mann eine Gemeinschaftspraxis zu eröffnen. Der Kontakt zu Gravesen war danach abgebrochen. Doch nach Jahren der Funkstille war er plötzlich aus heiterem Himmel in ihrer Hamburger Praxis aufgetaucht. Für sie eine sehr aufwühlende Begegnung, die sich anfühlte, als hätten sie sich gestern erst Lebewohl gesagt. Alles, was zwischen ihnen gewesen war, das emotionale Hindernisrennen ihrer Lovestory, hatte genau genommen nie einen

Anfang oder ein Ende gehabt. Sie waren durch ihre intensive Münchner Vergangenheit irgendwie verbunden geblieben, hatten sich damals ernsthaft um verschiedene Formen einer halbwegs geregelten Nähe bemüht, was in der entmutigenden Erkenntnis gipfelte, auf Dauer nicht füreinander geschaffen zu sein. Die Suche nach Gemeinsamkeiten fand keine Tiefe, setzte aber immerhin einige leidenschaftliche Höhepunkte. Was sie verband, war in wenigen Sätzen erzählt, von denen jeder mit einem Fragezeichen endete. Das dauerte sogar bis in die Zeit kurz vor Irinas Umzug nach Hamburg. Hätten sie und Gravesen doch noch die Formel für eine funktionierende Beziehung außerhalb des Bettes entdeckt, sie wäre bei ihm in München geblieben.

Dass es den einstigen Geliebten aktuell nach Hamburg verschlagen hatte, brachte das geordnete Leben der besonnenen Medizinerin ein weiteres Mal ins Wanken. So war es schon immer gewesen, und daran hatte auch der Lauf der Zeit nichts geändert. Äußerlich beherrscht dozierte Irina mit ruhiger Stimme über die medizinischen Fakten einer Glaukomerkrankung, während sie ihre Gefühle nur schwer in den Griff bekam.

„In deinem linken Auge haben sich bereits einige Ausfälle des Gesichtsfeldes ergeben", erklärte sie, ohne den Blick von dem Ausdruck vor sich auf dem Schreibtisch abzuwenden. „Nimmst du auch wirklich konsequent deine Tropfen?"

Gravesen fühlte sich an längst vergangene Diskussionen mit ganz anderen Inhalten erinnert, das führte bei ihm zu einem wehmütigen Lächeln. Die Kontroversen mit ihr waren die besten gewesen!

„Meistens. Du hast mich ja früher selbst beim Vögeln daran erinnert!"

Sie errötete und warf ihm über den Rand ihrer Lesebrille einen peinlich berührten Blick zu – nein, er hatte sich weiß Gott nicht verändert! Seine sorglose Ausdrucksweise hatte sie schon fast vergessen.

„Aber die regelmäßige Anwendung der Augentropfen wäre keine Zeitverschwendung, das kannst du mir glauben. Wie weit liegt die letzte Gesichtsfeldmessung zurück?"

Da musste er passen.

Das machte sie ärgerlich. Zweifellos hatte er den Ernst der Lage bis heute nicht erkannt. Bei einer schleichenden Erkrankung, in den Anfängen ohne bemerkenswerte Auswirkungen, nicht ungewöhnlich, auch wenn sie ihn schon damals eindringlich gewarnt hatte.

„Also wirklich! Du forderst das Schicksal heraus. Regelmäßige Kontrolle, am besten alle drei Monate, ist für deine Erkrankung unerlässlich. Wer ist nach mir in München dein behandelnder Arzt gewesen?"

„Ich bin nicht ständig in München, wie du siehst."

„Egal wo du bist, du musst diese Kontrollen *an jedem Ort* durchführen lassen!"

„Aber ich merke verdammt noch mal nichts", sagte Gravesen, während er ratlos die Ausdrucke betrachtete, die laut Irina ein beunruhigendes Ergebnis dokumentierten. Hier hatte er es mit einem Feind zu tun, den er nicht mit den üblichen Mitteln bekämpfen konnte. Einer, der ihn von innen attackierte, lautlos und gierig seinen Sehnerv zerstörte, zerfaserte, ablöste.

Besänftigend schob Irina die Hand auf seinen Handrücken. Ihn zu sehen, tat ihr gut. Auch wenn es mit ihnen nie wirklich gepasst hatte, vielleicht aber auch genau deshalb. Selbst ihre heutige Begegnung fand zur falschen Zeit am falschen Ort statt – typisch für ihre gesamte Beziehung.

„Ich habe dich von Anfang an gewarnt, wie gefährlich diese Augenerkrankung werden kann", sagte sie. „Da gibt es keine

Schmerzen oder sonstige spürbare Symptome. Hirn und Auge tricksen in trügerischer Eintracht so lange, bis die Ausfälle erheblich geworden sind. Du wusstest das. Man hätte längst die Möglichkeit einer OP mit dir besprechen sollen."

„Eine OP?" Er grinste halbherzig. „Auge raus, neues rein, oder wie?"

Sie seufzte resignierend, für diese Art Humor fehlte ihr jegliches Verständnis.

„Ich habe keine Lust, dir jetzt die verschiedenen Verfahren zu erläutern, die denkbar wären. Dazu musst du grundsätzlich bereit sein. Und das ernsthaft. Aber mit der Ernsthaftigkeit hast du es ja nie so gehabt."

„Meinst du damit unsere Zeit?"

„*Unsere* Zeit!" Sie schloss für Sekunden die Augen, als wolle sie sich daran erinnern. „Wie das klingt!"

„Wie denn?"

„Wie eine charmante Lüge."

Er gab dazu keinen Kommentar ab. Sie waren auf dem direkten Weg in die nächste anstrengende Diskussion, und auch das war bezeichnend für ihr Verhältnis, seit sie sich kannten. Mit normalen Gesprächen hatten sie sich schon immer schwergetan. Da hielt es Gravesen für klüger, lieber auf die medizinische Ebene auszuweichen.

„Werde ich erblinden?" Er fragte es geradeheraus, und die Frage klang unterschwellig vorwurfsvoll, als trüge Irina eine Mitschuld an seinem Schicksal.

Sie lächelte unsicher, stieß hörbar den Atem aus. Hob die Schultern leicht an.

„Wir werden ab sofort alles dafür tun, dass deine hinreißend blauen Augen zumindest ihre jetzige Sehfähigkeit behalten", versprach sie ihm mit einem zuversichtlichen Lächeln. „Ich werde dir noch ergänzend weitere Tropfen verschreiben. Einen Betablocker. Und die wirst du ab sofort ebenfalls regelmäßig und zu festen Zeiten nehmen. Immer im Abstand zu den anderen Medikationen. Deinen Augendruck will ich unbedingt noch stärker senken. Optional bleibt die OP, aber das warten wir erst mal ab."

„Ich hätte jetzt eh keine Zeit dafür."

„Irgendwann wirst du dir diese Zeit aber nehmen müssen. Dann sollten deine anderweitigen Pläne, ich werde es zur Sicherheit mal ganz deutlich sagen, *scheißegal* sein!"

„Ich liebe klare Ansagen, Irina, das weißt du. Wie stehen meine Chancen?"

„Noch ganz gut." Die Medizinerin erhob sich, um das Rezept für die Augentropfen aus einem betagten Drucker zu fischen. „Wenn wir jetzt am Ball bleiben. Wie lange wirst du dich in Hamburg aufhalten?"

„Weiß noch nicht." Grübelnd betrachtete er sie mit jenen Augen, über die er gerade so unangenehme Dinge erfahren hatte. Irena Mayer war immer noch die aparte Frau, in die er sich vor Jahren Hals über Kopf verknallt hatte. Heute trat sie reifer und gediegener auf, inzwischen Anfang Vierzig, mit kürzerem Haar, abgespannt wirkenden Gesichtszügen, ersten kleinen Fältchen. Dass die Gefühle für ihn nicht erloschen waren, hätte er auch als Blinder bemerkt. Sie hatte sich dieses besondere Leuchten bewahrt, das ihn schon damals angezogen hatte. So wunderbar Unperfekt, in genau der richtigen Mischung. Viele kleine Eigenheiten, die sich dennoch stimmig vereinten. Aber es gab auch diesen unübersehbaren Ehering.

„Du trägst ihn auf dem Mittelfinger", bemerkte er verwundert.

„Der einzige Finger, auf dem er passt."

„Darf ich dazu etwas anmerken?"

„Bitte nicht."

„Und wie geht's jetzt weiter?"
„Mit meinem Mittelfinger?"
„Mit uns."
„Was soll die Frage? Glaubst du etwa ...?"
„Sorry, ich meine als Patient und Ärztin."
„Da solltest du dich allen meinen Anweisungen beugen. Ich bin die mit dem weißen Kittel und hab immer recht."
„Und ohne Kittel?"
Sie zeigte ihm den Finger mit dem Ring.
Er grinste.
„Dann wäre das also auch geklärt", stellte sie zufrieden fest.
„Wann willst du mich wiedersehen?", fragte Gravesen und erhob sich.
Sie legte den Kopf schief, reichte ihm das Rezept und sah ihn herausfordernd an.
„Wie wär's mit heute Abend?"

\*\*\*

Julia wusste nicht, wo Nico sich die vergangenen Tage herumgetrieben hatte, aber er war mit einer erschreckend düsteren Stimmung in die Wohnung zurückgekehrt. Natürlich blieb er öfter mal länger weg, um dann meist wie aus dem Nichts wieder aufzutauchen. Dieses Mal übellaunig, aggressiv, abgebrannt – und er hatte gleich damit begonnen, fieberhaft nach seinem Crack zu suchen. Schließlich musste Julia ihm beichten, selbst schon wieder pleite zu sein und sich an seinen Vorräten vergriffen zu haben. Nicos Horror-Laune schwoll zu einem bedrohlichen Orkan an. Julia kannte niemanden, der so viele Formen der Wut beherrschte, vom bockigen Kindskopf bis zum rasenden Psychopathen.

Heute gewann eine der schlimmeren Versionen die Oberhand. Für Julia gar nicht so einfach, sich gegen den unkontrollierten Ausbruch ihres Mitbewohners zu wehren. Sobald Nico derart in Rage geriet, blieb man besser außer Reichweite, oder bewaffnete sich. Doch allein Julia verstand es, ihn auch während seiner Ausfälle einigermaßen zu kontrollieren.

Die gemeinsamen Jahre als Außenseiter hatten sie zwar in getrennten Schulklassen, aber irgendwie doch immer zusammen durchgemacht. Auch mit Drogen waren sie ungefähr zur selben Zeit in Berührung gekommen, das orientierungslose Mädchen aus gutem Hause und der introvertierte Junge aus einfachen Verhältnissen, der für andere meistens unsichtbar blieb. Jenseits jeglicher Intimitäten gingen sie auf konfuse Art verlässlicher miteinander um, als echte Paare dazu imstande waren. Liebe oder Gefühl konnte bei Ihnen nichts aus dem Takt bringen. Ihr Dirigent war die gemeinsame Abhängigkeit. Ihr Alltag bestand aus Gewohnheit. Bedürfnissen. Sie verband das Gefühl – nein, sogar das Wissen – einander zu brauchen, in den guten wie in den richtig beschissenen Zeiten. Manchmal, wenn es ihnen besonders dreckig ging, kam es vor, dass sie miteinander kuschelten und sich in den Schlaf streichelten. Und manchmal fetzten sie sich wie ein desillusioniertes Ehepaar kurz vor dem tragischen Schlussakt. So, wie heute.

Ein vor Wut schäumender Nico, der unkontrolliert auf Julia eindrosch, sie übel beschimpfte. Nach ihrem Empfinden nicht ganz unberechtigt. Er hatte im Ernstfall ihr zuliebe schon öfter verzichtet. Das wäre ihr umgekehrt nie in den Sinn gekommen. Auch dieses Mal hatte sie nur an sich und die eigene Befriedigung gedacht.

Julia wehrte Nicos Schläge größtenteils ab und trat zwischendurch nach ihm, um ihn einigermaßen auf Distanz zu halten.

Möglicherweise würde er sie eines Tages im Affekt umbringen. Und möglicherweise kam irgendwann der Tag, an dem es ihr egal oder schlimmstenfalls willkommen sein würde. Aber nicht heute!

„Miese Schwuchtel", fauchte sie ihn an, weil er dieses Mal einfach nicht zu bändigen war. „Du bist hier in *meiner* Wohnung und zahlst verdammt noch mal nie Miete. Was willst du eigentlich von mir? Scheiß drauf, ehrlich, Mann! Du brauchst jetzt was? Warte kurz, ich zieh gleich los und besorg uns was. Aber dreh jetzt nicht durch, hörst du?"

Er schlug noch mehrfach zu und traf mit dem letzten Schlag ihre Nase, die sofort zu bluten begann. Sie trat ihn zornig in den Unterleib. Das führte notgedrungen zu einem Waffenstillstand. Nico krümmte sich auf dem Boden, Julia verzog sich fluchend ins Bad. Sie verarztete die Nase, wusch sich, machte sich zurecht und stampfte dann nackt und wild entschlossen in ihr Zimmer, um sich anzuziehen. Richtig anzuziehen! Sie musste hier raus! Dafür brachte sie sogar ihre Haare in Form und schminkte sich wie früher, was mit nervösen Händen und der inneren Unruhe alles andere als einfach war. Nach einem längeren Telefonat und einigen Überredungskünsten winkte kurzfristig ein lukratives Treffen für heute Abend: Martin Danner, Geschäftsführer eines Hamburger Logistikunternehmens. Momentan steckte er noch in einem Kundentermin, aber danach wäre er hocherfreut, sie endlich mal ... wiederzusehen.

Für das bevorstehende Date mit ihm wählte Julia ein schlichtes dunkles Kostüm, kombiniert mit einer Seidenbluse, schwarzen Strümpfen und Pumps. Sie erinnerte sich noch an Danners klassische Vorlieben, da musste sie nur noch ihre Hornbrille mit dem Fensterglas suchen. Aus alter Gewohnheit wollte er sie wieder in *ihrem* Hotel treffen. In der Bar. Also ganz in der Nähe. Eine

Stunde vor Mitternacht. Julia kannte ihn als großzügigen Freier ohne spektakuläre Wünsche. Über ein bisschen Vorspiel war er leicht zu einer kurzen und mechanischen Nummer zu lotsen, in der sie ihm lediglich das Gefühl vortäuschen musste, er sei ein großartiger Liebhaber. Danach würde er sie noch eine Weile fest umschlungen in seinen Armen halten wollen, um ihr zu erzählen, was er beruflich alles leistete und wie ihn das Leben mit Frau und Kindern anödete. Damit unterschied er sich nicht von den anderen, die sich im Niemandsland zwischen beruflichem Höhenflug und privatem Niedergang einsam und unverstanden fühlten und geduldigen Huren gegen Bezahlung das erzählten, was die Ehefrauen schon lange nicht mehr hören wollten.

Julia plante, das ganze Programm heute so zügig wie möglich hinter sich zu bringen. Sie brauchte Kohle und würde Danners Geld postwendend in Drogen umwandeln. Den Termin vor Augen, den Dealer auf Standby, da fühlte sie sich wie kurz vor der weihnachtlichen Bescherung. Die letzte „Bescherung" lag noch nicht lange zurück, aber am Ende war ihr das Geld nur so durch die Finger geronnen, zumal der Drogenkonsum immer kostspieliger wurde.

Als Julia ins Wohnzimmer zurückkehrte, ihre hohen Absätze kämpferisch auf das Parkett knallten, zappte sich Nico auf dem Boden hockend mit trübem Blick durch die stumm geschalteten Kanäle des Fernsehers. Aus den Lautsprechern der Anlage verbreiteten sich depressive Töne von *Joy Division*. Hätten Klänge eine Farbe, der Raum wäre in schwarz getaucht. Nicos Musikgeschmack war für Julia schon immer unterirdisch gewesen. Es war ihr unverständlich, wie man dieses Zeug länger als fünf Minuten ertragen konnte, ohne aus dem Fenster zu springen. Allein deshalb war sie froh, dieser Endzeitstimmung vorerst zu entkommen.

Mangels anderer Drogen trank Nico Gin direkt aus der Flasche und hatte sich einen mächtigen Joint gebaut. Rauchend hockte er nur mit einer Unterhose bekleidet vor dem Sofa auf dem Boden, damit beschäftigt, sich alternativ vollzudröhnen, um die wahre Begierde zu vergessen. Misstrauisch beäugte er Julias Aufmachung. Stark und sexy sah sie plötzlich aus, mit einem echten Ziel. Sobald sie sich zurechtgemacht hatte, fühlte er sich in ihrer Nähe minderwertig. Wenn sie es darauf anlegte, konnte sie wie jemand von der Gewinnerseite wirken. Das war ihm nie gelungen. Selbst im coolsten Outfit und getragen von der höchsten Welle der Euphorie, haftete ihm immer die Ausstrahlung des geborenen Verlierers an, die Erkenntnis, in seinem Leben nie etwas erreicht zu haben, nie etwas erreichen zu werden. Höchstens während der Phase, als er eine Weile Klavierunterricht gehabt hatte, da hatte er sich, wenn auch nur vorübergehend, lebendig fühlen können, begabt, bewundert, dazugehörig. Ein paar Monate auf dem Weg nach oben. Lob und Zuspruch. Bis einige Gefühle schräg geworden und die Töne verstummt waren. Danach war ihm nur Julia geblieben. Sie hatte ihn wie eine Schwester umarmt, bereit, notfalls mit ihm unterzugehen. Sie hatte immer geschwiegen, damit er nicht in die Hölle kam. Und er hatte geschwiegen, damit sie ihn nicht begleiten musste.

Jetzt stand sie unbezwingbar da wie *Superwoman* und strahlte, im Gegensatz zu seiner Dunkelheit, wie ein Leuchtfeuer. Da sah sie endlich mal wieder wie eine aus, die alles schaffen könnte, wenn sie es wollte.

„Verdammt, wie machst du das?", fragte Nico ehrfürchtig und hätte am liebsten eine Sonnenbrille aufgesetzt.

„Ich weiß, worauf es ankommt", erwiderte sie.

„Und warum bist du dann doch nur eine verfluchte Drogenschlampe?"

„Weil das am besten zu dir passt, du Hirni!"

Er kratzte ausgiebig sein Kopfhaar. Fragte dann grinsend: „Und du besorgst uns jetzt echt noch was?"

„Na, was denkst du, warum ich mich verkleidet hab? Aber das wird ein bisschen dauern. Ein kleiner Rest wär für dich ja noch da."

Er schnaufte bitter.

„Ein kleiner beschissener Rest? Du meinst die paar Krümel, die du übriggelassen hast? Von *meinem* Crack. Willst du mich verarschen?"

„Meine Nase tut verdammt weh", lenkte sie ab. „Warum musst du nur immer gleich so ausrasten, du Honk?"

„Was glaubst du denn, wie meine Eier schmerzen?", beklagte er sich. „Von mir aus kannst du dir jetzt auch die Krümel reinziehen. Wirst es nötiger haben, wenn du später noch mit einem deiner Greise ficken musst."

Das brauchte er Julia nicht zweimal anzubieten. Dankbar stopfte sie sich in Windeseile die letzten Krümel in die Pfeife. Tatsächlich hätte sie nicht gewusst, wie sie es ohne eine kleine Stärkung bis ins Hotel hätte schaffen sollen. Während Nico sie nervös beim Rauchen beobachtete, versprach sie ihm entspannt, alles wieder in Ordnung zu bringen. Vom Hochgefühl erfüllt, selbst das Unmögliche schaffen zu können, betrachtete sie sich als Gewinnerin des Abends. Als beste Hure der Stadt wollte sie Danner nachher völlig um den Verstand bringen. Er würde seine pralle Brieftasche über ihr ausschütten und auf dem Weg zum Höhepunkt ihren Namen beten. Heute würde *sie ihn* ficken, damit er endlich mal lernte, wie das ging!

„Du machst immer nur Versprechungen!", beklagte sich Nico ̲̲̲̲̲̲̲̲hässlichen Realität, aus der sie gerade auszubrechen ver-̲̲̲̲e. Er hockte am Rand ihrer Wahrnehmung wie hinter einer

Trennscheibe. Ein Affe im Zoo, der mit ihrem Leben nichts zu tun hatte. Dazu sein kleinliches Gejammer! Als sie ihn in dieser billigen Unterhose am Boden sitzen sah, mit diesem sehnigen unbehaarten Kinderkörper, wünschte sie ihn zur Hölle. Er passte einfach nicht zu einer guten Stimmung, war wie eine schäbige kleine Dunstwolke, die sich immer im unpassendsten Moment vor die Sonne drängte, nie groß genug, um sie gänzlich zu verdecken, aber penetrant störend.

„Wenn ich wirklich so schlimm bin, warum hängst du dann überhaupt noch hier rum und nervst mich?", fragte sie ihn. „Hau doch ab, wenn dir das alles nicht mehr passt."

„Mach ich vielleicht auch bald", nuschelte er. „So toll, wie du denkst, ist das mit dir gar nicht."

Sie lachte.

„Na super! Wo willst du denn hin? Als Pianist auf Tournee gehen, oder was?"

Damit kränkte sie ihn. Sie kannte seinen wunden Punkt, trat ihm nicht nur in die Eier, sondern gelegentlich auch ohne Gnade in die Seele. Außer ihr gab es niemanden, den er mit derselben Intensität lieben und gleichzeitig hassen konnte.

„Ist fucking einfach für dich, hier rumzuprotzen, mit deinen beschissen reichen Eltern, die Klein-Julia sofort die Hand untern Hintern halten, wenn sie's braucht. Geld, Geld, Geld! Früher, in der Schule, haben die anderen Jungs dich immer *Geldfotze* genannt. Die haben dich gefickt und dich danach noch angepumpt. Das Geld hast du nie wiedergesehen. Wie scheiße ist das denn?"

„Die Geldfotze kann dir gleich nochmal in deine kleinen Eier treten", fuhr sie ihn an. „Für wen hältst du dich eigentlich, du Penner?"

„Alles klar, mach ruhig!" Er zeigte ihr gleichgültig den Finger. „Glaubst du, das juckt mich noch? Schlepp heute Nacht bloß keinen alten Sack mehr an, okay? Die grunzen wie die Schweine, wenn sie zufällig mal kommen, während du dich auf ihnen abschwitzt. Voll ekelig."

„Nico, halt einfach die Klappe, okay? Ich hab noch einen Job zu erledigen, während du hier wieder mal nur jammerst und klagst."

„Ja, ja", brummte er. „Als ob ich uns noch nie was beschafft hab! Geh du mal schön zu den Daddys und stör mich nicht beim ..." Er überlegte angestrengt, bei welcher bedeutsamen Tätigkeit sie ihn nicht stören sollte, da brach Julia in schallendes Gelächter aus.

„Meinst du, während du hier deine geschwollenen Eier schaukelst?"

Auch er musste gegen seinen Willen lachen.

Julia nickte zufrieden. Alles wieder im Lot. Sie konnten das.

„Mach's gut, Schwuchtel", sagte sie sanft.

„Du auch, Geldfotze", entgegnete er und kicherte versöhnlich wie ein kleiner Bruder.

Dynamisch und siegessicher machte sich Julia auf hohen Hacken auf den Weg. Noch bevor sie die Wohnungstür hinter sich geschlossen hatte hörte sie, dass Nico endlich mal wieder Klavier spielte. Klang aber so, als würde sich die Melodie gegen ihn wehren.

***

Glaukom hin oder her, noch funktionierte Gravesens Sehvermögen tadellos. Er erkannte Julia Bauer sofort, während sie zu den eleganten Klängen eines *Henry Mancini* Songs in der Hotelbar auftauchte, als betrete sie ihr Jagdrevier. Bei ihrem Anblick bereute er fast seine Entscheidung, hier mit Irina erschienen zu sein.

Gleich nach Max' Anruf hatte er spontan improvisieren müssen, seine Pläne, ein Treffen mit Irina, für den heutigen Abend diesem neuen Anlass anzupassen. Eine gemütliche Plauderei zur mitternächtlichen Cocktailstunde, um der guten alten Zeiten Willen, dafür war *diese* edle Hotelbar genauso gut geeignet wie viele andere. *Nur reden*, hatte er ihr versichert, doch sie wussten beide, wie wenig belastbar ihre guten Vorsätze schon früher gewesen waren. Dass Irinas Mann wegen eines Seminars nicht in Hamburg weilte, machte die Sache nicht einfacher – oder vielleicht doch?

Nichtsahnend wurde Irina von Gravesen heute als Tarnung benutzt. Als Mitwirkende in einer Art Schauspiel: *Julia Bauer, der nächste Akt*. Mit einem Geschäftsmann und einer Drogensüchtigen, die unbedingt Geld für Crack brauchte, und die augenblicklich eine weitere Facette ihrer Persönlichkeit offenbarte: die der Top-Begleiterin; die Rolle, mit der sie vom Escortservice im Internet nach wie vor angepriesen wurde, erstklassig, verführerisch, gebildet, mehrsprachig und attraktiv. Diesem Ruf wurde sie in der Hotelbar gerecht: Sie eroberte den Moment, als wäre es ihre Veranstaltung, ihr Hotel, ihre Hotelbar, ihre Männer! Die Frauen innerhalb ihres Lichtes schrumpften auf die Rolle von Statistinnen zusammen. An Irinas bemühtem Lächeln vorbei bot sich Gravesen von seinem Platz aus die beste Aussicht auf den Höhepunkt des Abends.

Die Augenärztin, bereits an ihrem zweiten Gin Tonic nippend, war sich ihrer Nebenrolle in diesem Stück nicht bewusst.

Viel, fast schon alles versprechend, bedachte sie Gravesen von Zeit zu Zeit mit tiefgründigen Blicken. Furchtlos war sie für heute Abend zu der Irina von einst geworden, als ob sie von

Gravesen noch nie enttäuscht worden war. Der Mann, der gerade über viele Dinge nachdachte, aber nicht darüber, wie er mit seiner ehemaligen Geliebten eine romantische Nacht verbringen konnte. *Nur reden*, hatte er betont, und Frau Dr. Irina Mayer hatte wieder mal deutlich mehr zwischen den Zeilen zu hören geglaubt. In Hotelbars, fand sie, traf man sich nicht nur zum Reden.

Da Julia Bauer es sich erst einmal am Tresen bequem gemacht hatte und Gravesen sie auf diese Weise unauffällig im Blick behielt, konnte er entspannt abwarten, ohne selbst aktiv werden zu müssen. Der entscheidende Teil des Schauspiels würde – er blickte auf die Uhr – in ungefähr fünfzehn Minuten beginnen.

Um Julia Bauers Rettung so sorgfältig wie möglich vorzubereiten, hatte Gravesen schon Einiges über ihr Leben herausfinden können. Heute studierte er sie in der Rolle der Edelprostituierten. Auf diese Weise hatte sein Team einige wichtige Kontakte notieren können und einen weiteren Stammfreier identifiziert. Die Struktur des persönlichen Umfeldes von Julia Bauer war wieder etwas transparenter geworden.

„Erwartest du noch jemanden?", erkundigte sich Irina über den Gin Tonic hinweg, der Blick etwas flackernd, der Mund sehr schmal.

„Wie kommst du darauf?"

„Weil du dich mehr für deine Uhr als für mich interessierst."

Er machte eine bedauernde Geste.

„Ich bin ein Getriebener. Immer in Bereitschaft."

Sie runzelte die Stirn, bevor sie anmerkte, eigentlich nie kapiert zu haben, was genau er damit meinte, wenn er davon sprach, immer in Bereitschaft zu sein. Für was denn bitteschön?

Diese Frage entlockte Gravesen ein etwas zu breites Grinsen, sie kam so wenig überraschend wie die Dunkelheit bei Nacht.

„Das frag ich mich auch oft", scherzte er.

Eine Erwiderung, die sie nicht so amüsant fand, wie er sie gemeint hatte. In leicht bewölkter Stimmung nippte sie wieder an ihrem Getränk, versank in zweifelnden Gedanken, besonders darüber, ob es die richtige Entscheidung gewesen war, sich nach so langer Zeit wieder mal mit Gravesen einzulassen.

Derweil bot sich ihm die Gelegenheit, Julia Bauer dabei zu beobachten, wie sie in Irinas Rücken mit dem Barkeeper scherzte und eine unbekümmerte Heiterkeit verbreitete, die nicht zu dem Bild passte, das er bisher von ihr gewonnen hatte. Dennoch, wenn sie so drauf war, musste es in der Nähe ihres Lächelns heiß und aufregend sein. Selbst in einer schlechten Verfassung hatte die junge Frau Gravesen erst kürzlich auf eigenartige Weise in ihren Bann gezogen. Ihr jetziger Auftritt glich dagegen einer Show. Als gäbe es Julia Bauer in verschiedenen Versionen. Doch Aschenputtel hatte sich nicht in eine Prinzessin verwandelt, um sich einen Prinzen zu angeln. Ihr reichte ein gut situierter Geschäftsmann. Vorher würden sie zusammen vielleicht noch einen Drink nehmen und danach dezent verschwinden. Gravesen spürte angesichts dieser Vorstellung das unprofessionelle Bedürfnis, sich in die vorhersehbare Handlung einzumischen, ihr eine andere Richtung zu geben. Ein Bedürfnis, das seinen Auftrag gefährden könnte. Kurzzeitig reizte ihn der Gedanke, Julia ohne weitere Umschweife aus dieser Geschichte zu entführen – aus dem, was man nach normalen Maßstäben kaum noch als Leben bezeichnen konnte. Als kühl kalkulierender Profi, der bei seinen Jobs bisher immer unbeirrt und diszipliniert nach Plan vorgegangen war, träumte er sich für Sekunden in die Rolle des Prinzen, der Aschenputtel aus dieser Misere rettete und mit ihr verschwand. Ende der Geschichte!

„Bist du überhaupt noch da?", mischte sich Irinas Stimme vorwurfsvoll zwischen seine Gedanken. „Ist es so langweilig mit mir?"

Ihr fast leeres Glas hielt sie wie ein Mikrofon vor den Mund, die Aussprache klang schon etwas wattig, mit verschluckten Endsilben.

Während er ihr wieder mehr Aufmerksamkeit widmete, erinnerte sich Gravesen daran, dass Irina Alkohol schon damals nie besonders gut vertragen hatte. In ihren Augen glitzerte pure Angriffslust, die nur auf einen Anlass wartete.

„Geht es dir gut?", fragte er.

Sie zuckte mit den Achseln.

„Und dir?", fragte sie zurück.

„Bei mir ist alles okay."

„Und warum sagst du nichts? Hörst nicht zu? Antwortest auf keine Fragen."

„Sorry. Was habe ich verpasst?"

„Ich fragte, ob wir noch einen Drink nehmen wollen. Dann kann ich mich weiter betrinken, während ich dich beim Grübeln beobachte. Du hattest gesagt *nur reden*. Ich frage mich, wann wir damit anfangen."

Gravesen gab einem auf Sichtweite positionierten Kellner das Handzeichen für *Noch mal das Gleiche*.

Einen Gin Tonic. Ein stilles Wasser.

Irina redete ungebremst weiter, und er bemühte sich, interessiert zu wirken und wahlweise an den passenden Stellen zu nicken oder eine Zustimmung zu brummen, während er nebenbei seine Gedanken zu ordnen versuchte. Doch diese Taktik funktionierte nicht lange. Immer wieder sah er sich einfach aufstehen, zur Bar gehen und die Realität in ein Märchen verwandeln. Irina würde einmal mehr enttäuscht zurückbleiben, mit mehrfach gebrochenem Herzen und dem nächsten zerstörten Traum. Aber nie wäre es Gravesen so egal gewesen wie heute. Direkt vor ihm saß seine Vergangenheit, noch immer sympathisch und doch unendlich entfernt. Weiter hinten, von der Hotelbar aus, blendete ihn die Zukunft, verdorben, unberechenbar und launisch. Verbreitete einen falschen Glanz, dem er immer mehr zu verfallen drohte. Dabei musste sie sich nicht einmal anstrengen. Für einen Moment schien es so, als schaute Julia vom Tresen aus direkt in Gravesens Gedanken - ohne ihn wirklich wahrzunehmen. Sie sondierte lediglich mit dem geübten Blick der Jägerin ihr Terrain. Sie könnte hier jeden Mann erbeuten, jetzt, da sie wiederauferstanden war. Gravesen konzentrierte sich auf Irina, um einen klaren Kopf zu bewahren.

„Wie kommt es, dass ich trotz der Schäden an meinem Sehnerv immer noch alles klar erkenne?", wollte er wissen. „Selbst die Flaschen im Regal hinter dem Barkeeper?"

Irina beugte sich vor, der Blick getrübt vom Alkohol. Der nächste Gin Tonic war gerade gebracht worden und ihre Hand umklammerte das Glas, als müsse sie es am Davonschweben hindern.

„Also mich siehst du anscheinend nicht mehr. Warum wolltest du dich überhaupt heute mit mir treffen? Um die Flaschen im Regal einer Hotelbar zu beobachten? Früher waren die Abende mit dir aufregender, weißt du? Da hat es geknistert zwischen uns."

Gravesen sah sie schuldbewusst an und schwieg. In diesem Moment betraten zwei Männer die Hotelbar und bewegten sich zielstrebig auf Julia Bauer zu. Sie lächelte ihnen erfreut entgegen. Die Ankunft *zweier* Männer überraschte Gravesen. Seine Anspannung stieg. Er bekam eine Nachricht per Handy.

Neuigkeiten von Max. Er checkte die Nachricht. Irina verdrehte die Augen. Und trank weiter.

*\*\**

Die Leiterin der Mordkommission wirkte missmutig, war auf die Schnelle zurechtgemacht, als sie in der Wohnung eintraf, in der kurz vor Mitternacht eine Leiche entdeckt worden war. An ihrem freien Tag, und dann auch noch um diese Zeit alarmiert zu werden, das hatte Diana in eine äußerst gereizte Stimmung versetzt.

Die Ermittlerin Miriam Franke hatte sich erst zu diesem Schritt durchgerungen, nachdem ein Gerichtsmediziner Parallelen zwischen dem aktuellen Mordopfer und der kürzlich erdrosselten Lebensgefährtin des Rechtsanwalts Andreas Brodersen festgestellt hatte. Miriam hatte Fotos vom Tatort in Erinnerung und war zu derselben Erkenntnis gelangt. Erst dann hatte die junge, robuste Ermittlerin mit dem kurzgeschorenen Haar entschieden, die Chefin trotz vorgerückter Stunde zu informieren und beherzt deren Handynummer gewählt.

Momentan verlangte diese Chefin mit verquollenen Augen von ihr einen Kaffee und eine lückenlose Aufklärung zum aktuellen Stand dieses Mordfalls. Kaffee gab es hier nicht, aber mit Fakten hätte Miriam durchaus dienen können. Doch bevor sie ein Wort hatte hervorbringen können, wurde sie von der Chefin mit gebieterischer Geste gestoppt. Da standen sie in den weißen Schutzanzügen immer noch im Flur der Wohnung, und laufend quetschte sich jemand an ihnen vorbei, Menschen aus verschiedenen Fachbereichen, die dafür Sorge trugen, dass jedes Detail dieses mutmaßlichen Tatorts gesichert, dokumentiert und für die Suche nach dem Täter juristisch einwandfrei verwertbar wurde.

„Wer war zuerst hier?", wollte Diana wissen.

Miriam schluckte, atmete tief durch. Mit exakt dieser Information hatte sie beginnen wollen. Von der geringen Aufmerksamkeitsspanne der Chefin waren schon viele im Team genervt. Gerade Miriam tat sich mit Menschen schwer, denen es an Geduld mangelte, kaum in der Lage, von einem Gesprächspartner mehr als zwei Sätze zu hören. Sie war eine gewissenhafte und sorgfältige Ermittlerin, die mit dem Vorurteil klarkommen musste, gelegentlich etwas behäbig zu wirken. Allerdings verstand sie es meistens, ihre Gesprächspartner auf ihr Tempo einzuschwören. So versuchte sie es auch in leisem Ton bei der neuen Chefin.

„Wie wollen wir vorgehen? Ich kenn zwei Arten: Sie fragen, und ich antworte. Oder ich berichte. Was wünschen Sie?"

Diana musterte Miriam belustigt. Der schnippische Ton der Untergebenen hatte sie gleich etwas wacher gemacht. Oha, die frisch gebackene Frau Kommissarin war auf Zinne! Diana fühlte sich sogleich an ihr eigenes ungestümes Temperament erinnert, damals, zu Beginn ihrer Laufbahn. Trotzdem verspürte sie augenblicklich keine Lust auf solche Machtspielchen. Erst recht nicht, weil diese Beamtin mit ihrem Anruf ein denkbar schlechtes Timing bewiesen hatte. Tom Strobel, der langhaarige großgewachsene Musiker aus der Nachbarwohnung, war gerade mit dem Öffnen von Dianas BH beschäftigt gewesen, als das unselige Diensthandy den Traum einer sorglosen Rammelei zunichte machte. Ab morgen würde der Gitarrist mit seiner furchterregenden Heavy Metal Band zu einer mehrwöchigen Tournee Richtung Skandinavien aufbrechen und Abend für Abend irgendwelchen stupsnasigen engelshaarigen Groupies die Seele aus dem Leib ... rocken. Vielleicht sogar das mit ihnen tun, was sich Diana bis zum Klingeln des Smartphones für sich selbst erhofft hatte.

Auf dem Weg zu der von Miriam Franke beschriebenen Adresse hatte die Chefin abwechselnd den Job und die eifrige Ermittlerin verflucht. In dieser Stimmung war der belehrende Tonfall einer im Dienstrang unterstellten Kollegin so ziemlich das Letzte, was Diana brauchte. Sie beugte sich vor und antwortete ganz leise, fast schon in einer Vorstufe der Tonlosigkeit:

„Es gibt da noch eine dritte Möglichkeit. Sie berichten, und ich frage dazwischen, wann immer mir danach ist. Wir sind Mädels, wir können das."

Dazu zeigte sie ein bissiges Lächeln. Miriams große braune Augen wurden noch größer. Sie wirkte gar nicht mal eingeschüchtert, sondern eher angriffslustig. Entschied in geschäftsmäßigem Ton:

„Na, dann gibt's erst mal den Bericht. Okay?"

Nein! Diana schüttelte unwillig den Kopf.

„Ich möchte zunächst meine Eingangsfrage beantwortet haben!"

„Ob es hier Kaffee gibt?"

„Wer zuerst hier war. Wer die Leiche gefunden hat."

Miriam nickte. Ein betont geduldiges Nicken. Sie rieb sich mehrfach über das kurze Haar. Versuchte sich runterzufahren. Alles auf Anfang.

„Okay. Es gab einen Anruf ..."

„Gibt's hier denn wirklich keinen verdammten Kaffee?", fiel ihr Diana ins Wort.

„Also ehrlich, keine Ahnung", entgegnete Miriam, klang jetzt so, als betone sie jeden Buchstaben einzeln.

„Aber als ich hier ankam, lungerte da nicht im Treppenhaus jemand mit einem Kaffeebecher in der Hand herum? Bin mir fast sicher. Einer von der Streife, glaube ich."

Miriam Franke war anzusehen, wie schwer es ihr fiel, sich in der Spur zu halten. Wieder drängte sich jemand an ihnen vorbei, die beiden Frauen wurden gegeneinandergedrückt.

„Soll ich dann erst mal ... ich meine, hat der Kaffee jetzt höchste Priorität?"

Diana nickte mit undurchsichtigem Lächeln. Miriam drehte sich schwungvoll um und stampfte, den Unwillen jetzt nur noch mühsam beherrschend, Richtung Eingangstür, um Kaffee für die Chefin zu organisieren. Diana seufzte zufrieden. Es ging ihr schon viel besser. In aller Ruhe kontrollierte sie den Sitz der Schutzkleidung. Tadellos. Sie war bereit.

***

Ein neutraler Beobachter mochte die beiden Männer für Manager halten, die nach einem langen Arbeitstag an der Hotelbar bei einem Drink noch etwas Entspannung suchten. Tatsächlich hatten sie zunächst auch genau dieses Ziel. Doch darüber hinaus hatte Martin Danner seinem neuen Kunden, einem wuchtigen Mann aus Marseille, nach einem aussichtsreichen Gesprächsverlauf eine außergewöhnliche Nacht versprochen. Da war ihm die Nachricht vom Escortservice über Julia Bauers aktuelle Verfügbarkeit wie eine glückliche Fügung erschienen. Auch wenn die junge Frau zuletzt etwas angeschlagen gewirkt hatte und sich ihre natürliche Schönheit an der offensichtlichen Drogensucht zunehmend abzureiben begann, blieb sie noch immer eine Klasse für sich. Er zweifelte auch nicht an Julias Bereitschaft, gegen angemessene Bezahlung extravagante Wünsche zu erfüllen.

Der Franzose hatte nach einem ausgiebigen Abendessen und reichlich Alkohol genau diese Vorstellung geäußert. Danner fühlte sich einem Kunden, der ihm in den nächsten Jahren mit hoher Wahrscheinlichkeit sehr viel Geld in die Kasse spülen würde, besonders verpflichtet. Als er mit dem Mann aus Marseille im Schlepptau die Hotelbar betrat, fiel es ihm nicht leicht, klaren Kopf zu bewahren. Der Franzose steckte den Alkohol deutlich besser weg, zeigte keine Anzeichen von Müdigkeit. Harte Burschen aus Marseille mochten ein Klischee sein – das schützte jedoch keinen Geschäftsmann davor, von ihnen im wahren Leben locker unter den Tisch gesoffen zu werden. Danner erkannte Julia schon von weitem, und sie sah wieder so umwerfend aus wie zu ihren besten Zeiten. Jetzt war nicht mehr viel los. Sie würden einen Drink nehmen, und dann wollte er Julia dem Franzosen und damit ihrem Schicksal überlassen. Der Mann aus Marseille war groß und kräftig und schien genau zu wissen, was er wollte. Danner war ein wenig neidisch. Auch er verspürte jetzt große Lust auf eine Restnacht mit Julia. Und seine Absichten wären deutlich romantischer als die des Franzosen gewesen.

*** 

Diana kauerte allein neben der Frauenleiche im Schlafzimmer, die halbnackt und in unnatürlich verrenkter Haltung auf dem Fußboden neben einer zerwühlten Bettdecke lag. Der Täter (alle gingen von einem Mann als Mörder aus) musste sie im Schlaf überrascht haben. Was auch immer er für ihre Erdrosselung verwendet hatte, es musste bereits beim Aufwachen um ihren Hals gelegen haben.

*Du öffnest die Augen, weil irgendwas anders ist, irgendwas nicht stimmt. Vielleicht hast du ein Geräusch gehört, oder eine Ahnung hat dich aus dem Schlaf gerissen. Bevor du richtig zur Besinnung kommst, zieht sich die Schlinge schon fest zu. Du bäumst dich auf. Kriegst keine Luft mehr. Schlägst um dich. Greifst dir an den Hals, versuchst die Daumen zwischen Hals und Schlinge zu graben, dir irgendwie wieder Luft zum Atmen zu verschaffen. Aber der Mörder lässt dir nicht die geringste Chance. Das Letzte, was du siehst, ist das vertraute aber jetzt vor deinen hervorquellenden Augen kreiselnde Schlafzimmer, in dem er dich mitten in der Nacht überfallen hat, bevor die Schlinge deinen letzten Gedanken abschnürt, ebenso wie die Funktion deiner Sinne. Dein Leben beendet! All das, was du noch hättest werden und sein können.*

Tatsächlich gab es markante Ähnlichkeiten zur Ermordung Christiane Neumanns, der Lebensgefährtin von Andreas Brodersen. Bevor sich Diana weiter in den möglichen Ablauf versenken konnte, trat jemand neben sie, stupste sie leicht an. Widerwillig hob Diana den Blick. Oh, wie sie es hasste, gerade in dieser entscheidenden Phase des Eintauchens gestört zu werden! Dieser magische Moment, wenn sie mit den Toten zu kommunizieren begann.

Eine ziemlich unbeeindruckte Miriam Franke hielt ihr wortlos einen Pappbecher hin, gefüllt mit Kaffee. Diana erhob sich ächzend und nahm den Kaffee mit einem knappen Nicken entgegen.

„Aber nichts verschütten", mahnte die junge Kollegin. „Wir wollen doch nicht einen mutmaßlichen Tatort konterminieren." Signalisierte unvermindert Augenhöhe. Und Humor.

„Sie haben Talent", lobte Diana und genoss für eine Weile nur noch das heiße Getränk. Der zweitbeste Moment dieser Nacht.

„Talent zum Kaffeeholen?", fragte Miriam.

„Meine Laune zu verbessern."

Miriam zuckte gleichgültig mit den Achseln. Verzog den hübschen Mund, aber wie ein Lächeln sah es dann doch nicht aus.

„So funktioniert das Leben nun mal", fuhr Diana amüsiert fort. „Ich bin gut im Nerven, und Sie im Kaffeeholen."

„Sie sind in Ihrer Rolle echt überzeugend", entgegnete Miriam.

„Na, das klingt jetzt aber vorwurfsvoll", stellte Diana fest, ihr genüssliches Schlürfen kurz unterbrechend. „Es ging doch nur um einen kleinen Gefallen."

„Ja, natürlich", brummte Miriam und fügte dann noch hinzu: „Dirk Fries und Emre Demirci."

Diana sah sie verständnislos an.

„Bitte was?"

„So heißen die beiden Streifenpolizisten, die zuerst hier gewesen sind. Kollegen und Nachbarn hatten sich Sorgen gemacht, weil die sonst immer zuverlässige Frau einfach nicht erreichbar war. Hatten den Hausmeister verständigt. Der kam aber erst sehr spät. Er hat dann die Haustür geöffnet, und die Jungs von der Streife sind rein und haben natürlich schnell gemerkt, dass da was nicht stimmte. Daraufhin wurde zunächst der Kriminaldauerdienst informiert und der mutmaßliche Tatort gesichert. Ein Rechtsmediziner erkannte die Parallelen zum Mordfall Brodersen und Neumann, und der KDD hat dann entschieden, uns sofort zu verständigen. Dann habe ich beschlossen, Sie anzurufen. Ich hielt das für angemessen. Drei Morde, ein Täter. *Vermutlich* ein Täter."

„Folgerichtig und professionell", lobte Diana. „Und der Kaffee ist sogar heiß. Sie werden es noch weit bringen, Kollegin Franke."

Miriam schwieg lieber.

Die Chefin kam mit dem nächsten Friedensangebot:
„Wie beurteilen Sie die Lage hier?"
Die junge Ermittlerin ließ den Blick schweifen.
„Auffällig viele Übereinstimmungen zum Mordfall an Christiane Neumann. Professionelles Eindringen in die Wohnung, das Opfer wurde zielstrebig erdrosselt, eine ausgesprochen zweckmäßige Tötung."
„Was meinen Sie damit?", fragte Diana interessiert.
„Wie auch bei Christiane Neumann sind keine sexuellen Motive erkennbar. Keine Vergewaltigung, obwohl beide Frauen attraktiv waren und wenig oder gar nichts anhatten. Der Täter ist nicht scharf darauf, dem Opfer beim Ersticken zuzusehen. Er würgt sie von hinten. Geilt sich also nicht an der Tötung auf, sondern will sie schnell erledigen. Danach geht er mit erstaunlicher Sorgfalt auf die Suche nach ... was weiß ich. Wir haben kein Smartphone, Pad oder Notebook des Mordopfers finden können. Keinen Computer. Nur Hinweise, dass es hier so was gegeben hat. Was der Täter auch immer gesucht haben mag, er scheint die Möglichkeit einer gedruckten Version in Betracht gezogen zu haben. Er muss sich recht lange in der Wohnung aufgehalten haben, um wirklich jeden Winkel akribisch zu durchsuchen. Die Spurensicherung vermutet, dass auch in diesem Fall, wie bei Brodersen und Neumann, Latexhandschuhe getragen wurden, also rechnet man nicht mit hilfreichen Spuren."
„*Der* Täter?", bohrte Diana nach.
Miriam hob leicht die Schultern und ließ sie wieder sinken.
„Das sagen doch mittlerweile alle."
„Deshalb entspricht es auch Ihrer Meinung? Weil es alle sagen?"
„Eher meinem Bauchgefühl."
Diana nickte, ohne dass sie restlos überzeugt wirkte.

„Komischerweise sagt mir das mein Bauchgefühl auch. Aber wir müssen verdammt vorsichtig sein, sonst biegen wir bei der ersten Kreuzung unserer Ermittlung gleich falsch ab. Hat man erst mal ein grundsätzliches Profil, neigt man dazu, nachfolgende Puzzleteilchen mit dem Hammer einzufügen. Was wären aus Ihrer Sicht die nächsten erforderlichen Schritte?"

„Neben der üblichen Befragung innerhalb der näheren Umgebung und den Gesprächen mit Verwandten, Freunden, Arbeitskollegen und Nachbarn würde ich nach Verbindungen zum Fall Brodersen und Neumann suchen. Gemeinsame Bekannte, vielleicht direkte Kontakte, Spuren in den sozialen Netzwerken, Telefonate auswerten. Und schauen, ob es schon vorher andere Fälle gegeben haben könnte. Unser Täter sucht was, und ich bin mir sicher, dass dieses Etwas uns Hinweise auf seine Identität geben würde. Wir wissen noch nicht, seit wann er auf der Suche ist. Und ob er es jetzt schon gefunden hat. Vielleicht hier?"

Erneut nickte Diana, diesmal zufrieden.

„Da sind wir einer Meinung. Wie heißt die Tote und was hat sie beruflich gemacht?"

„Bei der Ermordeten handelt es sich um Kirsten Braun, und sie hat als freie Journalistin und Autorin gearbeitet. Siebenunddreißig Jahre alt. Ledig. Einen Freund soll es geben, aber den müssen wir erst noch auftreiben. Hier stehen ein paar Fotos rum, das da könnte er sein. Cooler Typ! Wie aus einer *Jack-Wolfskin*-Werbung."

Wieder ging Diana vor der Leiche auf die Knie. Flüsterte deren Namen und murmelte dann vor sich hin. Kurze Zeit später schien sie vergessen zu haben, dass Miriam immer noch hinter ihr stand. Die junge Ermittlerin erinnerte sich an den Ruf, den sich die neue Chefin beim Kriminaldauerdienst erworben hatte: *Die Totenflüsterin.*

Im Gegensatz zu den meisten Kollegen fand sie diese Vorstellung eher beeindruckend als verschroben. Und jetzt, als sie zum ersten Mal Zeugin dieser Eigenart wurde, war sie sogar fasziniert davon.

\*\*\*

Die Informationen, die Max auf die Schnelle über den Franzosen hatte auftreiben können, waren beunruhigend. Ein Sadist, der Prostituierte in der Regel außerordentlich gut bezahlte, um sie außerordentlich schlecht zu behandeln. War in mehreren Fällen auffällig geworden und hatte grenzwertige Verfehlungen bisher stets mit Geld und Beziehungen geregelt. Bei der Polizei nicht aktenkundig. So wie es aussah, war Julia als Sahnehäubchen für einen lukrativen Geschäftsabschluss gedacht. Zweifellos stand ihr eine harte Nacht bevor. Ob sie das wusste?
Max' Frage: *IRGENDWIE EINGREIFEN?*
Gravesens Antwort: NEIN.
Kein entschiedenes Nein. Ein unvermeidliches, das ihm nicht leicht von der Hand ging. Es musste so weiterlaufen, wie das Schicksal es vorbestimmt hatte. Der Tag, an dem Gravesen zu Julia Bauers Schicksal werden sollte, würde erst noch kommen.
Vorn an der Bar kam Bewegung in das Trio. Danner umarmte Julia und verzog sich wie eine Nebenfigur. Der Franzose mit der lauten Stimme, dem lauten Lachen und der schattenwerfenden Statur kippte einen letzten Schnaps in sich hinein, packte Julias Hand und zog sie uncharmant klobig mit sich. Sie konnte ihm auf den hohen Absätzen kaum folgen, unvermindert strahlend, weil ihr nichts anderes übrig blieb. Neben dem großen Mann wirkte sie wie ein Kind. Gravesens Magen verkrampfte sich kurz. Er musste sitzen bleiben. Konnte nichts tun. Zwang sich

zur Ruhe und zu der professionellen Haltung, die ihn bisher immer ausgezeichnet hatte.

Irina hatte ihr Glas schon wieder geleert. Sie stierte ihn an, als sei er kaum noch zu sehen. Ihr Blick wirkte schläfrig.

„Was für ein beschissener Abend", sagte sie mit schwerer Stimme. „Keine Ahnung, was wir hier überhaupt machen, aber für mich ist jetzt Schluss, verstehst du?"

„Wir können los, wenn du willst", schlug Gravesen vor, das kam verletzend schnell.

Ein gezwungenes Lächeln zeigte sich auf ihren Lippen, damit ließ sich die Enttäuschung nicht überspielen.

„Wir können los? Wohin denn wohl? Willst du mich nach Hause bringen? Das würde diesen Abend absolut toppen. Aber ich habe für heute Nacht in diesem Hotel ein Zimmer gebucht, verstehst du? Kaum, dass du hier ein Treffen vorgeschlagen hattest. Ich war so frei. Oder soll ich lieber sagen, ich war so blöd? Hab ich doch tatsächlich geglaubt ..."

Er nickte, als hätte er das bereits gewusst.

„Soll ich dich dann auf dein Zimmer bringen?" Er war schnell aufgestanden und hielt ihr die Hand entgegen.

Sie kam nur mühsam auf die Beine. Gravesen bot ihr den Arm. Sie klammerte sich daran fest wie an einen Rettungsring und versuchte so nüchtern wie möglich zu wirken. Machte sich gerade, hob den Kopf und gab sich einen Ruck.

„Du siehst mich einfach nicht mehr", beklagte sie sich. „Und stumm bist du auch noch geworden. Die guten alten Zeiten, sie sind endgültig vorbei. Ich glaub, sie sind eigentlich nie gut gewesen, waren nur nicht ganz so mies wie der Rest."

Er hakte sie mit eisernem Griff unter. „Die guten Zeiten kommen noch", sagte er. „Verlass dich drauf!"

## Kapitel 8: Spielregeln

Als Betty Brodersen nach dem Gottesdienst in ihre Wohnung zurückkehrte, war Verena Haslinger wieder da. Drei Tage hatte sie sich rar gemacht, einen wichtigen Termin beim Arbeitsamt verpasst und ihre engagierte Wirtin zutiefst enttäuscht. Jetzt lag die junge Frau im Gästezimmer auf dem Bett, die Hände hinter dem Kopf verschränkt, und starrte mit regloser Miene ins Nichts. Bisher hatte Betty die Privatsphäre ihrer Untermieterin absolut geachtet. Aber nach all der Unterstützung für das Mädchen empfand sie deren augenblickliches Benehmen dermaßen verantwortungslos und ignorant, dass ihre Geduld für Güte und Verständnis langsam schwand. Man rannte nicht einfach weg, egal, was vorgefallen sein mochte oder in welcher Stimmung man war! Selbst wenn Verena unter ihrer Vergangenheit leiden sollte, hätte sie doch das Gespräch mit Betty suchen können. Sie musste endlich Vertrauen lernen. Vertrauen auf Gott und ihre Mitmenschen. Wobei sie natürlich das Gespür dafür entwickeln musste, welche Menschen es gut mit ihr meinten und welche nicht. Das war eine der schwierigsten Lektionen.

Vom Türrahmen aus blickte Betty rauchend auf Verena herab. Die lag reglos auf dem Bett, nur ihr beachtlicher Busen hob und senkte sich unter dem engen T-Shirt mit der Aufschrift FUCK YOU.

„Ich hab mir Sorgen um dich gemacht, Vreni", erklärte Betty und blies den Zigarettenrauch zur Seite, damit er nicht unmittelbar ins Zimmer zog.

Die junge Frau gab keine Antwort.

„Große Sorgen!", betonte Betty. „Du verschwindest einfach und meldest dich drei Tage nicht. Nach all dem, was ich für dich getan habe! Ich dachte, es wär sonst was passiert."

Unverwandt starrte Verena Richtung Zimmerdecke. Kein Anzeichen, ob sie der älteren Frau überhaupt zuhörte.

Betty seufzte. Fühlte sich, als hätte sie plötzlich ein störrisches Kind im Haus. Eine Tochter. Hatte sie sich nicht immer nach der Mutterrolle gesehnt, für die sie nur nie den geeigneten Partner hatte finden können? Die Unergründlichkeit der Wege Gottes, das zählte für sie zum christlichen Basiswissen. Er konnte geheime Wünsche auf seine Weise erfüllen. Der Mensch musste nur die eigene Rolle in Gottes Plan erkennen und eine Aufgabe annehmen, wenn sie sich ihm bot. Vor allen Dingen galt es zu handeln, denn trotz Gottes Wirken blieb der eigene Teil der Verantwortung bestehen. Das entsprach Bettys tiefer Überzeugung, und sie war gewillt, ihre neue Tochter zu retten und zu beschützen, egal, welche Prüfungen damit verbunden waren. Eine Tochter, die Satan bisher näher zu stehen schien als Gott.

„Ich habe natürlich nicht das Recht, etwas von dir zu erwarten", sagte sie zu Verena und empfand die mütterliche Form zu reden wie eine frisch erlernte Fremdsprache. „Du bist ein freier Mensch. Kannst tun und lassen, was du willst. All das weiß ich. Aber es gibt eine gewisse Verpflichtung, die wir Menschen haben. Die hat mich auch dazu gebracht, dir zu helfen und für dich da zu sein. Von dir würde ich mir etwas mehr Vertrauen wünschen. Ich war krank vor Sorge um dich und habe zu Gott gebetet, dass er dich beschützen möge, wo immer du auch gesteckt hast."

Jetzt richtete sich Verena langsam auf und schwang die Beine aus dem Bett. Sie setzte sich in steifer Haltung auf die Bettkante und blickte Betty an, als würde sie die nervös rauchende Frau zum ersten Mal in ihrem Leben sehen. Dann sagte sie mit gleichgültiger Stimme:

„Gott ist eine Erfindung der Menschen, die keinen Mut haben, ihr Leben selbst in die Hand zu nehmen." Es klang wie auswendig gelernt.

Betty rauchte ein paar ärgerliche Züge.

„So, so, und woher hast du diese umwerfende Weisheit?"

„Hat Angelika immer gesagt!"

Betty räusperte sich, damit ihre Stimme wieder Kraft gewann.

„Du meinst die Frau, die vor einigen Jahren ihre beiden kleinen Jungen ermordet hat?"

„Sie hat es nicht getan", entgegnete Verena, sprach dabei sehr leise, während sich ihre Wangen röteten, als würde sie lügen.

Betty lächelte säuerlich.

„Weil sie dir das auch gesagt hat? Dass sie unschuldig im Gefängnis sitzt? Und Gott nur eine Erfindung ist? Hat sie vielleicht auch noch behauptet, die Erde wäre eine Scheibe?" Sie erschrak selbst über den für sie ungewohnten Zynismus, aber gesagt war gesagt. Wie schnell doch all die Mütterlichkeit aus ihrer Stimme gewichen war. Aus ihrer ganzen Haltung.

Verena blinzelte unsicher, riskierte aber keinen Augenkontakt.

„Warum soll sie denn das mit der Erde sagen?"

„Du hältst diese Frau tatsächlich für unschuldig?", fragte Betty.

Verena nickte.

„Was lässt dich so sicher sein?"

Verena begann intensiv an ihren Nägeln zu kauen.

„Hör auf damit!", fuhr Betty sie ärgerlich an. „Benimm dich nicht immer so kindisch!"

Verena zuckte erschrocken zusammen, da schämte sich Betty umgehend für die Unbeherrschtheit. Nein, sie wäre nie eine gute

Mutter geworden. Gott bot ihr offensichtlich doch keine neue Aufgabe, sondern nur die Einsicht, ihre Defizite zu erkennen. Da konnte sie ja nachträglich froh sein, nie den richtigen Mann zur Gründung einer Familie getroffen zu haben.

Verena stiegen wegen Bettys harscher Reaktion sofort Tränen in die Augen.

„Ich habe mal gehört, dass fast alle Menschen, die im Gefängnis einsitzen, von ihrer Unschuld überzeugt sind", fuhr Betty in gemäßigteren Ton fort. „Verstehst du? Alle glauben, sie hätten im Grunde genommen nichts verbrochen. Mörderinnen. Betrügerinnen. Diebinnen. Vergewaltiger. Kinderschänder."

Verena schniefte kaum hörbar, wischte sich mit dem Handrücken mehrfach die Nase.

„Ich nicht", sagte sie. „Ich weiß, warum ich im Gefängnis war. Ich bin ... ich war schuldig."

„Du hast deine Strafe verbüßt und eine neue Chance bekommen."

Verena senkte den Blick und sog kurz die Unterlippe unter die Schneidezähne. Holte dann ganz tief Luft, als wolle sie eine Weile den Atem anhalten. Untertauchen. Wegtauchen.

„Warum vertraust du dich mir nicht an, mein Kind?", drängte Betty. „Ich habe gehofft, wir könnten Freundinnen werden."

Verena kaute wieder Nägel, und Betty verzichtete darauf, sie erneut zu tadeln.

„Angelika ist meine Freundin", flüsterte die junge Frau und kämpfte mit weiteren Tränen. „Eine andere will ich nicht."

„Ja, natürlich!" Betty ließ den Rest der Zigarette in ein halbvolles Wasserglas auf der Kommode neben der Tür fallen und setzte sich neben Verena auf das Bett. Beherzt zog sie das unglückliche Mädchen in ihre Arme.

„Darum geht es doch gar nicht. Auch ich kann deine Freundin sein. Nicht so, wie du mit deiner Angelika zusammen bist. Mich hast du zum Reden, verstehst du? Außerdem kann ich dir helfen, ein besseres Leben zu führen. Wir können zusammen beten, wenn du möchtest. Deine Sorgen und Nöte besprechen und nach Auswegen suchen."

Fast bedauernd schüttelte Verena den Kopf.

„Ich werde lieber fortgehen. Ich bringe allen Menschen nur Unglück. Meine Eltern hatten recht. Ich tauge nichts."

„Du wirst bleiben!", entschied Betty und umklammerte die junge Frau mit eisernem Griff. Sofort versteifte sich Verena in ihren Armen.

„Aber ich bin böse", stieß sie hervor. „Es steckt in mir. Meine Eltern konnten mir das nie austreiben."

„Das ist doch Blödsinn! Willst du mir nicht einfach mal erzählen, wo du die letzten Tage gewesen bist?"

Entschlossen befreite sich Verena von Betty, warf sich wieder rücklings auf das Bett, verschränkte erneut die Hände hinter dem Kopf und verfiel in die alte Lethargie. *FUCK YOU, Betty!*

Die gab auf und erhob sich zögernd. Bevor sie das Zimmer verließ, blieb sie noch einmal in der geöffneten Tür stehen und sagte mit fester Stimme:

„Zweifel an Gott können immer mal auftreten. Aber sie müssen überwunden werden, wie alles, was von Satan kommt. Das sage ich dir als deine Freundin!"

Verena schien sie nicht mehr zu hören.

Betty brauchte dringend die nächste Zigarette. Danach wollte sie sich mit der Leiterin der Mordkommission in Verbindung setzen, mit der sie kürzlich über den Tod ihres Bruders und auch über Verenas dunkle Vergangenheit gesprochen hatte. Sie kam bei der jungen Frau hier nicht weiter. Die Polizei verfügte da sicher über wirkungsvollere Methoden, sie zum Reden zu bringen. Irgendwas verheimlichte Verena ihr. Und woher kam diese Furcht vor sich selbst? Das war ein Rätsel, das man um ihrer Sicherheit Willen möglichst bald lösen musste. Bevor eine unkontrollierbare Macht von dem Mädchen Besitz ergriff. Denn ohne Glauben und Hoffnung war eine verirrte Seele zu nichts fähig. Oder zu allem.

***

Volker Wiechert hatte sich von dem Tod seiner Söhne und der Inhaftierung seiner Ex-Frau Angelika nie wieder erholt. Die Suche nach ihm führte das Ermittler-Duo Miriam Franke und Hanspeter Jürgens tief in Hamburgs Obdachlosen-Szene. Wiechert hatte den Ruf eines Phantoms, weil er mehr als alle anderen seine eigenen Wege ging und jede Form von Gemeinschaft mied. Die beiden Ermittler mussten vielen Tipps und Hinweisen folgen, bevor sie den Mann schließlich unter einer Brücke aufspürten. Wiechert wollte sich nur widerwillig auf eine Befragung einlassen, und auch nur unter der Bedingung, von den Beamten im Gegenzug mit Schnaps versorgt zu werden. Sie einigten sich für das Gespräch auf eine Kneipe ganz in der Nähe der Brücke, in der Wiechert von dem Wirt wie ein guter Bekannter begrüßt wurde, während die wenigen anderen Gäste an der Theke keine Notiz von ihm nahmen. Genau genommen einigten sich nur Miriam und Volker Wiechert. Jürgens war dagegen, eine Befragung unter diesen Umständen durchzuführen. Am Ende aber ging er mit, wobei sich sein Gesichtsausdruck noch mehr versteinerte, sobald sie die Kneipe betreten hatten.

Es ginge um Respekt, erklärte Volker Wiechert den Ermittlern, nachdem sie an einem Ecktisch Platz genommen hatten, bis zu dem die sparsamen Lichtquellen der Kneipe nur ansatzweise reichten. Er betonte das so gewichtig, als erkläre er ihnen mit nur einem Wort den Sinn des Lebens.

Wiechert, den seine Frau vor Gericht beharrlich als *Fettsack* bezeichnet hatte, war in den vielen Jahren auf der Straße mager und klapprig geworden. Kein Fettsack mehr, dafür tiefe Falten im vom Wetter abgewetzten Gesicht, in dessen unterer Hälfte ein langer verfilzter angegrauter Bart wucherte. Der Obdachlose mochte noch drei oder vier Zähne haben und schien unter einem nervösen Augenzucken zu leiden. Seine Stimme irgendwie instabil, wohl weil sie das längere Reden nicht mehr gewohnt war.

Besonders Miriam hatte sich mit Wiecherts Vita ausgiebig beschäftigt. Sie wusste Bescheid über seine ersten Jahre als moderner aufstrebender Pädagoge. Über den Beginn als anfangs stolzer, sportlicher, gutaussehender Ehemann und Familienvater, der sich seiner Frau Angelika auf Dauer allerdings kaum gewachsen zeigte. Ihren Ansprüchen selten gerecht werden konnte – nicht einmal als er sein ganzes Dasein auf sie auszurichten begann. Der Mann, der später angeblich nie mitbekommen haben wollte, wie sie ihm regelmäßig Hörner aufsetzte und der am Tod seiner Söhne endgültig zerbrach. Es gab Aufnahmen während der damaligen Gerichtsverhandlung, da war er noch der gemütlich wohlbeleibte Bär gewesen, in den er sich im Lauf der Ehe verwandelt hatte. Ein Bär, den man trotz aller vermeintlichen Harmlosigkeit zeitweise des Mordes an seinen Söhnen verdächtigte und der – wie Ehefrau Angelika – kein Alibi für die durch die Gerichtsmedizin ermittelte Tatzeit vorweisen konnte. Zwei gescheiterte Menschen, die sich zuletzt nur noch hassten und sich gegenseitig für den Tod ihrer Kinder verantwortlich machten. *Balu der Bär versus die Frau aus Eis* hatte ein Ermittler, d damals dabei gewesen war, Miriam erzählt. Alle Beteiligt wären davon überzeugt gewesen, dass einer der beiden die Morde begangen haben musste, und nicht der große unbekannte Täter. Am Ende hatte Angelika Wiechert einen schuldigeren Eindruck hinterlassen als ihr schwach und oft überfordert wirkender Mann. Sie, die der Verhandlung mit meist unbeteiligter Miene gefolgt war, als ginge sie das alles nichts an, die Frau, die nie weinte – da hatte sie die öffentliche Meinung schnell gegen sich aufgebracht. Als dann noch bewiesen werden konnte, dass sie das Gift besorgt hatte, mit dem ihre Söhne umgebracht worden waren, und sie dazu jede Aussage verweigerte, hatten das viele Beobachter des Prozesses wie ein Geständnis gewertet.

Volker Wiechert kostete sehr behutsam den ersten Schnaps, den ihm Miriam aus einer vollen Flasche eingeschenkt hatte. Fast so, als müsste er sich erst einmal eintrinken. Jürgens schüttelte unwillig, aber stumm den Kopf. Miriam ignorierte seinen Unmut beharrlich.

Wiechert beachtete Jürgens erst gar nicht, blieb voll und ganz auf die Ermittlerin fixiert, auf ihr klares hübsches Gesicht, die großen braunen Augen.

„Ich war es nicht!", sagte er zu ihr und platzierte das leere Schnapsglas exakt auf dem feuchten Rand, den es zuvor auf der Tischplatte hinterlassen hatte. „Das können Sie schon mal zu Protokoll nehmen."

„Was waren Sie nicht?", wollte Miriam wissen.

Unter solchen Bedingungen, die er ausdrücklich missbilligte, würde Jürgens vermutlich keine Fragen stellen wollen, sodass sie davon ausging, das Gespräch allein führen zu können. Eine angenehme Vorstellung.

Jürgens studierte Miriams Vorgehensweise trotz seiner Vorbehalte aufmerksam. Und gleichzeitig auch genau deshalb. Das Verhalten der Kollegin ähnelte zunehmend dem der Chefin.

Frauen, die betont dominant auftraten, bis sie bald männlicher als jeder Kollege wirkten. Für eine Chefin mochte das noch verständlich sein. Bei einer Kollegin aber wirkte es auf Jürgens eher befremdend. Wie fast alles an seiner unzugänglichen Partnerin, die aus irgendeinem Grund nicht gerade seine besten Saiten zum Klingen brachte. Eigentlich war er gar nicht so. Aber bei Miriam Franke war er *so* und noch schlimmer!

Jetzt wollte sie offensichtlich erst einmal eine kuschelige Atmosphäre für Wiechert schaffen. Diese Strategie lag Jürgens nicht. Dem alten Suffkopp einen Kneipenbesuch zu finanzieren. Wiechert war sowieso nur eine bemitleidenswerte Randfigur in einem Fall, dessen Ausmaß sie bisher noch gar nicht absehen konnten. Drei Menschen waren ermordet worden. Die Chefin wollte inzwischen nicht mehr ausschließen, dass die Mordserie etwas mit dem Fall Wiechert zu tun hatte. Morgen sollte es dazu ein Meeting geben, eine Art Bestandsaufnahme der bisherigen Ermittlungsergebnisse. Spürbare Unruhe herrschte unter den Beamten, die zum Teil das Fehlen einer Gesamtstrategie bemängelten. Vor dem Meeting wollte die Chefin unbedingt noch Erkenntnisse aus der Befragung Volker Wiecherts gewinnen, und sie selbst würde sich intensiver die aus dem Gefängnis entlassene Geliebte Angelika Wiecherts vornehmen.

„Ich war es nicht – was auch immer Sie denken, das ich getan haben soll!" Wiechert zwinkerte Miriam verschmitzt zu, als habe er einen gelungenen Scherz gemacht, den nur sie beide verstünden. „Das muss ich doch zu Beginn sagen. So ist das in den Krimis immer gewesen. Erinnere ich mich noch dran. Hab viel ferngesehen. Damals. Am liebsten Krimis. Hätte nie gedacht, dass mein Leben mal *so* werden würde. Als wäre ich plötzlich selbst in einem Krimi gelandet. Ohne Sofa und Fernseher. Ohne Frau. Ohne ... meine Jungs. Nur noch ich. Tief drin im Schlamassel."

Miriam schenkte ihm ein warmes Lächeln. Er sollte sich erst einmal ein wenig akklimatisieren.

„Warum tragen Sie Ihre Haare so kurz?", wollte Wiechert wissen. „Lesbisch?"

„Weil ich kurze Haare habe?!" Sie lachte und strich sich über den Kopf, ein Automatismus, der bei ihr häufig einsetzte, meist, wenn sie nervös oder unsicher wurde. „So ein Quatsch!"

Dass Wiecherts Frage den Kollegen Jürgens in besondere Spannung versetzte, entging ihr nicht. Sie kannte ihren Ruf. Der war ihr egal. Es gab keine Veranlassung, die Kollegen über ihr Privatleben aufzuklären. Ihnen Einblicke in ihre Seele zu gewähren. Welche Vorlieben sie hatte. Oder in welchen persönlichen Dramen sie steckte. Dabei hätte sie zweifellos mehr erzählen können als die meisten anderen.

Wiechert ließ nicht locker.

„Verraten Sie mir den Grund für Ihre Frisur? Damit sehen Sie aus wie ein Junge. Ein hübscher Junge natürlich. Absicht?"

Jürgens beugte sich etwas vor und konnte sein Vergnügen über den Gesprächsverlauf nur schwer verbergen. Nun starrten beide Männer die Ermittlerin erwartungsvoll an.

Miriam strich sich nochmals über den Kopf, als würde sie sich erst jetzt der kurzen Haare bewusst werden.

„Sie haben einen langen grauen Bart und sind trotzdem nicht der Weihnachtsmann", sagte sie dann. „Und mein Kollege trägt eine Glatze. Meinen Sie, deshalb ist er ein Neo-Nazi?"

Wiechert nickte zufrieden.

„Gute Antwort, Mädchen."

Jürgens schnaufte genervt. Die Frage von Miriam Frankes sexueller Ausrichtung war bei einigen Kollegen schon lebhaft diskutiert worden, zumal es der jungen Ermittlerin bisher erfolgreich gelungen war, ihr Privatleben konsequent abzuschotten.

Das hatte sie zur Hauptspeise der Gerüchteküche werden lassen. Zumal sie bisher jedem Flirtversuch männlicher Kollegen ebenso konsequent wie schroff ausgewichen war. Wobei Jürgens nicht zu der Überheblichkeit mancher Kollegen neigte, sich für unwiderstehlich zu halten und das allein als Maß aller Dinge zu sehen. Darüber hinaus war Miriam sowieso nicht sein Typ. Er pflegte eine weitgehend anachronistische Vorstellung einer Traumfrau, der Kollegin Franke in keinem wesentlichen Punkt entsprach. Mit ihren zweckmäßigen Outfits betonte sie nicht gerade ihre weibliche Note. Selten lächelnd, lieber angriffslustig, ansonsten in sich gekehrt und undurchsichtig, von eher sportlicher und kräftiger Statur mit unauffälliger Oberweite – dazu wirkte sie meist lethargisch, als könne sie nichts wirklich begeistern. Da konnte er sich noch so viel Mühe geben, er wurde einfach nicht schlau aus ihr. Jetzt, während der Befragung von Wiechert, zeigte sie ein neues und ihm bislang unbekanntes Gesicht, freundlich, öfter mal lächelnd, aufmerksam und die sonst so unergründlichen braunen Augen sanft und offen. Als habe sie sich in eine andere Frau verwandelt. Eine, die ihm gefiel!

Wiechert schob sein Glas Richtung Kornflasche und Miriam goss ihm behutsam zur Hälfte nach.

*Antwort gegen Schnaps.* Das war der unausgesprochene Deal mit dem bärtigen Mann, der aussah und roch wie vom Schicksal mehrfach durchgekaut und wieder ausgespuckt.

Wiechert starrte Miriam so lange bittend an, bis sie das Glas vollschenkte. Er leerte es in einem Zug und stellte es wieder behutsam ab. Seine Zungenspitze wanderte gründlich über Ober- und Unterlippe, um sich auch letzte Tropfen zu sichern.

„Was wollen Sie denn eigentlich von mir wissen?", wandte er sich an sie. „Hab nicht viel Zeit. Ich möchte nicht, dass jemand meine Schlafstelle klaut. Sollte das irgendein Schwein wagen, dann würde ich ..."

Sein Blick verdüsterte sich, seine Hände begannen zu zittern, als wolle er jemanden packen.

„Würden Sie was?", fragte Miriam, nachdem er abbrach und sich mit den schmutzigen Fingern mehrmals durch den zotteligen Bart fuhr.

„Alle in die Alster schmeißen!", vollendete er und zwinkerte wieder. „Schauen Sie ruhig nach, es liegen schon viele in der Alster, die ich da reingeschmissen hab."

„Glauben Sie wirklich, dass Ihre Frau damals Ihre beiden Söhne vergiftet hat?", fragte Jürgens aus heiterem Himmel dazwischen, weil ihn dieses zielloses Geplänkel zu nerven begann. Zwei Augenpaare richteten sich auf ihn. Miriams vorwurfsvoll, weil er ihr einfach die Gesprächsführung entriss, und Wiecherts heftig zuckend, weil er sich eben noch bei Korn und der freundlichen Ermittlerin in absoluter Sicherheit gefühlt hatte und im nächsten Moment schlagartig wieder in der hässlichen Realität gelandet war.

„Meine Frau?", wiederholte Wiechert erschrocken. „Ich hab keine."

„Ex-Frau", verbesserte sich Jürgens.

Wiechert starrte vor sich auf den Tisch. Es dauerte sehr lange, bevor er antwortete.

„Sie hat das Gift besorgt", erklärte er dem leeren Glas vor sich. „Alles sprach gegen sie. Man hat sie rechtmäßig verurteilt. Sie sitzt ja bis heute im Knast. Und sie hat nie geweint. Eine Frau, die nicht mal den Tod ihrer Kinder beweint, war allen unheimlich."

„Das sind keine Beweise", kritisierte Jürgens. „Nur Mutmaßungen."

Wiechert hob den Kopf, und sein Blick flackerte zwischen den beiden Ermittlern hin und her. Seine Augen zuckten jetzt noch unkontrollierter, und es hatte den Anschein, als bekäme er gleich einen Anfall.

„Sie wollen was über diese Frau wissen?", fragte er nervös. „Darüber will ich aber nicht reden! Nie wieder, für den Rest meines Lebens!"

„Sie müssen über nichts reden, wenn Sie nicht wollen", beruhigte ihn Miriam und schoss Jürgens einen warnenden Blick zu. Sie hielt es für falsch, einen labilen Gesprächspartner gleich derart in die Enge zu treiben. Jürgens hatte mit seiner Ungeduld ihre ganze Strategie erschüttert und dadurch rein gar nichts gewonnen.

Sie lächelte Wiechert aufmunternd an, während der ihr trotzig das leere Schnapsglas vor die Nase hielt. Diesen Wunsch erfüllte sie sogleich – um des lieben Friedens Willen. Erst, als er mehr wollte, schüttelte sie den Kopf. Bei diesem Tempo würde er schon bald kein Wort mehr herausbringen.

Ein paar ehrliche Antworten von ihm, und dann würde es Nachschub geben. Das war der Deal, der keiner weiteren Erklärung bedurfte. Die Regel!

Wiechert befummelte eine Weile andächtig seinen Bart. Das Augenzucken beruhigte sich langsam.

„Regeln", knurrte er. „Angelika hielt viel von Regeln damals. Sie hat unsere Jungs öfter mal geschlagen, wenn die sich nicht an ihre verdammten Regeln hielten. Auch Verbote erteilt. Fernsehverbot. Taschengeldsperre. Stubenarrest. Solche altertümlichen Regeln in ihrem Kopf. Sie war durch und durch Lehrerin. Gebieterisch. Rechthaberisch. Diszipliniert und unnachgiebig. Verstehen Sie? Die Jungs gehorchten ihr, aber offenbar hab nur ich in ihrer Nähe gefroren. Ich konnte ihr schon kurz nach unserer

Hochzeit nicht mehr wirklich nahe kommen. Nicht mal im Bett. Keine Ahnung, wie ich sie überhaupt geschwängert habe. Erst wollte sie keine Kinder. Sprach sogar bei der ersten Schwangerschaft von Abtreibung. Aber dann hat sie die Jungs zur Welt gebracht und uns drei mit Regeln eingezäunt, um sich außerhalb des Zauns von tausend Männern durchbumsen zu lassen. Ohne jede Regel. Die habe ich dann alle in die Alster geschmissen. Da liegen sie bis heute."

Nach dieser langen Rede starrte er betrübt sein leeres Glas an.

„Welche Regeln?", fragte Miriam, deren Hand die Schnapsflasche fest umklammerte.

Wiechert fuhr sich nervös über das Gesicht.

„Das werd ich nur Ihnen erzählen", entschied er dann. „Nur Sie und ich. Das ist *meine* Regel für unser Gespräch. Ich muss ja eigentlich gar nicht mit Ihnen reden, wenn ich das nicht will. Ich hab ja nichts verbrochen. Ich sitz nicht im Knast."

Jürgens schüttelte entschieden den Kopf und versteifte sich. Er würde auf keinen Fall ...!

Miriam erzeugte mit ihren großen braunen Augen einen besonders flehenden Blick. Wiechert sollte endlich reden! Es war offensichtlich, dass Jürgens' Anwesenheit ihn nervös machte.

Der Ermittler blieb zunächst trotzdem sitzen und haderte mit der Situation; wusste nicht wohin mit seiner Empörung! *Respekt* hatte Wiechert vorhin noch vollmundig wie eine tiefgründige Botschaft verkündet. Am liebsten würde Jürgens diesem versoffenen Wrack in den dürren Arsch treten, um ihn zu lehren, was Respekt wirklich bedeutete. Respekt vor einem Beamten, der einfach nur seinen Job machte. Dafür war er doch nicht Bulle geworden, sich hier so vorführen zu lassen! Am Ende erhob er sich dann aber doch, blass vor Wut, richtete im Stehen seinen knochigen Zeigefinger wie einen Pistolenlauf auf Volker Wiechert.

„Wenn Sie uns verarschen, suche und finde ich etwas bei Ihnen, und dann ist Schluss mit lustig, kapiert? Dann den wir beide uns mal ausführlicher über Respekt unterhalten."

„Er hatte heute einen harten Tag", erklärte Miriam Wiechert, nachdem der Kollege gegangen war, um – vermutlich im Dienstwagen – vor sich hinzuschmollen. Behutsam schenkte sie Wiechert als Zeichen ihres guten Willens das Glas wieder voll und wartete geduldig ab, bis sich dessen Augenzucken beruhigt hatte.

Nachdenklich betrachtete er den Schnaps, ohne ihn anzurühren.

„Ein paar ehrliche Antworten und erst dann die Belohnung", erinnerte er die Ermittlerin an ihre eigenen Regeln. Er hatte auch seinen Stolz.

Aber vorsichtshalber umschlossen seine Finger schon mal das Schnapsglas, und er ließ die Zungenspitze voller Vorfreude über die rissigen Lippen wandern.

\*\*\*

Obwohl Marie direkt vor ihm saß, musste Eric sich mit aller Macht darauf besinnen, dieses Mal nicht zu träumen. Gern hätte er jetzt einfach nur ihre Hand ergriffen, um mit ihr in eine Zeit zu flüchten, in der sie glücklich gewesen waren. Ihr italienisches Stammrestaurant existierte schon lange nicht mehr. Aber warum überhaupt an diesen mit schmerzhaften Erinnerungen belasteten Ort zurückkehren? Dort, wo sie anfangs so unbekümmert diskutiert und gelacht hatten, bis sie sich eines Tages durch das letzte Gespräch hatten quälen müssen, zum Finale einer verpatzten Liebe. Ein offenes Gespräch hatte Marie sich für das heutige Treffen gewünscht, aber ohne Abstecher in die gemeinsame

Vergangenheit. Dieses Minenfeld, nein, das wolle sie lieber meiden. Und Eric? Dem war alles recht gewesen. Für ihn zählte nur die Begegnung.

Nun saß er der Frau gegenüber, die ihm damals in der Schlussphase ihres Zusammenlebens nahezu unbemerkt entglitten war. Am Ende waren Marie und er zu Fremden geworden, hatten Ziele, Träume, Gemeinsamkeiten aus den Augen verloren, ebenso wie die Balance zwischen Reden und Zuhören. Erst jetzt schien die Zeit wieder reif zu sein, wenigstens einen Versuch der Annäherung zu wagen.

Sie hatten dem Ober ihre Wünsche mitgeteilt. Für seine endgültige Entscheidung hatte Eric immerhin einen doppelten Martini Dry benötigt. Als er übergangslos Rotwein einschenken wollte, deckte Marie ihr Glas hastig mit der Hand ab. Erklärte ihm ganz offen, nach ihrer Trennung viel zu lange recht sorglos mit Alkohol umgegangen zu sein und erst mit Hilfe ihres Mannes wieder zur Normalität zurückgefunden zu haben. Disziplin, erklärte sie nach ihrem Wasserglas greifend, sei zum Eckpfeiler ihrer Persönlichkeit geworden. Es sei von entscheidender Bedeutung, sie als Befreiung zu verstehen und nicht als Einengung. Die Freiheit, etwas *nicht* zu tun.

„Und dein Mann?", fragte Eric.

„Was soll mit ihm sein?"

„Du bist *hier*. Was macht er in der Zwischenzeit?"

Sie lächelte.

„Er weiß sich auch ohne mich zu beschäftigen und lässt mir meine Freiheit. Oder was willst du hören?"

Eric nickte mechanisch und fühlte sich wie ein Wicht neben ihrem gereiften Selbstverständnis.

„Herzlichen Glückwunsch", murmelte er und schenkte sich den Wein bis beinahe zum Rand des Glases ein. Die Hoffnung, mit Marie an alte Zeiten anzuknüpfen, wich zunehmend dem Eindruck, sie stünden an zwei getrennten Ufern, da war keine Brücke in Sicht.

Marie wollte mehr über sein aktuelles Projekt wissen. Das höre sich doch alles sehr spannend an, fand sie, den Blick erwartungsvoll auf ihn gerichtet.

Er holte tief Luft, nur, um sie wieder hörbar auszuatmen. Spannend? Was denn?

Sie stutzte, weil selbst dieser harmlose Versuch, die Stimmung zu entkrampfen, ins Leere traf.

„Na, dass dein Buch verfilmt werden soll. Arbeitest du nicht gerade am Drehbuch? Ist doch so, oder? *Das* klingt spannend."

Er machte eine abwertende Geste. Verzog das Gesicht.

„Das ist eine elende Plackerei."

Marie spielte mit einer Serviette und warf Eric zwischendurch prüfende Blicke zu, als frage sie sich, ob er wirklich noch der Mann war, den sie von früher kannte.

„Ich habe deinen Schreibstil jedenfalls immer gemocht. Auch dein letztes Buch ist großartig."

„Die Biografie über Heinrich Michaelsen?" Er grinste ungläubig. „Sag bloß, die hast du gelesen?"

„Aber ja." Marie nickte und gönnte der verdrehten Serviette eine Pause.

„Weißt du, was mir kürzlich durch den Kopf ging? Du hattest doch damals, als wir zusammen waren, die Idee, ein Buch über die Frau zu schreiben, die ihre beiden Jungs umgebracht hat. Angelika Wiechmann ..."

„*Wiechert.*"

„Über die wird neuerdings wieder öfter berichtet. Ihr Anwalt ... der ist doch kürzlich ... ist der nicht ermordet worden?"

Es verblüffte Eric, dass sie sich noch an sein damals geplantes und dann doch verworfenes Buchprojekt erinnerte. Anfangs hatten sie diese Idee diskutiert, und Marie hatte den Plan bis zuletzt interessanter gefunden als die Suche nach einer verschwundenen Sängerin. Sie war sogar enttäuscht gewesen, nachdem er sich anders entschieden und seine Recherchen im Fall Wiechert eingestellt hatte.

„Warum greifst du diese Idee nicht einfach wieder auf?", schlug sie vor. „Der Stoff gewinnt augenblicklich ziemlich an Brisanz, findest du nicht? Also, wenn dir das Drehbuchschreiben sowieso keinen Spaß macht ..."

Sie strahlte ihn begeistert an. Da war sie wieder, die Marie von früher, mit ihrer Überzeugungskraft, ihrer Energie, dem unerschütterlichen Glauben, man könne so ziemlich alles schaffen, wenn man es nur wolle, und Eric war wie benommen von ihrem Elan.

„Du meinst ein Buch über die Wiechert?"

„Klar!"

„Auf einen fahrenden Zug aufspringen?"

„Das ist doch Quatsch. So wie ich das sehe, wird derzeit wild herumspekuliert. Hauptsächlich geht es ja um den ermordeten Anwalt."

„Hauptsächlich geht es um drei Morde", verbesserte Eric sie. „Soweit ich das verfolgt habe. Und die Mordkommission tappt, wie man so schön sagt, völlig im Dunkeln."

Marie breitete vielsagend die Arme aus.

„Wenn das nicht spannend ist!"

Er verkniff sich eine ironische Anmerkung, die ihm jede normale Antwort versperrte. Marie sprach einfach weiter.

„Du könntest auf Basis deiner damaligen Unterlagen, wenn du die noch hast, über den Fall Wiechert sofort und seriös mit deinem nächsten Buch starten. Wer wollte es dir verbieten, dich mit dieser Frau zu unterhalten? Die Beispiel letzt ihre Unschuld beteuert und soll eine ziemlich bis zuckende Persönlichkeit sein. Das ist der Stoff, aus dem die Bücher sind."

„Wenn sie überhaupt bereit ist, mit mir zu reden."

„Das natürlich vorausgesetzt. Aber wenn du ihr auf diese Weise Gehör verschaffst, warum sollte sie das ablehnen? Du wärst ihre Chance – und sie deine!"

Erst zögernd, dann aber entschiedener, schüttelte Eric den Kopf. Er dachte an das, was Lisa ihm erzählt hatte. Von dem besonderen Angebot Brodersens. Und von der dritten Toten, Lisas guter Bekannten. Diese ganze mysteriöse Geschichte, das schien doch alles irgendwie zusammenzuhängen. Also bremste er Marie. Ihm waren das momentan zu viele unklare Aspekte.

„Das wäre als Projekt unberechenbar. Es muss ja einen Grund für die Morde geben. Und einen Mörder, der frei herumläuft. Selbst wenn die Sache durch die aktuellen Ereignisse an Reiz gewonnen haben mag: Ich habe keine Zeit!"

„Warum nicht?"

„Die Arbeit an dem Drehbuch. Wir haben einen unumstößlichen Abgabetermin."

„Ach ... komm!"

„Soll ich etwa vertragsbrüchig werden?"

Marie lachte.

„Jetzt übertreib mal nicht. Du hast doch vorhin noch getönt, wie sehr dich das Drehbuch nervt. Oder hab ich mich verhört?"

Er verzog den Mund zu einem halbherzigen Grinsen.

„Ist nicht grad die totale Erfüllung, wenn du das meinst. Trotzdem habe ich den Job angenommen. Einen Vertrag unterschrieben."

„Ich hab gehört, dass du mit einer Drehbuchautorin zusammenarbeitest."

„Du bist gut informiert."

„Lass sie doch allein weiterschreiben. Und stürz du dich endlich wieder auf was, das deinem Leben mehr Sinn gibt. Als du mir damals von dem Plan, über diese Wiechert zu schreiben, erzählt hast, warst du Feuer und Flamme. Erinnerst du dich? Ich auch. Eine Frau, die vielleicht unschuldig im Gefängnis sitzt. Ein Kindermörder, der möglicherweise noch immer frei herumläuft. Ich hab es sehr bedauert, dass du es dann im letzten Moment verworfen hast und stattdessen ... ich meine ... genau genommen ..."

Schon wieder musste die Serviette herhalten, bevor Marie nachdenklich fortfuhr.

„Wer weiß, was aus uns geworden wäre, hättest du dich nicht für das Buch über Janina Nossak entschieden." Sie sprach leise, als hätte sie Angst vor dem, was diese Worte auslösen könnten. Eine Weile starrte Eric sie ungläubig an. Das sprach sie hier und jetzt einfach so aus? Rammte ihm diese Theorie wie einen Pflock in sein immer noch gebrochenes Herz!

Er erinnerte sie an ihre Äußerung zu Beginn des Treffens, nicht über die Vergangenheit sprechen zu wollen. Für einen solchen Verlauf hätte er deutlich mehr Wein intus haben müssen.

„Na wenn schon", erwiderte Marie trotzig. „Es muss ja mal ausgesprochen werden, findest du nicht?"

Darüber dachte Eric ernsthaft nach, vergaß sogar vorübergehend den Wein, den Appetit, die anstrengenden Arbeitsstunden mit Lisa, aber auch die Illusion, Marie eines Tages wiedergewinnen zu können. Er musste sich fragen, ob er vor einigen Jahren eine falsche Entscheidung getroffen hatte. Dass er im

Überschwang der Gefühle Maries Bedenken überhört haben könnte, sich am Ende für das falsche Projekt entschieden hatte ...

„Tja ... das nennt man dann wohl Pech", murmelte er. *Blue Note Girl* war geschrieben, Marie hatte ihn verlassen.

Sie griff über den Tisch hinweg nach seiner Hand. Diese längst vergessene Berührung durchzuckte Eric wie ein Blitz. Beinahe hätte er seine Hand wie vor einem offenen Feuer zurückgerissen.

„Worauf willst du eigentlich hinaus?", fragte er Marie und konnte es nicht verhindern, ärgerlich zu klingen.

Verunsichert zog sie die Hand zurück. Das Gespräch nahm eine falsche Richtung an.

„Auf nichts weiter. Es beschäftigt mich halt. Ich hab viel über uns nachgedacht. Oder glaubst du, ich wär damals nur mal eben abgehauen und hätte das mit dir einfach so weggesteckt?"

In der Tat entsprach das so ziemlich genau seiner Erinnerung. Doch jetzt wurde das Essen gebracht und bot eine emotionale Verschnaufpause. Eric schenkte sich Wein nach, wieder randvoll.

„Ich bin in der Zeit nach unserer Trennung sehr spirituell geworden", erklärte Marie über die Dorade hinweg. „Habe mich in eine optimistische Haltung zurückgekämpft. Deshalb möchte ich möglichst alle Menschen, die mir wichtig sind, motivieren, sich hauptsächlich mit den Dingen zu beschäftigen, von denen sie absolut überzeugt sind. Ich bin mir sicher, dass jeder von uns für ganz besondere Aufgaben geboren wurde. Diese zu suchen, zu erkennen und anzunehmen, das ist der ganze Sinn. Oder kommt dem auf jeden Fall ziemlich nahe."

Eric schüttelte störrisch den Kopf. Er hatte keinen persönlichen Jakobsweg hinter sich, seine Erfahrungen waren bodenständiger. Natürlich wollte Marie ihn inspirieren, ihn motivieren, ihn begeistern. Aber wofür? Augenblicklich ging es um ein Projekt, das er damals verworfen hatte. Keine grundsätzlich falsche Entscheidung. Nur eine andere. Aber machte es wirklich Sinn, einen alten Weg freilegen, daran wieder anknüpfen?

Marie schien davon überzeugt zu sein.

„Findest du das so abwegig?"

Bei ihrer Frage hielt er sein Besteck schon in Händen, bereit, von seinem Steak den ersten Bissen abzusäbeln, legte es dann aber wieder beiseite.

Gespräche mit Marie waren von jäher schnell in die Tiefe gegangen. Er schüttelte kaum merklich den Kopf. Immer noch zwei Ufer, immer noch keine Brücke in Sicht.

„Nicht jeder bewegt sich mit derart idealistischen Zielen durch das Leben wie du", sagte er. „Ich jedenfalls nicht."

„Aber ging es dir damals nicht genau darum?"

„Vielleicht war das mal so. Aber es hat nicht funktioniert. Individuelle Projekte, künstlerische Freiheit, grundsätzlich nur das tun, was man will, das ist verdammt kostspielig."

„Na und?"

„Für solche Ziele müsste ich eine uralte Millionärin heiraten. Vielleicht eine reiche Spanierin?"

„Jetzt wirst du verletzend."

„Dann lass uns lieber über das Wetter reden."

„Versuch doch wenigstens mal, jemanden an dich heranzulassen, Eric!"

Er sah sie gequält an.

„Indem ich dir jetzt einfach gestehe, dass ich unsere Trennung bis heute nicht überwunden habe?", stieß er bitter hervor. „Dass ich dich immer noch ..."

„Denkst du, das weiß ich nicht?", unterbrach sie ihn.

Er war verwirrt.

„Fallen wir uns jetzt in die Arme, und alles wird gut? Das glaubst du doch selber nicht!"

„Darauf will ich ja gar nicht hinaus."

„Worauf dann?"

Marie runzelte die Stirn als müsse sie sich erst einmal klar werden, welchen Punkt der Unterhaltung sie erreicht hatten. Eric ließ ihr Zeit. Es war ihr Thema, ihre Richtung. Seinem Empfinden nach würden sie am Ende des Gesprächs weiter voneinander entfernt sein als zu Beginn. Das hatten sie ja wieder mal großartig hingekriegt!

„Möglicherweise war unsere Trennung das Happy End", überlegte Marie vorsichtig. „Hast du daran schon mal gedacht?"

Diese Vorstellung ließ er erst mal sacken, bevor er dazu etwas äußern mochte. Maries Worte steckten voller Gewissheit, schmerzten vielleicht gerade deshalb besonders. Andererseits war es wie immer eine Frage der Perspektive. Für die eine Figur mochte es so gewesen sein. Für die andere ganz sicher nicht. Aber Eric war nicht hergekommen, um erkennen zu müssen, in Maries Happy End keine Rolle mehr zu spielen.

Entschieden griff sie nach ihrem Besteck, und ihr Lächeln wirkte etwas bemüht, als sie vorschlug, sich erst einmal dem Essen zu widmen, bevor es abkühlte. Eric war der Appetit vergangen.

„Ich verstehe einfach nicht, was du mir sagen willst", meinte er bekümmert.

„Genau das ist der Punkt", entgegnete sie.

Und war es vermutlich schon immer.

***

Gewalttätige Freier? Für Julia nichts Neues. Doch der Franzose übertraf alle bisherigen Erfahrungen. Dafür hatte er großzügig bezahlt und bis zum Finale auch nicht allzu lange gebraucht. Stolz und mit erhobenem Haupt hatte Julia das Hotelzimmer betreten, um es später gedemütigt, zerschunden und auf unsicheren Beinen zu verlassen. Ein weiterer Teil ihrer Würde war in einer dreckigen Nacht verloren gegangen, in den Pranken eines jetzt schnarchenden Riesen, für den Frauen wie sie nur Mittel zum Zweck waren. Sie hatte sich im Bad des Hotelzimmers notdürftig hergerichtet, immer die Angst im Nacken, er könne wieder aufwachen und weitermachen wollen. Mehr fordern. Noch Schlimmeres!

Mit dem Fahrstuhl nach unten, auf dem Weg durch die prächtige Lobby vorbei an der Rezeption, versuchte sie zu kaschieren, kaum noch laufen zu können. Auch die Blutungen setzten wieder ein. Aber sie hatte Geld! Trotz der Schmerzen war der Abstecher zu ihrem Dealer unvermeidlich. Anschließend ließ sie sich mit einem Taxi nach Hause bringen. Der Taxifahrer schwieg verbissen, wirkte übellaunig. Julia fragte sich, ob sein Tag noch beschissener verlaufen sein könnte als ihrer. Würde er später auch noch den Blutfleck auf der Rückbank entdecken, hatte er wenigstens einen Grund für die miese Stimmung. Irgendwie gönnte sie ihm das. Ein nettes Wort, ein wärmendes Lächeln hätte ihr während der Fahrt gutgetan. Irgendetwas, um den Glauben an die Menschheit nicht gänzlich zu verlieren

Zurück in der Wohnung, von Nico keine Spur. Der hatte zwischenzeitlich wohl die Geduld verloren, auf Julias Rückkehr zu warten. Aber das war ihr egal. Die erste Pfeife *danach* sollte den Schmerz verdrängen. Hoffte sie. Unvermindert verkrampft hockte sie auf dem Sofa, als wäre sie noch nicht wirklich angekommen. Der pochende Schmerz ließ sich nicht einfach so wegrauchen, nicht einmal die hässlichen Bilderfetzen, die in ihrer Erinnerung klebten wie Blutspritzer und Spermaflecken. Im stumm geschalteten Fernseher lief Basketball. In ihrer augenblicklichen Lage ertrug sie keinen Sport, brachte aber keine Kraft auf, das zu ändern. Die Fernbedienung befand sich nicht in Sichtweite. In ihrem Kopf summten zusammenhanglose Ideen wie ein emsiger Bienenschwarm durcheinander. Unruhig, ziellos. Nichts Greifbares außer der Einsicht, möglichst bald die Reißleine ziehen zu müssen. Im schlimmsten Fall würde sie die Eltern um Hilfe bitten. Oder jemanden suchen, der sich mit Hilfe auskannte. Oder wenigstens jemanden beauftragen, dem verdammten Franzosen die Eier abzuschneiden und ihm einen Flaschenhals in den Arsch zu rammen. Danach ans Ende der Welt fahren. Sich endlich mal ein Pflaster kaufen. Sich verlieben. Und schlafen. An einem Strand unter Palmen.

Es kam ihr so vor, als würde sie einen endlos langen Gang entlangkriechen, während sich auf beiden Seiten nacheinander immer neue Türen mit neuen Möglichkeiten öffneten. Glückliche Gesichter. Verlockende Momente. Heile Welt. Kindheitsträume. Im Überfluss der Möglichkeiten aber kroch sie weiter und weiter, darauf vertrauend, dass sie eindeutig wissen würde, welche Tür für sie die richtige war. Doch mitten durch ihre Visionen schwappte die erste Welle der Übelkeit. Julia übergab sich und konnte gerade noch verhindern, dass sich alles auf das Sofa ergoss. Sie kotzte auch Blut, und als sie zur Seite rückte, hatte sich zudem auf dem Sofa ein Blutfleck gebildet, dort, wo sie zuvor gesessen hatte. Sie robbte durch die Wohnung, suchte und fand das Smartphone und rief bei ihrer Schwester Corinna an, bevor sich die letzte Tür schloss. Hier ging's nicht mehr um Chancen, sondern um das schlichte Überleben. Wie spät war es eigentlich? Corinna würde bestimmt schon schlafen. Umso erleichterter fühlte sich Julia, die hellwache Stimme der Schwester überraschend schnell zu hören.

„Julia? Was ist los?"

Julia weinte mehr, als dass es ihr gelang, einen verständlichen Satz hervorzubringen. Die Frage, ob sie zuhause sei, bejahte sie schluchzend.

Corinnas Anweisungen waren präzise.

„Bleib ruhig. Bin gleich da!"

\*\*\*

Ob er eingreifen solle? Max' Frage hatte drängend geklungen. Am Ende hätte er dem Franzosen am liebsten eine Lektion erteilt, getrieben von einem ritterlichen Gerechtigkeitsempfinden. Gravesen war ins Bad des Hotelzimmers geschlichen und sprach mit gedämpfter Stimme ins Smartphone. Irina schlief selig nebenan, nackt, befriedigt, ein Kopfkissen umklammernd.

Gravesen entschied sich mit zusammengebissenen Zähnen gegen jegliche Einmischung. Noch hatten sie nichts mit Julia Bauers Leben zu tun. Würden sie jetzt auf irgendeine Weise aktiv werden, gefährdeten sie ihr eigentliches Ziel. Die Vorbereitungen waren noch nicht abgeschlossen.

Also war Max der ramponierten Julia später lediglich vom Hotel gefolgt. Erst zum Dealer und danach in die Lange Reihe. Die junge Frau wirkte schwer angeschlagen. Dank der Abhörtechnik hatte er das kurze Telefonat mit ihrer Schwester verfolgen können. Corinna Bauer würde Julia helfen.

Mit diesem Verlauf der Dinge war Gravesen zufrieden. Die älteste der Bauer-Töchter würde die notwendigen Entscheidungen treffen, da war er sich ganz sicher.

„Und der Franzose?" Max tat sich damit schwer, dass Gravesen diesen Punkt der Angelegenheit als erledigt betrachtete.

„Wir sind keine Rächer", sagte Gravesen. „Das weißt du."

Klar wusste Max das. Und trotzdem! Die Nerven eben. Wenig Schlaf in der letzten Zeit, viel Anspannung, die stetig wachsende Nähe zu der Zielperson, die sie Tag und Nacht observierten, sie waren dicht und intensiv an ihr dran. Es wurde wirklich Zeit für den nächsten Schritt.

Gravesen grinste. Sein junger Helfer schien für Julia Bauer Sympathien zu hegen. Sehr menschlich – aber wenig nützlich.

„Was nun?", wollte Max nach einer Weile wissen.

Gravesen instruierte ihn, einfach nur in Julias Nähe zu bleiben. Wie ein Schutzengel. Er würde ihn morgen früh ablösen.

Als er zurück ins Bett kroch, ließ Irina im Schlaf sofort das Kissen frei und umklammerte ihn seufzend wie einen verloren geglaubten Teddy. Sie war warm und weich und roch nach Liebe. Gravesen hatte immer noch ein Grinsen auf den Lippen. Wegen Max. Aber vor allen Dingen seinetwegen. Weil er kluge Ratschläge erteilte, an die er sich selbst nicht hielt.

# Kapitel 9: Richtungssuche

„Mein Leben ..." Volker Wiechert richtete den leeren Blick an Miriam Franke vorbei auf die ockerfarbene Kneipenwand hinter ihr. War da mal eins gewesen? Verblasste Erinnerungen wie alte Fotos, aus denen die Farbe gewichen war. Verbittert schloss er die Augen.

„Sie haben wirklich nie was von den ... Affären Ihrer Frau mitbekommen?" Miriam beobachtete ihn aufmerksam. Der Alkohol ließ ihn melancholisch werden, betrunken aber wirkte er noch nicht.

Wiechert öffnete die Augen, wog grübelnd den zotteligen und bärtigen Kopf hin und her.

„Geahnt irgendwie", sagte er schleppend. „Befürchtet. Aber nicht wirklich gewusst. Vielleicht auch nicht wahrhaben wollen."

„Haben Sie Ihre Söhne jemals in ernster Gefahr gesehen?"

„Wegen Angelika, meinen Sie?"

„Ja. Sie sagten vorhin, sie hätte die Jungs geschlagen und oft bestraft."

„Geschlagen, ach ja. Kleine Klapse. Mal was auf die Finger oder den Po. Um ihnen Regeln beizubringen."

„Hielten Sie das für richtig?"

„Sie wollte die bestmögliche Erziehung für die Jungs. Hart, aber gerecht. Den Auftrag, Kindern etwas beizubringen, hat sie sehr ernst genommen. Hat sogar manchen Schülern gelegentlich Nachhilfe gegeben, hat sich immer viel Zeit dafür genommen. Unsere Söhne hat sie besonders gefördert. Und gefordert. Und auch besonders streng behandelt."

„Ja und?"

Er blickte Miriam ratlos an.

„Sie wollen wissen, ob ich Angelika für die Mörderin meiner Jungs halte? Aber diese verfluchte Frage kann ich Ihnen nicht so einfach beantworten. Konnte ich schon damals nicht. Das Bild, das ich von meiner Frau hatte, war ja sowieso falsch. Während ich dachte, sie wäre mit einer Freundin im Kino oder sonstwo, ließ sie sich mit anderen Männern ein. Vor allen Dingen mit ... mit diesem Typen, der angeblich jeden Tag stundenlang im

Sportstudio trainierte, vermutlich nur, damit er es Angelika so oft wie möglich besorgen konnte."

„Sie meinen Arne Hansen."

„Genau. Mit dem hat sie ja wohl ständig ... warum ist der eigentlich nie verdächtig gewesen?"

„Weil der ein wasserdichtes Alibi hatte", erklärte Miriam und gönnte Volker Wiechert das nächste Gläschen Schnaps. Sie hatte sich inzwischen ausführlich über den alten Fall informiert. Arne Hansen war für Angelika Wiechert mehr als nur eine beliebige Affäre gewesen. Mit dem kernigen Physiotherapeuten hatte sie sich nach eigener Aussage seelenverwandt gefühlt. Mit ihm hätte sie sich eine Zukunft vorstellen können, hatte sie vor Gericht zugegeben und weitere Minuspunkte in der Charakterfrage gesammelt.

Dass ihre Liebe für Arne Hansen ihr einziges Verbrechen wäre, hatte die Wiechert zu Protokoll gegeben, mit einem dramatischen Blick, als hätte außer ihr niemand sonst Ahnung von wahren Gefühlen. Sie allein auf der Bühne, alle anderen nur Zuschauer in Angelika Wiecherts persönlicher Tragödie.

Wiechert ließ den Schnaps zunächst stehen.

„Können Sie sich vorstellen, wie ich mich damals gefühlt habe?", fragte er die Ermittlerin. „Als diese Dinge vor Gericht zur Sprache kamen. Die Söhne vergiftet. Die Frau unter Anklage. Und dann sagen haufenweise Typen aus, mit denen sie es hinter meinem Rücken getrieben hatte. Als wollte sie einen Bums-Rekord aufstellen. Schlimmer als jede ... was weiß ich. Dazu als Krönung Angelikas peinliche Liebeserklärung an diese Sportskanone, ein Typ, der gar nichts mehr von ihr wissen wollte!"

„Nichts davon macht sie schuldig", bemerkte Miriam.

„Aber erbärmlich."

Jetzt kippte er den Schnaps runter und schüttelte sich anschließend, wohl eher wegen der Erinnerung.

„Na, dieser Muskelmann ..."

„Arne Hansen", soufflierte Miriam.

„Genau! Der hat vor Gericht ausgesagt, dass Angelika oft und gern von ihrer Freiheit geträumt habe. Noch mal ganz von vorn anfangen. Keinen Mann, keine Kinder. Um nur noch ..."

„Warum trägt sie trotz der Scheidung immer noch Ihren Namen?"

„Woher soll ich das wissen?"

„Haben Sie Ihre Söhne auch mal bestraft oder geschlagen?"

Er warf ihr einen beleidigten Blick zu und kniff die Lippen zusammen, bis sie im Bart nicht mehr zu sehen waren.

Miriam lächelte unschuldig.

„Also gab es die böse Mutter mit dem miesen Charakter und den tadellosen Vater. Klare Rollenverteilung. Richtig?"

Er senkte den Blick und bearbeitete mit dem Fingernagel auf dem Kneipentisch Wachsrückstände. Dann befummelte er seinen Bart wie einen Rosenkranz.

Miriam gönnte ihm keine Verschnaufpause:

„Auch vor Gericht kamen Sie als echter Vorzeige-Vater rüber, so fehlerfrei, dass es mir fast wie ein Märchen erschien."

„Ein Märchen", wiederholte Wiechert unbehaglich. „Wie die ganze Geschichte. Aber ich habe meine Jungs geliebt. Das ist die Wahrheit."

„Was ich überhaupt nicht anzweifle."

„Sie waren ihrer Mutter sehr ähnlich", fuhr er fort, der Blick jetzt etwas trübe. „Beide. Nicht nur im Aussehen. Auch Wesenszüge. Selbst wenn Angelika das nie wahrhaben wollte – genau so war es. Ich habe für die Jungs alles getan, aber sie haben ständig nur um Angelikas Gunst gebuhlt, sie haben mit ihr geschmust, in einer Art, die mir manchmal schon richtig unnatürlich vorkam, verstehen Sie? So eine devote Beziehung zu einer Mutter, die ansonsten hart und unerbittlich blieb. Ihre Zuneigung gab es nur als Belohnung. Ich stand immer irgendwie außerhalb. *Das* habe ich wirklich ... gehasst. Angelika hatte so viel Liebe ... wie soll ich sagen ... einfach nicht verdient."

„Ist Ihnen da vielleicht doch mal die Hand ausgerutscht?"

Einmal mehr reagierte Wiechert abwehrend. Die Lippen tief im Bart verborgen. Der Tisch mittlerweile wachsfrei.

Müde rieb sich Miriam die Augen. Dieses Gespräch verlief zäh. Nach den Anstrengungen des Tages mangelte es ihr ein wenig an Biss und Konzentration. Kontinuierlich Stress, Woche für Woche. Schlafmangel, Überstunden, ständige Meetings und kaum Erfolgserlebnisse. Irgendwann wollte man einfach mal zum Punkt kommen.

„Sie haben Ihre Frau oder Ihre Kinder also nie geschlagen", fasste sie zusammen, etwas drängender jetzt und bestimmter.

„Ist das noch von Bedeutung?", brummte Wiechert. „Versteh nicht, warum Sie das immer wieder fragen."

„Es geht um Klarheit! War Ihre Frau wirklich immer nur die Böse? Sie immer nur der Gute?"

Miriam starrte Volker Wiechert forschend an. Glaubte, für einen blitzartigen Moment etwas in seinen Augen erkannt zu haben, etwas, das ihn quälte, ihn belastete. Was er auszusprechen versuchte, die Lippen schon für das erste Wort geformt, der Atem dafür schon geschöpft, aber dann verfiel er doch wieder in Schweigen, senkte den Blick, murmelte, jetzt sofort zurück zu seinem Schlafplatz zu müssen. Sonst wäre der weg.

Miriam schob ihm die Flasche Schnaps zu, und er packte sie ganz selbstverständlich und ohne Dank.

Die Ermittlerin wollte wissen, ob er im Bedarfsfall noch mal mit ihr reden würde.

Er nickte mechanisch, hätte alles versprochen, nur um hier endlich wegzukommen. Die Augen starr auf die Flasche in seinen Händen gerichtet. Fügte dann noch leise hinzu, aber nur mit ihr allein reden zu wollen. Ihren Kollegen könne er nicht leiden. Und ob sie bemerkt habe, dass der scharf auf sie sei.

Miriam hatte sich erhoben, musste bei dieser aus ihrer Sicht absurden Vorstellung lachen.

„Na, da wäre ich als Lesbe aber besser dran, finden Sie nicht?"

Nachdem Miriam beim Wirt bezahlt hatte und die beiden schon in der geöffneten Tür der Kneipe standen, hielt Wiechert sie kurz am Arm fest.

„Ich glaube nicht, dass Angelika die Jungs umgebracht hat", flüsterte er. „Ich hatte viel Zeit zum Nachdenken. Damals, vor Gericht, da klang das alles so plausibel. Aber heute sage ich Ihnen: Nein, sie war es nicht."

„Dann blieben aber als einziger Hauptverdächtiger nur noch Sie übrig", entgegnete Miriam. „Die Experten schlossen jede alternative Möglichkeit aus. Es ging nur um Sie oder Ihre Frau."

„Experten haben auch mal die Baukosten für die Elbphilharmonie kalkuliert", erwiderte Wiechert. „Ich bitte Sie!"

Sie traten in den kühlen Abend hinaus. Wie eine wertvolle Kostbarkeit umklammerte Wiechert die Schnapsflasche.

Miriam bedankte sich bei ihm und wünschte ihm eine gute Nacht. Kam sich komisch dabei vor, das zu einem Mann zu sagen, der sich gleich unter einer Brücke zur Ruhe betten würde.

Egal wie sie sich fühlte und was sie dachte, Volker Wiechert schlurfte mit gesenktem Haupt und hochgezogenen Schultern in grotesker Eile von dannen, als hätte er noch wichtige Termine. Sie hatte er längst vergessen. Die Ermittlerin dachte an ihren

Kollegen und verspürte wenig Lust auf die Rückkehr in den mit schlechter Laune angefüllten Dienstwagen.

\*\*\*

Das Team der Ermittler hatte sich im Besprechungszimmer versammelt. Diana ordnete noch einige Unterlagen. Fühlte sich angespannt wie lange nicht mehr. Drei Morde innerhalb kurzer Zeit, die in einem Zusammenhang zu stehen schienen, weckten jede Menge unerwünschter Aufmerksamkeit. Die Mordkommission, besonders deren Leitung, rückte dadurch stärker in das interne und öffentliche Interesse. Für Diana Krause war dieser Zustand doppelt belastend, weil sie noch immer niemanden im Team verlässlich einschätzen konnte und die Zeit fehlte, daran kurzfristig etwas zu ändern. Sie musste jetzt blind auf die Qualität des Teams vertrauen. Das fiel ihr naturgemäß schwer.

Nachdem sie ihre Unterlagen, vor allen Dingen aber ihre Gedanken, sortiert hatte und die anwesenden Ermittler langsam zur Ruhe kamen, erhob sich die Chefin und hielt mit Hilfe des Whiteboards in Stichworten jene Erkenntnisse und Fakten fest, die sie bisher zu den drei Mordfällen zusammengetragen hatten. Und die zu der wahrscheinlichsten These passten, sie hätten es dabei mit nur einem Täter zu tun. Es musste ein Täter sein, der bei seinen Opfern nach speziellen Informationen gesucht hatte und im schlimmsten Fall noch immer auf der Suche war. Der schnell und geübt in Wohnungen einzusteigen vermochte, kaltblütig mordete und die Räume seiner Opfer systematisch und mit erstaunlicher Sorgfalt auf den Kopf stellte, ohne verwertbare Spuren zu hinterlassen. Und der die Smartphones und Computer seiner Opfer stahl. Die Ermittler hatten herausgefunden, dass der Rechtsanwalt Brodersen vor kurzem Kontakt mit der freien

Autorin und Journalistin Kirsten Braun aufgenommen hatte. Die Frage war *warum*? Bisher hatten sich keine Hinweise finden lassen, was genau Brodersen von Braun gewollt haben könnte. Aber offensichtlich war es um etwas gegangen, das beiden zum Verhängnis geworden war – während Brodersens Verlobte lediglich das Pech gehabt hatte, dem Täter im Weg gewesen zu sein. Diana sprach der Einfachheit halber immer von *dem* Täter, auch wenn sie eine *Täterin* nicht gänzlich ausschließen konnte und wollte.

Da Brodersen Angelika Wiecherts Anwalt gewesen war, wollte die Leiterin der Mordkommission die Befragungen in dessen beruflichem Umfeld und Freundeskreis intensivieren, ebenso wie im Umfeld der Journalistin Braun. Außerdem hielt sie es für sinnvoll, schnellstmöglich einen Termin für die Befragung Angelika Wiecherts in der Justizvollzugsanstalt zu beantragen. Deren Geliebte, die vor einiger Zeit aus dem Gefängnis entlassen worden war, hatte sich Diana schon gestern vorgenommen, aber Verena Haslinger war eine harte Nuss. Viel zu erzählen gab es nicht, wenn jemand auf Fragen hauptsächlich mit Stirnrunzeln, Schweigen und Unverständnis reagierte. „Verstockt und naiv", hatte die Direktorin des Gefängnisses gestern am Telefon zu Diana gesagt.

*Oder clever genug, sich hinter genau dieser Haltung zu verbergen*, hatte die Ermittlungsleiterin gedacht. An ihr Team gewandt sagte sie:

„Verena Haslinger hockt in einer extrem verräucherten Bude und lügt sogar, wenn sie schweigt. So ist es mir jedenfalls vorgekommen. Die Wohnung gehört Brodersens Tante Elisabeth, die er ausdrücklich gebeten hatte, sich um Haslinger nach deren Haftentlassung zu kümmern. Elisabeth Brodersen ist eine überzeugte Christin und nimmt diese Aufgabe sehr ernst. Aber aus Haslinger ist vorerst nichts rauszukriegen. Das Mädchen ist bockig und mauert. Wie wars mit Volker Wiechert? Hat seine Befragung wenigstens was gebracht?"

Sie blickte Hanspeter Jürgens an, den dienstälteren Beamten des beauftragten Teams. Der reagierte sichtlich genervt.

„Der feine Herr wollte nicht in meiner Gegenwart reden. Deshalb gab es bei der Befragung nur drei Teilnehmer."

Diana hob erstaunt eine Augenbraue.

„Drei?"

Jürgens nickte.

„Miriam, Wiechert und 'ne Buddel Korn."

Das sorgte für Heiterkeit. Miriam lachte nicht. Auch die Miene der Chefin blieb ausdruckslos. Sie bat zur allgemeinen Überraschung einfach nur um Miriams Bericht.

Die nutzte die Chance, Einzelheiten aus Wiecherts Befragung detailliert am Whiteboard vorzustellen. Sie lieferte eine präzise Analyse, die ihren Ruf als ehrgeizige Ermittlerin ebenso festigte wie die Rolle der Einzelgängerin. Beides wurde Diana sofort klar, und sie nahm sich vor, die Beamtin stärker unter ihre Fittiche zu nehmen. Miriam Franke verfügte zwar über ein beachtliches Potenzial, aber es mangelte ihr zugleich am Gespür für Dosierung und Timing. Ihre natürliche Art der Fortbewegung schien die mit dem Kopf durch die Wand zu sein. Die drei wichtigsten Lektionen für die Zukunft waren deshalb Gelassenheit, Gelassenheit und Gelassenheit. Gerade bei diesen Lernprozessen junger Kräfte waren Vorgesetzte gefordert, Hilfestellung zu bieten, um Talent und Begabung in die richtigen Bahnen zu lenken.

Als Nächstes wurden aktuelle Aufgaben festgelegt und auf die Teams verteilt. Im Focus standen einige Personen, die im Zusammenhang mit den Morden noch befragt werden mussten. Um Miriam Franke etwas aus der Schusslinie zu nehmen, bestimmte Diana sie für die alleinige Befragung einer Bekannten Kirsten

Brauns, die sich gemeldet hatte, weil sie etwas Wichtiges zu Protokoll geben wollte – eine Drehbuchautorin namens Lisa Hinze. Miriam zeigte sich wenig begeistert von dieser Aufgabe. Sie wollte an die großen Sachen ran. Diana lächelte. Nicht zum ersten Mal fühlte sie sich an ihre eigene Anfangszeit erinnert. Sie hatte oft gehadert. Aber Miriam blieb beherrscht. Selbst dann noch, als Jürgens wissen wollte, ob sie zur nächsten Befragung wieder eine Pulle Schnaps einsetzen werde. Die Antwort konnte Diana in der allgemeinen Aufbruchstimmung nicht mehr verstehen. Vielleicht war es besser so.

Sie selbst erhob noch einmal die Stimme und orderte Miriam in ihr Büro. Unter vier Augen würde sie ihr mitteilen, dass sie eine Befragung mit Alkohol für unangemessen hielte, völlig egal, wer befragt wurde. Danach würde sie ihr ein Lob für die großartige Analyse über das Gespräch mit Volker Wiechert aussprechen. Auch für die Frage, die sie in Sachen Verena Haslinger vorhin gestellt hatte. Welche Vergehen genau zu Haslingers damaliger Inhaftierung geführt hätten. Unter anderem: Einbruch! Erst als Diana es laut vor den anderen ausgesprochen hatte, begann es in ihren Gedanken zu kreisen. *Einbruch!* Verena Haslinger hatte gelernt, unbemerkt in die Lebensräume anderer Menschen einzudringen.

***

St. Georg habe sich im Lauf der Jahre gewandelt, war Gravesen von einem Kenner der Szene berichtet worden. Vom Schmuddel-Stadtteil mit Billigmieten, Drogenproblemen und Babystrich zum In-Viertel voll angesagter Restaurants, Kneipen und Cafés, besonders beliebt bei der Hamburger Schwulenszene.

Hinter manch alter Bürgerhausfassade hatten sich junge innovative Konzepte angesiedelt und den alten Drogen- und Prostitutionsmief rechtzeitig vor Beginn des neuen Jahrtausends nachhaltig in andere Bezirke verdrängt. Allerdings auch die ebenfalls in St. Georg seit langen ansässigen Handwerks- und Gewerbebetriebe, die den nun sprunghaft steigenden Mieten und veränderten Ansprüchen nicht mehr gewachsen waren. *Gentrifizierung* hatte Gravesens Gesprächspartner diesen Prozess genannt und dafür seine freie Übersetzung gleich mitgeliefert: Wo Geld einzöge, sei kein Platz mehr für das Kleinbürgertum. Aber egal wohin der Mittelstand auch auswich, er musste immer damit rechnen, erneut zum Spielball spekulativer Kräfte zu werden. Erst war man *Geheimtipp* und *trendy*, dann *Szene* und am Ende überflüssig. St. Georg hatte diese unvermeidliche Entwicklung bereits abgeschlossen, im Karolinen- und im Schanzenviertel waren diese Umwälzungen noch in vollem Gange.

Gravesen interessierte sich für solche Geschichten über eine Stadt. Zwar war er eher der Experte für menschliche Schicksale, doch es rundete seinen Blick auf die Dinge ab, wenn er mehr über die Umgebung der Personen erfuhr, mit denen er sich beruflich beschäftigte

Julia Bauer lebte schon seit einigen Jahren in St. Georg und profitierte von der Eigentumswohnung ihres Vaters. Der Drang, sich vom Elternhaus abzunabeln hatte nicht für eine vollständige Unabhängigkeit gereicht. Die jüngeren Generationen, so empfand es Gravesen nicht zum ersten Mal, rebellierten nur noch so weit, wie es zweckmäßig und erträglich war, und die älteren Generationen ließen sie in der Regel gewähren.

Beim sorgfältigen Auskundschaften des Umfelds der abgedrifteten Millionärstochter war Gravesen Julias Mitbewohner bisher weitgehend unbekannt geblieben. Inzwischen hatte er auch mit der mittleren Schwester Julias gesprochen. Zu diesem Zeitpunkt hatte Julia die Nacht mit dem französischen Sadisten schon überstanden und war mit dem hart verdienten Geld in den Drogenrausch geflohen.

Sybille Bauer hatte sich noch auf die konsequenteste Weise der drei Bauer-Töchter einen eigenen Weg gesucht. Sie hatte einen Bankier geheiratet, zwei Kinder geboren, arbeitete in Teilzeit in einem Unternehmen der Medienbranche und zeigte sich nur wenig auskunftsfreudig über ihre Familie. Zur jüngsten Schwester äußerte sie sich entsprechend dürftig, aber das Wenige, das sie preisgab, klang eher kritisch. Immerhin konnte sie sich ganz gut an Nico Draeger erinnern, den Jungen, der Julia schon seit der Schulzeit wie ein Schatten folgte und der mit ihr in St. Georg wohnte.

„Ach, der Nico, ja ..." Sybille war die seriöse und geerdete Ausgabe der Mutter, das hübsche Gesicht geprägt von Müdigkeit durch Mehrfachbelastung. Bei den Erinnerungen an Nico hatte sie im Gespräch mit Gravesen sogar mal ansatzweise gelächelt.

Er sei ein seltsamer Vogel gewesen. Habe nur Unsinn im Kopf gehabt. Aber genial Klavier gespielt, was allen damals ziemlich imponiert hatte. Ansonsten sei von ihm immer etwas Unberechenbares ausgegangen. Er sei launisch gewesen. Aber trotz seiner Fixierung auf Julia sei man nie auf die Idee gekommen, dass die beiden was miteinander haben könnten.

„Die waren eher wie Bruder und Schwester. Auch wenn sie nahezu gleichaltrig waren, wirkte Nico neben Julia wie ein schlecht erzogener Bengel. Irgendwas heckte der immer aus und zeigte ein gesteigertes Interesse an unserer Mutter. Für sie war er der Sohn, den sie nie bekam. Aber Nicos Anwesenheit war auf Dauer anstrengend und beunruhigend. Ganz ehrlich, ich hatte nie das

Gefühl, dass er in unserer Ma eine Art Ersatzmutter gesehen hat."

„Was denn dann?"

„In erster Linie eine Frau. Immerhin steckte er mitten in der Pubertät."

„Sie meinen, er war in Ihre Mutter verknallt?" Das hatte Gravesen dann doch überrascht.

„Ganz genau!", hatte die zweitälteste Bauer-Tochter geantwortet. „Dabei genoss er ihre Aufmerksamkeit wie ein Hündchen. Wenn man ihm den kleinen Finger reichte, wurde man mit Haut und Haaren von ihm vereinnahmt, verstehen Sie? Mich hat das echt genervt. Meine Ma und Julia fanden es eher amüsant. Die hatten weiß Gott nie was dagegen, angehimmelt zu werden. Ich denke, Julia und Nico sind bis heute auf eine merkwürdige Art verbunden. Aber ... keine Ahnung, was genau sie zusammenschweißt. Sorry."

„Halten Sie Nico für gefährlich? Ich meine, könnte er durchdrehen, wenn Julia eines Tages ... nicht mehr für ihn da wäre? Ein anderes Leben führen wollte. Ohne ihn?"

„Hören Sie, ich weiß, dass meine Eltern Sie dafür bezahlen, Julia aus ihrem Drecksleben zu retten. Das ist gut gemeint, aber pure Geldverschwendung, glauben Sie mir. Die wird sich nicht mehr ändern. Sie wird mit Nico zusammen Drogen konsumieren bis zum Ende ihrer Tage. Und das wird bald sein. Die beiden wollten nie erwachsen werden. *Peter Pan* und *Wendy* auf Crack."

„Aber wie reagiert *Peter Pan*, wenn jemand *Wendy* retten will?"

„Viel interessanter ist doch die Frage, wie *Wendy* reagieren wird. Damit hätten Sie bestimmt genug zu tun."

Den letzten noch offenen Fragen zu Nico Draeger wollte sich Gravesen widmen, sobald er mit Julias Laufwegen und Umgebung vertraut war.

Während die junge Frau keine eigenen Spuren im Internet hinterließ und sich auch von sozialen Netzwerken fernhielt, war Nico auf eigentümliche Weise kommunikationsbesessen. Ihm gelang das Kunststück, extrem viel Präsenz im Internet zu zeigen, ohne etwas über sich preiszugeben. Gelegentlich konnte man den Eindruck gewinnen, er erfände sich in unterschiedlichen Rollen und Profilen ständig neu. Aber wie immer man es auch drehen und wenden wollte, der junge Mann mit dem fast mädchenhaft anmutenden Gesicht war zweifellos ein Junkie und Callboy, der bevorzugt ältere Herren beglückte. Er hatte ein Netzwerk anspruchsvoller Stammkunden aus meist besserer Gesellschaft und war sonst nur im äußersten Notfall aktiv. Gelegentlich ließ er sich auch von Pärchen anwerben. Seine Kontakte liefen ausschließlich über Mundpropaganda, und sein Kundenkreis war äußerst verschwiegen. Da war es bedeutend leichter gewesen, Details über Julia Bauers Kundschaft rauszukriegen.

Gravesen rechnete fest damit, dass Nico das größere Problem sein würde, sobald Julia für eine Weile von der Bildfläche verschwände. Vermutlich würde der junge Mann die Mitbewohnerin vom ersten Tag an schmerzlich vermissen, und seine anschließende Reaktion war nicht vorhersehbar. Alle anderen sozialen Schnittstellen in Julia Bauers Leben waren da berechenbarer. Das musste Gravesen in seinen Planungen berücksichtigen. Zunächst aber wollte er direkt an Nico herankommen. Der Bursche war die letzte Hürde, bevor man Julia von einem Tag auf den anderen aus ihrem gewohnten Dasein reißen konnte. Bei diesem Gedanken befiel Gravesen ein ungewohntes Kribbeln, das er nie zuvor gespürt hatte. Diesmal konnte er seine Emotionen nicht mehr so kontrollieren wie sonst. Begann ihn das Alter langsam weichzuspülen? Zweifellos berührte ihn dieser Fall mehr als andere. Eine junge Drogenabhängige, die mal als heruntergekommenes Aschenputtel durch die Gegend schlurfte und dann wieder als Prinzessin eine Hotelbar zum Strahlen brachte, faszinierte ihn jedenfalls. Viel mehr mochte er nicht darüber nachdenken, weil das Fundament, das er sich im Lauf seines Lebens geschaffen hatte, für das Gewicht dieser Grübeleien nicht stabil genug war.

Schon einmal hatte er gegen seine Prinzipien verstoßen, als er sich auf eine Affäre mit Eric Teubners Ex-Freundin Marie Kempf eingelassen hatte. Kurz, aber heftig. Da hatte sie Eric gerade verlassen und war auf der Suche nach sich selbst für alles offen gewesen. Gravesen hatte sie aus geschäftlichen Gründen auf La Palma aufgespürt – und war bei ihr geblieben. Weil sie ihn darum gebeten hatte. Ein paar Wochen hatte sie sich an ihm festgehalten, und auch er hatte diese Auszeit mit ihr gebraucht. Sie hatte Schlimmes durchgemacht, und er hatte kurz zuvor seinen Bruder verloren. Beide hatten sie sich nach etwas Trost gesehnt. Verlebten intensive Wochen auf einer Insel, auf der es nur noch sie beide zu geben schien. Sie hatten geredet und einander zugehört. Gravesen hatte sie gehalten, wenn sie es brauchte, er hatte sie geliebt, wenn sie es wollte und mit ihr für eine Weile die Wirklichkeit ignoriert. Sie hatten die Insel erkundet. Und sich selbst. Während er die Sache mit Marie noch einigermaßen im Griff gehabt hatte, waren seine Gefühle für Julia neu und rätselhaft. Auf der Hut war er zwar schon aus Gewohnheit, aber vor sich selbst auf der Hut zu sein, das war eine andere Erfahrung.

Nico Draeger war fast so etwas wie die letzte Bastion geworden, die noch zwischen ihm und Julia Bauer lag. Wenn er erst einmal herausgefunden hatte, wie er den jungen Mann einstufen musste und entsprechende Maßnahmen ergreifen konnte, würde zwischen der Millionärstochter und ihm nichts mehr im Weg stehen. Dann würde in ihren beiden Leben ein neues

Kapitel beginnen. Bei dieser Vorstellung hatte er kein gutes Gefühl. Gleichzeitig konnte er es kaum erwarten.

\*\*\*

Ständige Reibereien und Meinungsverschiedenheiten in der Zusammenarbeit mit Eric erhöhten Lisas Frust. Sein Interesse an diesem Gemeinschaftsprojekt schien mehr und mehr zu erlahmen. Allein ihre Befragung durch die Mordkommission wegen der Ermordung ihrer Bekannten Kirsten Braun schien ihn noch zu interessieren. Da platzte ihr der Kragen, und sie knallte ihm ein paar Wahrheiten an den Kopf, die schon längst fällig geworden waren; natürlich sprach sie auch seinen Alkoholkonsum an, den sogar ganz besonders, denn der bildete zweifellos die Basis aller aktuellen Probleme.

Gänzlich unbeeindruckt von Lisas Vorwürfen ihrer Verzweiflung richtete Eric seinen Fokus hauptsächlich auf Kirsten Brauns gewaltsamen Tod. Er erkundigte sich, ob durch die Befragung klar geworden sei, wie viel die Mordkommission darüber wisse. Erics ausgeprägte Neugier bei einer Angelegenheit, die rein gar nichts mit der Arbeit an dem Drehbuch zu tun hatte, steigerte Lisas Zorn. Ein Beweis mehr für seine Lustlosigkeit, indem er allem anderen mehr Aufmerksamkeit schenkte als ihrer eigentlichen Aufgabe.

Irgendwann verlor auch ein grundsätzlich positiv gestimmtes Wesen wie Lisa die Selbstbeherrschung. Begünstigt durch Schlafmangel und Überarbeitung, und letztendlich war es auch unerheblich, warum sich ihr Zorn und ihre Tränen in diesem Moment mit aller Macht entluden. Sie und Eric steckten in einer kreativen und zwischenmenschlichen Sackgasse. Im schlimmsten Fall war das Projekt gescheitert – noch vor Beendigung der ersten Drehbuchhälfte. Unmöglich, dass sie in diesem Tempo und mit den sich häufenden Konflikten die Deadline schafften. Nach Lisas Empfinden, gemessen an dem, was sie von sich und anderen bei solchen Projekten erwartete, war das ein trauriges Ergebnis. Aber was genau lief schief?

Immerhin bewirkten ihre Tränen bei Eric mehr als es zuvor Worte vermocht hatten. Endlich stoppte er mal für den Moment seinen Egoismus, seine Übellaunigkeit, seine täglich wachsende Abneigung gegen die Textarbeit.

Lisa weinte? Also nahm er sie spontan in die Arme. Sie ließ seinen Trost zu, obwohl er die Ursache ihres Kummers war. Umarmt worden war sie schon lange nicht mehr, und dem Gefühl, genau das zu bekommen, was sie in diesem Augenblick brauchte, ordnete sie alles andere unter.

Ihr letzter Kerl war ein totales Desaster gewesen. Da war jede Menge emotionaler Schutt zurückgeblieben. Mittlerweile steckte sie in einer Lebensphase fest, in der kaum noch etwas glatt lief, weder mit ihrem Ex-Mann noch mit der sechzehnjährigen Tochter Isabell. Wenn sich zu den privaten Problemen auch noch berufliche Hindernisse gesellten, wurde es schwer, sich jeden Tag wieder aufs Neue zu motivieren. Insofern fühlte sich Erics Umarmung gut und richtig an. Für den Moment jedenfalls. Doch als es ihr zu lang und zu intensiv vorkam, stieß sie ihn unwillig weg. Trost ja. Mehr aber nicht.

„Ich will das nicht", murmelte sie verwirrt. „Wir sind ja keine Romanfiguren, für die am Ende alles gut ausgeht, egal welche Scheiße vorher passiert."

Eric empfand eine Mischung aus Enttäuschung und Erleichterung, so unvermittelt von Lisa ausgebremst zu werden. Er war von ihrer Nähe und Anschmiegsamkeit erregt. Eine Affäre mit ihr passte allerdings nicht in seinen Lebensplan, Marie zurückzuerobern. Aber je mehr er trank, desto absurder wurden seine Ziele. Nur morgens sah er im Spiegel gelegentlich die Wahrheit, diese erschlafften Gesichtszüge eines Traumtänzers, der sich immer wieder in falsche Richtungen verirrte. Dabei war die Phase des Selbstmitleids längst einer lähmenden Gleichgültigkeit gewichen. Und Marie kaum mehr als ein Hirngespinst.

In Erics vermurkster Gegenwart hatte sich Lisa zu einer konstanten Größe entwickelt, diese kleine, starke und vorwiegend lebenslustige Persönlichkeit. Dennoch hätte er keine Skrupel gehabt, sie mit sich ins Unglück zu ziehen, die nächste wahllose Eroberung, deren vorübergehende Schwäche er gnadenlos ausnutzen konnte.

„Wir stehen *so* kurz vorm Scheitern", stellte Lisa bekümmert fest und zeigte einen minimalen Abstand zwischen Daumen und Zeigefinger. „Ist dir das überhaupt klar? Gott, wenn wir uns jetzt emotional verzetteln, das wäre der Untergang, Eric."

Er schwieg. Wie eine Romanfigur, deren Dialoge sie erst einmal zurückgestellt hatten, um sie später einzufügen. Aber er dachte sich seinen Teil. *Emotional verzetteln?* Das war nach seinem Empfinden nicht drehbuchtauglich. An diesem Punkt hätte er Lisa einfach nur gern geküsst und jeder weiteren ihrer klugen Bemerkungen mit seiner vom Wein schweren Zunge einfach nur den Weg versperrt. Hätte sie gern verführt, mit dieser Art, mit der es bei vielen Frauen reibungslos funktioniert hatte. Jenseits jeglicher Drehbuchtauglichkeit. Die reine Lust, mehr nicht.

In Lisas Nähe fühlte er sich wohl. Sie war inspirierend. Vor allen Dingen aber war sie da.

Doch sie begann wieder zu weinen, hob aber abwehrend die Hände, um jeden weiteren Trostversuch abzuwehren. Schluchzte etwas Unverständliches. *Stark sein? Stärke zeigen?*

„Willst du überhaupt noch weitermachen?", stieß sie schließlich hervor. Eric starrte sie nachdenklich an. Weitermachen? Womit? Sie bis in sein Bett trösten? Sollte er ausprobieren, ob sich ihr verheulter Trotz nicht überwinden ließ?

Keine ihrer Fragen klang momentan eindeutig. Diese zierliche aber starke Person hatte völlig die Fassung verloren. War etwas geschehen, das er nicht mitbekommen hatte? War er zu weit gegangen? Oder nicht weit genug?

„Was ist los mit dir?", fragte er mit aller Behutsamkeit, zu der er jetzt noch fähig war. Wenn selbst besonders verlässliche Charaktere plötzlich die Nerven verloren, war das mehr als nur beunruhigend.

„Ich will jetzt ein Glas von deinem verdammten Wein und eine verdammte Zigarette", forderte Lisa und ließ sich auf den nächstbesten Stuhl fallen. „Und glotz mich bloß nicht mehr so an, als hätte ich den Verstand verloren, okay?"

Beflissen besorgte Eric Wein und Zigaretten, eine volle Packung, die aus der Zeit mit Daniela noch übrig geblieben war, im hintersten Winkel eines hintersten Winkels – die hatte er vor kurzem erst gefunden und nie entsorgt. Anschließend beobachtete er Lisa beim Trinken und Rauchen, um einen neutralen Blick bemüht. Beides passte nicht zu ihr, sah komisch aus, ungeübt. Das reizte ihn zum Grinsen, und da musste auch sie lachen, weil sie sich der komischen Wirkung bewusst wurde und was Eric bei ihrem Anblick denken mochte.

Sie rauchte trotzig zwei Züge, atmete den Rauch nicht ein, blies ihn gleich wieder aus und fragte:

„Warum also willst du alles über mein Gespräch mit der Mordkommission wissen?" Dabei stieg ihr der Rauch der Zigarette in die Augen, was den Tränenfluss erneut reizte.

Eric beschloss, mit offenen Karten zu spielen. Wenn es etwas zwischen *Zuneigung* und *Liebe* gab, dann hatte er diesen Zustand mit Lisa längst erreicht. Es lag ihm fern, sie zu verletzen, der Grund ihrer Tränen zu sein.

Erzählte davon, damals, als Angelika Wiechert wegen des Mordes an ihren beiden Söhnen schon einige Zeit im Gefängnis saß, ein Buchprojekt über diesen Fall begonnen zu haben. Was er dann aber dem Projekt *Blue Note Girl* zuliebe aufgegeben hätte.

„Gute Entscheidung!", lobte Lisa und schniefte verhalten. Wieder paffte sie.

„Vielleicht. Aber vielleicht auch nicht."

„Ist das ein Problem?"

„Problem wäre zu viel gesagt."

„Na, ich weiß nicht. Für dich ist *Blue Note Girl* abgehakt, das merke ich jeden Tag."

„Da ist was dran."

„Jetzt würdest du dich also am liebsten auf den Fall Wiechert stürzen? Weil in der Öffentlichkeit spekuliert wird, die aktuellen Morde könnten etwas mit dieser alten Geschichte zu tun haben. Ist es das?"

Er zuckte unschlüssig mit den Achseln.

„Mann, Mann, Mann", brummte Lisa. „Sag doch einfach offen, was du willst! Angelika Wiecherts Unschuld beweisen? Deinen nächsten Bestseller landen? Zurück ins Rampenlicht? Da wird das Arbeiten an einem Drehbuch zur Qual, oder wie?"

Er antwortete mit dem nächsten Achselzucken. Auch wenn sie der Wahrheit damit ziemlich nahegekommen war, scheute er sich noch davor, dies einfach so zuzugeben. Vor ihr, aber auch vor sich selbst. Normalerweise hielt er sich an vertragliche Vereinbarungen. Um einen letzten Rest Verlässlichkeit bemüht.

„Auch ich hab mich über den Fall informiert", erklärte Lisa. „Die Wiechert ist schuldig. Selbst wenn sie ihre Kinder nicht umgebracht haben sollte."

„Dann wäre sie aber keine Mörderin und gehörte nicht in den Knast", widersprach Eric. „Die Schuld, von der du sprichst, wäre vielschichtiger. Genau das wäre schon mal ein verlockender Ansatz für ein Buch, findest du nicht?"

„Mir egal," murmelte sie und sah sich suchend nach einem Aschenbecher um. Eric holte ihr einen Unterteller. Der Zigarettengeruch erinnerte ihn an die ereignisreiche Zeit mit Daniela, die mit den Kindern in Paris längst ein Leben ohne ihn aufgebaut hatte. Komisch, wie glücklich die Menschen wurden, sobald sie ihn los waren.

„Was machen wir jetzt?" Lisas Stimme klang zaghaft, als würde sie die Antwort auf diese Frage lieber nicht wissen wollen.

„Beides!", schlug Eric spontan vor. „Wir arbeiten weiter an dem Drehbuch, und nebenbei starte ich mein neues Projekt. Ein Buch über Angelika Wiechert. Ich recherchiere ja erst mal nur und kann den Zeiteinsatz variieren."

„Was heißt hier *nur*? Die Zeit geht uns bei der Drehbucharbeit so oder so flöten. Wir hinken dem Terminplan jetzt schon hinterher."

„Je weniger ich dabei bin, desto schneller kommst du allein voran", behauptete Eric. „Wenn du ehrlich bist, hab ich dich doch bisher meistens nur aufgehalten."

Sichtlich übertrieben runzelte sie die Stirn, lächelte dann. Was Eric da sagte, war nicht von der Hand zu weisen.

„Und wir verzichten auf eine Affäre und gewinnen dadurch zusätzlich Zeit", fuhr er mit breitem Grinsen fort.

Lisa schloss die Augen. Ließ die Worte auf sich wirken. Die Idee. Den neuen Plan. Alles Notwendige war gesagt. Die Zigarette war geraucht, der Wein getrunken. Die Krise schien überwunden. Lisa ging es wieder besser. Sie hatte sich leer geheult und mit dem Ärmel ihres Hemdes die letzte Träne aus dem Augenwinkel getupft. Es war nichts Schlimmes passiert. Sie hatte wieder alles unter Kontrolle!

„Im umgekehrten Fall würdest du auf das Projekt Wiechert verzichten?", fragte sie belustigt. „Wenn ich mich mit dir ... auf etwas einlassen würde? Was wäre dir denn lieber?"

Bevor er etwas antworten konnte, hob sie lachend die Hand.

„Um Himmels Willen, Eric, ich will es lieber nicht wissen! Am besten erzähl ich dir jetzt alles von meinem Termin bei der Mordkommission. Von den Fragen, die man mir wegen Kirstens Ermordung gestellt hat, okay? Danach arbeiten wir aber heute bis zum Umfallen am Drehbuch. Wäre das ein Deal?"

„Und *danach*?", wollte Eric wissen, der es einfach nicht lassen konnte.

„Kurz bevor ich umfalle", sagte Lisa und stand auf, um Glas und Unterteller in Erics Küche zu tragen, „wirst du mir ein Taxi rufen. Wir dürfen bei zwei Projekten erst recht keine Risiken mehr eingehen. Sex ist keine Lösung."

Als sie zurückkehrte, war sie wieder ganz die Alte. Eric wartete voller Spannung auf ihren Bericht über den Besuch bei der Mordkommission.

## Kapitel 10: Hypothesen und Irrtümer

Miriam saß missmutig im Diana Krauses Büro, die Lippen fest zusammengepresst, das Kinn angriffslustig erhoben und die Augen starr wie die eines Teddybären.

Die Chefin betrachtete die junge Beamtin, von der sie ein kurzes Update erwartete. Zusammenfassung des Gesprächs mit ... wie hieß noch gleich diese Drehbuchtante?

„Hinze", halft ihr Miriam auf die Sprünge. „Lisa Hinze."

„Irgendwelche nützlichen Infos?"

Miriam ließ ihren Blick durch das Büro der Chefin wandern und registrierte bewundernd, wie angenehm es hier inzwischen geworden war. Richtig gemütlich. Die Chefin verstand es, für alles den richtigen Platz zu finden.

Am Ende richtete Miriam den Blick wieder auf Diana.

„Frau Hinze war Klientin bei Brodersen. Er hatte sie bei ihren Verträgen beraten, war also über ihre beruflichen Qualifikationen im Bilde. Sie schreibt ..."

„Drehbücher", ergänzte Diana.

„Unter anderem."

„Okay, und weiter?"

„Kurz vor seinem Tod hat Brodersen Frau Hinze angerufen und wollte wissen, ob sie für ihn etwas erledigen könne. Er hatte ..."

„Was?" Da war sie wieder, die blitzartige Ungeduld der Chefin.

Miriam hatte sich fest vorgenommen, ihr gemächliches Tempo noch entschlossener zu verteidigen. Gönnte sich bewusst eine längere Pause, bevor sie antwortete.

„Konnte sie nicht sagen. Von einer *besonderen* Aufgabe soll die Rede gewesen sein – etwas in der Art. Da Lisa Hinze aus Zeitgründen postwendend ablehnte, hat sie die eigentlichen Hintergründe nicht erfahren. Dummerweise interessierte es sie auch nicht weiter."

„Hat sie wenigstens eine Vermutung geäußert?"

„Nein."

„Eine *besondere* Aufgabe", murmelte Diana und nagte an einem Bleistift, der dafür offensichtlich häufiger herhalten musste. „Was mag das gewesen sein?"

Miriam grinste.

„Na, es ging bestimmt nicht darum, dass die Hinze bei ihm putzen sollte."

Diana bedachte die junge Ermittlerin über die Lesebrille hinweg mit einem säuerlichen Blick.

„Irgendeine Idee, was diese besondere Aufgabe vielleicht gewesen sein könnte.", wollte sie wissen, danach mit schmalem Lächeln hinzufügend: „Wenn wir Putzen mal ausklammern."

Miriam hob kurz die Schultern an.

„Vermutlich irgendeine anspruchsvolle Textarbeit. Irgendwas in Verbindung mit der Wiechert. Eine Dokumentation. Sämtliche Fakten und Erkenntnisse zu diesem Fall, die Brodersen von der Hinze zusammenfassen lassen wollte. Das könnte ich mir vorstellen."

„Schon möglich." Diana gönnte dem Bleistift eine Pause. „Fragt sich, wie weit das gehen sollte und mit welchem Ziel. Brodersen wollte den Fall Wiechert wieder aufrollen lassen, das steht fest. Es ging also nicht nur um den Status Quo, sondern um wesentliche und entscheidende Neuigkeiten. Ein gutes Exposé unter Berücksichtigung aller neuen Ansätze, ja, das wäre schon denkbar. Wenn jemand von außen das ganze neu ordnet und strukturiert.

Wenn man es überspitzt sehen möchte, dann ging es ja um eine Geschichte, die neu erzählt werden musste. Ein Mordfall mit einem neuen Mörder und einem anderen Ende. Überzeugt mich aber nicht restlos."

Unbeirrt setzte Miriam das Gedankenspiel fort. Weil Lisa Hinze für den Job keine Zeit gehabt habe, hätte sie Kirsten Braun als Ersatz empfohlen, was dann wohl zu einem Arrangement führte.

Nickend nahm Diana den Faden auf. An dieser Stelle käme der Mörder ins Spiel. Aber wie? Warum? Was hat ihn angetrieben? Wo lagen seine Motive? Wie und durch wen bezog er seine Informationen?

Aus ihrer Sicht gab es nur eine Erklärung: Der Mörder könnte sich von der möglichen Wiederaufnahme des Fall Wiecherts bedroht fühlen. Was bedeuten würde, dass Angelika Wiechert tatsächlich zu Unrecht verurteilt worden war. Irgendwo zwischen alten und neuen Erkenntnissen über die Ermordung der Wiechert-Söhne könnten sich Hinweise auf einen völlig anderen Tathergang verbergen. Allen Expertenmeinungen und Indizien zum Trotz!

„Das klingt eher nach Hollywood", knurrte Diana. „Kaum vorstellbar, oder?"

Miriam rieb sich nervös ihren Kopf, es fiel ihr schwer, sich eindeutig festzulegen. Der große, unbekannte Täter im Hintergrund? Neue Spuren? Die Wiechert unschuldig?

Sich mit geschlossenen Augen zur Konzentration zwingend sagte sie:

„Die Wiechert hat Brodersen eingewickelt. Hat ihm Lügengeschichten aufgetischt. Spielt ein perfides Spiel. Sie soll Männer immer beherrscht haben. Warum nicht auch ihren Anwalt?"

„Und die Morde?", gab Diana zu bedenken. „Wie passen die in Wiecherts Inszenierung?"

„Sind Teil des Plans. Immerhin spekulieren auch wir darüber, dass es neue Beweise für ihre Unschuld geben könnte. Und dass der wahre Mörder alles tut, damit diese Beweise nicht an die Öffentlichkeit gelangen."

Diana erhob sich. Es hielt sie nicht mehr auf dem Stuhl. Mit forschen Schritten lief sie im Büro auf und ab. Bewegung half beim Denken.

Sie als Marionette in einem raffinierten Spiel? Hielt sie für unwahrscheinlich. Das passte auch nicht zum von Brodersen angestrebten Wiederaufnahmeverfahren. Der Anwalt musste an die Unschuld seiner Mandantin geglaubt haben. Daran bestand für Diana nicht der geringste Zweifel. Worauf aber hatten sich Brodersens Annahmen gestützt? Wie hatte die besondere Aufgabe ausgesehen, für die er die Hilfe einer professionellen Autorin benötigte? Wie konnte die Mordkommission an diese Informationen gelangen?

Ich will nicht ausschließen, dass die Wiechert irgendwelche Spielchen treibt", sagte Diana. „Aber sie als Drahtzieherin der aktuellen Morde? Da quietscht es in sämtlichen Scharnieren. Dann wäre tatsächlich die Haslinger verdächtig, im Auftrag Angelika Wiecherts Brodersen, seine Freundin und Kirsten Braun umgebracht zu haben. Nur um etwas vorzutäuschen, was nicht stimmt. Zumal dieser Weg niemals dazu führt, dass der Fall wieder neu vor Gericht verhandelt wird. Und genau darum ging es doch wohl. Also könnte es den großen Unbekannten durchaus geben, und den müssen wir ermitteln."

Sie verfielen in Schweigen, mit zwei wackeligen, unausgereiften Theorien beschäftigt. Entweder klebten sie in Angelika Wiecherts ausgeklügelten Spinnennetz, ohne zu wissen, worauf das

Ganze hinauslief. Oder ein unbekannter Mörder lieferte sich ein geheimnisvolles Katz- und Mausspiel mit der Hamburger Mordkommission, bei dem Versuch, einer möglichen Enttarnung zuvorzukommen.

Vorerst waren es ja lediglich Gedankenspiele. Eine Art Brainstorming. Unabhängig von der bloßen Wahrscheinlichkeit bot jede Überlegung Denkansätze für weitere Optionen. So könnten sich neue passende Aspekte finden lassen, ohne gleich alles zusammenfügen zu müssen.

„Es wäre doch vor allen Dingen interessant herauszufinden, wie die Haslinger in die Geschichte passt", sagte Miriam nach einer Weile des Nachdenkens. „Für mich ist sie das Verbindungstück vieler nicht passender Teile."

„Sie wäre meiner Meinung nach jedenfalls nicht fähig, auf diese kaltblütige Weise zu morden", behauptete Diana.

„Aber fähig, problemlos irgendwo einzubrechen", entgegnete Miriam. „Das hat sie oft genug bewiesen. Ist Bestandteil ihrer Strafakte."

Diana schürzte die Lippen. Wo war eigentlich ihr Bleistift geblieben? Die Denkhilfe. Betrachtete man die aktuellen Entwicklungen, wurde Verena Haslinger immer verdächtiger. Trotzdem entsprach die junge Frau, wie sie Diana bisher kennengelernt hatte, nicht dem Profil einer skrupellosen Gewaltverbrecherin.

„Das passt nicht", erklärte Diana der Kollegin. „Zumindest nicht bis zu den Stellen, an denen es blutig wird."

Miriam erinnerte daran, dass Verena Haslinger vor ihrer Inhaftierung an mehreren Einbrüchen beteiligt gewesen war. Als Komplizin von Typen, die alte Leute in ihren Wohnungen gefesselt und zum Teil brutal misshandelt hatten, um herauszufinden, wo die ihre Wertsachen versteckt hatten.

„Und in den beiden Pornos hat sie Sachen gemacht, die ihr auch kaum jemand zugetraut hätte." Miriam blickte die Chefin herausfordernd an. „Ich denke da besonders an die Szene ..."

„Schon gut, schon gut", funkte Diana unwirsch dazwischen. „Hat sich eigentlich das gesamte Team einen bunten Filmabend mit Verena Haslingers Pornos gemacht? Gab's dazu auch Popcorn und Schnittchen? Mir ist klar, zu was die Kleine fähig ist. Wenn die Zeit reif ist, werden wir sie uns noch einmal vornehmen."

„Jeden möglichen Beweis sichten", sagte Miriam, in einer Tonlage, als würde sie etwas auswendig Gelerntes vortragen. „Jeder Spur folgen, auch wenn sie noch so vage scheint. Und keine verdächtige Person ausschließen."

Darauf reagierte Diana mit einem dünnen Lächeln.

„O, Sie zitieren mich. Das müssen Sie nicht."

„Aber Sie haben mich damit überzeugt."

„Hab ich das?", Diana nickte zufrieden. „Dann aber bleibt auch Volker Wiechert auf der Liste der Verdächtigen. Der Mann, dem am Ende niemand mehr die Ermordung seiner Kinder zutrauen mochte. Der hat vor Gericht für seine Frau gleich mitgeweint. Vielleicht hat er auf irgendeine geheimnisvolle Weise von neuen Vorwürfen erfahren, die seine Frau plötzlich gegen ihn erhoben hat. Einschlägige Beweise. Was weiß ich?"

„Der Mann hat überhaupt keine Möglichkeit, irgendwas zu erfahren. Und wie sollte Angelika Wiechert im Knast auf neue Beweise stoßen?"

„Denken Sie an meine klugen Worte", erinnerte Diana die junge Ermittlerin spöttisch. „Die, die Sie überzeugt haben. In einem Film wäre Volker Wiechert eine der unverdächtigsten Personen. Allein das macht ihn verdächtig."

„In einem Film schon", sagte Miriam. „Aber bei uns in Hamburg?"

„Ich denke nur mal laut", verteidigte sich Diana. „Sie basteln an Ihrer Theorie, ich an meiner, okay?"

Miriam winkte grinsend ab.

„Sollte Volker Wiechert tatsächlich in die Wohnungen von Brodersen und Braun eingedrungen sein, hätte man ihn da Tage später noch riechen können. Außerdem hätte man alle möglichen Spuren von ihm finden müssen. Weil ein Alkoholiker ganz sicher nicht so sorgsam vorgegangen wäre wie unser Killer. Die Spurensicherung hat an den Tatorten absolut nichts gefunden. Als hätte ein Phantom die Morde begangen. Oder jemand, der sich auf äußerst geschickte Einbrüche versteht."

„Ja, ja", brummte Diana. Manch krummer Gedanke musste einfach nur mal laut ausgesprochen werden, bevor man ihn endgültig abhaken konnte. Volker Wiechert hatte seine Söhne aller Wahrscheinlichkeit nach nicht auf dem Gewissen und mit der aktuellen Mordserie nichts zu tun. Aber bei der Gerichtsverhandlung waren sämtliche Gutachten darauf hinausgelaufen, dass für die Morde an den Kindern nur der Vater oder die Mutter in Frage kamen. Da waren sich die Experten erstaunlich einig gewesen. Wenn also die aktuelle Mordserie aus irgendeinem Grund mit diesem alten Fall in Verbindung stehen sollte, das war ja nicht gänzlich von der Hand zu weisen, dann existierte da nur ein enger Spielraum für ihre Hypothesen. Das behagte ihr nicht.

Am Ende waren sie wieder bei der Frage angelangt, was man auf das Urteil von Experten geben konnte. Auch die irrten hin und wieder.

Genau das, erinnerte sich Miriam, habe Volker Wiechert im Gespräch mit ihr zu Bedenken gegeben. Nun hatten sie diesen

Punkt wieder erreicht. Es klang gut, wenn man es sagte. Man öffnete auf diese Weise ein Fenster und ließ frische Luft in den Kopf.

Diana unterbrach ihre Wanderung durch das Büro und kniff Augen und Mund zusammen, als hätte sie in eine Zitrone gebissen. Dann setzte sie einmal tief durchpustend den unbestimmten Weg fort.

Sie müsse so bald wie möglich mit Angelika Wiechert sprechen, verkündete sie entschlossen. Daran führe jetzt kein Weg mehr vorbei!

„Wir!", warf Miriam hoffnungsvoll ein, und das vor Aufregung einsetzende Glühen ihrer Wangen war ihr egal. Solche Situationen wie dieser erfrischende Gedankenaustausch mit der Chefin gaben ihr das Gefühl, an etwas Großem teilzuhaben. Hätte jemand wissen wollen, warum die Arbeit als Ermittlerin bei der Mordkommission immer ihr Traumjob gewesen war, dann hätte sie auf das augenblickliche Gespräch verwiesen und gesagt: *„Deshalb!"*

Diana blieb hinter ihrem Schreibtisch stehen, platzierte die Hände von hinten auf der Lehne des neuen Bürostuhls und blickte Miriam an, als müsste sie ihr eine sehr schlechte Nachricht mitteilen. Und so war es auch.

„Bei Angelika Wiecherts Befragung wird es leider kein *Wir* geben. Ich werde einen männlichen Kollegen mitnehmen. Aus taktischen Gründen."

„Aus *taktischen* Gründen?", wiederholte Miriam ungläubig, als wäre das ein obszönes Wort. „Warum?"

„Weil Angelika Wiechert den Ruf einer männerverschlingenden Gottesanbeterin hat. Wenn ich mit ihr rede, dann möchte ich, dass neben mir eine Sahneschnitte von Kerl sitzt. Der soll sie heiß und hungrig machen. Es muss einer sein, der diese Lady von mir und meinen Fragen ablenkt. Ich werde den attraktivsten

Ermittler aus dem Team mitnehmen und sie damit aus der Reserve locken. Vielleicht bringt's ja was."

Als Miriam den wegen ihrer Verärgerung unterdrückten Atem langsam wieder ausstieß, klang es, als entwiche aus ihr zugleich sämtliche Energie. Zunächst schwieg sie verbittert, während die Chefin wieder hinter ihrem Schreibtisch Platz nahm. Dort faltete Diana mit Unschuldsmiene die Hände wie zum Gebet und musterte Miriam wohlwollend.

„Denken Sie gern mal drüber nach. Ist wirklich eine sinnvolle Entscheidung, glauben Sie mir. Die natürlich unter uns bleibt. Ich verrate Ihnen so viel, weil ich Ihnen vertraue."

„Na, dann wird Kollege Jürgens Sie garantiert auch nicht begleiten", stellte Miriam erleichtert fest, während sie sich trotzig an diesen kleinen Rest Befriedigung klammerte. Ihr war nicht entgangen, wie der sich gerade in letzter Zeit immer intensiver bei Diana einschleimte.

Miriams Bemerkung löste bei Diana die unterste Alarmstufe aus.

„Was ist los mit euch beiden? Läuft die Teamarbeit so schlecht? Was passt da nicht?"

„Vielleicht liegt es daran, dass der Kollege ein selbstgefälliges Arschloch ist?", stieß Miriam ärgerlich hervor, bedauerte die Offenheit jedoch gleich wieder. Bisher war das Gespräch mit der Vorgesetzten so gut gelaufen. Und jetzt das!

Diana wedelte unwillig mit der Hand.

„Bitte! So was möchte ich über niemanden im Team hören! Wir ziehen alle an einem Strang. Wir brauchen Einigkeit. Das Böse ist mächtig genug. In meinem Team müssen keine Freundschaften geschlossen werden, aber ich erwarte professionelles Verhalten. Von *allen*!"

Miriam sah Diana aus großen Augen betont harmlos an. Fast schien es, als könnte sie die Tränen ihrer Enttäuschung nur noch mühsam zurückhalten. Diana überlegte, was ein solcher Blick in einem Männerherzen auszulösen vermochte und fragte sich – nicht zum ersten Mal – warum über Miriams Privatleben nicht das Geringste bekannt war. Sie war die Überstundenkönigin im Team. Und ledig. Der Job als einzige Leidenschaft? Das Team als Partnerersatz? Karriere statt Beziehung? Nur irgendwo eine karge Bude mit einem Schlafplatz, um einige Stunden so gut es ging den Akku aufzuladen?

Diana tickte zwar ähnlich, trotzdem hatte sie sich immer etwas Freiraum bewahrt. Als aufmerksame Chefin wusste sie längst von den Wetten, die es im Team im Zusammenhang mit Miriam Franke gab. Thematisiert hatte sie das bis jetzt nicht, weil sie nicht riskieren wollte, den Kollegen Jürgens als ihre inzwischen zuverlässigste Quelle preiszugeben. Zumal Jürgens, wie er Diana gegenüber zerknirscht eingestanden hatte, mittendrin steckte, in dieser leidigen Angelegenheit, und einfach nicht mehr herausfand. Er hatte Schwierigkeiten mit Miriam Franke als Kollegin, mit der Frau, die der Chefin jetzt mit samtweichem Blick eine unmissverständliche Botschaft sendete: Sie würde vieles tun, um bei der Befragung Angelika Wiecherts dabei sein zu dürfen.

„Warum muss Sie denn unbedingt ein männlicher Kollege begleiten?", fragte Miriam mit verschwörerisch gedämpfter Stimme. „Im Knast hat die Wiechert doch was mit der Haslinger angefangen. Da könnte vielleicht *ich* ... ich meine ... ich wäre bereit ..." Sie brach ab und schluckte.

„Bereit für was?"

„Vielleicht könnte *ich* ja ... der Wiechert gefallen?"

Diana öffnete ihre gefalteten Hände und legte sie vor sich auf den Tisch. Ganz langsam und behutsam, als wären sie zerbrechlich. Dann beugte sie sich etwas vor, um noch mehr vertrauliche Nähe zu demonstrieren. Bis jetzt war es ein belebendes und offenes Gespräch gewesen. Diana wollte sicherstellen, dass Miriam ihr Büro am Ende trotz allem mit einem guten Gefühl verließ.

„Bei der nächsten Gelegenheit sind Sie dran. Da stehen Sie jetzt ganz oben auf meiner Liste ... Versprochen!"

\*\*\*

Gravesen hatte den Feind studiert, sich intensiv über Gefahren und Risiken informiert. Der Feind hieß Crack und war in seiner Ursubstanz nichts anderes als Kokain. Durch eine chemische Umwandlung wurde die Pulverform der Droge in eine festere Substanz verändert. In dieser Form ließ sich Kokain rauchen und der erwünschte Rausch stellte sich über die Lunge in Sekundenschnelle ein. Der Crackkonsument schoss sich sofort nach oben, fiel aber auch bald wieder runter. War er erst einmal in diesem Rhythmus gefangen – und das ging bei Crack verteufelt schnell – blieb das weitere Denken nur noch darauf ausgerichtet, das Level des Hochgefühls halten zu wollen, mit gesteigerten Mengen in immer kürzeren Abständen. Die Gedanken kreisten also nur noch um die Beschaffung und den Konsum der *Rocks*, dieser kleinen weiß-gelblichen, rosa, beigen oder braunen Steinchen, die an Salzklümpchen erinnerten und in kleinen Glas- oder Metallpfeifen geraucht wurden.

Crack, so erklärte ein Fachmann, den Gravesen aufgesucht hatte, stimuliere in wenigen Sekunden das Nervensystem. Der Flash käme schlagartig, verwandele Zwerge in Riesen, mache

Schweigsame gesprächig, Schüchterne wurden zu Rampensäuen und aus dem Mauerblümchen wurde eine Rose.

„Und wenn eine Rose Crack raucht?", wollte Gravesen wissen.

„Es gibt immer eine Fallhöhe", erwiderte der Therapeut. „Ganz egal, in was sich die Abhängigen auch verwandeln, der Absturz kommt schnell und zuverlässig. Und weil keiner gern unten herumkrebsen will, wird natürlich gleich das nächste Pfeifchen geraucht. Und so weiter und so weiter. Wir nennen das *Craving*. Ich muss sicher nicht auf die extreme Konsumdynamik hinweisen und auf die wachsende Gier der Süchtigen. Sie ist nahezu unersättlich und bei Crack noch etwas ausgeprägter als bei anderen Drogen, wegen der besonders starken psychischen Abhängigkeit. Sie können es ungefähr mit einem Nikotinjunkie vergleichen, der sich die neue Zigarette gleich mit dem Stummel der zuvor gerauchten anzündet. Es hat Crackraucher gegeben, die bereits nach der ersten Pfeife abhängig wurden. Psychisch."

„Und körperlich? Wie schätzen Sie das ein? Ich meine, mit welchen Symptomen bekäme man es bei einem Entzug zu tun?"

„Nur mit den üblichen, würde ich sagen. Bluthochdruck, Aggressivität, Schlafstörungen, Appetitlosigkeit, Durchfall, Wahnvorstellungen, Depressionen, Angstzustände, übersteigertes Misstrauen, Schüttelfrost – also Symptome, die bei manchen Menschen schon während eines grippalen Infekts auftreten. Ich will das gar nicht verharmlosen, aber im Vergleich zur psychischen Abhängigkeit sind sie mit konsequenter Betreuung beherrschbar."

Gravesen nickte. Keine überraschende Erkenntnis.

Das alles waren demzufolge Auswirkungen, mit denen er während Julia Bauers unfreiwilligen Entzugs rechnen musste.

Egal, welche Art von Entzug?

„Mehr oder weniger!" Der Drogenexperte rieb sich die gewaltige Nase, aus deren Löchern mehr Haare wuchsen als auf seinem Kopf. „Der Süchtige besteigt dauerhaft den Fahrstuhl zwischen Himmel und Hölle. Und dazwischen gibt es für ihn keine interessanten Etagen."

Gravesen kam auf den kalten Entzug zu sprechen. Wollte mehr über Verlauf und Risiken wissen. Sein Gesprächspartner nahm die dicke Brille ab und rieb sich nach der Nasenwurzel mit Daumen und Zeigefinger die Augen. Kleine, rote müde aussehende Augen, die wirkten nach dem Reiben noch kleiner, röter und müder. Ein Therapeut, der vermutlich selbst dringend eine Therapie benötigte, um die Droge Arbeit in den Griff zu bekommen.

„Kalter Entzug, warmer Entzug ..." Er setzte die Brille auf und blinzelte, um seinen Tränenfluss wieder anzuregen. „Geht beides. Verwendet man während der Therapie keine Ersatzdroge, müssen flankierende Psychopharmaka, beispielsweise Medikamente zur Entspannung der Muskulatur und gegebenenfalls Antiepileptika eingesetzt werden. Bekämpft man während des Entzugs die alte Droge mit einer Ersatzdroge, fühlt sich der Betroffene sicher etwas besser. Wie zum Beispiel beim kontrollierten Nikotinentzug mit sinkenden Dosierungen. Aber am Ende ist es fast egal, welchen Weg Sie gehen. Wichtig ist, dass Sie wissen, wem Sie die Droge wegnehmen. Wie tief der da schon in der Scheiße steckt. Und ob Sie es ertragen, diese Person extrem leiden zu sehen. Sie müssen verdammt eng an dem Suchtkranken dranbleiben. Enger als beim Sex. Ihm während des Entzugs alles sein. Gott und Teufel. Die hilfreiche Hand, die drohende Faust, der erhobene Daumen und der ausgestreckte Mittelfinger."

„Wie lange?"

„Vielleicht ein Leben lang. Gehen Sie aber mal in der ersten Phase von mindestens sechs bis acht Wochen aus. Der körperliche Entzug ist wie schon gesagt nicht wirklich entscheidend. Auch herausfordernd, aber nicht wesentlich. Auf die Psyche kommt es an. Für die ist es am schwersten, sich von der ... na, nennen wir es mal *Sehnsucht* ... zu lösen. Sie krallt sich an den Gedanken an die nächste Pfeife fest wie der Bergsteiger an den letzten Halt in der Steilwand. Da müssen Sie ansetzen. Sie müssen in der Steilwand alternative Haken einschlagen, das Vertrauen des Süchtigen gewinnen, ihn für diese neuen Haken interessieren und ihn dann dazu bringen, den gewohnten Halt loszulassen, um nach den anderen Möglichkeiten zu greifen."

„Wie hoch ist die Rückfallquote?"

„Nach meinen Erfahrungen liegt die bei mindestens siebzig Prozent. Vor allen Dingen, weil die Süchtigen nach der Therapie, die unbedingt weit entfernt von ihrem Alltag stattfinden sollte, eines Tages wieder zurückkehren müssen. Der Süchtige hatte ja zuvor den Mittelpunkt seines Lebens total auf die Droge verlagert. Das alte Leben war die Droge und sonst nichts. Sie müssen dem entwöhnten Drogensüchtigen beibringen, in seinem Leben, das ihm ohne Droge leer erscheint, einen Sinn zu finden. Das erfordert von einem therapierten Süchtigen, der ohnehin kaum noch Energie hat, mehr Kraft aufzubringen als jemals zuvor. Und von seiner Begleitung ... tja ..."

Gravesen verspürte kein Interesse, dieses tiefgründige *Tja* zu hinterfragen. Seine Fantasie reichte aus, sich auch so vorstellen zu können, was ihm bevorstand. Die Vorbereitungen, Julia Bauer aus ihrem Junkie-Dasein zu entführen, waren weitgehend abgeschlossen. Das Netzwerk an Helfern war gesponnen. Doch als Nächstes wollte er sich endlich Nico Draeger vorknöpfen, und erst daran anschließend war ein letztes Treffen mit Julias Eltern geplant. Von Roger Bauer benötigte er dringend die nächste Finanzierung, und danach würde er sich mit Julia für mindestens acht Wochen aus Hamburg absetzen. Für diese Aktion war alles im Stand By vorbereitet.

***

Die Zusammenarbeit mit Eric gestaltete sich deutlich problemloser, seit Lisa das Drehbuch weitgehend allein schrieb, während er sich mit Hilfe seiner alten Aufzeichnungen neu in den Fall Wiechert vertiefte. Die Unterlagen und Texte waren mehrere Jahre alt, aber nachträglich versetzte es ihn in Erstaunen, wie weit er mit dem Projekt damals schon gekommen war, bevor er es zugunsten des Buches über Janina Nossak eingestellt hatte. Faszination für die geheimnisvolle Künstlerin aufzubringen, war Eric damals leichtgefallen. Ihre Geschichte, ihre Musik, ihre gesamte Persönlichkeit hatten ihn direkt gefesselt.

Im Gegensatz dazu hatte er zu Angelika Wiechert in seinen Aufzeichnungen stets eine gewisse Distanz bewahrt. Mit Janina hatte seine Fantasie eine heiße Affäre begonnen, zu Angelika Wiechert aber hatte er keinen emotionalen Zugang finden können. Während die Frau auf viele Männer eine besonders verführerische Wirkung ausübte, war es Eric schon damals schwergefallen, sich auf sie als Hauptfigur eines möglichen Buches einzulassen. Vielleicht ergab sich aus dieser Diskrepanz die größte Herausforderung für ihn, zu ergründen, warum die Wirkung dieser Frau bei ihm nicht verfing. Warum blieb er gegen Angelika Wiecherts magische Ausstrahlung immun?

Auf Basis dieser Schlüsselfrage beschäftigte er sich zunächst intensiv mit altem Bild- und Filmmaterial über die Frau, und mit den genüsslich ausschweifenden Berichten über ihre zahlreichen

Affären. Da machte es Sinn, möglichst bald ein Gespräch mit Arne Hansen zu führen, dem Mann, für den Angelika Wiechert alles hätte aufgeben wollen. Allein für ihn hatte sie frei sein wollen, sich nach einem Leben an seiner Seite ohne Gatten und Kindern gesehnt. So hatte es aus ihren spärlichen Aussagen herausgeklungen. Arne Hansen, dem es gelungen war, einer ewig Suchenden ein Ziel zu bieten.

Hansen hatte ihr am Anfang der kriminalpolizeilichen Untersuchungen noch ein Alibi gegeben - das er allerdings im Lauf der Ermittlungen schnell widerrief. Die Behauptung, Angelika wäre zur Tatzeit mit ihm zusammen gewesen, bezeichnete er schon bald als „Irrtum", während Angelika Wiechert viel länger an der Version festhielt. Sie gab erst auf, nachdem Hansen selbst ein Alibi brauchte und eine Zeugin benannte, mit der er während der Tatzeit tatsächlich zusammen gewesen war. Einige Prozessbeobachter behaupteten, dass Angelika Wiechert nur dieses eine Mal vor Gericht Tränen in den Augen gehabt haben sollte – als Hansen in ihrem Beisein den „Betrug" zugeben musste, eine Affäre mit ihrer damals besten Freundin gehabt zu haben. Für Frau Wiechert sei danach eine Welt zusammengebrochen, schrieb ein Journalist, und fortan schien ihr der weitere Verlauf des Gerichtsverfahrens völlig egal geworden zu sein.

Eric erreichte Hansen erstaunlich schnell und unkompliziert. Ein Anruf, und der Mann war sofort am Telefon. Angelika Wiecherts Ex-Liebhaber war Besitzer eines Fitness-Studios und hatte sich sogar als Buchautor in Ernährungsfragen einen bescheidenen Namen gemacht. Einem Treffen mit Eric hatte er spontan zugestimmt. Ob er noch über Angelika Wiechert sprechen wolle, wisse er zwar nicht, aber er brenne darauf, mit einem berühmten Kollegen wie Eric Teubner fachsimpeln zu dürfen. Er plane bereits sein zweites Buch, und das solle ein Krimi werden. Ob es vermessen wäre, sich unter diesen Umständen als Kollege zu fühlen, wollte Hansen gutgelaunt am Telefon wissen.

Dass sie unbestreitbar Kollegen wären, bestätigte Eric ihm, erfreut darüber, wie unkompliziert sich der Termin verabreden ließ. Solche Erfolge wirkten nicht nur motivierend, sondern stärkten auch das Gefühl, die richtige Entscheidung getroffen zu haben. Zum ersten Mal seit längerer Zeit fühlte er sich wieder in seinem Element: Termine mit interessanten Gesprächspartnern vor Augen, vielversprechenden Spuren folgend, den Kopf voller Pläne und Ideen für Struktur und Dramaturgie der literarischen Umsetzung, und ganz deutlich den roten Faden vor Augen, bis tief hinein in die Seele des neuen Buches. Allerdings empfand er noch immer wenig Sympathie für seine Hauptfigur, aber die Story an sich ließ ihn brennen. Das reichte für den Anfang.

Wie üblich entkorkte er eine frische Flasche Wein und läutete damit das Ritual ein, mit dem er die Arbeit an jedem seiner Bücher begann: Bis sie geleert war, würde er den passenden Arbeitstitel gefunden haben. Danach gab es in der Regel kein Zurück mehr.

Lisa und er hatten es beibehalten, weiterhin gemeinsam und hauptsächlich in seiner Wohnung zu arbeiten, obwohl sie sich mittlerweile getrennten Projekten widmeten. Jetzt verstanden sie sich besser denn je, tauschten sich öfter über Zwischenstände und Fragen aus, gaben sich gegenseitig Anregungen und ließen wieder Nähe zu. Es war ein angenehmes Gefühl, sich gegenseitig zu bestätigen, gut voranzukommen und grundsätzlich die richtige Entscheidung getroffen zu haben.

„Ich habe nächste Woche einen Termin", konnte Eric Lisas gebeugtem Rücken erzählen. „Sobald ich aus Paris wieder da bin!" Sie unterbrach ihre Arbeit am Notebook und drehte sich neugierig zu ihm um.

„Ein Date?" Sie nutzte die Störung, um aufzustehen und ihre Gliedmaßen ausgiebig zu strecken und zu dehnen.

„Arne Hansen", verriet er und ballte triumphierend die Faust. „Angelika Wiecherts große Liebe. Als ich vor einigen Jahren mit ihm sprechen wollte, hatte er kein Interesse. Da war ich ihm wohl noch nicht populär genug. Aber heute bin ich anscheinend ausreichend prominent für eine Audienz bei ihm."

„Es läuft wirklich gut seit unserer *Trennung*", frohlockte Lisa. „Ich bin echt froh, Eric!"

Dann kramte sie hastig nach einem Taschentuch. In letzter Zeit weinte sie bei passenden und unpassenden Gelegenheiten. Fühlte sich schuldig am Kirsten Brauns Tod. Und schien vor irgendetwas Angst zu haben. Doch wenn Eric sie darauf ansprach, wich sie ihm aus.

Erics Handy klingelte. Es war Daniela, die sich regelmäßig aus Paris meldete und ihn mit jedem Anruf etwas dringlicher bat, sie und die Kinder endlich besuchen zu kommen. Sein Besuch stand jetzt ja unmittelbar bevor, und sie wollte sicherstellen, dass diesmal nichts mehr dazwischenkam.

„Hallo Schatz", meldete er sich bester Laune und verließ das Zimmer mit dem Gefühl, gern noch etwas länger bei Lisa geblieben zu sein.

***

Über seine Termine reden? Nein, das mochte Nico grundsätzlich nicht so gern. Aber Julia kannte ihn gut genug, um bevorstehende Jobs an bestimmten Merkmalen und Verhaltensweisen zu erkennen. Wenn er beispielsweise ausgiebig duschte, intensiv das volle, lockige Haar wusch und föhnte, lange in seinem Zimmer verweilte, mit den Überlegungen beschäftigt, was er anziehen sollte, um möglichst cool und verführerisch auszusehen. Mehrfach stellte er sich in verschiedenen Outfits und dazu passenden Posen zur Schau, um Julias Meinung einzuholen. Je wichtiger ihm der Kunde war, desto aufgekratzter agierte er. Sein Selbstwertgefühl hungerte fortwährend nach Anerkennung und Zuspruch.

„Mann oder Frau?", wollte Julia wissen, als er sich salopp sportlich präsentierte, enges, etwas zu kurzes T-Shirt, verwaschene Jeans im Used-Look-Style, langer schmaler Gürtel und die unvermeidlichen Sneakers.

„Mann", sagte er, drehte sich um und wackelte neckisch mit seinem schmalen Hintern.

„Alt oder jung."

„Glaub eher mittel."

„Also was Neues."

„Jep!"

Er posierte übertrieben männlich, wobei er die Bizepse anspannte und grinste. Zwischen überwiegend Haut und Knochen wirkte er durchaus gut trainiert, wie immer er das auch bewerkstelligte.

„Ein Kunde mit Empfehlung", fuhr er fort. „Reich und normal. Ein Wellnesstermin."

„So was gibt's noch?"

Julia rauchte ihre Pfeife und lehnte sich entspannt zurück.

„Und?", fragte Nico. „Passt das?"

„Ja, alles cool. Der Kerl wird dich lieben."

Nico nickte, als bestätigte sie nur eine Tatsache. Aber seiner Stärke fehlte es an Glaubwürdigkeit, sie wirkte vorgetäuscht und aufgesetzt. Da blieb immer ein Hauch Zweifel, ein Rest Unsicherheit. Ihm fehlte das letzte Quäntchen Überzeugung, das für ihn trotz Drogen unerreichbar blieb, wie der ferne Traum, ein berühmter Pianist zu werden.

„Darüber meine Lederjacke und dann geht es ab!", verkündete er und setzte sich endlich mal wieder ans Klavier. Immerhin war seine Stimmung schon im oberen Level angekommen und die Melodie, mit der er das feierte, sollte das überschwänglich ausdrücken. Julia rollte sich träge auf den Rücken und gab sich diesen Tönen hin, während sie ein jähes Glücksgefühl durchströmte. Plötzlich war sie voller Zuversicht, als stünde sie kurz vor dem großen Durchbruch. Konnte ihr weiteres Leben ganz klar vor sich sehen, wie ein Heile-Welt-Werbespot, bei dem alle am Frühstückstisch im Kreis der Familie um die Wette strahlten, während sie sich die beste Margarine der Welt aufs knusprige Brötchen strichen und *Nutella* obendrauf. Der Vater lachte. Die Mutter lachte. Die drei Mädchen lachten. Der Frühling war da. Dann brach die Musik ganz plötzlich ab und der Traum zerplatzte. Stattdessen spürte sie Nicos Hände auf ihren Brüsten. Er brannte vor Lust.

„Lass uns ficken!", bettelte er und packte sie mit erstaunlichen Kräften. Versuchte sie zu küssen, die Hände unter ihr Shirt zu zwängen, nässelte an der Hose herum, bereit für das Äußerste. Das Undenkbare. Das Überschreiten ihrer Tabuzone.

Julia wehrte sich. Versuchte, ihn abzuschütteln. Ihr rutschte die Pfeife aus den Fingern, und sie geriet in Panik. Er packte ihren Hals. Sie Schlug um sich. Trat nach ihm, der außer Rand und Band war. Wollte die Pfeife wieder haben und einfach nur weiterrauchen. Er bewegte sich ungestüm auf ihr, sie spürte seine Erregung. Wie ein läufiger Hund rieb er sich an ihrem Körper. Es kam höchst selten vor, dass er auf Crack so ausrastete. In der Regel wahrten sie immer Distanz. Aber heute hatte er sich schon den ganzen Tag überdreht verhalten. Zurzeit waren sie gut versorgt, und er hatte kontinuierlich geraucht.

Julia gelang es endlich, ihn mit gezielten Tritten zurückzudrängen.

„Willst du mir lieber einen blasen?" Ungeduldig zerrte er an seinem Hosenschlitz herum. „Ich hab gerade den Ständer meines Lebens."

Sie schob wieder die Pfeife zwischen die Lippen und schnaufte verächtlich.

„Doch nicht deinen Kinderpimmel", sagte sie. „Mach's dir selbst und lass mich in Ruhe! Spar dich für den Typen auf."

Er beruhigte sich langsam wieder. Atmete tief durch. Senkte den Kopf.

„Und was machst du heute noch?", wollte Nico wissen und schwang sich widerwillig vom Sofa.

„Nichts. Fernsehen."

Er spielte noch ein paar Minuten Klavier, ohne das kurz zuvor erreichte Niveau noch einmal finden zu können, verschwand dann eine Weile, und als er zurückkam, sprach er die restliche Zeit kein Wort mehr. Als wäre Julia nicht mehr da. Ihr waren seine Launen egal. Sie sehnte sich nach dem Gefühl, das die euphorische Melodie vorhin in ihr ausgelöst hatte. Als für ein paar Sekunden alles zusammengepasst hatte. Jeder Gedanke. Jedes Bild. Jede Idee. Jede Emotion. Bevor der notgeile Nico mit seiner plumpen Art alles zerstört hatte. Das Hochgefühl war fort, und Nico hatte sich wieder in den Zombie verwandelt, der er üblicherweise war. Selten hatte sich Julia dermaßen einsam gefühlt, wie in diesem Moment. Sie konnte ihre Tränen nicht mehr zurückhalten. Nico warf ihr einen finsteren Blick zu. Manchmal konnte man nur hoffen, dass seine Gedanken nicht zu seinem Gesichtsausdruck passten.

# Kapitel 11: Abschied

Im Bad des Hotelzimmers verabreichte er sich vor dem Spiegel die drucksenkenden Augentropfen – ein Vorgang, der ihm längst in Fleisch und Blut übergegangen war. Wenn er das rechte, noch unbeschädigte Auge mit der Hand verdeckte, wurden links die Gesichtsausfälle erkennbar. Der Schaden war trotz der Medikamente fortgeschritten. Kein Augenarzt auf der gesamten Welt, so hatte ihm Irina versichert, könnte eine verlässliche Prognose abgeben, wie sich das Glaukom weiter entwickeln würde. Auch dann nicht, wenn er sich zu der Operation durchringen würde, die sie ihm dringend anriet. So bald wie möglich, hatte sie gesagt. Aufmerksam betrachtete er seine blauen Augen, denen die Erkrankung äußerlich nicht anzusehen war. Wie konnten sie ihn nur so im Stich lassen?

Geräuschlos war sie hinter ihn getreten, um ihn von hinten zu umarmen und seinen nackten Oberkörper sanft zu streicheln. Er spürte den Druck ihrer Brüste in seinem Rücken und ihre Lippen, als sie seine Schulter küsste. Sie hielt ihn einfach nur fest, als könne sie auf diese Weise die Zeit stoppen. Die Zeit mit ihm, die ihr so viel bedeutete.

„Was tust du da?", wollte Marie wissen. „Ich kenne nur Kiffer, die Augentropfen nehmen."

Gravesen lächelte ihrem Spiegelbild zu. Ihr Haar war ein wenig zerzaust, ihre Augen noch müde und glanzlos, während ihre kühlen Hände weiter über seinen Oberkörper glitten.

„Etwas Schlimmes?", wollte sie wissen.

Er blieb ihr die Antwort schuldig.
Ihr war längst klar geworden, wie ungern er über sich sprach. Sie mochte das, war schon oft genug Männern begegnet, die ausschließlich sich als Thema hatten.
„Kommst du wieder ins Bett?", fragte sie. „Es ist kalt allein."
Er drehte sich zu Marie um, umarmte und küsste sie und hielt sie eine Weile. Ihr Körper strahlte noch Bettwärme aus, während seiner im Badezimmer etwas ausgekühlt war, Spannung aufgebaut hatte.
„Nun ist es also wieder passiert", stellte sie fest, wirkte aber alles andere als unzufrieden. „Dabei hatten wir uns vorgenommen, vernünftig zu bleiben."
„Ich fand uns letzte Nacht ziemlich vernünftig", entgegnete er.
Sie kniff die Augen zusammen.
„Meinst du wirklich?"
Er blickte auf sie hinunter, und sie versuchte seine Kinnspitze zu küssen. Mit seinen Händen auf ihren Wangen zwang er sie, ihn anzusehen. Aufreizend rieb sie sich an ihm, wollte sich einfach nicht seiner ernsten, nachdenklichen Stimmung anpassen.
„Hast du Eric von uns erzählt?", wollte er wissen.
Sie stöhnte auf und löste sich aus der Umarmung. Schlug ihm mit der flachen Hand gegen den Brustkorb.
„Spielverderber!"
Dieser kleine magische Moment zwischen der noch nicht beendeten Nacht und dem noch nicht angebrochenem Tag verflog ungenutzt. Marie drehte ihm den Rücken zu, Gravesen hielt sie an den Schultern fest.
„Hast du?"
„Warum willst du das wissen? Hätte das für uns augenblicklich irgendeine Bedeutung?"
„Wer weiß?"

„Nein, ich hab ihm nichts von uns erzählt. Du?"
Nein, hatte er nicht.
Sie drehte sich wieder zu ihm um und schlang ihre Arme besitzergreifend um seinen Nacken.
„Wenn er das über uns wüsste, würde er uns zur Strafe in Figuren seines nächsten Romans verwandeln", sagte sie. „Uns in irgendeine dramatische Geschichte einsperren. Dich würde er vielleicht sterben lassen und mich mit furchtbaren Schicksalsschlägen quälen. Bis ich aufgebe und reumütig zu ihm zurückkehre."
Gravesen grinste.
„Ich mag Eric. Er schreibt gute Bücher."
Marie seufzte aus tiefster Seele.
„Ich mag Eric auch. Aber gerade, wenn er gute Bücher schrieb, wurde es stets unerträglich in seiner Nähe. Glaub mir, darin bin ich Expertin."
„War das der Grund eurer Trennung?"
Nachdenklich neigte sie den Kopf zur Seite und krauste die Stirn.
„Warum wolltest *du* nicht bei mir bleiben? Damals auf La Palma. Wir waren doch glücklich. Oder lass es uns wenigstens jetzt versuchen. Ich verlasse meinen Mann, reiche die Scheidung ein und wir machen uns aus dem Staub."
„Warum hast du überhaupt geheiratet?"
„Weil Rubén mich vor mir selbst gerettet hat und mich zur Frau wollte, als ich am Boden war. Da fand ich es richtig."
„Klingt trotzdem falsch. Lieblos."
„Ist das nicht der dümmste Grund für eine Ehe? Die verdammte Liebe?" Marie lächelte. „Du selbst hast es auf La Palma zu mir gesagt, weißt du noch?"
Gravesen ließ seine Hände sinken.

„Seltsam", murmelte er. „Normalerweise äußere ich mich nicht zu Dingen, von denen ich keine Ahnung habe."
„Rubéns Liebe ist bedingungslos", erklärte Marie.
„Und er ist wie alt? Hundert?"
„Er ist vierundsiebzig. Na und? Mit ihm fühle ich mich vollständiger als ohne ihn."
„Und letzte Nacht?"
„Er lässt mir alle Freiheiten."
„Was mich einschließt?"
„Ja", sagte sie und wandte sich endgültig ab. „Wie man sieht. Ich muss jetzt dringend was essen. Gibt es in diesem Hotel ein vernünftiges Frühstück?"
„Warum bist du nie zu Eric zurückgekehrt?", wollte Gravesen später beim Frühstück wissen. „Auf La Palma hast du es noch für denkbar gehalten."
Sie bestrich sich sorgfältig eine Brötchenhälfte mit Honig und beobachtete verstohlen die anderen Gäste im Frühstücksraum. Hier und da wurde gedämpft kommuniziert, Zeitung gelesen, Smartphones oder Tablets bearbeitet, gelegentlich auch nur schweigend gefrühstückt. Der Großteil ihrer jüngeren Vergangenheit hatte in fremder Umgebung stattgefunden. An Rubéns Seite war sie noch mehr zur Weltenbummlerin gereift und sich bis heute nicht sicher, ob ihre Suche nach dem Sinn des Lebens wirklich abgeschlossen war. In Gravesens Armen hatte sie jene Gewissheit verspürt, die ihr nun schon länger abhandengekommen war. Mit ihm fühlte sich alles gut und sinnvoll an. Aber immer viel zu kurz. Diesen Zustand hatte sie mit Eric nie erreicht. Vor der Begegnung mit Gravesen hatte sie allerdings befürchtet, es läge ausschließlich an ihr. Sie wäre zu rational. Zu ernst. Käme nicht richtig aus sich heraus. Aber jetzt wusste sie es besser. Eric hatte Nähe kaum zugelassen. Und wenn sie ehrlich war, hatte sie

bei ihm eigentlich auch nie danach gesucht. Insofern sprach sie über eine abgeschlossene Episode. Die Episode mit einem Mann, der mehr in seinen Büchern lebte als in der Wirklichkeit. Der nur richtig atmete, wenn er schrieb. Oft in Gedanken versunken, die nichts mit ihr zu tun hatten oder mit ihrem gemeinsamen Leben.

„La Palma war die erste Etappe meiner großen Reise", erklärte Marie Gravesen und betrachtete die etwas zu üppige Honigschicht auf der Brötchenhälfte mit wohligem Unbehagen. „Da hab ich noch jede Option in Betracht gezogen. Je näher ich mir selbst gekommen bin, desto mehr habe ich mich von Eric entfernt. Außerdem ist er besessen – vom Schreiben, von seinen Figuren und Geschichten. Als er das Buch über die verschwundene Sängerin schrieb, lebten wir praktisch zu dritt. Selbst wenn wir im Bett waren, lag dieses seltsame Mädchen zwischen uns. Am liebsten hätte er mich in sie verwandelt. Ständig hat er vor den Aufzeichnungen ihrer Auftritte gehockt und sie konsumiert wie ein Süchtiger seine Droge. Tag für Tag. Woche für Woche. Und so wird das immer sein. Eines Tages habe ich mich gefragt, ob er mich überhaupt noch sieht. Wahrnimmt. Oder mich braucht. Ich habe mit ihm geredet, aber er hat nicht mehr zugehört."

„Er schien immer sehr verliebt in dich gewesen zu sein."

„Ja. Kaum, dass ich weg war." Sie winkte ab. „Ihr Männer habt einfach keine Ahnung. Ich glaub, Frauen wissen zu viel von Liebe, Männer zu wenig. Und deshalb passt es nicht."

„Ich glaube eher, dass Frauen nur zu viel darüber reden", hielt Gravesen dagegen.

„Was hast du jetzt vor?", wechselte Marie das Thema und biss – leicht nach vorn gebeugt – endlich in die Brötchenhälfte.

Er gönnte sich einen Schluck Kaffee, bevor er antwortete.

„Ich werde Hamburg bald verlassen."

„Deine Arbeit ist getan?"
„Nein. Die fängt jetzt erst richtig an."
„Musst du wieder die Welt retten?"
„Ich beschränke mich auf die Rettung *eines* Lebens."
Er dachte an Julia, und wenn er ganz ehrlich war, hatte er auch vergangene Nacht an sie gedacht. Fast nicht vorstellbar, dass eine aufregende Frau wie Marie schon wieder nur Platzhalterin für eine männliche Obsession geworden war.
Ahnungslos lächelte sie ihn an.
„Mich hast du damals auch gerettet. Das kannst du. Leben retten."
„Zufall. Das war nun wirklich keine große Sache."
„Aber du warst da und bist geblieben. Bis ich das Schlimmste überstanden hatte. Und noch etwas länger. Das mit uns ..."
Warnend hielt Gravesen den Zeigefinger an die Lippen, und Marie verstummte. Aber nur kurz.
„Hast du das denn nie gedacht?"
Er schüttelte den Kopf.
„Weil du noch viele Leben retten willst?"
Er zuckte mit den Achseln.
„Aber bei dir wirkt das trotzdem nie so verbissen und übertrieben wie bei Eric."
„Das kann ich mir in meinem Job auch nicht erlauben. Wie sind denn deine Pläne?"
„Nächste Woche geht's zurück nach Spanien. Unsere Projekte in Hamburg sind beendet."
„Erfolgreich?"
„Ich hatte mir mehr erhofft. Rubén ist zufrieden."
Gravesen nickte.
„Sehen wir uns wieder?", fragte Marie und sah ihn beschwörend an. Er rieb sich lächelnd das Kinn, strich prüfend über die

kurzen Bartstoppeln. Es gab das moderne Kommunikationsnetz mit zahlreichen Möglichkeiten. Die Welt war überschaubar geworden. Man verlor sich nicht aus den Augen, wenn man es nicht wollte.

Aber später, vor dem Hotel, verabschiedeten sie sich, als wäre es ein Abschied für immer. Marie kämpfte tapfer gegen ihre Tränen an, hatte aber die Lust am Reden verloren. Nach einem langen Kuss stieg sie in ein Taxi, und Gravesen schloss behutsam die Tür hinter ihr. Ein kurzes Winken, dann verschwand sie aus seinem Leben. Sein Smartphone meldete sich, während er der Kirchenallee Richtung Lange Reihe folgte. Max' Stimme holte Gravesen endgültig wieder ins alltägliche Leben zurück.

„Den Jungen, also Nico, wollten wir uns noch vorknöpfen, Boss", erinnerte ihn sein verlässlicher Helfer an aktuelle Pläne. „Das Date ist eingefädelt. Wir machen das morgen zu zweit. Du musst nicht dabei sein. Während wir Nico auf eine Zukunft ohne seine Mitbewohnerin einstimmen, kannst du sie inzwischen abholen. Alles ist vorbereitet. Brauchst du Hilfe?"

„Dann melde ich mich", sagte Gravesen und spürte zum ersten Mal seit Beginn dieses Jobs eine leichte Anspannung. Es lag nicht an der Aufgabe an sich. Es lag an ihm. Er musste einen völlig neuen Unsicherheitsfaktor einplanen: sich selbst.

„Alles andere ist vorbereitet", verkündete Max. „Der Wagen und die Sanis stehen morgen auf Abruf bereit. Viel Glück."

Das Gespräch war beendet, und leichter Nieselregen setzte ein. Gravesen hatte die Lange Reihe erreicht. Je näher er Julia kam, desto besser fühlte er sich. Es war *ihre* Straße. Es war *ihr* Leben. Er war ein fester Bestandteil davon geworden, gehörte inzwischen dazu, wie der Nieselregen zu Hamburg. Und das war erst der Anfang!

***

Nach dem aufschlussreichen Gespräch mit dem früheren Rechtsanwalt Jochen Wegemann trommelte Kriminalhauptkommissarin Diana Krause das Team zu einem Blitzmeeting zusammen. Es waren nicht alle im Büro, aber die Neuigkeiten waren für die weiteren Ermittlungen von großer Bedeutung und duldeten keinen Aufschub. Heute wirkte das Team unruhiger als üblich. Die allgemeine Stimmung war nicht sonderlich gut. Der mangelnde Erfolg bei den drei Mordfällen machte allen zu schaffen. Dazu die anhaltenden Misstöne aus der Ecke Miriam Franke und Hanspeter Jürgens. Das Duo funktionierte einfach nicht, und Diana spielte mit dem Gedanken, die beiden endgültig zu trennen, was sie als persönliche Niederlage einstufen müsste – sie hatte sich von den beiden unterschiedlichen Charakteren deutlich mehr Synergien erhofft. Es entsprach allerdings auch nicht ihrer Philosophie, Teamdifferenzen per Anweisung zu regeln. Sie wollte lieber überzeugen als bestimmen. Ihre Mitarbeiter sollten respektvoll miteinander umgehen, und das exakt in der Konstellation, in der die Chefin es vorgesehen hatte.

Diana wusste aus eigener Erfahrung, dass Jürgens und Franke zu den unbequemen Charakteren im Team zählten. Aber während Jürgens eine anerkannte Stellung im Kollegenkreis besaß, fand Miriam weiterhin kaum Bindung zum Team. Diese Tatsache war an sich weniger das Problem. Viel schwerer wog in Dianas Augen Miriams Gleichgültigkeit über ihren internen Ruf. Dass andere sie für eigensinnig hielten, war der jungen Ermittlerin egal.

Diana verfügte über ausreichende Quellen und beste Optionen, wenn sie wissen wollte, was bei ihren Leuten lief. Besonders wenn es um das Privatleben einzelner Personen ging. Selten nutzte sie ihre Möglichkeiten, aber im Fall Miriam Franke hatte sie eine Ausnahme gemacht und sich ein recht umfangreiches Dossier beschafft, dafür sogar von einem befreundeten Privatdetektiv eine noch „offene Rechnung" eingefordert. Was sie kürzlich über die jüngste Ermittlerin im Team erfahren hatte, zerriss ihr das Herz. Wäre es allgemein bekannt, die Spekulationen über sie würden schlagartig verstummen. Die Kollegen würden sich nachträglich für ihr Verhalten schämen. Am liebsten hätte die Chefin höchstpersönlich alle über Miriams wahre Seelenqual auf den aktuellen Stand gebracht. Aber letztlich konnte es nicht ihre Aufgabe sein, jede zwischenmenschliche Grauzone in den Reihen der Mitarbeiter zu moderieren. Erst recht nicht, wenn die Betroffene selbst offensichtlich kein Interesse daran zeigte, ihre private Tragödie öffentlich zu machen. Dabei hätte eine kurze Erklärung ausgereicht, ein für alle Mal für Ruhe zu sorgen.

Die menschlichen Verhaltensweisen waren größtenteils Spiegelbild eines Schicksals. Die, die meistens Glück hatten ebenso wie die, denen etwas Entsetzliches widerfahren war. Ob sie nun knapp einer Katastrophe entkommen oder mittendrin gelandet waren. Ob mit Leichtgepäck auf dem Weg ins Paradies oder mit einer tonnenschweren Last Richtung Hölle, es wurde sichtbar. In einem funktionierenden Team mussten sich unterschiedliche Charaktere ohne äußere Anstöße zusammenraufen. Die Schweigsamen mussten offener werden und die Ignoranten das Interesse lernen. Die Lauten mussten die Stimmen drosseln, die Leisen sich Gehör verschaffen. Und irgendjemand musste zur Seele des Teams werden. Erst wenn alle ihren Platz gefunden hatten, wären sie endlich dort, wo sie eigentlich schon längst sein mussten!

„Jochen Wegemann!" Mit lauter Stimme warf Diana nur diesen einen Namen in den Raum, während das Team langsam zur

Ruhe kam. Die Chefin hielt bewusst Blickkontakt zu Miriam, die sich einen Platz gesucht hatte, der besonders weit entfernt von Jürgens lag. Sprach dann weiter: „Jochen Wegemann war bis zu seinem Ruhestand viele Jahre Angelika Wiecherts Anwalt. Diese Verantwortung hatte er erst kürzlich an Andreas Brodersen abgetreten. Weil er selbst nun im Ruhestand war. Wegemann war einige Wochen im Ausland, hat deshalb erst gestern das Gespräch mit mir gesucht, um mir etwas ausgesprochen Interessantes zu berichten."

Diana machte eine Pause. Letztes unruhiges Flüstern im Team verstummte endgültig. Die Chefin ließ den Blick von Gesicht zu Gesicht gleiten. Neun unterschiedliche Mienen. *Interessiert. Gespannt. Gelangweilt. Müde. Ablehnend. Neutral. Abwesend. Aufmerksam. Wohlwollend.*

„Kurz vor seiner Ermordung hatte Brodersen Wegemann noch einmal aufgesucht. Wollte mit dem ehemaligen Kollegen über Angelika Wiechert sprechen, um einen Rat von dem Mann zu hören, der diese besondere Klientin vorher so lange betreut hatte. Dabei schien es Brodersen um mehr zu gehen als nur um einen allgemeinen Meinungsaustausch. Nach Wegemanns Ansicht hatte Angelika Wiechert Brodersen brisante Informationen anvertraut. Der spielte bereits mit dem Gedanken, ein Wiederaufnahmeverfahren anzuleiern. Sprach von einer völlig neuen Beweislage. Neuen Verdächtigen. Von eng beschriebenen Schulheften war die Rede, die Angelika Wiechert im Knast eifrig verfasst haben soll. Über ihr Leben. Die Wahrheit. Und nichts als die Wahrheit. Sagt Wegemann."

Erneut erlaubte sich Diana eine dramatische Pause.

Jemand fragte:

„Wo sind diese Aufzeichnungen?"

Wie eine Lehrerin, die um besondere Aufmerksamkeit bat, hob Diana mahnend den Zeigefinger und lächelte.

„Haben wir da endlich unser mögliches Tatmotiv? Eine verurteilte Mörderin, die niemals ihre Schuld eingestanden hat, schreibt ihre ... Memoiren. Gibt sie ihrem Anwalt. Und kurze Zeit später werden ausgerechnet dieser Mann und seine Lebensgefährtin ermordet. Aber damit nicht genug. Anschließend auch noch eine Journalistin, zu der Brodersen Kontakt aufgenommen hatte, um sie vermutlich mit der Bearbeitung der Aufzeichnungen zu beauftragen. Schulhefte mit der Lebensbeichte der Wiechert haben wir allerdings nirgendwo gefunden! Also?"

Die nächste Bemerkung kam von Jürgens.

„Wenn die Aufzeichnungen von Frau Wiechert für den großen Unbekannten eine Bedrohung waren, wie kann er davon erfahren haben? Von wem?"

Diana schrieb die Frage auf das Whiteboard.

„Und warum hat Angelika Wiechert so lange geschwiegen?"

„Warum kommt sie gerade jetzt mit diesen neuen Informationen?"

„Was genau hat Brodersen gemacht, nachdem er diese Aufzeichnungen bekam?"

„Warum packt die Wiechert jetzt nicht einfach aus, wo ihr Anwalt ermordet wurde und die Aufzeichnungen verschwunden sind? Warum gibt sie den Mörder nicht einfach preis?"

„Vielleicht aber versucht sich diese Frau einfach nur wieder wichtig zu machen!", sagte Miriam. „Sie hat damals während ihrer Vernehmungen und des Prozesses ständig ihren Mann beschuldigt. Außerdem hatten die Ermittler eine Weile Arne Hansen im Fokus. Der hatte sogar für sie gelogen, um ihr ein Alibi zu verschaffen. Die Frau war immer berechnend und manipulativ."

Nach der anfänglichen Euphorie richteten sich alle Blicke ein wenig ernüchtert auf Miriam, als hätte sie einen genialen Zaubertrick als plumpe Täuschung entlarvt. Sie hielt unbeirrt Blickkontakt zu Diana.

„Und wie erklären Sie dann die Morde?", fragte die Chefin.

„Gar nicht", antwortete die junge Ermittlerin zögernd. „Aber erst durch die Morde entsteht ein neuer Verdacht, eine neue Spur. Was wäre denn, wenn dazu nur jemand beauftragt wurde? Und in den Schulheften lediglich Lügen stehen? Märchen. Niemand von uns kann das nachprüfen. Wir glauben jetzt vielleicht nur das, was wir glauben sollen. Lassen uns in eine falsche Richtung locken."

Die Chefin verweilte etwas unschlüssig vor dem Whiteboard, schien nicht so recht zu wissen, was sie aufschreiben sollte. Nickte Miriam trotzdem wohlwollend zu.

„Sehr interessante These, Miriam!"

Fasste das dann auf der anderen Seite des Whiteboards zusammen. Pro und Contra. Alles war in Betracht zu ziehen! Entweder gab es einen Mörder, der noch immer frei herumlief. Oder aber sie wurden von einer bereits verurteilten Mörderin und einem geheimnisvollen Helfer in die Irre geführt. Jemand, der bereit war, für eine Kindesmörderin zu töten. Der ihr hörig war.

Aber jetzt, da sie endlich ein plausibles Mordmotiv hatten, wollte Diana diesen frisch gewonnenen Trumpf nicht so schnell wieder aus der Hand geben.

„Bleiben wir trotzdem erstmal bei der These, die Aufzeichnungen könnten tatsächlich jemand anderen wegen der Ermordung der Wiechert-Jungs bedrohen. Dann wäre die Frage zu klären, wie und durch wen der Mörder von der Bedrohung erfahren haben könnte. Der Kreis der potenziellen Informanten wäre sehr überschaubar, denke ich."

„Brodersen!", schlug Jürgens vor. „Oder die Journalistin, die er kontaktiert hat. In dem Fall hätten die sich ihr eigenes Grab geschaufelt."

„Nicht zu vergessen Verena Haslinger", ergänzte Diana und schrieb die Namen schwungvoll auf das Whiteboard.

„Aber wir können nicht mit Sicherheit sagen, dass Haslinger die Inhalte der Aufzeichnungen kennt", warf Miriam ein.

„Das können wir nicht", stimmte Diana zu. „Noch bleibt halt alles Theorie. Aber endlich kommt wieder Bewegung in die Geschichte. Wir wollen diese Theorien ganz genau betrachten und schauen, was sich daraus machen lässt. So können wir wenigstens die nächsten Schritte vernünftig planen. Vor allen Dingen werde ich jetzt Druck machen, damit mein Termin bei Angelika Wiechert so schnell wie möglich genehmigt wird. Zurzeit soll sie krank sein. Mir wurde mitgeteilt, dass auch ein Journalist namens Eric Teubner ein Gespräch mit ihr führen möchte. Ich kenne diesen Burschen nicht, werde es aber leider nicht verhindern können. Nur möchte ich zuerst mit der Dame sprechen. Also Leute, an die Arbeit!"

***

„Die wollen schon wieder mit mir reden." Verena war missmutig in der Küchentür aufgetaucht. Betty unterbrach die Vorbereitungen für das Essen, der Salat war halbfertig, ihre Hände feucht und gerötet. Sie griff nach einem Handtuch.

„Wer?"

„Die Bullen. Wahrscheinlich diese Frau mit ihren schrecklichen Fragen. Ich wurde schon wieder angeschrieben. Ich will das nicht mehr!"

Betty hustete kurz in ihre Armbeuge.

„Ich kenn mich da nicht aus. Hast du irgendeine Ahnung, warum die so hartnäckig sind?"
Verena senkte den Blick. Ihr *Nein* klang schlapp. Geradezu verlogen.
„Gott schaut dir in die Seele", mahnte Betty. „Das solltest du wissen."
„Wo ist denn dieser Gott, wenn ich ihn wirklich mal brauche?", fauchte Verena wütend. „Mir hat er noch nie geholfen. Und wo war er, als dein Neffe und seine Verlobte umgebracht wurden? Da hat er auch nur zugeschaut. Lässt einfach alles geschehen, dein Gott, all die bösen Dinge."
Betty war solche Zornesausbrüche von ihrer Mitbewohnerin inzwischen gewöhnt, aber ihr Glaube blieb unerschütterlich. Sie verließ die Küche, um sich aus dem Wohnzimmer eine Zigarette zu holen. Verena folgte ihr, bebend vor Zorn.
Rauchend betrachtete Betty die aufgebrachte junge Frau. Streitgespräche mit ihr ergaben wenig Sinn. Ebenso wenig wie Diskussionen über den Glauben. Sturheit und Wut versperrten Verena zunehmend die Sicht auf Auswege und das innere Gleichgewicht. Vom Glauben an Gott ganz zu schweigen. Es wurde immer schwieriger, sie zu mäßigen.
„Weißt du", sagte Betty. „Man kann Gott nicht für alles verantwortlich machen. Wenn ein Mensch einem anderen Menschen Leid zufügt, ist das nicht Gottes Schuld, verstehst du? Wenn ich durch Zigaretten krank werde, ist das auch nicht Gottes Schuld. Wir müssen zu unseren Taten stehen. Ich zu meinen und du zu deinen. Wenn es irgendetwas gibt, was du der Polizei nicht erzählt hast – irgendwas, und das hat ... sagen wir mal schlimme Folgen gehabt ... dann wird es Zeit, dass du deine Verantwortung erkennst, statt immer nur mit Gott zu hadern. Oder darauf wartest, dass er dir dann hilft, wenn es zu spät ist. Viele

Menschen fordern ein Wunder von Gott, bevor sie an ihn glauben wollen. Ist das nicht anmaßend? Ist der Mensch nicht Gottes größtes Wunder? Schau, was daraus entstanden ist. Der Mensch hat sich zu einem Wesen entwickelt, das in der Lage ist, sein Schicksal auf der Welt zum großen Teil selbst zu bestimmen. Himmel oder Hölle, das liegt in unserer Hand. Und dann schau dich um. In Hamburg. In Deutschland. In Europa. Auf der Welt. Himmel und Hölle. Gott siehst du überall. Er spricht zu uns, aber kaum einer hört ihm noch zu. Es geht nicht mehr um Wunder. Gott hat seinen Job erledigt. Der Mensch ist am Zug. Und es braucht keine Wunder, um die Welt besser zu machen. Da reichen Vernunft und Mitgefühl völlig aus."

Verena setzte mehrfach zu einer Antwort an. Ihre Augen schienen fast aus den Höhlen zu quellen, und sie hatte die Hände zu Fäusten geballt, als wollte sie sich jeden Augenblick auf die ältere Frau stürzen. Diskussionen dieser Art überforderten sie.

„Ich habe nichts getan", stieß sie mit brüchiger Stimme hervor. „Und Gott kann mich mal!"

„Na dann!" Ärgerlich marschierte Betty zurück in die Küche. Diesmal folgte Verena ihr nicht. Kurz nach dem Gespräch verließ die junge Frau türenknallend das Haus. Spätestens da wusste Betty, dass sie den Abend wieder allein verbringen würde, mit einer großen Schüssel Salat und dem für ihren Geschmack wenig erbaulichen Fernsehprogramm.

***

Während ihrer Auszeit hatte Marie einige Berge erklommen, Hindernisse gemeistert, deren Überwindung sie große Anstrengung gekostet hatte. Sich immer wieder neuen Herausforderungen gestellt. Viel gesehen und erfahren. Viel mehr erlebt als andere Frauen ihres Alters. Dennoch waren einige bohrende Zweifel geblieben. Manche Erinnerungen ließen sich nicht einfach so in den Bergen und auf Wanderwegen abschütteln, man nahm sie mit wie einen gefüllten Rucksack, der während der Strecke nicht leichter wurde.

Auf La Palma hatte sie viel mit Gravesen darüber gesprochen. Er war da gewesen, als sie jemanden gebraucht hatte. Ihm konnte sie sich anvertrauen, erwies er sich doch selbst als erfahrener Lastenträger mit einer geklärten Sicht auf die Dinge.

Heute stieg Marie die Stufen zu Erics Wohnung hinauf, wie schon einmal vor einiger Zeit. Da hatten sie sich nach ihrer Rückkehr wie Fremde gegenübergestanden.

Jetzt wollte sie ihm endgültig Lebewohl sagen. Konkrete Pläne, eines Tages wieder nach Hamburg zurückzukehren, gab es nicht. Eric gehörte sowieso nicht mehr zu ihrem Leben. Dabei wusste sie noch nicht, was sie ihm zum Abschied sagen wollte. Doch genau das hatte sie während der Selbstfindungsphase gelernt. Sich bestimmten Prüfungen unvorbereitet zu stellen, instinktiv zu handeln. Oft führte das zu ehrlicheren und darum auch besseren Ergebnissen.

Oben auf der Etage angekommen öffnete nicht Eric die Tür. Die Frau, die Marie anschaute, war klein, zierlich, und ihr fragendes Lächeln wirkte liebenswert. Marie zweifelte nicht daran, vor Erics neuer Freundin zu stehen. Es würde passen und sie würde es ihm von ganzen Herzen gönnen.

Eric? War nicht da. Sei eine Weile verreist. In vier Tagen wolle er wieder zurück sein. Er sei in Paris. Bei seiner ... seinen Kindern.

Die Frau hatte mit ruhiger Stimme und überlegten Worten gesprochen.

Marie atmete tief durch. Das war zwar bedauerlich, aber dann ... war es Schicksal. Es würde keinen zweiten Abschied geben. Keine Umarmung. Keine letzten Worte. Keinen freundschaftlichen Kuss.

Die beiden Frauen musterten sich.

Also sprach Marie aus, was sie dachte, sagte, sie nehme an, vor Erics aktueller Freundin zu stehen, und Lisa Hinze stellte klar, lediglich eine gute Bekannte zu sein, mit ihm in einer Art Künstler-WG zusammenzuleben und gemeinsam zu arbeiten. Mehr nicht. Das betonte sie ausdrücklich. *Mehr* nicht! Ihr Lächeln war bezaubernd.

Marie erinnerte sich an die Geschichte, die Eric ihr erzählt hatte. Über seine Kinder und deren Mutter. Alles chaotisch und ungeplant, wie so vieles in seinem Leben.

Wollte wissen, ob es ihm wenigstens gut ginge.

Lisa lud sie spontan auf eine Tasse Tee ein und trat zur Seite

Das war, fand Marie, eine nette Geste. Wenn sie schon nicht von Eric Abschied nehmen konnte, dann wenigstens von seinem kreativen Chaos. Seine Recherchen nahmen in den häuslichen Räumen oft monströse Ausmaße an, um dann ein wunderbares Buch zu gebären.

Sie folgte Lisa und konnte Eric so noch ein paar persönliche Worte zum Abschied schreiben. Tee trinken. Ein wenig mit dieser freundlichen Frau über den Mann plaudern, den sie vor längerer Zeit mal sehr geliebt hatte.

# Kapitel 12: Rückblicke

Arne Hansen erwies sich als genau der vor Kraft strotzende Bursche, den Eric nach dem Studium damaliger Fotos und Aufzeichnungen erwartet hatte. Zwar älter, aber mit der Ausstrahlung ewiger Jugend. Die dichten blonden Haare nur unwesentlich kürzer als früher, während die tiefengebräunte Haut regelmäßige Solarienbesuche verriet. Seine blauen Augen sprühten vor Lebenslust, und in seiner Nähe vermutete man unweigerlich ein Surfbrett, mit dem er auf schaumgekrönten Wellen direkt ins Büro gekommen sein musste. Wie ein großes Kind, das seine Kräfte noch nicht einschätzen kann, hatte er zur Begrüßung Erics Hand in seiner Pranke fast zerquetscht, ihn dann mit federnden Schritten in den Verwaltungsbereich des Fitness-Studios geführt. Sein Büro war spartanisch eingerichtet, hell, gläsern, der Schreibtisch sah aus wie neu, und in einem einfachen Bücherregal nahmen Exemplare des von Hansen verfassten Ernährungsberaters zwei Reihen ein. Den restlichen Platz füllten eine kleine Anzahl Pokale.

Hansen griff sich ein Taschenbuch von seinem Schreibtisch und hielt es lachend in die Höhe. *Blue Note Girl!* In der anderen Hand hatte er schon einen Stift parat.

„Coole Story, Mann! Schreiben Sie mir was Nettes rein?"

Eric formulierte nach kurzer Überlegung eine persönliche Signierung, während Hansen neben ihm die Entstehung jedes einzelnen Wortes angespannt verfolgte, um ihn zum Abschluss vor Begeisterung zu umarmen. Hansen roch so unglaublich gut, wie ein Sommertag, Eric hätte sich am liebsten nach seinem Parfüm erkundigt, weil er ab sofort genau so fantastisch duften wollte.

Nein, man musste sich weiß Gott nicht fragen, warum dieser Kerl bis heute den Ruf eines Womanizers genoss, der vor mehr als einem Jahrzehnt sogar einen Eisberg wie Angelika Wiechert zum Schmelzen gebracht hatte.

Hansen strahlte eine unbändige Energie aus, schien mit Stühlen auf Kriegsfuß zu stehen. Doch nachdem Eric auf einem Besucherstuhl Platz genommen hatte, um sein iPad zu aktivieren, ließ sich auch Hansen widerwillig hinter seinem Schreibtisch nieder. Verzückt las er noch einmal Erics Zeilen und lächelte.

„*Für einen großen Kollegen*", zitierte er. „*Zur Erinnerung an ein interessantes Gespräch*. Sie haben's echt drauf, Mann. Ich hab die Botschaft verstanden."

Aber erstmal klärte er die Getränkefrage. Froh darüber, wieder aktiv werden zu können, federte er aus seinem ergonomischen Bürostuhl hoch und kümmerte sich.

„Die Kripo war wegen Angelika auch schon wieder da", erzählte er, während er Eric mit einem Becher schwarzen Kaffee und einem Glas Wasser versorgte. Er selbst trank Tee. „Heute wie damals dieselbe Leier. Wenigstens können sie Angelika diesmal nicht wieder ans Kreuz nageln."

Eric betrachtete Hansen nachdenklich, wie ein Bild, in dem man nach Fehlern suchen sollte. Ruhelose und sprunghafte Gesprächspartner waren eine echte Herausforderung. Es würde schwer werden, Hansen auf den normalen Unterhaltungsmodus herunterzufahren.

„Sie meinen, Angelika Wiechert hat mit den aktuellen Ereignissen nichts zu tun?"

„Und ob ich das meine. Wie sollte sie denn?"

„Was glauben Sie, wie das alles zusammenhängt?"

„Keine Ahnung. Echt nicht!"

„Aber alles dreht sich weiter um die Wiechert. Und die ist doch auch ein wichtiger Teil Ihrer Vergangenheit."

„Na klar, Mann!"

„Hat sie es damals getan? Was denken Sie?"

Hansen sprang wieder auf. Er blieb vor dem Bücherregal stehen und drehte seinem Gast den Rücken zu. Knackiger Hintern, schmal in den Hüften und breite Schultern. Eric wurde sich bei diesem Anblick der eigenen Bewegungsarmut der letzten Zeit bewusst. Er müsste mal wieder durchstarten. Mit einem Körper wie dem von Arne Hansen käme man sicher leichter durchs Leben.

„Ich sag Ihnen was." Hansen drehte sich zu Eric um. „Angelika ist eine arme Sau. Ich hatte eine verdammt geile Zeit mit ihr, damals, und niemals wollte ich ihr schaden. Das mit dem falschen Alibi war dämlich, aber nicht zu ändern. Danach hielten alle sie erst recht für schuldig. Auch weil sie nie weint, schrieb die Presse. Aber ich hab sie weinen sehen. Echt, Mann, es war ergreifend. Sie ist sehr wohl sensibel."

Eric verkniff sich die Frage, zu welchen Anlässen Angelika Wiechert in Hansens Beisein Tränen vergossen hatte.

„Warum haben Sie ihr damals überhaupt ein falsches Alibi verschafft?"

„Weil Sie eins brauchte. Und ich an ihre Unschuld glaubte. Warum sollte sie ihre Jungs ermorden?"

„Sie steckte in einem emotionalen Tunnel. Eine Kurzschlusshandlung unter enormem psychischem Druck."

„Ja, ja, das war genau der Bullshit, den die verdammten Psychoheinis verzapft haben! Totaler Quatsch! Angelika war stark. Wenn ihr Mann ermordet worden wäre, hätte ich sofort auf sie getippt. Aber nicht bei ihren Söhnen."

Eric dachte eine Weile nach, und Hansen erwartete voller Ungeduld die nächste Frage, wie ein Tennisspieler den Aufschlag seines Gegners.
„Wie hat sich das angefühlt, Angelika Wiecherts große Liebe zu sein?", wollte Eric wissen.
Hansen winkte ab.
„Große Liebe? Auch wenn's damals so von ihr rüberkam, so hat sie nicht getickt ... in Wirklichkeit."
„Wie hat sie getickt?"
„Keine großen Gefühle. Kein Gelaber. Lieber gleich zur Sache kommen. Sie wollte alles mögliche ausprobieren. Experimentieren. Tabus brechen!"
„Und das alles nur mit Ihnen?"
„Nicht nur mit mir. Selbst in der Zeit, als sie mit mir zusammen war, gab es ja noch einen anderen."
„Einen oder mehrere?"
„Wer konnte sich bei ihr schon sicher sein? Aber einen mindestens."
„Das haben Sie damals vor Gericht nicht erzählt."
„Ich wurde nicht danach gefragt. Und ich hab's eben schon gesagt: Ich wollte Angelika nicht schaden. Also habe ich nur die Fragen beantwortet, die mir gestellt wurden. Nach Angelikas *Treue* hat keiner gefragt. Da hatten eh schon alle eine Meinung."
„Hat es Sie ... geärgert, dass Angelika außer Ihnen noch eine andere ... Affäre hatte?"
Hansen grinste kopfschüttelnd, als hätte Eric eine ganz besonders dumme Frage gestellt.
„Das war nicht unser Ding. Es gab keine Besitzansprüche. Ich meine, sie war eine verheiratete Frau. Was hätte ich denn von ihr verlangen sollen? Und bei mir lief ja auch was nebenbei. Meistens."

„Aber Ihretwegen wollte Angelika Wiechert die Familie verlassen. Das hat sie in den Verhören und vor Gericht gesagt."
„Das hat sie."
„Ja, und?"
„Es war *ihr* Plan. Nicht meiner."
„Und was planten Sie?"
„Nichts."
„Wusste sie das?"
Hansen seufzte.
„Selbst wenn, das spielte keine Rolle. Ich weiß nicht, wie ich Ihnen das erklären soll. Sie hatte eine ziemlich dominante Art. Wenn sie was wollte oder plante, hat sie nicht extra eine Zustimmung eingeholt."
„Und für Sie war das okay?"
Hansen lachte.
„Ehrlich, Mann, kurz vorm ultimativen Kick verspricht man doch alles. Da sagt man immer wieder *ja*, egal was gefragt wird. Angelika hatte ein hinterhältiges Timing. Sprach gerade in den heißesten Momenten immer gern von Heirat und Babys machen. Und all dies Zeug. Eigentlich total irre. Sie war alles auf einmal. Lehrerin. Mutter. Ehefrau. Hure. Sehnte sich nach dem Kram, den sie eigentlich schon hatte und gar nicht mehr wollte. Verrückt, oder?"

„Widersprüchlich", entgegnete Eric.

Hansen machte eine zufriedene Geste, als wäre damit der letzte Beweis für das erbracht worden, was er die ganze Zeit zu erklären versuchte.

„Genau Mann, das war sie! *Widersprüchlich*. Durch und durch."

Auch für die nächste Frage nahm sich Eric Zeit. Er überflog im iPad zunächst seine Notizen und rieb sich die Stirn. Er war noch nicht wieder der alte, hatte Konzentrationsschwächen und sein Timing stimmte nicht.

„Andere Lover, parallel zu Ihnen ... wirklich keine Ahnung, wer das gewesen sein könnte?"

„Nein."

„Mit ihr mal darüber gesprochen?"

„Nein."

„Und wenn Sie sich doch geirrt haben ..."

„Hab ich nicht." Hansen lachte. „Oh, Mann, Sie haben echt keine Ahnung."

„Was macht Sie denn so sicher, wenn Sie nie darüber geredet haben?"

„An einem freien Tag kam sie mal mittags zu mir. Ihr Mann war was weiß ich wo, die Kinder im Kindergarten. Wir hatten freie Bahn. Und da roch ihr Atem nach ... Sex. Sie hatte es kurz vorher mit einem anderen getrieben und kam gleich danach zu mir. Wir legten sofort los. Das war krass, Mann. Aber auch ziemlich abgefahren. Ich hab noch zu ihr gesagt: ‚Du hattest doch grad was mit einem andern Mann!' Und sie hat nur gelacht, als hätte ich was echt Komisches gesagt. Mich gefragt, warum ich dächte, sie hätte es mit einem Mann getrieben."

Eric kratzte sich am Kopf. Kaum etwas von dem, was er heute erfuhr, war damals Bestandteil des Prozesses gewesen. Ein Glücksfall? Aus welchem Grund aber zeigte sich Hansen plötzlich so gesprächig, nach der langen Zeit des Schweigens? Kollegenbonus?

„Augenblicklich machen Sie genau das, was Sie eigentlich vermeiden wollten", stellte Eric fest. „Das Bild, das Sie mir von Angelika Wiechert vermitteln, ist ... nicht gerade sympathisch."

Hansen zuckte mit den Achseln.

„Sie sitzt seit Jahren im Knast. Schlimmer geht's doch sowieso nicht mehr. Wenn Sie jetzt ein Buch über sie schreiben werden, dann funktioniert das nur, wenn Sie über *alles* Bescheid wissen. Am Ende werden die Menschen Angelika besser verstehen. Mit all ihren Macken, den guten wie den schlechten. Darauf kommt es an. Sie hat das Leben geliebt und war verrückt und neugierig. Aber sie konnte auch sanft und zärtlich ... Sie hatte Träume und Pläne. Wie jeder. Und ganz sicher ist sie keine Mörderin."

„Aber die ominöse andere Affäre, wie passt die ins Bild?"

„Ich hab nicht die geringste Ahnung, Mann. Warum muss eigentlich immer alles ins Bild passen?"

„Wär das damals schon zur Sprache gekommen, hätte man die Liste der Verdächtigen vielleicht um einen Namen erweitern müssen. Da hätte eine Befragung schon Sinn gemacht, finden Sie nicht? Wurde da nicht eine große Chance vertan?"

„Angelika hat nie darüber geredet, warum also sollte ich das dann ausplaudern?"

„Irgendwie absurd!", brummte Eric.

Hansen grinste.

„Irgendwie widersprüchlich."

„Kann man wohl sagen. Deckt eine verdächtige Person und geht ohne jede Verteidigungsstrategie lieber selbst in den Knast. Nach Ihrer Meinung ja unschuldig."

„Hätte sie eine Chance gesehen, nicht in den Bau zu müssen, hätte sie die auch genutzt", behauptete Hansen. „Warum hätte sie etwas verschweigen sollen, was ihr geholfen hätte?"

„Das", sagte Eric, „ist eine der Schlüsselfragen, um die herum ich mein Buch schreiben möchte. Mit einer plausiblen Geschichte ließe sich eine Hure in eine Heilige verwandeln."

Hansen nickte.

„Das wär absolut cool, Mann. Wenn wer das kann, dann Sie. Gern mit einer Danksagung an mich am Ende des Buchs."

Eric machte sich lächelnd weitere Vermerke, stellte dann die nächste Frage:

„Können Sie Angelika Wiechert in nur einem Wort beschreiben?"

„Ein total geiles Luder!", antwortete Hansen. Er wechselte zum Fenster mit Blick auf eine stark befahrene Kreuzung, und Eric musste bei der Antwort schmunzeln. Typisch Hansen! Von ihm bekam man immer mehr als man wollte. Trotz seines Bestrebens, positiv für seine Ex-Geliebte aussagen zu wollen, bewirkte er oft eher das Gegenteil.

Eric musste erst einmal dieses Gestrüpp der ungeschminkten und spontanen Offenheit durchdringen und seinen Gesprächspartner zu mehr Präzision zwingen.

„Sie war eine Granate im Bett", ergänzte Hansen und verdrehte nach oben blickend die Augen. „Das ist ja das, was alle immer hören wollten. Aber so war es eben. Da muss man nicht drum herumreden."

„*Ich* habe nicht danach gefragt", berichtigte Eric.

„Hätten Sie aber noch. Nun wissen Sie es. Angelika war ... einmalig."

„Auch als Mutter?"

Hansen machte Lockerungsübungen im Schulterbereich, ohne sich umzuwenden.

„Kann ich nicht beurteilen."

„Nie darüber geredet? Nichts mitbekommen?"

„Warum sollten wir über Kinder reden?"

„Aber Sie haben sich doch mit Angelika nicht nur getroffen, um ..."

Jetzt drehte sich Hansen zu ihm um.

„Doch, Mann! Sie werden lachen, aber genau darum ging's. Wenn wir uns trafen, ging's meistens sofort zur Sache. Ich war verrückt nach ihr, und sie nach mir. Ehrlich. Das passte einfach, und so musste das sein. War sie wieder weg, hab ich mich schon auf das nächste Mal gefreut. Aber nicht auf Gesabbel oder so, verstehen Sie? Und schon gar nicht über ihre Kinder. Das passte nicht zu uns."

„Haben Sie Angelika mal im Gefängnis ..."

„Nein."

„Anderweitig mit ihr in Kontakt ..."

„Nein!"

„Wie haben Sie es überhaupt verkraftet, plötzlich ohne sie weiterleben zu müssen, wenn es so toll mit ihr gewesen ... war?"

Hansen betrachtete Eric aus schmalen Augen, bevor er vom Fenster wieder zurückkehrte. Er zwängte sich ächzend hinter seinen Schreibtisch, der viel kleiner wirkte, sobald er dahinter saß. Dann beugte er sich etwas vor und sah Eric direkt in die Augen.

„Das ist jetzt aber 'ne echt miese Frage, Mann."

„Ich finde sie naheliegend. Sie haben über Angelika Wiechert geredet wie ein Junkie über seine Droge!"

Da musste Hansen gleich wieder lachen.

„Geiler Vergleich. Ja, so war's. Aber die Droge wurde verhaftet, verurteilt und weggesperrt. Mein Leben musste ohne sie weitergehen. Und das tat es."

„Haben Sie eine Ersatzdroge gefunden?"

„Viel ausprobiert. Aber nichts Gleichwertiges dabei. Bis heute nicht. Na ja, ist schon okay, so wie es ist."

„Würde Angelika eines Tages aus dem Gefängnis entlassen werden, könnten Sie sich dann vorstellen ...?"

„Nein!"

„Hat irgendjemand außer der Polizei und mir in letzter Zeit wegen Angelika Wiechert zu Ihnen Kontakt aufgenommen?"
Hansen kaute nachdenklich auf seiner Unterlippe. Lange. Viel zu lange! Sein Blick begann zu flackern. Der erste Wirkungstreffer in einem bisher harmonischen Gespräch.
„Jetzt fragen Sie wie ein Bulle. Denen habe ich dieselbe Frage beantworten müssen."
„Was haben Sie gesagt?"
Er schnaufte kurz.
„Da war nix."
„Und in Wahrheit?"
Hansens Grinsen verlor jegliche Natürlichkeit. Aber es blieb. Ihm schien einfach kein alternativer Gesichtsausdruck einzufallen, durch den er es hätte ersetzen können. Ob er die Ermittler der Mordkommission auf diese Weise wirklich hatte überzeugen können, war zumindest fraglich.
„Haben Sie mit den Beamten von der Kripo auch so offen geredet wie mit mir?"
„Ich hab nur Fragen beantwortet. Manches kam dadurch nicht zur Sprache. Wenn mir jemand nicht sympathisch ist, schalte ich sowieso auf stur."
„Den geheimnisvollen Unbekannten haben Sie also wieder nicht erwähnt?"
„Hä?"
„Angelikas heimliche Affäre, von der Sie nichts weiter wussten."
„Wozu, wenn keiner danach fragt?"
„Aber wenn das der Mörder der Jungs war? Oder die Mörderin?"
Hansen rieb auf der Tischplatte mit dem Daumen imaginäre Flecken weg. Ihm war anzumerken, wie wenig ihm diese Frage

behagte. Zweifellos hatte er sich in den vergangenen Jahren mit der Ungewissheit gequält, ob sein Schweigen die richtige Entscheidung gewesen war. Der Polizei gegenüber hatte er dieses Wissen weiter für sich behalten. Eric hatte er es verraten. Vielleicht sogar versehentlich – oder auch, um sich zu erleichtern, sich besser zu fühlen. Aber genau das Gegenteil schien eingetreten zu sein.

„Kommt das jetzt so in Ihr Buch?", wollte Hansen verunsichert wissen. „Der große Unbekannte? Vielleicht hab ich da doch zu viel gequatscht."

Eric schüttelte entschieden den Kopf.

„Mein Ziel ist es, alle Rätsel zu knacken. Ob ich dann alles schreibe, was ich erfahren habe, entscheide ich im Sinne des Gesamtkonzepts. Ich liefere meine Figur nicht aus. Ich demontiere sie auch nicht. Ich schreibe gern über besondere Menschen, aber am Ende meines Buchs sollen sie immer noch besonders bleiben. Die Magie bewahren und ihre Würde!"

„Aber wenn Angelika ihre Söhne doch auf dem Gewissen hätte? Wenn Sie das bei Ihren Recherchen am Ende rauskriegen? Dann ist die ganze Magie im Arsch."

„Sie halten Angelika Wiechert doch für unschuldig."

Hansen nickte zögernd.

„Bauchgefühl. Ich könnte es aber nicht mit gutem Gewissen auf eine Bibel schwören."

„Verlangt ja auch keiner", beruhigte ihn Eric. „Schauen wir mal, was ich sonst noch so herausfinde."

„Worum geht es denn nun konkret in Ihrem Buch?", wollte Hansen wissen. „Um den alten Fall? Oder um aktuelle Sachen?"

Eric lächelte. *Die* entscheidende Frage. Vermeintlich simpel, aber für das Konzept des Buches von größter Bedeutung. Darüber hatte er selbst lange nachgedacht. Ob er über den *Fall*

Angelika Wiechert oder die *Person* Angelika Wiechert schreiben wollte.

„Es wird sich ergeben."

„Werden Sie Angelika im Knast besuchen?"

„Wenn sie damit einverstanden ist."

Hansen nickte.

„Das sollten Sie unbedingt machen. Zuallererst sogar. Danach können wir noch mal reden."

„Was würde das ändern?"

„Eine ganze Menge. Wenn Sie Angelika kennengelernt haben, können wir anders reden."

„Das heißt, mehr werden Sie mir vorerst nicht erzählen wollen?"

Fast bedauernd breitete Hansen die Arme aus

„Was stimmt denn nicht mit meinen Fragen?", wollte Eric wissen.

„Ihre Fragen sind schon okay. Aber die Richtung passt noch nicht so ganz. Wenn Sie herausgefunden haben, wie Angelika tickt, werden Ihre Fragen bestimmt anders sein."

„Weil?"

Hansen erhob sich.

„Finden Sie es selbst raus, Mann. Und danke für die geile Widmung. Echt cool! Ich hoffe, unser Gespräch war interessant genug. Ich bin übrigens genau 1,96 Meter groß. Also ein wirklich *großer* Kollege!" Er zwinkerte Eric zu.

Die Tür öffnete sich, und für einen Augenblick zeigte sich eine hübsche Frau mit kurzen blonden Haaren.

„Arne, du wirst in Studio Eins gebraucht. *Dringend!*" Es wirkte wie eine verabredete Störung. Keine besonders begabte schauspielerische Leistung, wie sie Eric bei *Dringend* vielsagend angesehen hatte.

Sie verschwand wieder und Eric verstaute das Tablet in der Umhängetasche.

„Eine bezaubernde Ersatzdroge", erlaubte er sich zum Abschluss des Gesprächs noch kumpelhaft anzumerken.

„Bei der Recherche müssen Sie sich aber noch mehr ins Zeug legen", entgegnete Hansen trocken, während er Eric zu Tür begleitete. „Das war meine kleine Schwester."

Eric bot Hansen zum Abschied die Hand, wohl wissend, wie schmerzhaft das wieder werden würde.

„Soll ich Angelika von Ihnen grüßen? Sofern sie mich empfängt."

„Nein", erwiderte Hansen, und das klang ebenso entschieden wie traurig. „Aber empfangen wird Angelika Sie garantiert. Sie redet gern über sich. Jedenfalls war das damals ihre zweitliebste Beschäftigung."

***

Fluchend knallte Miriam die alte Akte vor sich auf den Schreibtisch. Ihr mangelte es heute an der nötigen Konzentration für den Fall Wiechert. Hanspeter Jürgens beobachtete sie von seinem Arbeitsplatz aus mit einem irritierten Blick, verkniff sich aber jeden Kommentar. Bevor er sich wieder in seine Arbeit vertiefen konnte, fragte Miriam:

„Wie findest du das denn, dass die Chefin ausgerechnet Micha zu Angelika Wiechert mitnehmen will?"

Ihr Kollege gähnte hinter vorgehaltener Hand. Dem Gähnen ließ er ein ausgiebiges Reiben der Augen folgen. Bequemte sich erst danach zu einer Antwort.

„Sie ist die Chefin. Sie könnte auch einen Pudel mitnehmen. Hast du dir Hoffnungen gemacht?"

Miriam verzog das Gesicht.

„Du nicht? Nachdem du dich wochenlang bei ihr eingeschleimt hast?"

„Ich mag sie einfach, unsere Chefin", schwärmte Jürgens mit übertrieben verzücktem Blick. „Sie weiß, was sie will, ist fair und offen. Sie siezt uns alle konsequent und sieht ab und zu auch mal ganz passabel aus, wenn sie sich Mühe gibt. Mit ihren schönen *langen* Haaren."

„Warum klingt alles, was du sagst, immer gemein?"

„Weil du mich grundsätzlich falsch verstehst?"

Miriam griff sich wieder die Akte vom Schreibtisch. Eine von vielen. Die Konzentrationsfähigkeit war nicht besser geworden. Statt weiterzulesen setzte sie ihre Überlegungen fort.

„Micha kann bestimmt viele Sachen gut, aber jemanden taktisch befragen ist nicht grade sein Ding."

„O, aber du bist die große Verhörspezialistin?"

„Darauf kannst du wetten."

„Die Chefin scheint dennoch ohne dich auskommen zu wollen."

„Denkst du, Micha ist der Richtige?"

„Ich mag ihn. Er gibt öfter mal einen aus und hat einen trockenen Humor."

„Ja, klar. Super Qualifikation."

Jürgens sah Miriam kopfschüttelnd an.

„Hat er dich schon mal angebaggert?"

„Michael?"

„Reden wir nicht gerade über den?"

„Was meinst du mit *anbaggern*?"

„Miriam! Jetzt spiel bloß nicht die Unschuld vom Lande!"

„Ich bin nicht vom Land!"

„Dann versuch ich's mal in deiner Sprache. Hat er sich schon mal bei dir eingeschleimt?"

„Und wenn?"

„Ich frag ja nur. Er ist der coolste Typ aus unserem Team. Wär das nichts für dich? Oder hätte dein Freund was dagegen?"

Schweigend starrte sie in die vor sich liegende Akte. Ihr Blick wurde glasig.

„Oder deine Freundin?", schob Jürgens schnell hinterher.

Miriam schüttelte angewidert den Kopf.

„Soll das jetzt irgendwie witzig sein?", fuhr sie ihn an.

„Ich versuch nur, mit einer Kollegin nett zu plaudern", verteidigte er sich. „Wir sind ein Team. Je mehr wir voneinander wissen, desto besser. Ich habe keine Vorurteile! Ich meine, falls du ..."

„Was du auch versuchst, es kommt immer plump und verletzend bei mir an. Machst du das absichtlich oder merkst du's einfach nicht?"

„Lass uns doch mal ausgehen. Dann klären wir jedes Missverständnis, okay? Es ist wirklich nur kollegial gemeint."

„Keine ..."

„Zeit?"

„... Lust!"

Er drehte sich achselzuckend weg und arbeitete weiter, den Blick wieder starr auf den Monitor gerichtet.

„*Mich* hätte sie zu dieser Wiechert mitnehmen sollen", murmelte Miriam wütend.

„Und diesmal mit 'nem Dildo statt 'ner Buddel Korn", brummte Jürgens.

Miriam zwang ihre Konzentration wieder auf die Akte. Alles war besser, als Jürgens weiter zuhören zu müssen.

***

Manche Träume hielten sich hartnäckig, lösten sich im Lauf des Lebens nie gänzlich auf. Der blutjunge Nico am Klavier, die Finger mit flinker Entschlossenheit auf dem Weg über die Tasten. Trotz jugendlicher Sorglosigkeit der feste Wille wie ein Kompass ausgerichtet, eines Tages vor großem Publikum einen kometenhaften Erfolg zu feiern. Beliebt und verehrt zu werden. Seine Mutter trat hinter ihn. Er sah sie nicht, spürte nur die erdrückende Anwesenheit. Der schwere Duft der Erwartung. Sie war nie zufrieden. Trieb ihn unerbittlich an. Manchmal tippte sie ihm mit der flachen Hand den Takt auf den Hinterkopf, sobald er nach ihrer Auffassung eine minimale Nuance zu schnell oder zu langsam wurde. Bis ihn die Kraft verließ und seine Finger ins Stolpern gerieten. Wenn er nicht mehr konnte, öffnete sie ihre Bluse, entblößte ihre Brüste und stillte ihn. Streichelte ihn. Er streichelte sie. Seine Erregung verwandelte sich in Fieber. Bevor er verbrannte, kühlten ihn sanfte Lippen. Überall. Als er zu zittern begann, zogen ihn starke Arme in Sicherheit, bis er sich wieder in einen Embryo verwandelte und in diese warme und feuchte Stille zurückkroch, die er niemals hätte verlassen dürfen. Friedlich rollte er sich im mütterlichen Schoß zusammen und war endlich am Ziel. Er hätte nie woanders sein wollen.

„Ich hab das nicht getan", sagte Nico. Er konnte nichts sehen. Weil sie ihm etwas über den Kopf gezogen hatten, eine Art Sack, klang seine Stimme dumpf und leise. Er wusste nicht, wie er in diese bedrohliche Lage geraten war. Noch ein Traum? Begonnen hatte es wie ein normaler Job. Erstkontakt auf dem üblichen Weg. Das Treffen in einer Privatwohnung. Der Mann war nett. Man unterhielt sich. Trank was. Aber dann?

„Ich hab es nicht getan", wiederholte Nico und stöhnte. Er saß nackt auf einem Stuhl mit dieser undurchdringlichen Kapuze über dem Kopf. Die Fesseln waren zu stramm. Das Blut in Armen und Beinen konnte nicht mehr richtig zirkulieren. Er hatte einen ziemlichen Ständer. Das war ihm peinlich, gerade in dieser erniedrigenden Lage dermaßen geil geworden zu sein.

„Was?", fragte eine sympathische Stimme. „Was hast du nicht getan?"

Nico dachte an das strenge Gesicht seiner Mutter. Ihre anspornende Ungeduld. Sie wollte immer mehr. Schlug ihm auf die Finger … bei jedem falschen Ton. Auf den nackten Hintern, damit er sich schneller bewegte. Sie gab immer den Takt an. Lächelte, als er kam. Eine fast teuflische Zufriedenheit, als hätte sie zusammen mit seiner klebrigen Leidenschaft seine Seele für immer in sich aufgenommen.

Danach presste sie ihn aus sich heraus, zurück in dieses hässliche Leben. Die Wiedergeburt in einer Wohnung, in der ihn Julias Schlampigkeit und Apathie manchmal in den Wahnsinn trieb. Dafür hatte er die warme Sicherheit verlassen? Für dieses Chaos? Damit sich transpirierende Männer an ihm abmühten, die angestrengt den kleinen Jungen in ihm zu sehen versuchten, der er nie gewesen war. Nicht brav. Nicht kindlich. In seiner neuen Realität erstickte er fast an Julias Egoismus und musste sich auch noch beschimpfen lassen. Aber er liebte sogar ihre schlechte Laune, weil sie immer zu ihm gehalten hatte, wenn es drauf ankam. Auch in den schlimmsten Zeiten war sie bei ihm geblieben. Wie eine Schwester. Die einzige Frau in seinem Leben!

„Ihr seid verdammte Nazis", fluchte Nico. "Was wollt ihr von mir? Die harte Nummer kostet doppelt!"

„Sag mir deinen Preis", forderte ihn die Stimme auf. „Wer weiß, vielleicht kommen wir ins Geschäft."

„Das Doppelte! Hab ich doch schon gesagt."
„Und was kostet deine Seele?"
„Bitte", jammerte Nico. „Ich habe wirklich nichts getan! Mir ist heiß unter diesem Ding. Ich dreh gleich durch bei dieser Scheiße hier!"
Flüstern. Zwei Männerstimmen tauschten sich aus. *Zwei!* Dann eine Stimme, die bisher noch nichts gesagt hatte. Nicht so freundlich. Kalt. Sachlich.
„Du lebst allein?"
„Ja", log Nico. Das brachte ihm einen Schlag gegen den Kopf ein. Er wimmerte.
„Jede Lüge bedeutet Schmerz, okay?", belehrte ihn die kalte Stimme.
„Warum fragt ihr mich den ganzen Scheiß, wenn ihr sowieso schon alles wisst? Seid ihr pervers, oder was? Ich steh nicht auf Fesseln und Schlagen."
Wieder ein Hieb.
„Noch eine Regel!", verkündete die nette Stimme, die weiter freundlich blieb. „Ich frage und du antwortest. Okay? Jede Lüge, ein Schlag. Keine Antwort, wieder ein Schlag."
Der Junge nickte.
„Ich kann dich nicht hören." Der nächste Schlag folgte.
„Okay! Okay ihr blöden Wichser! Könnt ihr mich jetzt hören?"
„Sehr schön! Fangen wir also noch mal an. Du lebst allein?"
„Nein. Ich lebe bei meiner Mutter. Und wir ficken jeden Tag."
Die folgenden Schmerzen überzeugten Nico schnell davon, die Fragen ab sofort ernster zu nehmen. Der Junge hätte seine Qual gern herausgebrüllt, aber die Hand auf dem Mund hielt ihn davon ab. Die Stimme, die weiter freundlich zu ihm sprach, drohte ihm Schlimmeres an. Qualen, die er sich nicht mal ansatzweise vorstellen könne.

„Was wollt ihr ... von mir?", schluchzte Nico, nachdem der Schmerz langsam abgeklungen war und die Hand seinen Mund wieder freigegeben hatte.

„Beantworte einfach die Fragen, dann wirst du es erfahren. Wenn du weiter den Clown spielst, wird man dich demnächst aus der Elbe fischen. Ein kleiner Stricher weniger. Wen juckt das? Keiner wird dich vermissen. Nicht mal deine Mutter oder dein Dealer."

„Meine Mutter ist tot", murmelte der Junge. Dafür bekam er keinen Schlag.

„Dann wird's 'ne ziemlich einsame Beerdigung."

„Julia wird da sein!", stieß Nico trotzig hervor.

„Genau darum geht es", antwortete die Stimme. *„Julia."*

Nico wurde nervös und pendelte mit dem Kopf hin und her.

„Was ist mit ihr?", fragte er, als ihm die Stille zu lange dauerte.

Sein verhüllter Kopf wurde gepackt, eine der beiden Stimmen sprach seitlich in sein rechtes Ohr.

„Julia wird nicht mehr da sein. Sie wird dich verlassen, mein Freund. Sie wird sich auf eine lange Reise begeben. Solltest du auf die Idee kommen, nach ihr zu suchen oder irgendjemanden nach ihr zu fragen, werden wir dich wieder besuchen. Dann wird nicht mehr geredet."

„Ihr wollt Julia entführen? Bringt ihr sie um, ihr ... Schweine? Oder wollt ihr ihren Vater erpressen? Seid ihr verrückt? Der Alte macht euch platt. Der sucht euch auf der ganzen Welt, wenn ihr seiner Tochter was antut. Ich kenn den!"

„Schön für dich."

Der Schmerz, der folgte, war noch eine Stufe extremer, die Hand lag wieder auf seinem Mund, sonst hätte er geheult wie ein Hund.

„Ich hab die Schnauze voll", sagte die unsympathische Stimme. Nico spürte, wie ein Messer sein immer noch erigiertes Glied berührte und bäumte sich wimmernd auf. Panisch warf er sich hin und her, sein Kopf zuckte.

„Wirst du jetzt vernünftig sein?"

Er nickte eifrig. Wollte gar nicht mehr mit dem Nicken aufhören.

Die Hand gab seinen Mund wieder fei, unten ließ der Druck des Messers nach.

„Ich mach alles, was ihr sagt", versprach Nico keuchend. „Bitte!"

„Die Regeln sind einfach. Rede mit niemanden über Julia. Frag niemanden nach Julia. Such nicht nach ihr. Such nicht nach ihr. *Such nicht nach ihr!* Niemals. Nie wieder. Und vergiss alles, was du heute erlebt hast."

Nico weinte.

„Aber ich hab sonst niemanden, Scheiße! Ihr dürft sie mir nicht wegnehmen."

Schweigen.

„Werdet ihr sie ...?"

„Keine Fragen mehr. Ihr wird nichts geschehen, okay?"

Nico nickte, als verstünde er. Aber er verstand nicht.

„Darf ich nicht ... mit?", fragte er leise. „Julia und ich, wir passen immer auf uns auf. Sie ist ... wie eine Schwester. Ich hab ihr mal das Leben gerettet und sie mir auch. Wir gehören zusammen."

„O, alte Kampfgefährten. Mir kommen gleich die Tränen."

Nico lachte gegen seinen Willen. Dachte nach, wie er die Sache anders erklären könnte. Damit auch böse Männer es besser verstanden. Schwierig. Es passte nicht so einfach in Worte. War in seinem Kopf in irgendeiner Kammer verschlossen. Seit so vielen

Jahren. All die verrückten Sachen! Besonders der Tag, an dem Julia ihm viel mehr als nur das Leben gerettet hatte, seinen verdammten Arsch. Der Tag, an dem der letzte Traum verloren ging, und die Musik in seinem Kopf verstummt war. Danach war das Klavierspiel zu etwas Schmutzigem geworden, da klang jeder Ton wie eine Lüge. Jedes Musikstück wie etwas Heiliges, das seine Hände nur entehrten.

„Ich kann ohne sie nicht ...", flüsterte er.

„Wirst du müssen", sagte die Stimme. Dann pressten sie ihm etwas fest auf Mund und Nase.

\*\*\*

Bei seinem Anblick verdrehte Julia die Augen.

„Der Bulle!", entfuhr es ihr. „Ohne die blöde Maskerade sehen Sie viel besser aus!"

„Darf ich kurz reinkommen?"

„Lieber nicht", murmelte sie. In ihrer Lage war Ablehnung und abweisendes Verhalten eine normale und naheliegende Reaktion.

„Ist wichtig", beharrte Gravesen. „Geht um Ihren Mitbewohner."

„Nico?" Sie legte den Kopf schief und lächelte schwach. Wirkte nicht beunruhigt. „Was hat der kleine Scheißer angestellt?"

Gravesen schwieg.

„Ich hab echt nicht viel Zeit", erklärte sie und senkte den Blick. Dann trat sie widerwillig zur Seite und ließ den unerwarteten Besucher eintreten. Als sie ihm den Rücken zuwandte, handelte Gravesen sofort. Während er sie eisern umklammerte, hielt er ihr den Mund zu, bis die Betäubung zu wirken begann. In seinen Armen erschlaffte sie schnell. Er hielt sie fest, damit sie nicht zu

Boden ging. Viel Gegenwehr hatte sie nicht geleistet. Mühelos hob er sie auf und trug sie auf das Sofa. Sie wog noch weniger als erwartet.

Auf seinen Anruf hin kamen die Helfer. Ein Arzt, der die besinnungslose Julia Bauer untersuchte und versorgte. Zwei „Rettungskräfte" mit einer Trage. Unten wartete der Krankenwagen. Alles ging schnell, jeder Handgriff saß. Wenig später wurde Julia nach unten transportiert, der Arzt folgte. Wie besprochen ging es jetzt in die Einsamkeit. Vorher würden sie Julia nicht mehr zu Bewusstsein kommen lassen. Gravesen blieb in der Wohnung zurück, und Max kam kurze Zeit später.

Ob mit Nico alles geklappt habe, wollte Gravesen als Erstes wissen.

Max reagierte auf seine Frage mit breitem Grinsen. Natürlich hätten sie alles so erledigt, wie mit dem Boss abgesprochen.

Jetzt noch die Bude hier säubern, und danach werde der gute alte Nico schon bald daran zweifeln, dass es Julia Bauer jemals gegeben hatte. Als sei sie in seinem Dasein nur irgendeine Drogenfantasie gewesen.

Es könnte klappen, aber beide Männer wussten, dass Typen wie Nico unberechenbar blieben. Keiner konnte ernsthaft voraussehen, wie er am Ende reagieren würde. Möglich, dass er still und unbemerkt weiter im Sumpf seines verkorksten Lebens versank. Ebenso war aber auch denkbar, dass er total durchdrehte und den Erfolg ihrer Operation gefährdete.

„Und was dann?", hatte Max Gravesen kürzlich erst gefragt. Der hatte ihn mit dem besonderen Blick angesehen, der einen davon abhielt, weitere Fragen zu stellen. Sollte Nico zur Gefahr werden, würde sich Gravesen persönlich um ihn kümmern.

In Julias Wohnung arbeiteten sie schnell und präzise. Würden alles mitnehmen, was auf sie hinwies. Jede Spur beseitigen.

Ließen die gesamte Überwachungstechnik verschwinden, die sie vor einiger Zeit dort installiert hatten. Warfen noch einen Blick in die beiden Schlafräume. Nicos Zimmer war sauber aufgeräumt, mit viel Technik ausgerüstet, wie eine kleine Kommandozentrale. Man konnte dem Jungen vieles nachsagen, aber schlampig war er nicht.

„Wie lange wollen wir ihn noch im Auge behalten?", fragte Max.

„Das entscheidest du", sagte Gravesen und blickte auf die beiden blauen Säcke, in denen Julia Bauers Leben steckte. Es stimmte ihn irgendwie traurig, eine Existenz auf diesen Anblick reduziert zu sehen. Bei ihr war es besonders extrem. Sie schien überhaupt keine persönlichen Dinge zu besitzen. Auf nichts Wert zu legen. Keine Hobbys. Leidenschaften. Träume. Wohin sollte sie später eigentlich zurückkehren?

„Meinst du, es wird funktionieren?" Max sah den erfahrenen Mann forschend an. Dem jungen Burschen war anzumerken, nicht restlos vom Erfolg ihrer Mission überzeugt zu sein. Eine Süchtige zwingen, clean zu werden. Eine Gescheiterte dazu bringen, neu anzufangen. Viele Menschen lechzten nach einer zweiten Chance im Leben. Sie aber war in einer Welt voller Möglichkeiten gescheitert.

Ob es bei jemanden wie ihr funktionierte?

Darauf wusste Gravesen keine Antwort.

Versucht habe er so was noch nie. Sie würden sehen.

„Und wenn es nicht klappt?", bohrte Max weiter.

Gravesen schwieg.

„Gibt es einen Plan B?" Der junge Mann forderte Klarheit. Inzwischen steckte er zu tief drin, um jetzt einfach wieder zur Tagesordnung überzugehen. Gravesen konnte seine Neugier verstehen.

Ja, es gab einen Plan B. Aber darüber würde Gravesen ganz sicher nicht sprechen. Plan B war ein Agreement allein zwischen ihm und Julias Vater. Die Reißleine. Egal ob Plan A oder Plan B umgesetzt wurde, Julia Bauer sollte nicht in ihr altes Leben zurück. Und Gravesen würde danach von der Bildfläche verschwinden und sich von Bauers Honorar ein unbeschwertes Restleben gönnen können.

Er hatte immer diese wohltuende Vision vor Augen, für die er sich mittlerweile auch nicht mehr so schämte wie am Anfang. Wie er an irgendeinem Traumstrand vor sich hindöst, einen Krimi auf den Bauch gepresst. Eine braungebrannte Blondine entsteigt dem türkisfarbenen Meer und kommt mit gemächlichen Schritten auf ihn zu, schlurfend, weil der Sand so heiß ist. Während sie sich über ihn beugt, fallen ein paar Tropfen Meerwasser auf seine überhitzte Haut. Er lässt die Augen geschlossen, mit ihren Küssen kühlt sie sanft seine Stirn. Irgendwann öffnet er die Augen und zieht die Frau in seine Arme. Die Frau? In der letzten Zeit war es immer Julia Bauer.

„Ähm ...?" Max sah ihn hilflos an.

„Wir müssen den ganzen Krempel möglichst unauffällig nach unten bringen", entschied Gravesen, widerwillig aus seinem Tagtraum erwachend.

„Genau das hab ich gerade vorgeschlagen", erwiderte Max. „Du warst irgendwie weggetreten, Boss."

„Kannst du beide Beutel tragen?", fragte Gravesen. „Ich bin alt und müde."

„Und verstehst nur noch die Hälfte."

„Hast du was gesagt?"

Max packte lachend die beiden Müllsäcke.

„Das war echt ein cooler Job, Boss. Werden wir mal wieder was zusammen machen?"

„Weiß man nie."

Gravesen dachte an seinen Traum. Die Blonde aus dem Meer, frei nach Julia Bauers Vorbild, schaffte es nie, etwas zu sagen. Sie wurden jedes Mal gestört, bevor sie dazu kam. Meist öffnete sie gerade den Mund. Er wusste, sobald er ihre Stimme hörte, würde sich der Traum erfüllt haben.

„Gehen wir", forderte er Max auf. Den würde er vermissen.

\*\*\*

Als er zu sich kam, war er wieder zu Hause, atmete auf und hätte seine Freude am liebsten in die Welt hinausgebrüllt. Wieder nur ein Traum? Wenn, dann ein blöder, hässlicher! Einer von so vielen blöden, hässlichen Träumen, denen er oft nur im letzten Moment entkam. Er sprang nackt und völlig verschwitzt aus dem Bett und taumelte aus dem Zimmer. Rief nach Julia und freute sich auf ihre miese Laune, auf die genervten Sprüche und eine gemeinsame Pfeife. Julia ...

... war nicht da. Nichts von ihr. Keine Nachricht. Keine Unordnung. Keine Spur. Kein Zettel. Keine Pfeife. Keine Klamotten. Die Wohnung sah aus, als wäre Julia nie hier gewesen. Als hätte es sie niemals gegeben. Das Handy klingelte, und Nico ging ran, mit demselben Reflex, mit dem er sich an den Eiern kratzte, wenn sie juckten.

„Nico", sagte die inzwischen vertraute Stimme, die doch nicht aus einem Traum stammte. „Hast du jetzt verstanden?"

Nico würgte eine Zustimmung hervor.

„Siehst du den Umschlag auf dem Tisch?"

Wieder eine verrotzte Zustimmung. Natürlich sah er den Umschlag, weil Julias verdammte Unordnung mit ihr zusammen verschwunden war. Und auf dem Tisch lag sonst nichts anderes mehr, nur der fette Umschlag.

„Schau nach. Und frohe Weihnachten!"

Er sah nach.

Geld. Viel Geld. Schweigegeld!

„Passt das in deine Lebensplanung?", fragte die Stimme.

Wieder brachte er nur ein krächzendes *Ja* zustande. In der nächsten Sekunde war die Stimme verstummt und ließ den verwirrten jungen Mann allein. Dann kam das Bild! Das hatte er für immer in seiner Erinnerung bewahrt. Als die jugendliche Julia weinte. Ihn um Hilfe anbettelte. Er sie in die Arme schloss und versprach, sie aus der ganzen Scheiße zu retten, egal wie tief sie drinsteckte. Der beste Moment seines Lebens. Der Mensch, der ihm auf der Welt am meisten bedeutete, brauchte ihn. Da hatte er einen guten Plan gehabt. Zum ersten Mal.

„Vertrau mir", hatte Nico Julia beruhigt und sich so verdammt erwachsen gefühlt.

Und jetzt?


# Kapitel 13: Enthüllungen

Verena Haslinger ließ den Blick gleichgültig durch das nüchterne Befragungszimmer schweifen. Das Bemühen um eine coole Ausstrahlung stand im krassen Gegensatz zu ihren vor Aufregung geröteten Wangen. Jürgens bedrängte sie nicht mit seinen Fragen. Miriam hielt sich im Hintergrund. Der Ermittler blieb auf Verena fokussiert, registrierte ihre sinnliche Naivität, das hübsche Gesicht, hellbraunes leicht gewelltes Haar. Die drastischen Szenen aus den Pornofilmen waren mit ihrem harmlosen Auftritt nicht in Einklang zu bringen. Sie tat Jürgens leid. Viel zu jung für die schmutzigen Episoden, die über sie bekannt geworden waren. Mit einer normalen Kindheit und einer vernünftigen Weichenstellung während der Jugend hätte sie heute hinter einem Bankschalter sitzen können, in einer Werbeagentur oder einer Speditionsfirma. Sie könnte einen liebevollen Mann haben, vielleicht Kinder. Könnte glücklich sein, unbeschwert und sich auf eine aussichtsreiche Zukunft freuen. Selbst an der Seite eines einsamen und zynischen Beamten der Mordkommission hätte sie eine bessere Aussicht, als es ihre jetzige Lage befürchten ließ. Ein Ermittler, der sie aufrichtig lieben und alles für sie tun würde. Durch jemanden wie sie könnte auch sein Leben außerhalb des Jobs einen Sinn bekommen, überlegte Jürgens. Einige erfrischende Fantasien wehten sekundenlang durch seine triste Gedankenwelt, als wäre in seinem Kopf ein Fenster geöffnet worden. Pusteten den Zynismus fort wie den Mief aus einem ungelüfteten Raum. Er lächelte Verena Haslinger freundlich an. Sie lächelte zurück. Nur ganz kurz. Unsicher. Das stand ihr gut.

„Gibt es hier keinen Spiegel?", wollte sie wissen.

Der Ermittler stutzte.

„Spiegel?"

„Wie im Film. Wie heißen die eigentlich? Ich mein die Spiegel, durch die uns die anderen Polizisten beobachten. Wenn Sie mir Fragen stellen."

„So wichtig ist Ihre Befragung nicht!", warf Miriam aus dem Hintergrund missmutig ein. Sie war seit Tagen schlecht drauf. Es konnte nicht nur am Job liegen, davon war Jürgens überzeugt. Die Entscheidung der Chefin, Michael Reuther für die Befragung Angelika Wiecherts als Begleitung mit in den Knast nehmen zu wollen, konnte unmöglich der einzige Grund für Miriams anhaltende Grabesstimmung sein. So gut es ging nahm Jürgens Rücksicht. Besonders, weil ihn die Chefin ausdrücklich darum gebeten hatte. Auch jetzt quittierte er Miriams Einwurf lediglich mit einem kurzen Seitenblick.

„Es gibt noch ein paar Punkte, die wir mit Ihnen durchgehen möchten", erklärte er Verena Haslinger. „Deshalb sind Sie hier. Wir freuen uns, dass Sie Zeit gefunden haben. Vielen Dank. Sie sind in Begleitung gekommen?"

Verena nickte.

„Betty. Ich wohne bei ihr. Sie wartet draußen."

„Geht es Ihnen gut und kommen Sie soweit zurecht?"

Verena zögerte, als könnte sich bereits hinter dieser schlichten Frage eine Falle verbergen.

„Wie meinen Sie das?"

„Er meint, ob Sie endlich einen verdammten Job gefunden haben!" Wieder Miriams Stimme aus dem Hintergrund.

„Ich bin noch auf der Suche. Ist nicht so einfach."

„Kommen wir noch mal auf eine andere Phase Ihres Lebens zu sprechen", übernahm Jürgens wieder, längst sauer auf Miriam, die heute genau das machte, was sie sonst immer ihm vorwarf. Sie störte den Gesprächsrhythmus und vergiftete die Atmosphäre. Verena Haslinger wurde sichtlich unruhig, weil ihr die Rollenverteilung in dem Gespräch nicht klar war.

„Ich möchte Sie gern über Ihre Zeit im Gefängnis befragen", erklärte Jürgens.

„Besser gesagt wollen wir was zu Ihrem Verhältnis zu Angelika Wiechert wissen!", ergänzte Miriam.

Mühsam beherrscht erhob sich Jürgens, machte der Kollegin ein Zeichen mit dem Kopf und verließ den Raum. Miriam folgte ihm mit finsterer Miene. Bevor er die Tür zum

Vernehmungsraum schloss, fing er noch einen verwirrten Blick von Verena Haslinger auf und blinzelte ihr beruhigend zu. Vor dem Befragungsraum wandte er sich an seine Kollegin. Weiß vor unterdrückter Wut.

„Was soll das?"

Aus unschuldigen Augen sah Miriam ihn an, als könne sie sich nicht im Geringsten erklären, was er von ihr wollte, während sie antwortete:

„Ich dachte, wir hätten die Rollen getauscht. Heute bist du nett und ich das Arschloch. Läuft doch super, oder nicht?"

„Lass es einfach mal raus. Hier und jetzt! Was ist dein Problem?"

„Ich weiß nicht was du meinst. Ich hab nur etwas Dynamik in die Befragung gebracht, bevor wir alle einschlafen. Du kannst dir natürlich auch jede Frage minutenlang durch den Kopf gehen lassen, während du Haslingers Möpse bewunderst."

„Für wen hältst du dich eigentlich? Die Superbullin, die alles besser kann? Die Befragungsspezialistin? Was ist los mit dir? Hattest du in der Kindheit zu wenig Aufmerksamkeit? Bist du deshalb so profilierungsgeil?"

„Das sagt gerade der Richtige! Kannst du überhaupt noch was sehen, so tief wie du bei der Chefin im ..."

Er hob die Hand.

„Wir sind Kollegen", mahnte er. „Ein Team!"

„Seit wann das denn?"

„Naja, deine Meinung dazu kenn ich ja jetzt."

„Na und?"

„So kommen wir nicht weiter, Miriam. Dann müssen wir die Chefin bitten, uns neu einzuteilen."

„Ja. Gern. Je eher desto besser."

„Was hab ich dir eigentlich getan?"

„Abgesehen von deiner arroganten Art? Deinem Zynismus? Und deinen sexistischen Sprüchen? Und deinen plumpen Versuchen, dich mit mir zu verabreden, nur um mich flachzulegen, weil da diese erbärmlichen Wetten laufen? Lies es mir von den Lippen ab: *Du bist nicht mein Typ*. Selbst wenn du der letzte Mann auf der Erde wärst, ich hätte null Interesse!"

„Aber du bist unwiderstehlich, oder was? Meinst du, die Zusammenarbeit mit dir macht Spaß? Deine ständigen Launen Tag für Tag ertragen zu müssen?"

Schweigend musterte sie ihn. Beruhigte sich etwas.

„Und jetzt?", fragte sie. „Wollen wir gleich zur Chefin?"

„Nein", sagte er. „Lass uns noch bis morgen warten. Dann entscheiden wir, okay?"

Miriam zuckte mit den Achseln.

„Ich denke morgen noch genauso."

„Vielleicht sollten wir es noch mal ernsthaft versuchen."

„Es passt einfach nicht."

„Morgen", beharrte er.

„Wie du willst." Ihre Hand lag schon wieder auf dem Türgriff zum Vernehmungsraum, aber er hielt sie zurück.

„Moment noch."

Sie sah ihn fragend an. Große braune Augen, in denen man sich verlieren konnte. Miriams Attraktivität war entwaffnend unverfälscht, sie schien sich ihrer Wirkung nicht bewusst zu sein. Dass ihr etwas Echtes und Ehrliches anhaftete. Ungekünstelt. Natürlich. Kein Make-up, und dann diese schlichte kurze Frisur. In ihrer Haltung immer auf Abwehr. So stand sie auch dieses Mal vor Jürgens, als warte sie nur auf den Gong zur nächsten Runde.

„Ich habe dir kürzlich Wiechert überlassen", erinnerte er sie. „Heute will ich die Haslinger. Du kannst bleiben. Hältst aber die Klappe, okay?"

Miriam schwieg eine Weile. Es wirkte so, als habe sie gar nicht kapiert, was er ihr vorgeschlagen hatte. Sie schien mehr mit Tränen zu kämpfen als mit der Antwort. Das bestärkte Jürgens noch mehr in der Ansicht, dass die Kollegin nervlich am Ende war. Welche Last sie auch immer zu schultern versuchte, es war auf jeden Fall zu viel.
„Ich schick dir gleich Micha rein", schlug Miriam leise vor.
„Wollte eh noch ein paar Akten durchgehen. Das Gequatsche von dieser dämlichen Gans fällt mir sowieso auf den Wecker. Okay?"
Seiner versöhnlichen Geste begegnete sie mit erhobenen Händen, als müsste sie ein schleimiges Monster abwehren.
„Bitte! Nicht! Anfassen!"
Er stoppte die planlos erhobene Hand und versteifte sich. Sie drehte sich um und ging. Erst zu Micha Reuther. Danach zur Chefin. *Keine Nacht drüber schlafen,* dachte sie. *Keine Minute länger!* Ihr ging es nicht um Verständnis. Nicht um Mitleid. Sie wollte nur ihre Ruhe. Keine verstohlenen Blicke mehr, die sie taxierten. Keine Einladungen zum Feierabendbierchen. Kein Gerede mehr über all die banalen Themen, die sie einen Scheiß interessierten!
Um sie herum wurde gequatscht und gequatscht, über Politik, die immer weiter steigenden Flüchtlingszahlen, über Trash TV, irgendwelche Musicals, über Wochenendficks, über Schwanz- und Tittengrößen, Überstunden, Urlaubspläne, Ehestress, Kinder, Eigentumswohnungen, über Kolleginnen und Kollegen, über In- und Outsider, Vorgesetzte und Neulinge – über jeden Furz. Sie wollte nicht mitreden, nicht mehr zuhören. Sie wollte ihren Job machen und sonst nichts.
Inzwischen setzte Jürgens das Gespräch mit Verena Haslinger fort, die jetzt nur noch Augen für seinen Kollegen Micha hatte.

Es war zum Verrücktwerden! Jürgens schüttelte letzte Gedanken an Miriams schräges Verhalten ab und kämpfte um die Aufmerksamkeit der jungen Frau auf der anderen Seite des Tisches. Mit einer Zigarette gelang es ihm schließlich. Sie dankte ihm und rauchte zufrieden. Jürgens erhöhte den Druck.

„Sie hatten im Gefängnis ein sehr ... sagen wir mal *vertrauensvolles* Verhältnis zu Angelika Wiechert?"

Verena machte sich grade und zeigte zum ersten Mal Haltung.

„Wir sind ein Paar!"

Jürgens bemühte sich um eine neutrale Miene. Ein Paar. Natürlich!

„Trotzdem haben Sie Frau Wiechert seit Ihrer Entlassung nicht ein einziges Mal besucht."

Sofort bröckelte die selbstbewusste Fassade, sackte Verena wieder in sich zusammen. Starrte sie eine Weile rauchend zur Zimmerdecke, bevor sie antwortete.

„Hab ich noch nicht geschafft. Draußen hab ich nur Stress. Ich muss ständig was erledigen. Hier hin und da hin. Bewerbungen schreiben. Formulare ausfüllen. Betty hilft mir, wo sie kann, aber ich schaff das alles kaum."

„Hatten Sie sich vor Ihrer Entlassung vielleicht gestritten?"

Verenas *Nein* klang ehrlich entrüstet.

„Hat Frau Wiechert Ihnen Tipps für das Leben hier draußen gegeben? Kontakte. Adressen. Telefonnummern. Sie um kleine Gefälligkeiten gebeten? Ihnen ... Aufträge erteilt?"

Wieder zeigte Verena Interesse für die Zimmerdecke, verbunden mit hektischen Zügen von der Zigarette.

„Ich hatte mir im Gefängnis das Rauchen abgewöhnt", erzählte sie dem schweigenden Micha. „Aber kaum war ich draußen, hab ich glatt wieder angefangen. Blöd, was?"

Der Ermittler nickte. Lächelte dünn. Sagte aber nichts. Der beste Schweiger im Team.

„Kontakte. Adressen. Telefonnummern?", wiederholte Jürgens, weiterhin um Geduld bemüht. „Gefälligkeiten. Aufträge?"

„Elisabeth Brodersen", murmelte Verena. „Betty. Die hat mich abgeholt. Vor dem Knast. Als ich rauskam. Stand da wie ... eine Mutter. Sie ist die ... war die Tante von ... Angelikas Anwalt. Dass ich bei ihr wohnen soll, hatte Angelika gesagt."

„Sie meinen den Anwalt, der ermordet wurde?"

Verenas Blick wich ihm aus.

„*Brutal* ermordet!", fügte Jürgens hinzu. „Kurz nach Ihrer Entlassung. Vorher wurde er noch grausam gefoltert, wussten Sie das?"

Flehende Augen. Feuerrote Wangen. Sie rauchte schon bald den Filter, verbrannte sich die Finger und ließ ihn in den Aschenbecher fallen. Jürgens hielt ihrem verzweifelten Blick die Packung entgegen, und sie nahm gierig die nächste Zigarette. Als er ihr Feuer gab, schob sich ihre kleine kühle Hand sehr zärtlich auf seine. Sie tat in diesem Augenblick höchster Bedrängnis das, was sie am besten beherrschte: Sie bot sich an. Machte sich interessant. Sexy. Ließ die Fingerspitzen länger als nötig auf seinem Handrücken verweilen. Tauchte tief in seinen Blick ein, mit Augen, die alles versprachen, wenn er sie nur in Ruhe ließ. Keine Fragen mehr. Bitte! Er zog seine Hand zurück. Ihre Gedanken waren fast spürbar geworden.

„Kannten Sie Andreas Brodersen persönlich?", fragte er.

Sie verneinte sofort.

„Sie haben sich nie mit ihm in Verbindung gesetzt?"

„Nein, nie!" Natürlich log sie.

„Mit anderen Personen aus Frau Wiecherts Vergangenheit? Zum Beispiel ... Arne Hansen?"

Verenas Hand mit der Zigarette erreichte nur zitternd die Lippen für den nächsten hastigen Zug. Sie stieß den Rauch betont heftig aus. Holte dann tief Luft, als wolle sie schreien. Der Blick so panisch, dass ein Lügendetektor, wäre sie jetzt daran angeschlossen, vermutlich explodiert wäre. Ihr *Nein* hatte diesmal keine Kraft mehr, um auch nur ansatzweise glaubwürdig zu klingen. Aber sie bewegte immerhin sehr entschieden den Kopf hin und her, was jedoch eher wie das Bemühen wirkte, böse Gedanken abschütteln zu wollen.

„Andere Männer?", bohrte Jürgens weiter. „Haben Sie vielleicht im Namen Angelika Wiecherts ein paar Gespräche geführt? Hier und da mal auf den Busch geklopft?"

„Auf den Busch?", wiederholte sie verständnislos.

„Sie wissen, was ich meine!" Er konnte jetzt beim besten Willen nicht mehr lächeln. Mochte Verena ihm auch optisch zusagen, ihr Verhalten nervte extrem. Man wusste nie, bis zu welchem Punkt ihre Naivität vorgetäuscht war. Die Rolle des gehetzten Rehs beherrschte sie perfekt, und das machte es ihm zunehmend schwer, sie ins Fadenkreuz zu nehmen. Als würde man *Bambi* quälen. Sie tat ihm immer noch leid, aber es ging darum, gewisse Verdachtsmomente auszuschließen. Beispielsweise, dass die beiden Frauen im Gefängnis einen hinterhältigen Plan abgesprochen hatten.

Diana Krause war zu der Überzeugung gelangt, dass Angelika Wiechert ihre Freundin instrumentalisiert haben könnte. Daraus ließen sich brisante Thesen entwickeln:

Beispielsweise die, dass Frau Wiechert ihre Söhne nicht ermordet hatte. Dann könnte es, entgegen der damals vorherrschenden Expertenmeinung, einen unbekannten Mörder geben, eine unbekannte Mörderin, eine Figur im Hintergrund, noch immer auf freiem Fuß. Also bestand die Möglichkeit, dass die Wiechert den Mörder kannte. Oder zumindest eine Vermutung hatte. Nach Diana Krauses Ansicht hatte die Wiechert zwei Personen instruiert: Ihren Anwalt Andreas Brodersen und ihre Geliebte Verena Haslinger. Bewusst oder unbewusst könnte der Mörder durch Brodersen oder Haslinger aufgeschreckt worden sein.

Nur deshalb hatte er reagiert. Und wie! Drei Tote! Und eine verängstigte Verena Haslinger, die viel tiefer in dieser Sache zu stecken schien, als es ihr vielleicht selbst bewusst war. Die im schlimmsten Fall sogar das nächste Opfer werden konnte.

Im Gefängnis jedenfalls machte Angelika Wiechert mittlerweile mächtig Wind und setzte alle zur Verfügung stehenden Mittel ein, um den Besuch ihrer Freundin zu erzwingen. Behauptete, man hielte Verena absichtlich von ihr fern. Sie machte sich auffällig große Sorgen um die Freundin.

Verena Haslingers Aktivitäten in Freiheit aber waren und blieben undurchsichtig. Bisher hatte sich Diana Krause erfolglos bemüht, die junge Frau überwachen lassen zu dürfen. Es fehlte an allem, vor allen Dingen aber an finanziellen Mitteln und verfügbarem Personal. Auch gab es keine juristische Grundlage für eine Genehmigung.

„Was genau machen Sie zurzeit, Frau Haslinger?", fragte Jürgens mit ernster Miene. „Ist Ihnen klar, dass Sie unter Umständen in großer Gefahr sind? Haben Sie die Rufe Ihrer Freundin aus dem Gefängnis nicht erreicht? Sie möchte dringend mit Ihnen sprechen."

„Angelika", flüsterte Verena ehrfürchtig und blickte Jürgens betroffen an, als habe er in ihr eine traurige Erinnerung wachgerufen.

Er nickte.

„Ja, genau. Angelika! Was also werden Sie tun?"
Verena schloss die Augen. Ihr war die momentane Überforderung deutlich anzusehen. Vielleicht nur wegen der Befragung, der sie sich nicht gewachsen fühlte. Vielleicht aber auch wegen der Gesamtsituation seit ihrer Entlassung aus dem Gefängnis.
„Wir können Ihnen helfen", versprach ihr Jürgens eindringlich. „Das ist unser Job. Sie müssen uns nur vertrauen."
Verena öffnete die Augen, sah ihn an, argwöhnisch, zweifelnd. Nein, sie vertraute hier niemandem. Jetzt war die Röte aus ihrem Gesicht gewichen, und sie wirkte blass und zerbrechlich. Rauchte die Zigarette, als stünde sie im Schatten eines Galgens. Den Blick jetzt wieder gesenkt.
„Alle wollen mir immer nur helfen", murmelte sie. „Aber außer Angelika hat das niemand wirklich getan."
„Dann sollten Sie ihr jetzt auch zur Seite stehen."
„Was wissen Sie schon?"
„Ich habe meine Erfahrungen, und die sagen mir, dass etwas nicht stimmt. Dass Sie in der Klemme stecken und Hilfe brauchen."
„Ganz bestimmt nicht von Ihnen!"
„Warum besuchen Sie Angelika Wiechert nicht im Gefängnis? Wovor fürchten Sie sich?"
„Das ist meine Sache und geht Sie nichts an."
„Völlig richtig. Trotzdem merkwürdig, oder? Wenn Sie doch ein Paar sind, wie Sie gesagt haben."
Verena nickte.
„Ja. Merkwürdig. Aber ich hab mich erkundigt. Ich muss Ihnen gar nichts sagen. Ich bin frei und kann machen, was ich will."
„Außer, Sie werden wieder straffällig", warf Micha ein.
Ihr Blick richtete sich auf den attraktiven Beamten. Dann rauchte sie nur noch und sagte nichts mehr. Instinktiv wusste

Jürgens, dass sie von ihr heute keine brauchbaren Informationen mehr erwarten durften. Viel war bisher nicht erreicht worden. Er fragte sich, ob Miriam mehr aus Verena Haslinger herausbekommen hätte. Solche Gespräche lagen der eigensinnigen Kollegin. Gerade mit Außenseitern war sie immer gut klargekommen. *Augenhöhe*, dachte Jürgens spöttisch.

\*\*\*

Dadurch, dass Roger Bauer seine Frau auf den neuesten Stand brachte, kam es für sie zu einer ungewohnten Gesprächssituation. Marlene hörte ihm zu. Keine bissigen Zwischenbemerkungen. Keine gegenseitigen Vorwürfe und auch keine Schuldzuweisungen in Bezug auf die Tochter. Gravesen hatte Bauer darüber informiert, jetzt mit Julia von der Bildfläche verschwinden zu wollen und die nächsten acht Wochen nicht mehr erreichbar zu sein. Allein für den äußersten Notfall gab es eine Telefonnummer. Die aber verschwieg Bauer seiner Frau vorsorglich, weil er befürchtete, sie würde sich allen Vereinbarungen zum Trotz zwischendurch viel zu oft nach Julias Befinden erkundigen wollen.

Marlene, die im Atelier gerade mit ihrem neuesten Werk beschäftigt war, hatte ihre Arbeit bei Rogers Auftauchen unterbrochen. Sie wirkte müde und schien heute mehr ihrem wirklichen Alter zu entsprechen als sonst. Schlafmangel und Kummer zeichneten die eingefallenen Gesichtszüge mit den ausgeprägten Wangenknochen. Für Roger war es eine erstaunliche Erkenntnis, sich ihr gerade in solchen Momenten besonders verbunden zu fühlen. In der Not konnte er am ehesten die Frau erkennen, in die er sich vor mehr als drei Jahrzehnten Hals über Kopf verliebt hatte: Wenn sie endlich mal wieder sie selbst war.

Während Marlene aus einer Wasserflasche trank, die gebräunten sehnigen Arme voller Farbkleckse, wollte sie wissen, wie es jetzt weiterginge.

Roger hatte sich auf einen Stuhl sinken lassen und schürzte nachdenklich die Lippen.

Gravesen würde Julia irgendwo hinbringen. Weit weg von den verdammten Drogen. Weit weg von diesem Drecksleben, das sie bis jetzt geführt hatte.

„Weit weg von uns", ergänzte Marlene bitter. „Traust du diesem Mann?"

„Sonst hätte ich ihn wohl kaum beauftragt."

„Aber irgendwie ..."

„Wir waren uns einig, etwas tun zu müssen, oder nicht?"

Gedankenverloren starrte Marlene auf ihr halbfertiges Bild. Roger richtete den Blick ebenfalls auf die Leinwand. Das Porträt ihrer jüngsten Tochter war die erste Arbeit seiner Frau, die ihm gefiel. Julia als Jugendliche mit dem Lächeln von damals, als sie noch eine Zukunft hatte – und eine Zahnspange.

Ein wenig unbeholfen lobte Roger das Bild. Marlene ging nicht darauf ein. Mit ihm hatte sie noch nie gern über ihr Hobby reden mögen. Wusste von seiner Skepsis gegenüber dem was sie tat. Fragte stattdessen, ob ihr Mann wirklich keine Ahnung hätte, wohin Gravesen ihre Tochter bringen würde. Immerhin sei er der Auftraggeber, der die gesamte Aktion finanziere.

Roger erklärte ihr, dass diese Bedingung eine der Hauptforderungen Gravesens gewesen war, bevor er den Auftrag überhaupt angenommen hätte. Alles liefe nach dessen Regeln. Punkt.

„Findest du das richtig?", fragte Marlene, eine tiefe Sorgenfalte auf der Stirn.

„Findest du es falsch?" Er lächelte. Ein kleines, flüchtiges Lächeln, nicht gerade überzeugend.

„Was werden wir tun, wenn das am Ende alles keinen Erfolg bringt? Wenn Julia nach dieser Zwangstherapie genau dort weiter macht, wo sie aufgehört hat?"

Jetzt klang Marlenes Stimme wieder so, als wolle sie auf der Suche nach einem Schuldigen ihren Mann ins Fadenkreuz nehmen. Der schwieg. Dieses Thema hatte er zuletzt mit Gravesen diskutiert. Was wäre, *wenn*? Wenn das alles umsonst war. Das ganze Theater. Die Rückfallquote der Cracksüchtigen läge bei siebzig Prozent. Darauf hatte Gravesen hingewiesen. Besonders dann, wenn sie nach dem Entzug wieder in die alten Lebensumstände zurückmussten. Aber irgendwohin musste Julia natürlich zurückkehren!

Er könne seine Tochter ja nicht in ein Kloster sperren, hatte Roger verzweifelt erwidert.

„Wenn nichts anderes hilft, sollten Sie auch das vermeintlich Abwegigste in Erwägung ziehen", hatte Gravesen lakonisch geantwortet. „Ich kann Ihre Tochter zum Entzug zwingen. Retten müssen sie andere. Sie haben Geld und Macht. Setzen Sie alles ein!"

Roger hatte genickt. Dann hatte er mit Gravesen eine Alternative besprochen. Für den Fall, dass Julia nicht therapierbar wäre. Für den Fall, dass seine Tochter nicht mehr zu retten war. Gravesen hatte sehr aufmerksam und ruhig zugehört. Keine Miene verzogen. Gewartet, bis Roger Bauer ihm seine düsterste Lösung vom ersten Wort bis zum letzten Punkt anvertraut hatte. Der finale Plan. Das Ende. Julias abschließende Befreiung. Die Befreiung der Familie Bauer. Und dann die Frage: *Könnten Sie sich vorstellen, auch das zu tun*?

Marlenes Stimme holte Roger wieder in die Gegenwart zurück.

„Wir sind doch nicht die unfähigen Eltern, die alles falsch gemacht haben", sagte sie gerade verzweifelt. „Natürlich waren wir nicht perfekt. Aber perfekte Eltern gibt es gar nicht, das weiß jeder. Aus den beiden anderen Mädchen ist doch auch was geworden, oder nicht? Julias Charakter war immer ... irgendwie speziell. Ich kann mich gar nicht erinnern, wann sie einfach nur Kind war. Hat mir schon als Sechsjährige unglaubliche Fragen gestellt. Mir kam das jedes Mal unheimlich vor, was in ihrem Kopf so vor sich ging. Uns sind viel zu schnell die Antworten ausgegangen. Ich hätte mich mehr um sie kümmern müssen."

„*Wir!*", verbesserte Roger seine Frau, die ihre Tränen jetzt nicht mehr zurückhalten konnte.

Sie schüttelte den Kopf. Schniefte und hatte wie bei einem Zaubertrick plötzlich ein Taschentuch in der Hand.

„*Ich* müsste jetzt an der Seite meiner Tochter sein. Die nächsten Wochen, wenn es ihr richtig schlecht gehen wird. Meinst du nicht? Gerade dann wird sie ihre Mutter brauchen. Das hättest du so verhandeln müssen. Sie braucht jetzt ihre Mutter und keine Fremden um sich. Was wissen wir von diesem Gravesen überhaupt? Hast du eine Möglichkeit, ihn jetzt zu erreichen? In den nächsten Wochen?"

„Nein."

„Eine solche Vereinbarung passt überhaupt nicht zu dir. Du bist doch sonst immer kontrollsüchtig. Warum hast du ausgerechnet dieses Mal auf jeden Einfluss verzichtet?"

„Unter anderen Voraussetzungen hätte Gravesen diesen Fall nicht übernommen. Er ist Profi. Ein Mann für heikle Aufgaben. Mit einem klaren Konzept."

„Heikle Aufgaben? Er wird unsere Tochter rund um die Uhr pflegen müssen. Da braucht sie besonders Liebe und Fürsorge! Denkst du wirklich, er kann das?"

„Ich vertraue ihm."

„Und wir sollen inzwischen einfach nur rumsitzen und abwarten? Und darauf hoffen, dass alles klappt?"
Roger erhob sich.
„Wir haben so viele Jahre lang nicht das Richtige getan, um Julia zu helfen. Alle unsere Versuche haben die ganze Sache nur verschlimmert. Wir beide haben ausreichend bewiesen, dass wir es nicht können. Findest du nicht?"
Marlenes Augen weiteten sich. Sie schien widersprechen zu wollen, ohne die passenden Worte zu finden. Letztlich hatte Roger recht. Er trat an sie heran und küsste sie sanft auf die Stirn, direkt neben einen Farbklecks – ein vertrauter, zärtlicher Moment, wie es ihn schon lange nicht mehr zwischen ihnen gegeben hatte. Marlene umarmte ihren Mann, ganz kurz nur, aber sehr fest. Drückte ihr Gesicht in seine Strickjacke.
„Gravesen wird in Kürze noch einmal für ein letztes Gespräch zu uns kommen", sagte Roger Bauer. „Aber über Julias Aufenthaltsort werden wir nichts erfahren. Das ist nicht verhandelbar. Verstehst du?"
Statt einer Antwort drehte Marlene sich um und widmete sich wieder der Julia auf der Leinwand. Roger verließ das Atelier, das er normalerweise so gut wie nie betrat.

***

Diana Krause hatte Jürgens in ihr Büro kommen lassen und war bei seinem Erscheinen am Computer beschäftigt. Lesebrille, konzentrierter Blick, zwischendurch immer wieder auf die Tasten hämmernd. Er blieb vor ihrem Schreibtisch stehen, bis sie ihn mit einer Kopfbewegung zum Setzen aufforderte. Sie tippte noch eine Weile weiter, bevor sie die Lesebrille abnahm und ihm ihre volle Aufmerksamkeit widmete. Seine ganze Haltung drückte

Widerstand aus. Offensichtlich erwartete er Kritik, die er in seiner unvergleichlichen Art wieder mal an sich abprallen lassen wollte. In solchen Gesprächen verhielt er sich wie ein Boxer, der seinen Gegner durch Nehmerqualitäten zermürbte. Konterte erst, wenn niemand mehr mit einer ernsthaften Gegenwehr rechnete. Das ließ ihn am Ende immer unbezwingbar aussehen. Aber diesen Gefallen würde Diana ihm heute nicht tun. Sie hatte die Taktik des jungen Ermittlers längst durchschaut.

Miriam Franke hatte sich nicht direkt über ihren Kollegen beschwert, sondern lediglich, das aber mit höchster Eindringlichkeit, den Wunsch geäußert, nicht mehr mit ihm im Team zusammenarbeiten zu wollen. Diana hatte da nicht weiter nachgehakt. Zum einen kannte sie die meisten Gründe. Zum anderen war sie, was Miriam betraf, heimliche Mitwisserin. Ihr war bekannt, warum die großen braunen Augen der jungen Ermittlerin oft so schmerzerfüllt wirkten. Welche Last sie trug. Da würde sie fast alles tun, um die junge Frau zu beschützen.

Also hatte sie entschieden, dass Miriam zukünftig mit Michael Reuther ein Team bilden sollte. Der schöne, wortkarge Micha. Die beiden waren schon heute zu einer ersten Befragung ausgerückt.

„Was machen wir jetzt mit Ihnen?", fragte Diana und lächelte wie eine Mutter, die dem verzogenen Lieblingssohn wieder mal die Leviten lesen musste. Jürgens Miene blieb teilnahmslos.

„Das mit Ihnen und Miriam lief in keine gute Richtung, das wissen Sie", fuhr die Chefin fort. „Da musste ich reagieren. Normalerweise bin ich kein Fan von solchen Maßnahmen. Ich erwarte, dass sich meine Teams zusammenraufen. Sich tadellos verhalten. Alle Nebengeräusche ausblenden. Aber manchmal haut es einfach nicht hin."

„Ich werde jetzt nicht in Tränen ausbrechen", sagte Jürgens.

„Ist Zynismus wirklich eine Antwort auf jede Frage?", wollte Diana wissen.

Er hielt ihrem Blick stand.

„Funktioniert halt wie ein Tennisschläger", meinte er.

„Ich hasse Tennis", erwiderte Diana. „Vielleicht sollten Sie sich mal Gedanken darüber machen, wie Sie in Gesprächen etwas variabler werden. Nur Tennis ist auf Dauer zu ..."

„Eintönig?", schlug er vor, nachdem ihr ein passender Begriff nicht einfallen wollte – oder sie ihn nicht hatte aussprechen wollen.

„Eintönig?", murmelte sie, als wäre sie sich nicht ganz sicher, ob das ihre Meinung treffend wiedergab. „Denken Sie, eine solche Definition könnte passen? Zu Ihnen?"

„Worauf wollen Sie hinaus?"

„Worauf wollen *Sie* hinaus? Würden Sie sich vielleicht mal klarer positionieren, als immer nur dieses Wischiwaschi-Verhalten? Nie weiß man bei Ihnen, woran man ist. Bei allem, was Sie sagen, vermutet man einen Hintergedanken. Sie wirken nie spontan, schon gar nicht ... authentisch. Was ist los mit Ihnen?"

„Führen wir jetzt gerade ein Personalgespräch?", wollte er wissen.

Sie verdrehte die Augen.

„Himmel! Es ist nur ein verdammtes Gespräch! Ohne Netz und doppelten Boden. Einfach so. Sie sind ein guter Ermittler, Jürgens. Strategisch denkend und mit guten Instinkten ausgestattet. Sie verhalten sich in vielen Situationen angemessen. Aber Sie haben ein Problem mit Frauen."

„Weil mich Miriam Frankes Launen nerven?"

„Meinen Sie ernsthaft, ich mache das nur daran fest?"

Er schwieg. Sie kannte seine Akte. Natürlich!

„Ich gebe mir Mühe", brummte er nach einer Weile.

„Das möchten Sie in Ihrer Beurteilung ganz bestimmt nicht lesen, oder? Dass Sie sich Mühe geben."

Jürgens atmete hörbar aus. Befriedigt stellte die Chefin fest, endlich Mal seinen Schutzwall durchbrochen zu haben. *Der* Blick war authentisch. Die ganze Reaktion war authentisch. Vermutlich hätte er ihr am liebsten eine geknallt. Das war mal der echte Jürgens, der sich da aus der Deckung wagte.

„Ich weiß nicht warum, aber die meisten Frauen verhalten sich mir gegenüber komisch. Bin halt kein Frauentyp. Micha verzeihen sie alles. Mir nichts. Ich muss aber jetzt auch nicht einen auf Frauenversteher machen. Ich hab kein Bock darauf, mich ständig ins Zeug legen zu müssen. Kavalier der alten Schule und dieser ganze Kram. Türen aufhalten. In die Jacke helfen. Den Vortritt lassen. Die Frauen wollen doch längst so hart wie Männer sein. Am liebsten noch taffer. Ich hab Miriam nichts getan. Ja, mag sein, dass ich ein komischer Vogel bin. Aber was ist die dann erst? Nur eine Schicht mit der zusammen, und schon denkt man über Selbstmord nach. Aber Miriam Franke ist ja die große Nachwuchshoffnung hier im Team."

„Kommt das *so* bei Ihnen an?"

„Was soll denn bei mir ankommen? Sagen Sie es mir doch einfach mal ganz direkt."

„Haben Sie Miriam ... Avancen gemacht?"

„Hat sie das behauptet?"

„Hat sie nicht. *Ich* frage das."

„Weil ich mal vorgeschlagen habe, zusammen ein Bier trinken zu gehen? Damit wir uns aussprechen. Über das, was schiefläuft. Mehr nicht."

„Und das wollte sie nicht."

„Ums Verrecken nicht. Als hätte ich die Pest oder so was."

„Manchmal passt es halt nicht. Nicht mal für ein Bier."

Er hob vielsagend die Hände, als wären sie damit zum Kern der Sache vorgedrungen.

„Wollen Sie mal mit mir ein Bier trinken gehen?", fragte Diana und strahlte ihn offen an.

Er starrte argwöhnisch zurück.

„Ich? Mit Ihnen?"

Sie lachte.

„Verunsichert Sie das Angebot? Denken Sie, ich will mehr? Oder denken Sie, es geht tatsächlich nur um Bier und Quatschen?"

Er grinste schief.

„Botschaft angekommen", versicherte er ihr.

Sie lachte entspannt.

„Das Wissen aus unzähligen Rhetorik-Seminaren muss sich doch irgendwann mal bezahlt machen!"

Er gab sich Mühe, ein Gesicht zu machen, das zu ihrer jähen Heiterkeit einigermaßen passte.

Diana klatschte aufmunternd in die Hände.

„Na, wunderbar! Sie ermitteln jetzt die nächste Zeit zusammen mit mir oder auch mal solo. Kommen Sie damit klar?"

„Bestens."

„Na dann los!"

Er stand auf und ging zur Tür. Wirkte irgendwie erleichtert. Bevor sich seine Hand auf die Klinke gelegt hatte, hielt ihn Dianas Stimme zurück.

„Mir würde morgen Abend sehr gut passen. Die Sache mit dem Bier."

Er drehte sich um. Meinte sie das ernst? Sie meinte es ernst!

„Ließe sich einrichten", stieß er hervor.

„Sie wissen, wo ich wohne?"

Er nickte.

„Gegen Acht?"
Er nickte wieder.
Ihr Lächeln wirkte eher kühl.
„Hängen Sie's nicht an die große Glocke, okay? Oder laufen meinetwegen auch schon Wetten?"
Bevor er antworten konnte, blickte sie bereits wieder in den Computer, begann munter zu tippen. Achselzuckend verließ Jürgens das Büro und schloss geräuschlos die Tür.

\*\*\*

Sabine Matthiesen war etwas über vierzig. Objektiv betrachtet wirkte sie deutlich älter. Das lag weniger an ihrem Aussehen. Aber mit langweiliger Frisur, altmodischer Brille und durch ihre uninspirierte Art, sich zu kleiden, grenzte sie sich deutlich gegen jeden Verdacht ab, auffällig und modern wirken zu wollen. Sie betrieb ein Blumengeschäft in Fuhlsbüttel, und Eric hatte herausgefunden, dass es seit einiger Zeit nicht mehr so gut lief. Zu viel Konkurrenz um sie herum nahm ihr vor allen Dingen die Laufkundschaft weg. Seit einem Jahr musste sie mehr oder weniger allein klarkommen, weil sie eine Hilfe im Geschäft nicht mehr bezahlen konnte. Dazu regelmäßige Mieterhöhungen, weil der Immobilienmarkt in Hamburg schon lange außer Rand und Band war.

Telefonisch hatte sich Eric bei der Floristin angekündigt, und anfangs hatte sie sich noch gegen seinen Besuch gesträubt. Nein, über Angelika Wiechert habe sie nichts mehr zu sagen. Ihre Freundschaft wäre vor vielen Jahren zerbrochen. Eigentlich schon vor dem Prozess. Das habe sie auch den Kriminalbeamten der Mordkommission deutlich gemacht, die erst kürzlich wieder den Staub dieser alten Geschichte aufzuwirbeln versuchten.

Aber Eric verstand es, der spröden Frau mit rhetorischem Geschick doch noch ein Treffen abzutrotzen. Er erinnerte sie daran, vor einigen Jahren schon mal mit ihr gesprochen zu haben. Ein sehr netter Gedankenaustausch sei das damals gewesen, kurz bevor er die Arbeit am Buch über Angelika Wiechert eingestellt hatte. Aber erst als er Sabine Matthiesen für brauchbare Informationen eine gute Bezahlung in Aussicht stellte, brach das Eis endgültig.

Für das Gespräch mit Eric machte Sabine ihr Geschäft ausnahmsweise über Mittag zu. Sie führte ihn in ein Café ganz in der Nähe, das zu einer der vielen Ketten gehörte, die mittlerweile nicht nur Hamburgs Stadtbild prägten, und steuerte zielstrebig einen Ecktisch an, als sei das ihr Stammplatz. Die Atmosphäre war lebendig, fast alle Tische wurden von jungen Menschen belagert.

„Ich habe nicht allzu viel Zeit", verkündete Sabine, nachdem sie sich gesetzt hatten. „In meiner Lage ist es nicht klug, das Geschäft tagsüber dicht zu machen. Ich brauche jeden Cent. Kein Mensch ersetzt mir Ausfallzeiten."

Der erste Wink mit dem Zaunpfahl, und schon so früh!

„Ich werde mich beeilen", versprach Eric. „Haben Sie überhaupt noch Kontakt zu Angelika Wiechert?"

„Schon lange nicht mehr. Das hab ich Ihnen ganz bestimmt schon damals erzählt. Da hat sich nichts geändert."

„Das ist halt länger her. Ich hab mich seitdem mit anderen Projekten beschäftigt und muss jetzt erst mal wieder in die Geschichte reinfinden."

Sie musterte ihn durch ihre schlichte Brille ungeduldig.

„Sie waren damals sehr gut befreundet", stellte er fest. „Das weiß ich noch."

Widerwillig nickte sie.

Er rieb sich das Kinn und registrierte beiläufig, die Grenze zwischen *nur unrasiert* zu *schon Bart* überschritten zu haben. Erinnerte sich, dass Marie ihn mit Bart nie leiden mochte. Sie hatte gemeint, er wäre kein Barttyp. *Was denn ein Barttyp wäre*, hatte er gefragt, und sie hatte geantwortet: *Einer, der damit gut aussieht!*

Ob sich Marie jemals aus seinen Gedanken verbannen ließ? Nach seiner Rückkehr aus Paris hatte Lisa ihm einen belanglosen Abschiedsbrief von Marie gegeben. Sie war jetzt wieder nach Spanien zurückgekehrt. In eine Stadt, deren Namen er sich nicht merken konnte. Auch nicht merken wollte. In ein Leben, mit dem er nichts mehr zu tun hatte. Verheiratet mit einem alten reichen Gönner.

„Was hat Ihre Freundschaft damals ausgemacht?", fragte er Sabine und schüttelte letzte Marie-Gedanken ab.

„Musik."

„Musik?"

„Wir waren beide in einem Freizeitchor, damals. Angelika hatte ihn gegründet. Nur Frauen. Wir hatten viel vor und sind grandios gescheitert. Nach ein paar Proben waren nur noch Angelika und ich übriggeblieben. Das fanden wir sehr amüsant."

„Woran ist der Chor gescheitert?", fragte Eric interessiert. Sabines Antwort wurde von einem jungen smarten Typen gestört, der in einem mit Werbung verzierten Spiegel an der Wand den Sitz seiner gestylten Frisur überprüfte, bevor er die Bestellung aufnahm.

„An Angelika ist der Chor gescheitert", sagte Sabine, als sich der coole Typ wieder entfernt hatte. Sie lächelte gedankenverloren. „Angelika war so fordernd und von einer brutalen Energie erfüllt. Trieb uns an wie Sklavinnen. Typisch Lehrerin. Sie hämmerte ins Klavier, und wir kamen kaum noch mit. Wir sangen aus Vergnügen. Aber das war ihr zu wenig. Die Ansprüche passten nicht zusammen. Nach wenigen Monaten war alles vorbei."

„Und nur sie beide blieben übrig."

„Ja."

„Trafen sich weiter."

„Regelmäßig. Aber nicht mehr zum Singen. Wir redeten über Gott und die Welt. Über Bücher. Musik. Ballett. Oper. Filme. Konzerte. Theater. Museen. Musical. Wir unternahmen auch mal was zusammen. Hatten kulturell in vielen Dingen einen ähnlichen Anspruch."

„Sprachen Sie auch über Angelikas Familiensituation?"

Sabine dachte angestrengt nach. Versuchte sie sich ernsthaft zu erinnern? Oder überlegte sie sich eine faule Ausrede, um der Wahrheit auszuweichen?

Ihr Blick streifte durch das lebhafte Treiben im Café.

„Ich habe Angelika in vielen Dingen sehr bewundert", gestand sie schließlich, ohne Eric anzusehen. „Vielleicht sogar beneidet. Sie hatte einen netten Mann. Zwei entzückende Söhne. Ein schönes Haus. Damals noch den Hund. Einen tollen Beruf als Lehrerin. Mathe und Musik waren ihre besondere Leidenschaft. Ich hielt sie und ihr Leben für perfekt. Doch dann ..."

Eric hing an ihren schmalen, blutarmen Lippen, aber sie brach ab. Er ließ ihr die Zeit, die sie brauchte. Ihr Blick befand sich schon nicht mehr im Hier und Jetzt. Sekunden verstrichen, in denen in Sabines Gedanken vermutlich ein Film ablief.

Sie konzentrierte sich schließlich wieder auf Eric, der heute darauf verzichtete, Stichworte des Gesprächs nebenbei in seinem Tablet festzuhalten. „Über Angelikas größte Leidenschaft brauche ich Ihnen ja wohl nichts mehr zu erzählen. Als damals diese vielen Geschichten publik wurden, vor Gericht oder auch in den Medien – ich fand's scheinheilig. Besonders aber, wie man sie bloßstellte und vorverurteilte. Wirklich. Selbst wenn sie öfter mal Affären hatte. Na und? Bei Männern gilt das als cool. Bei Frauen ist es krankhaft. Männer genießen Anerkennung, Frauen werden als Schlampe abgestempelt."

Eric verstand ihre Haltung, aber letztlich war das genau der Punkt, über den er mehr wissen wollte. Da musste er noch behutsamer vorgehen.

„Möglicherweise war sie nur nicht mit dem richtigen Mann verheiratet", überlegte er laut. „Wären Angelika Wiechert und Arne Hansen ein Paar gewesen ..."

Sabine Matthiesen verzog das Gesicht, als habe Eric den Kopf des Nagels deutlich verfehlt.

„Das ist doch nicht Ihr Ernst! Arne Hansen?"

Natürlich wusste Eric von Hansens Affäre mit Sabine Matthiesen. Im damaligen Prozess war es eine spektakuläre Wendung gewesen, als Hansen, der zuvor schon von seinem falschen Alibi für Angelika Wiechert hatte abrücken müssen, später auch noch deren beste Freundin als sein eigenes präsentierte.

„Was spricht gegen meine These?", erkundigte sich Eric harmlos.

Sabine nahm ihre Brille ab und hielt sie hoch. Aus zusammengekniffenen Augen prüfte sie die Sauberkeit der Gläser und setzte die Brille dann wieder auf.

„Ich kannte Arne damals auch ganz gut", erzählte sie. „Das werden Sie zweifellos wissen!"

Eric war froh, dass sie so ahnungslos in seine Falle tappte.

„Ein toller Typ", fuhr sie fort. „Groß und stark. In Angelikas Nähe aber hat er sich in einen erbärmlichen Wicht verwandelt. Peinlich. Bei ihm brauchte sie nur mit den Fingern zu schnippen. Und sie schnippte ziemlich oft, das können Sie mir glauben. Ich fand es unangenehm, wie devot er unter ihrem Einfluss wurde."

Eric dachte an sein Gespräch mit Arne Hansen, in dem er einen solchen Eindruck nicht gewonnen hatte. Er wusste, dass Angelika Wiecherts Anwalt Sabine Matthiesens ähnlich formulierte Aussagen damals vor Gericht total zerpflückt hatte, indem er nachwies, dass die Zeugin selbst in Hansen verknallt und ausgesprochen eifersüchtig gewesen war. Hansen hatte schon zu dieser Zeit gelegentlich als Fitnesstrainer gearbeitet, und die beiden Freundinnen hatten im Sportstudio zeitgleich um die Gunst des Sonnyboys gebuhlt – wobei natürlich Angelika Wiechert mühelos das Rennen gemacht hatte. Anfangs jedenfalls.

„Kam es dadurch zum ersten Bruch?", wollte Eric wissen. „Weil Ihnen das Verhältnis Ihrer Freundin zu Hansen missfiel?"

Auf die Antwort musste er warten, weil gerade ihre Bestellungen gebracht wurden. Es wurde auch gleich kassiert. Dass Eric die gesamte Rechnung übernahm, registrierte Sabine Matthiesen mit dankbarem Nicken und belohnte ihn mit einer Antwort, nachdem die Bedienung wieder fort war.

„Der Bruch war schon früher gekommen. Aber ich tat mich schwer. Ich muss gestehen, nicht besonders kontaktfreudig zu sein. Angelika oder auch Arne, das sind Menschen, die betreten einen Raum und sind sofort präsent. Wenn die hier in dieses Café kämen, würden die nach einer Viertelstunde schon ein paar Leute kennen und kurz danach garantiert ein erstes Date haben. So was von extrovertiert und von sich selbst überzeugt! Ich war immer völlig baff. Nie ein Hauch Selbstzweifel. Ich wär schon glücklich gewesen, wenn ich nur die Hälfte davon gehabt hätte."

Wieder der Tick mit der Brille, als könnte sich an deren Sauberkeit in der kurzen Zeit irgendwas verändert haben.

„Wie standen Sie denn zu Arne Hansen?", wollte Eric wissen.

Sabine errötete und trank erst mal von ihrem Milchkaffee. Ihre Augen blinzelten nervös.

„Ein attraktiver Bursche, oder?", ergänzte Eric. „Heute immer noch. Davon konnte ich mich erst kürzlich überzeugen."
Sie stellte die große Tasse mit leicht zitternden Händen ab.
„Ach ja?"
„Sie haben keinen Kontakt mehr?"
*„Nein!"*
„Ich werde über Sie nichts in meinem Buch schreiben, was Sie nicht wollen", versprach Eric mit gedämpfter Stimme. „Ehrlich. Aber für mein Geld muss ich auch lohnende Infos bekommen, verstehen Sie?"
„Steht das nicht sowieso fast alles in den alten Unterlagen?", fragte sie und schluckte schwer. „Die Polizei hat mich dazu mehrfach befragt, und vor Gericht kam es auch mehr als deutlich zur Sprache. Glücklicherweise ist längst Gras über die Sache gewachsen. Aus gutem Grund. Es fällt mir einfach schwer, darüber zu reden. Heute wie damals. Lieber verzichte ich auf das Geld. Warum ist es bloß immer so wichtig, die Intimsphäre anderer Menschen auszuschlachten?"
„Dann muss ich eben doch die alten Akten durchwälzen", stöhnte Eric theatralisch. „Kostet mich unnötig Zeit, und Sie bekommen kein Honorar. Das wird uns beide nicht glücklicher machen. Zumal ich dann auch schreibe, was ich will."
Zunächst wirkte Sabine unentschlossen.
„Das ist natürlich schade." Sie seufzte. „Eine kleine Finanzspritze könnte ich echt ganz gut gebrauchen. Aber ich traue grundsätzlich niemandem. Ob Sie oder die Polizei, am Ende steht der Verrat. Ich soll etwas preisgeben, jemanden bloßstellen."
Eric lehnte sich zurück. Winkte ab.
„Es geht allein um die Wahrheit", widersprach er. „Wo ist das Problem?"

„Die Wahrheit ist nicht das Problem", entgegnete Sabine. „Aber das, was ihr daraus macht."

„Wenn Sie meinen. Ich wiederhole es gern noch mal. Ich schreibe nur das, was ich mit Ihnen abgestimmt habe. Und das Geld gibt es bar auf die Hand. Aber nur, wenn die Informationen auch wirklich was taugen."

„Was zahlen Sie denn so?"

„Sagen wir ... fünfhundert für eine exklusive Information."

„*Exklusive* Information? Wer legt das denn fest? Sie? Sagen wir zweitausend. Und dafür kriegen Sie eine wirklich exklusive Information."

Eric bemühte sich weiter um eine entspannte Haltung. *Zweitausend!* Was bildete diese Frau sich ein? Verschanzte sich erst hinter Anstand und Moral, um dann unverschämte Forderungen zu stellen. Typisch! Sobald die Hemmschwelle überwunden war, regierte die nackte Gier.

Er probierte endlich seinen bereits abgekühlten Espresso. Bisher hatte er das Gespräch gut im Griff, und eine dieser besonderen Infos wusste er bereits. Um Sabine zu beweisen, dass er seine Hausaufgaben gemacht hatte, bemerkte er betont beiläufig:

„Reden wir mal über Arne Hansens Alibi. Erst hatte er noch behauptet, zur Tatzeit, als die Söhne der Wiecherts ermordet wurden, mit Angelika zusammen gewesen zu sein. Später musste er wieder zurückrudern. Erst als er selbst unter Beschuss geriet, stellte sich heraus, dass er seine Geliebte mit einer anderen Frau betrogen hatte. Das war am Ende *sein* Alibi."

Sabine nickte.

„Diese andere waren Sie", fuhr Eric fort.

Sabine senkte den Kopf, als wäre sie eines schlimmen Verbrechens überführt worden.

„Ja, ich", bestätigte sie trotzig. „So steht es auch in sämtlichen Akten. Weiß Gott keine große Sache, das herauszufinden. Ab und zu ist Arne tatsächlich zu mir gekommen. Anfangs nur zum Reden. Später wurde mehr daraus. Ich hab's jedes Mal genossen. Zu wissen, dass nicht immer nur Angelika im Mittelpunkt stand. Auch ich hatte meine Vorzüge. Und meine guten Momente."

Eine tiefe Röte überzog ihr Gesicht.

„Na, das gab dann aber Ihrer Freundschaft mit Angelika den Rest", vermutete Eric.

„Naja. Es war das Ende vom Ende würde ich mal sagen."

„Wofür aber wollen Sie jetzt zweitausend Euro?", fragte Eric.

Sabine lächelte, und ein kleines listiges Funkeln zeigte sich in ihrem unruhigen Blick.

„Zur Tatzeit war Arne *nicht* bei mir", sagte sie leise, als könnten sie von jemandem belauscht werden. „Er kam erst eine Stunde später. Als es darauf ankam, haben wir mit der Zeit einfach ein bisschen gemogelt. Eine Stunde mehr oder weniger ..."

„Wo war er zu dieser Zeit?"

„Keine Ahnung. Hat er mir nicht gesagt."

„Also könnte Arne Hansen damals ohne Probleme ..."

„Nein!"

„Was heißt nein? Sie wissen es doch gar nicht."

„Kein Mann begeht diese widerliche Tat und kommt anschließend zu mir, um mit mir ... nein! Auf keinen Fall! Hätte ich den geringsten Zweifel an Arnes Unschuld gehabt, hätte ich damals natürlich die Wahrheit gesagt. Ich decke doch keinen Kindermörder! Ich kann Ihnen zwei Dinge mit Sicherheit sagen, und diese Informationen sind gratis. Arne Hansen ist kein Mörder. Und Angelika ist auch unschuldig. Natürlich hab ich zuletzt nur noch wenig Sympathie für sie empfunden. Ihr Auftritt vor Gericht war beschämend und selbstzerstörerisch. Aber eine

Mörderin? Nie und nimmer! Da hat es sich die Justiz ein wenig zu leicht gemacht."

„Und Angelikas Mann? Den kannten Sie doch auch ganz gut." Sabine hatte ihren Milchkaffee ausgetrunken und vermittelte den Eindruck, das Gespräch möglichst bald beenden zu wollen. „Angelikas Mann habe ich nur noch schwach in Erinnerung. Seine Trauer, seine Heulerei, das fand ich persönlich ein wenig zu dick aufgetragen. Dazu seine an Dummheit grenzende Naivität- Ich bitte Sie, der Mann war Lehrer! Angelika wirkte versteinert, er zerfloss förmlich. Zwei gegensätzliche Charaktere, die ein furchtbares Verbrechen verarbeiten mussten, mit extremen Verhaltensweisen. Was denken Sie? Ich hab Ihnen etwas Exklusives erzählt. Ich könnte das Geld wirklich gut gebrauchen, wissen Sie."

„Tausend", bot Eric an. „Im Vertrauen, dass Sie mir bei Hansens Alibi die Wahrheit gesagt haben. Und mit der Garantie, dass ich es verwenden darf."

„Die reine Wahrheit und nichts als die Wahrheit", versicherte sie ihm mit leicht gekränktem Unterton in der Stimme. „Ich musste das einfach mal loswerden."

„Warum gerade jetzt?"

„Was meinen Sie wohl? Ich brauch das Geld. Dringend! Was werden Sie aus der Information machen?"

„Weiß ich noch nicht. Für Sie kann da auf jeden Fall ein Strafverfahren wegen uneidlicher Falschaussage drohen. Das ist noch nicht verjährt und kann drei Monate bis fünf Jahre Gefängnis bringen."

Sie nickte.

„Das ist mir schon klar. Aber wenn sich zeigt, dass diese harmlose Schwindelei für den eigentlichen Fall keine Bedeutung hatte, wird's schon nicht so schlimm werden. Sie haben eine besondere Information von mir bekommen, und ich hätte jetzt gern das Geld."

Ihr Blick wirkte so erwartungsvoll wie eine ausgestreckte Hand.

Er schüttelte den Kopf.

„Doch nicht hier! Ich bringe Sie noch zurück in Ihr Geschäft und bezahle Sie dort. Gibt's hier in der Nähe einen Geldautomaten?"

„Direkt neben meinem Laden." Entschlossen erhob sie sich. Wieder marschierte sie zielstrebig vorweg, und er folgte ihr.

Draußen vor der Tür sagte er:

„Sie haben mit dieser Information nicht nur Arne Hansens Alibi erschüttert."

Sie drehte sich zu ihm um und sah ihn ein wenig misstrauisch an. Aber auch neugierig.

Eric lächelte.

„Ihr eigenes auch. Denn Ihre damalige Wohnung lag ganz in der Nähe des Hauses der Wiecherts, richtig?"

„Warum hätte ich das tun sollen?", entgegnete Sabine erschrocken.

Eric zuckte mit den Achseln.

„Fragen das nicht alle?"

Wortlos ging sie weiter. Wollte ihr Geld. Und ihn endlich loswerden.

# Kapitel 14: Angelika

Aus der Nähe betrachtet wirkte Angelika Wiechert auf Kriminalhauptkommissarin Diana Krause wie eine ganz normale Frau. Oder besser: wie eine ganz normale Strafgefangene. Nach den intensiven Vorbereitungen auf den heutigen Termin hatte Diana eher mit einer Diva gerechnet. Trotz Erfahrung und Routine im Umgang mit straffällig gewordenen Menschen fühlte sich die Beamtin diesmal angespannter und nervöser als sonst. Aber dann betrat eine Frau aus Fleisch und Blut das Besuchszimmer, blass, ungeschminkt, in Trainingshose und Kapuzenshirt, das lange Haar zu einem Pferdeschwanz gebunden, die grünen Augen wachsam und das Lächeln liebenswürdig, wie das einer Nachbarin, die mal kurz auf eine Tasse Kaffee vorbeischaut. Weit entfernt von der Angelika Wiechert, auf die sich die Leiterin der Mordkommission eingestellt hatte. Allein Wiecherts Größe war auffällig. Sie überragte ihre Besucherin deutlich. Wirkte sportlich und fit und hielt sich kerzengrade, im Gegensatz zu der oft leicht gekrümmten Haltung vieler großer Frauen, in dem Bemühen, kleiner zu wirken, unauffälliger.

Die Gefängnisleitung hatte für Angelika Wiecherts Befragung ein Besuchszimmer zur Verfügung gestellt, in dem normalerweise Anwälte mit ihren inhaftierten Klientinnen vertrauliche Gespräche führen konnten. Zweckmäßig eingerichtet, etwas zu grelle Beleuchtung und in diesem Fall schlecht gelüftet.

Die beiden Frauen saßen sich allein gegenüber. Im letzten Moment hatte Angelika Wiechert von Diana ein Gespräch unter vier Augen gefordert. Die Ermittlungsleiterin hatte Micha knapp zugenickt, woraufhin er sich kurzfristig mit der für ihn typischen Lethargie zurückgezogen hatte.

„Ich hoffe, es ist okay, wenn wir Mädels das allein durchziehen?" Angelika Wiecherts Augen glitzerten sichtlich zufrieden über das gleich zu Beginn gewonnene Machtspielchen. Augen, die scheinbar alles durchdrangen und denen nichts zu entgehen schien.

Diana reagierte unaufgeregt, als wäre es ihr völlig egal, in welcher Konstellation sie dieses Gespräch führten. Der Kollege nicht mehr dabei? Na und!

Angelika atmete tief durch und sah Diana an, als erwarte sie nun eine fulminante Einleitung.

Diana war immer noch bemüht, diese freundliche und leicht aufgekratzt wirkende Frau mit einer kaltblütigen Kindesmörderin in Einklang zu bringen.

„Reden wir also", schlug sie dann vor. „Wir Mädels."

„Ja, fein. Hoffentlich nicht über denselben Mist wie üblich."

„Welchen *Mist* meinen Sie?"

Angelika zwinkerte ihr übermütig zu.

„Kaum wird mein Anwalt ermordet, richten sich die Scheinwerfer plötzlich wieder auf mich. In den Jahren zuvor hatte sich niemand mehr für mich interessiert. Ich glaube, die meisten haben einfach gehofft, ich würde hinter Gittern sang- und klanglos verrotten."

„Haben Sie den Rummel vermisst?"

Angelika lächelte. Es war ein kühles Lächeln, das sich nur im unteren Teil ihres Gesichtes abspielte.

„Nein, ganz sicher nicht. Das brauch ich auch für den Rest meines Lebens nicht mehr."

„Ich hab mit dem Rummel eh nichts zu tun", erklärte Diana.

„Oh doch!", widersprach Angelika. „Sie sind ein Teil davon. Ein Teil von dem Leben, mit dem ich abgeschlossen habe."
„Klingt mir etwas zu dramatisch."
„Mir egal, wie es klingt. Ich sag's, wie's ist!"
Diana schloss einen Moment die Augen und zwang sich zur Konzentration. Die Fülle wichtiger Fragen war dermaßen erdrückend, dass es ihr wahrhaftig schwerfiel, sie für ein gut strukturiertes Gespräch in eine taktisch kluge Reihenfolge zu bringen. Sie hatte sich zwar sorgfältig auf den heutigen Termin vorbereitet, doch die überraschende Bitte der Wiechert, ein Gespräch unter vier Augen führen zu wollen, hatte das ausgefeilte Konzept mehr ins Wanken gebracht als ihr lieb war. So war besonders für den Beginn des Treffens Micha die führende Rolle zugedacht gewesen. Die einleitenden Fragen hatte er in seiner einschläfernden Art stellen sollen. So war der Plan gewesen. Diana hätte sich zunächst aus dem Hintergrund ausschließlich auf Angelika Wiecherts Reaktionen konzentrieren wollen. Auf deren Körpersprache und rhetorische Finessen. Dann hätte sie selbst den idealen Zeitpunkt bestimmen können, sich einzuschalten. Mit besserem Timing als jetzt. Sie war noch nicht warmgelaufen und hasste kurzfristige Planänderungen.

„Was ist Ihnen als Erstes durch den Kopf gegangen, als Sie von der Ermordung Ihres Anwalts hörten?", fragte Diana.

Angelika brauchte nicht zu überlegen.

*„Verdammte Scheiße!"*

„Wir glauben übrigens nicht an einen Raubmord."

„Ach nein? Was denn dann?"

„Fiele Ihnen dazu was ein?"

Angelika richtete sich auf. Ihre Miene wurde reserviert.

„Ich steh nicht auf dieses verbale Geplänkel. Wir müssen uns nicht gegenseitig unsere rhetorischen Fähigkeiten beweisen, oder? Wenn Sie mir was zu sagen haben, dann raus damit!"
„Und was ist mit Ihnen?"
„Was soll mit mir sein?"
„Halten Sie sich auch daran?"
„Muss ich das?"
Diana zupfte sich an der Nasenspitze. Jetzt zeigte ihr Angelika Wiechert endlich die Haltung, die sie von Anfang an erwartet hätte. Darauf war sie besser vorbereitet. Die Beamtin bevorzugte Gespräche auf Augenhöhe. Mit offenem Visier. Hart und direkt.
„Wollen Sie *mir* Fragen stellen?", bot sie Angelika an. „Wie wär's?"
Die wirkte nur eine Sekunde überrascht, strahlte dann aber schnell wieder Gelassenheit aus.
„Raffiniert, Frau Kommissar! Diese Art von Gespräch muss ich erst mal wieder lernen. Ich darf Fragen stellen? Das gefällt mir. Sie wären eine fantastische Pädagogin geworden."
„Mir geht es um Vertrauen", entgegnete Diana ernsthaft. „Vielleicht möchten Sie erst mal erfahren, warum ich heute hier bin. Fragen Sie. Ich werde so offen wie möglich antworten."
Angelika reckte sich ausgiebig, ohne Diana aus den Augen zu lassen. Nickte ihr wohlwollend zu, als hätten sie im Gespräch ab sofort eine freundschaftliche Ebene erreicht. Dann stellte sie die erste Frage:
„Haben Sie Ihren schmucken Begleiter heute aus taktischen Gründen mitgebracht? Um mich zu flashen?"
„Na klar", gab Diana unumwunden zu. „Warum wohl sonst?"
Diese spontane Ehrlichkeit belohnte Angelika mit einem befriedigten Grinsen. Beugte sich vor. Sprach leiser.
„Den Burschen selbst schon mal vernascht?"

Diana schüttelte den Kopf.

„Aber dran gedacht, oder?"

„Nein. Regel Nummer eins: Nie was mit Untergebenen anfangen!"

Angelikas Grinsen verwandelte sich in ein fast wehmütiges Lächeln. Sie stutzte einen Moment, als zöge gerade eine besonders pikante Erinnerung durch ihre Gedanken. Dann stellte sie mit ernster Miene die nächste Frage.

„Lassen Sie meine Lebensgefährtin überwachen?"

„Verena Haslinger? Überwachen? Nein, das wäre zu viel gesagt. Aber wir versuchen, sie im Blick zu behalten. Haben sie schon mehrfach befragt."

„Mit welchem Ziel?"

„Die Ermordung Ihres Anwalts Andreas Brodersen erfordert eine besonders breit gefächerte Ermittlung."

„Haben Sie eine heiße Spur?"

„Der Mörder, der neben Andreas Brodersen und dessen Verlobte vermutlich auch eine Journalistin auf dem Gewissen hat, scheint etwas gesucht zu haben. Vielleicht hat er es sogar gefunden. Das wissen wir nicht. Es ist anzunehmen, dass es um Informationen ging, die mit Ihrem Fall zu tun haben."

„Wie kommen Sie darauf?"

Abwehrend hob Diana die Hände.

„Nichts gegen einen offenen Meinungsaustausch. Aber in einem engen Rahmen, okay? Ich gebe hier keine Zeugen preis und ganz gewiss nicht jede Einzelheit der laufenden Ermittlungen. Wir sollten daran denken, in welchen Rollen wir uns hier gegenübersitzen."

„Oh, das hatte ich doch glatt vergessen." Angelika mimte Bedauern. „*Sie* sind die Gute. Und ich muss mal wieder die Böse sein."

„Ihr Hang zur Dramatik ist auffällig", bemerkte Diana.
Angelika ignorierte die Kritik und stellte die nächste Frage, fand Gefallen an diesem Spiel.
„Welchen Eindruck hat Verena während der Befragungen auf Sie gemacht?"
Diana rieb die Hände, als wären sie frisch eingecremt. Sah an ihrer Gesprächspartnerin vorbei, deren intensive Aufmerksamkeit auf Dauer anstrengend wurde.
„Ich war nicht immer dabei. Aber meist wirkte sie nervös. Nicht gefestigt. Verhält sich laut Brodersens Tante, bei der sie zurzeit lebt, auffallend aktiv. Ist viel unterwegs. Viele Telefonate. Oder sie hockt stundenlang am Computer. Leider scheint es dabei nicht um eine Jobsuche zu gehen. Meint die Tante."
Angelika wirkte nicht überrascht und dennoch unzufrieden.
„Sie haben mehrfach mit Verena gesprochen? Sicher auch darüber, was sie treibt, hab ich recht?"
„Natürlich!"
„Mit welchem Ergebnis?"
„Sie blockt. Wir haben keine Ahnung, was sie tut. Auch Elisabeth Brodersen nicht. Ihre Telefongespräche führt Verena mit einem Prepaid Handy. Im Computer löscht sie alle Verläufe. Sie verrät nie, wohin sie geht. Verhält sich wie ..."
Angelika erwartete neugierig das Ende des Satzes, aber da kam nichts mehr.
„Verhält sich *wie*?"
Diana seufzte.
„Wie eine, die was zu verbergen hat. Bei Menschen wie Ihrer Lebensgefährtin ist das Rückfallrisiko in alte Verhaltensmuster ziemlich hoch. Dummerweise hat sie ja auch kaum Alternativen. Landet sie erst wieder in den entsprechenden Strukturen, geht's garantiert weiter abwärts."

„Sind aber reine Vermutungen, nicht wahr?"

„Allerdings naheliegende. Sie kennen Verenas Vorgeschichte sicher mindestens genauso gut wie wir."

„Als wäre ich dabei gewesen", sagte Angelika selbstgefällig. „Bei *allem*, was sie erlebt und durchlitten hat."

„Sie sind sicher, dass sie Ihnen nichts verheimlicht hat?"

„Bin ich. Wir hatten hier viel Zeit zum Reden."

„Und umgekehrt? Ist Verena auch mit Ihrer Vita auf dem Laufenden?"

Angelikas Miene versteinerte sich schlagartig. Da hatte sie nicht aufgepasst, war von Diana Krause überrumpelt worden. Die Ermittlungsleiterin war gut! Diese Frage hatte ein perfektes Timing, kam aus dem Nichts, ansatzlos, aber gut vorbereitet.

Nein, Angelika glaubte nicht, dass die Freundin draußen wieder in die alten Kreise geraten war. Aber zweifellos war sie vom eigentlichen Plan abgewichen. Sie musste einen der schlafenden Hunde nicht nur geweckt, sondern geradezu tollwütig gemacht haben. Ohne Vorwarnung hatte Diana Krause wieder Angelikas eigene Vergangenheit in den Fokus gerückt. Darüber aber wollte die Gefangene nicht sprechen. Noch nicht!

Während die Beamtin mit dem schläfrigen Blick so tat, als führten sie immer noch ein nettes Pläuschchen, versuchte es Angelika zur Abwechslung mal mit einer Forderung.

„Ich will Verena sehen! So schnell wie möglich. Könnte in unser aller Interesse sein."

„Nichts dagegen", erwiderte Diana. „Keiner von uns hindert Ihre Freundin daran, Sie zu besuchen."

„Das weiß ich. Mir geht es darum, dass Sie in diesem Fall mehr tun könnten als nichts. Ich brauche Ihre aktive Unterstützung."

„Haben Sie denn irgendeine Ahnung, warum Verena Sie nach der Freilassung nicht ein einziges Mal besucht hat?"

„Nein", entgegnete Angelika sichtlich genervt. „Ich habe nicht die geringste Ahnung! Das kleine dumme Ding! Aber Sie, Sie haben die Möglichkeit, auf sie Einfluss zu nehmen."

Diana schüttelte den Kopf.

„Warum sollte ich das tun? Ich kann sie schließlich nicht zwingen."

„Oh doch. Wenn Sie subtil vorgehen. Verena ist leicht zu lenken. Die Polizei findet doch immer Möglichkeiten, wenn es drauf ankommt. Das weiß ich aus eigener Erfahrung."

„Ich soll Ihnen also einen ziemlich großen Gefallen tun, verstehe ich das richtig? Meine berufliche Integrität aufs Spiel setzen. Meinen guten Ruf riskieren."

Angelika lächelte spöttisch.

„Wer hat denn hier nun einen Hang zur Dramatik? Ich bitte nur um eine kleine Gefälligkeit. Das ist alles."

„Und wo bleibt mein Benefit?", wollte Diana wissen.

„Ihr Benefit ist, dass ich überhaupt mit Ihnen rede. Ich muss das nicht. Ich denke, wir haben uns heute gegenseitiges Vertrauen geschenkt. Sie glauben mir. Ich glaube Ihnen. Mir würde es schon reichen, wenn Sie mir versprechen, dass Sie Verena erfolgreich *überreden*, mich im Gefängnis zu besuchen. Sagen Sie ihr, sie soll einfach kommen. Keine Angst haben. Sich keine Sorgen machen. Sagen Sie ihr, dass es immer einen Ausweg gibt. Wenn das nicht wirkt, können Sie Verena von mir aus auch in Handschellen hierher schleifen."

Diana schien zu versuchen, sich diese Situation ernsthaft vorzustellen, lachte rau.

„Okay. Angenommen ich helfe Ihnen. Und weiter?"

Angelika überlegte sehr lange. Fast schien es so, als suche sie für eine komplexe Geschichte den richtigen Anfang. Mehrfach setzte sie an, um dann doch wieder abzubrechen. Ungewöhnlich

für eine Frau mit ihren rhetorischen Fähigkeiten. Aber der Moment schien noch nicht zu passen, um über das zu reden, was ihr auf der Seele lag. Sie Wechselte einfach das Thema.
„Warum landet jemand wie Sie bei der Mordkommission?"
„Familientradition."
„Nehm ich Ihnen nicht ab. Das passt nicht zu Ihnen."
„Warum nicht?"
„Tradition heißt Zwang. Sie machen nicht den Eindruck, sich gern Zwängen zu unterwerfen."
„Zwang war das auch nicht. Eher eine Art Wegweiser. Opa war Bulle. Paps war Bulle. Männer in Uniformen. Das gefiel mir besonders. Warum wird jemand wie Sie Lehrerin?"
„Ich habe die Gabe zu lehren. Menschen haben mir schon immer zugehört. Außerdem habe ich die Fähigkeit, Wissen nachhaltig zu vermitteln. Es macht großen Spaß, im Leben junger Menschen eine prägende Rolle zu spielen. Begabte zu fordern. Weniger Begabte zu fördern. Ihren Wissensdurst zu steigern. Kinder an die nächste Entwicklungsstufe heranzuführen. Ihnen zur nötigen Reife zu verhelfen. Aber sie auch zu ermuntern, den Kopf zu benutzen. Frei zu denken. Eigenverantwortlich zu entscheiden. Sie zu motivieren und für große Ziele zu begeistern. Ihnen behilflich zu sein, eigenständige Menschen zu werden. Überhaupt erst mal was zu werden ..."
Diana verschlug es die Sprache. Diese Worte waren überraschend emotional und entschlossen aus Angelika Wiechert hervorgebrochen, als hätten sie nur auf ihre Befreiung gewartet. Ehrlich und ungefiltert. Die Frau, die angeblich damals während des gesamten Mordprozesses keine Emotion gezeigt haben sollte, hatte jetzt Tränen in den Augen und wirkte aufgewühlt. Es dauerte eine Weile, bis sie sich wieder im Griff hatte.

„Scheiße", murmelte sie. „Mir wurden nicht nur meine Jungs genommen. Sie haben mir alle meine Kinder geraubt, verstehen Sie?"

Natürlich verstand Diana, was Angelika meinte. Und sie verstand noch viel mehr. Gerade hatte sie die Abwehrmauer überwunden und direkten Einblick in eine verletzte Seele gewonnen, die ihren Lebenssinn verloren hatte. Das entsprach so gar nicht dem Bild, das die Medien damals von der Wiechert entworfen hatten.

Angelika rang um Fassung und starrte Diana vorwurfsvoll an, als trüge sie eine Mitschuld an ihrem Gefühlsausbruch.

„Ich war eine gute Lehrerin", sagte sie. „Und das war ich vor allen anderen Dingen, die man mir nachsagte. All der Dreck, den sie über mich ausgeschüttet haben. Als Lehrerin ... beinahe tadellos. Die meisten Schülerinnen und Schüler haben mich ... geschätzt."

„Daran zweifle ich nicht", versicherte ihr Diana. „Es ist nur damals kaum zur Sprache gekommen. Sie standen als Mutter und Ehefrau vor Gericht, nicht als Lehrerin."

„Als Ehefrau habe ich versagt. Ich denke, damit zähle ich nicht zu einer Minderheit."

„Und als Mutter?"

„Schon klar, dass Sie sich diese verdammte Frage nicht verkneifen können."

„Überrascht Sie das?"

„Es beleidigt mich. Denken Sie ernsthaft, ich vergifte meine Jungs, um mit Arne Hansen bis zu meinem Lebensende ungestört rumvögeln zu können? Oder mit anderen Typen? Das habe ich vorher auch gekonnt. In meinem Universum schließen sich eine Lehrtätigkeit und Dummheit aus. Und in Ihrem?"

„Ein Gericht hat Sie verurteilt."

„Offensichtlich schließen sich juristische Tätigkeiten und Dummheit nicht aus."

„Sie haben das Gift nachweißlich besorgt. War das nicht dumm?"

„Lesen Sie meine Aussagen."

„Hab ich. Es war für den Hund gedacht, den sie damals hatten. Der so alt und schwach geworden war, und den Sie von seinem Leid erlösen wollten. Aber es gibt Tierärzte. Am Ende starb er ganz von allein. Sie bewahrten das Gift einfach ... in einem Küchenschrank auf? Das ist auch ..."

„Dumm?" Angelikas Augen funkelten böse. „Vielleicht aber auch nur gedankenlos? Die Flasche stand schon über ein halbes Jahr im Schrank. Wo genau, wusste ich gar nicht mehr. Total vergessen. Abgehakt."

„Dennoch wurde es an *dem Tag* gezielt benutzt. Jemand hat es aus diesem Schrank genommen. Jemand, der wusste, wo das Gift stand. Hat es in eine Tüte Orangensaft gemischt, den Saft auf zwei Gläser verteilt und Ihren Jungs zu trinken gegeben. Auf der Tüte, auf den Gläsern sind nur Ihre Fingerabdrücke und die Ihrer Jungs gewesen. Und Sie waren den ganzen Morgen im Haus. Auch zur Tatzeit! Das haben Sie nie abgestritten. Was ist Ihrer Meinung nach geschehen? Wer, wenn nicht Sie, hat ihre Kinder vergiftet? Und wo ist die verdammte Giftflasche geblieben? Sie wurde nie gefunden."

Angelika wischte sich kurz über die Augen. Holte einmal tief Luft.

„Dann bin ich wohl schuldig!", stellte sie resignierend fest. „Stehe wieder an der Stelle, an der ich damals vor Gericht stand. Weil alle Umstände nur mit mir als Mörderin einen Sinn ergeben."

Diana schwieg.

Zum ersten Mal während des Gesprächs senkte Angelika den Blick. Starrte vor sich auf den verschrammten Tisch. Ließ ihre Fingerspitze über eine tiefe Kerbe gleiten.

„Ja, ich bin verantwortlich für das verdammte Gift. Verantwortlich für eine zerrüttete Ehe. Verantwortlich für eine kaputte Familie. Verantwortlich für überhaupt alle Umstände, die zum Tod meiner Jungs geführt haben. Aber ich hab sie nicht ermordet!"

Was folgte, war tiefgründige Stille. Die beiden Frauen saßen sich ermattet gegenüber. Angelika Wiechert schien alles gesagt zu haben, was es zu sagen gab. Sogar mehr als das. Diana war in diesem Gespräch weitergekommen, als sie es sich vorgenommen hatte. Vielleicht sogar etwas zu weit. Deutlich spürte sie den Anstieg ihrer emotionalen Beteiligung an Angelika Wiecherts Schicksal. Sie mochte die Frau. Das war alles andere als gut! Gespräche unter vier Augen entwickelten schnell eine Eigendynamik – sie hätte es wissen müssen. Gerade in diesen Situationen galt es verstärkt, Abstand zu wahren. Aber jetzt, schon so weit vorgedrungen, wollte sie mehr, egal wie viel Nähe und Emotion ihr das noch abverlangen würde.

„Gehen wir den Tag noch einmal durch", schlug sie vor. „Erzählen Sie mir alles so, wie Sie es in Erinnerung haben."

Angelika musterte die Beamtin, als hätte sie ihr nach einem gerade beendeten Marathonlauf vorgeschlagen, die Strecke gleich noch mal zu laufen.

„Was?"

„Der Tag, an dem Ihre Söhne ... starben. Erzählen Sie mir davon."

Es hatte nicht den Anschein, dass Angelika das für eine gute Idee hielt, noch Lust verspürte, dieses Gespräch fortzusetzen. Die als beherrscht und kühl geltende Frau wirkte bewegt. Diana ergriff über den Tisch hinweg Angelikas Hand und hielt sie fest. Die Gefangene ließ diese Berührung zu. Erlaubte sie nicht nur, sondern reagierte darauf, als müssten sie einen intensiven Pakt schließen. Finger, ineinander verschlungen, die einen warm, die anderen eiskalt.

„Ich bringe Ihnen Verena", versprach Diana und sah Angelika fest in die Augen. „Wir beide wollen Ehrlichkeit. Aber ich frage Sie trotzdem nicht, was Sie mit Ihrer Freundin besprochen haben. Es ist denkbar, dass sie da draußen einem Plan folgt. *Ihrem* Plan! Oder ist sie davon abgewichen? Dann hat Verena Haslingers Alleingang bereits drei Opfer gefordert. Sie selbst könnte in akuter Lebensgefahr schweben. Aber ich überlasse es Ihrer Verantwortung, ob Sie mir dazu etwas sagen wollen. Sie sind eine kluge Frau. Sie müssen Ihre Entscheidung treffen. Und sie müssen sämtliche Entscheidungen verantworten. Okay? Aber geben Sie mir was. Irgendwas, das mich weiterbringt. Sonst stehe ich auf, verschwinde aus Ihrem Leben und lass mich nicht mehr blicken. Nach meinem Empfinden bin ich Ihre letzte Chance in dieser verkorksten Situation. Wenn Sie Ihre Söhne damals nicht vergiftet haben, dann läuft die Person, die das getan hat, noch immer frei herum. Und sie hat wieder gemordet. Halten Sie sich trotz dieser Entwicklung immer noch für unschuldig? Oder wächst Ihre Schuld nicht plötzlich mit jedem Tag permanent an?"

Ärgerlich wollte Angelika ihre Hand wegziehen, Diana aber hielt sie fest, als würde sie in einem Schraubstock stecken.

„Es reicht!", fauchte Angelika. „Sie gehen zu weit, Frau Kommissar!"

„Es ist immer noch nicht weit genug!", entgegnete Diana.

„Ihnen geht es doch nur darum, uns alle mit Ihrem Scharfsinn zu beeindrucken", sagte Angelika tonlos, inzwischen hatte sie damit aufgehört, ihre Hand befreien zu wollen, war ruhig geworden, schien zu resignieren. „Schon als Schülerin immer Klassenbeste, möchte ich wetten. So eine kleine, ständig mit dem Finger schnippende und allgemein verhasste Streberin, die gern so tat, als müsse sie sich für gute Leistung nicht anstrengen. Als wäre das Wissen einfach nur da. Möglicherweise auch eine Familientradition? Sie wollen nicht einfach nur bei der Polizei sein, sondern die superschlauste Polizistin von allen."

Diana lächelte bei der Erinnerung an ihre Schulzeit.

„Ich war damals ziemlich verrückt. Und meine Leistungen? Oh, je! Da hätte ich jemanden wie Sie als Lehrerin gebraucht. Ich war in meinen Klassenlehrer verknallt. Das war meine einzige Motivation, zur Schule zu gehen."

Weil Angelika verbissen schwieg, machte Diana Anstalten, sich zu erheben und das Gespräch zu beenden. Jetzt sorgte Angelikas fester Griff für die Fortsetzung der Verbundenheit ihrer Hände, ihr Blick gewann wieder an Kraft.

„Ich möchte versuchen mich zu erinnern", versprach sie mit matter Stimme. „Das ist nicht so einfach, wie Sie vielleicht glauben. Keine klare Grenze zwischen Gut und Böse. Sie werden es sich denken können. Das ist das Problem. Lange Zeit war ich vollkommen sicher, dass mein Mann unsere Kinder umgebracht hat. Das hat mich blockiert. Meinen Blick auf andere Möglichkeiten verbaut. Volker hatte kein Alibi. War damals völlig durch den Wind. Er hatte auch von dem Gift gewusst, auch wenn er vor Gericht das Gegenteil behauptete. Er hat gelogen. Benahm sich seltsam. Verstrickte sich in Widersprüche."

„Genau wie Sie."

„Aber von uns beiden war es keiner. Erst mit dieser Klarheit war ich in der Lage, der möglichen Wahrheit auf die Spur zu kommen. Alles noch mal auf null zu stellen und von vorn zu beginnen. Die ganze Geschichte."

„Wie?"

„Ich habe verschiedene Varianten durchgespielt. Begonnen, sie wie einzelne Geschichten aufzuschreiben. Es war ganz einfach. Ausschlussverfahren. Wer konnte es auf keinen Fall gewesen sein. Wer blieb dann am Ende noch übrig. Jeder von denen bekam eine Art Märchen verpasst. Es war einmal, verstehen Sie? Und in jedem dieser Märchen steckte ein Körnchen Wahrheit."

Diana fühlte sich an die eigene Arbeit erinnert. Es war eine eigentümliche Vorstellung, wie sich eine verurteilte Mörderin im Gefängnis in eine Kriminalistin verwandelte. Wie sie sich geordnet und strukturiert auf Mördersuche begab – sofern dieser Mörder existierte. Eine von vielen Möglichkeiten blieb die Theorie, Angelika Wiechert könnte sich alles nur ausgedacht haben. Vielleicht mit dem Ziel, ein Wiederaufnahmeverfahren zu erreichen. Vielleicht aber auch nur aus reiner Geltungssucht. Nicht wenige Beamte, die es damals mit ihr zu tun bekommen hatten, hielten sie für eine äußerst begabte und fantasievolle Lügnerin und Schauspielerin. Auf solche Einschätzungen konnte man immer wieder stoßen, wenn man sich mit diesem Fall beschäftigte.

„Sie haben damals nicht alle Namen derer genannt, die als Mörder in Frage gekommen wären?", fragte Diana.

„Na, hören Sie mal! Das Interesse an alternativen Kandidaten zu Volker und mir war weiß Gott nicht besonders ausgeprägt. Außerdem wollte ich vermeiden, dass man sich im Gerichtssaal an immer neuen Details meines Liebeslebens ergötzt. Schon die paar Pfeifen, die ausgesagt haben, ließen mich nicht gerade gut aussehen. Sie wissen, was ich meine."

„Vor allen Dingen Ihren damaligen Chef. Der Schulleiter ..."

„Die Oberpfeife."

„Sitzt heute in der Bürgerschaft", verriet Diana. „Sein damaliges Alibi war bombensicher ..."
„Er gehört auch nie zum Kreis meiner primären Verdächtigen. Aber zum Kreis derer, die ich mir vorknöpfen werde, sobald ich wieder draußen bin."
„Was haben Sie denn vor?"
„Ich schneide ihm die Eier ab. Was denn sonst?"
Angelika lächelte, hatte aber für Sekunden finster und entschlossen gewirkt. Böse. Unerbittlich. Mörderisch!
„Mich interessiert der Kreis Ihrer Verdächtigen", sagte Diana ungeduldig. „Können wir uns auf den konzentrieren?"
Angelika seufzte.
„Ich bin doch nur eine zu Unrecht verurteilte Mörderin, die sich ein paar Gedanken darüber gemacht hat, wer die Morde begangen haben könnte, für die sie im Knast sitzt. Glauben Sie ernsthaft, ich zeige mal eben auf ein paar Typen, und sofort rollt man den Fall neu auf und bietet mir ein Wiederaufnahmeverfahren an? Andy ... ich meine Andreas Brodersen, hat mir geraten, erst einmal alles so detailliert wie möglich aufzuschreiben. Gedanken, Theorien, Fakten und Vermutungen. Und Namen. Aber nur intern. Ich sollte festhalten, was ich weiß. Was ich vermute. Was sicher ist und was nicht. Nun, sicher ist, dass ich meine Jungs nicht ermordet habe. Ich war es nicht. Erster Haken. Und meinen Ex-Mann schließe ich nach heutigem Empfinden auch aus. Zweiter Haken. Also suchen wir jemanden außerhalb der Familie. Das, was die Fachidioten während des Prozesses kategorisch ausgeschlossen haben. Es klingt ja auch absurd. Wer sollte damals einfach so in unser Haus spaziert sein und die Jungs vergiftet haben? Ohne jedes Motiv. Dazu noch mit dem von mir gekauftem Gift. Während Volker sich sonst wo herumtrieb, und ich ... oben im Schlafzimmer ... während ich ... verdammt!"

Die beiden Frauen schwiegen, Angelika ratlos, Diana abwartend. Als Diana bewusst wurde, dass Angelikas kühle Finger noch immer ihre Hand hielten und nach und nach jede Wärme aus ihr herauszogen, versuchte sie sich zaghaft zu befreien. Das führte allerdings zu einer noch festeren Umklammerung, und Angelika schüttelte mahnend den Kopf, als würde dadurch ihre gesamte Kommunikation gefährdet werden. Im nächsten Moment meinte Diana, eine fremde Macht zu spüren, die, langsam in sie hineinströmend, von ihr Besitz ergriff. Ein erregend fremdartiges Gefühl zwischen Spannung und Furcht. Als stünde sie vor einem Abgrund und wagte einen Schritt an den äußersten Rand, um besser in die Tiefe sehen zu können. Ihr wurde heißer, und jetzt ertrug sie Angelikas Blick nur noch mit Mühe. Augen, die endgültig zu triumphieren schienen, und ein Mund, der lächelte, als wäre alles in bester Ordnung. Angelikas Worte nur noch als besänftigendes Wispern wahrnehmbar, direkt in ihren Gedanken, als wäre der Weg über das Ohr nicht mehr nötig.

„Bleiben Sie bei mir. Dann nehme ich Sie jetzt mit. Zu dem Tag, an dem meine Söhne starben. Okay? Kommen Sie!"

## Kapitel 15: Symbiose

Für eine kurze Verschnaufpause gesellte sich Lisa zu Eric an den Küchentisch. In den letzten Tagen war sie ohne ihn gut vorangekommen, schien sich mit dem Drehbuch auf der Zielgeraden zu befinden. Und genau das strahlte sie aus.

Ohne zu fragen bediente sie sich aus Erics halbvoller Weinflasche, hob das Glas in seine Richtung, aber nur für einen winzigen Schluck. Er beobachtete sie aus trüben Augen mit regloser Miene. Sie trank oder rauchte ausschließlich in extremer Stimmung. Wenn nichts lief. Oder alles.

Momentan von einem Hochgefühl beseelt, wollte Lisa Erics Lustlosigkeit nicht mehr hinnehmen. Zwangsläufig hatte sie mitbekommen, wie schlecht es bei ihm lief. Ihre Leistungskurven hatten sich zuletzt gegensätzlich entwickelt. Lisa fragte sich, wie sie Eric aus einem schöpferischen Tief herausholen konnte, bevor sich sein Zustand noch weiter verschlimmerte.

Begonnen hatte es vor einigen Tagen, mit Maries Abschiedsbrief. Lisa und Marie hatten sich unterhalten, nett aber eher oberflächlich. Natürlich auch über Eric. Marie hatte keinen Zweifel daran gelassen, nichts mehr für ihn zu empfinden. Plauderte launig über seine Schwächen. Seine Eigenarten. Genau die Dinge, die Lisa an ihm besonders mochte – mit Ausnahme des Trinkens. Im Lauf des Gesprächs war sich Lisa ihrer eigenen Gefühle bewusst geworden. Mehr als ihr lieb war. Natürlich hatte sie später den Brief dieser Frau gelesen, die Eric noch immer so viel bedeutete – ein nicht zugeklebter Umschlag schrie doch förmlich danach. Darin verabschiedete sich Marie von Eric ernüchternd schnörkellos in Richtung Spanien. *War schön, sich mal wiederzusehen, alles Gute weiterhin und Blabla.* Keine Spur alter Leidenschaft, nicht mal ein Hauch Melancholie zwischen den Zeilen, aus der sich noch irgendeine Verbundenheit hätte interpretieren lassen. Was immer einst zwischen den beiden gewesen sein mochte, es hatte in seiner Erinnerung eine andere Bedeutung als in Maries. Am Ende hatte Lisa Eric den Brief nur ungern ausgehändigt, mit der Befürchtung, ihm eine Anleitung zur Depression zu überreichen.

Später hatte es einen weiteren Abschied gegeben. Ein Mann namens Gravesen hatte Eric aufgesucht. Innige Umarmung zur Begrüßung, ein längeres Männergespräch, von dem Lisa nichts mitbekommen hatte, der Abschied mit einer weiteren Umarmung, und danach war ein düster grübelnder Eric zurückgeblieben. Hauptsächlich in der Küche und nur noch selten im Arbeitszimmer. Auf ihre Frage nach Gravesen erhielt Lisa die Antwort, der sei eine Figur aus dem Drehbuch, an dem sie gerade arbeite.

So wurden ihr langsam die Hintergründe klar. Gravesen war der Mann, der Menschen aus gefährlichen Situationen rettete. Eine gute Figur, zwar mit wenigen, aber entscheidenden Aktionen.

„Wollen wir reden?", fragte Lisa, ein paar Tage nachdem Marie und Gravesen Hamburg und Eric verlassen und irgendwas Wesentliches aus seinem Leben mitgenommen hatten. „Ich kann mich einfach nicht richtig freuen, wenn du hier so durchhängst. Wenn du jetzt auch noch mit dem Schreiben aufhörst, was kann dann noch kommen? Wollen wir mal raus an die Luft?"

*Raus an die Luft* war Lisas Allheilmittel. Ein Wunder, dass sie Autorin und nicht Gärtnerin geworden war, hatte Eric mal gelästert.

Sein Blick wurde klar, und er bemühte sich sogar um ein freundliches Gesicht. Lehnte ihren Vorschlag aber ab. Bloß nicht raus an die Luft. Schreckliche Vorstellung!

Lisa gab nicht auf.

„Ich könnte dir noch mal erzählen, wie brillant ich *Blue Note Girl* finde. Wir können uns eine Weile umarmen und schauen, was passiert. Ich kann dir was aus dem Drehbuch vorlesen. Oder du liest mir was aus deinem Manuskript vor. Was du zuletzt geschrieben hast."

Erics fahrige Geste wirkte alles andere als zustimmend.

„Ich habe das Vertrauen in meine Figuren verloren", erzählte er Lisa, ohne sie anzusehen. „Kaum drehe ich ihnen den Rücken zu, machen sie, was sie wollen."

„Zum Beispiel?"

„Eine wochenlange Affäre auf der ersten Etappe von Maries persönlichem Jakobsweg. Du denkst, sie will Steine streicheln und Bäume umarmen. In Wirklichkeit geht es wieder mal nur um Kohle und Sex. Die üblichen Themen. Viel zu klischeebeladen. Dennoch passiert es. Einfach so. Danach machen sich beide aus dem Staub. Nebenfiguren, für die sich keine Sau mehr interessiert, die aber das viel aufregendere Leben haben als die Hauptfigur."

Lisa runzelte die Stirn. Das klang nach jeder Menge Selbstmitleid!

„Davon steht nichts in deinem Buch."

„Genau das ist der Punkt. Deshalb frage ich mich schon seit Tagen, wie ich glaubwürdig über Angelika Wiechert schreiben soll, bei meiner Unfähigkeit, die wesentlichen Dinge zu erkennen. Sie überhaupt zu sehen. Außerdem empfinde ich keine Zuneigung zu der Wiechert. Nur Mitleid. Und ich vertraue ihr nicht. Die meisten haben sie für gefühlskalt gehalten, verlogen und selbstsüchtig. Eine egoistische Nymphomanin. Wer will etwas über solche Menschen lesen?"

„Bestimmt viele."

„Dummes, sensationsgeiles Pack. Das kann nicht meine Zielgruppe sein!"

„*Ich* will es lesen."

Eric seufzte. Diskussionen mit Lisa waren alles andere als einfach. Es hatte eine Weile gedauert, bis ihm das klar geworden war, weil sie auf den ersten Blick einen so unkomplizierten und verbindlichen Eindruck machte.

Sie betrachtete ihn aufmunternd, als könnte sie sein Selbstmitleid noch stundenlang ertragen, doch er brach ab. Allein wegen der Grübelei war seine Stimmung schon mies, aber ausgesprochen klangen die Gedanken geradezu erbärmlich; nach einem Autor, der an einfachen Zielen scheiterte, an einem Projekt, das er schon mal verschoben hatte und nun wieder nicht in den Griff bekam. Vorhin hatte er sogar mit dem Gedanken gespielt, irgendeine Auftragsarbeit anzunehmen. Egal was. Nur, um etwas zu beginnen, was er auch zu Ende bringen konnte. Selbst sein Romanfragment war durch und durch mit der verklärten Liebe zu Marie verseucht. Hatte es diese Liebe überhaupt gegeben? Oder war es am Ende nur ein Hirngespinst gewesen, weil im Leben eines Schriftstellers die Grenze zwischen Wahrheit und Fiktion fließend verlief? Romanzen mit verschwundenen Sängerinnen, Affären ohne Chance auf ein Happy End.

Und dann war er auch noch beim Schreiben eines Drehbuchs gescheitert. Seine schlechte Laune hatte zeitweise selbst eine unbekümmerte Natur wie Lisa in den Abwärtsstrudel gezogen. Erst seit sie getrennt weiterarbeiteten, war sie wieder aufgeblüht, saß jetzt stark und zuversichtlich am Küchentisch und verstärkte ungewollt Erics Gefühl des Scheiterns. Dass sie ohne ihn besser vorankam, war keine Überraschung. Nie wieder würde er sich auch nur in die Nähe eines Drehbuchs wagen. Er konnte sich gar nicht vorstellen, wie er den Film eines Tages ertragen sollte. Eine Verwandlung von Worten in Bilder und Kapiteln in Szenen. Bei dem Gedanken an Kino sah Eric immer Menschen, die Popcorn in sich reinstopften, während sie auf die Leinwand glotzten und an den falschen Stellen lachten. Die das Filmtheater nicht mit dem Gefühl verließen, einen guten Film gesehen zu haben, sondern bloß spürten, dass ihnen vom langen Sitzen der Hintern wehtat.

Lisa hatte Eric während der gemeinsamen Arbeit öfter mal als kulturellen Snob bezeichnet, und er konnte ihr nicht einmal widersprechen. Doch mittlerweile hatte er sich von dem ungeliebten Projekt mit Anstand gelöst, um sich mit voller Konzentration auf Angelika Wiechert einzulassen. Aber anders als sonst fand er einfach keinen Zugang zu seiner sperrigen Hauptfigur. Nicht emotional, nicht rational und auch nicht auf erotischen Umwegen, so wie jene Männer, die Angelika Wiechert verfallen waren. Es gab Gerüchte, dass sie als inhaftierte Mörderin viele Liebesbriefe und Heiratsanträge bekam und zwar bis zum heutigen Tag. Eric hatte sämtliches Bild- und Filmmaterial aufgesogen und sich seiner Figur von allen erdenklichen Seiten zu nähern versucht. Am Ende aller Überlegungen kristallisierte sich nur eine einzige Erkenntnis heraus: Er musste direkt mit Angelika Wiechert sprechen. Ihr in die Augen sehen und mit seinen Fragen tief in sie eindringen. Nur so konnte er klären, ob er wirklich ein gutes Buch über sie fertigbrachte. Wenn nicht, musste er dieses Projekt für immer beerdigen und sich neuen Ideen zuwenden.

Eric konzentrierte sich wieder auf seine Küche. Auf Lisa, die sich erneut an seiner Weinflasche zu schaffen machte. Es stand ihr ausgezeichnet, glücklich zu sein und mit der Arbeit voranzukommen. Seit Daniela und die Kinder nach Paris gezogen waren, war sie der einzige Lichtblick in seiner Wohnung. Marie war nach Spanien abgefahren. Gravesen sonst wohin. Nur Eric war immer geblieben. Vielleicht würde für den Rest seines Lebens die Küche als Aufenthaltsort reichen.

„Jetzt sind nur noch wir beide übrig", sagte Eric zu Lisa. „Dabei kommst du mir wie eine Romanfigur vor, die ihren Platz in der Geschichte noch nicht gefunden hat. Du bist einfach nur da."

„Und was ist mit dir?", fragte Lisa. „Säufst du dich langsam raus aus der Story? Willst du mit all dem nichts mehr zu tun haben?

Über sich selbst und ihre Offenheit erschrocken hielt sie sich die Hand vor den Mund. Klar, sie wollte ihn wachrütteln. Aber diesmal war die spitzzüngige Drehbuchautorin mit ihr durchgegangen.

„Welche Story denn?", fragte Eric und schenkte sich Wein nach.

\*\*\*

Von einer Sekunde auf die andere waren sie nicht mehr im Gefängnis. Im Garten hatte Angelika Dianas Hand losgelassen und war durch die Terrassentür im Haus verschwunden. Als ihr die Ermittlungsleiterin in die Küche folgte, blickte Angelika kurz auf, lächelte und hob den Zeigefinger an die Lippen. Von den Jungs war nichts zu sehen. Niemand war hier, nur die beiden Frauen. Diana sah sich um. Tolle Küche! Gehobener Landhausstil, viel Luxus. Küchenblock mitten im Raum. Viel Licht. Viel Platz. Jede Menge Arbeitsfläche.

Als der Mann aus dem Garten in die Küche kam, wich Diana erschrocken zurück, aber er schien sie nicht zu sehen. Er hatte sich zuvor wie ein Einbrecher umgesehen und war dann geräuschlos hinter Angelika getreten, die sich gerade an der Kaffeemaschine zu schaffen machte. Der Mann sah gut aus. Groß und stark, für eine Frau von Angelika Wiecherts Format wie geschaffen. Diana erinnerte sich an ihn. Ein Mann aus der Nachbarschaft, dessen Name ihr einfach nicht einfallen wollte. Er und seine Frau gehörten zu den wenigen Befragten, die positiv über die Wiecherts gesprochen hatten. Sie hatten Angelika Wiechert als eine gute Mutter beschrieben. Laut Erkenntnissen der damals verantwortlichen Ermittler war das ein normales nachbarschaftliches Verhältnis gewesen, nicht mehr und nicht weniger. Einmal befragt. Als Akte abgelegt. Erledigt. Kein Aufritt im Gerichtsverfahren.

Deshalb passte für Diana die Aktenlage nicht zum Geschehen in der Küche. Als der nette Nachbar von nebenan hinter die zufrieden vor sich hin summende Angelika trat, seine Hände unter ihr Shirt zwängte und sie seufzend den Kopf nach hinten lehnte, während er ihre Brüste massierte. Dann drehte sie sich um, und die beiden fraßen sich beinahe auf vor Begierde.

„Halt!" Entschieden hob Diana die Hand, ganz die brave Schülerin, die einen dringenden Einwand vorzubringen hatte.

Angelikas Lehrerinnenblick traf sie frontal, darüber verärgert, beim Genuss reizvoller Erinnerungen gestört zu werden. Es kostete Kraft, aus der Küche wieder in den Knast zu wechseln. Statt klarer Frühlingsluft wieder diesen abgestandenen Mief des Besucherzimmers atmen zu müssen, statt Morgenröte nur noch Neonlicht. Statt heißer Liebesschwüre die zweifelnde Stimme der Ermittlungsleiterin:

„Dieser Typ ..."

„Moritz", korrigierte Angelika. "Moritz Albers."

„Eine angebliche Randfigur aus der Nachbarschaft. Wieso haben Sie das verschwiegen? Ihr Verhältnis zu ihm."

„Es hätte seine Ehe zerstört. Seine Frau war wirklich entzückend, aber krankhaft eifersüchtig. Und damals gerade schwanger. Moritz und ich ... wir haben uns wirklich nur ganz selten ... getroffen."

„Aber auf alle Fälle an dem Morgen, an dem Ihre Söhne gestorben sind. Der wichtigste Morgen Ihres Lebens, möchte ich mal behaupten. Dieser Mann könnte praktisch ein Alibi bieten. Das hätte eine ganz besondere Relevanz gehabt, finden Sie nicht?"

„Kein Alibi. Dafür ist er zu früh gegangen. Vergessen Sie's!"
„Außerdem komme ich nicht damit klar, dass sie es mit dem Kerl in der Küche getrieben haben. Sie sagten doch, es war morgens um sechs. Sie mussten befürchten, von ihren Söhnen überrascht zu werden. Das klingt jetzt nicht gerade nach der Mutter des Jahres."

Ärgerlich schlug Angelika mit der flachen Hand auf den Tisch. „Ich habe gesagt, Sie sollen einfach mal zuhören. Die typischen Bullenfragen können Sie dann ja immer noch loswerden. Moritz war fast jeden Morgen beim Joggen. An diesem Morgen hatte er Volker in aller Frühe wegfahren sehen. Für die Jungs war er sowieso kein Fremder. Und damit das klar ist: Ich habe es nicht mit ihm in der Küche getrieben. Es war nur ein kurzes Intermezzo. Als er mich überraschte. Er mochte das. Ich auch. Unerwartete Gelegenheiten. Danach sind wir nach oben gegangen. Die Jungs hatten unten ihr Zimmer."

Angelika ließ endgültig Dianas Hand los, als entzöge sie ihr das Privileg ihrer Nähe. Diana fühlte sich gleich besser, rieb und knetete die fast bis zur Taubheit ausgekühlten Finger. Auch diese Machtprobe hatte sie verloren.

„Soll ich überhaupt noch fortfahren?", erkundigte sich Angelika missmutig.

Diana nickte mechanisch. Schloss erneut die Augen. Und, was ihr noch schwerer fiel: den Mund. Sie ließ sich wieder auf Angelikas Stimme ein. Eine verführerische Stimme, die zu erzählen verstand – passende Betonung mit angenehmem Rhythmus, wie bei Dianas geliebten Hörbüchern, die sie durch manch nächtliche Stunde begleiteten.

Gerade noch rechtzeitig genug kehrte sie in die Landhausküche zurück, um zu sehen, wie Angelika Moritz wegdrängte und ihr Shirt wieder nach unten zog. Sprach von den Jungs, die wach werden könnten. Schlug das Schlafzimmer vor. Sie hätten doch Zeit genug! Küsste und streichelte ihn aber dabei, als wäre genau das Gegenteil der Fall.

*„Doch wenn die Jungs ins Schlafzimmer platzen?"*, dachte Diana und hätte am liebsten wieder mit dem Finger geschnippt, um das nächste Veto anzumelden. Unterdessen zog die Lehrerin den Nachbarn schon mit sich. Sie sah gut aus. So morgenfrisch! Mit weißem Shirt und hellen Shorts. Leicht gebräunt, lange Beine, die Haare offen. Eine Frau, die nicht viel für ihre Ausstrahlung tun musste. Sie ließ Moritz aus der Küche in die Diele schlüpfen. Bevor sie ihm folgte, kehrte sie noch einmal barfuß zu Diana zurück. Leise und verstohlen. Ganz dicht war ihr Mund an Dianas Ohr, fast glaubte die Kommissarin, Angelika Wiecherts Zungenspitze in ihrer Ohrmuschel zu fühlen, wie die einer Schlange. Ein Flüstern tief in ihren Gedanken. Berührungen und Nähe, die sie eigentümlich erregten. Das war mehr eine Ahnung, als dass sie wirklich etwas fühlte.

„Die Jungs waren exzellent erzogen", flüsterte Angelika. „Niemals wären die einfach so in mein Schlafzimmer geplatzt. Verstehen Sie das? Nie! Ich war Ihnen eine verdammt gute Mutter, weil ich ihnen nicht einfach nur beim Wachsen zugesehen und ihnen jeden Kiesel aus dem Weg geräumt habe. Ich habe sie *erzogen*, ihnen eine Menge beigebracht, Grenzen gezeigt. Sie Respekt und Höflichkeit und Rücksicht gelehrt. Rücksicht! Das ist der einzig richtige Weg."

Diana nickte, während Moritz' ungeduldiges Wispern zu hören war, wo Angelika denn bliebe. Deren Lippen streiften über Dianas Wange und ganz kurz über ihren Mund. Die spürte einen Luftzug und öffnete die Augen. Jetzt war sie allein in der Küche zurückgeblieben. Durch das saubere Fenster ließ die aufgehende Frühlingssonne den Raum wie in einem Werbespot erstrahlen.

Das Licht orange. Die Vögel begrüßten einen wunderschönen Sonntagmorgen. Alles noch so friedlich und frisch.

Plötzlich hörte Diana ein seltsames Geräusch. Es kam von draußen. Jemand machte sich an der Tür zu schaffen. Jemand versuchte, vom Garten in die Küche zu gelangen. Doch statt zu bleiben, um den geheimnisvollen Eindringling zu entlarven, wurde Diana wie von einer fremden Macht gelenkt und verließ gegen ihren Willen die Küche. Sie huschte durch die Diele und stieg leise die Treppe hinauf nach oben. Folgte den eindeutigen Geräuschen, die sie direkt in das Schlafzimmer der Wiecherts lockten. Träge stöhnend hob Angelika den Kopf und warf der in der geöffneten Tür stehenden Kommissarin einen kurzen Blick zu.

Diana fühlte sich unbehaglich. Blinzelte.

Im Besuchsraum hatte Angelika die Hände flach auf den Tisch gepresst. Um ihre Lippen zeigte sich ein spöttischer Zug.

„Soll ich Ihnen meine Nummer mit Moritz noch ausführlicher beschreiben?"

„Spielt das eine Rolle für den weiteren Verlauf dieses Morgens?" erkundigte sich Diana, um Ordnung in ihrem Kopfkino bemüht. Das Gespräch stellte höchste Anforderungen an sie.

Angelika dachte eine Weile nach. Schüttelte den Kopf. Stützte die Ellenbogen auf die Tischplatte und massierte sich mit den Fingerspitzen die Schläfen.

„Ein solider kleiner Fick in der Morgenstunde!", sagte sie mehr zu sich selbst. „Mein letzter mit einem Mann. Mein letzter in Freiheit. Mit Moritz Albers. Der sich danach schnell duscht und wie ein Schatten verschwindet, um seine Joggingtour zu starten. Eigentlich will ich auch duschen, und dann runter in die Küche. Kaffee kochen. Den Tisch decken. Den Jungs das Frühstück machen. Mit ihnen reden. Herumalbern. Aber dann stelle ich Musik an und bleibe einfach im Bett. Ich glaub, es war was von *Barry*

*White.* Sehr passend. Dazu der traumhafte Morgen. Ich war total platt. Habe Moritz noch gerochen. Ihn gespürt, als steckte ein letzter Rest von ihm immer noch in mir. Ich wurde müde. Schlief ein. Schlafen, einfach schlafen! Als ich wieder aufschrecke, ist es elf. Keine Geräusche im Haus. Seltsam. Ich denke, dass die Jungs bestimmt in ihrem Zimmer spielen. Sie sind immer so brav und können sich gut allein beschäftigen. Es ist Sonntag. Nachher will ich Hefte meiner Schüler korrigieren. Aufsätze. Ich weiß noch das Thema, dass ich vorgegeben hatte: JETZT REDE ICH! Spannend, finden Sie nicht?"

Diana stimmte beiläufig zu. Mit wesentlich mehr Interesse folgte sie Angelika, die sich im Gehen einen weißen Bademantel überstreifte und summend die Treppe nach unten stieg. Tatsächlich war kein Geräusch zu hören. Kein Kichern. Keine Stimmen. Kein Toben. Kein Lärm. Kein Streit. Nur Stille. *Totenstille!*

In der Küche stand die Tür zum Garten einen Spalt offen. Angelika blickte kurz hinaus. Keine Jungs, die auf der Wiese spielten, Fußball oder Fangen. Nachdenklich schloss sie die Tür.

Etwas unsicher betrachtete Angelika zwei leergetrunkene Gläser auf dem Küchentisch. Eine leere O-Saft-Tüte daneben. Sie warf die Tüte weg, stellte die Gläser in die Spülmaschine – mit automatischen Handgriffen, als folge sie einem Drehbuch. Dann blickte sie Diana direkt in die Augen. Voller Schmerz. Verzweiflung.

Aus einem Küchenregal nahm sie ein gerahmtes Bild. Familie Wiechert. Eins der letzten gemeinsamen Fotos.

„Da waren wir auf Föhr", erklärte sie.

Zwei strahlende süße Jungs. Ein strahlender Vater. Eine Mutter, die mit etwas bemühtem Lächeln alles überragte.

Diana konzentrierte sich auf die beiden pausbäckigen Jungengesichter.

„Ihr Mann war an diesem Morgen *unterwegs?*"
Angelika nickte schwach.
Aus den Akten kannte Diana die Details. Volker Wiechert hatte angegeben, an diesem Tag seine Eltern in Göttingen besuchen zu wollen. Spontan! War früh aufgebrochen. Er habe es sich dann aber kurz vor dem Ziel anders überlegt. Wäre einfach nur so rumgefahren. Hätte *irgendwo* einen Waldspaziergang gemacht. Die Einsamkeit genossen, um mal nachzudenken. Hatte niemanden gesehen. War von niemandem gesehen worden. Bis das Handy klingelte, und das Familienleben, über das er sich im Wald den Kopf zerbrochen hatte, zu Ende war. Mit einem Schlag.
„Ich danke Ihnen, dass Sie da waren", sagte Angelika in der Küche und umarmte Diana wie eine gute Freundin. „Ich muss jetzt meine Jungs wecken. Machen Sie's gut!"
„Bitte lassen Sie uns aufhören", sagte Diana und stand auf. „Machen wir an dieser Stelle Schluss."
Auf der anderen Seite des Tisches schien Angelika aus einem Trancezustand zu erwachen. Sie erhob sich ebenfalls und wirkte noch benommen. Eine wirklich beeindruckend große Frau! Zum Ende des Gesprächs mit Diana war ihr Gesicht von den Erinnerungen schwer gezeichnet. Auch wenn es noch viel mehr zu sagen gegeben hätte, trennten sich die beiden Frauen ohne viele Worte. Angelika erinnerte die Kommissarin lediglich an ihr Versprechen, bezogen auf Verena Haslinger, und Diana sicherte ihr nochmals zu, es erledigen zu wollen. Sie musste immer wieder an die Tür denken, die von der Küche in den Garten führte. An das Geräusch, als der Griff langsam nach unten gedrückt wurde.
Als sie später mit Micha im Auto saß, roch er nach Rauch und zeigte sich wie immer wenig gesprächig. Sagte nichts, fragte nichts. Während er losfuhr, suchte Diana im Autoradio

beharrlich nach einem Song, der ihrer augenblicklichen Stimmung entsprach. Keine Chance, so was zu finden! Dieser Song musste wahrscheinlich erst noch komponiert werden. Sie stellte das Radio aus und starrte nach draußen. Es regnete. Hamburg wirkte wie gelähmt. Die Straßen voller Autos. Der Verkehr kam kaum voran. Menschentrauben an den Ampeln, den Bushaltestellen. Alles grau in grau. Diana dachte an die Melodie, die Angelika gesummt hatte. Kam nicht drauf, welcher Song und von wem. Stand kurz davor, das Lied selbst zu summen.

„Wie war's?", fragte Micha schließlich doch. Dass er über zwanzig Minuten schwieg, war normal. Dass die Chefin über zwanzig Minuten nicht redete, war unheimlich.

„Ich brauch Kaffee!", sagte Diana. Mehr sagte sie nicht.

*\*\**

*Reinen Tisch machen* – das Motto hatte sich zuletzt mehr und mehr in Gravesens Gedanken verfestigt. Gerade tippte er die Adresse der Familie Bauer ins Navi. Ein letztes Gespräch. Das ungleiche Paar erwartete ihn bereits ungeduldig. Während Julia Bauer auf einer sorgsam ausgeklügelten Route und unter medizinischer Betreuung auf rosaroten Wolken zu ihrem Bestimmungsort gebracht worden war, dort erst einmal weiterhin unter ärztlicher Aufsicht blieb, wollte Gravesen mit Roger und Marlene Bauer ein letztes Gespräch führen, bevor er für mindestens acht Wochen untertauchte. Wenn sein Auftrag erfolgreich verlief, würde nach Ablauf einer angemessenen Zeit Julia Bauer clean und im Idealfall mit neu erwachten Lebensgeistern bereit für eine zweite Chance sein. Die Voraussetzungen für diese zweite Chance wären allerdings möglichst weit entfernt von Hamburg deutlich besser. Roger Bauer hatte schon mal vorsorglich seine vielfältigen Kontakte abgeklopft, auf der Suche nach geeigneten Alternativen. Noch aber musste er nicht aktiv werden. Noch lag das Schicksal seiner Tochter in Gravesens Händen, der von einem zuverlässigen kleinen Team unterstützt wurde, das für den Spezialeinsatz sorgfältig zusammengestellt worden war.. Pragmatisch. Verschwiegen. Wie immer. Die Regel unbedingter Verschwiegenheit hatte Gravesen Eric Teubner gegenüber kürzlich gebrochen. Sah er doch in dem Autor längst nicht mehr nur einen Freund, sondern auch jemanden, der die letzten Erinnerungen und das Andenken an seinen Bruder Frank mit ihm teilte und bewahrte. Gerade weil Gravesen Hamburg für unbestimmte Zeit verlassen wollte, vielleicht sogar nie wieder zurückkehren würde, blieben der Schriftsteller und ein chinesischer Heilpraktiker aus Altona vermutlich die einzigen Personen, die weiterhin mehr oder weniger regelmäßig Frank Jensens Grab besuchten. Zum Abschied hatte Gravesen gegenüber Eric reinen Tisch gemacht. Hatte ihm seine Affäre mit Marie gebeichtet, diese spontane Episode damals auf La Palma. Jene Phase, in der Marie nicht nur dringend Geld gebraucht hatte, sondern auch jemanden, an dem sie sich eine Weile festhalten konnte.

Eric hatte die Geschichte äußerlich gefasst aufgenommen. Natürlich hatte Gravesen mit seiner Offenheit etwas bewirken wollen. Eine simple Überlegung. Es war nicht zu übersehen, dass Eric mittlerweile ein zunehmend inniges Verhältnis zum Alkohol entwickelte. Angesichts der bevorstehenden Aufgabe, eine cracksüchtige junge Frau durch den kalten Entzug zu begleiten, empfand Gravesen die sich abzeichnende Alkoholsucht seines Freundes als schmerzliche Erkenntnis. Gerade weil er ab jetzt nicht mehr helfen konnte.

Eric musste sich endlich von der Vergangenheit lösen, je eher desto besser. Von vielen Geistern, die ihn peinigten. Manchmal kam es Gravesen vor, als trüge der Autor die gesamte unverarbeitete Last seines Damals mit sich herum. Statt sich alles von der Seele zu schreiben, ließ er sich von dieser Last weiterhin beherrschen und quälen. Vielleicht gelang es ihm wenigstens, Marie loszulassen. Eine bezaubernde Frau, aber von Eric mittlerweile so weit entfernt, als lebte sie auf dem Mond.

„In irgendeinem spanischen Kaff", hatte Eric verbessert. „Ich kann mir den Namen nie merken."

„Auf dem Mond", hatte Gravesen widersprochen. „Die Sache mit euch ist endgültig vorbei. Marie ist sogar ..."

„... verheiratet. Mit einem spanischen Tattergreis."

„Was ist mit der Frau, mit der du hier zusammenlebst?", hatte Gravesen wissen wollen. „Die mir vorhin die Tür aufgemacht hat."

„Lisa? Wir arbeiten zusammen. Mehr ist da nicht."

Gravesen hoffte, dass Lisa Soundso wenigstens auf Eric achten würde, ob da nun mehr war oder nicht. Hatte es auch so zum Abschied mit gesenkter Stimme zu ihr gesagt, als sie ihn zur Tür begleitete, während Eric in der Küche blieb, als hielte ihn dort ein Fluch gefangen.

„Achten Sie bitte auf Eric", hatte er Lisa gebeten.

Sie hatte schmerzlich gelächelt, als wüsste sie genau, was er befürchtete. Ja, sie würde auf Eric achten, aber ob das reichte?

Für Gravesen ging es jetzt erst einmal Richtung Falkenstein. Mit Roger Bauer war er sich längst einig. Kein Szenario, das sie nicht durchdiskutiert hatten. Marlene Bauer würde wieder mit den Tränen kämpfen und darum betteln, ihre Tochter in regelmäßigen Abständen besuchen oder wenigstens mal anrufen zu dürfen. Darauf würde sich Gravesen nicht einlassen. Trotz aller Umsicht und Vorsicht hatte sich diesmal eine unerklärliche Unruhe in seine Grundstimmung gemischt. Als habe er nicht an alles gedacht, einen wichtigen Aspekt übersehen. Etwas nicht richtig eingeschätzt. Etwas, das gefährlich werden könnte. Schlimm genug, dass er dieses Mal hart mit seinen Emotionen ringen musste. In Julia Bauers Nähe fiel ihm das professionelle Denken und Handeln nicht so leicht wie sonst, als wären sie von der ersten Sekunde ihrer Begegnung an emotional verbunden. Die Sache mit ihr war mehr als nur ein Job. Das war ihm mit jedem Tag klarer geworden.

Gerade als er nahe dem Anwesen der Bauers in einem Waldstück parkte, bekam er eine SMS von Irina, die ihn an seinen nächsten Termin bei ihr erinnerte, zur Augendruckmessung. Noch eine Angelegenheit, die er regeln musste. Reinen Tisch machen mit Irina! Außerdem musste in den kommenden Wochen seine Augenerkrankung ohne ärztlichen Beistand auskommen. Aber eines Tages würde er sich den Auswirkungen stellen müssen. Sie würden voranschreiten! Vieles in seinem Leben würde sich ändern müssen, hatte Irina ihm prophezeit. Spätestens dann würde er eine verlässliche Person an seiner Seite brauchen.

***

„Angst?" Der Japaner musterte Verena mit unbewegter Miene. „Wovor?"

Die zurückliegenden Wochen hatten sie ausgezehrt. Von der Ausstrahlung des unbekümmerten Mädchens aus der Provinz, das der Japaner anfangs in ihr gesehen hatte, war kaum etwas übrig geblieben. Wobei sie diesem Typ ohnehin nie wirklich entsprochen hatte. Inzwischen hatte er sie längst abgehakt. Es gab neue „Talente". Bessere. Jüngere.

Verena murmelte irgendwas von einer Dummheit, die sie gemacht habe.

Der Japaner lächelte nie, aber jetzt sah es so aus, als stünde er kurz davor, es wenigstens zu versuchen, während er erwiderte:

„Dein gesamter Lebensweg ist mit Dummheiten gepflastert, Schätzchen. Ich habe interessante Dinge über dich gehört. Hast im Knast was mit einer Mörderin angefangen. Eine, die ihre Kinder abgemurkst hat. Das ist krass, ehrlich. Du lässt wirklich nichts aus."

Das Hinterzimmer, in dem der Japaner sie empfangen hatte, wirkte düster und roch nach alten Geheimnissen. Verena hatte eine Weile gebraucht, ihn in seinem neuen Domizil aufzuspüren. Seine acht Finger steckten in vielen krummen Geschäften, da war es gar nicht so einfach, seinen Aufenthaltsort in Erfahrung zu bringen. Nett war er nie gewesen, aber von allen Typen, die sie kannte, der fairste. Für jede Art Arbeit gab es guten Lohn. Je dreckiger desto mehr. Bei ihm hatte sie gut verdient.

„Ich bezahle dich", bot Verena kleinlaut an.

Der Japaner machte eine Geste, als hätte er sich gerade verhört, die Hände theatralisch hinter die Ohren haltend. Wieder dieses Beinahe-Lächeln in seinem feisten Gesicht.

„Du? Bezahlst mich? Das wäre ja mal was ganz Neues. Was soll ich tun? Die Kindermörderin aus dem Knast bomben?"

Verena senkte den Blick. Knabberte am Nagelbett ihres Zeigefingers. Wünschte, ihr Kopf würde etwas abkühlen. Die Gedanken klebten aneinander. Sie hatte nicht einmal mehr ausreichend Energie, ängstlich zu sein. Über allem lag eine bleierne Resignation, wie eine Wolkendecke, die keinen Sonnenstrahl mehr durchließ. Verena hatte schon ernsthaft überlegt, irgendwas anzustellen, nur um wieder in den Knast zu kommen. In Sicherheit.

Der Japaner fingerte eine Packung Zigaretten aus der Brusttasche seines farbenfrohen Hemdes. Er bemerkte Verenas sehnsüchtigen Blick und hielt ihr die Packung hin. Dankbar bediente sie sich. Er gab ihr Feuer, ohne sie dabei aus den Augen zu lassen.

Forderte sie auf, sich endlich zu setzen.

Sie machte keine Anstalten, der Aufforderung zu folgen. Als wäre das Sich-Hinsetzen wie der erste Schritt zurück in ihr altes Leben und als könnte nur allein diese eine Entscheidung den erneuten Abstieg einleiten. Das wollte sie mit allen Mitteln vermeiden. Bisher hatten sie alle davor gewarnt, die ehemaligen Kontakte wieder aufleben zu lassen. Genau genommen hatte sie das auch nicht vorgehabt. Doch mittlerweile steckte sie schon wieder zu tief in der Klemme, und außer dem Japaner war ihr niemand eingefallen, der ihr da wieder hätte heraushelfen können. Egal, was er dafür von ihr verlangen sollte.

Zu Angelika traute sie sich nicht. Und Betty konnte ihr bei solchen Problemen erst recht nicht helfen, denn trotz aller Gebete saß Verena schon wieder der Teufel im Nacken, während die guten Mächte vermutlich anderweitig beschäftigt waren.

Verena rauchte. Der Japaner rauchte. Rauchwolken, die den Raum wie leere Sprechblasen füllten. Dazu diese Stille. Verena konnte nicht reden, der Japaner wollte nicht. Bis er dann doch irgendwann das Schweigen brach.

„Machst du immer noch diesen Scheiß? Dir selbst wehzutun und so?"

Sie blickte zu Boden und erwiderte nichts. Aber dass sie an einem milden Tag langärmelige Sachen trug, machte jede Antwort überflüssig.

„Du bist damals wie ein Phantom in die verdammten Häuser eingedrungen", fuhr er fort. „Durch die schmalsten Kellerfenster. Das muss man dir lassen. Ein verdammtes Einbrechergenie. Macht dir keiner so schnell nach. Bist im Knast vermutlich etwas eingerostet. Ein bisschen Training, dann kann ich dir bestimmt den einen oder anderen Job besorgen."

Sie schüttelte wieder den Kopf, das wirkte fast krankhaft.

„Dann kapier ich nicht, was du hier überhaupt willst."

„Deine Hilfe."

„Wobei?"

„Ist kompliziert ..."

Der Japaner lauschte ihr mit seiner gesamten Körperhaltung, weil ihre Stimme immer leiser wurde. Es war anstrengend, ihr auf Dauer zuzuhören. Was sie sagte und wie sie es sagte.

Sie biss sich auf die Unterlippe.

Er nickte ihr aufmunternd zu.

„Kompliziert ist ja so gar nicht dein Ding, Schätzchen. Verrätst du mir mehr? Oder wird das ein Quiz?"

„Ich darf es nicht sagen. Bitte."

„Du darfst es nicht sagen, aber ich soll dir helfen? Was soll der Scheiß? Wie stellst du dir das vor?"

„Ich brauche eine Waffe."

„Vergiss es!"

„Wenn ich dir ein paar Namen gebe, könntest du mir dann vielleicht Informationen ...?"

„Den Teufel werd ich tun. Bist du verrückt geworden? Ich lass mich nicht von dir in irgendeine Scheiße reiten. Außerdem bin ich mir absolut sicher, dass dir die Bullen am Arsch kleben, seit du aus dem Knast raus bist. Als Groupie einer Mörderin. Du lieber Himmel!"

Verena trat dichter an den Schreibtisch des Japaners heran, um die Asche der Zigarette in einen wuchtigen Aschenbecher zu schnippen. Das ging trotz kürzester Distanz daneben, mehr Symbolik war nun wirklich nicht mehr nötig. Der Japaner benässte kopfschüttelnd seinen wurstdicken Zeigefinger mit Spucke, tupfte die Asche auf und streifte sie am Aschenbecherrand ab.

„Wie viel Geld hast du denn überhaupt?", fragte er.

Sie starrte vor sich hin.

„Muss ich mal sehen."

„Ach, das steckt wohl noch in den Taschen anderer Leute. Was soll der Blödsinn?" Er blies gekonnt einen bläulichen Ring aus, dem er stolz hinterher blickte. „Ich weiß nicht, was ich mit dir anfangen soll, Mädchen, ehrlich nicht. Du siehst erbärmlich aus."

„Ich bin traurig", sagte sie leise.

Er nickte, versuchte sich an dem nächsten Ring. Perfekt.

„Vielleicht ist das dein Problem. Dass du die ewig Traurige bist! Traurige Augen. Traurige Mundwinkel. Traurige Klamotten. Selbst deine Titten sehen irgendwie traurig aus. Steckst in der Scheiße, und die Bullen sind hinter dir her. Nenn mir einen verfluchten Grund, warum ich dir helfen soll."

Sie wusste keinen verfluchten Grund. Den Japaner aufzusuchen, war ein Akt purer Verzweiflung. Damit hatte sie ihr Blatt ausgereizt. Jetzt blieben keine wirklichen Alternativen mehr, außer wieder in den tiefsten Sumpf abzutauchen.

Der bullige Asiate erhob sich.

„Hau ab!", sagte er gutmütig und drückte seine Zigarette aus. „Das ist der beste Rat, den ich dir geben kann. Dich zu verdrücken. Nicht nur aus meiner Kneipe. Aus Hamburg. Besser noch aus Deutschland. Hör auf mit dem Scheiß, dich selbst zu verletzen."

Sie weinte. Lautlos.

Schnaufend umrundete er den Schreibtisch und bugsierte sie Richtung Tür. Unnachgiebig seine Pranke auf ihrem Rücken platziert, schob er sie wie ein bockiges Kind vorwärts. Als sie die Tür erreicht hatten, blickte der große, schwammige Mann für ein paar Sekunden fast liebevoll auf sie herab, wie auf eine Tochter, die ab sofort auf eigenen Füßen stehen musste. Dann öffnete er die Tür und verbannte sie endgültig aus seinem Dunstkreis. Um ihr einen Gefallen zu tun. Aber vor allen Dingen sich selbst!

## Kapitel 16: Das Ende der Hoffnung

Die Chefin hatte kurzfristig ein Teammeeting einberufen. Immer noch aufgewühlt von dem Gefängnisbesuch, wurde Diana von Fragen getrieben, sprühte vor Ideen. Sie hielt es für ratsam, die Ermittlungen weiter auszuweiten, wollte in diesem Zusammenhang unbedingt neue Wege gehen. Doch die erste überraschende Neuigkeit kam von Miriam Franke: Volker Wiechert war tot. Man hatte seine Leiche aus einem Kanal geborgen. Alles deutete auf einen Unfall hin. Der obdachlose Mann musste beim Urinieren am Kanalufer den Halt verloren haben und ins Wasser gestürzt sein. Schon vor Tagen. Vermisst hatte ihn niemand. Spielende Kinder hatten die Leiche im Wasser nahe dem Ufer entdeckt.

„Können wir hundertprozentig von einem Unfall ausgehen?", wollte Diana wissen.

Sie werde noch mit den Beamten sprechen, die den Fall vor Ort untersucht hätten, versicherte Miriam. Das sei heute Nachmittag geplant, und gleich danach wolle sie einen Termin bei der Rechtsmedizin wahrnehmen.

Dianas Blick streifte Jürgens Gesicht, der sie offen anlächelte. Mit ihm hatte sie kürzlich ein intensives Gespräch geführt. Privat und intensiv. Ein offener Meinungsaustausch. Brutal ehrlich, so, wie Diana es vorgehabt hatte. Jetzt blieb ihre Miene neutral.

Die Chefin gab einige Details ihres Termins im Gefängnis bekannt, wobei sie die Fakten auf das Wesentliche eindampfte: Dass Angelika Wiechert nach wie vor ihre Unschuld beteuere und dabei eine gewisse Glaubwürdigkeit ausstrahle. Was eine vorsätzliche Täuschung dennoch nicht restlos ausschließe.

„Außerdem will ich mir nochmal ihre kleine Freundin vorknöpfen. Diesmal werde ich sie knacken. Die hat uns lang genug veralbert. Es möge bitte jemand dafür sorgen, dass die Haslinger hier umgehend zur nächsten Befragung antanzt. Und dann habe ich eine organisatorische ..."

Sie stutzte. Jürgens wohlwollende Aufmerksamkeit begann sie zu nerven. Sie würde ein weiteres ernstes Wörtchen mit ihm reden müssen. Er strengte sich für ein neues Image zu offensichtlich an. Sie hatte ihm geraten, an seinen Schwächen zu arbeiten. Damit hatte sie allerdings keine Gehirnwäsche beabsichtigt. Typisch Mann! Fiel vom einen Extrem ins andere, kein Gefühl für Zwischentöne.

„Eine organisatorische Info", vollendete sie und suchte sich ein weniger anstrengendes Gesicht als Fixpunkt. „Kollege Jürgens wird sich die nächste Zeit intensiv mit der Historie des Falles Wiechert beschäftigen, parallel zu unseren aktuellen Morden. Alle sich daraus ergebenden notwendigen Ermittlungsansätze und Befragungen wird er in Abstimmung mit mir durchführen. Entweder allein oder mit mir zusammen. Es ist anzunehmen, dass wir dort auf Hinweise stoßen, die mit unseren Morden in Verbindung stehen ..."

„Sofern Angelika Wiechert unschuldig ist!", warf Miriam ein, die ihrer bisherigen misstrauischen Haltung treu blieb.

„Was wir als Option im Hinterkopf behalten", entgegnete Diana friedfertig. „Wie alle anderen Theorien auch."

Miriam nickte. Ihr war vor allem die Erleichterung anzumerken, nicht mehr mit Jürgens im Team arbeiten zu müssen. An Michas Seite gab es keine Probleme. Der redete nicht viel und kam mit wechselhaften Launen bestens klar, weil er sie grundsätzlich ignorierte.

Diana blickte erwartungsvoll in die Runde.

„Also gut, was gibt's noch?"

Die Frage löste einen Dammbruch aus. Von allen Seiten kamen Fragen, Forderungen und Informationen. Dadurch zog sich die Besprechung ungeplant in die Länge, verlief also ohne besondere Vorkommnisse.

Gleich im Anschluss zitierte Diana Jürgens in ihr Büro. Er folgte ihr mit dieser übertrieben heiteren Miene, als hätte er vor der Besprechung Drogen genommen. Das passte nicht zu ihm.

Jetzt stand er vor Dianas Schreibtisch und gab sich große Mühe, normal aufzutreten. Normal entspannt. Normal lässig. Bei ihm wirkte das wie eine Verkleidung.

„Sollte ich Sie überfordert haben?", fragte Diana spitz, nachdem er Platz genommen hatte. „War ich zu offen?"

Sein *Nein* klang entrüstet.

„Dann übertreiben Sie es nicht, Jürgens. Wir hatten ein wirklich gutes Gespräch. Aber ich will nicht, dass Sie plötzlich eine Rolle spielen. Sie sollen sich nur etwas lockern, ich wollte Sie nicht völlig umkrempeln."

„Ich gehe alles positiver an. Wie Sie gesagt haben."

„Sorry, aber *so* doch nicht! Man könnte meinen, Sie hätten vor der Besprechung noch schnell einen Joint durchgezogen! Das ist mir zu viel, okay?"

Sein Grinsen versiegte. Er wollte etwas erwidern, aber sie brachte ihn mit erhobenem Zeigefinger zum Schweigen.

„Wir beide sind Profis. Das sollte unsere Zusammenarbeit auch weiterhin bestimmen. Okay? Wir hatten ein konstruktives Gespräch. Nicht mehr, aber auch nicht weniger. Oder ist da irgendwas bei Ihnen anders angekommen?"

Er machte ein nachdenkliches Gesicht. Ja, offensichtlich empfand er es anders. Das hatte sie befürchtet. Jürgens war eine einsame Seele. Wie sie. Diana hatte seinen Panzer geknackt und irgendwas in ihm zum Klingen gebracht. Das war nicht ihre Absicht gewesen. Aber jetzt hatte er in ihrer Gegenwart seinen Zynismus abgelegt und wirkte dadurch nackt und angreifbar wie eine Schnecke, die man aus ihrem Schneckenhaus gezogen hatte. Diana pustete die Anspannung aus, zwang sich zur Geduld. Erklärte mit übertrieben sanfter Stimme:

„Ich bin halt direkt und möchte wissen, wie jeder in meinem Team tickt. Um mehr geht es hier nicht, Jürgens. Wir sind beide erwachsen, nicht wahr? Bleiben Sie in meiner Gegenwart einfach nur Sie selbst. Bitte! So, und nun zurück zur Tagesordnung. Ich bin sehr gespannt, was Sie in den alten Unterlagen finden werden. Diesbezüglich werden wir eng zusammenarbeiten. Deshalb war mir wichtig, jedes verdammte Hindernis zu beseitigen. Alles klar?"

„Ich dachte nur ... ", entgegnete er zögernd und verstummte hilflos.

„Dass wir ein gutes Team sind?", schlug sie lächelnd vor.

Das wäre ein passendes Ziel, fand sie. Aber davon waren sie noch weit entfernt.

„Okay. Dann also ran an die Arbeit."

Er nickte, erhob sich und verließ wortlos das Büro

\*\*\*

Gravesen beugte sich am schlichten Holztisch über ein aufgewärmtes Fertiggericht. Julia verweigerte noch immer die Nahrungsaufnahme. Hatte ihn geschlagen, bespuckt und versucht, ihn mit den Fingernägeln zu attackieren. Allerdings waren die viel zu abgekaut, um ihm gefährlich werden zu können.

Heute war wieder ein Tag ohne Helfer. Gravesen hatte der tobenden Julia die Zwangsjacke angelegt, um eine Weile ungestört zu sein. Eine Maßnahme, von der er nur im Notfall Gebrauch machte. Natürlich immer bestrebt, die junge Frau nicht länger als nötig zu fixieren, denn unter der Jacke wurde es schnell unerträglich heiß und die Einschränkung der Arme konnte auf Dauer schmerzhaft werden.

Mit dem erklärten Ziel, Julia vor allen Gefahren zu bewahren, musste er sie in manchen Phasen auch vor sich selbst schützen – aber die Wahl der Mittel blieb heikel. Es war nicht seine Art, jemanden zur Ruhigstellung wie ein Paket zu verschnüren, oder ähnliche Effekte durch Medikamente zu erzielen. Bei jeder Entscheidung, die er traf, hatte er immer das Gefühl, lediglich die zweitbeste Möglichkeit zu ergreifen, und das in einem ohnehin rechtsfreien Raum. Allein durch Julia Bauers Entführung hatte er gegen mehr als genug Gesetze verstoßen, darüber hinaus wollte er nicht auch noch jene moralische Grenze überschreiten müssen, die er in seinem Job bisher fast immer eingehalten hatte.

Eine drogenabhängige Frau während des Entzugs in eine Zwangsjacke zu stecken, gefährdete seine Prinzipien, war aber eine Entscheidung, zu der es momentan keine Alternativen gab. Denn Argumente prallten an Julia ebenso ab wie seine Bitte, im Tagesablauf zu kooperieren. Egal in welcher Lage, er ließ sie selten länger aus den Augen.

Als er nach der hastig eingenommenen Mahlzeit wieder nach ihr sah, starrte sie reglos auf dem Bett liegend aus verquollenen Augen ins Leere, die Lippen so fest zusammengepresst, als wären sie zugeklebt. Gravesen schob einen Stuhl neben das Bett und setzte sich. Aufmerksam betrachtete er das versteinerte Gesicht der jungen Frau. Sie würdigte ihn keines Blickes, als gäbe es um sie herum jede Menge interessantere Ansichten als ihn. Doch in diesem Raum, wie auch im Rest des kleinen Hauses, dominierte ausschließlich solide Zweckmäßigkeit. Alles hatte seinen Sinn und seinen Platz. Hier war noch nie eine Frau gewesen, hatte Julia vermutet und damit sicher recht gehabt. Die Holzhütte hatte in der Vergangenheit höchstens verschrobenen Ornithologen zeitweise als Behausung gedient. Aber auch das musste länger her sein.

Die junge Frau hatte Gravesen schon tausendmal verflucht und beschimpft, ihn dann aber wieder angebettelt und ihm Versprechungen gemacht. Er kannte bereits verschiedene Gesichter ihres Entzugs, wusste um die Qualen, die Körper und Geist durchlitten. Immerhin bemühte er sich, jede dieser Stimmungen zu antizipieren, um in einem Rahmen zwischen unvermeidlicher Härte und Empathie die richtigen Antworten und Reaktionen darauf zu finden.

Jetzt, da Julia hilflos vor ihm lag und seine Anwesenheit zu ignorieren versuchte, stand er kurz vor der Kapitulation, beinahe bereit, die ganze Aktion abzubrechen und sie gehen zu lassen. Zurück nach Hamburg, nach St. Georg. Kein *happy* End, aber immerhin ein selbst bestimmtes Ende. Doch es wäre ein Finale ohne Hoffnung. So gäbe es für ihn in dieser Geschichte am Ende nicht die Möglichkeit, nach vollbrachter Rettung als einsamer Held Richtung Sonnenuntergang zu verschwinden. Julia würde noch tiefer im Drogensumpf versinken, und er würde sich für den Rest seines Lebens die Schuld dafür geben.

Julia starrte so intensiv zur Decke, als wollte sie mit ihrem Blick Materie durchdringen. Gravesen versuchte, seine Stimme mit einem Lächeln anzuwärmen, bevor er sie fragte, ob sie sich wieder beruhigt habe.

Erst jetzt nahm sie ihn mit einem Seitenblick voller Verachtung zur Kenntnis.

Sie werde sich niemals beruhigen, solange er in ihrer Nähe sei!

„Sie werden es müssen", entgegnete er.

Julia schnaufte abfällig.

„Sie sind ein kleiner, mieser Entführer, weiter nichts. Ich kann mir nicht vorstellen, dass mein Vater Sie auch noch für diese Schweinerei bezahlt. Vermutlich sind Sie ein erbärmlicher Erpresser und scharf auf Lösegeld."

Dazu sagte er nichts. Es hatte keinen Sinn, ihr erneut die wahren Beweggründe seines Handelns zu erklären, dass es um *ihre* Rettung ging. Sie würde sowieso nicht zuhören.

Ob es ihm um Geld gehen würde, wollte Julia wissen. Dann würde sie ihm nach ihrer sofortigen Freilassung die geforderte Summe verschaffen. Und mehr als das. Zusätzlich versprach sie ihm einen besonderen Bonus. Schließlich sei sie auf Männerträume spezialisiert.

Gravesen lächelte bemüht. Er hatte schon viel zu oft von ihr geträumt. Auch in jenen Nächten, in denen sie vermutlich von ihren Dämonen heimgesucht worden war, für die sie ihn verantwortlich machte. Auf engstem Raum hätten sich für sie beide genügend Gründe finden lassen, auf Distanz zueinander zu bleiben.

Er betrachtete sie weiterhin ohne Groll. Der Zorn stand ihr gut und machte sie lebendig. Verlieh ihrem Gesicht etwas Farbe und brachte vorübergehend Glanz in ihre Augen. Die Bemühungen, sich aus der aktuellen Lage zu befreien, lenkten sie von dem Entzug ab. Sie entwickelte Pläne, argumentierte, verhandelte, bot an – bot *sich* an! Versuchte, Gravesen zu überzeugen, ihn zu verunsichern, zu locken und ihm zu drohen. All das war besser als Ignoranz und Selbstaufgabe. Immerhin hatte sie den Kampf angenommen. Wenigstens den, sich aus ihrer Lage befreien zu wollen. Vielleicht ließ sich diese Energie für bessere Ziele nutzen.

Vierzehn Tage ohne Drogen lagen schon hinter ihr. Zermürbende Tage! Schüttelfrost, Übelkeit, Angstzustände, Juckreiz und Muskelbeschwerden, die gelegentlich in unkontrollierte Zuckungen mündeten. Der Mediziner, der Julias Entzug in der ersten Zeit täglich begleitet hatte und auch weiter öfter vorbeikommen und für Notfälle verfügbar sein würde, hatte ihr in hoher Dosierung Antiepileptika zur Muskelentspannung verordnet, dazu weitere Präparate, um den kalten Entzug abzumildern. Julias Körper blieb in dieser Phase recht stabil. Die Psyche dagegen fuhr unentwegt Achterbahn. Ohne Crack war für sie die Sonne untergegangen. Darauf reagierte sie im Wechsel depressiv oder aggressiv, aber immer wieder mit Angstzuständen, als werde sie in der Hütte von einer unbekannten Macht bedroht.

„Warum tun Sie das?" Julia starrte Gravesen an, als wäre er eine Maschine, deren Funktion ihr unbegreiflich war.

Er überdachte den Sinn einer halbwegs ehrlichen Antwort. Vermeintlich harmlos und schlicht löste die Frage bei ihm tiefgründige Gedanken aus. In erster Linie machte er einen Job. Darüber hinaus aber war es mehr als das. Geworden. Er war beteiligter als üblich. Musste ständig seine Emotionen kontrollieren. Hatte keinen greifbaren Gegner. Kämpfte nicht mit den vertrauten Waffen. Stattdessen war er oft mit Eimer und Putzlappen unterwegs, um die Auswirkungen des Entzugs aufzuwischen. Da konnte er nicht auf Erfahrung und Routine zurückgreifen. Die junge Frau steckte in der Scheiße. Wie tief, ließ sich schwer ermessen. Sie machte keine Anstalten, sich retten zu lassen, ignorierte die Hand, die er ihr reichte, spuckte darauf.

Bisher hatte er noch nie etwas Vergleichbares getan. Entführung. Zwangsentzug. Die pausenlose Konfrontation mit einer Süchtigen, die seine Hilfe ablehnte und es hasste, von ihm aus einem lebensmüden Rhythmus herausgerissen worden zu sein. Für Julias Eltern ein Retter, den ihre guten Wünsche und Hoffnungen bei dieser Mission begleiteten, war er in der Wahrnehmung der Tochter das Böse schlechthin. Weil er sie mit Gewalt davon abhielt, das zu tun was sie tun wollte. Es ging ihr schlecht, und das war allein seine Schuld.

„Was habt ihr mit Nico gemacht?", wollte sie nach einer Weile wissen.

„Nichts", entgegnete Gravesen gleichmütig.

„Ohne mich wird er vor die Hunde gehen."

„War er da nicht schon mit Ihnen?"

„Sie blöder Wichser!"

„Ich sehe die Dinge nur, wie sie sind."

„Wenn mein Vater Ihre kriminellen Machenschaften tatsächlich unterstützen sollte, haben Sie Ihre Seele verkauft. Mein Alter schnippt mit den Fingern, dann müssen Sie springen. Ich habe solche jämmerlichen Gestalten in seiner Umgebung oft genug erlebt. Das ist armselig."

„Finden Sie?"

„Und ob! Was nützt Ihnen die verdammte Kohle, wenn ich Sie erst in den Knast gebracht habe? Rechnen Sie dann bloß nicht mehr mit Hilfe. Mein Alter wird leugnen, Sie zu kennen und Sie im Knast verrotten lassen, wenn was schief läuft. Was zahlt er Ihnen überhaupt für diese Drecksarbeit?"

„Was meinen Sie mit Drecksarbeit? Dass ich manchmal Ihre ..."
„Sie haben mich entführt!", unterbrach ihn Julia wütend. „Außerdem misshandeln Sie mich physisch und psychisch. Ich habe gegen meinen Willen Medikamente bekommen. Sie haben mich mehrfach in diese verdammte Zwangsjacke gesteckt. Sie haben mir jegliche Intimsphäre geraubt. Dazu muss ich mir auch noch täglich Ihren Bullshit anhören. Wie nennt man das in Ihren Kreisen?"
„Einen harten Job. Was denken Sie, worum es hier geht?"
„Ach, muss ich mir darüber auch noch Gedanken machen? Halten Sie sich für den großen Retter? Mit dem Segen meiner Eltern, die ja auch immer nur das Beste für mich wollen? Meinen Sie das? Wissen Sie was? Ich scheiß drauf. Das wird alles keine Rolle spielen, wenn Sie verurteilt werden. Und meine Eltern verklage ich als Anstifter einer Entführung auf Schadenersatz und Schmerzensgeld. Da werde ich für den Rest meines Lebens sorgenfrei auf einem riesigen Berg Crack sitzen. Jetzt wissen Sie wenigstens schon mal, worum es mir geht, okay?"
Gravesen hielt es für unnötig, darauf etwas zu erwidern. Aber um sie zu fordern, nahm er den Faden dennoch auf:
„*Das* ist Ihre Vorstellung von einem sorgenfreien Leben?"
Sie starrte ihn wütend an.
„Wer redet denn hier von einem sorgenfreien Leben?"
„Na, aus Ihrem Mund klingt das so als hätte ich Sie aus dem Paradies entführt. War das in St. Georg das Leben, von dem Sie immer geträumt haben?"
Sie rang um eine passende Erwiderung, sog dann aber nur die Unterlippe unter die Schneidezähne. Sie platzte fast vor Wut, eingesperrt in ein fremdes Leben ohne Drogen, verschnürt wie ein Paket, hilflos, wehrlos, mutlos.

„Ja, Ihre Eltern haben mich mit Ihrer Rettung beauftragt", fuhr Gravesen in ruhigem Ton fort. „Was ist verkehrt daran? Objektiv betrachtet."

„Dass sich dabei immer nur alles um das beschissene Seelenheil meiner Alten dreht", stieß Julia bitter hervor. „Auch jetzt geht es um sie. Nicht um mich. Hat meine Mutter wieder so bühnenreif geheult, damit man es auch ja bis in die hintersten Ränge mitbekommt? Mein Vater ist da pragmatischer. Gibt es Probleme, öffnet er einfach die Brieftasche und fragt nach dem Preis für deren Beseitigung. Einen anderen Weg kennt er nicht."

„Wie lösen Sie denn Probleme?"

„Gar nicht, Sie Klugscheißer! Das wissen Sie doch. Ich suhle mich darin."

„Ihr Vater tut, was er kann."

„Ja. Aber am Ende verschwendet er einen Haufen Geld für nichts. Ich werde nie das werden, was sich meine Eltern von mir erhoffen. Sobald ich frei bin, werde ich in Crack baden. Egal, wie lange Sie mich festhalten. Ich werde mich nicht ändern."

Gravesen beugte sich zu ihr hinunter. Betrachtete sie mit einem langen ernsten Blick.

„Ich habe Zeit", sagte er.

„Ja, sicher", brummte Julia. „Sie mögen ja 'ne harte Nummer sein, aber mich beeindruckt das nicht. Ich kenne ganz andere Kaliber. Die richtig harten Jungs. Letztendlich spielen Sie hier nur eine Nebenrolle. Niemand, der in meinen Leben einen Sinn ergibt."

„Und Sie?"

Julia stöhnte, bäumte sich in der Zwangsjacke auf, ächzte, schwitzte, ließ sich keuchend wieder zurückfallen.

„Ich bin das Opfer!"

„Klingt wie der Titel einer Biografie. Julia Bauer, das Opfer. Schuld haben immer die anderen. Sie konnte nicht anders. Ist das wirklich Ihre Sicht auf die Dinge?"

Hätte Julia gekonnt, wäre sie in diesem Augenblick wie eine Furie auf ihn losgegangen. Ihr Gesicht rötete sich vor Anstrengung, ihren Zorn im Zaum zu halten

„Sie selbstgerechtes Arschloch! Ich ertrag das hier einfach nicht mehr! Sie sind noch schlimmer als meine Alten! Wo bin ich hier überhaupt?"

Wieder atmete sie so heftig, bis Gravesen befürchtete, sie könne im nächsten Augenblick hyperventilieren. Nur langsam kam sie zur Ruhe. Ihr Gesicht glühte, und er kühlte ihr mit einem feuchten Tuch die Stirn. Diesmal warf sie nicht unwillig den Kopf hin und her. Und als er ihr Wasser gab, trank sie willig in kleinen Schlucken.

„Können wir uns nicht irgendwie einigen?", fragte sie danach mit matter Stimme und sah ihn flehend an. „Bitte!"

„Sie müssen essen, sonst werden wir andere Optionen ergreifen müssen."

„Wer ist wir?"

„Menschen, die Ihnen helfen."

„Die mit den Masken?"

„Genau die."

Julia schloss die Augen. Lag eine Weile reglos da, als wäre sie eingeschlafen. Dann fragte sie, ohne die Augen zu öffnen: „Warum tragen die anderen Masken und Sie nicht?"

Gravesen zuckte mit den Achseln.

„Ich bevorzuge ein offenes Visier."

„Da werde ich den Bullen aber eine perfekte Beschreibung von Ihnen liefern können. Inklusive Namen, sofern der echt ist. Die werden sich freuen. Ich werde den Tag feiern, an dem Sie in den

Knast wandern. Zu meinen Stammkunden gehört ein Rechtsanwalt, der Ihnen die Hölle heiß machen wird. Ein richtiges Schwein, glauben Sie mir!"

Gravesen nickte, gab aber keine Antwort.

Erneut bewegte sie sich in der Zwangsjacke hin und her und bäumte sich kurz auf. Öffnete dann wieder die Augen und funkelte ihn an.

„Was gibt Ihnen das Recht, mich so zu demütigen? Sind Sie pervers? Geilen Sie sich daran auf?"

„Es gehört zum Job", entgegnete er lakonisch. „Nichts Persönliches."

„Welcher verdammte Job soll das sein? Sagen Sie jetzt bloß nicht wieder, dass es um meine Rettung geht. Im Auftrag meiner Eltern. Ich fühle mich nicht gerettet."

„Es geht um Ihre Rettung", beharrte er. „Im Auftrag Ihrer Eltern."

Sie schüttelte den Kopf, immer und immer wieder. „Ab wann bin ich gerettet? Wenn ich nicht mehr kotze? Wenn ich meine Eltern toll finde? Kriege ich noch eine Gehirnwäsche? Stromschläge?"

Was sollte er darauf antworten? Acht Wochen hatte er veranschlagt. Aus medizinischer Sicht eine vielversprechende Entfernung zur letzten Pfeife. Acht Wochen clean – das musste in Körper, Geist und Seele schon einen reinigenden Prozess in Gang gesetzt haben. Vielleicht würde Julia bis dahin mehr Klarheit über sich und ihre Lage gewinnen. Dazu musste sie Momente finden, in denen ihre Gedanken nicht ausschließlich um die Droge kreisten. Und Gravesen musste mit der ständigen Nähe zu ihr besser klarkommen. Erst dann besaßen sie eine Chance. Bis dahin bestimmte der Entzug und seine Folgen den Ablauf und Gravesen und sein Team würden tun, was getan werden musste.

„Spielen Sie Schach?", fragte er Julia. „Soll ich Ihnen Bücher besorgen? Zeitschriften? Musik? Bei Ihren Sachen gab es nichts Persönliches. Keine Interessen außer ..."

Ihr düsterer Blick ließ ihn verstummen.

Der nächste gut gemeinter Ansatz, der bei ihr wie eine Demütigung ankam. Ihr Scheißleben, das nichts wert war. So hatte er es gar nicht gemeint, aber irgendwie lief es immer darauf hinaus.

Sie schloss erneut die Augen und atmete kurz ein und intensiv wieder aus. Mehrmals. Wirkte erschöpft. Konnte nicht mehr. Wollte nicht mehr.

„Wellen und Möwen", murmelte sie dann mit schwacher Stimme. „Das höre ich hier Tag für Tag. Wir sind irgendwo an der Küste. Oder auf einer Insel? Das ist nicht mein Ding. Als Kind hatte ich ein Hörbuch. *Ferien auf Saltkrokan*. Ich hab die Kinder da nie beneidet. Ich hätte mich auf Saltkrokan zu Tode gelangweilt in so einer blöden heilen Welt. Ich wollte nicht mal einen Hund."

Sie verharrte in regloser Position und sagte minutenlang nichts mehr. Als sie ihn wieder ansah, lächelte sie sogar. Ein angestrengtes Lächeln, für das sie offensichtlich die letzten Reserven mobilisieren musste.

„Früher, als meine Schwestern und ich noch Kinder waren, fuhren meine Eltern mit uns immer nach Lökken in Dänemarks Norden. Bis heute schwärmt mein Vater davon, dass diese Reisen die schönste Zeit der Familie waren. Aber meine Mutter hasste Dänemark grundsätzlich, und meine Schwestern und ich hätten lieber auf Mallorca oder Ibiza Urlaub gemacht. Trotzdem fuhren wir Jahr für Jahr brav nach Lökken, um den Traum meines Vaters nicht zu zerstören. Es war seine schönste Zeit. Nicht unsere.

Und vor allen Dingen aus solchen Momenten besteht meine Erinnerung an die Familie. Ein Teil im Leben der anderen, dort, wo sie sich wohlfühlten, wo sie sein wollten, wo es ihnen gutging.

Gravesen erinnerte sich an die Reisen der Familie nach Lökken aus Roger Bauers Sicht und hatte schon geahnt, dass der Schatten dieser melancholischen Erinnerung andere Wahrheiten verdeckte.

„Was war denn Ihre schönste Zeit?", wollte er wissen.

„Das geht Sie nichts an."

Da hatte sie recht. Normalerweise war es auch nicht seine Art, nach persönlichen Dingen zu fragen. Diese Frau erzeugte weiß Gott seltsame Facetten in ihm.

„Dann möchte ich jetzt gern mal duschen", entschied sie. „Möglichst ohne diese Zwangsjacke."

„Später."

„Warum später?"

Gute Frage. Bevor er die Erklärung parat hatte, sagte sie:

„Wir könnten zusammen duschen. Damit ich keine Dummheiten mache. Oder wir machen zusammen Dummheiten. Da kenn ich mich aus. Ist mein Spezialgebiet."

Er schüttelte kaum merklich den Kopf und es war weniger ein ablehnendes Kopfschütteln, eher ein Ausdruck der Enttäuschung. Vieles was sie sagte passte nicht zu dem Bild, das er sich von ihr zu machen versuchte. Manchmal wirkte sie auf ihn wie eine schlecht synchronisierte Schauspielerin.

Julia blickte ihn herausfordernd an.

„Tun Sie bloß nicht so, als ob Sie nicht schon selbst dran gedacht hätten."

Wieder verzichtete er auf eine Antwort.

„Schon damals", fuhr sie fort. „An dem Tag, an dem Sie sich das erste Mal als falscher Bulle in mein Vertrauen geschlichen haben. Da müssen Sie jetzt gar nicht Mr. Obercool spielen."
„Es geht ausschließlich um Sie!", sagte er.
Sie lachte bitter. „Oh, wie selbstlos!"
„Zielgerichtet."
„Ich möchte mich endlich wieder normal bewegen. Mich duschen. Können wir das mal als nächstes Ziel auf dem Weg zu meiner Rettung anstreben?"
„Liegt ganz bei Ihnen. Haben Sie sich wieder beruhigt?"
„Würde ich ja gern schwören, kriege nur leider die Hand nicht hoch."
„Werden Sie zur Abwechslung auch mal was essen?"
„Aber nicht diesen Dosenfraß, den Sie sich da immer warm machen. Das riecht wie Hundefutter."
„Einen Pizzaservice gibt es hier leider nicht."
„Ja", sagte sie. „Das hab ich befürchtet."
Er setzte sich zu ihr auf das Bett, richtete sie auf und öffnete die Verschlüsse der Zwangsjacke. Wenn er ihr nahe kam, war er besonders konzentriert. Er ahnte, dass sie seine unterdrückten Emotionen spürte. Dass es sie belustigte, wie angespannt er auf sie reagierte, wie sie ihn verwirrte. Ihr Atem so dicht an seinem Ohr, während er hinten die Jacke öffnete.
„Ich habe so was schon mal für einen Kunden getragen", sagte sie. „Der stand auch auf Fesselspielchen. Wie Sie. Macht Sie das geil, wenn ich Ihnen hilflos ausgeliefert bin?"
Gravesen ignorierte auch diese Provokation. Dass ihre Lippen, während sie das fragte, kurz sein Ohr streiften, wirkte nicht zufällig.
Als sie frei war, aß sie zumindest ein halbes Brot mit Butter und danach einen Apfel. Dann ging sie duschen. Gravesen blieb in

der Küche mit genau der Fantasie zurück, die sie kurz zuvor zwischen seine Gedanken gepflanzt hatte.

***

Igor hielt Nico fest am Shirt gepackt und schien ihn aus seinen Klamotten schütteln zu wollen. Die von mehreren Brüchen gezeichnete Nase dicht am Gesicht des jungen Sonderlings, der ihn aus benebelten Augen ungläubig anstarrte. Nico war verschlafen aus dem Bett getaumelt, um ahnungslos seinem schlimmsten Alptraum in die Wohnung zu lassen. Nach dem Hämmern gegen die Wohnungstür hatte er mit vielem gerechnet, insgeheim besonders mit Julias Rückkehr. Aber dann stand da der verdammte Igor vor ihm, frisch aus dem Knast entlassen und seine miese Sippschaft im Gefolge. Brüder, Cousins und Kumpel. Und vorneweg der unberechenbare Schläger, der sich schon immer als Julias Aufpasser aufgespielt hatte. Oder als ihr Freund und Geliebter. Auch mal als Zuhälter. Aber besonders gern als ihr Herr und Gebieter. Der sie verprügelt und vergewaltigt hatte, und dem sie immer wieder vergab. Den sie allerdings sofort vergessen hatte, kaum dass er wegen zahlreicher Vergehen vor ungefähr zwei Jahren endlich mal im Knast gelandet war.

Igor schüttelte Nicos schmächtigen Körper durch, während seine Jungs hörbar die Wohnung auf den Kopf stellten.

„Wo? Ist? Sie?" Immer wieder Schläge, die Nico nicht richtig wahrnahm, weil er sich gegen ein endgültiges Aufwachen in einer Welt ohne Julia – aber mit Igor – wehrte. Jeder beschissene Traum war besser als diese beschissene Wirklichkeit!

„Ihre ganzen verdammten Sachen sind weg!", rief einer der Brüder Igors. „Nichts mehr hier von dem Nuttenkram. Die ist so was von weg, die Bitch."

Igor wirkte einigermaßen ernüchtert. Diese Wohnung ohne Julia? Das überstieg sein Fassungsvermögen. Es war doch ihr Zuhause, ihr Heim, ihre Bude. Schon immer gewesen. So lange er sie kannte. Wie gern hatte er vor dem riesigen Fernseher lümmelnd Bier getrunken, mal Musik gehört, oft mit Julia gevögelt, ihr die verdammte Seele aus dem Leib gebumst. Wann immer er sie sehen wollte, in dieser Wohnung hatte er sie meistens angetroffen.

„Hier kriegt mich keiner weg", hatte sie mal zu Igor gesagt, das hatte wie ein Schwur geklungen.

Und nun? Schien sie weg zu sein. Richtig weg, mit all ihren Sachen.

„Es ist ihre verdammte Wohnung", knurrte Igor. „Also ist es auch meine verdammte Wohnung! Die haut nicht einfach so ab. *Die* nicht! Wo soll sie denn hin?"

Igor schleuderte Nico zu Boden und zog ein Messer.

„Ich schneid dir jetzt deine Koksnase ab, Nico. Du verdammtes kleines Arschloch. Du weißt, wo sie ist, und du sagst es mir jetzt. Sie war immer die Einzige, die dich beschützt hat. Ohne sie bist du nur noch ein Haufen Scheiße!"

Nico hörte Igors Sippschaft in seinem Zimmer randalieren und brach in Tränen aus. Sie zerstörten das bisschen Leben, das ihm noch geblieben war. Seine Ordnung. All die Technik, die er im Lauf der Zeit zusammengetragen hatte. Seine Musik. Seine Bilder. Den kleinen Altar der Erinnerung. Den letzten Rest Würde.

„Es waren die bösen Männer", flüsterte er. „Die haben Julia geholt. Ich darf nicht darüber reden."

Igor hielt eine Hand hinter das Ohr, in dem ein kleiner Brillant glitzerte. Beugte sich etwas vor, als habe er nicht richtig verstanden. Lachte gehässig.

„Böse, was? Mann, was für'n Scheiß hast du wieder genommen?"

„Ich schwöre."

„Du schwörst gleich ohne Nase."

„Sie waren es."

„Danach schneide ich dir die Eier ab."

Nico wimmerte.

„Die wollten das auch tun. Sie haben gesagt, dass sie wiederkommen, wenn ich was verrate."

Igor grinste auf ihn herab. „Die sollen nur kommen, deine bösen Männer. Was meinst du, wie böse ich werden kann?"

Er ließ von Nico ab und steckte das Messer weg. Einer seiner Brüder tauchte mit einem Stapel CDs auf.

„Der Typ hört nur Müll. Was machen wir jetzt? Hier ist echt nix."

Igor ließ sich auf das Sofa fallen und stierte eine Weile auf das stummgeschaltete Fernsehgerät. Irgendeine Serie. Er war nicht mehr auf dem Laufenden. Im Knast hatte er kaum ferngesehen. Er griff nach der Fernbedienung und zappte.

Als Nächstes brachte ein Cousin einen prallen Umschlag mit Geld. Viel Geld. Unglaublich viel Geld!

Erneut nahm sich Igor Nico vor, prügelte und trat auf den schmächtigen Körper ein und verlangte eine Erklärung für das alles. Aber aus dieser jämmerlichen Crackruine war keine vernünftige Information mehr herauszukriegen. Böse Männer hätten Julia entführt. Böse Männer hätten Nico Geld gegeben, damit er schwieg. Aber der böseste aller Männer saß hier in der Wohnung in St. Georg und platzte fast vor Wut.

Nico kroch auf allen vieren hin und her, völlig orientierungslos, wie eine kleine defekte Maschine, bei der die Sicherungen durchgeknallt waren, außer Kontrolle. Brabbelnd, sabbernd, heulend und blutend.

„Hier ist also nix?", fragte Igor hämisch seinen Bruder und hielt den Umschlag mit dem Geld hoch. „Außer einem Haufen Kohle. Außerdem ist das ab sofort meine neue Bude, Alter. Mein neuer Fernseher. Mein neues Sofa. Nur dieser kleine Schwanzlutscher da, der muss weg. Der versaut mir meinen neuen Teppich. Schafft ihn raus. Mit all seinem verdammten Krempel. Der soll sich verpissen."

Nico jammerte und bettelte. Er sehnte sich nach Julia. Sie hätte ihm beigestanden. Auch gegen Igor. Vor allem gegen Igor!

Dessen Idioten hatten angefangen, Nicos CDs durch die Wohnung segeln zu lassen. Die heilige Sammlung. Fotos und Notenblätter zu zerreißen. Letzte Erinnerungen an das andere Leben. Das, was man noch Leben hatte nennen können. Vor vielen, vielen Jahren.

Einer hatte sich an das Klavier gesetzt und hämmerte mit der einfältigen Begeisterung eines Höhlenmenschen auf den Tasten herum. Gänzlich unbegabte, klobige Finger. Nico wurde von der düsteren Ausweglosigkeit der augenblicklichen Lage überwältigt. Seine Tränen vermischten sich mit Speichel, Rotz und Nasenbluten. Die Lache vor ihm auf dem Teppich wuchs beständig, als würde er auslaufen, leerbluten.

Igor fluchte.

„Schafft endlich diese Heulsuse aus meiner Wohnung!"

Wenig später kramte Nico – halb angezogen – im Treppenhaus seine letzten Habseligkeiten zusammen und stopfte so viel wie möglich davon in eine Sporttasche. Was nicht reinpasste, ließ er zurück. Aus der Wohnung, die so lange sein Zuhause gewesen war, ertönte lautes Gelächter, dazu waren die Geräusche einer Sportübertragung zu hören. Igor war wieder da. Und der würde nicht eher ruhen, bis er Julia gefunden hatte. Wenn einer sie aus der Gewalt der bösen Männer befreien konnte, da war sich Nico sicher, dann der verdammte Igor! Ob es ihr danach allerdings besser gehen würde, war fraglich. Wie oft hatte Igor Julia gedroht, er würde sie lieber umbringen, als sie einem anderen überlassen.

Mit zitternden Händen kramte Nico sein Handy aus der Hosentasche – das einzig Nützliche, das ihm noch geblieben war. Er musste sich jetzt erst mal dringend eine neue Bleibe suchen. Erst dann konnte er über sein weiteres Leben nachdenken.

# Kapitel 17: Spurlos

Eine Beschwerde wegen Ruhestörung, es ging dabei um die Immobile in St. Georg, in der Julia zuletzt mit diesem kleinen Spinner gehaust hatte. Roger Bauer nahm an, dass der irre Nico jetzt, da Julia seit mehreren Wochen fort war, in der Wohnung durchzudrehen begann. Partys und laute Musik bis in die frühen Morgenstunden. Deshalb war der ideale Zeitpunkt gekommen, den Kerl endgültig vor die Tür zu setzen. Raus aus der Wohnung. Raus aus Julias Leben! Die Wohnung musste ohnehin auf Vordermann gebracht werden. Eigenbedarf gab es nicht mehr, sodass er die Immobilie nach der Renovierung mit einem außerordentlichen Gewinn veräußern oder als Mietobjekt nutzen könnte. Über die optimale Verwendung war er sich noch nicht im Klaren. Natürlich durfte Julia nie wieder nach St. Georg zurückkehren, und Gestalten wie Nico mussten für immer aus ihrem Leben verbannt werden. Aber mit welcher Methode konnte man ihn so schnell wie möglich aus der Wohnung entfernen? Schriftliche Forderungen würden den Burschen nicht beeindrucken. Das alles würde auch viel zu viel Zeit in Anspruch nehmen.

Jemand müsste mit Nico reden, in einer Sprache, die er verstand, und ihm klar machen, dass es für ihn in dieser Wohnung und in Julias Leben keine Zukunft mehr gab. Erst einmal freundlich aber unmissverständlich, und wenn das keine Wirkung zeigte, in einer einprägsameren Tonart. Für den Einsatz von *Speziulisten*, die sich mehr auf körperbetonte Überredungskünste verstanden, blieb immer noch Gelegenheit. Alles schön der Reihe nach!

Bauer rief seine Tochter Corinna an. Vielleicht hatte die eine Idee. Sie kannte doch Nico und würde am ehesten wissen, wie man den kleinen Schmarotzer zum Auszug bewegen könnte.

Corinna versprach ihrem Vater, sich etwas einfallen zu lassen und sich so bald wie möglich wieder bei ihm zu melden. Corinna, die Tochter für besondere Fälle, die ihrem Vater am ähnlichsten war, einige von ihm begonnene Überlegungen pragmatisch bis zur Lösung dachte.

„Hab ich dir eigentlich schon mal gesagt, wie stolz ich auf dich bin?", fragte Roger Bauer in liebevoller Dankbarkeit, da hatte sie sich bereit erklärt, die Sache mit Nico regeln zu wollen.

„Schon gut, Papa!" Corinna legte auf.

Unschlüssig starrte er das verstummte Smartphone an und fühlte sich ... mies. Er kannte die Wahrheit. Corinna kannte sie auch. Seine Lieblingstochter war und blieb Julia, egal ob sie Drogen nahm, sich für einen Escortservice verkaufte oder ihre Zukunft gegen die Wand fuhr. Er betrachtete wieder den Zettel, auf dem ihm Gravesen eine Telefonnummer notiert hatte. Die

Kontaktmöglichkeit für den äußersten Notfall. Gravesen war jetzt seit fast vier Wochen mit Julia abgetaucht, und Roger hatte keine Ahnung, wo sie sich aufhielten. Klar, er hatte mit dem Gedanken gespielt, den Spezialisten von Spezialisten überwachen zu lassen, um jederzeit Herr der Lage zu bleiben, doch diesen Plan dann schnell wieder verworfen. Gravesen hätte es bestimmt bemerkt, und das hätte die gesamte Rettungsaktion gefährden können. Genau das wollte Bauer unter allen Umständen vermeiden. Im Gegensatz zu Marlene vertraute er Gravesen voll und ganz und hatte sich schon zuversichtlich ausgemalt, eines Tages wieder eine gesunde und muntere Julia in die Arme schließen zu können.

Dann würde er ihr über einen seiner zahlreichen Kontakte eine zweite Chance ermöglichen, auch außerhalb Deutschlands, wenn sie es wollte. Er war hoffnungsvoll, fast euphorisch, während seine Frau von dunklen Vorahnungen gepeinigt wurde, was in ihrer Malerei die wohl kreativste Phase ihres Schaffens eingeleitet hatte. Bauer fand, dass ihre aktuellen Arbeiten mehr nach Kunst aussahen als jene Werke, die sie zuvor auf die Leinwand gepinselt hatte. Nicht selten waren schlechte Zeiten ein besonderer Nährboden für Kreativität. Auch Roger fühlte sich lebendiger, tatendurstiger, wacher.

\*\*\*

Eine neue Unterkunft. Ein Segen. Aber höchstens ein paar Tage, hatte Schmidt Nicos Euphorie gebremst, nur zögernd bereit, dem verwirrten und unglücklichen jungen Burschen Obdach zu gewähren. Eine vorübergehende Bleibe half allerdings wenig gegen das Gefühl vollständiger Entwurzelung. Vor allen Dingen war ein Leben ohne Julia für Nico bisher unvorstellbar gewesen.

Die Lücke, die in seinem Alltag nach ihrem Verschwinden klaffte, war größer als das was blieb. So konnten die Schatten der Vergangenheit sein Leben wieder leichter verdunkeln. Julia hatte ihn oft damit zu beruhigen versucht, viele seiner Erinnerungen seien nur Einbildungen. Wie die Reste eines bösen Traums, dessen wirre Handlung sich mit realen Erlebnissen vermischte. Das sei eine Nebenwirkung der Drogen, hatte sie behauptet. Ihr ginge es manchmal ähnlich. Sprach er beispielsweise über seine Mutter und den intensiven Klavierunterricht, den er mit ihr verband, lachte Julia nur, was ihn wütend machte.

Wieso glaubte sie ihm das nie, diese beinahe erotische Nähe zu seiner Mama?

Julias Meinung nach aber sei die Mutter viel zu früh verstorben, um etwas mit seinem Klavierunterricht zu tun gehabt zu haben. Doch bei den wenigen Gelegenheiten, zu denen er sich später noch an das Klavier wagte, kam ihm sofort wieder die Stimme in den Sinn, die ihn antrieb, besser zu werden.

*Fühl die Musik.*
*Werd eins mit ihr.*
*Mach mich glücklich!*

Julia wusste auf jede Frage eine Antwort und fand für alles eine Erklärung. Sie war sein Gedächtnis, sein Gewissen und sein Wegweiser. Vor allen Dingen bewahrte sie die kleinen und großen Geheimnisse, die sie beide verbanden. Aber seit sie fort war fragte sich Nico, ob sie nicht auch nur eine Erfindung gewesen sein könnte. Eine Drogenfantasie. Eine ausgedachte Freundin, die nur er hatte sehen und sprechen können. Welche Prinzessin würde freiwillig beim Frosch bleiben, in einer Welt voller Prinzen? Konnte so jemand echt sein? Igor war auf jeden Fall echt gewesen. Er hatte Schmerzen verursacht, die Stunden danach noch spürbar waren. Von Julia war Nico nichts geblieben. Kein

Foto. Kein Brief. Kein Abschiedsgeschenk, das ihn beim Betrachten in eine friedliche Stimmung hätte versetzen können. Nicht eine Spur hatte sie hinterlassen. Nur Igors überschäumende Wut.

Schmidt, der Nico bei sich wohnen ließ, war immer noch gut im Geschäft. Die Wohnung präsentierte sich vollständiger eingerichtet als Nicos letzte Bleibe. Geschmackvoll, mit einer sorglosen Mischung aus Kunst und Kitsch. Insgesamt etwas zu üppig vielleicht, bis in den letzten Winkel ausdekoriert. Vermutlich fand sich Nico deshalb nicht mehr zurecht. Trotz allem Überfluss gab es kein Klavier. Und das eher kleine Fernsehgerät stand bloß irgendwo dazwischen.

Was Schmidt trieb, wusste niemand so genau. Nico schon gar nicht. Man kannte sich aus der Szene und war sich auf Partys gemeinsamer Bekannter gelegentlich über den Weg gelaufen, hatte es vielleicht zweimal miteinander getrieben, Schmidt war immer nur Schmidt. Auch auf seinem Türschild stand nichts anderes.

In der fremden Umgebung hatte Nico mit einer Bestandsaufnahme seiner verbliebenen Habseligkeiten begonnen. Nicht wie ein Buchhalter, eher wie ein Kind, das seine Spielkiste nach Inspiration durchwühlt. Einiges hatte er vor Igor und dessen Idiotenbande tatsächlich retten können. Aber längst nicht alles. Wenn er sich vor Augen führte, was er hatte zurücklassen müssen – vor allen Dingen das Geld! – packte ihn die kalte Wut. Nicht nur auf Igor. Es war eine größere Wut, die mit tiefen Wurzeln weit zurück reichte. In Julias Nähe war sie immer etwas schläfrig geblieben. Jetzt aber hatte sie wieder ihre wahre Größe erreicht, füllte ihn aus, bis unter die Schädeldecke spürbar. Nico murmelte sich durch seine Gedanken und versuchte verzweifelt, aus ihnen so etwas wie einen Plan zu entwickeln. Er fand nicht mal einen Anfang. Julia hatte schon seit der Schulzeit die meisten

Entscheidungen für sie beide getroffen, selbst wenn er sie gelegentlich zum Teufel gewünscht hatte, mit ihrer Schlampigkeit, den Launen und dem Egoismus.

Bevor er ging, um sich um seine nächsten undurchsichtigen Geschäfte zu kümmern, war Schmidt noch mal in der offenen Tür des Gästezimmers aufgetaucht, in dem Nico auf dem Boden kauernd, alle aus der Sporttasche hervorgekramten Dinge in eine sinnvolle Ordnung zu bringen versuchte.

Schmidt war groß, durchtrainiert und unverschämt attraktiv. Einer der Typen, denen alles zu gelingen scheint, überall gern gesehen und immer ein unerlässlicher und schmückender Teil des Mittelpunkts. Männer und Frauen begehrten ihn. Und er genoss es, begehrt zu werden.

„Mach's dir nur nicht zu bequem, Nico", mahnte er sanft, als spräche er mit einem Kind. „Lange kannst du nicht bleiben."

„Ich finde was Neues", versicherte ihm Nico eifrig, ohne wirklich daran zu glauben. „Danke, Mann."

„Warum bist du überhaupt bei der kleinen Nutte weg?"

Nico überlegte, ob er Schmidt einen tieferen Einblick in die konfusen Ereignisse gewähren sollte. Aber wozu? Man wusste kaum was voneinander. In ihrer Welt teilte man nicht viel. Es ging immer nur ums Überleben. Und um den Spaß, wenn es mal irgendwann gut lief.

„Die ist mir auf die Eier gegangen", murmelte Nico. „Fotzen sind auf Dauer anstrengend."

Schmidt zuckte mit den Achseln. Nickte ihm zu und ging. Nico blieb zwischen den Resten seines Lebens zurück und versank in tiefes Brüten. Fragte sich, ob Julia recht gehabt hatte, mit dem frühen Tod seiner Mutter. Sie hatte ihn auch gern mal belogen, um ihn zu beruhigen, ihn zu ärgern oder sich Vorteile zu verschaffen. Aber sobald sie etwas verbockt hatte, war er oft ihre letzte Rettung gewesen. Dann hatte sie bewegende Gründe für seine Hilfe erfunden. Vielleicht brauchte sie ihn jetzt dringender als jemals zuvor? Den Typ, der sich für nichts zu schade war, wenn es darauf ankam. Manchmal hatte sie sogar geweint und gebettelt. *Bitte, Nico. Bitte, bitte!!!* Sofort war Nico zur Stelle gewesen, um Heldentaten zu vollbringen. Kämpfte mit Drachen und raubte Schriftrollen, die der Prinzessin hätten schaden können. O nein, das wollte sie ihm nie vergessen!

Damals hatte Nico sofort gehandelt. Heute wusste er nicht, was er tun sollte. Es gab niemanden, mit dem er über Julias rätselhaftes Verschwinden hätte reden können. Mit wem denn? Mit Igor? Mit Julias Eltern? Etwa mit den Bullen? Denen erzählen, dass *böse Männer* gekommen waren, ihm einen Sack über den Kopf gezogen hatten, um ihm anschließend einen Haufen Geld zu geben? Nur damit er das Maul hielt? Geld, das jetzt Igor und seinen Schwachköpfen in die Hände gefallen war!

Nico stemmte sich vom Boden hoch und durchstreifte Schmidts Luxusbehausung in Erwartung einer gut sortierten Hausbar. Er brauchte was zu trinken. Was Starkes. Das war ein guter Plan!

***

„Sie ist nicht da!" Elisabeth Brodersen bedachte den ihr unbekannten Besucher vor ihrer Haustür mit einem vernichtenden Blick. Die Hände in die Hüften gestemmt stand sie im Eingangsbereich des kleinen Reihenhauses, nicht Willens, dem Mann auf dem Kiesweg in ihrem gepflegten Vorgarten mehr über Verena preiszugeben. Ihre ganze Haltung drückte Ablehnung aus. Warum konnte die Polizei ihre Untermieterin nicht endlich in Ruhe lassen?

Geduldig wies Eric auf das vorausgegangene Telefonat hin, in dem er ihr bereits versichert hatte, nicht von der Polizei zu sein. Das änderte nichts an Betty Brodersens Unnachgiebigkeit. Letztlich war es ihr egal, wer oder was Eric war oder nicht war. Auf jeden Fall war er nicht willkommen. Autor und Journalist, hatte er gesagt. Na und?

Sie war nicht bereit, mit ihm zu sprechen.

„Ich hab noch nie von Ihnen oder Ihren Büchern gehört. Was wollen Sie?"

„Ich arbeite an einem Buch über Angelika Wiechert."

„Ach ja, diese bedauernswerte Person."

„Bedauernswert?"

„Polizei, Presse und jetzt auch noch ein Schriftsteller, der in ihrem Leben rumschnüffelt. Da geht's doch schon längst nicht mehr um Wahrheit. Für euch zählt nur die Sensation."

„Mir geht es ausschließlich um die Menschen und ihre Geschichten", stellte Eric klar, allmählich ein wenig verstimmt über den Gesprächsverlauf. Er war kein Klinkenputzer.

Betty blieb abweisend. Ein Schriftsteller vor ihrer Tür konnte sie nicht beeindrucken.

„Wie dem auch sei", sagte sie schroff. „Verena ist nicht da. Sie müssen sich Ihre Informationen anderweitig beschaffen."

Eric breitete charmant lächelnd die Arme aus, als wolle er die magere Frau umarmen. Da wich sie gleich einen Schritt zurück.

„Wer will denn mit Verena Haslinger sprechen? Mit *Ihnen* möchte ich sprechen, Frau Brodersen, und das unbedingt!"

Mit ihr?!

Betty zeigte sich verblüfft. Das passte nicht in ihre Abwehrstrategie. Darauf war sie nicht vorbereitet. Andere Menschen wie eine Löwenmutter verteidigen, darin war sie richtig gut. Doch was tun, wenn es um sie ging?

„Reden? Mit mir? Warum?"

„Nach meinem Verständnis sind Sie ein bedeutsamer und schicksalhafter Teil der Geschichte Angelika Wiecherts geworden. Eine Art göttliche Fügung, möchte ich meinen."

Betty sah ihn überrascht an. Und Eric erkannte an ihrer Reaktion die positive Wirkung seiner Worte. Er hatte sich gut auf seine Gesprächspartnerin vorbereitet. Das trug Früchte.

Betty senkte demütig den Blick.

„Was reden Sie denn da? Ich hab mit dieser Frau nicht das Geringste zu tun."

„O doch, das haben Sie, ob Sie wollen oder nicht. Sie sind in der Geschichte dieser Frau eine tragende Säule geworden."

Sie wusste nicht, was sie ihm darauf entgegnen sollte. Eine tragende Säule im Leben eines anderen Menschen zu sein, das gefiel ihr einfach, das brachte ihre Seele zum Klingen. Ihre Augen weiteten sich. Eine solche Sichtweise hellte ihre Stimmung ein wenig auf. An ihren Blutdruck mochte sie schon nicht mehr denken. In diese verrückte Lage war sie also mit ihrer gutmütigen und hilfsbereiten Art inzwischen geraten. Jetzt sollte sie auch noch in das Schicksal Angelika Wiecherts verstrickt sein? Um Himmels willen! Was kam als Nächstes?

„So, wie Sie das sagen, klingt das wahrhaftig", murmelte sie nachdenklich. „Ich bin eine einfache Christin. Das ist *meine* Geschichte. Aber es bleibt wohl nie aus, dass sich verschiedene Geschichten irgendwie verbinden."

Eric stand jetzt schon kurz vor der Schwelle zu ihrer Wohnung. Spürte, wie der Widerstand Betty Brodersens langsam bröckelte.

„Und ich bin ein einfacher Geschichtenerzähler. Ich füge die verschiedenen Geschichten zu einer einzigen zusammen. Reden Sie mit mir. Wir werden sehen, ob und wie das am Ende alles passt. Es wird kein Wort geschrieben ohne Ihre Einwilligung."

Betty zauberte eine Zigarette zwischen ihre Finger und zündete sie hastig an. Egal, was die Ärzte behaupteten, Nikotin beruhigte. Etwas entspannter stieß sie den Rauch aus, machte aber weiter keine Anstalten, den Besucher ins Haus zu bitten. Er blieb ungebeten. Das sollte er ruhig merken.

„Was ist denn so interessant an der Geschichte einer Frau, die als Mörderin ihrer beiden kleinen Söhne seit Jahren im Gefängnis sitzt?", wollte sie wissen.

„Der ewige Kampf zwischen Gut und Böse", erwiderte Eric mit entschlossenem Funkeln in den Augen. „Entweder tobt dieser Kampf in einer Frau, die es tatsächlich getan hat, oder er wütet um sie herum, weil sie es nicht getan hat."

„Und?" Betty musterte ihn gespannt. „Handelt Ihr Buch von Schuld oder von Unschuld?"

„Das ist die Schlüsselfrage. Deshalb bin ich für jede Information dankbar, die ich kriegen kann."

„Aber ich werde Ihnen da nicht helfen können."

„Vielleicht mehr als Sie meinen."

„Die Polizei hat mich schon befragt. Und die arme Verena lassen sie gar nicht mehr in Frieden. Irgendwann muss das doch mal ein Ende haben. Das Mädchen ist schon völlig durch den Wind. Sie hat Angst und fühlt sich verfolgt. Auch mir geht es nicht gut. Wissen Sie, mein Neffe und seine Verlobte sind vor einigen Wochen ermordet worden. Ihre Beerdigung ist noch nicht lange her. Aber ich hatte seitdem kaum Zeit für Trauer. Ständig passiert irgendwas, kommen Leute, wollen etwas von mir."

„Hören Sie sich meine Fragen doch einfach mal an", schlug Eric vor. „Wenn Sie am Ende nicht antworten wollen oder können, geh ich wieder. Sie sind ja nicht verpflichtet, mir was zu sagen. Aber manchmal verarbeitet man die eigene Trauer besser, indem man über alles mal offen redet. In einem großen Zusammenhang, verstehen Sie? Ich bin ein guter Zuhörer."

Betty ließ sich das durch den Kopf gehen. Rauchte grübelnd einige Züge, den Blick zum grauen Himmel erhoben, der über Hamburg seit Tagen jede Form von Abwechslung unterdrückte. Keine Sonne, kein Regen, kein Wind, keine Farben. Nur Grau. Manchmal kam es ihr vor, als wäre dieses Grau in die ganze Stadt gesickert bis tief hinein in ihre Einwohner. Wo sollte man da noch die Kraft für Hoffnung und Zuversicht hernehmen? Dabei galt Betty in ihrer Gemeinde als Motivationswunder, nicht nur für andere, auch für sich selbst. In letzter Zeit fiel ihr diese Rolle allerdings zunehmend schwerer.

Sie wandte sich wieder dem Besucher zu, und sein gewinnendes Lächeln stimmte sie etwas milder. Es war ihm mit wenigen Sätzen gelungen, sich als interessanter Gesprächspartner anzubieten. Im Grunde fiel ihr seit Tagen die Decke auf den Kopf, ihr Zuhause wirkte ähnlich grau wie der Himmel. Verena trieb sich fortwährend herum und Betty verbrachte Abend für Abend allein vor dem Fernseher. Die erhoffte Belebung ihres Alltags durch eine Mitbewohnerin hatte sich nicht eingestellt. Inzwischen fühlte sie sich eher noch schlechter wegen der zusätzlichen Verantwortung, die auf ihren Schultern lastete. Vielleicht würde das Gespräch mit dem freundlichen Schriftsteller sie etwas ablenken, ihr neue Impulse bieten. Sie könnte den Tee mal wieder in Gesellschaft trinken, mit Aussicht auf ein Lob für ihre selbstgebackenen Kekse. Jeder mochte sie. Außer Verena.

Betty nickte Eric zu.

„Also gut. Kommen Sie rein. Aber viel Zeit habe ich nicht. Möchten Sie einen Tee?"

*\*\**

„Du kennst den?", staunte Micha. Neben ihm im parkenden Auto auf dem Beifahrersitz biss Miriam gerade herzhaft in eine mitgebrachte Stulle. Kauend verfolgte sie, wie auf der anderen Straßenseite Eric Teubner Elisabeth Brodersen endgültig davon überzeugt zu haben schien, ihn in ihr Leben zu lassen. Die Brodersen machte eine entsprechende Geste, er durfte eintreten. Miriam erinnerte sich an Diana Krauses drastische Beschreibung der Wohnung – als würde man eine Räucherei betreten.

„Ich kenn den nicht, aber ich weiß, wer das ist", sagte sie dann zu Micha. „Eric Teubner. Schreibt Bücher. Hab keins gelesen. Mal ehrlich, wann hat jemand wie wir Zeit für Bücher? Oder liest du?"

Statt einer Antwort fragte Micha:

„Was denkst du, will der Kerl von der Alten?"

„Wir haben Konkurrenz bekommen. Der schnüffelt jetzt auch im Leben der Wiechert rum. Vermutlich für sein nächstes Buch. Die Chefin hatte doch erzählt, dass sich der Typ sogar schon um einen Termin im Knast bemüht hat."

„Der fragt also alle unsere Zeugen aus?"

Miriam nickte und biss erneut von dem Brot ab. Über den Tag verteilt aß sie ständig etwas. Einen Müsli-Riegel, ein Brot, Obst oder Süßigkeiten. Alles in kleinen Mengen. Jetzt wickelte sie den Rest des Brotes wieder ein und steckte ihn weg.

„Die Brodersen kann er befragen, wie er will. Was soll die schon wissen? Viel Rauch um nichts, würd ich mal sagen."

Miriam belachte übermütig das eigene Wortspiel, sie war so gut drauf wie lange nicht mehr. Micha grinste immerhin. Alle wussten das mit der verräucherten Wohnung. Die Chefin hatte auf einem Teammeeting mit ihren trockenen Bemerkungen für viel Heiterkeit gesorgt.

„Wir brauchen nur die Haslinger, um die Chefin glücklich zu machen", sagte Miriam und reckte sich ausgiebig.

Genau das war ihr Auftrag. Deshalb observierten sie Elisabeth Brodersens Haus. Die Haslinger durch eine erneute Befragung endgültig weichkochen, das war das Ziel. Aber niemand wusste, wo sich die junge Frau augenblicklich aufhielt. Es hatte wenig Sinn, sie im Trubel der Großstadt zu suchen. Deshalb hatten sich Miriam und Micha mit dem Dienstwagen so unauffällig wie möglich hier in der Straße postiert.

„Irgendwann wird sie schon kommen!" Damit wiederholte Miriam nur Elisabeth Brodersens lapidare Auskunft, als sie vorhin nach Verena gefragt hatten. Bis dahin konnten sie in aller Ruhe abwarten. War doch auch mal ganz angenehm. Kaffee trinken, was essen, und noch mehr Kaffee trinken. Besser, als planlos durch die Stadt zu kreisen. „Und wenn wir mal müssen", sagte Miriam grinsend. „Gehen wir einfach bei Tante Betty aufs Klo."

Das Schweigen des Kollegen wertete sie als Zustimmung.

Wenn man mit Michael Reuther Dienst machte, musste man die verschiedenen Arten seiner Schweigsamkeit deuten können, genauso, wie sie zuvor Hanspeter Jürgens' Zynismus wie eine Fremdsprache hatte erlernen müssen. Wobei sie mit Michas Schweigen deutlich besser zurechtkam.

Im Verbund mit Jürgens war sie die Stille gewesen, während sie neben Micha geradezu aufblühte. In der neuen Rolle gefiel sie sich gut. Sie mochte endlich wieder reden. So konnte sie sich besser von dem ablenken, was sie quälte, sobald die Gedanken zur Ruhe kamen.

Sie wandte sich an Micha, der unentwegt Elisabeth Brodersens Hauseingang beobachtete, wobei seine Augen so schmal waren, als schliefe er gleich ein. Er besaß die Geduld und Ausdauer eines Tierfilmers, während sich Miriam immer wieder neu zur Konzentration zwingen musste.

„Darf ich dich mal was fragen?", wollte sie wissen, nachdem sie ihren Partner eine Weile beim Beobachten beobachtet hatte, bis sie sich nicht mehr sicher war, ob er vielleicht doch schon schlief.

Dass er wach war, bewies er durch die Andeutung eines Achselzuckens. Selbst seine Körpersprache war sparsam.

„Im Team wird ständig gequatscht", fuhr sie fort. „Auch über mich. Ganz besonders über mich, würde ich sagen. Ich weiß das meiste, was die anderen so reden. Wenn man nicht selbst alles über sich ausplaudert oder sich nicht exzessiv in den sozialen Netzwerken auslebt, ist man wie ein leeres Blatt Papier. Das wird dann von anderen vollgekritzelt. Oft mit Vorurteilen und Lügen. Mich hält man für die Kampflesbe, das weiß ich. Die Streberin. Jürgens hat mir dauernd vorgeworfen, ich wäre nicht teamfähig, fand mich unweiblich wegen meiner angeblichen Männerfrisur und so. Nebenbei laufen diese peinlichen Wetten, welcher Kerl mich als Erster flachlegt – falls ich nicht lesbisch sein sollte."

„Kommt da irgendwann auch noch eine Frage?", wollte Micha wissen, ohne seine Blickrichtung zu ändern.

Miriam lachte kurz auf, seufzte dann.

„Du weißt das sicher alles."

Noch immer keine Frage. Sie bereute es längst, wegen ihrer augenblicklich entspannten Stimmung die gewohnte Deckung verlassen zu haben. Dieses unbedarfte Drauflosplappern, nein, das beherrschte sie einfach nicht. Das Verhalten einiger Kollegen hatte sie zutiefst verletzt. Die Enttäuschung darüber musste einfach mal raus! Über die Ausgrenzung. Über das dumme Geschwätz, als ob es keine wichtigeren Themen gab als ihre Vorlieben für was auch immer. Wen interessierte es, ob sie ihre Haare kurz oder lang trug, dass sie ein paar Pfund zu viel hatte und kleine Brüste? Sie war nie scharf auf diese verdammte Außenseiterrolle gewesen, und doch war sie irgendwie immer tiefer ins Abseits geraten. Dabei wollte sie nur ihren Job gut erledigen und ansonsten in Ruhe gelassen werden. Die Kollegen waren ihr nicht so wichtig. Der Job an sich war hart und fordernd genug. Darüber hinaus brauchte man nicht noch mehr Belastung. Den Beamten der Mordkommission zeigte das Leben seine besonders hässlichen Seiten. Der berufliche Alltag war geprägt von Gewalt und Tod. Die wenige Freizeit, die Miriam blieb, verbrachte sie in der Finsternis, in der es für die Hoffnung nur wenig Raum gab. Dafür aber musste sie an ein Wunder glauben, und genau darauf fokussierte sie den letzten Rest ihrer Kraft – Tag für Tag.

„Was man hier aus mir macht, das bin ich nicht", sagte sie, schon mehr zu sich selbst. In einer Art innerem Zwiegespräch. „Ich weiß auch nicht genau, wie es so weit kommen konnte. Aber manchmal frag ich mich morgens schon mal, warum ich überhaupt noch aufstehen soll."

Erst wirkte es so, als wolle Micha etwas ganz Bedeutsames antworten, er hatte den Mund schon geöffnet – dann ließ er den Atem doch wieder ungenutzt entweichen. Er sah Miriam verunsichert an und blickte dann nochmal nach draußen. Seine Wangenknochen zuckten. Abgesehen davon, dass er sich sowieso nicht gern unterhielt, interessierten ihn schon gar nicht derart intime Gedanken. Also sprach Miriam einfach weiter, erlöste Micha von dem Druck, sich äußern zu müssen. Es ging hier eh nicht um ihn, es ging um sie.

„Du erzählst doch auch nichts über dich. Trotzdem hast du einen guten Ruf. Was mach ich denn falsch? Wär das anders, wenn ich mein Haar wachsen ließe? Jürgens hat mich ständig damit aufgezogen. Die Frisur. Die Klamotten. Selbst meinen Gang. Die

...“ Sie senkte den Blick und strich sich über den Oberkörper.

„Der Scheißkerl! Hab ich mich jemals über seine Glatze lustig gemacht?"

Wieder sah Micha sie an. Seine braunen, leicht melancholisch wirkenden Augen sprachen mehr als seine Stimme.

„Hör mal", fing er schließlich an, und es klang etwas gequält, als müsse er über Dinge reden, von denen er keine Ahnung hatte.

Miriam wartete gespannt ab, was er ihr zu sagen hatte. Vielleicht war sie zu weit gegangen. Aber es hatte sich zu viel aufgestaut. Dafür gab es selten den richtigen Zeitpunkt.

„Ich mag deine Frisur", sagte Micha. Danach grinste er erleichtert in der Hoffnung, einen angemessenen Anteil zu diesem Gespräch beigetragen zu haben.

Nachdem klar war, das von seiner Seite nicht mehr zu diesem Thema kommen würde, strich sich Miriam mit der flachen Hand andächtig mehrfach über die Stoppelfrisur.

„Auf jeden Fall verdammt praktisch", bemerkte sie zufrieden. „Ich bin morgens schneller fertig als früher."

Danach hingen beide wieder eine Weile schweigend ihren Gedanken nach. Bis die nächste Frage aus Miriam herausplatzte.

„Hast du mitgewettet?"

Beim Blick aus dem Fenster schien Micha einzufrieren. Da blieb nur das verräterische Zucken um die Wangenknochen.

„Mich ins Bett zu kriegen", ergänzte sie kleinlaut. Er wusste ganz genau, was sie meinte.

Eine Weile schwirrte die Frage wie ein bedrohliches Insekt um sie herum.

Endlich schüttelte Micha den Kopf. Es wirkte aber nicht so überzeugend, wie Miriam es sich erhofft hatte.

Ihr fiel nichts weiter ein, als sich zu bedanken. Aber für was eigentlich?

Er holte erneut tief Luft. Brummte:

„Kinderkram!"

Sie nickte. Kinderkram. Genau. Scheiß drauf! Mit einem Partner wie Micha war sie wieder bei den Erwachsenen.

„Ich hab jetzt auch mal 'ne Frage", sagte er nach einer Weile.

Miriam, die ihre Tasche bereits wieder nach etwas Essbarem durchwühlte, unterbrach die Suche und sah ihn mit der Bereitschaft an, *jede* Frage beantworten zu wollen.

Er starrte hoch konzentriert durch die Windschutzscheibe.

Und? Die Frage?

„Das da hinten ist sie doch, die Haslinger? Oder?" Er zeigte nach vorn auf die Straße.

Gerade schlurfte eine Gestalt in leicht gebeugter Haltung auf der anderen Straßenseite, fast schon auf Höhe des Eingangs zum Reihenhaus Elisabeth Brodersens. Dunkel gekleidet, ein Cap tief ins Gesicht gezogen. Etwas verhuschte Bewegungen, unentschlossen. Schlechtes Gewissen auf Beinen.

„Verdammt, das ist sie!", stieß Miriam hervor. „Und ob die das ist! Na, die ist jetzt fällig!"

All die überschüssige Energie, aufgestaut durch tagelanges Nichtstun, das ereignislose Observieren, die Hoffnung, dass es endlich mal vorwärts ging. Die junge Ermittlerin ließ die Tasche in den Fußraum fallen und war schneller aus dem Wagen als ihr Kollege. Verena Haslinger bemerkte die Beamten mit dem Instinkt eines Rehs, das beim ersten Knacken im Unterholz sofort die Flucht ergriff. Sie drehte ab und lief in entgegengesetzter Richtung davon. Doch gegen Miriams Geschwindigkeit wirkte ihr Tempo wie Zeitlupe. Staunend blieb Micha wie angewurzelt neben der geöffneten Autotür stehen und beobachtete den beeindruckenden Spurt der Kollegin. Er grinste, als Verena Haslinger aufgab und stehen blieb. Erst dann beunruhigte ihn schlagartig die Erkenntnis, seiner Kollegin nicht zur Unterstützung gefolgt zu sein. Rückendeckung! Jede unübersichtliche Aktion nach Möglichkeit immer zu zweit! Bei Verdächtigen eine Selbstverständlichkeit. Aber bei einer Zeugin? Als Verena Haslinger sich langsam zu Miriam umwandte, hielt sie plötzlich eine Waffe in der Hand. Sofort schrie Micha eine Warnung – fast gleichzeitig mit dem ersten Schuss. Miriam blieb stehen, als wäre sie gegen eine unsichtbare Wand geprallt. Drehte sich um die eigene Achse und wankte dann mit unsicheren Schritten zurück in Michas Richtung. Vorn auf ihrem hellen Shirt vergrößerte sich rasend schnell ein Blutfleck. Da hatte sich Micha längst in Bewegung gesetzt. Mit gezogener Dienstwaffe hetzte er in geduckter Haltung auf Miriam zu, machte ihr Zeichen, dass sie zur Seite gehen oder sich ducken sollte, damit er freie Schussbahn bekam. Sie sah ihn fassungslos an. Die weit aufgerissenen Augen waren voller Fragen. Dabei schien sich ihr trudelnder Blick an Micha klammern zu wollen. Er wollte seine Partnerin vor weiteren Kugeln schützen, aber die Entfernung war noch zu groß und Miriam stand immer noch zwischen ihm und Verena Haslinger. Die hob erneut die Waffe. Ein großes Kaliber, das hässliche Wunden riss! Der nächste Schuss schlug dumpf in Miriams Rücken ein. Die Polizistin geriet ins Stolpern und sackte stöhnend auf die Knie. Sie kämpfte um Haltung, bekam aber die Arme nicht mehr hoch. Ihr Blick wurde glasig, langsam senkte sie den Kopf und kippte vornüber. Erst jetzt hatte Micha freie Sicht auf Verena Haslinger, die ihre Waffe zum dritten Mal anlegte. Jetzt mit beiden Händen. Dabei sah sie Micha direkt in die Augen, bevor sie abdrückte. Er schoss im selben Moment. Ihre Kugel traf ihn in die Schulter. Seine schlug direkt zwischen ihren leblosen Augen ein.

\*\*\*

In St. Georg streifte Igor wie ein eingesperrter Tiger durch die Wohnung. Die meisten Jungs der Gang hatte er zum Teufel geschickt. Zu viele Menschen auf engstem Raum ertrug er nicht. Nichtmehr. Nur eine der zusätzlichen Macken, die er seinem Knastaufenthalt verdankte. Vorher hatte ihm das dichte Treiben in Clubs oder Kneipen nichts ausgemacht. Hatte er sich als Fußballfan im dichtesten Gedränge im *Millerntor*-Stadion sogar besonders wohl gefühlt, Seite an Seite mit den gleichgesinnten *Pauli*-Fans, beim tausendkehligen Herausbrüllen von *You'll never walk alone*. Sogar Julia hatte ihn mal an diesen heiligen Ort begleitet. Sich dazu herabgelassen, in seine Welt zu kommen. Erinnerte er sich an diesen Wahnsinnsmoment, bekam er nachträglich feuchte Augen. Mit der Braut, die er über alles liebte, bei dem Verein, für den er durch die Hölle gehen würde. Dazu ein dreckiger Sieg, eine ausgelassene Siegesfeier und Julia die ganze Zeit an seiner Seite. Wieder zuhause hatten sie es hemmungslos getrieben und anschließend hatte er *Sport im Dritten* genossen, mit den schönsten Szenen des Spiels, dazu ein Sixpack in Reichweite der tätowierten Hand. Ganz sicher einer der geilsten Tage seines Lebens!

Danach hatte er St. Pauli und Julia nie wieder zusammen auf die Reihe gekriegt. Und schließlich gar nichts mehr. Bis er eines Tages zwangsläufig im Knast gelandet war, so unvermeidlich, wie die Spielkugel im Flipper irgendwann abgeht, egal, wie sie das Teil zuvor zum Punkten, Klingeln und Rattern gebracht hat.

Doch jetzt war Igor wieder da!

Sein jüngster Bruder Bogdan und sein zuverlässigster Kumpel Sven waren noch bei ihm in der Wohnung geblieben, beobachteten schweigend seine animalische Nervosität.

„Wo steckt nur diese verdammte Bitch?", murmelte Igor immer wieder vor sich hin, kurz davor, Amok zu laufen. Er sprach mit sich selbst, da erwartete er keine Antwort auf seine Frage. Seit Bogdan vorhin die Vermutung geäußert hatte, Julia wäre mit einem anderen Typen durchgebrannt, fehlte dem ein Schneidezahn. Sven hatte sich klüger verhalten und beim Escortservice angerufen, für den Julia schon länger tätig war. Dort, hieß es, sei sie auf unbestimmte Zeit nicht mehr buchbar. Igor hatte Sven den Hörer aus der Hand gerissen und wütend gefragt, ob eine verdammte Nutte einfach so Ferien machen dürfe.

Dazu wollte man ihm keine Auskünfte erteilen.

Da er die nächste Frage in mehrere Flüche eingebettet hatte, war das Gespräch von der anderen Seite beendet worden.

Igor hatte getobt. „Fuck! Was soll diese verdammte Scheiße? Julia kann doch nicht einfach so verschwinden!"

Bogdan verspürte keine Lust, weitere Zähne zu verlieren und verkniff sich jede Spekulation. Sven schlug vor, die wesentlichen Fragen direkt vor Ort zu klären, aber davon hielt Igor nichts. Die Hintermänner des Escortservice waren keine Leichtgewichte. Mit denen legte man sich lieber nicht an. Er war chronisch aufbrausend und handelte gern impulsiv. Deshalb hatte er auch gesessen. Aber er war nicht lebensmüde.

Igor war daran gewöhnt, die Siegerseite vorwiegend aus der Ferne betrachten zu müssen. Als *Pauli*-Fan kannte man unten besser als oben. Mit Julia war es ihm kaum anders gegangen. Sie hatte ihn auf beide Arten behandelt. An guten Tagen wie einen Sieger und dann wieder wie üblich. Er hatte sie mit derselben Intensität geliebt, wie er sie für ihre arrogante und verletzende Art verflucht hatte. Kaum musste er in den Knast, war sie aus seinem Leben verschwunden. Hatte ihn nicht ein einziges verdammtes Mal besucht! Hinter Gittern war seine Wut auf sie erwachsen geworden. Es ging ihm nicht mehr unbedingt nur darum, sie mit Prügel gefügig zu machen. Er hatte Fragen. Und er wollte Antworten. Sie hatte nie wissen wollen, wie es ihm im Knast erging, von ihr aus hätte er dort verfaulen können. Die übelsten Wichser hatten regelmäßig Besuch von ihren Schlampen bekommen. Nur er musste zu den Besuchszeiten ausschließlich in die Visagen seiner Brüder und Kumpel glotzen. Deshalb gab es mit Julia viel zu klären. Er würde nicht eher ruhen, bis er sie gefunden, ihr sämtliche Fragen gestellt hatte. Nichts war dann auszuschließen. Vielleicht würde ihm erst mal die Hand ausrutschen. Aber vielleicht könnten sie auch wieder dort weitermachen, wo sie vor seiner Inhaftierung aufgehört hatten. Nur in der schwärzesten seiner Knastfantasien hatte er ihr mit einem Messer *Schlampe* in die Stirn geritzt – tief und in großen Buchstaben, um sich danach eine andere Braut mit mehr Respekt zu suchen. Eine, die ihn nicht ständig in Rage brachte.

Es klingelte an der Tür, und Igor blieb sofort stehen. Als Sven aufsprang, hob er gebieterisch die Hand. Er stampfte persönlich zur Tür und meldete sich mit Kreide in der Stimme über die Sprechanlage mit einem freundlichen *Hallo?*

Eine Frauenstimme antwortete von unten. Ungeduldig und sehr geschäftsmäßig: „Nico, bist du das? Hier ist Corinna. Lass mich doch kurz mal rein. Wir müssen reden. Okay? Bitte!"

Igor drückte grinsend den Türöffner.

„Scheiße, wer ist das?", fragte Sven leise.

„Warum flüsterst du?", raunzte Igor ihn an.

Sven zuckte mit den Achseln.

„Scheiße, wer ist das?", wiederholte er in normaler Lautstärke.

Igors Augen glitzerten erfreut.

„Julias Schwester ist das", antwortete er. „Es gibt doch noch Gerechtigkeit, Svenno-Baby! Gerade hab ich die perfekte Welle gesichtet, Alter!"

„Julias Schwester? Was wollen wir denn mit der?"

Igor klatschte seinem verwirrten Kumpan die flache Hand gegen die Stirn.

„Kapierst du nicht? Jetzt machen wir ,ne Party, Alter!" Und an Bogdan gewandt: „Such was, womit wir die Bitch fesseln können!"

Kurze Zeit später klopfte es ungeduldig an der Tür.

\*\*\*

„Hier gibt's nicht mal Fernsehen", beschwerte sich Julia. „Die Welt könnte untergehen, das würden wir gar nicht mitkriegen."

„Hat Sie das denn vorher gejuckt?", wollte Gravesen wissen.

Sie zeigte ihm den Finger. Aber irgendwie fiel es ihr heute schwer, miese Laune auszustrahlen. Gravesen hatte ihr morgens einen kleinen Spaziergang erlaubt. Er hatte sie in eine unberührt wirkende Natur begleitet und war neben ihr eher zurückhaltend geblieben. Viel Grün, eine dichte Hecke, die das verwilderte Grundstück rund um das Holzhaus umschloss, zugewachsene Wege, eine kniehohe Wiese direkt vor der Tür und hinter der Hecke ein undurchdringlicher Märchenwald voller aufregender Geräusche. Irgendwo dahinter hatte Julia Meeresrauschen vernommen, ohne das Meer selbst bisher gesehen zu haben. Doch ihren Wunsch, bis ans Ufer gehen zu dürfen, hatte Gravesen ihr dann doch nicht erfüllt. Immerhin hatte sie nach langer Zeit frische Luft geatmet – sie wie eine Droge aus Salz, Meeres- und Tannenduft inhaliert. Update der Sinne.

Danach saß sie eine Weile zusammen mit Gravesen auf einer alten Holzbank vor der Hütte in der Sonne; sie beide friedlich nebeneinander, wie ein altes, ausgesöhntes Ehepaar nach dem Sonntagsspaziergang. Durch die Wärme sonderte das Holz einen würzigen Duft ab, und die Geräusche der Natur klangen nach einer fast verloren geglaubten Welt. Vogelgezwitscher. Das Summen und Brummen emsiger Insekten. Ein Specht, der in der Ferne einen Baumstamm bearbeitete. Das verhaltene Raunen des Windes in Blättern und Gräsern.

Julia ließ ihren Tränen freien Lauf, und ihr war scheißegal, was Gravesen darüber dachte. Sie wurde von Erinnerungen überwältigt, von denen sie sich viel zu weit entfernt hatte. Hätte sie jetzt ihre Pfeife gehabt, es hätte noch ergreifender werden können. Danach hätte selbst der Tod seinen Schrecken verloren. Mehr Lebensgefühl ging nicht.

Von diesen Eindrücken erfüllt konnte sie einigermaßen normal frühstücken, trank mehr Kaffee als üblich, um sich zu pushen und die gute Stimmung irgendwie zu halten. Dazu in aller Ruhe eine Zigarette. Rauchend betrachtete sie Gravesen, der in ihrer Nähe selten entspannt wirkte. Als erwarte er immer ihre nächste Attacke. An seine Präsenz hatte sie sich gewöhnt wie an ein notwendiges Übel. Klar, dass er meistens nur auf ihr Verhalten reagierte. Beachtete sie die Regeln, behandelte er sie gut. Drehte sie durch, steckte er sie schlimmstenfalls in die Zwangsjacke.

Dieses fesselnde Kleidungsstück hatte sie in den letzten Tagen nicht mehr benötigt. Ein Zeichen, dass sie sich besser auf ihre Situation eingestellt hatte. Oder er ihr mehr durchgehen ließ? War sie doch weiter angriffslustig geblieben, provozierte und beschimpfte ihn auch zwischendurch, aber alles im Rahmen der Spielregeln. Darüber hatten sie öfter geredet. Besser gesagt, Gravesen hatte darüber geredet. Sie hatte ihm lediglich die Freude gemacht zuzuhören – obwohl Regeln sie einen Scheiß interessierten. Warum wohl sonst war sie seit Jahren vor solchen Regeln auf der Flucht?

Aber dieses Leben hier mit Gravesen hatte sie verändert. Ihre Umgebung bestand nur noch aus Wahrhaftigkeit. Julia besann sich auf das Wesentliche, ob sie wollte oder nicht. Richtete den Blick auf vermeintliche Kleinigkeiten. Und endlich auf sich selbst. Auf Prozesse, denen sie sonst nie Beachtung schenkte.

Zufrieden hielt sie Gravesen ihren Zeigefinger vor die Nase.

Die Brandblase war verheilt. Wenn das nicht Symbolkraft hatte!

Sie musste das einfach mal in den Fokus rücken, weil sie nicht mehr damit gerechnet hatte, diese Wunde jemals wieder loszuwerden.

„Vielleicht wird 'ne Narbe bleiben", sagte sie, fand sich dabei ziemlich tiefgründig.

Gravesen gab mal wieder keine Antwort. Vermutlich hielt er viele ihrer Aussagen eher für doppelbödig als tiefgründig, argwöhnte Anspielungen oder versteckte Beleidigungen in den Worten. Anfangs mochte das so gewesen sein, doch im Lauf der Zeit hatte Julia den Konfrontationskurs aufgegeben.

Sie betrachtete die Zigarette zwischen ihren Fingern. Konnte sie wieder normal halten. Die Lage klärte sich jeden Tag etwas mehr. Nur hin und wieder brach scheinbar unbesiegbar die Sehnsucht nach der Pfeife durch, als ließe sich der Spaß an der Entdeckung des einfachen Lebens dadurch noch steigern. Die niedergerungene Sucht lauerte weiterhin wie ein sprungbereites Raubtier in ihren Gedanken. Und es verging kein Tag, an dem nicht mindestens einmal ihr angriffslustiges Knurren zu hören war. *Mach dir keine falschen Hoffnungen, Julia Bauer, ich bin immer noch da! So einfach wirst du mich nicht los!*

„Sie rauchen nie?", fragte Julia Gravesen mitten aus ihren Gedanken heraus.
„Selten", brummte er.
„Gesundheitsfanatiker?"
„Mein Bruder ist an Lungenkrebs gestorben."
Ihre Lippen formten irgendeine Aussage des Bedauerns, aber sie erinnerte sich nicht mehr an die geeigneten Worte für ehrliches Mitgefühl. In Sachen Empathie hatte sie einige Gedächtnislücken. Außerdem fragte sie sich, ob sie wirklich schon so weit war, ihrem Entführer etwas Nettes sagen zu wollen. Wollte sie jemals so weit sein? Legte er überhaupt Wert auf ein normales Gespräch? Vorhin, in der Sonne sitzend, hatten sie zusammen harmonisch geschwiegen. Das war wohltuend gewesen. Da hatte sie sich Gravesen besonders verbunden gefühlt. Im Reden passte es seltener bei ihnen. Er war nicht wie die Typen, mit denen sie es in der Vergangenheit üblicherweise zu tun bekommen hatte. Aus ihm wurde sie nicht schlau. Weder aus der Art, wie er sie ansah, noch aus der Art, wie er sie nicht ansah.
„Ob ich mich mal richtig sonnen darf?", fragte sie in den Raum.
„*Richtig* sonnen?" Gravesen sah sie zweifelnd an.
Sie lächelte harmlos.
„Sonnenliege, Sonnenöl, knapper Bikini und ein trivialer Liebesroman. Vorher würde ich mir gern die Beine rasieren. Oder stehen Sie auf Körperbehaarung?"
„Geht leider nicht", sagte er.
„Dass ich mir die Beine rasiere?"
„Die Sache mit dem Sonnen. Jedenfalls nicht so, wie Sie das beschrieben haben."
„Verstoß gegen die Hausordnung?"

„Keine Sonnenliege, kein Sonnenöl, kein knapper Bikini und nicht mal ein Liebesroman. Gibt's hier alles nicht. Einen Rasierer können Sie kriegen."

„Aber Sie werden mir dabei zusehen wollen. Aus Sicherheitsgründen."

„Das werde ich wohl."

Sie nickte, als hätte sie keine andere Antwort erwartet.

„Hab ich befürchtet. Sie haben an alles gedacht, was sie benötigen, um mich zu bestrafen. Aber es gibt nichts zur Belohnung. Da fehlt mir der Anreiz, längere Zeit brav zu sein, Papi."

„Weil ich vergessen habe, Liebesromane einzupacken? Und Sonnenöl?"

„Weil Sie immer nur mit dem Schlimmsten rechnen. Ist das Ihre Lebensphilosophie?"

„Meine Überlebensphilosophie. Aber ich kann mich ändern. Sie auch?"

„Hab ich das nicht längst?"

„Ja, das haben Sie. Aber Sie verstoßen immer noch gern gegen unsere ... Vereinbarungen."

„Es sind nicht *unsere* Vereinbarungen. Es sind *Ihre*."

Julia verlor das Interesse an dem Gespräch. Seine Grundsätze wollte sie auf keinen Fall noch ein weiteres Mal erläutert bekommen. Schnell käme er wieder auf *Spielregeln* zu sprechen und spätestens dann erinnerte er sie an ihren Vater und verwandelte sich in eine jener Gestalten der Vergangenheit, vor denen sie geflohen war. Aus irgendeinem Grund wollte sie es nicht mehr so weit kommen lassen, vielleicht deshalb nicht, weil sie in Gravesen lieber ihre Zukunft sehen wollte.

„Es langweilt mich, Sie ständig im Schach zu schlagen", wechselte sie das Thema. „Daran sollten Sie mal arbeiten! Oder soll das noch wochenlang so weitergehen?"

„Ich bin kein guter Spieler", entschuldigte er sich.
„Sie lernen aber auch nicht aus Ihren Fehlern."
„Ist mir nicht wichtig genug."
„Aus Fehlern zu lernen?"
„Schach zu spielen."
„Wir könnten einen Einsatz festlegen. Das erhöht den Reiz. Damit es mehr prickelt. Um nichts spielen ist öde."
Sie drückte ihre Zigarette aus und zwinkerte ihm zu. Er reagierte darauf wieder mit einem seltsam distanzierten Blick, aber wenigstens zeigte sich endlich mal ein Funken Interesse an einer ihrer Ideen.
„Um was?"
Sie tat, als müsste sie länger auf dieser Frage herumdenken. Dabei hatte sie die Antwort längst parat. Trotzdem erlaubte sie sich erst noch einen Scherz.
„Um Klamotten!"
Hob lachend die Hände, bevor Gravesen protestieren konnte. War nur ein Witz!
„Wir wollen doch nicht an Ihren geliebten Regeln rütteln."
„Ich wollte gerade lachen", versicherte er ihr.
„Wir spielen um die Wahrheit", entschied sie dann.
Er runzelte die Stirn.
„Die Wahrheit?"
Zufrieden nickte sie.
„Sie fahren doch voll auf Spielregeln ab. Das ist eine. Wer gewinnt, darf eine Frage stellen. Egal was. Und der Verlierer muss die Wahrheit sagen."
Gravesen dachte über diesen Vorschlag gründlich nach, und Julia beobachtete ihn dabei als sei er ein Experiment mit ungewissem Ausgang.

„Aber wenn ich eine Frage nicht beantworten will?", erkundigte er sich nach einer Weile. „Oder nicht *kann*?"
„Dann kommt die Pflicht. Dann wird eine Aufgabe gestellt, die erfüllt werden muss."
„Zum Beispiel?"
„Ist doch scheißegal. Irgendwas Krasses halt. Was singen. Oder eine Raupe essen. Was ist los mit Ihnen, sind Sie ein Feigling? Hat man Sie früher auf Kindergeburtstagen immer ausgeschlossen?"
Die Frage schien ihn seltsam zu verletzen, da wurde ihr einmal mehr klar, wie wenig sie von ihm wusste, was, neben einigen beabsichtigten Kränkungen, gelegentlich auch zu unbeabsichtigten führte.
„Von dieser Regel haben nur Sie einen Vorteil", stellte Gravesen fest. „Sie haben bisher jede Partie gewonnen."
„Ja, genau" Julia lächelte „Endlich bin ich mal am Drücker. Seit wir hier sind, gelten *Ihre* Regeln, und sämtliche Vorteile lagen auf Ihrer Seite, oder nicht? Sie sind der Chef, und ich habe zu kuschen. Jetzt bin ich mal dran. Seit fast fünf Wochen sind wir jetzt hier, stimmt's? Ich hab noch nicht ein verdammtes Lob von Ihnen gehört, dass ich hier irgendwas gut oder richtig mache. Gerade heute fühle ich mich sauwohl und möchte ... ach, Scheiße, vergessen Sie's. Vermutlich sind Sie aus demselben Holz geschnitzt wie diese Hütte. Nur keine Angst. Ich werd Sie nicht fragen, wo wir sind. Das ist mir so was von scheißegal. Für mich fühlt sich das hier wie *Saltkrokan* an und fertig. Bis jetzt fällt mir nur leider nichts ein, was ich später vor Gericht zu Ihrer Entlastung aussagen könnte. Mildernde Umstände, verstehen Sie? Daran müssen wir noch arbeiten. Sonst sitzen Sie im Knast bis zum bitteren ... na ja, auf jeden Fall sehr, sehr lange!"

„Also, wenn ich mit Ihnen um Wahrheit oder Pflicht Schach spiele, kann ich mit mildernden Umständen rechnen?"
„Ganz genau!"
„Ich werde nur verlieren", murmelte er.
„Wie furchtbar", spottete sie. „Es sei denn, Sie strengen sich endlich mal an."
Nach dem Deal gewann Gravesen erstmalig eine Partie gegen Julia. Spätestens jetzt hatte sie die Gewissheit, dass er sich nie wirklich in die Karten schauen ließ und sie die ganze Zeit nur gebluflt hatte. Sie hatte wie immer gut gespielt, aber er war diesmal besser gewesen. Hochkonzentriert und mit einer wirkungsvollen Strategie. Dennoch ließ sich Julia die Enttäuschung über die unerwartete Niederlage nicht anmerken. Solche Überraschungen machten das Leben hier auf jeden Fall ein wenig würziger. Was immer sie bis jetzt für einen Eindruck von Gravesen gewonnen hatte, es wurde Zeit, diesen Eindruck nochmal nachzujustieren.

Immerhin trat er nicht als triumphierender Sieger auf. Fast schien es, als würde er am liebsten gleich wieder zur Tagesordnung übergehen.

Sie aber sah ihn voller Erwartungen an.

Gespannt auf seine Frage.

Er grinste unbehaglich. Ach ja, die Frage. Als ob er das schon wieder vergessen hätte. Gravesen erhob sich, um im Wohnraum der Hütte nachdenklich auf- und abzugehen. Setzte mehrfach zu einer Frage an, verwarf sie wieder, um weiter zu grübeln, weiter zu marschieren. Julia ließ ihn gewähren und wartete geduldig ab. Im umgekehrten Fall hätte sie genügend Fragen an ihn gehabt. Er musste seine Gründe haben, warum er sich so schwertat, diese Chance zu nutzen.

Schließlich setzte er sich wieder zu ihr an den Tisch und sah ihr direkt in die Augen. Auf langen Blickkontakt mit ihr ließ er sich selten ein, als befürchte er, von ihr hypnotisiert zu werden. Es amüsierte sie, reizte sie, ihn fortwährend anzustarren, ihn zu verunsichern, ihre Stärken auszuspielen.

Nun aber versenkte er sich endlich mal tief in Julias Augen und fragte:

„Wie geht es Ihnen?"

Sollte das etwa seine verdammte Frage sein? Es enttäuschte sie maßlos, wie leichtfertig er mit der Möglichkeit umging, ihr jede erdenkliche Frage stellen zu dürfen. Sie hatte sich erhofft, dadurch auch mehr über ihn zu erfahren. Aber so?

„Fuck!", stieß sie hervor. „Das ist doch keine Frage."

Er zuckte mit den Achseln. *Das* wollte er wissen.

Für die Antwort nahm sie sich ähnlich viel Zeit wie er zuvor für die Frage. Ihre Überlegungen wurden abgründiger, je mehr sie sich mit der Frage beschäftigte. Erst als sie ihr Empfinden bis in den letzten Winkel ausgelotet hatte, antwortete sie aus tiefster Überzeugung:

„Gut!"

Er nickte befriedigt. Wollte aufstehen. Aber sie hielt ihn am Arm fest.

„Wann bekomme ich Revanche?"

„Später. Ich muss dringend telefonieren."

Da er mit dieser Aussage offensichtlich ihre Neugier weckte, fügte er erklärend hinzu:

„Sonnenöl ordern, und einen Bikini. Für die nächste Lieferung. Welche Größe?"

Sie streckte ihm die Zunge raus.

Nachdem sie seinen Arm noch immer nicht freigab, zog er ihn langsam zurück.

Am Nachmittag gab es keine Revanche. Julia ging es schlecht. Sie litt unter einem Schub heftiger Depressionen und zog sich zurück. Die gemütliche Holzhütte verwandelte sich für sie in ein bedrohliches Gefängnis, die Natur wurde feindselig und Gravesen empfand sie als einen Peiniger, der ihr den Sinn des Lebens geraubt hatte. Zeitweise verlor Julia die Kontrolle über ihre Motorik, zerkratzte sich mit ungelenken Bewegungen die Haut. Dabei strafte sie Gravesen mit düsterem Schweigen und verkrampfte sich, sobald er in ihre Nähe kam. Er kannte diese Phasen und ließ sie in Ruhe. In der Nacht kam es zu weiteren heftigen Panikattacken, schlimmer als die Male zuvor. In ihr tobten Ängste vor Licht und Schatten, als wäre sie im Fieberwahn. Sie fror und zitterte. Gravesen verabreichte ihr die vom Arzt verordneten Medikamente.

Trotz aller Zwischentiefs waren sie auf einem guten Weg, davon war er überzeugt. Aber noch lange nicht am Ziel. Wenn er über sie wachen konnte, gewann er wieder die gewohnte Souveränität. *Das* war sein Job. Die „alte" Julia hatte er im Griff, die neue verwirrte ihn viel zu oft. Darauf musste er sich besser einstellen. Diese Nacht mochte sie wieder mit ihren Dämonen ringen, aber auch in ihm wütete ein Kampf. Er dachte an den gemeinsamen Moment heute auf der Bank in der Sonne. Still und friedlich. Vertraut. So hätte er mit ihr ewig sitzen bleiben können. Hätte ihr das gern gesagt. Für diese unprofessionellen Gefühle verurteilte er sich. Ein Mann, dessen Blick sich langsam trübte. Der alt wurde. Müde. Sentimental. Und wenn er ganz ehrlich war: Der sich wie ein pubertierender Schüler verknallt hatte. In eine Frau, die deutlich jünger war als er und die auch ohne ihn genug Probleme hatte. Aber je verletzlicher sie geworden war, und je weiter sie sich von der Julia Bauer entfernt hatte, die er wochenlang observiert hatte, desto vertrauter war sie ihm geworden.

„Sind Sie da?", flüsterte Julia, die Augen geschlossen und sich unruhig hin und her wälzend.

„Ich bin da", beruhigte er sie, hielt ihre Hand, strich ihr das Haar aus der feuchten Stirn.

Natürlich war er da. Und blieb die ganze Nacht neben ihrem Bett sitzen.

## Kapitel 18: Trauer, Wut und Hoffnung

Zunächst ein trockener Knall, ein fremdes Geräusch, draußen in einer ruhigen Nebenstraße. Eric konnte sich das nicht erklären. Alles, was ihm dazu einfiel, hatte mit dem defekten Auspuff eines Autos zu tun, oder mit Jugendlichen, deren Übermut sich zur falschen Zeit in einem Silvesterböller entladen hatte. Betty Brodersen reagierte gar nicht darauf, hatte es entweder nicht gehört oder als unwichtig erachtet. Dafür, dass sie nicht mit Eric hatte reden wollen, zeigte sie sich inzwischen äußerst gesprächig, ließ ihn bei Tee und Gebäck kaum zu Wort kommen. Zu viel hatte sie in letzter Zeit in sich hineinfressen müssen. Der überraschende Besuch des Schriftstellers war ein willkommener Anlass, sich den gesamten Frust, ihre Trauer und die Zweifel endlich mal von der Seele zu reden.

Doch ein zweiter Knall von draußen veranlasste Eric, aufzustehen und ans Fenster zu treten. Durch die Gardine hatte er direkte Sicht auf die Straße, auf ein unwirklich anmutendes

Szenario. Mit diesen Bildern konfrontiert, glaubte er erst an Sinnestäuschung. Oder es gab für das, was sich da abspielte, eine harmlose Erklärung. Deshalb versuchte er, irgendwo eine Kamera auszumachen, wodurch sich das Geschehen als Dreharbeit für einen Film hätte erklären lassen; dazu Mitarbeiter eines Filmteams in der Nähe, die ganze Crew im Hintergrund. Action! Aber es blieben nur die drei einsamen Akteure auf der Straße. Eine Person, die schon regungslos ausgestreckt auf dem Asphalt lag, die beiden anderen standen sich wie bei einem Showdown im Western gegenüber, ein Mann und eine Frau richteten fast gleichzeitig Waffen aufeinander. Zwei weitere Schüsse. Kein Zögern. Der Mann taumelte, als habe ihn ein mächtiger Schlag getroffen, hielt sich aber auf den Beinen. Die andere Gestalt fiel um, blieb reglos liegen.

Betty redete noch immer. Eric drehte sich zu ihr um. Sie wollte gerade die nächste Zigarette anzünden. Er war blass geworden, wusste sekundenlang nicht, was er tun sollte.

„Alles, was geschieht, ist Gottes Wille", erklärte Betty gerade über die noch nicht angezündete Zigarette hinweg. „Wenn man das akzeptiert, bekommt der Blick auf die Welt und das Leben eine grundsätzliche und unumstößliche Klarheit."

Eine Klarheit, die Eric nur langsam wiederfand.

„Rufen Sie Polizei und Notarzt an", sagte er tonlos. „Sofort! Draußen hat es ein Unglück gegeben!"

Betty riss erstaunt die Augen auf, legte dann Zigarette und Feuerzeug beiseite, erhob sich mühsam und gesellte sich zu Eric ans Fenster. Um besser sehen zu können, zog sie die Gardine beiseite.

„Ein Unfall?", fragte sie.

Draußen kniete der Mann neben dem einen Opfer mitten auf der Straße. Erste Autos hielten, weil sie nicht mehr durchkamen.

Erste Passanten näherten sich, blieben stehen, einige hatten Smartphones gezückt, um das Drama zu filmen. Betty kniff die Augen zusammen, starrte auf die etwas abseits liegende Person. „Das ist ja ...", murmelte sie. Beugte sich weiter vor, bis ihre Stirn beinahe die Fensterscheibe berührte. „... kann doch gar nicht sein!"

Im nächsten Augenblick drehte sie sich um, prallte erst gegen Eric, drängte sich an ihm vorbei und hatte nach wenigen Sekunden die Wohnung verlassen, Richtung Straße. Eric folgte ihr weniger entschlossen.

Betty rannte zielstrebig zu der Gestalt, die abseits lag, warf sich schluchzend neben sie auf den Boden. *Vreni!*

Eric trat kurze Zeit später neben sie und blickte prüfend auf das Opfer herab. Weiblich. Jung. Blass. Hässliches Einschussloch in der Stirn. Kaum Blut. Sie lag auf dem Rücken. Arme, Beine, ausgestreckt und abgewinkelt, Augen offen auf den farblosen Himmel gerichtet. Die Wunde über der Nasenwurzel wie die leere Höhle eines dritten Auges.

Weil Betty Brodersen fortwährend „Vreni" schluchzte, wusste Eric: Verena Haslinger, die Geliebte Angelika Wiecherts, eine Frau, die auf seiner Befragungsliste weit oben stand.

„Wann kommt der verdammte Notarzt!", schrie Betty und versuchte, die Tote in ihre Arme zu zerren, sie an sich zu pressen.

Eric schüttelte den Kopf. Ein Notarzt würde nicht mehr helfen können. Sein Blick suchte den Mann mit dem anderen Opfer, der etwa zehn Meter entfernt auf der Straße hockte. Jetzt erst wurde ihm klar, dass sie nicht die geringste Ahnung hatten, was hier vorgefallen war. Vielleicht steckten Betty, er und die ersten Gaffer in Lebensgefahr. Aber der Mann am Boden wirkte apathisch und wiegte den anderen leblosen Frauenkörper wie ein Kind in den Armen. Um sie herum hatte sich eine große Blutlache ausgebreitet.

Ein junger Mann war dicht an die beiden herangetreten und versuchte den idealen Winkel für ein Selfie zu finden, mit möglichst viel Hintergrund von dem blutigen Unglück, ohne seine weißen *Sneakers* zu besudeln. Wie unter einem Zwang setzte sich Eric in Bewegung und packte den Hobbyfotografen an dessen Kapuzenpullover. Seine Ohnmacht hatte etwas zum Abreagieren gefunden, das sich schütteln, rütteln und anbrüllen ließ.

Der Junge verlor durch die überraschende Attacke nicht nur das Gleichgewicht, sondern auch sein Handy. Er rutschte in der Blutlache aus und ging zu Boden.

„Was ist los, Chef?" Verstört rappelte er sich wieder auf. „Verrückt geworden, oder was?"

„Hau ab!", zischte Eric ihn an.

Der Junge fischte das Smartphone vom Boden auf. Eric nutzte die Gelegenheit, ihn in den Hintern zu treten. Der Bursche stolperte erneut. Fing sich wieder. Schnellte herum. Kurz sah es aus, als wolle er zum Gegenangriff übergehen, das Handy wie ein Messer ohne Klinge in der Hand. Dann aber hob er nur den Mittelfinger, spuckte Eric wütend vor die Füße und schlurfte davon.

„Wichser!", fluchte er über die Schulter hinweg, um aus einiger Entfernung weiter zu filmen.

Mit Blaulicht und Sirenen trafen bald erste Polizei- und Rettungswagen ein. Beamte drängten die wachsende Menge der Schaulustigen zurück, um den Tatort weiträumig abzusperren. Einige Polizisten begaben sich auf die Suche nach Zeugen. Eric meldete sich, da er immerhin das Finale des Schusswechsels verfolgt hatte. Die Personalien wurden von einer Polizistin aufgenommen. Man würde ihn in Kürze für eine Befragung kontaktieren. Medienleute trafen ein, Kamerateams, Fotografen und

Reporter. Alles eine Sache von Minuten. Bald würden erste Meldungen, Fotos, Berichte und Filme in die Öffentlichkeit fluten.
BLUTIGE SCHIESSEREI MITTEN IN HAMBURG. ZWEI TOTE!
Wenig später half Eric einem Polizisten dabei, Betty von Verena Haslingers Leiche zu trennen.
Dass der Leichnam bewegt und berührt worden war, missfiel dem Beamten, der mit säuerlicher Miene wissen wollte, ob Eric ihm wenigstens die ursprüngliche Position des Opfers beschreiben könne.
Eric bemühte sich, die Wogen zu glätten und führte dann die aufgelöste Betty zurück in ihre Wohnung. Die Frau schien nervlich am Ende.
Eric schlug vor, ihr einen Arzt zu rufen. Ob sie einen Hausarzt habe, der Hausbesuche mache?
Bitterlich weinend schüttelte Betty den Kopf.
Ob es jemanden gäbe, den er benachrichtigen könne. Der erst mal bei ihr bliebe. Freunde. Nachbarn. Oder jemand aus der christlichen Gemeinde.
Kopfschütteln. Keine Verneinung, eher Abwehr.
Ob sie sich einen Augenblick hinlegen wolle? Er könne noch bleiben. Einfach so. Ohne Fragen.
Nein, sie wollte sich nicht hinlegen.
Eric regte an, sie solle wenigstens mal ins Bad gehen.
Sie blickte ihn verständnislos an.
Dass sie voller Blut sei, erklärte er ihr behutsam.
*Blut?*
Selbst als sie an sich herabsah, schien sie es nicht wahrzunehmen, als stünde sie außerhalb der Ereignisse. Wollte nicht ins Bad. Mehrfach schnäuzte sie sich in ein Taschentuch, schnappte sich Zigarette und Feuerzeug vom Wohnzimmertisch und

verschanzte sich eine Weile hinter einer Rauchwolke. Wurde etwas ruhiger, schniefte nur noch hin und wieder und richtete den Blick schließlich hoch zur Zimmerdecke. Nachdem sie die Glut der Zigarette im Aschenbecher erstickt hatte, wendete sie sich an Eric.

„Für Sie muss diese Entwicklung ja ein Glücksfall sein", sagte sie bitter. „Alles, was mit der Wiechert in Berührung kommt, ist dem Untergang geweiht. Diese Frau ist eine Abgesandte des Todes. Wollen Sie darüber wirklich ein Buch schreiben?"

So wie sie das sagte, klang es fast plausibel. Und ihre Frage wirkte schicksalhaft und schwerwiegend. Das Leben einer Mörderin – die Büchse der Pandora?

Eric war sich selbst nicht mehr sicher. Welcher Weg war jetzt der richtige? Auch er musste die Ereignisse erst einmal verarbeiten. Eine eindeutige Antwort gab es wohl nicht. Das aktuelle Kapitel im Leben Angelika Wiecherts war noch zu frisch, um es sich literarisch vorzustellen. Die junge Geliebte der vermeintlichen Mörderin scheitert an der Freiheit. Die Hintergründe verlangten nach sauberer Recherche. Was war hier schiefgelaufen? Welches Drama hatte sich da gerade ereignet? Noch wichtiger: Wer war verantwortlich?

„Ich kenne die Einzelheiten nicht", sagte Eric. „Da gibt es noch keine Antworten."

Betty brütete mit leerem Blick vor sich hin.

„Aber Sie haben die beiden Frauen auf der Straße liegen sehen, oder nicht?"

„Wollen Sie denn nicht wissen, wie es dazu kam?", fragte er.

Sie schüttelte mit angewidertem Gesichtsausdruck den Kopf. Mühsam erhob sie sich. Eric beobachtete jede ihrer Bewegungen. Die geschockte Frau jetzt allein zu lassen, behagte ihm nicht.

„Hätten Sie noch etwas Zeit?", fragte sie. „Hatten Sie das nicht vorhin gesagt."
Er nickte.
„Wollen Sie mich in die Kirche begleiten?"
Eric stemmte sich ebenfalls hoch. Jede Form von Bewegung und ein damit verbundener Ortswechsel war ihm willkommen. Warum nicht mal wieder in die Kirche? Er konnte sich gar nicht mehr daran erinnern, wann er ein Gotteshaus das letzte Mal betreten hatte.

Während mancher Recherchen hatte er auch mal mit Gesprächspartnern über Glauben und Religion diskutiert. Über die nicht immer ruhmreiche und oft blutige Geschichte des Christentums.

Unabhängig von der Religion war Nächstenliebe hauptsächlich ein pragmatischer humanitärer Akt. Das notwendige Handeln stand im Vordergrund. Die geröteten Augen Betty Brodersens flehten ihn um Beistand an. Die Frau brauchte ihn. Jetzt!

Ja, er käme mit. Aber nicht mehr als Autor.

„Sie müssen sich noch etwas ... reinigen und ... vielleicht umziehen", regte er an. „Ich werde auf Sie warten. Und dann gehen wir zusammen in die Kirche."

Inzwischen hatte Eric das Gefühl, dass es auch ihm guttun würde.

***

Vollzählig, besser gesagt *fast* vollzählig, hatte sich das Team im Besprechungsraum eingefunden. Nur wenige saßen. Alle wirkten geschockt und still. Auch Micha war extra vorbeigekommen. Die Schulter bandagiert, den Arm fixiert, hatte er sich – vollgepumpt mit Schmerzmitteln – auf eigene Verantwortung aus der

Klinik beurlauben lassen. Die Kugel war entfernt worden, eine längere Reha sollte sich demnächst anschließen. Die Schulter würde heilen. Aber die Schuld? Seine fatale Fehleinschätzung einer vermeintlich harmlosen Situation hatte zu Miriam Frankes Tod geführt. Diese tonnenschwere Last konnte ihm niemand abnehmen.

Im Besprechungsraum war Miriam für die Chefin noch immer gegenwärtig. Die junge Ermittlerin dürfte schon auf jedem Stuhl gesessen, an nahezu jeder Stelle gestanden haben. Diana sah sie überall, das hübsche Gesicht mit großen, aufmerksamen Augen, kurze Haare, volle Lippen, die selten lächelten, und wenn sie mal lächelten, dann immer so, als verstoße sie mit dem Lächeln gegen ein Gelübde.

Eben war Miriam doch noch hier gewesen und hatte gerade die letzten Tage entspannter und befreiter gewirkt – seit sie mit Michael Reuther ein Team bilden durfte. Da schien es endlich in die richtige Richtung zu laufen. Bis zwei Kugeln aus Verena Haslingers Waffe alles beendeten. Miriam hatte keine Chance gehabt. Niemand hatte damit rechnen können, dass die Suche nach einer Zeugin in dieser Katastrophe münden würde.

Micha hatte geschildert, wie die Haslinger beim Anblick der Beamten zunächst die Flucht ergriffen und Miriam ohne zu zögern die Verfolgung aufgenommen hatte. Mit schwerer Stimme hatte er das berichtet. Ungläubig. Als wäre der Ablauf immer noch unbegreiflich. Miriam habe sofort den Wagen verlassen und sei losgerast. Er habe die Gefahr nicht erkannt. Sie hätten die Haslinger ja schon öfter mal zur Befragung geholt. Das sei doch nie eine große Sache gewesen. Eigentlich.

Dianas Frage, ob Miriam während der Verfolgung die Dienstwaffe gezogen habe, verneinte er. Die habe sie im Wagen gelassen.

Ob von Verena Haslinger eine offensichtliche Bedrohung ausgegangen sei?
*Nein!*
Sonst wäre er doch an Miriams Seite gewesen!
Warum er sich in diesem Moment anders entschieden habe? Warum er beim Auto geblieben sei, wie ein unbeteiligter Zuschauer. Micha hatte die Augen geschlossen und den Kopf geschüttelt, immer wieder, woraufhin ihn Diana mit weiteren Fragen verschonte. Da gab es sowieso nichts mehr, was er sich nicht selbst schon hundert Mal gefragt hatte: All diese verdammten „Waruns". Warum er dies getan hatte und jenes nicht. Es konnte ihm keine Erleichterung verschaffen, dass Diana auch Miriams Verhalten kritisch beurteilte. Das unüberlegte Losstürmen. Den Verzicht auf die Dienstwaffe. Das impulsive Handeln wider jegliche Vernunft.

Für das Team war am schlimmsten, sich nicht gleich durch gezielten Aktionismus ablenken zu können. Es gab keine flüchtende Täterin mehr, auf die sie hätten Jagd machen können, keine fieberhafte Suche nach Schuldigen und Motiv. Keinen Wettlauf gegen die Zeit. Keine großangelegte Fahndung mit Straßensperren. Niemanden, den sie hätten durch die Stadt hetzen, einkreisen und in die Enge treiben können, um das Böse zur Strecke zu bringen, das für all das verantwortlich war, etwas, auf das sie die ganze Wut fokussieren konnten. Die Tatenlosigkeit lähmte. Was blieb, war die Rückkehr zur normalen Tagesarbeit. Als wäre nichts geschehen. Aber es war eine Menge geschehen, und nichts war mehr normal.

Diana Krause riss sich von Michas erbarmungswürdigen Anblick los. Er starrte sowieso durch alles hindurch und an jedem vorbei, nahm nichts von dem wahr, was ihn beim ersten Meeting nach Miriams Tod umgab. Genau genommen hatte er hier auch nichts zu suchen. Diana duldete seine überraschende Anwesenheit nur für diese eine Ausnahme, damit er im Kreis der Kollegen und in der vertrauten Umgebung etwas Halt fand. Danach wollte sie ihn im weiteren Dienstbetrieb vorerst nicht mehr sehen. Um seinetwillen. Aber ein kleines bisschen auch um ihretwillen. Denn so sehr sie sich um einen objektiven Blick auf die Ereignisse bemühte, in ihren Augen war Micha der Mann, der seine Partnerin im Stich gelassen hatte. Etwas mehr Instinkt seinerseits, und die große Tragödie wäre möglicherweise ausgeblieben.

Diana hatte sich gefragt, ob Miriam an Jürgens' Seite überlebt hätte. Abgesehen von einem sperrigen Charakter verfügte er über ausgeprägte Instinkte und ein gutes Gespür für Gefahrensituationen, ausgewiesene Fähigkeiten in vielen seiner Beurteilungen. Als loyale Vorgesetzte vermied sie allerdings derartige Gedankenspiele in offiziellen Gesprächen, aber die Zweifel ließen sich nicht einfach ignorieren. Und so kreisten die Überlegungen so lange durch ihren Kopf, bis sie schließlich sogar ihre eigene Schuld an Miriams Tod zu erkennen glaubte. Danach beurteilte sie Michas Verhalten nicht mehr ganz so hart.

Alle im Raum erwarteten oder erhofften zumindest eine Ansprache der Chefin. Worte, die der traurigen Situation gerecht wurden. Etwas zum Festhalten. Das Mut machte. Trost spendete, ablenkte. Das Miriams Tod einen Sinn gab und allen die Illusion, sie besser behandelt zu haben, als sie es in Wirklichkeit getan hatten. Aber sie waren hier nicht auf einer Beerdigung. Diana fühlte sich nicht berufen, Trost und Hoffnung zu verbreiten oder dem Team die Absolution zu erteilen. Wie auch? Wie sollte sie den richtigen Ton treffen, mit all der Wut im Bauch? Eine brodelnde, kochende und schäumende Wut, die weder nach Erklärung suchte, noch nach dem tieferen Sinn in dieser Tragödie, sondern nur rauswollte, um sich auf etwas oder jemanden zu stürzen. Die Wut machte nicht einmal vor Dianas wankelmütigem Glauben halt und richtete sich vor lauter Verzweiflung besonders gegen Gott. Nichts an dem Fall ließ Größe oder Bedeutung erkennen. Eine Kettenreaktion aus banalen Zufällen, Missverständnissen und Fehlverhalten hatte zu einem furchtbaren Ende geführt. Eine schwache und labile Zeugin, die sie immer weiter in die Enge getrieben hatten, war paranoid geworden, hatte einfach durchgedreht und überreagiert. Eine *Zeugin*! Wäre es um eine verdächtige Person gegangen, hätte Miriam ganz bestimmt eine Schutzweste getragen und Micha wäre keinen Zentimeter von ihrer Seite gewichen. Sie hätten gemeinsam und mit größter Vorsicht agiert, gemäß Dienstvorschrift.

So war Miriam einfach losgesprintet. Das entsprach ihrem Naturell. Konsequent zielgerichtet, ein wenig gedankenlos. Eigensinnig. Ehrgeizig. Wie ein Stier beim Anblick des roten Tuches.

Auch Verena Haslinger war am Ort des Geschehens gestorben. Durch einen Kopfschuss. Michas Kugel hatte sie auf der Stelle getötet. Auch dafür würde er sich noch in einer Untersuchung durch das Dezernat für interne Ermittlungen verantworten müssen, wie es nach dem Gebrauch der Schusswaffe – besonders mit Todesfolge – Vorschrift war. Die Presse hatte sich des Falles bereits in wuchtigen Schlagzeilen angenommen, und in den sonstigen Medien und sozialen Netzwerken wurde längst die Rolle der Polizei in diesem Debakel diskutiert. Ein harmloser Routineeinsatz in einem gutbürgerlichen Stadtteil, zwei Tote! Da warteten noch heikle Fragen auf die verantwortliche Ermittlungsleiterin. Aber Diana war bereit. Es ging um *ihr* Team. *Ihre* Verantwortung. Miriam Franke war eine gute Ermittlerin ... gewesen. So wie alle anderen im Team. Jeder von ihnen arbeitete hart und unermüdlich. Überstunden, Schlafmangel, ständig unter Zeitdruck, mit vielschichtigen Herausforderungen konfrontiert. Da konnte man nicht permanent mit dem Schlimmsten rechnen und auf jede Eventualität vorbereitet sein, selbst wenn das in Kursen und Trainingseinheiten regelmäßig geübt und einstudiert wurde. Extreme Situationen. Der lebensbedrohliche Ernstfall. In diesem einen entscheidenden Augenblick, wenn es darauf ankam, sich in nur einem Sekundenbruchteil richtig entscheiden zu müssen, waren Fehleinschätzungen möglich. Man lief los, statt zu warten. Blieb stehen, statt die Kollegin zum Schutz zu begleiten.

Diana war klar, dass ihrer Stimme für eine längere Ansprache die Kraft fehlte. Jedes Wort musste sich erst an diesem Kloß vorbeizwängen, der in ihrem Hals feststeckte. Dennoch begann sie.

„Es gibt Fragen, auf die wir Antworten finden müssen. Woher hatte Verena Haslinger eine Waffe? Warum hatte sie sich überhaupt eine besorgt? Und warum hat sie einfach geschossen? Das Klären dieser Fragen ist unsere Verpflichtung, die wir nicht aus den Augen verlieren dürfen, unabhängig von dem, was wir gerade empfinden. Es gibt den Alltag, der einfach weitergeht, egal, was geschehen ist. Wir sind alle zornig. Betroffen. Fassungslos. Jeder von uns ist Miriam noch etwas schuldig. *Jeder!* Wenn es zu spät ist, bereut man oft, sich nicht alles oder auch zu viel gesagt zu haben, obwohl es dafür vorher genug Gelegenheiten gegeben hat. Oder immer nur die falschen Dinge. Dabei ist es so einfach, sich auch mal was Positives zu sagen, sich gegenseitig aufzumuntern. Ein Lob. Oder nur mal Rücksicht zu nehmen, wenn es dem einen oder der anderen von uns nicht gut geht. Das schließt ein, manchmal auch nichts zu sagen. Den Mund zu halten. Sich die ein oder andere bissige Bemerkung einfach mal zu verkneifen. Miriam war neu hier. Jung. Zurückhaltend. Musste sich noch durchbeißen, ihren Platz finden, sich mehr erkämpfen, als sonst

jemand im Team. Viel mehr! Sie wird uns ... sie wird mir sehr fehlen!"
Unter den letzten Worten war Dianas Stimme weggebrochen. Da half auch kein mehrmaliges Räuspern. Das Team bewies Feingefühl. Alle waren bereit, sich stumm und geräuschlos zu entfernen, als verließen sie eine Andacht. Diana aber ergriff dann doch noch einmal das Wort.
„Jürgens, Sie brauche ich bitte noch. Alle anderen machen erst einmal weiter. Morgen früh gibt es um zehn Uhr die nächste Dienstbesprechung. Wir müssen schauen, wie wir uns neu aufstellen und was sich aus dieser Tragödie für den weiteren Verlauf der Ermittlungen ergibt. Außerdem hat sich gerade eine riesige Lupe auf uns gerichtet. Alle schauen durch. Bürgermeister, Innensenator, Präsidium, die Medien, die Öffentlichkeit. Die Einwohnerinnen und Einwohner dieser Stadt. Wir müssen unsere Strategie überdenken und anpassen. Und Micha, bitte, du gehst jetzt sofort wieder zurück in die Klinik. Und bleibst da!"

\*\*\*

Hanspeter Jürgens folgte der Chefin ins Büro, wie ein Schüler, dem von der Rektorin eine Strafpredigt droht. Mit schuldbewusster Miene und hängenden Schultern stand er vor ihrem Schreibtisch, die große, magere Gestalt irgendwie in sich zusammengefallen. Diana kramte einige Sachen zusammen und schlüpfte ungeduldig in eine olivgrüne Jacke, die über der Lehne ihres Stuhls gehangen hatte. Mehrfach verfehlte sie den Ärmel, fluchte ungehalten. Unsicher folgte sein Blick ihren hektischen Bewegungen.
Der Ermittler rechnete damit, wegen seines Verhaltens gegenüber Miriam von der Chefin zur Rechenschaft gezogen zu

werden. Aber unabhängig davon, wie oft er Miriam auch gekränkt haben mochte, am Ende wog Michas Achtlosigkeit schwerer, denn sie war tödlich gewesen. Natürlich wusste die Chefin auch von der unsäglichen Wette. Wusste viel mehr, als ihr Team ahnte, das hatte sie Jürgens kürzlich während ihrer Aussprache versichert, mit einem amüsierten Glitzern in den Augen. Aber heute schwieg sie, und das Glitzern war erloschen. Nervös kramte sie aus einer Schublade letzte Utensilien hervor, wirkte sekundenlang zögerlich, verharrte in der Mitte des Raumes, als habe sie den Grund ihrer Aktivitäten vergessen, blickte Jürgens nachdenklich an. Der verhielt sich still. Es schien fast so, als würde sie seine Anwesenheit erst jetzt registrieren, ihr Blick immer noch schwer von Trauer und die Augen gerötet.

„Ich habe Ihnen versprochen, Sie für Zwischentöne zu sensibilisieren", sagte sie. „Sie kennen Ihre Defizite. Wir haben darüber gesprochen, nicht wahr?"

Ja, er erinnerte sich an ihre Kritik. Überdeutlich! Eine seiner größten Schwächen, hatte sie bemängelt. Beim Wein. Als ihre Zungen schon etwas lockerer geworden waren und er es geradezu erregend gefunden hatte, wie offen und direkt sie zu ihm sprach, während sie zurechtgemacht richtig hübsch aussah, das Haar offen, Lippenstift, Lidschatten, die weibliche Note von Kopf bis Fuß betont.

„Heute erhalten Sie eine weitere Lektion", kündigte Diana an. „Dazu werden wir zusammen eine kleine Tour machen. Aber Sie dürfen mit niemandem darüber reden, ist das klar? Wenn doch, und ich finde das raus, gibt es keinen Platz mehr in meinem Team ... für Sie. Irgendwelche Einwände? Ich biete Ihnen an, mich in eine andere Welt zu begleiten. Sie müssen nicht. Aber wenn Sie mitkommen, bleibt das unter uns. Das ist der Deal. Okay?"

Er nickte mechanisch, obwohl er keine Ahnung hatte, worauf er sich da einließ. Trotzdem lächelte er ein wenig. Sie gab sich viel Mühe mit ihm. Das schmeichelte ihm.

Gemeinsam verließen sie das Büro, die Abteilung, das Gebäude, stiegen auf dem Parkplatz in Dianas Dienstwagen. Mit Beginn der geheimnisvollen Fahrt übte sich Jürgens neben ihr in aufmerksamer Zurückhaltung. Ihm fiel keine gescheite Frage ein, die ihn momentan irgendwie hätte weiterbringen können, trotz seiner augenblicklichen Verwirrung. Die Chefin lenkte den Wagen forsch durch den zähen Verkehr, schimpfte, fluchte, fuhr auf, hupte, wechselte häufig die Spur und missachtete nicht wenige Verkehrsregeln. Eine knappe Stunde später parkte sie vor einer Privatklinik in einer Gegend, in der Jürgens nie zuvor gewesen war. Hier war Hamburg nicht mehr Stadt.

Nachdem Sie das ehrwürdige Klinkergebäude betreten hatten, und die Chefin immer noch schweigsam und entschlossen vorausschritt, beschlich Jürgens ein mulmiges Gefühl. Sie hätte ihn doch einfach nur fragen müssen, ob er sich nach Miriam Frankes Tod schäbig fühlte. Er hätte es ja ohne zu zögern bestätigt. Aber was nützte das jetzt noch? Wer rechnete damit, dass aus heiterem Himmel etwas derart Furchtbares und Endgültiges geschah? Etwas, das ihn ein für alle Mal der Chance beraubte, doch noch mit Miriam ins Reine zu kommen. Dabei hatte er sie gemocht. Er hatte bloß keinen Zugang zu ihr finden können. Egal, was er zu ihr sagte, es kam bei ihr immer falsch an. In ihrem Verhältnis zueinander hatte nichts zusammengepasst. Miriam hatte schon die Augen verdreht, sobald sie ihn hatte kommen sehen. Selbst seine harmlosesten Aussagen als Provokation empfunden.

In der Privatklinik hatte Jürgens Mühe, mit der Chefin Schritt zu halten. Er fand, mit etwas Abstand folgend, ihren Hintern unter der kurzen Jacke in der verwaschenen Jeans auffallend knackig und schämte sich gleichzeitig dafür, selbst die traurigsten Momente immer wieder mit unpassenden Gedanken zu beschmutzen. Aber genau deshalb waren sie vermutlich hier. Weil er lernen sollte.

An dem Abend, an dem er mit der Chefin ein persönliches Gespräch hatte führen dürfen, hatte er tatsächlich auf mehr gehofft als nur Worte. Immerhin hatten sie sich verdammt ungeschminkt ausgetauscht. Aber nur das. Was auch immer seine Fantasie beflügelt haben mochte, warum sollte eine Frau wie Diana Krause, noch dazu als Vorgesetzte, eine Affäre mit ihm beginnen? Sie hatte ein paar nette und ein paar weniger nette Dinge zu ihm und über ihn gesagt. Er hatte sie an diesem Abend, der sich bis in die Nacht zog, besonders reizvoll gefunden.

Möglicherweise war das genau ihre Absicht gewesen, nur eine Strategie, eine Art Probe. Seitdem hatte er sich gelegentlich ausgemalt, ob der Abend auch einen anderen Verlauf hätte nehmen können. Vielleicht hatte sie darauf gewartet? Sich von ihm mehr Initiative erhofft? Es war schon ungewöhnlich, als Chefin einen Untergebenen so nah und persönlich zu begegnen, fand er, um bei gutem Essen und Wein stundenlang über Gott und die Welt zu reden. Zum Quatschen allein hätte ein Termin im Büro gereicht. Was aber wäre geschehen, wenn er aufgestanden wäre, um sie mit verwegenem Schwung in seine Arme zu ziehen? Den möglichen schwachen Protest ignorierend, den Zeigefinger kurz auf ihre Lippen gepresst, um sie danach voller Leidenschaft zu küssen. Die typische Filmsituation, gleich nach dem Dessert. Warum hatte sie ihn überhaupt in privater Atmosphäre sprechen wollen? Ein Spiel mit dem Feuer? Oder doch nur wegen der Einsamkeit, die in ihrem Leben zweifellos eine tragende Rolle spielte. Dann war man froh, wenn man abends mal jemanden zum Reden und Zuhören hatte, bevor man Selbstgespräche zu führen begann, oder bei vertrauten Filmen die Dialoge mitsprach.

Diana war plötzlich stehen geblieben, und Jürgens – in Gedanken in amourösen Abenteuern mit ihr versunken – ungebremst in sie hineingelaufen. Ärgerlich fuhr herum.

„Verdammt noch mal, Jürgens, können Sie nicht aufpassen?"

Es steckte eine ungeheure Wut in ihr, die sie nur mühsam zu zügeln vermochte. Immer noch oder schon wieder.

Er wich zurück, entschuldigte sich errötend.

Vorsichtig öffnete sie die Tür, vor der sie gestoppt hatte und führte Jürgens in ein Krankenzimmer. Es war nicht besonders groß und relativ dunkel. Er folgte der Chefin mit zunehmender Verunsicherung, hatte nicht die geringste Ahnung, was er hier sollte. Alle erregenden Gedanken waren verflogen. Es war still hier, und dieser unverwechselbare Krankenhausgeruch lag in der Luft. Desinfektionsmittel, Reinigungsmittel, Sterilität. Als sei die übliche Luft gefiltert worden, um jene Bestandteile reduziert, die wie das echte Leben rochen, das Leben draußen. Hier drinnen stoppte Diana vor einem Einzelbett. Nach kurzem Zögern gesellte sich Jürgens unaufgefordert zu ihr, blieb so dicht neben ihr stehen, dass sie sich beinahe berührten. Bis zu diesem Ort hatte ihn der seltsame Trip mit der Chefin geführt. Nun wollte er auch den Grund erfahren. Neugierig blickte er auf das Bett hinunter. Im selben Moment stockte ihm der Atem, sein Puls raste. Er beugte sich vor, um besser sehen zu können, und selbst dann traute er seinen Augen nicht. Wollte etwas sagen. Die Worte blieben ihm im Hals stecken. Stocksteif stand er neben Diana, atmete schwer und war zu nichts anderem fähig, als ungläubig zu glotzen.

„Ich weiß", flüsterte Diana beruhigend, ihn kurz am Arm drückend. „Ging mir beim ersten Mal genauso!"

***

Sie kannte das Gesicht. Ohne jeden Zweifel kannte sie es. Hatte es aber in dem Chaos, das sofort nach ihrem ahnungslosen Betreten der Wohnung ausgebrochen war, nicht einordnen können. Zu dritt waren sie über sie hergefallen, bevor sie überhaupt realisieren konnte, in eine Falle getappt zu sein. Als einer der jungen Männer sie auch noch knebeln wollte, geriet sie in Panik.

„Bitte nicht", stieß Corinna Bauer keuchend hervor. „Ich hab Asthma. Ich werde ersticken, wenn Sie mir was in den Mund stopfen."

Wieder tauchte das seltsam vertraute Gesicht über ihr auf. Eigentlich ein gutaussehender Bursche, aber mit einer unerträglichen Alkoholfahne. Kurze Stoppelhaare, eiskalte Augen, ein schmaler Mund, kaum mehr als ein grimmiger Strich in dem unrasierten Gesicht mit dem asiatisch anmutenden Tattoo auf Höhe des rechten Wangenknochens, zwei kleine Schriftzeichen. *Das* hatte sie garantiert schon mal gesehen! Aber weder Identität noch Geschichte des Trägers fielen ihr in dieser bedrohlichen Lage ein, jeder Gedanke war zur Hälfte von Angst verdunkelt. Hier lief gerade etwas mächtig schief.

„Nur ein Schrei", drohte er, „und dann ist mir dein Scheißasthma egal."

„Ich werde nicht schreien", versprach sie und hoffte, dass sich das Zittern ihrer Stimme bald wieder legte. Sie musste jetzt unbedingt die Nerven bewahren. Verhandlungsfähig werden.

„Du siehst Julia echt nicht ähnlich", sagte er. „Aber eure Stimmen klingen fast gleich. Wenn ich die Augen zumache, hörst du dich wie sie an. Cool!"

Corinna hatte keine Ahnung, ob diese Ähnlichkeit ihrer Stimme mit der ihrer jüngeren Schwester nützlich für ihre Lage sein könnte. Immerhin erinnerte sie sich jetzt endlich daran, wen sie vor sich hatte. Wie hatte sie nur vergessen können, dass es noch viel üblere Typen als Nico in Julias Leben gab.

„Igor!", stieß sie hervor.

Da küsste er sie begeistert ab wie ein übermütiges Kind.

Dass sie seinen Namen noch wusste, schien ihn außerordentlich zu freuen. Hielt er sich doch praktisch für ihren Schwager.

Das ließ die ganze Situation in Corinnas Augen noch unverständlicher erscheinen. Die beiden anderen jungen Burschen hatten sie wie ein Paket verschnürt. Die oberen Knöpfe ihrer etwas zu engen Bluse waren dabei aufgegangen. In den letzten Monaten hatte sie schon wieder zugenommen, und der Kauf neuer Bürokleidung hatte auf ihrer Prioritätenliste zuletzt ganz oben gestanden. Dass Igor ihr jetzt grinsend die Bluse zuknöpfte, mochte eine Geste der obskuren familiären Verbindung sein – aber warum hatte sie das nicht davor bewahrt, dermaßen grob behandelt zu werden?

Corinna kniff die kurzsichtigen Augen zusammen und blinzelte ein paar Mal. Beklagte dann die verschmierten Brillengläser, durch die sie kaum etwas erkennen könne. Igors ungestüme Lippen hatten zum Teil die Gläser getroffen. Beflissen nahm er ihre Brille ab und putzte sie sorgfältig mit einem Zipfel seines T-Shirts. Für einen Moment schien es so, als wollte er sie ihr anschließend wieder aufsetzen. Doch dann warf er sie einfach hinter sich.

„Scheiß drauf", sagte er. „Brillen sind uncool. Du siehst ohne besser aus."

Corinna seufzte. In einer sowieso bedrohlichen Situation nicht mehr richtig sehen zu können, machte sie noch mutloser.

„Was soll das, Igor? Ich bin so was Ähnliches wie deine Schwägerin. Hast du selbst mal gesagt. Also lass mich bitte wieder frei, und wir vergessen die Sache."

Nachdenklich starrte er sie an.

„Was willst du hier?", wollte er wissen. „Julia besuchen?"

„Nein. Ich muss mit Nico reden. Wo steckt er? Was habt ihr mit ihm gemacht?"

Igor verdrehte die Augen.

„Wen interessiert dieser kleine Schwanzlutscher? Ich will wissen, wo Julia ist."

„Ich weiß nicht, wo sie ist."

Seine Stimmung trübte sich ein. Er befingerte sein Tattoo unter dem Auge, als würde es jucken.

„Du weißt nicht, wo deine kleine Schwester ist? Geht's noch? Willst du mich verarschen? Du bist hier wegen Nico und nicht wegen Julia? Ich wette, du weißt verdammt gut, wo die kleine Bitch steckt."

„Ich weiß es wirklich nicht, Igor", beteuerte sie.

Er streckte die Hand aus und quetschte ihre Mundpartie mit Daumen und Zeigefinger fest zusammen. Dann beugte er sich vor, bis ihr sein Atem wieder die Sinne raubte. Sie hielt die Luft an, ihre Augen blinzelten heftig.

„Du weißt es nicht?"

„Nein", bestätigte sie mit einem durch den Druck seiner Finger verformten Mund. „Du tust mir weh!"

Er drückte noch fester zu, und sie stöhnte vor Schmerz.

„Hast du schon mal mit drei Typen gleichzeitig gebumst? Vielleicht fällt dir danach mehr ein?"

„Igor, bitte!"

Er steigerte den Druck weiter, und sie versuchte verzweifelt, sich aus seinem Griff zu winden, indem sie den Kopf hin und her warf. Vergeblich. Er grinste.

„Bitte was? Lieber erst mal nur mit mir allein, oder was? Ich war im Knast. Scheiß lange! Was meinst du, wie geil ich bin. Und wenn schon deine verdammte Schwester nicht da ist, dann musst du eben mal ran. So ein fettes Büro-Luder hatte ich noch nie. Das kann lustig werden."

Er drehte sich zu Bogdan und Sven um.

„Verpisst euch! Wir brauchen keine Zuschauer!"

Die beiden verzogen sich feixend. Er kauerte sich wieder vor Corinna auf den Boden und genoss die aufflammende Furcht in ihren Augen. Sie war hier einfach so aufgetaucht. Vermutlich hatte sie sich tatsächlich vor dem blöden Nico aufspielen wollen. Warum auch immer. Die Mitglieder der Familie Bauer hatten gern das Sagen. Aber hier und jetzt hatte Igor das Kommando übernommen. In ihrem Job war Julias Schwester dank Papis Kohle wahrscheinlich 'ne große Nummer, aber augenblicklich nur eine dicke unwichtige Fotze, die das zu tun hatte, was Igor verlangte.

„Was willst du von dem kleinen Schwanzlutscher?"

„Du meinst Nico?"

„Wie viele Schwanzlutscher kennst du denn?"

„Die Wohnung soll renoviert und verkauft werden. Nico soll hier ausziehen. Außerdem haben sich die Nachbarn beschwert, weil es in letzter Zeit immer so laut ist."

„Soll Julia auch ausziehen?"

„Die ist schon weg. Was weiß ich wohin. Glaubst du, das stimmt sie mit der Familie ab?"

Igor lachte, aber es klang schon ein wenig unsicherer.

„Die verpisst sich doch nicht einfach so. Ist doch ihre Bude. Der Alte würde sie garantiert nicht an die Luft setzen. Glaub ich echt nicht. Wenn die einfach so abhauen würde, hätte der Alte schon längst nach seinem kleinen Liebling suchen lassen. Wetten? Also was läuft hier für 'ne Scheiße?"

Corinna versuchte sich aufzurichten. Er drückte sie zurück.

Sie schnaufte unwillig, vertrug es nicht, ständig angefasst zu werden. Berührungen ihres Körpers, ungewollte Nähe bereiteten ihr Unbehagen. Besonders aber litt sie darunter, diesem Idioten Igor hilflos ausgeliefert zu sein, nur weil sie ihrem Vater mal wieder hatte beweisen wollen, die verlässlichste seiner drei Töchter zu sein.

„Ich! Weiß! Nicht! Wo! Meine! Schwester! Ist!", fauchte sie ihn aufgebracht an. Spuckte es Igor förmlich vor die Füße. Ihre Wangen sahen mittlerweile wie glänzende rote Apfelhälften aus. „Warum sollte ich lügen? Ich bin nicht Julias Kindermädchen."

„Dann bist du nur ein nutzloses Stück Scheiße mit einem fetten Arsch", schrie Igor sie an. „Wozu brauch ich dich dann noch?"

Sein jähzorniger Ausbruch schüchterte sie sofort ein. Mahnte sie zur Vorsicht. Die Sache könnte sich zuspitzen, unkontrolliert eskalieren, extremer, als sie zunächst angenommen hatte.

Im nächsten Moment grinste Igor wieder versöhnlich und knuffte sie kumpelhaft.

„Schwägerin! Wir wollen uns doch nicht fetzen. Wenn du es nicht weißt, dein Alter weiß bestimmt, wo Julia steckt, meinst du nicht?"

„Das musst du ihn schon selbst fragen."

Igor nickte.

„Aber wie? Der hört mir doch nicht mal eine Sekunde lang zu. Er wird mich genauso scheiße behandeln wie du. Als wär ich nur Dreck. Das könnt ihr ja alle gut. Die piekfeinen Bauers. Aber ich hab Julia schon in ihrer eigenen Kotze und Pisse liegen sehen. Das sah gar nicht mehr so fein aus."

Er kramte sein Smartphone aus der Tasche.

„Am besten machen wir ein Selfie und schicken es deinem Daddy. Damit er weiß, was Sache ist, okay? Vielleicht hört er mir dann doch mal zu. Und sagt die Wahrheit. Das wär echt gut für dich."

Igor holte Corinnas Brille und setzte sie ihr wieder sorgfältig auf. Dann tätschelte er grob die glühenden Wangen.

„Damit er dich auf dem Foto auch erkennt, der liebe Papi. Mit Brille und so. Wie wär's mit etwas Lippenstift?"

„Wozu?", fragte sie verwirrt.

Er öffnete seine Hose.

„Sieht bestimmt geiler auf dem Foto aus, wenn du ihn mit roten Lippen einsaugst."

Jetzt stand Corinna dicht davor zu schreien, egal wie seine Reaktion darauf ausfallen würde. Vor einer knappen Stunde erst hatte sie noch gutgelaunt und selbstbewusst bei einem Geschäftsessen mit messerscharfen Argumenten zwei Typen locker in Grund und Boden verhandelt. Und jetzt war so ein durchgeknallter Psychopath drauf und dran, ihre Würde in den Schmutz zu ziehen und diese Demütigung auch noch als Foto an ihren Vater zu senden! Wie konnte ein dummer Zufall ihre saubere und geordnete Welt nur so schnell aus den Angeln heben? Wieder verfluchte sie Julia dafür, die missratene Schwester, die so viel im Leben der Familie zerstört hatte. Die meisten unglücklichen Ereignisse hatten doch mit ihr zu tun, mit Julias Scheißleben und Scheißfreunden! Sie brachte sogar Unglück, wenn sie nicht da war. Bevor Corinna schreien konnte, presste Igor ihr die Hand auf den Mund.

„Du brauchst dein Maul gar nicht so weit aufzureißen", flüsterte er. „So groß ist mein Schwanz nicht!"
Spätestens jetzt konnte sie ihre Tränen nicht mehr zurückhalten, und als er die Hand wegnahm, schluchzte sie leise. Gab sich aber Mühe, ihn nicht weiter zu reizen.
Lachend verschloss er den Hosenschlitz.
„Hast dich schon gefreut, was? Am besten denkst du mal nach, wo Julia steckt. Oder ob wer weiß, wo sie sich verkrochen hat. Das kleine Luder. Wenn mir wer sagt, wo sie ist, kannst du dich sofort verpissen. Aber wenn nicht ..." Statt die Drohung zu beenden, leckte er über ihre Brillengläser und knetete grob ihre Brüste. Danach richtete er sich auf.
Bevor er das Zimmer verließ, drehte er sich ein letztes Mal um.
„Julia ist eine miese Fotze und hat mich oft verarscht", sagte er. „Aber ich will sie trotzdem wiederhaben. Sie gehört mir."
Dann verließ er das Zimmer.
Mit Tränen in den Augen blieb Corinna liegen, so fest verschnürt, dass sie kaum atmen konnte, zwang sich zur Ruhe und überlegte fieberhaft, wie sie sich aus dieser bedrohlichen Lage unbeschadet retten könnte. Das größte Problem: Sie hatte niemanden informiert, dass sie heute noch in der Wohnung in der Langen Reihe nach dem Rechten sehen wollte. Sie hatte es nach dem Geschäftsessen vorhin spontan entschieden. In bester Laune und weil das Treffen in einem Szenerestaurant in St. Georg stattgefunden hatte. Heute war Freitag, die nächsten beiden Tage würde sie niemand groß vermissen.

***

Ermittlerinnen und Ermittler der Mordkommission tauchten bei allen Personen auf, mit denen Verena Haslinger kurz vor dem tödlichen Schusswechsel Kontakt gehabt haben könnte, da kam jeder aus den düsteren Kapiteln ihrer Vergangenheit in Frage.

Der Japaner empfing zwei Beamte in dem Büro, das an seine Kneipe grenzte, der Raum, in dem sich inzwischen der größte Teil seines täglichen Lebens abspielte. Ein Raum, in dem man ohne jede Veränderung Szenen für einen *Film Noir* hätte drehen können. Die vorherrschende Note war nüchterne Tristesse. Mit stoischer Miene thronte der füllige Asiate hinter einem klotzigen Schreibtisch, auf dem eine grüne Wallstreet-Lampe das einzige Licht spendete, um in dem hohen Raum einen auffälligen farbigen Akzent zu setzen.

„Sie war vor ein paar Tagen hier", gab er ungefragt zu. „Darum geht es doch wohl."

Die Ermittler waren nicht überrascht, blieben aber passiv und überließen es dem Japaner zu sagen, was er sagen wollte. Nicht selten gab es Zeugen oder Verdächtige, die vor der Polizei keinen Respekt mehr zeigten, gelegentlich sogar völlig überreagierten. Manche wurden frech, kannten ihre Rechte so gut, als hätten sie Jura studiert, verweigerten sich selbst den normalsten Fragen. Wurde es eng, übernahm ein Anwalt. Darauf folgte Schweigen.

Bei dem Japaner aber waren Mätzchen und Respektlosigkeiten nicht zu befürchten. Dieser Mann war mit sämtlichen Wassern gewaschen, stand so geerdet und selbstverständlich auf der anderen Seite des Gesetzes, dass ihn nichts aus der Ruhe bringen konnte. Wenn es etwas zu sagen gab, würde er es sagen. Und wenn er sich nicht äußern wollte, würde er respektvoll schweigen. Das waren ganz klare Regeln, für beide Seiten verständlich und nachvollziehbar.

„Verena Haslinger wollte eine Waffe von mir kaufen", erzählte er. „Und ein paar Informationen. Ich habe ihr aber nichts verkauft, weder das eine noch das andere. Keine Waffe. Keine Informationen. So ist sie gegangen, wie sie gekommen ist."

Die Frage, ob sie ihm gesagt habe, wofür sie die Waffe benötige oder um welche Informationen es ginge, konnte er nicht beantworten. Er habe es nicht wissen wollen. Verena Haslinger sei auch nicht besonders gesprächig gewesen. Eigentlich sei sie schon als Tote bei ihm aufgetaucht.

Die Ermittler baten ihn höflich um eine Erläuterung dieser irritierenden Auskunft.

Der Japaner erklärte, er habe der jungen Frau ansehen können, wie nah sie dem Ende ihres Weges bereits gekommen sei. Ein aufmerksamer Beobachter wie er könne einen zum Tode geweihten Menschen als solchen vorzeitig erkennen. Verena Haslinger sei hier in seinem Büro schon von der Aura des Todes umgeben gewesen, aus ihren Augen sei jeglicher Lebensfunke gewichen, die Stimme habe sich leblos angehört und ihre Bewegungen hätten nur noch mechanisch gewirkt.

Mit abwesendem Blick fügte der Japaner seinen Ausführungen nachdenklich hinzu: „Anstatt ihr eine Waffe zu geben, hätte ich sie auch gleich hier in meinem Büro erlösen können. Da ich aber ein gesetzestreuer Bürger bin, habe ich nichts dergleichen getan."

„Gesetzestreu", wiederholte einer der Ermittler und lächelte süffisant. „Sie haben mit Verena Haslinger damals ... Filme ... gedreht. Außerordentlich schmutzige Filme!"

„Ich hab sie von der Straße geholt und ihr eine Verdienstmöglichkeit geboten. Es war ihre freie Entscheidung."

„Die Karriere als Einbrecherin wurde ihr dann zum Verhängnis."

Der Japaner breitete mit Unschuldsmiene die Arme aus.

„Die Polizei hat mich genauestens unter die Lupe genommen, meine Herren. Ich hatte nichts damit zu tun. Das müsste aktenkundig sein. Ich bin Regisseur. Und Kneipenbesitzer."

„Man konnte Ihnen damals nichts nachweisen, das stimmt."

„Das nennt man *unschuldig*", entgegnete der Japaner und faltete lächelnd seine acht Finger. „Das bin ich bis zum heutigen Tag."

„Haben Sie eine Idee, von wem sich Verena Haslinger eine Waffe besorgt haben könnte, nachdem sie von Ihnen keine bekam?"

Der Japaner nickte.

„Und?" Die Frage kam zwangsläufig, nachdem es beim Nicken blieb.

Was dem Japaner ein sparsames Lächeln entlockte.

„Ich bin Geschäftsmann. Ich kaufe und verkaufe."

Die Beamten wussten das. Deshalb war es das Stichwort für die übliche Prozedur, um eine Adresse oder einen Namen zu erfahren. Vielleicht war es eine Spur, die zum Ziel führte. Oder sie führte ins Nichts. Bisher galt der Japaner als recht verlässlich. Dafür genoss er einen speziellen Schutz. Niemand hatte Interesse daran, eine sprudelnde Quelle durch pingeliges Verhalten versiegen zu lassen.

Von der einen Seite wurde ein Umschlag über den Tisch geschoben, von der anderen ein Zettel mit einigen Namen. In der Regel waren das die üblichen Verdächtigen. Manchmal auch Konkurrenten, die man sich vom Hals schaffen oder ärgern wollte.

Der Japaner ließ den Umschlag ungeöffnet verschwinden und nickte den beiden Beamten wohlwollend zu, während einer von ihnen den Zettel einsteckte.

„Ich wünsche Ihnen viel Glück, meine Herren. Die Kleine hat ein solches Ende nicht verdient."

Die Ermittler erhoben sich, einer blieb auf dem Weg zur Tür nach draußen noch einmal für eine letzte Frage stehen.

„Machen Sie immer noch diese ... Filme?"

„Interessiert Sie ein bestimmtes Genre? Wollen Sie Abonnent werden? Oder mal mitwirken?"

„Tun Ihnen die Mädchen nie leid?"

Der Japaner überlegte ernsthaft, schüttelte dann entschieden den massigen Schädel.

„Ich sag Ihnen was, Herr Kommissar. Eine meiner Schauspielerinnen ist vorher anschaffen gegangen. Zu ihren Stammkunden gehörte ein Bulle. Im Rang über Ihnen. Der hatte ganz besondere Vorlieben und hat nie dafür bezahlt. Nach seinen regelmäßigen Besuchen konnte sie oft tagelang nicht arbeiten. Nicht mal einkaufen gehen. Mit ihr hatte ich Mitleid."

Nachdem die Ermittler die Kneipe wenig später wieder verlassen hatten, genossen sie die frische Luft viel bewusster als zuvor. Selbst der Nieselregen minderte nicht ihre Freude darüber, wieder draußen zu sein.

## Kapitel 19: Schach und matt

Nach dem Sieg bewies Julia mit triumphierender Pose, dass es hier längst um viel mehr gegangen war als um eine normale Schachpartie. Es war anders geworden, seitdem sie einen Einsatz festgelegt hatten, verbissener, ernsthafter. Grundsätzlich konnte all das für Julias Entwicklung nützlich sein. Doch andererseits empfand Gravesen die mühsam erarbeitete Harmonie bedroht, sobald sich die junge Frau erst die Möglichkeit erkämpft hatte, Fragen zu stellen. Unbequeme, aber legitimierte Fragen. Dieses Ziel hatte sie heute erreicht.

Therapeutisch betrachtet war es durchaus ein Erfolg, wenn sich der Wille einer Süchtigen auf diese Weise über einen längeren Zeitraum auf etwas außerhalb der Drogen konzentrierte. Das regelmäßige Spielen stabilisierte ihre Stimmung, und der neu erwachte Ehrgeiz trug sie von Partie zu Partie. Wobei dieselbe Maßlosigkeit, mit der sie Crack konsumiert hatte, sich auf ihre Spielleidenschaft übertrug. Gravesen benötigte kein psychologisches Fachwissen für die Hintergründe dieses Verhaltens. Nur ungern hatte er sich auf das aus seiner Sicht kindische Wahrheit-oder-Pflicht-Spiel eingelassen und darauf vertraut, seine tatsächliche Spielstärke könnte ihn, wenn es darauf ankam, davor bewahren, auch nur eine Partie gegen Julias oft ungestüme Angriffslust zu verlieren. Diese Rechnung war nicht aufgegangen.

Seine Siege hatte er sich mit neutralen Fragen honorieren lassen, die an der Oberfläche blieben und Julia nicht in die Enge trieben. Ihm reichte das. Natürlich wäre es verlockend gewesen, tiefer zu gehen und Julia stärker zu fordern. Zweifellos war es ihr genau darum gegangen, als sie diese Regelung vorgeschlagen hatte. Doch das entsprach nicht seinem Stil, und auch nicht seinem Verständnis von einem respektvollen Umgang miteinander. Für ihn erzeugte Schachspielen eine besondere Nähe zwischen zwei Menschen, auch ohne erhöhten Kommunikationsbedarf. Da wurde nicht nur über eigene Strategien nachgedacht, sondern auch über die des Spielpartners. Bei Angriff und Verteidigung. Auf diese Art fand eine besondere Verbindung statt. Für ihn machten diese Umstände den Reiz des Spiels aus. Julia dagegen hatte ihn einfach nur besiegen wollen. Besonders, seit es um etwas ging. Wegen seines verschlossenen Charakters tat sich Gravesen schwer damit, möglicherweise etwas von sich preisgeben zu müssen. Oder alternativ irgendeine alberne Aufgabe zu erfüllen, bei der es Julia – daran hatte er nicht den geringsten Zweifel – nicht unbedingt auf die Wahrung seiner Würde ankäme.

Wie dem auch sei, sie hatte einen verdienten Sieg gegen ihn errungen, und das ließ sie brennen. Ihre Anspannung löste sich, und erleichtert hob sie eine Faust, ohne Gravesen aus den Augen zu lassen. Das Strahlen wollte nicht mehr aus ihrem Gesicht weichen. Noch immer war sie blass und mager, gab sich aber besonders in den letzten Tagen mehr Mühe, regelmäßig zu essen. Sie schlief besser und ließ sich von Gravesen gelegentlich zu Fitnessübungen animieren, er mit ernster Miene, sie musste ständig lachen. An das einfache Leben in der Hütte hatte sie sich nur mühsam gewöhnt. Kein Fernsehen, kein Radio, kein Smartphone, kein Internet, kein Geschirrspüler. Keine Drogen. Die Kochplatten funktionierten mit Propangas, die Dusche wurde aus einem Wassertank gespeist und erforderte sparsame Nutzung. Als Klo hatten sie eine Komposttoilette und statt Großstadt umgab sie pure Natur. Das alles hatte Julia nach anfänglicher Verweigerung zögernd angenommen. Lernte mit jedem Tag ein wenig besser, damit klarzukommen.

Gerade heute Vormittag war Gravesen zum ersten Mal mit ihr am Strand gewesen und hatte ihre Rückverwandlung in ein Kind miterleben können. Für Wasser schien sie ein besonderes Faible zu haben, und das hatte sofort kindlichen Übermut entfacht – obwohl sie immer noch keinen Bikini hatte. Es ging auch ohne. Später hatte sie in wohliger Trägheit mit einem Becher Kaffee auf *ihrer* Bank vor der Hütte in der Sonne gesessen, die aber nur ein kurzes Gastspiel gab.

Nach dem Mittagessen hatte Julia sich diesen besonderen Tag mit einer gewonnenen Schachpartie veredelt und Gravesen ihre kleine Gewinnerfaust vor die Nase gehalten. Ja, es ging ihr heute verdammt gut! Nach nun fast sechs Wochen hier in dieser Einöde. Gravesen hätte sie gern gefragt, in welchen Momenten sie die Droge jetzt noch vermisste, das wäre mal wirklich eine interessante Frage gewesen. Hätte er heute gewonnen, vielleicht hätte er sie gestellt. Nun aber war Julia dran. Sie holte sich erst einmal in aller Ruhe den nächsten Becher Kaffee und zündete sich eine Zigarette an. Dann kehrte sie zu Gravesen an den groben Holztisch zurück und betrachtete zufrieden das in der Konstellation ihres Sieges erstarrte Schachspiel.

„Okay, Gravesen", sagte sie. „Ich habe dich vernichtet."

Dem konnte er nicht widersprechen. Das Urteil *vernichtet* war natürlich übertrieben.

Sie waren inzwischen beim Du gelandet, obwohl er sich anfangs dagegen gesträubt hatte. Aber Julia hatte einfach damit begonnen, ihn konsequent zu duzen und damit seine förmliche Haltung ihr gegenüber immer weiter durchlöchert. Fast volle sechs Wochen und – vor allen Dingen – intensiv lebten sie hier auf engstem Raum zusammen und kannten sich bald besser als manches Ehepaar. Dennoch behagte es Gravesen nicht, in diesem ohnehin schon speziellen Fall immer weiter von seinen Grundsätzen abzuweichen. Sie einer Entwicklung zu opfern, die nicht berechenbar war. Zumal mit Julia und ihm zwei sehr unterschiedliche Temperamente aufeinandergeprallt waren, die sich beide ständig bewegen mussten, um miteinander klarzukommen. Er mehr als sie. Zwischen Julias bevorzugten Reaktionen wie *Scheiß drauf* oder *Mittelfinger* gab er oft und manchmal auch zu schnell nach. Dennoch verlief ihre Entwicklung unter seiner Verantwortung deutlich besser als erwartet. Trotz einiger Zwischentiefs.

„Es war ein großer Sieg!" Julias Stimme klang so feierlich, als leite sie auf einer Preisverleihung eine Dankesrede ein. „Was für ein geiles Gefühl!"

Der Triumph färbte ihre Wangen und brachte ihre Augen zum Leuchten. Unverkennbar strahlte sie wieder mehr Energie aus. Soweit konnte Gravesen mit den momentanen Fortschritten in Summe durchaus zufrieden sein.

„Bereit für meine Frage, Loser?", wollte sie wissen.

Er verschränkte die Arme vor der Brust und nickte mit unbeteiligtem Gesichtsausdruck.

Ihre Miene wirkte konzentriert, und von einer Sekunde auf die andere schien die Heiterkeit einer ernsthaften Stimmung Platz zu machen. Das hatte er befürchtet. Völlig egal, wie dezent er seine Fragen zuvor gestaltet hatte, Julia tickte anders. Er kannte sie inzwischen gut genug, um das zu wissen. Es lag in ihrer Natur zu provozieren. Es reizte sie einfach, Prinzipien zu attackieren und Grenzen zu überschreiten. Ging sie zu weit, würde er passen müssen. Dann aber wäre es mit der neu gewonnenen Leichtigkeit ihrer Beziehung schnell wieder vorbei. Dieses Risiko bestand. Sollte er den Einsatz verweigern, könnte er heute erheblich mehr verlieren als nur eine Schachpartie.

Julia beugte sich vor. Sie sah ihm fest in die Augen. Ihr Blick bekam etwas Zwingendes. Gravesen meinte zu erkennen, wie wichtig ihr die Sache war – und dass sie nicht anders konnte.

Mit ruhiger Stimme sagte sie:

„Irgendwann wird das hier vorbei sein. Irgendwann gehe ich hier weg. Weg von diesem ... Haus. Weg von dir. Dann kehre ich zurück. Wohin auch immer. Mir ist klar geworden, dass du ... mich beschützt. Es geht mir besser. Hier. Mit dir. Ehrlich! Ich kann mich gar nicht mehr daran erinnern, dass ich mal so ... ach, egal!"

Sie holte tief Luft, dann fragte sie: „Was wirst du tun, wenn ich es nicht schaffe?"

Die Frage traf Gravesen nicht unvorbereitet, aber sie hatte einen hässlichen Kern. Genau dieses Thema hatte er mit Julias Vater lange diskutiert, das Gespräch aber in der Zwischenzeit schon wieder verdrängt. Dem alten Bauer gegenüber hatte er dazu klar und unmissverständlich Position bezogen. Dass ein Rückfall Julias nicht mehr in seine Verantwortung fiele. Nach seinem Verständnis sei der Auftrag erledigt, sobald er sie entgiftet bei ihren Eltern abgeliefert hatte. Nach Bauers Verständnis aber sollte Gravesens Job weiter reichen. Der verzweifelte Vater hatte ausgiebig über das kaputte Leben der Tochter sinniert, über den Nervenkrieg mit ihr, den er und seine Frau bereits erlebt hatten. Und das seit Jahren. Die Tochter hatte zwar in derselben Stadt wie die Eltern gelebt, nur eine kurze Autofahrt entfernt, und doch in einer ganz anderen Welt voller Drogen, Prostitution und vieles mehr. Kein Vater, keine Mutter, niemand mit normalen Empfindungen wollte sein Kind so tief im Dreck stecken sehen. Da könne man nicht einfach nur tatenlos zusehen, hatte Bauer betont, wie Julia sich im freien Fall ins Verderben stürze.

Was er sich als nächsten Schritt vorstelle, hatte Gravesen von Roger Bauer wissen wollen, wenn Julias Rettung misslang und sie weiter in den Abgrund zu rutschen drohe.

Die Qual angesichts der schwindenden Optionen bei der Rettung seiner Tochter war dem Millionär deutlich anzusehen gewesen. In seinen Augen hatte sich ein furchtbarer Gedanke gezeigt. Nur ganz kurz, wie ein Blitz, der während eines Unwetters eine hässliche Fratze erhellt.

„Wenn Julia ihre Selbstzerstörung trotz allem wieder fortsetzt, droht die Familie daran zu zerbrechen", hatte Bauer mit schleppender Stimme erklärt. „Dann wird Julia uns alle mit in den Abgrund reißen. Niemand von uns will ihr dabei zusehen, wie sie sich langsam zugrunde richtet. Die Drogen und all der Schmutz drum herum ..."

„*Was* wirst du dann tun, Gravesen?", wiederholte Julia ihre Frage in seine Überlegungen hinein. Ihre Stimme klang jetzt unsicher, und Gravesen hatte das Gefühl, dass eine erste Ahnung darin mitschwang, wie erschreckend die Wahrheit sein könnte. Vielleicht bereute sie es schon, ausgerechnet diese Frage gestellt zu haben.

Die Zuversicht wich aus ihrem Blick. Ihr wurde klar, wie sehr sie Gravesen in die Enge trieb. Wie sie seinen Panzer aus Regeln, Ordnung und Diskretion durchbohrte und ihn verletzte.

Aber noch gab sich Gravesen nicht geschlagen.

„Und die Pflicht?", fragte er.

Sie warf sich stöhnend auf dem Stuhl zurück. Enttäuscht. Verärgert. Verzweifelt. Obwohl er genau so reagierte, wie sie es befürchtet hatte. Was sollte er auch antworten? Dass er den Rest seines Lebens bei ihr bliebe, egal, für welches Leben sie sich entschied. Ihr notfalls in die Hölle folgte? War das ihr Wunsch?

Mit einem Schlag hatte ihr Sieg seinen Glanz verloren.

„Dann musst du mit mir schlafen", fauchte sie böse. „Du erbärmlicher Feigling!"

Sie wich seinem Blick nicht aus. Es war ihr verdammt ernst damit, ihn zum Verlassen seiner Sicherheitszone zu zwingen. Für sie war diese Stufe der Eskalation unvermeidlich geworden. Sie waren hier nicht auf der Hochzeitsreise. Das regelmäßige Schachspielen mochte für Julia eine sinnvolle Ablenkung gewesen sein, doch am Ende war alles auf diese eine Machtprobe hinausgelaufen.

Lange blieb Gravesen wie versteinert sitzen. Diese Optionen ließen sich nach seinem Verständnis nicht gegeneinander abwägen. Sie wussten beide, worauf das Ganze hinauslief.

Julia musste einsehen, den Bogen überspannt zu haben. Wieder mal! Einfach alles auf eine Karte gesetzt. Schlüsselsituationen in ihrem Leben waren von der Unfähigkeit geprägt, auch mal Geduld zu bewahren oder Kompromisse einzugehen.

Als sie erkannte, was Gravesens Schweigen bedeutete, fegte sie das Schachbrett mit einer zornigen Handbewegung vom Tisch, den Beweis ihres Sieges, der sich gerade in eine Niederlage verwandelt hatte. Die Figuren flogen in alle Richtungen.

„Ich dachte, du wärst anders", sagte sie und musterte die schwarze Dame, die als einzige Figur auf dem Tisch überlebt hatte. „In Wirklichkeit bist du noch schlimmer als die Typen, die ich sonst so kenne. Die bezahlen mich wenigstens für jede Erniedrigung. Du bist und bleibst ein verdammtes Arschloch!"

„Weil ich nicht mit dir schlafen will?", fragte Gravesen und schnippte die schwarze Dame von der Tischplatte.

„Weil du zwischen uns keine Augenhöhe zulässt. Ich bin nur ein beschissener Job für dich. Eine Spielfigur!"

„Du verlangst zu viel. Ohne Prinzipien funktioniert das hier nicht."

„O ja, deine Scheißprinzipien! Die hatte ich ja schon fast vergessen. Du zwingst mich doch auch seit Wochen, gegen *meine* Prinzipien zu verstoßen. Hast mein ganzes Leben umgekrempelt. Mich! Du drehst mich auf links und dann laberst du was von Prinzipien. Dabei müsstest du nur einmal über deinen Schatten springen. Aber das geht natürlich nicht. Der Herr hat ja Prinzipien! Würde ich mich so verhalten wie du, käme ich nie von der

Pfeife weg. Und das will ich auch gar nicht mehr. Wofür denn? Für meine Familie? Lachhaft! Für dich? Nee, danke, das ergibt nun wirklich keinen Sinn! Weißt du was, fick dich selbst!"

Sie flüchtete in ihren gewohnten Rückzugsort, die fensterlose Kammer, in der sie schlafen und leiden konnte, und in der sie Gravesen immer noch ab und zu einschloss, um eine mögliche Flucht zu verhindern. In der aber auch ihre Intimsphäre gewahrt wurde. Meistens jedenfalls.

Nachdenklich blieb Gravesen zurück. Dieser Job zwang ihn an seine Grenzen. Ärgerlich zog er sich eine Zigarette aus Julias Schachtel und zündete sie an – er hatte schon lange nicht mehr geraucht. Versuchte sich zur Ruhe zu zwingen.

„Manchmal", hatte Roger Bauer mit Tränen in den Augen gesagt, „sterben Junkies an einer Überdosis. Ist das kein guter Tod? Zu viel von dem Zeug zu bekommen, von dem sie nicht genug kriegen können. Bevor noch Schlimmeres geschieht. Oder sie immer weiter abdriften. Wir könnten im schlimmsten Fall über eine Verdopplung Ihrer Prämie nachdenken. Wenn Sie es im Bedarfsfall so zu Ende bringen."

*Was wirst du tun, Gravesen?*

\*\*\*

Zur Begrüßung hielt sich Angelika Wiechert nicht mit Höflichkeiten auf. Sie bebte vor Wut und konnte sich kaum beherrschen. Die beiden Frauen trafen sich im selben Besprechungszimmer wie beim letzten Mal, aber von der fast schon magischen Harmonie, mit der sie sich nach dieser Begegnung getrennt hatten, war nichts geblieben. Nicht einmal das Bemühen um Verständnis. Zumindest nicht von Angelikas Seite. Sie empfing Diana mit Flüchen und Vorwürfen, als hätte sie dem zweiten Treffen nur aus diesem Grund zugestimmt. Die Ermittlungsleiterin blieb äußerlich ruhig und ertrug den Wutausbruch ohne Gegenwehr, bis er sich von selbst abschwächte. Beharrliches Schweigen entzog Angelikas Aggression jede Nahrung. Dieser rhetorische Kniff verfehlte selten seine Wirkung. Nach einer Weile erlahmte Angelikas Angriffslust, schien sie ihr Pulver verschossen zu haben, setzte sie sich erschöpft an den Tisch.

Diana blieb stehen. Schwieg weiter.

„Was zum Teufel ist da draußen passiert?", wollte Angelika in normaler Lautstärke wissen.

Gelassen betrachtete Diana ihre aufgebrachte Gesprächspartnerin. Registrierte deren schlechte Verfassung im Vergleich zum letzten Treffen. Eingefallene Gesichtszüge, fahle Haut, dunkle Ringe unter den Augen. Die Haare stumpf. Das Gesicht fleckig. Angelika roch nach Schweiß und wirkte mutlos. Hatte sich gehen lassen.

Jetzt erst gesellte sich Diana zu der Strafgefangenen an den Tisch.

„Verena hat auf zwei meiner Leute geschossen", erklärte sie. Das kam ihr noch immer schwer über die Lippen. „Eine Kollegin ist tot, ein Kollege wurde verletzt. Er musste zurückschießen. Notwehr. Durch seine Kugel ist ... Ihre Lebensgefährtin gestorben."

Angelika schüttelte den Kopf, als wolle sie nie damit aufhören.

„Das glaube ich einfach nicht. Verena schießt auf niemanden. Sie bringt keine Menschen um. Woher soll sie überhaupt eine Waffe haben? Ihr Scheißbullen habt Mist gebaut und wollt das jetzt vertuschen."

Wieder Stille.

Dann, völlig unerwartet, drosch Diana wütend mit der flachen Hand auf den Tisch, platzte ihr der Kragen wie lange nicht mehr.

„Es reicht!", schnauzte sie Angelika an, die beeindruckt zurückzuckte. Ein Wutausbruch von Null auf Hundert in wenigen Sekunden. „Es sind nicht die Scheißbullen! Es sind die Scheißkriminellen! Die Scheißjunkies! Die Scheißdurchgedrehten! Ich weiß nicht, mit welchem verdammten Plan Sie Ihre Freundin in die Freiheit geschickt haben, aber ganz offensichtlich ist da was in die Hose gegangen. Also muss es ein Scheißplan gewesen sein. Darüber sollten Sie mal nachdenken. Was immer auch Verena Haslinger da draußen getrieben haben mag, es hat nicht funktioniert, okay? Bevor man wieder alles auf uns schiebt, sollten Sie lieber mal überlegen, welchen Anteil Sie selbst an dieser Tragödie haben. Sie sind doch früher schon eine Scheißlehrerin gewesen. Da müssten Sie doch über ausreichend Verstand verfügen, um etwas selbstkritischer zu sein."

Die Stille danach war klar und frisch, wie die Luft nach einem Gewitter. Diana lehnte sich einigermaßen erleichtert zurück. Ihr ging es nicht mehr um die regelgerechte Kommunikation mit einer Strafgefangenen. Sie hatte längst den Punkt erreicht, an dem ihr viel mehr egal war, als es jemandem in ihrer Position eigentlich sein durfte. Ihre Reizbarkeit hungerte noch immer danach, Dampf abzulassen. Und irgendwie hatte sie das Gefühl, sich deshalb gerade in Angelika Wiecherts Nähe sorgloser verhalten zu können als sonst wo.

Angelika holte tief Luft und nickte. Hob beschwichtigend beide Hände zum Zeichen der Kapitulation.

„Wow! Warten Sie. Fangen wir noch mal an. Okay, ich bin wirklich wütend. Und Sie sind es auch. Ich verstehe das."

„Sie verstehen einen Scheiß", entgegnete Diana zwar bitter, aber deutlich leiser. „Die Polizistin, die von Ihrer Freundin erschossen wurde, ist ein kluges und eigenwilliges Mädchen gewesen. Trotz eines furchtbaren Schicksals hat sie jeden Tag

Vollgas gegeben, sich nie hängen lassen – bis sie eines Tages zur falschen Zeit am falschen Ort war. Wo eine Frau den Verstand verlor und in der Gegend rumballerte."

„Aber warum?", fragte Angelika ratlos. „So was geschieht doch nicht einfach so."

Diana zuckte mit den Achseln und schämte sich nicht ihrer Tränen. Beherzt wollte die Gefangene nach ihrer Hand greifen, aber die Beamtin entzog sich blitzschnell jeglicher Berührung.

Angelika lächelte unsicher und machte eine beruhigende Geste.

„Schon gut. Sorry. Ganz ehrlich, für mich ist das unfassbar, was Verena getan hat. Können Sie sich ganz sicher sein, dass es sich wirklich *so* abgespielt hat?"

Diana fuhr sich nervös durch das dichte Haar und blickte nach oben.

„Ein gelangweiltes Milchgesicht hat rauchend am Fenster gesessen, und da die jungen Leute heute ihr Handy immer parat haben, besitzen wir einen Film von der Tat. Verena Haslinger schießt zweimal auf eine unbewaffnete Ermittlerin. Und dann auch noch auf den Kollegen, bevor der sie stoppen kann. Beste Bildqualität. Ich musste mir die Szene immer wieder ansehen. Schließlich meint man, selbst dabei gewesen zu sein. Was wollen Sie noch wissen? Wie es mir geht? Ob auch ich mich schuldig fühle ... irgendwie?"

Angelika senkte den Kopf. Immer noch zeigte sich keine Träne in ihren müden Augen.

„Es tut mir leid wegen Ihrer Kollegin", beteuerte sie. „Wirklich. Aber es muss eine Vorgeschichte gegeben haben. Verena geht nicht einfach los, besorgt sich eine Waffe und schießt um sich."

„Sie ist ja auch nicht einfach losgegangen. Seit Wochen, eigentlich seit ihrer Entlassung aus dem Gefängnis, trieb sie sich herum, und keiner wusste so richtig, was sie vorhatte. Tat immer sehr geheimnisvoll. Recherchierte am Computer und löschte alle Spuren. Die versuchen unsere Experten jetzt wieder sichtbar zu machen. Telefonierte mit Prepaid Handys und ließ sich zuletzt kaum noch bei ihrer besorgten Vermieterin blicken. Auch da haben wir versucht, Spuren zu finden. Sie blieb immer öfter über Nacht weg und hat sich in Gesprächen mit der Polizei wie eine Auster verhalten."

„Warum haben Sie Verena nicht überwacht?"

„Dafür gab es keinen Grund. Ich hab's zwar mal vorgehabt, bekam das aber nicht genehmigt."

„Und dann machen Sie das auch nicht?"

„Nein, natürlich nicht. Wissen Sie, was los wäre, wenn so was herauskäme? Eine illegale Überwachung!"

„Aber wenn sie es gemacht hätten, wäre das alles vielleicht nie ..."

Diana hielt Angelika Wiechert drohend den Zeigefinger vor die Nase.

„Wagen Sie es nicht, *das* auszusprechen! Druck von oben, Druck von unten! Jeder meint, mich für alles verantwortlich machen oder belehren zu können. In meiner Position ist das vermutlich normal. Aber *Sie*, Sie werden mir keinen Fehler vorwerfen, okay? *Sie* nicht!"

Angelika verstummte, und Diana ließ langsam ihre Hand sinken.

„Wenn Sie wüssten, wie verdammt satt ich das alles habe!", murmelte die Ermittlungsleiterin.

„Ich habe zumindest eine Ahnung", entgegnete Angelika.

„Verena scheint jeden Tag etwas paranoider geworden zu sein", fuhr Diana fort. „Ihre Vermieterin hat das bestätigt. Was immer sie auch vorgehabt hat, sie war dem nicht gewachsen.

Vielleicht war auch die Freiheit an sich zu viel für sie. Die Hintergründe werden Sie besser kennen als ich."

„So? Meinen Sie?"

„Und ob ich das meine. Wissen Sie, was ich noch meine? Sie wollen mit allen Mitteln beweisen, dass Sie Ihre Jungs damals nicht vergiftet haben. Sie haben Ihre Erinnerungen aufgeschrieben und dem Anwalt Andreas Brodersen überlassen. Kurz danach verließ Ihre Freundin Verena Haslinger den Knast. Von Ihnen instruiert. Mit irgendeiner besonderen Aufgabe. Aber das ist schiefgegangen. Oder Sie haben das Mädchen damit überfordert. Es hat jedenfalls eine Katastrophe ausgelöst. Einen bösen Geist geweckt. Der begann zu morden, um sich zu schützen. Seine Identität weiter zu verheimlichen. Verena kannte ihn. Und er sie. Die Kleine war auf der Flucht und total am Ende. Jedes Geräusch löste Panik aus. Jede scheinbare Bedrohung. So war die Katastrophe unausweichlich."

Angelika hatte der Ermittlungsleiterin aufmerksam zugehört. An manchen Stellen genickt, sich immer wieder nervös die Augen gerieben. Nachdem Diana geendet hatte, sagte sie:

„Verena sollte für mich nur herausfinden, ob sich bestimmte Personen noch in Hamburg aufhalten und was sie zurzeit treiben. Fünf Namen, die nach meiner Einschätzung am ehesten für den Mord an meinen Jungs in Frage kämen. Mehr sollte sie nicht tun. Eine banale Recherche und in Deckung bleiben."

„Fünf?"

„Ja, fünf."

„Affären?"

„Und wenn?"

„Inklusive Arne Hansen?"

Angelika Wiechert nickte zögernd.

„Auch wenn ich ihm das am allerwenigsten zutraue", fügte sie nachdenklich hinzu. „Aber sein Alibi durch Sabine war oberfaul. Ich bin mir jedenfalls sicher, dass die vor Gericht gelogen hat. Ich kannte sie gut genug, um das sofort zu merken."

Diana nickte mit Nachdruck.

„Zu Hansen hat Verena nachweißlich Kontakt aufgenommen. Sie war sogar bei ihm im Fitness-Studio. Scheint ihn unter Druck gesetzt zu haben. Diese Spur konnten wir bereits nachvollziehen. Ich wollte sie dazu verhören. Deshalb sollten meine Leute sie aufspüren und zu mir bringen."

Angelika seufzte schwer.

„Himmel, was hat sie sich nur dabei gedacht?"

Das werden Sie besser wissen als ich, denn Sie kannten Verena, hätten wissen müssen, wo ihre Grenzen sind."

Angelika schüttelte bekümmert den Kopf.

„Ich kannte sie nur hier in Gefangenschaft. Wie hätte ich wissen sollen, wie sie draußen tickt?"

„Jetzt wissen wir's leider alle. Wie eine Zeitbombe. Diana streckte eine Hand aus. „Geben Sie mir die Namen?"

Angelika zog einen gefalteten Zettel aus ihrer Sporthose und reichte ihn, ein wenig zögerlich, Diana … ohne etwas zu sagen, einfach so. Die nahm ihn und stopfte ihn ungelesen in die Tasche ihrer Weste.

„Sie wird zu allen fünf Männern Kontakt aufgenommen haben", vermutete die Ermittlungsleiterin. „Hat sie bedrängt. Aufgeschreckt. Vielleicht gedroht. Einer von ihnen könnte ein Monster sein, sie hat es geweckt. Vorausgesetzt, es gab in dieser Geschichte den großen Unbekannten."

„Alles ist möglich, nicht wahr?"

„Aber wie wäre denn Ihr Plan gewesen?", wollte Diana wissen.

„Mit der Veröffentlichung Ihrer Lebensgeschichte den

möglichen Mörder Ihrer Kinder bloßstellen? Das ist doch Wahnsinn! Warum haben Sie nicht einfach die Staatsanwaltschaft eingebunden? Über Ihren Anwalt wär das alles möglich gewesen."

Angelika winkte ab.

„Ich kenne doch den Mörder nicht. Alles basiert auf Spekulationen. Ich habe das aufgeschrieben, was ich weiß und wie ich mein Leben gelebt habe. Natürlich habe ich minutiös den Tag beschrieben, an dem ich meine Söhne verlor. Sie wissen, wie dieser Morgen ablief! Wenn nicht Sie, wer dann? Alle Namen habe ich in meinen Aufzeichnungen verändert. Habe aber niemanden geschont. Mich am allerwenigsten. Gnadenlos ehrlich und offen, verstehen Sie?"

„Aber warum? Und warum gerade jetzt?"

„Sie stellen die richtigen Fragen zum falschen Zeitpunkt."

„Weil Sie mir noch immer was verheimlichen."

„Sie wissen das, was Sie wissen müssen. Was spielt es für eine Rolle, warum ich gerade jetzt Bilanz ziehen möchte? Ich bin hier gefangen. Hinter Gittern ist es schwer, dem Leben einen Sinn abzutrotzen, verstehen Sie? Sich jeden Morgen zu motivieren."

„War es denn wenigstens eine gute Geschichte?", fragte Diana zögernd. „Ich meine das Leben, bevor Ihre Söhne starben."

Unschlüssig bewegte Angelika den Kopf hin und her.

„Wenn man anfängt, sich damit zu beschäftigen, versetzt es einen zunächst in eine positive Aufbruchstimmung. Im Kopf ist alles wunderbar und stimmig. Aber auf dem Papier ..."

Sie betrachtete nervös ihre makellosen Hände und umschloss dann fröstelnd ihren Oberkörper mit den Armen.

„Seit einiger Zeit versucht dieser Journalist mit mir Kontakt aufzunehmen. Eric Teubner. Schon mal gehört von dem? Der will tatsächlich ein richtiges Buch über mich schreiben."

„Hab ich am Rande mitgekriegt."

„Noch halte ich ihn mir vom Leib. Aber ich hab jetzt mal ein Buch von ihm gelesen und fand es ziemlich ergreifend. Der könnte bestimmt was Gutes aus meinem Leben machen."

„Dann reden Sie mit ihm. Es gibt kein Gesetz, das es verbietet."

„Im Augenblick passt es noch nicht."

Aus müden Augen starrte Angelika vor sich auf die Tischplatte.

„Ich müsste wieder bei null beginnen. Keine Ahnung, ob ich dafür noch mal die Kraft aufbringe."

Resignierend schüttelte sie den Kopf.

„Haben Sie mir sonst noch was zu sagen?", wollte Diana wissen und machte Anstalten, sich zu erheben.

„Sie haben fünf Namen", entgegnete Angelika. „Finden Sie den Mörder. Erst, wenn Sie diesen Fall gelöst haben, liefere ich Ihnen noch eine Schlusspointe, okay?"

„Eine Schlusspointe?" Diana war sofort misstrauisch. „Wenn Sie den Mörder kennen, nennen Sie mir doch einfach seinen Namen. Irgendwelche Spielchen können wir uns nun wirklich nicht mehr erlauben."

„Ich schwöre Ihnen, ich weiß nicht, wer es war. Jeder von den Fünfen könnte es gewesen sein. Aus verschiedenen Gründen. Zusätzlich zu meinen Lebenserinnerungen habe ich fünf verschiedene fiktive Theorien verfasst. Mit fünf verschiedenen Mördern. Diese Aufzeichnungen waren für Brodersen gedacht, als mögliche Grundlage für ein Wiederaufnahmeverfahren. Er hat die Idee gut gefunden. Andy war clever und mutig. Bereit für neue Wege. Überzeugt von meiner Unschuld."

„Warum haben Sie ihm dann nicht gleich alles überlassen? Sie haben Verena eingebunden. Sie überfordert ..."

„Haben Sie in Ihrem Leben nie Fehler gemacht, verdammt? Ich hatte Verena während unserer Haft viel über mein Leben erzählt.

Die Kleine brannte darauf, für meine Rehabilitation zu kämpfen. Sie wollte unbedingt helfen. Glauben Sie mir, sie war ein gutes Mädchen, egal, was sie getan hat."

Diana mochte das nicht weiter kommentieren. Sie hatte jetzt wichtige Informationen in der Tasche, würde ihrem Team so schnell wie möglich neues Leben einhauchen. Wegen Miriams Tod und Michas Verletzung hatte sie zusätzliche Unterstützung aus anderen Bereichen angefordert, die aber noch nicht verfügbar war. Sie mussten weitermachen. Diese Mordserie endlich aufklären.

„Besuchen Sie mich wieder?", fragte Angelika zum Abschied.

Diana lächelte grimmig.

„Glauben Sie, ich lass mir die versprochene Schlusspointe entgehen?"

***

In den letzten Wochen hatte Marlene Bauer mit der Malerei eine Vorstufe zur Besessenheit erreicht. Das Hobby ermöglichte Fluchtwege aus der Wirklichkeit, die sie dankbar annahm. Die kreative Phase blieb düster, führte aber künstlerisch zu bemerkenswerten Ergebnissen. Marlene erkannte das, und sogar ihr Mann registrierte die Entwicklung. Erstaunlicherweise plagten sie jetzt, da Julia in einem überwachtem Zwangsentzug steckte, mehr Sorgen als zuvor. Dieser Kummer beflügelte die Fantasie. Das Malen half ihr, die nagende Ungewissheit besser zu ertragen, die Leinwand bot eine Verfremdung der Wirklichkeit.

Seit sechs Wochen fehlte jedes Lebenszeichen von Julia. Ging's ihr schlecht? Ging's ihr gut? War da ein Hoffnungsschimmer für einen neuen Anfang sichtbar geworden? Oder drohte ein erneutes Ende? Im Gegensatz zu Marlene schien sich ihr Mann nicht die geringsten Sorgen zu machen, und in den wenigen Momenten, in denen sich die beiden in der Villa über den Weg liefen, zeigte er sich jedes Mal erstaunt über ihre Nervosität.

„Keine Nachricht ist die gute Nachricht", versuchte er sie zu beruhigen, als sie in der Küche eine Schüssel frischen Salat anrichtete, während er die Lebensmittelbestände prüfte. Er kaufte mit Vorliebe auf dem Isemarkt ein, da war ihm der längere Anfahrtsweg von Falkenstein aus egal. Diese Einkaufstouren boten nach seinem Empfinden die Gelegenheit, einfach mal in angenehme Hamburger Alltäglichkeit abzutauchen, als normaler Mensch unter normalen Menschen. Frei aller Verpflichtungen und Termine über den Markt zu schlendern, in aller Ruhe Waren begutachten und nette Verkaufsgespräche führen zu können. Solche Gelegenheiten ergaben sich für ihn selten genug.

Früher, als sie noch jünger gewesen waren, hatte er zum Markt gelegentlich die Mädchen mitgenommen. Corinna, Sybille und ... Julia, immer wieder mal Komplimente erhalten, für *die seuten Deerns*.

Marlenes Stimme holte ihn aus den vergangenen Zeiten zurück.

„Ich teile deine Zuversicht nicht. Wir hören nichts, also wissen wir auch nichts. Du hättest vereinbaren müssen, dass sich dieser Gravesen wenigstens regelmäßig mit einem detaillierten Bericht bei uns zu melden hat. Wir sind die Eltern. Wir bezahlen alles. Wir können das verlangen."

Roger machte einige Häkchen auf seiner Liste, arbeitete mit derselben Sorgfalt, mit der er millionenschwere Deals einfädelte. Ob er sich mit wichtigen Verträgen beschäftigte oder mit einer Einkaufsliste, jede Aufgabe wurde mit höchster Konzentration erledigt.

Seine Frau unterbrach das Zerteilen von Tomaten und warf ihm einen skeptischen Blick zu. Wollte wissen, was er da eigentlich triebe. Er teilte ihr mit, wieder mal auf dem Isemarkt einkaufen zu wollen. Darauf reagierte sie mit einem spöttischen Lächeln. Dieses wachsende Unverständnis für die jeweiligen Eigenarten, anfangs so sympathisch und liebenswert, am Ende nur noch unverständlich und störend: Wenn sie ihre Bilder malte, ihr Mann weit entfernte Wochenmärkte tu besuchen pflegte ...

„Warum lässt du mich nicht einfach mal in Ruhe?", fragte er ohne aufzusehen. Da hatte sie noch keine Kritik geäußert.

„Wir können das Reden ja ganz einstellen", schlug sie vor. „Ich male meine Bilder, und du vögelst das neue Hausmädchen oder kaufst auf einem Wochenmarkt in Eppendorf ein."

„Das ist völliger Quatsch!"

„Dass du unsere Haushaltshilfe vögelst?"

„Der Isemarkt gehört nicht zu Eppendorf, sondern zu Harvestehude."

„Meinst du, dass mich das irgendwie interessiert?"

Er unterbrach seine Notizen und warf ihr einen leidgeprüften Blick zu.

„Wollten wir nicht Frieden halten und uns zusammen darauf vorbereiten, Julia nach dem Entzug mit aller Kraft zu unterstützen?"

Marlene stoppte ein zweites Mal die Arbeit. Sie legte das Messer und eine halb verarbeitete Salatgurke beiseite und setzte sich auf einen hochbeinigen Hocker neben dem Küchentresen. Mit einem Geschirrhandtuch trocknete sie ihre Hände, schien gar nicht mehr damit aufhören zu wollen.

„Ich glaub, ich schaff das nicht", murmelte sie und starrte ins Nichts.

Roger betrachtete sie von der Seite.

Was war jetzt schon wieder? Erst hatte sie bereits während des Entzugs keine Minute von Julias Seite weichen wollen, was er ihr mühsam ausgeredet hatte. Und jetzt diese Zweifel?

„Hast du etwa keine?", fragte sie.

„Nein!"

„Was, wenn sie gleich wieder abhaut? Oder gar nicht erst zu uns will? Wenn sie sich sofort wieder diese verdammte Droge besorgt? Uns beschimpft? Uns verachtet. Durchdreht? Wenn die ganze Mühe umsonst war?"

„Alles möglich", stimmte Roger zu. „Aber wir haben jetzt erst mal überhaupt was getan, verstehst du? Wir haben versucht, Julias freien Fall aufzuhalten. Zwar mit ungewöhnlichen Mitteln, das will ich gar nicht bestreiten, aber freiwillig hätte unsere Tochter keinen Entzug gemacht."

„Hast du sie gefragt?"

„Du vielleicht?"

„Du hast unser Mädchen einem wildfremden Mann ausgeliefert", sagte Marlene, und hilflose Traurigkeit sickerte wieder in ihre Stimme.

Roger stöhnte. Warum drehten sie sich in ihren Gesprächen nur immer wieder im Kreis?

„Um das Geld für ihre Drogen zu verdienen, hat sich deine Tochter von irgendwelchen wildfremden Männern bumsen lassen. Und nicht nur von *wildfremden* Männern, verdammt!"

Marlene bewegte den Kopf hin und her und hätte sich am liebsten die Ohren zugehalten. Sie wollte das nicht hören, selbst wenn es der Wahrheit entsprach. Aber genau diese drastischen Bilder waren es, die ihre kreative Phase befruchteten, und an Ideen für neue Motive mangelte es ihr augenblicklich nicht. Am liebsten hätte sie den Salat und das Gespräch einfach unbeendet zurückgelassen, um wieder in ihr Atelier zu verschwinden. Sich kreativ gegen alles zu stemmen, was sie nicht an sich heranlassen wollte.

Im selben Moment meldete sich Rogers Smartphone. Für ihn die ideale Unterbrechung. Er zerrte es fast dankbar aus der Hosentasche und registrierte Corinnas vertraute Nummer.

„Hallo, mein Schatz", meldete er sich sanft.

Die Stimme seiner ältesten Tochter klang anders als sonst, beinahe fremd.

„Papa", stieß sie hervor. „Papa! Es gibt Probleme."

Roger wurde hellhörig.

„Was ist los?", wollte er wissen, den alarmierten Blick seiner Frau ignorierend. Beruhigend hob er die Hand in Richtung Marlene, obwohl er selbst alles andere als ruhig war. Über *Probleme* redete Corinna normalerweise nicht. Sie löste sie.

„Papa", Corinna weinte. „Ich handele nur auf Anweisung. Gleich erhältst du ein Foto. Bitte bleib ruhig und verlier nicht die Nerven. Ich wurde gezwungen. Die wollen dir beweisen, wie ernst es ihnen ist, verstehst du?"

„Ich verstehe überhaupt nichts", erwiderte Bauer. „Wer will was? Was soll das?"

Marlene wollte zu ihm kommen, aber er hielt sie mit ausgestrecktem Arm auf Distanz und drehte sich von ihr weg. In ihrer panischen Nähe konnte er erst recht keinen kühlen Kopf bewahren, und der schien jetzt mehr als angebracht zu sein. Das Foto kam, er warf nur einen kurzen Blick darauf. Dann verlor er völlig die Fassung. Vorübergehend. Es fiel ihm schwer, sich einigermaßen zu beruhigen.

„Wer hat dir das angetan, mein Mädchen?", flüsterte er und hatte das Gefühl, das ihn seine Tochter direkt aus der Hölle anrief. Dass er mit dieser Reaktion auch seine Frau in

Alarmbereitschaft versetzte, war unvermeidlich. Er fühlte sich machtlos, während ihm zugleich das Adrenalin durch die Adern rauschte. Spontane Gedanken, wie er Corinna retten könnte, vermischten sich mit Gewaltfantasien eines gnadenlosen Rachefeldzugs. Die Bestien, die seiner Tochter dieses Leid zugefügt hatten, von denen sie derart brutal gedemütigt worden war, würde er bis ans Ende der Welt verfolgen lassen, um sie ihrer Strafe zuzuführen. Aber keiner *gerechten* Strafe im Sinne der Rechtsprechung.

„Was ist mit Corinna?!" Marlene bedrängte ihn aufgeregt und versuchte, an sein Smartphone zu gelangen. Roger schubste sie weg und presste das Handy wieder ans Ohr.

„Was sollen wir tun, Schatz? Sag mir, was wir tun sollen!"

„Julia", flüsterte Corinna tränenerstickt. „Julia muss kommen. Bitte. Es geht nicht anders. In die Wohnung in St. Georg."

„Bist du dort? In der Wohnung?"

„Ja."

„Wer noch? Wer sind diese Schweine, die dir das angetan haben?"

„Papa!", schluchzte sie. „Papa, ich darf nichts sagen. Sie würden mir dann noch mal ... Julia muss kommen. Beeilt euch! Bitte. Ich werde ... ich weiß nicht, wie es weitergeht. Wann kann sie da sein?"

Erneut wurde sie von einem Weinkrampf erschüttert.

„Wenn du die Polizei rufst", fuhr sie fort, nachdem sie sich wieder beruhigt hatte, „werden sie was noch Schlimmeres mit mir machen."

Das Gespräch brach ab, und Roger starrte ungläubig sein verstummtes Handy an. Er konnte nicht begreifen, warum das Schicksal ihn und Marlene nach der jahrelangen Leidenszeit wegen Julia jetzt noch härter bestrafte. Er dachte an das

Naheliegende: Corinna hatte Nico in der Wohnung in St. Georg aufgesucht, ihn aufgefordert, die Wohnung zu verlassen, und der Psychopath war durchgedreht und hatte sie als Geisel genommen. Seine brave und gutmütige Tochter zu diesem abartigen Foto gezwungen. Keine Polizei? Er war ratlos. Aber eins war klar. Dass er sofort mit Gravesen sprechen musste. Denn wie es aussah, konnte nur noch Julia ihre Schwester retten. Sie musste! Das war ihre Chance, endlich etwas für die Familie zu tun, nachdem die Familie ...

Marlene startete den nächsten verzweifelten Angriff auf ihren Mann, um endlich zu erfahren, was los war. Sie ertrug sein bestürztes Schweigen nicht mehr.

„Schluss mit dieser Geheimniskrämerei", schrie sie ihn an und boxte mehrmals gegen seinen Oberarm. „Du sagst mir jetzt sofort, was mit Corinna ist!"

Er schob sie wieder etwas von sich weg, behutsamer jetzt, verständnisvoller.

„Corinna ist in unserer Wohnung in St. Georg", erklärter er mit belegter Stimme, während er überlegte, wo er die Notnummer von Gravesen aufbewahrte. Kramte schon in seinen Taschen danach, während er Marlene über die nächste Hiobsbotschaft im Leben der Bauers aufklärte. „Offensichtlich hat sie dieser verrückte Nico in seiner Gewalt und will jetzt unbedingt Julia sehen."

„Ruf sofort die Polizei!", forderte Marlene ihn auf.

Nein! Er wollte jetzt nichts überstürzen. Das könnte schlimme Folgen haben. Sie müssten jetzt kluge Entscheidungen treffen.

„Kluge Entscheidungen?" Marlene lachte bitter. „Zwei unserer Töchter stecken in höchster Gefahr, und du willst über kluge Entscheidungen nachdenken? Hast du sie noch alle? Ich ruf die Polizei!"

Da packte er Marlene an beiden Oberarmen und schüttelte sie unbeherrscht. Zum ersten Mal in seinem Leben stand Roger Bauer kurz davor, seine Frau zu schlagen. Sie versuchte, sich aus seinem groben Griff zu befreien und ging, kaum dass er sie losließ, wimmernd zu Boden. Er zerrte sie wieder hoch und schüttelte sie erneut. Angesichts ihrer Tränen schämte er sich und versuchte, sie zu umarmen und zu trösten, aber sie wehrte sich verbissen dagegen und stieß ihn weg.

„Dieser Nico ist zu allem fähig", sagte er. „Davon müssen wir ausgehen. Wenn du die Polizei rufst, wird er Corinna vielleicht sogar umbringen. Dann bist du schuld. Willst du das?"

„Was willst du denn?"

Schweratmend umklammerte sie sich mit beiden Armen und konnte dennoch das Zittern am ganzen Körper nicht verhindern.

„Ich habe eine Notfallnummer, unter der ich Gravesen erreichen kann. Er muss mit Julia kommen. Sofort."

„Eine Notfallnummer? Eine Notfallnummer?!" Sie starrte ihn ungläubig an. „Du verdammter ... die ganze Zeit verschweigst du mir das? Ich hätte dort jederzeit anrufen können! Du ahnst ja nicht, wie ich dich hasse! Wenn wir das alles überstanden haben, werde ich dich endgültig verlassen ... Scheiße!"

Weinend rannte sie aus der Küche.

Endlich fand er die Telefonnummer.

„Wenn wir das alles überstanden haben, wird mir alles andere so was von egal sein", rief er ihr hinterher, während er hastig wählte. Vielleicht würde er ins Kloster gehen. Oder den Jakobsweg von Anfang bis Ende wandern. Oder sich eine angemessene Buße auferlegen, wenn ihnen das Schicksal jetzt nur beistünde, und er beide Töchter unbeschadet ...

Statt Gravesen meldete sich eine fremde Männerstimme. Aber die junge Männerstimme versprach, Gravesen sofort zu informieren. Roger würde in der nächsten halben Stunde einen Anruf erhalten.


## Kapitel 20: Befreiung

Die umfangreiche Akte landete wie aus dem Nichts vor Jürgens auf dem Schreibtisch. Als der schwere Packen direkt zwischen seine Gedanken knallte, hob der in Gedanken versunkene Ermittler erschrocken den Kopf. Die Chefin stand wie ein Denkmal neben seinem Schreibtisch. Sweatshirt, Strickjacke und Jeans, dazu der vermeintlich schläfrige Blick, dem nie etwas entging.

Es sei die beeindruckende Akte zu einem der fünf Namen, die sie von Angelika Wiechert bekommen habe, erklärte sie Jürgens. Den Burschen wolle sie sich mit ihm zusammen so schnell wie möglich vornehmen. Kein unbeschriebenes Blatt, das werde Jürgens der Akte schnell entnehmen können. Er solle in diese Psyche eintauchen. Sich bei Gesprächsbedarf bei ihr melden. Sie wolle diesem Burschen so schnell wie möglich einen Besuch abstatten. Nach Abarbeitung der höheren Prioritäten selbstverständlich. Okay?

Er nickte bedächtig.

Sie schenkte ihm ein kurzes, nichtssagendes Lächeln und rauschte davon. Seit sie mit Jürgens in der Klinik gewesen war, verhielt sie sich ihm gegenüber betont reserviert. Vielleicht bereute sie es inzwischen, ihm dieses Geheimnis offenbart zu haben. Damit hatte sie ihm eine ganz besondere Tür geöffnet. Ihn teilhaben lassen. Ihn mitgenommen. Möglicherweise hatte er nicht so reagiert, wie sie es sich erhofft hatte. Genau genommen hatte er gar nicht reagiert. Er hatte nur dagestanden und fasziniert Miriam Franke angestarrt, besser gesagt, ihr Ebenbild. Eine schlafende Miriam mit langem Haar, sehr blass, sehr schmal. Dornröschen im Todesschlaf. Tatsächlich eine Szenerie wie im Märchen. Nur dass Dornröschen ärztlich versorgt wurde. Die ganze Situation war Jürgens unwirklich vorgekommen, einem Schock sehr ähnlich gewesen. So plötzlich vor einer Person zu stehen, die seiner verstorbenen Kollegin dermaßen ähnelte; als sei Miriam wieder auferstanden.

Später hatte ihn die Chefin mit der Geschichte vertraut gemacht, die dahintersteckte, denn es gab natürlich kein Wunder, durch das Miriam Franke überlebt hatte.

„Das ist ihre jüngere Schwester Karen", erklärte Diana auf dem Rückweg zum Parkplatz vor der Klinik. „Die Ähnlichkeit ist frappierend, nicht wahr? Um hinter dieses Familiengeheimnis zu kommen, habe ich meine Beziehungen ausreizen müssen. Man konnte ja immer so was spüren, einen tiefen Kummer, den Miriam mit sich herumschleppte. Ich wollte herausfinden, was dieses Mädchen so traurig machte."

Dabei ging es um die Miriam vor etwas über zwei Jahren, fröhlich, unbeschwert und mit schulterlangem Haar. Glücklich verliebt. Kurz vor ihrer Hochzeit auf dem Weg zu einem Familientreffen. Einem gemeinsamen Essen. Sie saß am Steuer. Auf dem Beifahrersitz ihr Verlobter, Robby. Auf der Rückbank zog sich lachend Miriams Schwester Karen um, tauschte das Kostüm einer Bankangestellten gegen lässige Freizeitkleidung aus.

Der Fahrer des Kleintransporters, der ihnen auf freier Strecke entgegenkam, hatte einen nervenaufreibenden Tag hinter sich. Ärger in der Firma und noch mehr Ärger mit seiner Frau. Sie drohte mit Scheidung und bereitete schon den Auszug mit den beiden Kindern vor. Das Smartphone am Ohr, eine Zigarette zwischen den Lippen, und im Autoradio ein mieser Song, den er in seiner Stimmung nicht auch noch ertragen konnte. Manchmal reicht eine kurze Unachtsamkeit in einer Situation, in der die Sinne sowieso nicht so reibungslos funktionieren wie sonst. Die Suche nach einem anderen Sender. Rauch, der ins Auge kommt. Während die Ehefrau am Telefon den ganzen Frust rauslässt, weil ein attraktiver Mittelstürmer aus der Bezirksliga eben doch kein Garant für eine glückliche Zukunft ist.

Das *traurige* Auto krachte frontal in das *fröhliche* Auto. Robby starb direkt durch den Aufprall. Der Fahrer des Kleintransporters am Folgetag in der Klinik. Karen Franke zog sich schwerste Kopfverletzungen zu und musste nach einer Notoperation in ein künstliches Koma versetzt werden, aus dem sie bis heute nicht erwacht war. Nur Miriam überlebte den Unfall körperlich nahezu unverletzt, aber mit zerschmetterter Seele und dem Gefühl ewiger Schuld. Obwohl die Experten und Gutachter dem Fahrer des Lieferwagens die Alleinschuld gaben, weil er überraschend auf die Gegenspur geraten war, und das bei deutlich überhöhtem Tempo, ließ sich Miriam nicht davon abbringen, aufgrund der gelösten Stimmung im Auto abgelenkt gewesen zu sein. Das hätte ihr Reaktionsvermögen beeinträchtigt. Unter anderen Umständen hätte sie vielleicht noch das Schlimmste verhindern können. Als die sichere Fahrerin, für die sie sich hielt.

Kurz vor dem Aufprall hatte sie dem Fahrer des anderen Wagens in die Augen gesehen. Der Schock, als klar wurde, dass die Tragödie nicht mehr zu verhindern war. Robbys Hand in ihrem Nacken, der Daumen sanft über die Stelle streichend, die ihr eine wohlige Gänsehaut verursachte. Der letzte Kontakt. Die letzte Berührung. Und Karen, die auf der Rückbank unentwegt kicherte, weil sie trotz größter Mühe nicht die Leinenhose nach oben gezogen bekam.

Danach war Miriam lange in Therapie und dienstunfähig gewesen, bevor sie in Dianas Team bei der Mordkommission einen neuen Anfang wagte. Sie war kurz vor Diana zum Team gestoßen. Kannte niemanden. Wirkte reserviert. Kniete sich mit Tunnelblick in jede sich bietende Aufgabe, um alles andere auszublenden. Still, fast abweisend.

Und Karen Franke? Die Eltern hatten dafür gesorgt, dass die jüngere Tochter in eine Privatklinik in der Nähe ihres Hauses verlegt wurde, wo weiter eine bestmögliche Pflege gewährleistet blieb. Das sicherten sie mit einer großzügigen Spende an die Klinik ab, die einen großen Teil ihrer finanziellen Rücklagen abschmolz.

Seitdem hatte Miriam im Wechsel mit den Eltern nahezu jede verfügbare Minute ihrer Freizeit am Bett der Schwester verbracht. Pflege, Vorlesen, Erzählen, einfach nur da sein. Nähe geben. Beten.

„Manchmal ist es wichtig, die besonderen Lebensumstände eines Menschen zu kennen", hatte Diana mit bitterer Stimme zu Jürgens gesagt, aber in diesem Moment war ihm das selbst längst klar geworden. Da lief in seinem Kopf der ganze Film seiner gescheiterten Zusammenarbeit mit Miriam rückwärts ab. Jedes verdammte Missverständnis, jedes falsche Wort, all die Zwistigkeiten und Sticheleien, bekamen nachträglich einen anderen Rahmen, eine andere Gewichtung. Und Jürgens schämte sich der Rolle, die er in dieser Rückschau gespielt hatte.

Bis heute fühlte er sich von der Wucht dieser Erkenntnis angeschlagen. Mit dem Wissen über Miriams Leben hätten sich alle aus dem Team auf Zehenspitzen um sie herumbewegt, hätten ihr jede Last abgenommen und für jede ihrer Launen Verständnis gezeigt.

Warum hatte sie nie ein Wort gesagt?

„Sie wird ihre Gründe gehabt haben", meinte Diana.

Während der Rückfahrt hatte Jürgens verbissen geschwiegen. Natürlich war ihm vieles klar geworden. Die Einsichten waren zwangsläufig gekommen. Die überraschende Konfrontation mit Miriams Spiegelbild hatte genau die Stimmung in ihm ausgelöst, die von der Chefin wohl beabsichtigt gewesen war. Er hatte die bisher brutalste Lektion seines Lebens gelernt.

Wozu also noch groß darüber reden?

Während seine Chefin den Wagen quer durch Hamburg lenkte, schwieg er lange. Dann aber begann er doch zu sprechen, zumal die Chefin zweifellos darauf wartete.

Er habe es kapiert. Aber was solle er jetzt tun? Vielleicht hätte er wenigstens eine Vorahnung haben können. Aber gewusst habe es niemand. Die Chefin nicht, er nicht. Keiner aus dem Team.

„Ich mache Ihnen doch keine Vorwürfe", entgegnete Diana.

„Sie werden sich trotzdem denken können, wie beschissen ich mich jetzt fühle. Genau das wollten Sie doch!"

„O nein, mein Lieber. Darum geht es hier nicht!"

Mehr aber sagte sie nicht. Und Jürgens fragte nicht weiter, obwohl es ihn schon interessierte, worum es bei dieser Sache denn dann überhaupt ginge, wenn nicht um seine Läuterung.

Nachträglich brummte ihm die Frage immer wieder wie eine Fliege durch den Kopf. Worum war es denn überhaupt gegangen, bei diesem bizarren Trip? Jürgens starrte an seinem Schreibtisch sitzend feindselig die umfangreiche Akte auf seinem Schreibtisch an und fragte sich, ob es nicht sinnvoller wäre, eine Versetzung anzustreben. Im Einflussbereich der Chefin fühlte er sich langsam wie ein Hund, der nach allen Regeln der Kunst abgerichtet wurde. Als normales Verhältnis ließ sich das jedenfalls nicht mehr bezeichnen. Die Vorstellung, in Kürze einen möglichen Tatverdächtigen mit ihr aufsuchen zu müssen, beunruhigte ihn. Sie waren kein Team. Die Laufwege passten nicht. Diana Krause marschierte am liebsten energisch vorweg, und er musste irgendwie mit ihr Schritt halten. Sie redete. Er hörte zu. Sie hatte ihre Stimmungen. Er stellte sich darauf ein. Das Schicksal Miriams und ihrer Schwester ließ die Tragödie der getöteten Kollegin noch dunkler und unerträglicher werden. Die Geschichte zerriss ihm das Herz. Er litt unter der wachsenden Last, sich für all das verantwortlich zu fühlen; für viel mehr, als er bewältigen konnte. Wie sollte er da im Dienst jemals wieder einwandfrei funktionieren? Mit wem konnte er darüber sprechen? Mit seinem vermögenden Vater war er zerstritten. Seine Stiefmutter war ihm noch gleichgültiger als er ihr. Die wenigen Freunde aus besseren Zeiten waren in alle Winde zerstreut. Der Kollegenkreis nett, ja, aber mehr nicht. Und die Chefin? An manchen Tagen erregte ihn ihre dominante Art. An anderen Tagen wünschte er sie zum Teufel. Er konnte sich vorstellen, mit ihr ein leidenschaftliches Verhältnis zu beginnen. Ebenso verlockend aber war gelegentlich auch der Gedanke, ihr den Hals umzudrehen.

Gestern Abend hatte Jürgens bei Micha angerufen, sich nach seinem Befinden erkundigt. Er hatte sich durch ein anstrengendes Gespräch mit dem wortkargen Kollegen gequält, der bereits in der Reha weilte, in Niedersachsen, in einem Kaff, dessen Namen Jürgens nach dem Telefonat gleich wieder vergessen hatte. Es gehe ihm gut, hatte Micha versichert. Er mache Fortschritte. Aber das, was Jürgens viel mehr interessierte, war zu seinem Leidwesen nicht zur Sprache gekommen. Er hätte gern etwas über die letzten Minuten in Miriams Leben erfahren. Als sie neben Micha im Auto gesessen hatte und beide noch dachten, es wäre ein Einsatz wie jeder andere. Wie Miriam drauf gewesen war. Ob es ihr gut ging, kurz ... davor. Ob sie während der Zeit, in der sie mit Micha unterwegs gewesen war, jemals über ihre Zusammenarbeit mit Jürgens geredet hatte. Welch ein Vollidiot er gewesen wäre. Sogar ein Schwein. Ein mieser Kollege. Es quälte ihn, dass sie vermutlich mit diesem Bild von ihm gestorben war. Und dann immer wieder Miriams Unfall! Das hatte ihm den Rest gegeben. O nein, er war kein Superbulle. Kein kerniger Typ, an dem alles abprallte. Als ihm vor Jahren in kürzester Zeit wegen eines Virus die Haare ausgefallen waren, hatte er über Selbstmord nachgedacht. Der Job bei der Mordkommission war für ihn sowieso immer nur ein Job gewesen. Diana Krause schien das anders zu sehen. Schien mehr zu erwarten. Mehr zu fordern. Mehr als hundert Prozent Einsatzwillen. Sie wünschte sich Ermittler, für die der Job alles war. Aber das funktionierte nur, wenn sie kein Privatleben mehr hatten – oder keines mehr wollten.

Seufzend öffnete Jürgens die Akte und machte sich mit der Vita eines Kleinkriminellen vertraut, dessen Weg sich irgendwann mal mit dem von Angelika Wiechert gekreuzt haben musste. Auf den ersten Blick passte da nichts zusammen. Das machte die Sache wenigstens interessant. Er musste in den Unterlagen sehr weit zurückgehen, bis es spannend wurde und seine Neugier erwachte.

***

„Fertig!" Lisa ließ sich in den Sessel neben Erics Schreibtisch fallen. Er hockte mit krummen Rücken ohne zu schreiben vor dem aufgeklappten Notebook, in irgendwelche Gedanken vertieft,

aus denen er sich nur mühsam zu lösen vermochte, den Blick auf Lisa richtend, als sehe er sie zum ersten Mal.
Was?
„Ich sagte, ich bin fertig. Mit dem Drehbuch. Für *Blue Note Girl*. Doch noch termingerecht."
Von diesem Projekt hatte er sich inzwischen weit entfernt, da fiel es ihm schwer, auf Lisas Erfolg angemessen zu reagieren. Wenn er ehrlich war, interessierte ihn weder das Drehbuch noch der TV-Zweiteiler, der auf dieser Grundlage entstehen sollte.
„Großartig", sagte er, klang dabei, als sei ihm die Bedeutung des Wortes völlig fremd.
Glücklicherweise hatte sich Lisa an seine Launen gewöhnt. Die aktuelle Stimmung hatte einen nachvollziehbaren Hintergrund. Er hatte kürzlich einen Schusswechsel mit Todesfolge auf offener Straße aus nächster Nähe miterleben müssen. Im Fernsehen waren Berichte über das Ereignis gesendet worden. Netz und Zeitungen boten Hintergrundinformationen. Sogar ein stellenweise verpixelter Film über die Tat war gezeigt worden. Nichts blieb der *Youtube*-Generation verborgen. Am Ende waren zwei Leben ausgelöscht, ohne Klärung der Schuldfrage nach herkömmlichen Mustern. Den Grund ihrer Schüsse auf zwei Ermittler, hatte die junge Frau angeblich als Geheimnis mit ins Grab genommen. Zumindest war es so von der verantwortlichen Leiterin der Mordkommission im Fernsehen gegenüber einem Reporter geäußert worden.
„Wirst du das Buch über die Wiechert jetzt aufgeben?", wollte Lisa wissen. Das war kaum anzunehmen, aber sie musste Eric endlich aus der Reserve locken. Zuletzt hatte er nichts mehr über seine Pläne verlauten lassen. Während sie diszipliniert und nach festem Zeitplan ihr tägliches Arbeitspensum abgespult hatte, verhielt er sich beim Schreiben unbeständig. Seinen kreativen

Schüben unterwarf er sich mit Übereifer. Da konnte er bis zu zehn Stunden ohne Pause durchschreiben. Ließ die Inspiration nach, gammelte er lustlos herum, trank, tigerte durch die Wohnung, sah sich Serien an oder brütete apathisch vor sich hin.

Jetzt dachte er über Lisas Frage nach, rieb sich das stoppelbärtige Kinn und fixierte den Monitor, als wäre die Antwort auf dem leeren *Word*-Dokument zu finden, vor dem er seit Stunden brütete. Er hatte es nach dem Frühstück aufgerufen, seitdem keinen einzigen Satz getippt.

„Ich brauch unbedingt den Termin im Gefängnis", sagte er. „Dringend. Erst nach dem Gespräch mit Angelika Wiechert weiß ich, ob ich weitermache. Ob ich sie als Figur in den Griff bekomme."

„Wird sie einverstanden sein?"

„Im Moment wohl nicht. Ihre Lebensgefährtin ist ja gerade ..."

„Ich weiß. Willst du mein ... unser Drehbuch lesen?"

Wieder bewies Eric die Unfähigkeit, sich verstellen zu können. Ein kaum erkennbares Nicken. Die Andeutung eines Lächelns. Beides verletzender als ein klares *Nein*.

„Warum tust du dich damit so schwer?", wollte Lisa wissen und stand kopfschüttelnd auf. „Hältst du es für grundsätzlich falsch, dass der Stoff verfilmt wird?"

Eric verzog den Mund. Versuchte er sich nicht sowieso schon in einem Meer voller Fragen über Wasser zu halten? Und nahezu täglich kamen welche von Lisa dazu.

Sie wartete auf eine Reaktion, aber die kam nicht.

„Okay!" So leicht ließ sie sich von ihm nicht mehr enttäuschen. „Dann bleibt mir nur noch, dir für die interessante Zeit zu danken. Für eine außergewöhnliche Zusammenarbeit! Ich werde keinen Tag davon vergessen."

Das war's dann wohl aus ihrer Sicht.

Da stemmte sich Eric aufgeschreckt aus dem Stuhl hoch. Die jähe Erkenntnis, dass Lisa im Begriff war, sich endgültig von ihm zu verabschieden – ihn zu *verlassen*! – riss ihn unsanft aus seiner Lethargie. Auch wenn er keine Bindung zur Verfilmung seines Buches hatte aufbauen können, Lisas ständige Anwesenheit war ihm wichtig und wertvoll geworden. Ihr positiver Geist, unverzichtbar seit Daniela und die Kinder fort waren. Die vitale Drehbuchautorin hatte mehr als nur Lücken gefüllt. Oft reichte ihm allein das Wissen, sie in seiner Nähe zu haben, obwohl er sie weder hörte noch sah. Und was käme nach ihr? Wenn sie gegangen war? Diese Vorstellung erfüllte Eric mit einer abgründigen Leere.

„Natürlich wird ich dein Drehbuch lesen", versprach er hastig. „Danach sollten wir es unbedingt zusammen durchgehen. Vielleicht hab ich Fragen. Anmerkungen und so. Änderungswünsche. So lange solltest du auf jeden Fall noch bleiben. Ein paar Tage."

Sie blickte ihn so ablehnend an, dass er noch „Bitte!" hinzufügte und sein charmantestes Lächeln zeigte, das kannte sie kaum.

Erics Sinneswandel überraschte Lisa. Sobald man ihn zu kennen glaubte, kam er mit einer völlig neuen Facette um die Ecke. Verstand es, seine distanzierte Haltung sekundenschnell abzuschütteln und Lisa das Gefühl zu geben, ohne sie nicht mehr leben zu können. Unbedingt wollte er das Drehbuch haben, riss es ihr förmlich aus der Hand. Sie wurde nicht schlau aus diesem verrückten Kerl, spürte aber, dass es für ihr Seelenheil ratsam war, keinen Tag länger als nötig bei ihm zu bleiben.

Seine Texte begeisterten sie nach wie vor. Sie hatte auch schon erste Entwürfe des Buches über Angelika Wiechert gelesen und hielt sie für großartig. Während Eric seine Begabung rauschhaft, aber ohne Konstanz auslebte, fühlte sich eine fleißige

Arbeitsbiene wie Lisa in seiner Umgebung eher etwas langweilig und spießig. Allein deshalb war sie einer Affäre mit ihm standhaft aus dem Weg gegangen. Jemand wie er bedrohte ihr wohlorganisiertes Lebenskonzept; entzündete sorglos ihr Herz und ließ sie dann mit den lodernden Emotionen allein. Männer wie Eric betrogen Frauen vielschichtig und nachhaltig. Mit Launen, Unnahbarkeit, mit exzessiver Arbeit, Alkohol, immer wieder mit anderen Frauen, aber vor allen Dingen mit der großen Liebe, die ihnen das Herz gebrochen hatte, und der sie den Rest ihres Lebens nachtrauerten. Die Arbeit an der Seite eines solchen Exzentrikers war schon schwer genug. Aber ein Leben mit ihm? Als Lückenbüßerin und solides Hausmittel gegen die Einsamkeit des Genies?

„Ich muss bald abgeben, Eric. Unser lieber Agent Kai drängelt schon. Außerdem hatte ich vor, ab morgen wieder bei mir zu Hause zu arbeiten. Ich muss mich für mögliche Korrekturen des Drehbuchs bereithalten und habe neue Aufträge in Aussicht. Wir können nicht einfach so weitermachen. Wo soll das denn hinführen?"

Eric hörte ihr nicht ernsthaft zu. Alles, was sie sagte, war auch ihm klar. Sie waren literarisch keine Einheit geworden. Sie taugten nicht zum Liebespaar. Nicht mal für eine leidenschaftliche Affäre mit ungewissem Ausgang.

Doch Lisas Entscheidung, sich wieder in die eigenen vier Wände zurückziehen zu wollen, kam definitiv zu früh. Die Angst, mit ihr die derzeit letzte Konstante seines Alltags zu verlieren, war groß. Darauf musste er sich besser einstellen. Er brauchte Zeit.

„Lass uns wenigstens noch das Drehbuch zusammen abschließen", bat er. „Natürlich werden wir deutlich machen, dass du es praktisch allein geschrieben hast. Auch finanziell soll das entsprechend geregelt werden. Aber lesen will ich es. Ehrlich!"

„Dann aber möglichst zügig. Denn mit deinen Gedanken bist du ja längst woanders."

Sie verließ das Zimmer, und kurze Zeit später starrte Eric wieder auf die Leere des Monitors. In seinem Kopf hatte der Reifeprozess einiger Figuren eingesetzt, verbanden sich erste Kapitel langsam zu einer stimmigen Geschichte, einer Geschichte, deren tragische Schatten bis in die Gegenwart reichten. Er sah alles. Nur die Hauptfigur blieb eine Frau ohne Gesicht. Oder eine mit vielen Gesichtern. Erst ein Treffen mit Angelika Wiechert könnte seine vielen Ideen verbinden. Oder alles zerstören.

***

Das Foto auf Gravesens Display bescherte Julia nach dem ersten Schock zwei Einsichten:

Corinna war wirklich in Gefahr.

Aber: sie wurde nicht von Nico bedroht.

Obwohl auf dem Bild nur Corinnas Gesicht in einer eindeutigen Situation erkennbar war, konnte Julia ausschließen, dass Nico ihre Schwester zu dieser Handlung gezwungen hatte. Die Hand des Peinigers, in Corinnas Haar gekrallt, bot die Sicht auf einen markanten Ring und der verriet ihr sofort die Identität des Geiselnehmers.

„Igor", stieß Julia hervor, nachdem Gravesen das Telefonat mit ihrem Vater beendet hatte, und in ihrer Stimme schwangen alle widersprüchlichen Emotionen mit, die sie mit Igor verband. Ob er nur ein gelegentlicher Lover gewesen war, oder der ideale Gefährte für den totalen Abstieg, sie hatte sich auf ihn eingelassen und war erst von ihm losgekommen, nachdem er im Gefängnis gelandet war. Bis dahin hatten sie nur an einer Stelle perfekt zusammengepasst. Aber die war ihr häufig am wichtigsten gewesen – bevorzugt, wenn der Rausch ihr Denken und Handeln überlagerte.

„Igor", wiederholte sie fast peinlich berührt, während ihr klar wurde, wie hoch der Anteil der eigenen Schuld an Corinnas Leid war. Sie brachte ihrer Familie selbst aus der Ferne Unglück.

Igor? Gravesens Gedanken arbeiteten sich systematisch durch die Daten, die er zu Julias Leben erinnerte. Das Wichtigste dazu hatte er schnell parat.

Igor Frolow. Unberechenbarer Gewalttäter. Zeitweise mit Julia leiert. Aktuell im Knast.

Eben nicht! Julia zog die Stirn kraus.

„Dachte ich auch", sagte sie. „Aber das auf dem Foto ist unverkennbar er. Vielleicht vorzeitig entlassen? Wegen guter Führung halte ich bei dem allerdings für unwahrscheinlich."

„So oder so haben wir bei unseren Hausaufgaben geschlampt", brummte Gravesen ärgerlich. „Den hatte ich echt nicht auf dem Radar."

Er erinnerte sich an sein ungutes Gefühl zu Beginn des Jobs, nicht an alles gedacht zu haben. Selbst als die Sache anfänglich glatt gelaufen war, hatte sich ein kleiner Restzweifel beharrlich gehalten.

Sie müsse sofort zurück nach Hamburg, entschied Julia. Nur sie könne mit Igor fertig werden.

Gravesen vernahm die Botschaft und durchdachte die neue Lage. Bis heute waren sie wirklich auf einem sehr vielversprechenden Weg gewesen, selbst wenn sich die Stimmung zuletzt etwas eingetrübt hatte. Doch eine Rückkehr nach Hamburg würde den Erfolg grundsätzlich gefährden. Es kam zu früh und zu unvorbereitet. Auf die Schnelle ließen sich allerdings keine Alternativen prüfen.

„Nur du wirst mit ihm fertig?" Gravesen verschränkte die Arme vor der Brust und sah sie nachdenklich an. „Ein Typ, der so was macht? Mit *deiner* Schwester! Die Polizei könnte sich darum kümmern. Spezialisten. Es ist eine Geiselnahme. Eine brutale Vergewaltigung. Alternativ kenne ich Typen, die sich darum kümmern könnten. *Besondere* Spezialisten. Igor würde verschwinden. Für immer."

„Damit gefährdet ihr aber auch Corinnas Leben. Igor wird das da nicht allein durchziehen. Er versammelt mit Vorliebe ein paar Idioten um sich. Leider denkt er nie groß nach. Handelt rein emotional. Das macht ihn so schwer kalkulierbar."

„Und trotzdem glaubst du, da einfach in die Wohnung hineinspazieren zu können, und alles wird gut? Wie stellst du dir das vor?"

Julia fluchte hilflos. Tatsächlich stellte sie sich im Moment noch nichts Konkretes vor. Das Foto mit ihrer Schwester hatte sie aufgewühlt, das, was Corinna angetan worden war. Und die Erkenntnis, wieder mal an allem schuld zu sein. Egal was Julia Bauer tat oder nicht, was sie versuchte oder nicht versuchte, selbst wenn es darum ging, ihr verdammtes Leben wieder in den Griff zu bekommen, am Ende tauchte jemand auf, der noch eine alte Schuld einforderte, bei dem sie noch eine offene Rechnung zu begleichen hatte. Üblicherweise lag es in Julias Naturell, vor solchen Problemen lieber die Flucht zu ergreifen. Eine Art Lebensmotto, das bisher stets funktioniert hatte.

Gravesen musterte sie mit diesem Was-wirst-du-tun-Blick, das war auch nicht gerade hilfreich. Der Druck wuchs. Ihr wäre es lieber, er würde jetzt irgendwas sagen, und sei es nur, damit sie ihm widersprechen konnte.

Schließlich tat er ihr den Gefallen indem er verkündete: „Du bist noch nicht so weit!"

Sie lächelte. Ein Lächeln, das alle Schatten aus ihrem Gesicht vertrieb, das nur noch Zuversicht und Selbstbewusstsein zurückließ.

„Um mit einer solchen Scheiße fertig zu werden? Das werde ich wohl nie sein."

Gravesen nickte, dagegen ließ sich nichts sagen.

„Aber mir bleibt nichts anderes übrig", fuhr Julia fort. „Wenn ich die Sache jetzt einfach laufen lasse und hierbleibe. Wenn dann was schiefgeht ..." Sie brach ab. Fügte nach einer Weile leise hinzu: „Niemand darf meiner Schwester so was antun."

„Ich schicke jemanden hin, der das kurz und schmerzlos erledigt", bot Gravesen an. Hielt sein Smartphone in die Höhe. „*Ein Anruf genügt.*"

Sie schüttelte entschieden den Kopf.

„Ich soll hier mal eben ein Todesurteil über Igor fällen? Meinst du das?"

„Darauf muss es nicht zwangsläufig hinauslaufen. Nur, wenn sich das Leben deiner Schwester nicht anders retten lässt."

„Nein! Es ist meine beschissene Verantwortung. Ich muss zurück nach Hamburg. Das ist meine Angelegenheit! Damit will ich nicht sagen, dass es allein meine Schuld ist. Ich bin schließlich nicht freiwillig hier. Hat mein Vater gesagt, ob wir irgendwie telefonisch Kontakt aufnehmen können?"

„Über das Handy deiner Schwester."

Julia marschierte in Richtung der kleinen Duschnische, und er folgte ihr.

„Ich muss nachdenken", sagte sie. „Und duschen. Wir haben wenig Zeit."

Sie stand vor der primitiven Dusche und zog sich vor Gravesen mit einer Selbstverständlichkeit aus, als wären sie seit Jahren ein Paar. Sie stellte sich unter die Dusche, ohne den Vorhang zuzuziehen, und setzte das dürftige kalte Rinnsal aus dem Wassertank in Gang, an das sie sich immer noch nicht gewöhnt hatte. Wollte wissen, wie schnell sie in Hamburg sein könnten, während sie sich hin und her drehte, um überall nass zu werden, den Blick unverwandt auf Gravesen gerichtet. Allein, um diesem Blick auszuweichen, zog er den Duschvorhang zu.

„Es wird schon einige Stunden dauern", sagte er. „Ich muss ein paar Telefonate führen und das alles organisieren. Die Polizei sollten wir informieren, wenn es dir nicht gelingen sollte, diesen Idioten erst mal telefonisch zu bändigen. Einen meiner Leute werde ich auf Abruf vor Ort postieren. So könnten wir im Ernstfall sofort reagieren. Du solltest möglichst bald mit diesem Igor Kontakt aufnehmen. Bevor er sich neue Schweinereien mit deiner Schwester ausdenkt."

Julia kam in ein Badetuch gehüllt fröstelnd aus der Dusche und griff gleich nach dem Smartphone, das Gravesen ihr hinhielt.

Sie hatte Igor sofort am Telefon. Sprach eine Weile mit ihm, die Stimme nur ein eisiges Zischen. Begab sich während des Gesprächs in ihr Zimmer.

Gravesen lehnte in der Tür, während sie nebenbei aus den wenigen Klamotten, mit denen sie hier bisher hatte auskommen müssen, etwas Passendes für ihre Rückkehr nach Hamburg zusammenstellte. Dann brachte sie das Gespräch mit mühsam beherrschter Stimme zum Ende.

„Ich komme so schnell wie möglich, Igor. Aber wenn du meine Schwester noch einmal anrührst, bring ich dich um!"

Sie gab Gravesen das Smartphone zurück. Ihre Wangen hatten sich gerötet.

Hier war sie so weit weg von ihrer Vergangenheit gewesen, da hatte es eine Weile gedauert, bis sie sich der gesamten Tragweite der Situation bewusst geworden war. Danach wirkte sie fokussiert. Spätestens jetzt wäre es unmöglich geworden, sie hier weiter festzuhalten.

„Bist du dir sicher, dass du das durchstehen wirst?", fragte Gravesen, während sie sich trockenrieb.

„Ich bin mir über gar nichts mehr sicher. Und trotzdem werde ich es tun."

Sie war in der Zeit des Entzugs wirklich sehr mager geworden, weit entfernt von der Rolle des Vamps, die sie noch vor einigen Wochen in der Hotelbar überzeugend gespielt hatte.

Ein letztes Mal erwähnte Gravesen andere Möglichkeiten, wohl wissend, dass sie sich längst entschieden hatte.

„Igor dreht schnell durch. Aber er weiß jetzt, dass ich komme. Er wird warten."

„Ich werde auf jeden Fall in deiner Nähe bleiben", versprach Gravesen. „Bis wir das zusammen zu einem guten Ende gebracht haben."

Ihr Zorn auf ihn war längst verflogen. Sie lächelte.

„Glaubst du an ein gutes Ende?", fragte sie.

„O ja", sagte er und fügte hinzu: „Bei diesem Igor hab ich mich gefragt, wie der in dein Leben gepasst hat. In unseren Unterlagen haben wir ihn jedenfalls nicht als deinen Freund geführt. Oder war er das?"

„Nein", entgegnete sie. „Ich denke nicht. Wolltest du nicht tausend Telefonate führen? Oder willst du mir lieber beim Anziehen zuschauen?"

***

Gravesens Anruf versetzte Max in sofortige Bereitschaft. Klar könne er schnell zum Standort St. Georg wechseln.

„Keine Aktion", bestätigte er Gravesens Bitte. „Nur in Wartestellung bleiben und weitere Informationen abwarten. Wie schlimm ist es?"

Gravesen beschrieb ihm die augenblickliche Lage, und Max stieß einen leisen Pfiff aus.

„Ich frag mich bloß, wo dieser Nico steckt", sagte Gravesen. „Ist der vielleicht mit von der Partie?"

„Den hatten wir aus den Augen verloren."

„Na gut, das ist jetzt unsere kleinste Sorge. Du postierst dich im Treppenhaus und hältst jeden davon ab, sich der Wohnung zu nähern, bis ich mit Julia vor Ort bin, okay?"

„Klar, Chef. Das heißt, die Polizei bleibt erst mal aus dem Spiel?"

„So ist es."

Max setzte sich in Bewegung und erreichte eine knappe Stunde später den Bestimmungsort. Einer alten Dame, die mit ihren Einkäufen bepackt ins Haus wollte, hielt er höflich die Tür ins Treppenhaus auf.

Als er wenig später an der Tür der Wohnung lauschte, die sie wochenlang überwacht hatten, war von drinnen in ziemlicher Lautstärke *Death-Metal*-Musik zu hören, Töne, die Max vertraut waren. Der Sound übertönte alles andere.

Er bezog Posten. Die Vorstellung, dass in der Wohnung eine Frau gegen ihren Willen festgehalten wurde, beschäftigte ihn. Natürlich war das schlimm. Aber Julia Bauer hatten sie auch entführt – gegen ihren Willen. Er hatte Gravesen nicht gefragt, wie es ihr ging. Gut sechs Wochen Abstand zu einem Leben, das da drinnen wieder laut und ungestüm auf sie wartete. Die Chance, ihr Zwangsentzug könnte unter diesen Umständen tatsächlich

erfolgreich verlaufen, schätzte Max nun eher gering ein. Es war ein vorzeitiger Abbruch. Noch zu früh. Aber Gravesen war der Boss. Er musste Erfolg und Misserfolg verantworten.
Max hockte sich auf eine Stufe. Ein Job, der meistens aus Warten bestand. Der Rest konnte allerdings manchmal ziemlich dramatisch werden.

## Kapitel 21: Verdächtig

Die Chefin im Stress. Termine und Meetings ließen wenig Zeit für Tagesarbeit. Wegen dieser Engpässe bat Diana Hanspeter Jürgens kurzfristig, die anstehende nochmalige Befragung Arne Hansens allein durchzuführen. Reine Routine, wie sie anmerkte, aber sie beide wussten, dass durchaus mehr dahinter stecken konnte. Immerhin ging es darum, den nachweislichen Kontakt zwischen Hansen und Verena Haslinger offenzulegen. Was hatte die junge Frau veranlasst, nach ihrer Haftentlassung mehrfach bei Hansen anzurufen, ihn dann auch noch mindestens einmal in seinem Fitness-Studio aufzusuchen? Und warum hatte Hansen bei der letzten Befragung durch die Mordkommission diesen Kontakt verschwiegen?

Möglicherweise war er von Verena Haslinger auf irgendeine Weise unter Druck gesetzt worden. Nur ein Bauchgefühl, wie Diana betonte, dafür gäbe es keine konkreten Hinweise. Jürgens hinterfragte das Bauchgefühl der Chefin nicht weiter, obwohl *sein* Bauchgefühl ihm eine in diesem Punkt mangelnde Offenheit der Vorgesetzten signalisierte. Der letzte Besuch bei Angelika

Wiechert schien ihr einen deutlichen Schub gegeben zu haben. Seitdem wirkte sie wieder zielstrebiger. Manche im Team bezweifelten allerdings, tatsächlich alle Hintergrundinformationen von ihr bekommen zu haben. Jürgens auch.

„Reden Sie mit Hansen von Mann zu Mann", riet ihm Diana während des kurzen Briefings. „Ich denke, das ist die Sprache, die er am besten versteht."

„Hätten Sie auch noch Vorschläge für die Farbe meiner Krawatte?", erkundigte sich Jürgens mürrisch.

Die flapsige Reaktion nahm sie ihm nicht übel, legte ihm beruhigend die Hand auf den Arm, sogar etwas länger als nötig.

„Seit wann tragen Sie denn Krawatten?"

Energisch rauschte sie in das nächste Meeting auf höchster Ebene, wie so oft in letzter Zeit. Es war ein offenes Geheimnis, wie massiv sie inzwischen unter Druck stand, was einen baldigen Erfolg bei den laufenden Ermittlungen noch dringlicher machte.

Arne Hansen war ohne Rechtsbeistand erschienen, obwohl ihm die häufigen Befragungen langsam „auf den Sack gingen", wie er Jürgens wissen ließ.

Im Besprechungsraum entschied er sich für Kaffee und nahm nur widerwillig Platz. Er hätte sich lieber im Stehen unterhalten, ein paar Minuten und dann nichts wie weg. Ihm sei schleierhaft, was es jetzt noch für Fragen an ihn geben könnte. Seine ganze Körperhaltung strahlte Unwillen aus. Unwillen darüber, hier sein zu müssen. Unwillen darüber, schon wieder Fragen beantworten zu müssen. Unwillen darüber, das „Gespenst" Angelika Wiechert einfach nicht mehr loszuwerden. Selbst wenn er saß wirkte er wie jemand, der in Bewegung war.

Jürgens begegnete dem Sunny Boy zum ersten Mal und nutzte den Smalltalk bei der Begrüßung zur Wahl der passenden

Befragungsstrategie. Bei einem Vier-Augen-Gespräch gab es immer Vor- und Nachteile. Aus Jürgens Sicht aber war es besser, den Termin heute in minimaler Besetzung durchzuführen, und nicht an der Seite einer unruhigen Chefin. Deren rhetorisches Geschick hatte er oft genug bewundert, aber in letzter Zeit hatte ihre Ungeduld ihr ausgeprägtes Einfühlungsvermögen oft ausgebremst.

Hansen war wie ein Zwanzigjähriger im Sommerurlaub gekleidet, und seine tiefe Bräune wirkte angeboren – dieser Mann besaß ein unverwüstliches Jugendgen.

Jürgens beneidete ihn um die coole Ausstrahlung, vor allen Dingen aber um das volle Haar. Da musste er sich hüten, mit einer falschen Grundstimmung in das Gespräch mit *Mister Perfekt* zu gehen. Unter diesen Umständen eine lockere Unterhaltung von Mann zu Mann zu führen, würde nicht einfach werden, die beiden Männer trennten Welten.

„Ich spreche in der letzten Zeit häufiger über den Fall Wiechert als über meine Fitnessprogramme", beklagte sich Hansen gleich zu Beginn. „Was gibt's denn jetzt schon wieder so Wichtiges?"

Jürgens schlürfte heißen Tee und grinste Hansen kumpelhaft an – von Mann zu Mann gewissermaßen.

„Ich denke, das wird heute bestimmt das letzte Gespräch zu diesem Thema sein", versprach er. „Da haben sich nur noch ein paar Fragen ergeben, die wir gern schnell mit Ihnen klären wollten. Danke, dass Sie sich die Zeit genommen haben."

„Bin ich irgendwie verdächtig?", fragte Hansen geradeheraus. „Ich bin allein gekommen. Aber wenn das hier irgendwie schräg wird, brechen wir ab, dann will ich einen Anwalt."

„Verdächtig sind Sie nicht", versicherte ihm Jürgens und fühlte sich bei dieser Antwort unwohl. „Aber Sie können natürlich jederzeit einen Anwalt verlangen."

„Dann schießen Sie mal los, Chef."

*Schießen*, dachte Jürgens und wunderte sich, wie viele Begriffe und Formulierungen ihn an Miriams Tod erinnerten. Aber seltsamerweise dachte er dann sofort an ihre schlafende Schwester. Seit er von deren Existenz wusste, träumte er sogar von ihr und fragte sich, wie sie wohl vor dem Unfall gewesen war. So wie Miriam? Oder ganz anders? Ein Unfall, der eine Familie zerstört hatte. Vorher hatte es eine glückliche Miriam Franke gegeben, die heiraten wollte - einen richtigen Traumtypen, wie Jürgens recherchiert hatte. Und die kleine Schwester Karen, die gleich nach Miriams Hochzeit und dem Ende ihrer Ausbildung in einer Bank für eine Weile in die USA hatte reisen wollen, hochbegabt und eine großartige Zukunft vor Augen. Das alles auf einen Schlag vorbei. Der Ermittler richtete seinen Blick entschlossen auf den ihn erwartungsvoll anstarrenden Hansen und tauchte endgültig aus schicksalsschweren Gedanken auf.

„Reden wir über Verena Haslinger", sagte er.

Hansen mimte den Ahnungslosen, aber besonders überzeugend war die Vorstellung nicht. Er verfügte nicht über die Fähigkeiten, etwas vorzutäuschen. Seine Gefühle ließen sich direkt vom Gesicht ablesen, was heute äußerst hilfreich sein konnte.

Hansen spielte den Unwissenden erbärmlich schlecht.

„Ist das nicht ... die Geliebte von ... Angelika?"

„Ist sie nicht", widersprach Jürgens schroff.

Jetzt war Hansen restlos verblüfft.

„Ist sie nicht?"

„Sie *war* es. Sie ist tot."

„Ja, klar! Das stimmt natürlich. War ja groß im Fernsehen und überall. Die Kleine ist total ausgeflippt und hat sogar ..."

„Ja, ja", unterbrach ihn Jürgens. „Kommen wir auf das Wesentliche zurück."

„Was ist das Wesentliche?"

„Dass Verena Haslinger mehrfach Kontakt zu Ihnen hatte."

„Ähm, warten Sie, da muss ich erst mal überlegen."

„Tun Sie das. Aber eigentlich müsste es doch sofort bei Ihnen klingeln, nicht wahr? Diese Kontakte liegen ja nun weiß Gott noch nicht so lange zurück."

Hansens Blick verdüsterte sich. Seine ganze Stimmung verdüsterte sich. Spätestens jetzt vermisste er zweifellos einen Rechtsbeistand. Dabei hatte das Gespräch gerade erst begonnen.

„Also, wenn Sie das so betonen, dann hat das ja wohl seine Gründe", meinte Hansen. „Haben Sie irgendwas bei der Kleinen gefunden? Was mit mir zu tun hat?"

„Was könnten wir denn da bei der Haslinger gefunden haben?" Hansen versuchte sich an einem harmlosen Lächeln.

„Können wir nicht einfach offen reden?", schlug er vor. „Ich bin kein Typ für solche Spielchen."

„Kein Problem. Dann stelle ich jetzt einfach meine Fragen und Sie liefern ehrliche Antworten. Auf diese Weise sind wir schnell durch und können uns wieder anderen Dingen zuwenden."

„Okay, Mann. Dann mal los!"

„Hat Verena Haslinger mehrfach mit Ihnen telefoniert und Sie in Ihrem Fitness-Studio aufgesucht?"

Hansen verschränkte die muskellösen Arme vor der Brust.

„Ja Mann. Hat sie. Endlich ist es raus. Bin ich jetzt verhaftet? Ich hab sie jedenfalls nicht gekillt. Das war einer von euch."

Jürgens nickte.

„Wie ich schon sagte, es geht nicht um Verena Haslingers Tod. Was hat sie von Ihnen gewollt?"

„Geht Sie das was an?"

„Wollen Sie das lieber im Beisein eines Anwalts beantworten?"

Hansen löste die verschränkten Arme, beugte sich etwas vor und schlug einen vertraulichen Ton an.

„Na, dann bin ich ja erst recht verdächtig, oder etwa nicht? Wer einen Anwalt will, hat verschissen. Ich weiß, wie das läuft. Aus *Tatort*."

„*Tatort* ist Scheiße", entgegnete Jürgens. „Dabei schlaf ich meistens ein."

Hansen grinste.

„Das sagt ausgerechnet ein Kommissar? Ich dachte immer, die zeigen euren echten Alltag."

„Wollen Sie nun einen Anwalt oder nicht?", fragte Jürgens. „*Das* ist der echte Alltag."

Hansen winkte ab.

„Scheiß drauf. Ich hab nichts zu verbergen. Also, vor einiger Zeit ruft mich die Kleine aus heiterem Himmel an. Erzählt mir, dass sie eine Art Assistentin wär, für ein Buch von Angelika. In diesem Buch wär ich der Täter. Es gäbe neue Spuren, die beweisen, dass ich Angelikas Jungs damals ermordet hätte."

„So direkt hat sie das formuliert?"

„Ehrlich, Mann, ich hab nicht mitgeschrieben. Aber in der Art schon. Genau kann ich es nicht mehr sagen. Alle Unterlagen hätte Angelikas Anwalt, und ich könnte es allen leichter machen, indem ich zur Polizei gehe und ein Geständnis ablege. Sie war nervös und hat rumgestottert. Ich dachte, die hätte sich mit irgendwas zugedröhnt oder was weiß ich. Völlig irre."

„Wie haben Sie auf die Anschuldigungen reagiert?"

„Raten Sie mal."

„Also waren Sie ziemlich sauer."

„Was denken Sie denn? Ich bin wirklich ein friedlicher Typ. Sie können alle im Studio fragen. Da muss niemand wegen mir leiden. Die Kunden schon gar nicht. Ich habe ständig Kontakt mit

Menschen. Ich komm mit fast jedem klar. Dabei haben wir im Studio nicht nur coole Leute, das ist mal sicher. Aber als diese kleine ... als die diesen Scheiß gelabert hat, wär ich fast durchs Telefon gegangen. Hab sie gefragt, ob Angelika sich das ausgedacht hat, um sich zu rächen. Weil ich damals mit Sabine ... ihrer Freundin ... rumgemacht hab. Aber Angelika hat ja nun auch ..."

„Verena Haslinger hat mehrfach bei Ihnen angerufen. Ging es immer nur um diese Anschuldigungen?"

„Immerzu! Die war wie besessen. Unglaublich, wie Angelika das mit der überhaupt länger als fünf Minuten ausgehalten hat. Die hat angerufen und immer denselben Scheiß erzählt, und immer mit dieser Piepsstimme. Ich hab ihr gesagt, wo sie sich diese neuen Beweise meinetwegen hinstecken kann. Weil ich es einfach nicht getan habe. Punkt."

„Aber trotzdem ist sie dann noch mal persönlich bei Ihnen aufgetaucht. In Ihrem Fitness-Studio."

Hansen nickte seufzend.

„Sie sind gut informiert, Mann. Was soll ich da noch sagen?"

„Die Wahrheit", schlug Jürgens vor. „Sie tauchte also bei Ihnen auf. Und dann?"

Hansen hob die Schultern und ließ sie langsam wieder sinken. Öffnete die Arme zum Zeichen völliger Unschuld.

„Naja, als ich die Kleine dann sah, konnte ich Angelikas Geschmack wieder etwas besser verstehen. Da hatte sie ja ordentlich was zum Spielen. Aber bekloppt war die trotzdem."

„Hat sie wieder dasselbe gesagt?"

„Klar, Mann, über Beweise, dass mein Alibi ... falsch war damals und was weiß ich noch alles."

„Ist da was dran?"

Hansen schnaufte.

„Spätestens jetzt ist ein Anwalt fällig, oder? Wenn mein Alibi wackelt, könnte ich plötzlich sogar der Mörder von Angelikas Jungs gewesen sein. Was für ein Quatsch, ehrlich. Also, mal langsam und zum Mitschreiben, ich war es einfach nicht, Herr Kommissar. Und ja, mein Alibi war nicht ganz sauber. Sabine und ich, wir haben uns zwar an dem Morgen getroffen, aber wir haben etwas mit der Zeit gemogelt. Ein knappes Stündchen vielleicht. Nun mal ganz im Ernst, wie soll das denn damals abgelaufen sein? Ich wache auf, beschließe mal eben, zwei Kinder umzubringen, rase in Windeseile zu Angelika, vergifte ihre Jungs, rase weiter und vögle dann in aller Ruhe ihre beste Freundin ... wie klingt das?"

„Wie *Tatort*", sagte Jürgens. „Tatsache ist aber, dass Sie für die Tatzeit kein wirkliches Alibi hatten. In der Zeit wäre alles möglich gewesen. Rein theoretisch."

„Sie meinen, so wie ich das grad beschrieben habe?"

„Uns ist wirklich nichts fremd. Hätte ein Plan dahinter stecken können, wenn Sie den Mord zusammen mit Angelika Wichert ausgeheckt hätten. Wollte sie nicht frei sein für ein Leben mit Ihnen?"

„Nee, auf diese Art ganz bestimmt nicht."

„Aber auf irgendeine Art schon."

„Bin ich jetzt verhaftet?"

„Nein. Sie werden nicht verhaftet. Wir reden nur. Wie lange war Verena Haslinger bei Ihnen? Im Studio?"

„Ich hab's echt nicht gestoppt, aber ich denke mal keine zwanzig Minuten. Sie war ziemlich aufgeregt. Hat noch mal alles versucht, mir auf den Sack zu gehen. Das meiste hat sie vom Zettel abgelesen. Mit knallroter Birne."

„Was haben Sie gemacht."

„Sie gefragt, ob sie noch alle Ziegel auf dem Dach hat. Da fängt sie sofort an zu heulen und sagt, sie will Angelika aus dem Knast retten, weil die unschuldig ist. Die beiden wollten draußen ein neues Leben anfangen. Fein, hab ich zu ihr gesagt, könnt ihr Mädels gern machen. Aber nicht auf meine Kosten. Wenn ich sonst noch helfen kann, dann jederzeit. Sie müssen sich halt nur einen anderen Mörder suchen, denn ich bringe keine kleinen Jungs um. Wär aber drauf und dran, ein großes Mädchen aus dem Fenster zu schmeißen."

„Sie haben Verena Haslinger bedroht?"

„Das war nur 'n Gag, Mann! Zu der hab ich das natürlich nicht gesagt. Heulende Weiber schaffen mich, ehrlich."

„Wie ging's weiter?"

„Hab ihr noch 'ne Packung Taschentücher gesponsert und 'nen Gutschein für 'n kostenlosen Schnupperkurs in meinem Studio. Ein Monat. Für Paare! Jederzeit einlösbar. Sie hat den Kram eingesteckt und ist verduftet."

„Das war's?"

„Ganz genau, Mann, das war's!"

„Sie haben Verena danach nicht mehr gesehen und auch nicht mehr gesprochen?"

Hansen sah Jürgens entnervt an.

„Genau das meinte ich mit *das war's*. Wir drehen uns irgendwie im Kreis."

„Warum haben Sie damals beim Alibi gelogen?"

„Geflunkert, meinen Sie. Ist das so schlimm?"

„Es ist eine Falschaussage. Auch wenn Sie damals nicht vereidigt wurden. Frau ..."

Jürgens blickte kurz in seine Unterlagen.

„...Matthiesen und Sie. Das nennt der Gesetzgeber eine uneidliche Falschaussage, und das ist strafbar."

Hansen brummte schuldbewusst etwas Unverständliches, verkniff es sich aber wieder zu fragen, ob ihm jetzt eine Verhaftung drohe.

„Hören Sie, Herr Hansen!" Jürgens Tonfall wurde strenger. „Wenn Sie mit Frau Matthiesen damals Ihr Alibi abgesprochen haben, dann müssen wir dem nachgehen. Sie wollten nicht in Verdacht geraten, das ist klar. Aber nach dem damaligen Ausschlussverfahren blieb am Ende nur Angelika Wiechert als mögliche Täterin übrig. Und die beteuert bis heute ihre Unschuld. Wir müssen jede Option bis ins kleinste Detail prüfen. Dieser Fall hat inzwischen zu viel Unglück gebracht, sogar sieben Menschen das Leben gekostet."

„Aber ich war das nicht. Ich lauf nicht rum und bring sieben Menschen um. Ich hab ein Fitness-Studio. Ich will, dass es den Leuten besser geht, nicht schlechter."

„Hier zählt allein die korrekte Beantwortung von Fragen."

„Dann stellen Sie mir doch korrekte Fragen. Ich bin hier, um alles zu sagen, was ich weiß."

„Sie konnten nicht herausfinden, welche neuen Beweise es angeblich gab? Gegen Sie?"

„Nee, die sollte ja Angelikas Anwalt haben. Aber der war schon kurze Zeit später tot. Auch ermordet. Auch den hab ich nicht ...!"

„Schon gut, schon gut!" Jürgens machte eine ungeduldige Handbewegung. „Die Sache mit der Falschaussage könnte verjährt sein. Weiß ich nicht genau. Eventuell aber wird man trotzdem noch mal auf Sie und Ihre damalige Geliebte zukommen."

„Du lieber Himmel, Sabine war doch nicht meine Geliebte. Das war nur mal was zwischendurch."

„Wie auch immer. Wenn's ernst werden sollte, empfehle ich Ihnen auf alle Fälle einen Anwalt."

„Ja, okay. Die Besten der Stadt trainieren bei mir im Studio. Ich hab freie Auswahl."

„Wie schön für Sie. Von meiner Seite aus wär's das erstmal. Oder möchten Sie noch was loswerden?"

Erleichtert sprang Hansen auf und blickte hektisch auf seine Uhr. Auf keinen Fall wollte er noch etwas loswerden. Wollte nur noch weg.

Jürgens sprach die Abschlussdaten in das Aufnahmegerät und beendete die offizielle Befragung.

Nachdenklich kehrte er an seinen Arbeitsplatz zurück. Sein kriminalistischer Instinkt schloss Arne Hansen endgültig als Verdächtigen aus, selbst wenn der Typ kein Alibi vorweisen konnte. Der Ermittler hielt es für wahrscheinlich, dass Verena Haslinger diese Masche in allen fünf Fällen durchgezogen hatte, Männer, die aus Sicht Angelika Wiecherts verdächtig waren. Nervös und unsicher, aber mit dem festen Willen, den möglichen Mörder aufzuschrecken. Ein riskantes und gefährliches Manöver, wie sich jetzt gezeigt hatte. Jürgens erinnerte sich wieder an Miriam Frankes Theorie, die davon abwich. Indem sie die Möglichkeit nicht ausschließen wollte, Angelika Wiechert könnte trotz allem schuldig sein, könnte ihre Geliebte für den perfiden Plan instrumentalisiert haben, durch falsche Spuren Zweifel an ihrer Schuld zu säen, um ein Wiederaufnahmeverfahren zu erwirken. Dann wären sie alle zu den Figuren eines perfekt inszenierten Dramas geworden und selbst die Mordkommission tanzte nach Wiecherts Pfeife. Eine gewagte These! Aber immerhin hatte Miriam den Mut besessen, auch mal gegen den Strom zu schwimmen. Der Chefin hatte das mächtig imponiert, das wusste Jürgens. Während sie an ihm oft Gründe zur Kritik fand, hatte sie Miriam gern auch mal machen lassen.

Den Kopf voll loser Enden verschiedener Gedankenketten widmete Jürgens sich wieder den Aufgaben, die im Büro auf ihn warteten. Informationen über den letzten Verdächtigen sichten. Die Kollegen hatten parallel die anderen Befragungen durchgeführt. Jetzt, nachdem Jürgens mit Arne Hansen geredet hatte, war nur noch eine Akte übriggeblieben. Speziell bei dieser Befragung wollte die Chefin unbedingt persönlich dabei sein. Vielleicht auch deshalb, weil sich aus den anderen Gesprächen keine konkreten Ansätze ergeben hatten. Sollten am Ende alle Spuren ins Nichts führen, so hieße das für die Ermittler wieder alles auf Anfang. Und dann?

Jürgens konnte nichts weiter tun, als sich gewissenhaft auf die letzte Befragung vorbereiten. Sich in die Sache hineinknien – zu mehr als hundert Prozent. Wie Diana Krause es erwartete und vorlebte. Er schlug die umfangreiche Akte auf und legte sich für weitere Notizen einen frischen Block parat.

***

Max erwartete Gravesen und Julia in der Langen Reihe am Haupteingang des Hauses. Er wirkte ruhig und konzentriert. Viel Neues gab es nicht. Bei seiner letzten Kontrolle oben auf der Etage war nach wie vor laute Musik aus der Wohnung zu hören gewesen. Mehr gab es nicht zu berichten. Gravesen lauschte dem kurzen Lagebericht mit regloser Miene. Er sah müde und abgespannt aus. Gegen ihn wirkte Julia frisch erholt und voller Tatendrang. Sie wäre am liebsten sofort nach oben gestürmt, um die Sache zu bereinigen.

„Diesmal gibt es keinen Plan", sagte Gravesen zu Max. „Das bedeutet ein deutlich erhöhtes Risiko."

Er richtete den Blick eindringlich auf Julia. Sie hatte ihren Plan, und daran hielt sie fest. Für sie gab es weder links noch rechts. Sie wollte so schnell wie möglich Klarheit, rauf in die Wohnung, mit Igor sprechen und die Schwester befreien.

„Und was dann?", fragte Max.

„Keine Ahnung", entgegnete Julia. „Er wird mir nichts tun. Und er wird Corinna gehen lassen, sobald ich bei ihm bin."

„Er hat deine Schwester misshandelt", entgegnete Gravesen. „Der Typ kommt aus dem Knast. Menschen verändern sich in Gefangenschaft. Grade Typen seines Kalibers werden da nicht unbedingt gebessert."

„Er wird mir nichts tun", beharrte Julia. „Wenn's aber doch gefährlich werden sollte, könnt ihr meinetwegen die Wohnung stürmen. Oder die Bullen rufen. Oder was weiß ich. Corinnas Rettung hat Priorität. Ich brauch jetzt erst mal zehn Minuten."

„Das könnten schon zehn Minuten zu viel sein."

„Wir sollten keine Zeit mehr verplempern", drängte Julia. „Bitte!"

Max warf Gravesen einen fragenden Blick zu, aber der schien tatsächlich keinen alternativen Plan zu haben. Zu dritt betraten sie das Treppenhaus und stiegen die Stufen nach oben. Gravesen ließ Julia nicht aus den Augen. Eine befremdlichere Rückkehr in die alte Umgebung konnte es für sie kaum geben. Trotzdem bewegte sie sich, ohne zu zögern. Als wisse sie genau, was zu tun sei. Das schmale Gesicht ernst und entschlossen. Vermutlich spielte sie wieder eine Rolle, wie vor einiger Zeit in der Hotelbar.

Sie erreichten die Eingangstür, hinter der in Julias ehemaligen Zuhause harte Bässe einen aggressiven Gesang vorwärtspeitschten. Nach Gravesens Empfinden war das die passende Begleitmusik für einen Trip in die Hölle.

„*Death Breath*", erklärte Max.

Gravesen reagierte auf die Erklärung mit einem verwunderten Seitenblick.
„Hörst du so was auch?"
Max grinste.
„Nur zur Entspannung."
Julia verharrte reglos vor der Tür, ballte die Fäuste und atmete mehrfach tief durch. Gravesen musterte sie besorgt. Ihrem Lächeln fehlte es an Kraft, das reichte nicht aus, ihn zu überzeugen.
„Nur kurz sammeln", erklärte sie. Es schien, als hätte sie auf dem Weg nach oben die gesamte Energie verbraucht. Stand in sportlichen Klamotten da wie eine zierliche Boxerin, die auf den Gong zur letzten Runde wartete.
Gravesen stellte sich vor sie und nahm kurz ihr Gesicht in beide Hände, sah sie beschwörend an. Wieder versuchte sie, gegen seine Bedenken anzulächeln, aber er ließ nicht locker.
„Du musst das nicht tun. Wir können den Plan ändern. Jetzt!"
Ihm war klar, dass sie sich nicht vor Igor fürchtete, sondern vor dem, was danach käme. In den letzten Wochen hatte Julia mit ihm zusammen einen harten Weg bewältigt. Hatte jede Minute gekämpft. Immer wieder der Sucht getrotzt. War physisch und psychisch an ihre Grenzen gegangen. Jetzt hatten ihre Dämonen wieder ein Gesicht und quälten sie mit Erinnerungsfetzen an das Leben hinter der Tür. Ein Leben mit Blick auf St. Georg. Erinnerungen an Nico, an die Freier, an das Knistern in der Pfeife und das Gefühl, einfach auf alles scheißen zu können, weil einem die ganze verdammte Welt egal war. Doch plötzlich trug sie Verantwortung. Musste etwas tun, um diesen Alptraum hier zu beenden. Ihre Schwester retten. Handeln. Entscheidungen treffen. Diesen inneren Kampf konnte Gravesen an ihren Augen ablesen.

„Lass Max und mich reingehen", drängte er. „Du musst diesen verdammten Igor nur dazu bringen, die Tür zu öffnen. Wir gehen rein und erledigen das."

Zum Zeichen seiner Entschlossenheit hatte er seine Waffe gezogen und strahlte die Stärke aus, um die Julia immer noch rang. Sanft aber bestimmt drückte sie seine Hand mit der Waffe nach unten, bis er sie schließlich wieder verschwinden ließ. Trat dicht an ihn heran, schloss die Arme fest um ihn und presste ihr Gesicht gegen seinen Brustkorb. Gravesen hielt sie fest. Max stand abseits neben der Tür und hoffte auf eine baldige Entscheidung.

„Ich hab 'ne Scheißangst", gestand Julia leise. „Aber wenn ich das jetzt nicht mache, war alles umsonst. Wirklich alles."

Er wusste das. Hielt sie fest, bis sich ihre Anspannung löste. Und noch etwas länger. Schließlich befreite sie sich widerstrebend aus seiner Umarmung, trat einen Schritt zurück und sah zu ihm auf.

„Blöd ist nur, dass ich nicht genau weiß, wie weit ich eigentlich gekommen bin. Gerade jetzt hab ich das Gefühl, ich wäre nur im Kreis gelaufen."

„Bist du nicht", versicherte er ihr. „Hier beginnt etwas Neues. Du hast es gerade selbst gesagt."

Sie senkte den Blick.

„Es ist dein Job, das so zu sehen."

Er schüttelte den Kopf.

„Das ist kein Job mehr und das weißt du!"

Sie streckte die Hand aus und berührte sein Gesicht, stellte sich kurz auf die Zehenspitzen und küsste ihn, so flüchtig, als täte sie etwas Verbotenes.

Dann drehte sie sich endgültig um und hämmerte mit der Faust gegen die Tür. Gravesen wich zur Seite und verschmolz mit der

Dunkelheit seitlich der Tür. Max hatte sich bereits auf der anderen Seite postiert und grinste Gravesen aufmunternd an.

„Zehn Minuten", sagte Julia leise und rief dann laut und zornig: „Igor, verdammt, mach schon auf und lass mich rein!"

Kurze Zeit später wurde die Tür einen Spalt geöffnet, gerade weit genug, dass Julia ins Innere der Wohnung schlüpfen konnte.

\*\*\*

Sybille Bauer war spontan bei ihren Eltern aufgetaucht, um ihnen in den schweren Stunden beizustehen. Die Ereignisse der letzten Zeit hatten die Familie wieder dichter zusammenrücken lassen – besser gesagt den kleinen Rest der Familie, der sich heute hier getroffen hatte. Es war lange her, dass sie sich so nah und verbunden gefühlt hatten. Sie saßen im Wohnbereich in Roger Bauers Lieblingsecke bei dem Tisch, der etwas Strand aus Løkken in seinem gläsernen Bauch bewahrte. Vater und Tochter tranken Kaffee, Marlene bekämpfte ihre Aufregung mit Martini. Sie haderte unvermindert mit der Entscheidung, Corinnas Schicksal in Gravesens und Julias Hände gelegt zu haben. Aber Sybille sah es wie der Vater. Von allen schlechten Möglichkeiten schien das die am wenigsten schlechteste zu sein. Hier ging es um Geister aus Julias Vergangenheit. Sie war vielleicht die Einzige, die mit ihnen fertig wurde - je nach dem, in welcher Verfassung sie sich momentan befand.

Als eine *vom Schicksal vorbestimmte Lösung*, hatte es Roger Bauer bezeichnet, bei dem heute alles, was er sagte, wie ein Kalenderspruch klang.

Aber gerade an dieser Formulierung hatte sich Marlenes Widerstand erneut entzündet. Das Warten zehrte an ihren Nerven.

Normalerweise beruhigte sie sich mit der Malerei. Jetzt aber stauten sich die Emotionen ungemalt in ihrer Fantasie.

„*Vom Schicksal vorbestimmt?*" Ihr Lachen klang schrill, schon hörbar mit Alkohol angereichert. „Das passt in diesem Fall wohl kaum!" Und an ihren Mann gewandt: „Warum sind wir hier und nicht bei unseren Töchtern."

„Gravesen wird uns anrufen."

„Gravesen! Gravesen! Ich hör nur noch Gravesen!" Marlene verzog das Gesicht. „Wer ist das? Superman?"

„Er ist ein Spezialist für solche Fälle", beharrte Bauer. „Ich verlasse mich auf ihn."

Seine Frau schluchzte wieder. Sybille schloss sie in die Arme. Ihre Behauptung, alles werde gut ausgehen, klang schlaff, sie zweifelte selbst dran.

Marlene löste sich aus der Umarmung. Mehr als den Trost der Tochter brauchte sie den nächsten Martini. Sie leerte das Glas in einem Zug und schenkte sich großzügig nach. Nahm sich mit der Hand ein paar Eiswürfel aus dem Kübel und zwei grüne Oliven aus einem Schälchen. Wenn sie litt, dann mit Stil!

„Meinst du, sie sind schon in Hamburg?", wandte sich Sybille an ihren Vater.

Er blickte auf die Uhr und spitzte unschlüssig die Lippen. Gravesen und Julia könnten die Stadt durchaus schon erreicht haben. Doch die allgemeine Verkehrslage erlaubte keine verlässlichen Prognosen.

„Wie bist du überhaupt auf diesen Mann gekommen?", wollte Sybille von ihrem Vater wissen. „Ich dachte immer, solche Typen gibt's nur im Film."

„Er hat in bestimmten Kreisen einen guten Ruf. Wenn es um bestimmte Probleme geht. Schnell, zuverlässig und diskret."

„Wie ein Kammerjäger", warf Marlene ein.

Roger wollte sich nicht aus der Ruhe bringen lassen.

„In der Tat", bestätigte er. „Sollte er heute die eine oder andere Ratte vernichten, wäre das ganz in meinem Sinne."

Natürlich hatte er nicht den geringsten Zweifel daran gelassen, welche Lösung ihm da vorschwebte, aber Gravesen war auf seine drastische Forderung nicht eingegangen. Auch Sybille hatte das erniedrigende Foto der Schwester gesehen, kannte also die Gründe für die Haltung ihres Vaters. Widerwillig hatte er es ihr gezeigt. Ihr Zorn aber kannte nur ein Ziel: *Julia*! Sie hatte ihrer kleinen Schwester nie verzeihen können, das früher so solide Konstrukt der Familie schwer beschädigt zu haben. Bis dahin hatte jeder von ihnen seine tragende Rolle gehabt: Der betriebsame und gutmütige Vater mit viel zu wenig Zeit. Die leicht überspannte aber immer besorgte Mutter mit zu viel Zeit. Die fleißige Corinna. Die zielstrebige Sybille. Und das verzogene Nesthäkchen Julia. Dann war die Jüngste aus ihrer Rolle ausgebrochen, offenbar erfüllt vom Ehrgeiz, das schwärzeste aller schwarzen Schafe werden zu wollen.

Heute Abend fiel Sybille zum ersten Mal auf, wie stark ihre Eltern gerade in der letzten Zeit gealtert waren. Sorgen und Ängste hatten sich grau auf ihre Gesichter gelegt, tiefe Furchen gezogen. Beide waren sie von der Sehnsucht nach einem glücklichen Ende des neuesten Horrorkapitels der Familiengeschichte erfüllt. Wieder mal von Julia verfasst, obwohl sie diesmal nicht unmittelbar die Schuld daran trug. Aber nach wie vor galt: Wer mit ihr in Berührung kam, musste mit dem Schlimmsten rechnen.

„Habt ihr eine Frist ausgemacht?", wollte Sybille wissen.

Ihr Vater blinzelte überrascht.

„Eine Frist?"

„Eine Frist?", echote Marlene. „Wozu denn?"

„Ab wann wir die Polizei einschalten können. Ich meine, wenn nichts passiert. Falls es diesem Gravesen und Julia nicht gelingen sollte, Corinna zu befreien. Wir müssen doch an Alternativen denken. Rechtzeitig planen."

Der Vater schüttelte den Kopf. Der Mann, der jahrzehntelang ständig wichtige Entscheidungen hatte treffen müssen, wirkte im Augenblick überfordert.

„Er überlässt alles seinem Freund Gravesen", spottete Marlene über den Rand des Martiniglases hinweg. „Dein Vater ist ..."

Roger Bauer warf ihr einen warnenden Blick zu. Sie konnte es selbst jetzt nicht lassen. Ihr Martini-Lächeln triefte vor Hohn.

„... alt geworden." Ungeschickt fischte Marlene mit den Fingern eine Olive aus dem Glas und schob sie sich in den Mund. Nach Rogers Erinnerung war das ihre erste feste Nahrung heute.

Sybille erhob sich entschieden.

„Es hat keinen Sinn, hier herumzusitzen. Lasst uns nach St. Georg fahren. Dann sind wir auf jeden Fall schon mal in Corinnas Nähe."

„Und in Julias", ergänzte Roger Bauer und sprang auf. Endlich handeln! Die Idee seiner Tochter war großartig.

Er half Marlene auf die Beine, die im Stehen noch ihr Glas leerte und dann auf ziemlich hohen Absätzen Sybille folgte.

„Zieht euch auf jeden Fall Jacken an", rief die Tochter. „Ist wieder kühler geworden."

Niemand zog sich eine Jacke an.

\*\*\*

Warten! Gravesen war aber nicht gewillt, auch nur eine Sekunde über die zehnminütige Frist hinauszugehen. Max stand neben ihm - immer noch die Ruhe selbst. Mit diesen Nerven konnte es der Junge in der Branche weit bringen.

„Ist sie über den Berg, Boss?", wollte er wissen.

Achselzucken.

„Aber ihr seid weit gekommen."

„Zu weit", brummte Gravesen.

„Ist mir aufgefallen." Max konnte sich ein verschmitztes Grinsen nicht verkneifen.

„Gefühle haben in unserem Job nichts zu suchen", entgegnete Gravesen selbstkritisch. „Wird Zeit, dass ich abtrete. Hab dir zum Schluss noch gezeigt, was passieren kann, wenn man nicht auf der Hut ist. War wohl mein schlechtester Job."

„Wenn du es keinem sagst, ich werde schweigen."

Gravesen schüttelte unzufrieden den Kopf. Das war sein letzter Job gewesen. Den hätte er gern tadellos erledigt.

Die Zeit schritt voran, und sie lauschten wieder an der Tür. Die Musik blieb laut und aggressiv.

„Death was?", fragte Gravesen.

*„Death Breath."*

„Ah."

„Gefällt nicht jedem."

Gravesen blickte auf seine Uhr. Sieben Minuten *Death Breath* waren rum. Die Musik absorbierte alle anderen Geräusche aus der Wohnung. Man hörte keine Stimmen. Kein Geschrei. Keinen Kampf. Keinen Hilferuf. Nichts! Nur die verstörenden Klänge einer Death-Metal-Band.

„Hab ein Scheißgefühl", sagte Gravesen.

Max zog seine Waffe.

„Wenn du willst, gehen wir jetzt gleich rein."

Gravesen zog ebenfalls die Waffe.

„Aber heute musst du aufpassen, dass *ich* keine Dummheiten mache. Okay?"

Max nickte. Sein Blick wirkte fokussiert.

In diesem Moment wurde die Wohnungstür abrupt aufgerissen. Gleichzeitig war der durchdringende Schrei einer Frau zu hören.

***

„Du musst Julia nicht immer verteidigen, Papa", sagte Sybille. Während des Studiums hatte sie als Taxifahrerin gejobbt. Heute fühlte sie sich an diese Zeit erinnert, ihre Eltern hinten im Wagen wie zwei besonders anstrengende Fahrgäste. Die Mutter, mehr als leicht beschwipst, der Vater redselig wie sonst nie. Schwärmte von den guten alten Zeiten, die in Sybilles Erinnerungen nie so gut gewesen waren.

„Wir waren halt nicht die perfekten Eltern", stellte Roger mit betrübtem Blick ins abendliche Hamburg fest.

„*Du* warst nicht die perfekten Eltern", sagte Marlene.

„Es gibt keine perfekten Eltern", warf Sybille über die Schulter ein. „Ihr habt uns Kinder großgezogen. Aus mir ist was geworden. Aus Corinna ist was geworden. Aus Julia leider nicht. Dennoch eine akzeptable Quote. Und nicht eure Schuld. Sie ist in miese Kreise geraten. Blöderweise hat sie sich gerade da immer am wohlsten gefühlt. Nieten, Versager, Loser, Junkies und was weiß ich alles. Wie kann man nur einen Freak wie diesen Nico ständig um sich ertragen? Dazu noch Igor! Ihr seht, wohin das führt."

„Aber deine Schwester hat jetzt gerade einen Entzug gemacht", sagte Bauer.

„Nee, Papa, schon klar. Einen Entzug? Julia? *Du* hast das durch diesen Spezialisten erzwungen. Dabei ist unklar, ob das ganze Theater Erfolg haben wird. Ich glaube ehrlich gesagt nicht, dass Julia sich ändern wird. Du hättest mit dem Geld, das du für ihre Rettung gezahlt hast, eine Stiftung gründen sollen. Gleich nach Julias Drogentod."

„Wie kannst du das nur sagen. Du redest von deiner Schwester!"

„Eben, Papa. Deshalb weiß ich auch, wovon ich rede."

„Sie hatte weiß Gott die besten Veranlagungen von euch allen!", mischte sich Marlene mit dramatischer Stimme ein. „Sie hätte Fotomodell werden können. Schauspielerin! Ärztin!"

„Natürlich, Mama. Das hast du Corinna und mir oft genug vorgebetet. Wie es scheint, war Julia nicht bereit für deine Träume."

„Sind wir bald da?", fragte Marlene. „Mir ist übel."

„Bald", beruhigte Sybille die Mutter und konzentrierte sich wieder mehr auf den Verkehr. Hamburgs Rushhour war noch nicht ganz abgeklungen, und wenn sie überhaupt mal so etwas Ähnliches wie Zorn auf diese Stadt empfand, dann höchstens während der Hauptverkehrszeiten hinterm Steuer.

Roger Bauers Smartphone klingelte, und er hatte Mühe, es im Sitzen schnell genug aus der Hosentasche zu zerren. Neben ihm wurde seine Frau ganz zappelig vor Aufregung.

Bauer meldete sich hastig.

Vernahm Gravesens Stimme am anderen Ende. Sofort wollte Bauer wissen, ob alles glatt gegangen sei.

„Leider nicht", antwortete Gravesen.

## Kapitel 22: Tod in St. Georg

Diana telefonierte lange mit dem verantwortlichen Einsatzleiter vor Ort. Trotz geschlossener Bürotür war ihre Stimme mehrfach laut und deutlich vernehmbar. Die Chefin hatte wieder Fahrt aufgenommen. Als sie gleich nach dem Telefonat neben Jürgens Schreibtisch auftauchte, sprühte sie vor Angriffslust. Der junge Ermittler rechnete mit einer Fülle Anweisungen, aber sie musste sich offensichtlich erst einmal runterfahren.

Nach den Meldungen über einen groß angelegten Polizeieinsatz in St. Georg war in der Mordkommission zunächst niemand hellhörig geworden. Im Radio und Internet ließen die Informationen auf ein Eifersuchtsdrama schließen oder auf einen Streit im Drogenmilieu mit Todesfolge. Doch dann hatte Jürgens die schlichte Neugier gepackt. Was genau war da passiert? Es konnte ja nicht schaden, seine passablen internen Kontakte zu bemühen, um über das Geschehen in St. Georg mehr Details zu erfahren. Warum nicht über aktuelle Entwicklungen in einem Stadtteil besser Bescheid wissen, in dem man in Kürze selbst einen Einsatz plante?

Erst seine spontane Recherche ließ die Verbindung zweier auf den ersten Blick unterschiedlicher Fälle sichtbar werden. Entsprechende Erkenntnisse hatte er der Chefin vorgelegt, die sich sofort um einen offiziellen Zugang zum Tatort bemühte. Dabei ging es ihr nicht um eine Stippvisite. Sie wollte die Wohnung in St. Georg auf den Kopf stellen dürfen.

Nachdem sie wieder ihre natürliche Gesichtsfarbe hatte, lächelte sie Jürgens an, der immer noch in stiller Erwartung zu ihr aufblickte, mit allem rechnend.

„Fantastische Arbeit, mein Lieber!", wiederholte sie ihr Lob von vorhin. „Dann will ich Sie mal auf den neuesten Stand bringen. Unmittelbar beteiligt an dem Geschehen in der Wohnung waren fünf Personen. Zwei junge Frauen, Töchter eines millionenschweren Unternehmers namens Roger Bauer. Ein kürzlich aus dem Gefängnis entlassener junger Mann mit einer geradezu atemberaubend gewalttätigen Vergangenheit. Dazu zwei mysteriöse Sicherheitsexperten, die im Auftrag des Unternehmers vor Ort waren."

„Sicherheitsexperten?" Jürgens runzelte die Stirn. „Das hat dann wohl nicht wirklich was gebracht."

Diana quittierte seine Bemerkung mit einem heiteren Zwinkern.

„Die Rolle der beiden Herren ist noch äußerst nebulös. Bei einem der Namen klingelte es bei mir, aber leider nur sehr entfernt. Ich komm noch drauf! Entscheidend ist, dass es genau in der Wohnung, die wir morgen besuchen wollten, eine Leiche gab. Seltsam, dass uns der fünfte Name von Angelika Wiecherts Liste genau zu diesem Ort geführt hätte. Aber unsere Zielperson scheint am aktuellen Geschehen nicht beteiligt gewesen zu sein. Ist wie vom Erdboden verschluckt. Ich warte jetzt auf einen Rückruf aus dem Drogendezernat. Dort ist er ein guter Bekannter und mit etwas Glück wissen die auch, wo er steckt. Auf alle Fälle wird der Bursche immer interessanter für uns. Da die beiden Töchter eines stadtbekannten Unternehmers in die Sache verwickelt sind, ist übrigens zeitnah ein juristisches Schwergewicht am Tatort aufgetaucht. Dr. Alfred Thiess, Staranwalt der Reichen und Schönen. Da gibt es momentan kein Durchkommen. Aber ich will hauptsächlich die Wohnung inspizieren, und mit etwas Glück kriegen wir wenigstens die ominösen

Sicherheitsleute zu fassen. Sagt Ihnen der Name Christian Gravesen etwas?"

Ohne groß überlegen zu müssen schüttelte Jürgens den Kopf. Diana seufzte.

„Komisch. Mir sagt der was. Muss schon eine Weile her sein. Aber in welchem Zusammenhang? Mein Gedächtnis lässt nach. Ich werde alt."

Jürgens lag ein charmanter Widerspruch auf der Zunge, aber den verkniff er sich. Dabei hatte er das Gefühl, der Chefin könnte entgegen sonstiger Gewohnheiten in diesem Moment ein Kompliment ganz willkommen sein. Er wurde nicht schlau aus ihr. Doch nachdem sie ihn bereits zweimal gelobt hatte, wollte er die harmonischen Schwingungen zwischen ihnen nicht gefährden. Bei Miriam war er mit Komplimenten verlässlich ins Fettnäpfchen getreten.

Diana klatschte aufmunternd in die Hände, das ließ ihn zusammenzucken.

„Dann auf nach St. Georg! Das scheint eine wichtige Spur zu sein. Zwei verschiedene Geschichten, die beide in diese Wohnung führen. Kann kein Zufall sein. Irgendwo gibt es da eine Verbindung, und die will ich so schnell wie möglich aufdecken."

\*\*\*

Schmidt verfügte über beachtliche Koksvorräte und Nico hatte sich auch heute nicht zurückgehalten. Die glänzende Stimmung, die sich wie ein zartes Pflänzchen zu entfalten begann, bewässerte er zusätzlich mit Wodka – die letzte Stufe auf dem Weg zur absoluten Klarheit und dem erhabenen Gefühl, endlich wieder alles im Griff zu haben. Nur mit der musikalischen Seite dieser Luxusbehausung kam er nicht klar, egal wie intensiv er sich auch pushte. *Pet Shop Boys, Madonna, Michael Jackson, Roxette, Abba ...* wie sollte er da den passenden Soundtrack für seine Hochstimmung finden?

Schmidt saß im Wohnbereich an dem gewaltigen Esstisch, der selbst den Rittern der Tafelrunde ausreichend Platz geboten hätte. Sein Blick wirkte in sich gekehrt. Auch vor ihm stand ein Glas Wodka. Nico spürte die Wahrheit in sich fließen, als habe sie seinen Blutkreislauf ersetzt. Wenn nicht hier und jetzt wann sonst hätte es einen geeigneteren Zeitpunkt geben sollen, endlich die ganze Geschichte zu erzählen. Jemanden wie Schmidt, der weitläufig in der Szene vernetzt war, unverzichtbar auf den wichtigsten Partys, ohne dass ihn wirklich jemand kannte. Diesen großen, hageren stets ein wenig unzugänglich wirkenden Typen, der mehr als nur körperlich aus der Masse herausragte, weil er sich sparsam bewegte, nicht viel redete, immer Geld hatte und bei Männern und Frauen gleichermaßen angesehen war. Ein langhaariger Freigeist, der Nico in höchster Not kurzzeitig in sein Leben gelassen hatte, ohne Fragen zu stellen. Freunde würden sie in diesem Leben trotzdem nicht mehr werden, aber immerhin hatte Nico hier die Chance zum Durchschnaufen bekommen. Allein wegen Schmidts Großzügigkeit hatte er eine Weile in etwas Luxus eintauchen können, wie eine Fliege im Champagnerglas. Warum sollte er die friedliche Stimmung nicht für mehr als nur eine nette Plauderei nutzen, warum sich nicht endlich mal Dinge von der Seele reden, die er andernfalls wahrscheinlich nie mehr loswürde? Wer sonst würde ihm noch zuhören wollen? Julia war von einem Tag auf den anderen verschwunden, wie eine Lieblingsserie, die plötzlich nicht mehr im Fernsehen lief. Nico litt unter der Trennung. Nico litt aber auch darunter, sein Zuhause verloren zu haben. Dass dadurch in seinem Alltag die Struktur weggebrochen war. Aber einfach so still und leise von der Bildfläche verschwinden? Ohne nicht wenigstens noch diese eine letzte Geschichte zu erzählen? Die Geschichte seiner vielleicht mutigsten und ritterlichsten Tat. Als er bereit gewesen war, alles für Julia zu tun. An diesem Morgen, der sein Leben für immer verändern sollte.

„Die Sache ist die", sagte Nico und ließ sich am Tisch nieder, etwas seitlich des Hausherrn, dessen Blickfeld meidend. Normalerweise hielt er nichts davon, große Reden zu schwingen, doch in seiner momentanen Verfassung mussten die Gefühle einfach raus. Statt wie üblich in den Ecken und Winkeln seines Kopfes nach passenden Worten suchen zu müssen, lagen sie heute wohl geordnet parat, und er brauchte sie nur noch auszusprechen. Dabei bewegte er sich so zielstrebig wie noch nie durch seine Erinnerung. Wenn er nicht aufpasste, konnte das am Ende in eine schonungslose Lebensbeichte ausarten – eine Vorstellung, die ihn eher amüsierte als beunruhigte. Es war an der Zeit, dass Nico Draeger endlich auch mal den Mund aufmachte! Auspackte, gewissermaßen.

*Jetzt rede ich*, dachte er und fragte sich, warum gerade diese Formulierung so einen bitteren Nachgeschmack hinterließ. Ein Gedanke wie das Thema eines Schulaufsatzes.

Grübelnd nippte er an dem Wodkaglas, ein kleiner Schluck nur, den er für einen Moment hinter gespitzten Lippen im Mund behielt, bevor er ihn runterschluckte. Nur nichts überstürzen! Er vermied jeden Blickkontakt mit Schmidt.

„Julia und ich kennen uns schon lange. Verdammt lange!"

Richtig männlich und erwachsen kam er sich vor, so wie er das *Verdammt!* betonte. Wie ein harter Bursche, der schon jede Menge erlebt hatte.

„Ich bin nicht schwul", fuhr er fort. „Jeder glaubt das, aber es ist nicht so. Hab mich nur nie festgelegt. Und Job ist Job. Einige der reichen alten Daddys wollen Jungs. Die Frauen lieber Kerle. Ich meine, wenn sie schon dafür bezahlen müssen. Damals, als ich Julia traf, hab ich mich gleich in sie verknallt. Aber sie hat mich immer nur wie einen kleinen dummen Bruder behandelt und mir ständig von anderen Typen vorgeschwärmt, hinter denen sie her war. Sie wäre nie auf die Idee gekommen ... ich meine, mal mit mir ... wir haben uns nicht mal richtig geküsst in all den Jahren. Ich hätte sie echt gern geküsst. Ihre Zunge schmeckt bestimmt nach Karamell."

Er gönnte sich den nächsten kleinen Schluck Wodka und genoss es, endlich mal ungestört reden zu dürfen.

„Ich konnte schon immer gut Klavier spielen. Erst habe ich jahrelang bei einem Nachbarn spielen dürfen. Da hab ich mir alles selbst beigebracht. Irgendwann bekam ich dann Klavierunterricht. Da war ich fünfzehn oder so. Das machte mir mehr Spaß als alles, was ich vorher ausprobiert hatte. Die anderen Jungs aus meiner Klasse spielten Fußball. Tennis. Basketball. Oder ... was weiß ich. Ich aber Klavier. Meine Klavierlehrerin erinnerte mich an meine Mutter. Deshalb hab ich das ab und zu verwechselt. Julia hat gesagt, dass ich manchmal Erinnerungen vermische, wegen der Drogen und so. Aber das stimmt nicht. Ich fand es einfach geil, so zu tun, als wäre meine Klavierlehrerin meine Mutter. Wenn ich gut spielte, hat sie mich umarmt. Wenn ich mich verbessert habe, hat sie mich gelobt. Sie sagte, ich wäre eine Naturbegabung. Etwas Besonderes. Manchmal hat sie mich vor Freude geküsst. Ich mochte das. Sie war groß und stark. Duftete wie der Frühling, sah toll aus und hatte wunderschöne Hände."

Er trank und seufzte schwer. Seine Gedanken verließen Schmidts Wohnung und gingen auf die Reise. Viele Bilder aus seiner besten Zeit waren noch vorhanden. Aber auch die Erinnerungen an die Verwirrung eines Jungen mitten in der Pubertät.

Seine Träume, ein berühmter Pianist werden zu wollen, reich und umschwärmt. Dann hätte er seiner Gönnerin einen Palast bauen und mit ihr bis ans Ende seines Lebens glücklich werden können. Der Altersunterschied war ihm egal. Ja, sie hätte seine Mutter sein können. War sie aber nicht! Sie hatte ihn alles über Rhythmus gelehrt, was ein verklemmter Junge wissen musste, um eine Frau wie sie glücklich zu machen. Am Klavier. Auf dem Klavier. Ohne Klavier. Doch sie hatte es an dem Tag beendet, an dem er mit dem geklauten Ring auftauchte, ihr einen unbeholfenen Heiratsantrag machte.

„Ich hab 'ne ganze Woche durchgeheult, und Julia hat mich getröstet", erzählte er Schmidt. „Ich wollte tot sein. Alles war kaputt. Meine größte Liebe. Meine Musik. Das blöde Klavier und die beschissenen Noten hätten sie meinetwegen verbrennen können. Ich ging nicht mehr zum Unterricht und hab danach nur noch Scheiß gebaut. Aber wie soll man die Frau vergessen, für die man gestorben wäre, und die man weiterhin fast jeden Tag in der Schule sehen musste? Sie hatte mir Klavierunterricht gegeben, aber sie war gleichzeitig auch Julias Klassenlehrerin. Ich ging in die Parallelklasse und hatte Angelika in Mathe und Musik. Julia und sie haben sich, glaub ich, von Anfang an gehasst. Eines Tages kommt Julia zu mir und ist völlig fertig und jammert nur noch rum. Wegen so 'ner Dummheit. Ich sollte ihr wieder mal helfen. Sie war bekifft im Unterricht gewesen und hatte bei irgendeinem Aufsatzthema schlimme Dinge geschrieben. Über ihre Familie und … über Angelika. Auch über das, was ich ihr von mir und Angelika erzählt hatte. Verdammt, das war typisch Julia! Wie konnte sie bloß! Angelika Wiechert wäre eine Kinderfickerin, hat sie geschrieben und fand das auch noch lustig. Jedenfalls solange sie bekifft war. Danach nicht mehr. Dann kam das schlechte Gewissen. Und mit dem kam sie zu mir."

Nico presste die Hände gegen den Kopf, als drohten ihm die Erinnerungen den Schädel zu sprengen.

„War 'ne beschissene Situation", murmelte er. „Julia wollte das Heft zurück, das sie in ihrem Rausch abgegeben hatte. Bevor Angelika es lesen konnte. Sie wusste, dass ich mich gut in dem Haus der Wiecherts auskannte. Wir haben uns am Sonntag ganz früh getroffen. Julia und ich. Die Sonne ..."

... war noch nicht aufgegangen. Gerade angekommen, konnten Julia und Nico beobachten, wie Volker Wiechert missmutig das Haus verließ, in seinen Wagen stieg und davonbrauste. Ein dicker Mann in einem dicken Schlitten.

„Der ist schon mal weg!", freute sich Julia, als sie kurze Zeit später im dichten Buschwerk hinter dem Haus kauerten, mit Blick auf den gepflegten Rasen und die große Terrasse.

„Aber *sie* ist noch drinnen", brummte Nico. „Und die beiden Jungs. Ich kann da nicht einfach so rein."

„Hast du doch sonst auch immer gemacht."

„Aber da hatte ich noch Klavierunterricht."

„Ach, *Klavierunterricht! So* nennt man das also! Ich denk, die Wiechert hat deinen Schwanz gelutscht."

„Ich hab's wirklich nur *dir* erzählt. Du solltest daraus keinen Aufsatz machen, verdammt!"

„Die hat dich verführt ..."

„Wenn du jetzt nicht die Klappe hältst, bin ich sofort weg. Dann kannst du selber sehen, wie du dein blödes Heft kriegst."

„Sie ist eine Kinderfickerin. Dafür kann man sie einsperren, glaub ich. Genau das hab ich geschrieben."

Nico boxte sie.

„Ich bin kein Kind!"

Sie boxte ihn zurück.

„Wir müssen jetzt einen Plan machen", forderte sie.

Er starrte auf das Haus, das ihm beinahe so vertraut war, als wäre er dort aufgewachsen. Mit vielen schönen und einigen schlimmen Erinnerungen.

„Keine Ahnung, wie ich da jetzt reinkommen soll. Ich hab ja keinen Schlüssel oder so."

„Aber ich muss das Heft wieder haben! Wenn die Wiechert damit zu meinen Eltern rennt, bring ich mich um. Das Leben ist jetzt schon beschissen genug. Vergiss nicht, das mit dir steht auch drin."

„Dann sagt sie vielleicht zu niemandem was. Das ist ja für sie auch ziemlich blöd, wenn das rauskommt, oder?"

„Sie wird mich auf jeden Fall fertig machen. Sie hasst mich sowieso schon, die alte Hexe. Und dich dann auch. Weil du mir alles erzählt hast. Oder sie behauptet, das wäre gelogen. Dann fliegen wir beide von der Schule. Meine Eltern werden mich in ein verdammtes Internat stecken. Dein Vater wird dich vielleicht erschlagen. Wir werden uns nie wieder sehen, Nico! Wir brauchen das Heft!"

„Und wenn sie den Aufsatz schon längst gelesen hat? Freitag habt ihr den geschrieben. Heute ist Sonntag!"

„Ich will das Heft!"

Nico gab auf. Gegen Julias Sturheit hatte er noch nie etwas ausrichten können. Aber bevor er über den Rasen in Richtung Haus spurten konnte, entdeckte er den sportlich gekleideten Mann, der sich verstohlen durch den Garten bewegte. Nico duckte sich wieder ins Gestrüpp und beobachtete den Jogger fasziniert beim behutsamen Öffnen der Tür zur Küche. Der Mann sah sich noch einmal aufmerksam um und verschwand anschließend im Haus.

Julia stieß Nico mit dem Ellenbogen an.

„Hast du gesehen, wie einfach man da reinkommt?"

Nach einer Weile verließ sie den Schutz der Büsche und rannte in geduckter Haltung zur Tür. Nico folgte ihr. Die beiden spähten durch die Butzenscheiben in die Küche und beobachteten, wie der Mann Angelika Wiechert gerade das T-Shirt hochzog und gierig ihre Brüste streichelte und knetete. Wie sie lachte und ihm das Haar zerzauste. Wie sie sich küssten und dann die Küche verließen.

Julia stieß Nico an.

„Jetzt geht's zum Ficken. Wetten?"

Weil er nicht reagierte, warf sie ihm einen prüfenden Blick zu. Dumpf starrte ihr Freund dorthin, wo sich das Pärchen kurz zuvor vergnügt hatte, als könne er sie immer noch in wilder Umarmung sehen.

Es zerriss ihm das Herz. Wie begehrenswert Angelika ausgesehen hatte und wie erregend, mit langen gebräunten Beinen in kurzen Shorts und ihre entblößten Brüste genau passend für die Hände eines unsterblich verknallten Jungen. Er selbst hätte es sein wollen, der sich in ihr Leben schlich, den sie empfing und mit dem sie nach oben verschwand. Tränen der Enttäuschung stiegen in seine Augen, vielleicht von der Wut hochgepresst, die sich in ihm ausbreitete. Da drückte Julia ihn fest an sich und versuchte ihn zu trösten.

„Scheiß doch auf die blöde Kuh!"

Ein paar Küsse in sein düsteres Gesicht bevor sie sagte:

„Wir brauchen unbedingt das Heft. Sie darf gegen uns nichts in der Hand haben."

„Ich soll da rein?", stieß er bitter hervor. *„Jetzt?"*

„Gerade *jetzt*! Die sind beschäftigt und kriegen nichts mit. Ich pass hier draußen auf. Es ist *die* Gelegenheit!"

Nico kauerte eine Weile zaudernd neben der Tür, rang mit seinen Emotionen. Julia umarmte ihn erneut. Küsste ihn jetzt sogar auf den Mund.

„Bitte, Nico. Bitte, bitte! Du musst das machen! Lass mich jetzt bloß nicht hängen!"

Schnaufend befreite er sich aus ihren Armen, als bekäme er keine Luft mehr, gab sich einen Ruck, öffnete leise die Tür und blickte nach innen. Im ersten Moment meinte er, gerade noch einen Schatten aus der Küche verschwinden zu sehen. Aber der Raum lag still und ohne eine Menschenseele vor ihm. Angelikas vertrauter Duft kitzelte ihm in der Nase. Oft hatte er am Klavier wie ein kleines Tier ihre Witterung aufgenommen, wenn sie neben ihm saß oder hinter ihm stand. Erregt von ihrer Nähe, dem Duft, der Stimme und den Berührungen. Nichts wirkte zufällig. Durch sie wurde alles magisch, und er hatte jede Erinnerung an sie in seine Nächte gerettet, wo sie sich in heiße und feuchte Träume verwandelte. Angelika hatte Stimmungen entfacht, die ihn in Aufruhr versetzten. Dagegen wirkten seine Gefühle für Julia ... kindisch und klein.

Auf dem Küchenboden hockend atmete er mehrmals tief durch und wartete ab, bis sich sein rasender Puls etwas beruhigt hatte. Dabei lauschte er angestrengt nach Stimmen oder Geräuschen. Schließlich huschte er aus der Küche in die Diele. Während Julia draußen wartete, durchstreifte er auf leisen Sohlen das Haus, in dem er vor kurzer Zeit noch von einer aufregenden Zukunft geträumt hatte, ermuntert von Angelikas Lob und Zuneigung. Hier, wo er eine Geliebte, Vertraute, Mutter und Freundin zugleich gefunden zu haben glaubte, streng, hart und fordernd und dann wieder zärtlich und anschmiegsam. Sie hatte ihn nur kurz berührt und gelächelt. Nach den schlaflosen Nächten, durch die er sich bis zu diesem Augenblick hatte schwitzen müssen, war der Höhepunkt nach wenigen Sekunden vorbei gewesen und hatte die Ahnung hinterlassen, alles zerstört zu haben. Sie war aufgestanden, um ein Handtuch zu holen, während er am Klavier saß und sich so fühlte, wie sie ihn kurz danach behandelte: ein kleiner Junge, dem ein Missgeschick passiert war.

Den Weg zu dem Klavier in ihrem Arbeitszimmer kannte er mit geschlossenen Augen. Ihre Aktentasche lehnte neben dem alten Schreibtisch, und die Hefte mit den Aufsätzen hatte sie noch nicht mal herausgeholt. Nico durchsuchte hektisch den Stapel, die Stirn schweißnass, die Hände vor Nervosität flatternd. Julias pinkfarbenes Heft, zerfleddert, fleckig, mit provokanten Aufklebern bedeckt, fand er fast ganz unten. Mit spitzen Fingern hochhaltend betrachtete er es von allen Seiten. *Das* war unverkennbar Julia! Und genau *das* hasste Angelika an ihr. Schnell stopfte er die anderen Hefte wieder in die Aktentasche zurück und verließ das Arbeitszimmer. Von oben waren unmissverständliche Geräusche zu hören, ähnlich wild wie sein Herzschlag, begleitet von Angelikas anschwellendem Stöhnen. Fasziniert und gleichzeitig abgestoßen lauschte Nico. Am liebsten wäre er nach oben geschlichen, um Angelikas Höhepunkt aus unmittelbarer Nähe mitzuerleben. Und gleichzeitig breitete sich eine tiefe Frustration in ihm aus. Er erinnerte sich, wie sie ihn mit dem Handtuch säuberte, als wäre er ein Kleinkind, das sich in die Hose gemacht hatte. Ihm über den Kopf streichelte und ihn mit leiser Stimme zu beruhigen versuchte. Ihn küsste.

Küsste!

Zurück in der Küche zitterte er unter dem Druck all der widersprüchlichen Gefühle und hätte am liebsten die Möbel im englischen Landhausstil zu Kleinholz verarbeitet. Glastüren eingetreten, Geschirr zertrümmert. Das ganze verdammte Haus angezündet. Er suchte tatsächlich Streichhölzer, öffnete den

Hängeschrank, da fiel ihm die kleine braune Flasche in die Hände, ganz oben, ganz hinten, ganz unscheinbar. Sie hatte ein unbeschriftetes Etikett. Er öffnete sie, schnupperte daran. Roch kaum, war aber bestimmt nicht allzu bekömmlich. Dieses scheinbar harmlose Fläschchen, er konnte es entweder zurückstellen und gehen, oder etwas damit anstellen. Seine innere Stimme warnte ihn, er ignorierte sie. Er wollte etwas Chaos in Angelikas geordnetem Leben hinterlassen. Etwas von ihrer verlogenen heilen Welt beschmutzen. Irgendwas tun!

Im Kühlschrank entdeckte er eine offene halbvolle Tüte Orangensaft. Dem inneren Drang folgend goss er den größten Teil der geheimnisvollen Flüssigkeit in den Saft. Schüttelte die Tüte, damit sich alles besser verteilte. Sollten sich Angelika und ihr scheiß Geliebter ruhig die Seele aus dem Leib kotzen, das wäre wenigstens ein gerechter Ausgleich für sein Elend! Zufrieden malte er sich aus, wie die beiden später erschöpft vom Bumsen mit dem Orangensaft ihren Durst danach löschten. Mit großen, gierigen Schlucken. Das fast leere Fläschchen steckte er lächelnd ein. Geräuschlos verließ er die Küche durch die Hintertür und trat auf die Terrasse hinaus, in einen wunderbaren Sonnenaufgang. Es ging ihm besser.

„Mann, das hat aber gedauert!", beschwerte sich Julia. „Ich dachte schon, die Alte hat dich erwischt."

Er warf ihr das Heft vor die Füße.

„Dann mach deinen Scheiß nächstes Mal selbst! Meinst du, das liegt da einfach so rum?"

Besänftigend umarmte sie ihn, bis es ihm wieder zu viel wurde und er sie wegstieß.

„Du bist doch mein Held", schwärmte sie und presste das Heft mit verklärtem Blick theatralisch an ihre kleinen Brüste. „Dafür hast du drei Wünsche frei!"

Nico seufzte.

Er wäre gern mal mehr für sie gewesen als immer nur der Depp, den sie losschickte, wenn in ihrem Leben irgendwas schieflief. Die Sache mit dem Orangensaft behielt er für sich. Freute sich schon darauf, wenn Angelika Montag nicht zur Schule kommen konnte. Magen Darm oder so was.

„Lass uns abhauen!", sagte er und war erleichtert, diese aufregende Aktion endlich hinter sich zu haben.

„Bleiben noch zwei Wünsche", entgegnete Julia und kicherte albern. Nico …

… ließ seine Fingerspitzen immer wieder über eine Kerbe in der Tischplatte gleiten. Das beruhigte ihn. Der Kontakt zur Unvollkommenheit. Nichts war perfekt. Niemand. Von Schmidt kamen keine Fragen, kam keine Kritik. Die Stille raubte Nicos Erinnerungen die Farbe. Um nicht den Faden zu verlieren, sprach er einfach weiter. Es war ja eine besondere Geschichte, die erst dadurch, als er sie heute zum ersten Mal einem anderen Menschen anvertraute, endgültig wahr wurde, zu einem realen Teil seines Lebens, den er viel zu lange verdrängt hatte.

„Dann kam der Montag und Angelika fehlte tatsächlich. Aber erst nachdem die Hölle losbrach, wurde mir klar, was ich getan hatte. Ich meine, was ich wirklich getan hatte! Angelika und ihren Mann haben sie kurze Zeit nach dem Tod der Jungs verhaftet. Irgendwann wurde Angelika dann tatsächlich verurteilt. Alle glaubten, sie hätte ihre Söhne vergiftet. In der Schule sagten sie das. Im Fernsehen. Es stand in den Zeitungen und im Internet. Die Hexe, die ihre Kinder tötete, um endlich ein neues Leben zu beginnen. Die immer ihren Mann beschuldigte. Ich hab die beiden Jungs gekannt, habe sie ab und zu gesehen. Sie waren mir immer viel zu ernst und zu artig vorgekommen. Die gehorchten sofort, wenn ihre Mutter was sagte. Wie dressierte Pudel. Und plötzlich waren sie tot. Was sollte ich machen? Zur Polizei gehen und alles gestehen? Dann wär mein Leben vorbei. Alles. Davor hatte ich Angst. Die würden mich einsperren. Vielleicht in eine Irrenanstalt. Oder in den Knast. Dort würden mich jeden Tag die anderen Gefangenen vergewaltigen. Ich hatte mal gelesen, wie das im Knast zuging. Ich hab mir tausend Mal überlegt, was ich tun könnte. Mir vorgestellt, wie ich zu den Bullen gehe und sage: *Ich wars!* Ich hab das Zeug in den Orangensaft geschüttet, durch das die Jungs gestorben sind. Aber das konnte ich einfach nicht. So verging die Zeit, und bald sprach niemand mehr davon. Wir bekamen eine neue Lehrerin, eine kleine Dicke mit Brille, riesigem Busen und dicken Waden. Die Polizei hatte mich nur ein einziges Mal befragt, weil ich als Schüler ja öfter bei den Wiecherts zum Klavierunterricht gewesen war. Ich musste sagen, was ich dort gemacht habe. Klavier gespielt eben. Die brauchten sogar meine Fingerabdrücke. Mehr passierte nicht. Je länger Angelika im Gefängnis saß, desto richtiger kam es mir vor. Ich weiß nicht warum. Ich hatte kein Mitleid. Freute mich sogar, weil sie mir im Knast immer treu bleiben müsste. Dachte ich wenigstens. Aber nicht mal der Wunsch hat sich erfüllt. Julia hat nie den Verdacht gehabt, ich könnte das mit dem Gift gemacht haben, als ich an dem Morgen im Haus war. Sie hat sich überhaupt keine Gedanken mehr gemacht. Nur die toten Jungs taten ihr leid. Alles andere war ihr egal. Sie sagte mal, es ginge ihr besser, seit sie Angelika nicht mehr als Lehrerin hatte. Die Neue wär netter. Damit war die Sache für sie erledigt. Ich hab immer weiter geschwiegen. Mich zugedröhnt. Schließlich hab ich geglaubt, es wäre eine besondere Art von Gerechtigkeit. Ich meine, dass Angelika erst mein Leben zerstörte, und ich danach ihrs. Julia und ich haben uns jedenfalls geschworen, nie jemandem zu erzählen, dass wir an dem Morgen da gewesen waren. Als die Wiecherts-Jungs starben. Wir hätten ja nichts damit zu tun, meinte Julia. Die Polizei kam auch gar nicht auf die Idee, uns zu fragen, wo wir morgens gewesen waren. Ganz ehrlich, irgendwann fing ich an zu glauben, es nicht getan zu haben. Weil alle von Angelikas Schuld überzeugt waren. Sie sah schuldig aus, und sie verhielt sich so. Sie war die beste Schuldige, die man kriegen konnte! Ja, im Grunde genommen hatte sie auch Schuld. Sie hatte mich dazu getrieben! Von mir aus sollte sie nie wieder freikommen!"

Nico hatte sich in Rage geredet und war jetzt erschöpft, still. Mit dem Handrücken wischte er sich Schweißtropfen von der Stirn. Am Schluss war es doch noch harte Arbeit geworden, die Vergangenheit in Worte zu fassen, aber dafür erfüllte ihn jetzt das Gefühl, sich von einer tonnenschweren Last befreit zu haben. Allerdings mochte er nicht mehr in Schmidts Richtung sehen, während er fortfuhr, die Stimme wieder auf normale Lautstärke gesenkt.

„Kurz nachdem ich gegangen war, müssen die beiden Jungs wach geworden sein und Durst bekommen haben. Während sich ihre Mutter oben mit dem Nachbarn vergnügte, haben sie unten in der Küche Orangensaft getrunken, jeder ein volles Glas. Vielleicht haben sie sich gewundert, weil das so komisch schmeckte. Aber Angelikas Regeln waren hart, das hab ich oft mitbekommen. Kinder reden nicht, wenn Erwachsene sich unterhalten. Man sagt *Bitte* und *Danke*! Man isst den Teller und man trinkt das Glas leer und lässt keine Reste herumstehen. Man macht morgens keinen Krach, wenn die Eltern noch nicht auf sind. Und man stört die Mutti nicht, solange sie noch im Schlafzimmer ist. Sie haben die Gläser leergetrunken und sind wieder in ihre Betten gekrochen, still und artig. Und sind dort still und artig gestorben. Die Flasche mit dem restlichen Gift hab ich heute noch.

Sie war bei den Sachen, die Igors Vollpfosten mir ins Treppenhaus geworfen haben."

Nico ölte die Stimmbänder mit Wodka. Inzwischen war das Glas leer, der Wodka hatte nicht anders geschmeckt als sonst, und er freute sich darauf, nun bald seinen Frieden zu finden. Hier und jetzt. Das wäre schöner, als sich in irgendeiner Bahnhofstoilette den goldenen Schuss zu setzen oder im Wahn von irgendeinem Hochhaus zu springen. Er hatte keine Ziele mehr, kein Zuhause, keinen Plan, keine Lust, dieses Leben fortzusetzen. Müde schloss er die Augen und stöhnte leise.

„Aber das ist immer noch nicht alles!", sagte er mit matter Stimme.

\*\*\*

Die Lange Reihe in St. Georg war von beiden Seiten gesperrt worden. Quergestellte Streifenwagen. Blaulicht. Mittlerweile hatte sich die Dunkelheit in die Straße gesenkt. Die Präsenz der Polizei und die Absperrungen hatten viele Schaulustige angelockt, die auf etwas Besonderes zu warten schienen. Außer ein paar Streifen- und Rettungswagen und einigen Beamten gab es vorerst nichts zu sehen. Nachdem Diana und Jürgens nach Vorzeigen der Dienstausweise durch die Absperrung gelangten, folgten lautstarke Proteste aus den Reihen der Presse. Die Medien blieben ausgesperrt, weil Dr. Thiess mit juristischen Konsequenzen für jeden gedroht hatte, dessen Entscheidungen oder auch Fehlentscheidungen den Persönlichkeitsrechten der Familie Bauer schaden könnten. Das erzählte der Beamte des Kriminaldauerdienstes den beiden Kollegen der Mordkommission, während er sie im Blitzlichtgewitter zum Hauseingang führte.

„Die fotografieren alles, was nicht rechtzeitig auf die Bäume kommt", fügte er hinzu, mit dem Daumen Richtung Presse weisend. „Mehr kriegen die ja nicht geboten. Wir haben Anweisung, das Maul zu halten, sobald ein Mikrofon vor unserer Nase auftaucht. Alles ist zur Chefsache erklärt worden."

„Ich bin Fotografen gewöhnt", scherzte Diana. Tatsächlich schien sie mitten im Trubel dieser groß angelegten Polizeiaktion in ihrem Element zu sein. Strahlte wie eine Filmdiva auf dem roten Teppich im Blitzlichtgewitter.

„Ist die Leiche noch in der Wohnung?", wollte sie wissen.

„Noch ja", bestätigte der Beamte. „Da es verschiedene Versionen zum Tathergang gibt, untersuchen Spusi und Gerichtsmedizin jeden Millimeter der Wohnung und der Leiche. Ich bringe sie jetzt zum Chef. Hauptkommissar Lutz, ich glaube, mit dem haben Sie auch vorhin telefoniert. Der wird dann mit Ihnen zusammen eine kleine Führung machen."

„Ist noch jemand von der Familie Bauer hier?"

„Nein. Da sitzt der Schock natürlich tief, das können Sie sich denken. Befragungen dürfen sowieso nur in Anwesenheit von Dr. Thiess durchgeführt werden. Da geht heute bestimmt nichts mehr."

„Und die beiden Sicherheitsleute? Sind die noch hier?" Diana setzte mit den Fingern die Bezeichnung *Sicherheitsleute* in Anführungszeichen.

„Sie meinen die von Bauer beauftragten Männer? Ich glaub, die sind noch da. Aber wo?" Der Beamte blickte sich suchend um, zuckte dann mit den Schultern.

„Seh sie bloß grad nicht. Werden vielleicht in irgendeinem Wagen verhört. Alles ziemlich undurchsichtig, wenn Sie mich fragen. Da hat man St. Georg als Stadtteil mit viel Aufwand diese coole Note verpasst, und dann so was."

„Andere Sorgen haben Sie nicht?", fragte Diana spitz, während sie das Treppenhaus betraten.

Der Beamte grinste.

„Gehen Sie bis ganz nach oben und melden Sie sich beim Kollegen neben der Eingangstür. Schutzklamotten müssten noch da sein. Unser Chef Lutz wird Sie dann wie gesagt in Empfang nehmen. Den kennen Sie von früher, richtig?"

Diana nickte.

„Und wie!"

Der Beamte lachte.

„Na super, dann brauch ich Sie ja nicht vorzuwarnen."

Sie stimmte in sein Lachen ein.

„Ich wette, der hat Sie auch schon vor mir gewarnt."

„Gewarnt nicht. Hat nur gesagt, dass die Totenflüsterin im Anmarsch ist. Wir waren alle sehr gespannt auf Sie."

„Ach wie nett."

„Machen Sie das wirklich? Mit den Toten ...?"

Sie nickte.

Er rieb sich das Kinn und grinste schief.

„Klingt abgefahren."

„Abgefahren wird's erst, wenn die Toten antworten", entgegnete Diana und stieg die Treppe hinauf. Jürgens reagierte auf den fragenden Blick des Beamten mit einem schiefen Grinsen und folgte der Totenflüsterin.

Hauptkommissar Lutz, ein kleiner beinahe quadratischer Mann mit breiten Schultern, gewaltiger Wampe und einer befehlsgewohnten Stimme, begrüßte Diana mit rauer Herzlichkeit. Und Jürgens gar nicht. Lutz und Diana verband eine bewegte Vergangenheit. Kurz scherzten sie sich durch einige schwarzhumorige Anekdoten, ließen ein, zwei Namen ehemaliger Kollegen fallen. Schwärmten von den gemeinsamen guten alten Zeiten.

Danach machte Lutz seine Ex-Kollegin noch einmal ausdrücklich darauf aufmerksam, sich hier an *seinem* Tatort zu befinden, und sie nahm das erstaunlich friedlich zur Kenntnis. Sie und Jürgens hatten sich vor dem Betreten der Wohnung Schutzanzüge übergezogen und erfüllten somit die notwendige Kleiderordnung.

Wie ein stolzer Gastgeber führte Lutz sie auf direktem Weg durch *seine* Wohnung zu *seiner* Leiche. Dabei vermittelte er den Eindruck, die Umstände dieses Falls zu genießen. Kultgegend, Millionärsfamilie, Staranwalt, riesiger Medienrummel, Interesse von anderen Fachabteilungen. Dazu noch das ideale Opfer, dem kaum jemand eine Träne nachweinte. Der Fall des Jahres!

„Igor Frolow", stellte er vor. „Gerade erst aus dem Strafvollzug entlassen. Aus Zeitgründen erspar ich uns mal seine Vorgeschichte. Erstochen. Sauberer Stich ins Herz. Die Rettungskräfte waren zwar schnell hier, konnten aber nichts mehr tun. Für Typen wie ihn ist ein Messerstich vermutlich eine natürliche Todesart. Das absehbare Ende eines großmäuligen Kleinkriminellen, möchte man meinen. Aber die weiteren Umstände sind dann doch etwas ungewöhnlich, und die ganze Geschichte müssen wir erst einmal in aller Ruhe aufrollen."

Diana kniete sich neben der Leiche des jungen Mannes auf den Boden, achtete darauf, nicht mit dem Blut in Berührung zu kommen.

„Die Gerichtsmedizin ist hier erst mal durch", ergänzte Lutz. Jürgens beobachtete seine Chefin aus dem Hintergrund, hatte das Gefühl, für den Hauptkommissar weiter unsichtbar zu sein. Der sprach ausschließlich in Dianas Richtung.

Eine Weile starrte die Leiterin der Mordkommission auf die Leiche. Dieses Mal sagte sie nichts. Sprach nicht mit dem Toten. Vielleicht, weil das nicht *ihr* Toter war? Vielleicht auch, weil diese Leiche ihr nichts zu erzählen hatte. Oder nur eine Story, die sie schon hundert Mal gehört hatte.

Sie richtete sich wieder auf und sah Lutz fragend an. Er lieferte ihr sofort bereitwillig Informationen. Das Wechselspiel gegenseitigen Respekts und die darauf aufbauende Kommunikation beeindruckte Jürgens als Außenstehenden. Ein Lehrbeispiel professioneller Zusammenarbeit von Polizeikräften.

„Nach ersten Ermittlungen hatte Igor Frolow hier in dieser Wohnung eine der Bauer-Töchter in seine Gewalt gebracht", erzählte Lutz. „Die andere kam in Begleitung zweier Sicherheitsleute hierher. Sie war vor Frolows Haft mit dem Typen mehr oder weniger liiert gewesen und muss versucht haben, ihn zu bewegen, ihre Schwester freizulassen."

„Hat er der gefangenen Frau etwas getan?", wollte Diana wissen.

„Sehr wahrscheinlich", entgegnete Lutz. „Aber das Opfer stand unter Schock und hat sich dazu nicht geäußert."

„Hat sie ihn erstochen?"

„Beide Frauen haben behauptet, es getan zu haben, bevor der Staranwalt hereinrauschte, ihnen sofort den Mund verbot und jede Aussage für null und nichtig erklärte."

„Und was denkst du?"

Lutz schenkte ihr ein vertrauliches Zwinkern.

„Alles ist möglich. Es sieht entweder nach Notwehr oder Nothilfe aus. Ein Anwalt wie Thiess wird dafür sorgen, dass es nicht mal zur Verhandlung kommt. Die Sache als Unfall hindrehen oder was weiß ich. Die jüngere der beiden Schwestern gilt als drogensüchtig. Im Milieu bekannt und bei den Kollegen der Sitte und der Drogen aktenkundig. Die Wohnung, in der wir uns befinden, gehört dem Vater. Die Tochter hat hier jahrelang gelebt, soll aber seit einigen Wochen untergetaucht gewesen sein. Wir wissen auch noch, dass Igor sein Opfer zunächst mit einem seiner Brüder und einem Freund hier gefangen hielt. Aber die beiden sind vor dem Mord getürmt. Vielleicht, weil der liebe Igor kurz vorm Durchdrehen war. Mittlerweile haben sie sich gestellt. Zum Tod ihres Kumpels beziehungsweise Bruders können sie keine Aussagen machen. Da waren sie nicht mehr dabei. Sie bestreiten außerdem vehement, der Frau irgendetwas angetan zu haben. Jede Form von Gewalt wäre von dem lieben Igor ausgegangen."

„Welche Rolle haben denn die beiden geheimnisvollen Sicherheitsleute gespielt?", wollte Diana wissen.

„Sind angeblich erst dazu gekommen, als das Messer bereits in Igor steckte. Haben sofort Polizei und Notarzt verständigt. Sogar Wiederbelebungsmaßnahmen versucht. Verhalten sich absolut kooperativ. Aber jetzt erzähl mir doch mal, Hase, was dich an diesem Fall so interessiert."

Jürgens Augen weiteten sich überrascht. Dass jemand die Chefin als „Hase" bezeichnete, und sie sich das auch noch gefallen ließ, war äußerst erheiternd. Diana duldete es mit honigsüßem Lächeln und gesellte sich zu Lutz, der noch kleiner war als sie, aber deutlich breiter.

„In dieser Wohnung sind zwei Personen gemeldet", sagte sie.
Lutz nickte.

„Julia Bauer, eine der beiden Frauen, die wir hier mit der Leiche vorgefunden haben. Und dann noch ...", er überlegte kurz. „Wie hieß der doch gleich?"

„Nico", half Diana. „Oder korrekter: Niklas Draeger."
Lutz strahlte.

„Den haben wir hier allerdings nicht angetroffen", erklärte er. „Keine Relevanz für diesen Fall. Bis jetzt jedenfalls nicht."

„Für mich ist er allerdings wegen eines anderen Falls sehr wichtig", erklärte Diana. „Deshalb müssen wir ihn unbedingt finden."

„Ein anderer Fall?" Lutz lachte. „Hase, du musst dich gar nicht so kryptisch ausdrücken. Jeder weiß doch, womit du gerade beschäftigt bist. Aber ich kann dir da leider nicht helfen. Ich denke mal, diese Geschichte hier passt nicht in euer Puzzle."

Da widersprach Diana nicht. Obwohl sie naturgemäß selten bereit war, etwas vorschnell auszuschließen.

„Aber die Wohnung würde ich mir gern noch mal gründlich anschauen", bat sie. „Wenn Nico Draeger hier lebt oder gelebt hat, finden wir vielleicht irgendwelche Hinweise, die uns in unserem Fall voranbringen."

„Ansehen gern. Aber verändert mir bitte nichts an meinem Tatort, Kinder, okay? Durch die Beteiligung einer prominenten Familie ist die Sache knifflig geworden. Wenn man den Atem eines Promianwalts im Nacken spürt, muss man bei der Spurensuche und Beweissicherung doppelt und dreifach aufpassen."

Diana besänftigte Lutz mit Wangenküsschen zum Abschied, und während er sich schnaufend auf den Weg nach unten machte, signalisierte sie Jürgens mit einer knappen Kopfbewegung, ihr zu folgen. Sie betraten ein Zimmer, das mit vielen Regalen ausgestattet war, in denen eine beachtliche Sammlung an Smartphones, Notebooks und Tablets lagerte. Auf dem Boden waren einige zum Teil zerbrochene CDs und kaputte Hüllen verstreut worden, und auf einem leeren Schreibtisch stand allein ein *iMac*. Der Raum strahlte eine seltsame Disharmonie in einer noch erkennbaren Grundordnung aus, die von frischer Zerstörungswut durchzogen worden war. Aber da war noch etwas anderes. Man konnte schnell den Eindruck gewinnen, dass hier Diebesgut aus mehreren Einbrüchen lagerte. Kein Mensch benötigte diese

Mengen an Geräten! Diana ließ den Blick von der Mitte des Raums in einer 360-Grad-Drehung sorgfältig über jedes Detail streifen. Sie atmete tief durch und nahm alles in sich auf.

Dann wandte sie sich sichtlich zufrieden an Jürgens.

„Spüren Sie das?"

Da er sich nicht sicher war, dasselbe zu spüren wie sie, zog er es vor, eine skeptische Miene zu machen und der Chefin weiter zuzuhören.

Sie drehte sich leichtfüßig um die eigene Achse und breitete vielsagend die Arme aus, fast so, als würde sie das Ergebnis eines Zaubertricks präsentieren. Sie strahlte vor Begeisterung.

Jürgens starrte sie an, als habe er die Pointe verpasst.

Was hatte sie entdeckt, was ihm entgangen war?

Oder war die Chefin nur guter Stimmung, weil sie einen knubbeligen Kollegen aus alten Zeiten wiedergetroffen hatte, der sie „Hase" nennen durfte, ohne von ihr eisig zur Ordnung gerufen zu werden.

„Wir haben *ihn*", sagte sie. „In diesem Raum erkenne ich unseren Mörder. Ja, das ist vielleicht wieder nur Intuition und viel mehr kann ich noch nicht dazu sagen. Aber es ist mehr als jemals zuvor."

„Darf *ich* was anmerken?", fragte Jürgens bescheiden. *Hase*, fügte er gedanklich hinzu und musste sich eines belustigten Grinsens erwehren.

Eine kleine Wolke verdüsterte Dianas Blick.

„Jetzt nerven Sie nicht. Was soll das? Wenn Sie was anmerken wollen, raus damit! Tun Sie nicht immer so, als hätte ich Ihren Willen gebrochen, nur weil ich Sie mal auf das eine oder andere aufmerksam gemacht habe."

„Niklas, oder Nico Draeger, war zum Zeitpunkt, als die Wiechert-Söhne vergiftet wurden, fünfzehn Jahre alt. Wir führen die

fünf Namen, die Ihnen die Wiechert gegeben hat, als ehemalige Liebhaber dieser Frau. Demzufolge hat sie es damals ... mit einem Minderjährigen getrieben?"
Diana nickte.
„Sie werden lachen, aber das hab ich auch schon ausgerechnet."
Er beließ es bei einem irritierten Blick.
„Biologisch ist es denkbar", sagte sie. „Kommt öfter vor, als man meint. Möchten Sie gern den moralischen Aspekt vertiefen? Das sollten wir später machen. Sobald wir den Fall geklärt haben."
Er senkte verlegen den Blick.
„Mir geht's nur darum ..."
Ja, worum ging es ihm eigentlich? Er verstummte. Vielleicht ging es eher darum, diese Tatsache einfach mal erwähnt zu haben. Angelika Wiechert hatte – neben Affären mit verschiedenen Männern – offensichtlich auch vor einem Schüler nicht Halt gemacht. Welche Beziehung es genau zwischen den beiden gegeben hatte, musste noch untersucht werden. Ein Minderjähriger als Mörder? Der heute im Alter von Mitte Zwanzig wieder gemordet hatte, um seine frühere Schuld weiter zu vertuschen?

Bevor Jürgens noch mehr zu Nico Draeger sagen konnte, klingelte sein Handy. Er hatte es vorsorglich aus der Brusttasche seines Hemdes genommen, bevor er in den Schutzanzug geschlüpft war und es die ganze Zeit in der Hand gehalten.

Es war nur ein kurzes Telefonat, und danach wirkte er äußerst zufrieden.

Diana Krause sah ihn erwartungsvoll an. „Der *Hase* stellt die Öhrchen auf", dachte Jürgens belustigt und wieder ließ sich ein Grinsen nicht gänzlich unterdrücken. Allein seit heute diesen

Kosenamen der Chefin zu kennen, machte den *Ausflug* nach St. Georg zu einem unvergesslichen Erlebnis!

„Lassen Sie mich an Ihrer guten Laune teilhaben?", forderte ihn Diana auf.

„Hab grad erfahren, wo sich unser Freund Nico aktuell aufhält", sagte er. „Ein Kumpel von den Drogen hat mir eine Adresse genannt."

„Wohl dem, der Kumpel in den richtigen Abteilungen hat", lobte Diana. „Begleiten Sie mich jetzt auch noch zu unserem Nico, oder läuft heute Abend Ihre Lieblingsserie im Fernsehen?"

Jürgens runzelte die Stirn.

„Ist das nicht etwas riskant? Nur wir beide? Wenn er tatsächlich unser Mörder ist, und viel spricht dafür ..."

„Meinen Sie, wir sollten gleich das MEK verständigen?", fragte sie. „Nee, Kollege Jürgens, das machen wir beide mal hübsch allein. Sie sind doch für alle Fälle ausgebildet worden, oder nicht?"

Er hätte sie am liebsten an Miriam erinnert, konnte sich aber gerade noch bremsen. Die Chefin war anscheinend auf Ruhm aus, wollte den Fall mit ihm gemeinsam lösen. All das Gerede von Team und Zusammenhalt galt nur bis zu einem bestimmten Punkt. Jetzt ging es offensichtlich um das spektakuläre Finale, bei dem man sich einen Namen machen konnte. Klar, auch für ihn klang das verlockend. Aber um Ruhm war es ihm bisher noch nie gegangen. *Diana Krause und Hanspeter Jürgens stellen den Würger.* Und klären ganz nebenbei nach ungefähr zehn Jahren den Fall Wiechert. Ganz bestimmt ein Fest für die Titelseiten der Hamburger Presse.

ANGELIKA WIECHERT ZEHN JAHRE UNSCHULDIG IM KNAST!

EHEMAILGER SCHÜLER GESTEHT MORD AN WIECHERT-JUNGEN!

HAMBURGER BEAMTE LÖSEN DAS RÄTSEL IM FALL WIECHERT!
KRAUSE UND JÜRGENS, SEITE AN SEITE ...
„Jürgens?"
„Ja?"
„Träumen Sie?"
„Nein."
„Ich sagte, wir sollten langsam mal los."
„*Gern, Hase!*" Das dachte er nur und erwiderte in Wirklichkeit: „Okay, Chefin!"
Sie hatte es wieder mal sehr eilig. Und er folgte ihr. Wie immer.

## Kapitel 23: Neue Ziele

Viel zu schnell hatte Nicos positive Stimmung den Scheitelpunkt überschritten. Aber jetzt war er so weit gekommen, da konnte er Schmidt auch gleich noch den Rest beichten. Von der jungen Frau, die ihn eines Tages anrief und unter Druck zu setzen begann. Behauptete, sie wüsste über alles Bescheid. *Alles!* Sie meinte damit das Schicksal ihrer Geliebten Angelika und den Tod der beiden Söhne. Angelika hätte im Gefängnis ihre Geschichte aufgeschrieben. Auch die Zeit mit ihm geschildert. Ihr sei inzwischen klar geworden, was er getan habe.

Die anstrengende und am Telefon vor Aufregung immer wieder stotternde Frauenstimme hatte Nico beinahe verrückt gemacht. Es raubte ihm den letzten Nerv, ihr zuhören zu müssen. Sie war wie das Echo aus einem Drogenrausch, aber aus einem besonders miesen, dreckigen Drogenrausch, der einen nach unten zog und jeden Gedanken schwarz werden ließ. Wie war das möglich? Nach all den Jahren der Ruhe! Er hatte sich schon so weit von der alten Schuld entfernt. Hatte nicht mal mehr an Angelika gedacht. An ihre Söhne.

„Aber dann", sagte er zu Schmidt und betrachtete die Hefte mit Angelikas Aufzeichnungen, die er geholt und säuberlich vor sich auf dem Tisch gestapelt hatte, „kommt aus dem Nichts so ein beschissener Anruf, und alles bricht zusammen. Die Frau hat so viel gesagt, es klang, als würde sie es von einem Zettel ablesen. Ich hab zugehört, obwohl mich ihre Stimme krank machte. Sie hat behauptet, Angelikas Anwalt würde längst alle Beweise gegen mich haben. Es war nicht schwer, den zu googeln, Name und Anschrift herauszufinden. Erst recht nicht, nachts bei dem reinzukommen. Anfangs wollte ich wirklich nur nach den verdammten Unterlagen suchen. Nachsehen, was er tatsächlich hatte. Dann stand er plötzlich vor mir. Da gab es kein Zurück. Ich musste rausfinden, was er wusste. Wer außer ihm noch was wusste. Wo Angelikas Geschichte war. Alles, was sie aufgeschrieben hatte!"

Nico ging zum Kamin. Nach einigen Versuchen war es ihm vorhin gelungen, ein Feuer zu entfachen. Begeistert stocherte er mit dem Schürhaken in der Glut herum und kehrte dann zu seinem Platz zurück. Er blieb neben dem Stuhl stehen und behielt den Schürhaken in der Hand, den Blick auf den Kamin gerichtet, wie ein Dompteur, der die Flammen dressieren, ihre gierige Gefräßigkeit noch mehr entfachen wollte.

Er wisse, wie man in Häuser käme, erzählte er dem tanzenden Feuer. Habe das oft genug gemacht. Von irgendwas müsse man ja leben. Der Anwalt. Dessen Verlobte. Die Journalistin, die Angelikas Hefte bearbeiten sollte. Es sei jedes Mal einfacher geworden. Habe sogar angefangen, Spaß zu machen. Bei allem, was man tue, steigere man sich. Würde schneller und geschickter, bis jeder Handgriff säße. Töten sei wie Ficken oder Einbrechen. Der Kick. Wenn man erst damit begonnen habe, könne man das nächste Mal kaum erwarten. Man wisse, was zu tun sei. Eine Zeit lang habe er mal einen Kunden gehabt, dem er beim Sex einen Gürtel um den Hals habe legen müssen, um ihn zu würgen. Also wisse er, wie das gehe. Die Verlobte des Anwalts habe ihm allerdings leidgetan. Die habe gekämpft und gebettelt, während das mit dem blöden Gürtel erst nicht so funktionierte. Sie habe sich aufgebäumt wie ein wildes Pferd, das habe ihn richtig geil gemacht. Die Journalistin dagegen habe sich kaum gewehrt. Er habe dann noch die scheußliche Stimme gejagt, die an allem schuld gewesen sei, aber die kleine Fotze sei ständig auf Achse gewesen, wie ein Geist, und schwer zu finden. Außerdem habe er immer Schiss davor gehabt, jede Menge Bullen könnten um sie rumschwirren.

„Gott, hab ich die gehasst", murmelte Nico ins Feuer starrend. „Ich glaub, für die hätt ich mir Zeit genommen. Das wär ein Fest geworden. Dafür hab ich mir ihren Tod im Internet angesehen. Keine Ahnung, wie oft. Das hat mir gefallen. Wie der Bulle ihr in den blöden Kopf geschossen hat. Ganz ehrlich."

Nico stellte den Schürhaken beiseite, packte den Stapel Schulhefte und ging zum Feuer. Angelikas Leben. Er hatte es in der Hand. Er hatte jedes Wort davon gelesen. Besonders die Stellen, die von ihm handelten. Er hatte sich erkannt, obwohl sie ihm einen anderen Namen verpasst hatte. Ihr kleiner Musiker! Für sie eine pikante Episode, die sie im Nachhinein bedauerte. Eine grenzüberschreitende Laune, der sie nachgegeben hätte. Sein Liebesgeständnis hatte sie wieder zur Vernunft gebracht. Sein

Heiratsantrag sie gerührt, aber auch erschreckt. Die Sache drohte, außer Kontrolle zu geraten.

*Das war der einzige Fehler*, hatte sie geschrieben, *für den ich Strafe und Buße verdient hatte. So sitze ich in Wirklichkeit nicht als Mörderin meiner Söhne im Gefängnis, sondern als Lehrkraft, die ihr Amt und einen der ihr anvertrauten Schüler missbraucht hat. Egoistisch habe ich die Unschuld verführt und ein junges Herz gebrochen und möglicherweise zu einer verzweifelten Tat getrieben. Das Ergebnis wäre schrecklich, die Tragödie könnte durch mich ihren Anfang genommen haben. Ich wäre verantwortlich und in diesem Fall zu Recht bestraft worden.*

Als hätte Nico ihre Söhne aus Rache an ihr getötet. Sich so falsch dargestellt zu sehen, hatte seine Wut auf Angelika nur noch gesteigert Sie hatte ihn bis zuletzt nicht verstanden.

„Ich hab mir alles durchgelesen, was sie geschrieben hat", sagte er mit starrem Blick auf die Flammen. „Hat mir nicht gefallen. Schon gar nicht, was sie über mich schrieb. Ich hab sie damals geliebt. Dachte, sie wär was Besonderes. Aber sie war eine verdammte Nutte. Hat mich wie Dreck behandelt. Sie ist zu Recht im Gefängnis. Da gehört sie hin. Ich gehör da nicht hin."

Er warf das erste Heft ins Feuer. Flammen machten sich über Angelika Wiecherts Leben her. Das Papier wellte sich im Todeskampf, kräuselte sich, wurde erst bräunlich, dann schwarz, bevor es in der Glut zerfiel. So verbrannte Nico Heft für Heft und genoss diese Macht, Angelikas hässliche Worte zu vernichten, sie dem Scheiterhaufen zu übergeben.

„Es ist *mein* Leben", sagte er zu Schmidt. „Es gehört mir. Niemand hat das Recht, daraus ein Buch zu machen. Selbst wenn sie mir einen anderen Namen gegeben hat, das war doch immer nur ich neben ihr am Klavier. *Ich!* Eigentlich hatte ich mir vorgenommen, auf sie zu warten. Bis sie eines Tages freikommt. Um ihr den verdammten Kopf abzuschneiden. Das geht nun nicht mehr.

Ich habe meine Pläne geändert. Nachdem ich alles verloren habe. Da habe ich beschlossen, Schluss zu machen."
Er drehte sich zu Schmidt um. Der aber saß nicht mehr auf dem Stuhl.

***

„Was nun, Boss?" Max musterte Gravesen aufmerksam von der Seite, nichts lief mehr nach Plan.
Sie waren in zwei Polizeiwagen getrennt voneinander vernommen worden. Zum Tathergang konnten beide nichts beitragen.
Igor war erstochen worden und auch sie wussten nicht von wem. Max hatte sich noch um den am Boden liegenden Mann gekümmert, aber der war nicht mehr zu retten gewesen. Gravesen hatte Corinna Bauer zu beruhigen versucht. Sie und ihre Schwester waren voll Blut, Corinna weinte völlig aufgelöst, Julia dagegen blieb ruhig, fast apathisch, umklammerte ein blutiges Messer, als wolle sie es nie wieder hergeben. Der Blick den sie Gravesen zugeworfen hatte, als er sie prüfend musterte, war klar und eindeutig gewesen. Da hatte sie bereits eine Entscheidung getroffen und würde unter keinen Umständen mehr davon abrücken.
„Wir haben unseren Beitrag geleistet", sagte Gravesen zu Max, ohne seine Unzufriedenheit zu verbergen.
Als Zeugen, die nichts Wesentliches gesehen hatten, konnten sie augenblicklich nichts weiter tun.
Unschlüssig standen sie unten neben dem Hauseingang innerhalb der Absperrung. Eine Beamtin hatte sie darum gebeten, sich noch eine Weile bereit zu halten, falls sich weitere Fragen ergäben.

„Schon klar", sagte Max. „Ich meinte, wie es jetzt mit Julia Bauer weitergeht. Ist unser Job getan?"

„Getan vielleicht. Aber nicht erledigt."

„Bist du deshalb so sauer?"

„Ja. Auf mich!"

Max zündete sich eine Zigarette an und ließ den Blick über die Menge der Schaulustigen streichen. Es versammelten sich immer mehr Menschen, wie bei einem Großereignis.

„Was hättest du in der Lage schon anders machen sollen?"

Gravesen lachte bitter.

„Da würde mir schon was einfallen."

Max schwieg. Es war schwer, einen Perfektionisten davon zu überzeugen, einen guten Job gemacht zu haben, auch wenn am Ende nicht alles glatt gelaufen war. Gravesen gab sich keine Mühe, zufrieden zu wirken.

„Das war's dann also?", fragte Max.

Gravesen nickte.

„Für mich ja. Ich setze mich zur Ruhe. Ich hätte mir natürlich schon einen besseren Abgang gewünscht. Aber was soll's?"

„Wie wird's denn deiner Meinung nach mit Julia weitergehen? Sie ist ja noch längst nicht über den Berg. Wenn man sie jetzt auch noch wegen eines Tötungsdelikts anklagt ..."

„Nicht unbedingt. Sie hat einen cleveren Anwalt."

„Ich glaube sowieso nicht, dass sie zugestochen hat ..." Max verstummte, weil sich Gravesens Blick sofort verfinsterte.

„Das hast du doch wohl hoffentlich nicht den Polizisten gesagt."

„Natürlich nicht."

„Gut so."

„Aber was glaubst du?"

Gähnend rieb sich Gravesen die Augen.

„Was ich glaube ist belanglos. Es zählt nur, was ich gesehen habe. Es gab einen Toten und zwei junge Frauen, die mit ihm in einer Wohnung gewesen sind. Eine von ihnen hatte ein Messer in der Hand. Die Person, für die wir verantwortlich waren. Hätten wir bei unseren Recherchen Igor Frolows Rolle richtig eingeschätzt, wäre das Desaster hier nicht passiert. Wir sind davon ausgegangen, dass er während unseres Jobs im Knast bleiben wird. Deshalb hatten wir ihn als Risikofaktor ausgeschlossen. Das war ein Fehler!"

Alles, was Gravesen anführte, traf zu. Max konnte dem nicht widersprechen. Er hatte sich selbst schon über diese Lücke in ihrer Planung geärgert. Er konnte erahnen, wie bitter es gerade für Gravesen sein musste, seine Karriere mit diesem vermurksten Fall abschließen zu müssen.

„Kann Julia es trotz allem schaffen?", fragte Max nachdenklich.

Aus schmalen Augen beobachtete Gravesen, wie die Beamten an der Absperrung eine kleine, resolut wirkende Frau und einen langen und schlaksigen jungen Mann mit kahlem Schädel durchwinkten. Zweifellos die nächsten Kripobeamten, die hier herumschnüffeln und Fragen stellen wollten. Gravesen stieß sich von der Hauswand ab und sagte an Max gewandt:

„Lass uns mal ein bisschen aus dem Licht verschwinden."

Sie verzogen sich hinter einem seitlich geparkten Van. Max trat seine Zigarette aus und rieb sich den verspannten Nacken. Machte ein paar Lockerungsübungen.

„Und die Antwort auf meine Frage?"

„Ob Julia es schaffen kann?"

„Genau."

„Meinst du den Entzug oder die mögliche Anklage?"

„Beides. Irgendwie."

Gravesen ließ sich mit der Antwort Zeit. Dabei fiel es ihm nicht schwer, an Julia zu denken. Er machte seit Wochen kaum etwas anderes. Hinter ihnen lag eine intensive Zeit mit vielen Tiefen und einigen besonderen Höhen. Er meinte, sie inzwischen gut zu kennen. Ihre Drogensucht wies sie nicht unbedingt als starke Persönlichkeit aus. Dennoch hatte sie immer wieder ihren eisernen Willen bewiesen und einen guten Charakter. Sie war eine kluge junge Frau, und ihm war noch nicht klar geworden, welche Ursachen eigentlich zu ihrem Absturz geführt haben mochten. Die Schuld immer nur bei den Eltern zu suchen, erschien ihm zu simpel. Meistens scheiterten Menschen aus verschiedenen Gründen. Manche, weil sie nichts und manche, weil sie alles hatten. Immerhin wollte Julia nie bedauert werden. Kein Mitleid. Nicht mal während der schlimmsten Phasen ihres Entzugs. Sie hatte ihn beschimpft und verflucht, während sie sich mit Magenkrämpfen im Bett wälzte oder in den Eimer kotzte, den er für sie hielt. Er hatte versucht, ihre Qual zu lindern und sie festgehalten, wenn die Angstzustände oder Krämpfe unerträglich wurden und die Dämonen von allen Seiten angriffen. Anfangs hatte sie seine Nähe abgelehnt, später ertragen, am Ende gebraucht. Und sie hatte, als es ihr besser ging, viele Dinge gesagt und getan, die seine Zuneigung für sie vertieft hatten. Selbst die Art, wie sie beim Schach grübelte, wenn sich die kleine Falte über der Nasenwurzel zeigte. Und wie sie lachte - *wenn* sie mal lachte. Ihre kindliche Begeisterung, sobald sie Wasser sah und nicht mehr zu halten war. Wie sie ihm Fragen stellte und ihn dabei ansah, als wären ihr seine Antworten besonders wichtig. Wie sie in seine Arme passte.

Bevor die Polizei gekommen war, hatte sie das Messer fallen lassen und zu Gravesen gesagt:

„*Ich war's.*"

Überbetont und beschwörend. Schuldige oder Beschützerin? Auf jeden Fall die nächste Rolle in ihrem Leben. Er wusste genug von ihr, um zu zweifeln. Aber auch genug, um zu schweigen.

Sie hatten die zitternde Corinna zum Sofa geführt. Danach hatte Gravesen Julia für einen kurzen Augenblick in die Arme genommen, ungeachtet des Blutes auf ihrer Kleidung.

Sie hatte nichts mehr gesagt, sich nur an ihm festgehalten. Am Ende ihrer Kräfte, das spürte er.

Danach musste sie sich wieder um ihre Schwester kümmern, bis zur Ankunft der ersten Beamten und des Notarztes in der Wohnung. Ein korpulenter kleiner Kommissar hatte mit einschneidender Stimme Anweisung erteilt, damit jeder in die richtige Richtung lief. Die Schwestern Bauer wurden in Begleitung von Beamten, Sanitätern und dem Notarzt aus der Wohnung geleitet. Gravesen und Max mussten für eine erste Befragung durch den Ermittlungsleiter bleiben, bis der schon nach wenigen Fragen getrennte Gespräche anordnete.

Julias Chancen? Hm. Ihre Drogensucht ... und vielleicht vor Gericht? Gravesen blickte Max zweifelnd an.

„Wenn ja, hätten wir unsere Aufgabe erfüllt", sagte er. „Meinst du das? Am Ende geht es nur darum, einen guten Job gemacht zu haben."

Max schüttelte den Kopf.

„Mir geht es diesmal einfach um das Happy End. Wär doch mal cool!"

Gravesen erinnerte sich an seinen immer wiederkehrenden Traum. Er in der Sonne liegend an dem exotischen Strand, und die Frau, die aus dem Meer stieg und langsam auf ihn zukam. Bisher war er stets aufgewacht, bevor sie etwas hatte sagen können.

„Mit Happy Ends kenn ich mich nicht aus", sagte er. „Aber ich wär' schon happy, wenn wir hier bald verschwinden könnten."
„Was wirst du dann machen?", wollte Max wissen.
Gravesen grinste. „Nichts mehr."

\*\*\*

Diana drückte den Klingelknopf unten neben der Eingangstür, neben dem Namensschild auf dem *Schmidt* stand. Nachdem es keine Reaktion gab, drückte sie nochmals und länger. Jürgens stand dicht hinter ihr. Sie mochte es grundsätzlich nicht, wenn ihr jemand auf die Pelle rückte. Viele Menschen besaßen nach Dianas Empfinden kein Gespür für Nähe und Distanz. Jürgens gehörte dazu, war immer zu weit weg oder zu dicht dran. Noch etwas, das sie ihm austreiben musste.

Die Eingangstür zum Treppenhaus ging endlich auf, und eine Frau in eleganter Kleidung trat heraus, den Blick starr auf das Display ihres Smartphones gerichtet, ohne die wartenden Beamten zu registrieren. Sie sagte nichts, fragte nichts, stieg langsam die Stufen nach unten und verschwand in Richtung Straße. Jürgens hielt der Chefin die Tür zum Treppenhaus auf. Diana drehte sich in der offenen Tür noch einmal um und sagte, der Frau hinterher blickend, die ohne auch nur einmal aufzuschauen um die Ecke bog:

„Irgendwann wird es keine brauchbaren Zeugen mehr geben, weil jeder nur noch abwesend in sein Smartphone starrt."

Kopfschüttelnd betrat sie das Treppenhaus. Jürgens folgte ihr.

„Wir müssen wieder ganz nach oben", verkündete er. „Fahrstuhl?"

Da hatte sie bereits die ersten Stufen erklommen. Lustlos folgte er ihr. Er hasste Treppensteigen. Seine Kniegelenke waren dafür nicht geschaffen.

„Jeder Gang hält schlank", hörte er Diana vor sich.

„Dann könnten Sie ruhig den Fahrstuhl nehmen, Chefin", entgegnete er.

Sie blieb stehen, drehte sich um und sah ihn ungnädig an. Er war direkt auf der Stufe hinter ihr zum Halten gekommen. Sie musste dennoch zu ihm aufschauen.

„Jürgens!"

„Ja?"

„Lassen Sie das Gesülze, okay?"

„Okay."

„Und halten Sie bitte etwas mehr Abstand."

„Alles klar, Chefin. Kein Gesülze und mehr Abstand. Hab verstanden"

Sie stieg weiter aufwärts, hielt aber kurze Zeit später erneut an. Wieder wäre er fast gegen sie geprallt.

„Jürgens?"

„Ja."

„Sollte oben tatsächlich niemand sein, hätten Sie eine Idee, wie ich trotzdem in die Wohnung käme?"

„Hm ... ja, glaub schon."

„Hätten Sie irgendein Problem damit?"

„*Sie* haben das Sagen."

Zufrieden setzte sie den Aufstieg fort. Er hielt zur Sicherheit etwas mehr Abstand und folgte lautlos pfeifend ihrem längst vertrauten Hintern.

Oben wurde bereits nach dem ersten Klingeln die Tür geöffnet, und ein junger Mann in einem seidenen Kimono mit kunstvoll gestickten asiatischen Drachenmotiven blickte sie staunend an, wobei er leicht schwankte, sich schließlich gegen den Türrahmen lehnen musste, um mehr Halt zu gewinnen. Sein Versuch, die Arme vor der Brust zu verschränken, misslang.

Diana schien es die Sprache verschlagen zu haben. Offensichtlich hatte sie nicht damit gerechnet, hier jemanden anzutreffen. Sie war in Gedanken wohl schon illegal in die Wohnung eingedrungen, auf eigenen Wegen, mit eigenen Zielen und Blickwinkeln. Jürgens drängte sie entschlossen zur Seite, schob sich in seiner gesamten Größe schützend vor sie und hielt dem Kimono-Mann seinen Dienstausweis unter die Nase. Er stellte sich und Diana mit forscher Stimme vor und erkundigte sich nach dem Namen ihres Gegenübers.

„Ähm ... Schmidt." Die Trägheit des Mannes schien nichts mit Müdigkeit zu tun zu haben. Aber sie klang gefährlich, weil sie verschleierte, welcher Grundstimmung sie da gegenüberstanden. Träge konnte auch unberechenbar bedeuten. Glasige Augen, dass dieser Mann zu allem fähig war. Vom Zusammenbruch mit Notversorgung bis zum Amoklauf.

„Dürfen wir bitte mal reinkommen?", fragte Jürgens höflich.

*Herr Schmidt* wirkte abweisend. Kratzte sich an verschiedenen Körperstellen und kniff die geröteten Augen zusammen.

„Warum?"

„Wir suchen Nico Draeger und haben Hinweise, dass er sich in dieser Wohnung aufhält."

„Hier? Bin nur ich."

„Dürfen wir uns bitte selbst davon überzeugen?"

Jürgens stand wie eine Wand zwischen seiner Chefin und dem Mann, der sich weiterhin gegen den Türrahmen lehnte. Diana fand es reizend. Der Kollege schützte sie! Auch ihr war sofort klar geworden, dass die Suche ein Ende hatte. Nicht Herr Schmidt, sondern Nico Draeger stand vor ihnen und kratzte sich gerade ausgiebig zwischen den Beinen. Die Fotos von ihm hatte sie in der letzten Zeit oft genug betrachtet. Es war unvorhersehbar, wie dieser Typ im weiteren Verlauf reagieren würde, zumal Jürgens ihn mit seinem energischen Auftritt in die Enge trieb. Natürlich konnten sie ohne Zustimmung nicht einfach so die Wohnung betreten – es sei denn, es ergaben sich eindeutige Hinweise, dass jemand in Gefahr schwebte. Da ließ sich notfalls schon was drehen, allein wegen der Tatsache, dass ihnen nicht der Wohnungseigentümer die Tür geöffnet hatte.

Nico Draeger wirkte erschöpft und schien vom Gipfel eines Rausches geradewegs ins Tal gestürzt zu sein. Als mittelgroßer Mann vor Jürgens zu stehen musste zusätzlich anstrengen. Hinter dem jungen Ermittler war es für Diana vorerst angenehm schattig. Sie konnte in Ruhe an ihrer Strategie feilen.

„Ich habe Julia im Fernsehen gesehen", sagte Nico plötzlich. „Sie war wieder zuhause. Bleibt sie jetzt?"

„Sie meinen, in der Wohnung in St. Georg?", fragte Jürgens entspannt, und Diana gefiel sein flexibles Vorgehen. Hinter ihm hatte sie unbemerkt die Dienstwaffe gezogen und leise entsichert. Für alle Fälle.

„St. Georg", flüsterte Nico. „Kennen Sie die Gegend?"

Jürgens nickte.

Nico seufzte.

„Wird nie mehr so sein, wie es mal war!"

Als wäre damit alles geklärt, drehte er sich um und ließ die verdutzten Beamten vor der offenen Tür stehen.

Jürgens folgte ihm. Diana folgte Jürgens.

Der junge Mann schlurfte wie ein Greis in den Wohnbereich, in dem es durch das Feuer im Kamin inzwischen unerträglich heiß geworden war. Er griff nach dem Schürhaken. Diana umfasste ihre schussbereite Waffe hinter ihrem Rücken etwas fester.

Jürgens blieb ruhig, hielt aber einen Sicherheitsabstand zu Nico und dem Eisen in dessen Hand, vermied jede hektische Bewegung.

Schmidt saß an dem massiven runden Tisch. Vor ihm stand ein fast leeres Glas. Sein Kopf hing nach vorn gesunken, als wäre er eingenickt. Ein Teil der längeren Haare verdeckte sein Gesicht. Nico hatte ihn an der Stuhllehne festgebunden, damit er nicht wieder zu Boden rutschte. Anzeichen für äußere Gewalt gab es keine.

Nico stocherte ungelenk im Kaminfeuer herum und wandte sich dann mit tieftraurigem Blick an Jürgens.

„Ich habe die Gläser vertauscht. Ich hatte doch noch einen Rest von Angelikas Gift. Hab Schmidt und mir Wodka auf Eis gemacht, in mein Glas das Gift. Und dann hab ich Schmidt alles erzählt. Die Geschichte! Hab mich gefragt, wie weit ich damit komme, bevor das Gift mich tötet. Wann es vorbei sein wird. Ich wollte sterben wie Angelikas Söhne. Verstehen Sie das? Aber dann war Schmidt auf einmal weg. Einfach vom Stuhl gefallen. Ich hab die Gläser verwechselt. Jetzt hab ich niemanden mehr."

„Was wollen Sie jetzt tun?", mischte sich Diana erstmalig in das Gespräch ein, die Waffe hinter dem Rücken, auf alles gefasst.

Nico schien sie jetzt erst zu bemerken. Er musterte sie überrascht. Dann ließ er den Schürhaken fallen und zuckte mit den Achseln.

„Am liebsten Klavier spielen. Aber hier gibt es keins."

\*\*\*

Marlene Bauer beendete die kreativste Phase ihrer Malerei, um sich ab sofort mit derselben Leidenschaft der Betreuung ihrer Tochter Corinna zu widmen. Die junge Frau bekam ihr altes

Zimmer, und ihre Mutter entwickelte für sie in Absprache mit Ärzten und Therapeuten einen streng geregelten Tagesablauf. Corinna nahm willig die Medikamente, was ihren Zustand langsam aber stetig verbesserte. Die Phasen, in denen sie weinte oder stundenlang ins Leere starrte, nahmen ab. Jeder, der mit Corinnas Genesung zu tun hatte, bekam in der Villa der Bauers einen Termin. Marlene managte den gesamten Prozess mit großem Engagement. Stück für Stück ließ sich das Martyrium zusammensetzen, dem Corinna in der Gewalt Igor Frolows ausgesetzt gewesen war – obwohl sie eine ärztliche Untersuchung nach wie vor verweigerte. Außer ihrer Mutter ließ sie niemanden an sich heran. Marlene hatte nichts dagegen, der Tochter hundert Prozent ihrer Zeit zu widmen.

Ähnlich verfuhr Roger bei Julia. Die hatte die Tötung Igors mit einem Küchenmesser gestanden und saß seitdem in Untersuchungshaft. Rechtsanwalt Dr. Thiess war zuversichtlich, sie dort in Kürze herausholen zu können. Wichtiger Baustein war ein sich nahtlos anschließender Antritt einer Therapie. Nach ärztlicher Einschätzung hatte Julia auf dem Weg, clean zu werden, bereits Fortschritte gemacht. Sie hatte dazu ausgesagt, auf eigene Faust seit sechs Wochen einen kalten Entzug gemacht zu haben. Einzelheiten dazu wolle sie nicht preisgeben. Weder, wo sie die letzten Wochen gewesen war, noch Details über sonstige Umstände oder Helfer. Weitere therapeutische Maßnahmen waren aus Sicht der Staatsanwaltschaft für die Aufhebung der U-Haft zwingend erforderlich. Wobei die Ereignisse in der Wohnung in St. Georg Julias Psyche zusätzlich belastet haben mussten. Da wären weitere Gutachten hilfreich. Aus Sicht des Anwalts der Familie Bauer war allein deshalb ein Verbleib seiner Klientin im Gefängnis ein unverantwortlicher Akt gerichtlicher Willkür. Jeder weitere Tag in Haft gefährde die physische und psychische

Situation seiner Klientin. Dr. Thiess drohte mit einem Tsunami an Anträgen. Er kannte vielerlei Hebel und Knöpfe, um seine Ziele durchzusetzen, und er würde auch nicht davor zurückschrecken, gemeinsam mit den Medien ordentlich Dampf zu machen.

Fast täglich gestand Corinna bitterlich weinend ihrer Mutter, dass nicht Julia, sondern sie Igor das Messer in die Brust gerammt habe. Aber was auch immer geschehen sein mochte, während die beiden Schwestern sich allein mit Igor in der Wohnung aufgehalten hatten, die Spurensicherung hatte nur Julias Fingerabdrücke auf der Tatwaffe sicherstellen können. Die Erkenntnis, dass Igors Blut auf beide Frauen fast gleichmäßig verteilt war, blieb unter diesen Umständen bedeutungslos. Außerdem hatte Julia die Tat gestanden. Alle Spuren wiesen auf sie hin, deshalb gab es keinen Zweifel, dass sie ihren Ex-Freund getötet hatte. Blieb also nur noch die Frage, unter welchen Umständen.

***

Zur Mittagszeit traf sich Roger Bauer mit Gravesen in einem Steakhouse in der Nähe seines geliebten Isemarkts. Ihm war es wichtig, sich von dem Mann, dem die Familie Bauer großen Dank schuldete, persönlich zu verabschieden. Gravesen plante, Hamburg in Kürze zu verlassen, deshalb hatte Bauer das Treffen kurzfristig arrangiert.

Gravesen bedankte sich während des Aperitifs für den Eingang des Geldes auf seinem Konto. Bauer hatte ihm die volle Summe überwiesen, ohne dass sie sich noch einmal über die zurückliegenden Wochen unterhalten hatten. Der Geschäftsmann machte einen aufgeräumten Eindruck.

„Ich hätte auch eine Kürzung akzeptiert", gestand ein immer noch hadernder Gravesen. „Sie scheinen mit dem Verlauf der Sache zufriedener zu sein als ich."

„Meine Töchter leben", entgegnete Bauer. „Beide sind angeschlagen, aber es geht ihnen den Umständen entsprechend gut. Der Familienverbund funktioniert wieder. Marlene blüht in der Mutterrolle auf, Corinna macht gute Fortschritte. Julia ist stark. Und Dr. Thiess ist sich sicher, dass es nicht zu einer Anklage kommen wird. Er spricht von Notwehr. Wichtig ist erst mal, sie aus der verdammten Untersuchungshaft herauszuholen. Danach sehen wir weiter. Ich besuche Julia, wann immer es geht, und wissen Sie was? Wir reden wieder ganz normal miteinander. Sie hört mir zu. Ich höre ihr zu. Manchmal lacht sie sogar. Es macht mich glücklich, ihr Lachen zu hören."

Gravesen nickte. Natürlich waren Bauers Euphorie und das, was er erzählte, Beweis genug, wenigstens etwas Annehmbares erreicht zu haben. Das änderte aber nichts an seiner Unzufriedenheit. Nach seinen Maßstäben mochte er den aktuellen Stand nicht als Erfolg verbuchen. Vor allen Dingen auch nicht wegen des Gefühlschaos, das Julia in ihm hinterlassen hatte.

„Meine Frau lässt Sie herzlich grüßen und dankt Ihnen auch für alles", sagte Bauer gerade.

Gravesen belächelte die wenig glaubwürdige Aussage, mit der Bauer versuchte, selbst die letzte Unebenheit in der Geschichte zu glätten. Dieser Mann war so süchtig nach Harmonie, wie seine jüngste Tochter viel zu lange nach Crack.

Der Unternehmer beugte sich etwas vor, als wären die nächsten Worte nicht für fremde Ohren bestimmt.

„Julia bittet um Ihren Besuch. Sie hat mir aufgetragen, Ihnen das unbedingt auszurichten."

Gravesen schwieg. Das klang wahrscheinlicher als die herzlichen Grüße Marlene Bauers.

Roger Bauer verharrte in der konspirativen Haltung und sprach mit gedämpfter Stimme weiter.

„Sie sagte, dass Sie ihr immer noch eine Wahrheit schulden. Oder eine Pflicht. Was immer das bedeuten mag. Ihren Besuch könnten wir bei der Staatsanwaltschaft kurzfristig anmelden. Dr. Thiess sieht da keine Probleme. Julia scheint es wichtig zu sein. Was meinen Sie?"

Ja, das klang eindeutig nach Julia! Sie ließ einfach nicht locker.

Gravesen fiel keine passende Erwiderung ein. Er dachte an die Frage, die sie ihm nach der gewonnenen Schachpartie gestellt hatte, und war sich ziemlich sicher, dass sie die Antwort längst wusste. In der Hütte waren sie oft um ihre Gefühle herumgeschlichen wie Katzen, die nie direkt ihr wahres Ziel ansteuern. Das hatte einen besonderen Reiz ausgeübt, immer mit der Gewissheit verbunden, am nächsten Tag weitermachen zu können. Es war noch nicht so lange her, da waren sie aus zwei verschiedenen Welten aufeinandergeprallt, um jetzt wieder getrennte Wege zu gehen. Wobei Julia um eine zweite Chance kämpfte. Und er? Er wollte nicht mehr kämpfen.

*Was wirst du tun, Gravesen?*

Ewig auf sie aufpassen? Die Herausforderung beim letzten Blick in ihre Augen suchen? Hoffen, dass er die Zeichen richtig gedeutet hatte? Das Happy End der Geschichte anstreben?

Das Essen wurde gebracht.

Das verschaffte ihm Luft.

„Und wie geht es bei Ihnen jetzt weiter?", fragte Bauer über ein beachtliches Steak hinweg.

Gravesen senkte den Blick auf seinen gemischten Salat und ordnete seine Gedanken. Dachte an die kurzfristigen Pläne, die immerhin schon feststanden. Seine restliche Zeit in Hamburg würde fast bis zur letzten Minute ausgefüllt sein.

Noch mal die aktuellen Untersuchungsergebnisse seiner Augen mit Irina durchgehen.

Mit ihr über die mögliche Operation sprechen.

Sich von ihr verabschieden. Wieder mal.

Ein letzter Drink mit Max, und dann sein Hamburger Team auszahlen und auflösen.

Noch mal das Grab seines Bruders Frank besuchen.

Sich endgültig von Eric Teubner verabschieden.

Julia *nicht* mehr besuchen! Kein Risiko eingehen, das seine Pläne bedrohte.

Ein neues Leben beginnen.

„Ein neues Leben beginnen", sagte er zu Bauer. Die Quersumme aller Antworten. „Mich zur Ruhe setzen."

„Sie werden Hamburg tatsächlich verlassen?"

„Ziemlich bald."

„Mit unbekanntem Ziel?"

Gravesen nickte.

Roger hatte längst ein Stück von seinem Steak abgetrennt und mit der Gabel aufgespießt. Zum Essen kam er nicht, bei all den Fragen.

„Diesmal werden Sie keine Telefonnummer hinterlassen? Ich meine, für den Notfall."

„Für welchen Notfall?"

Bauer zwinkerte Gravesen zu.

„Man weiß doch nie."

„Es wird keine Notfälle mehr geben", sagte Gravesen. „Das ist der Plan."

***

Mit gemischten Gefühlen begrüßte Betty Brodersen Eric an der Tür. Die schlechten Erinnerungen an seinen letzten Besuch waren noch frisch. Bilder, die sie nicht mehr loswurde. Natürlich konnte er nichts dafür, aber seine Person würde für sie immer mit Verenas Tod verbunden bleiben. Deshalb hätte sie dem Treffen auch nicht zugestimmt, wenn Angelika Wiechert sie nicht ausdrücklich darum gebeten hätte. Kurz vor ihrer Haftentlassung hatte Angelika mit Betty Kontakt aufgenommen und höflich angefragt, ob sie Verenas Zimmer bewohnen dürfe. Sie wisse nicht, wohin sie sonst gehen solle. Für sie gäbe es keinen Platz mehr außerhalb der Gefängnismauern. Niemand warte auf sie. Betty hatte sofort zugestimmt und die neue Untermieterin mit offenen Armen bei sich aufgenommen. Die Konsequenz, dass seitdem Scharen von Medienvertretern ihr Zuhause belagerten, versuchte sie zu ignorieren. Auch Eric war kommentarlos an Kameras, Mikrofonen und Fragen vorbeigegangen.

Im Wohnzimmer hatte Betty für Angelika und ihn Tee und Kekse bereitgestellt. Sie habe den Rest des Tages in der Kirchengemeinde zu tun und käme erst abends wieder. Angelika und Eric könnten sich ruhig Zeit für das Gespräch nehmen.

„Sie ist eine Seele von Mensch", schwärmte Angelika, während sie Eric mit der Selbstverständlichkeit einer Gastgeberin Tee einschenkte, als wäre sie hier schon seit Jahren zu Hause. Er griff nach den Keksen, die ihm von seinem letzten Besuch in guter Erinnerung geblieben waren.

„Wie wollen wir die Sache angehen", fragte Angelika in einem munteren Ton, der ihr Aussehen Lügen strafte. „Sie wissen, dass meine Aufzeichnungen vernichtet wurden. Die Leiterin der Mordkommission hat mich darüber informiert, dass Nico alles verbrannt hat. Er hat es im Verhör zugegeben. Er hasst mich, hätte mich am liebsten zusammen mit meinen Aufzeichnungen im Kaminfeuer entsorgt. Ich verstehe das."

Eric nickte kauend.

"Es ist sowieso besser, bei null zu beginnen. Die aktuellen Ereignisse haben die Sicht auf Ihr Leben völlig verändert. Im Gefängnis haben Sie alles aus dem Blickwinkel der Frau geschrieben, die zu Unrecht eingesperrt wurde und versucht, ihre Unschuld zu beweisen. Vermutlich hat sich das in Ihren Worten bewusst oder unbewusst niedergeschlagen. Nun schreiben wir beide Ihre Geschichte aus dem Blickwinkel der Frau, die in Freiheit auf ihr Leben zurückblickt. Auf ein sehr bewegtes Leben. Und ein sehr bewegendes. Aber es wird auch um den Kampf gehen, diesem Leben einen Sinn zu geben. Dem, was war. Was ist. Und kommt."

Sie nickte schwach und strich sich nachdenklich über den nach der Chemotherapie kahlen Kopf. Betty hatte sie zu einem Perückenkauf überreden wollen, aber das hatte sie abgelehnt. Meistens verbarg sie die Haarlosigkeit unter bunten Tüchern. Heute nicht. Sie hatte sich auf Eric Teubners Besuch gefreut und wollte ihm von Anfang an wahrhaftig und authentisch gegenübersitzen. Sie wollte ihm ihr Leben anvertrauen, im wahrsten Sinne des Wortes. Darum ging es hier. Kein Versteckspiel mehr, keine Verkleidungen.

"Meine Zeit wird knapp", sagte sie. "Ich sitze schon im nächsten Gefängnis. Nur kann ich meinem kranken Körper nicht entkommen."

Von Anfang an hatte sie Eric über ihren Zustand reinen Wein eingeschenkt. Die Diagnose über den inoperablen Tumor im Kopf hatte sie schon letztes Jahr während ihrer Inhaftierung bekommen. Die Schlusspointe ihrer Lebensgeschichte, die sie Diana Krause versprochen hatte. Das war überhaupt die

Initialzündung gewesen, neu über ihr Leben nachzudenken, die wichtigsten Stationen aufzuschreiben und einen letzten ernsthaften Versuch zu unternehmen, ihre Unschuld zu beweisen. Um in Freiheit zu sterben.

„Ich will nicht als Mörderin meiner Söhne beerdigt werden", hatte sie Verena ins Ohr geflüstert, kurz vor deren Entlassung. Vielleicht war es zu viel gewesen. Die Hoffnungen und Träume, fokussiert auf den kleinen Rest gemeinsamen Lebens, der ihnen im besten Fall noch geblieben wäre. Sie hatte nicht erkannt, welche Last sie Verena damit aufgebürdet hatte.

Eric riss sie aus ihren Grübeleien und gab ihr einen Zettel mit einer Adresse.

„Yazhen Li?" Sie sprach den Namen halblaut aus und blickte Eric fragend an. „Ein Chinesischer Wunderheiler in Altona?"

Er grinste.

„Kein Wunderheiler. Aber jemand, der sich gut um seine Patienten kümmert. Er hat einen Freund von mir betreut, der Lungenkrebs hatte."

Ihre grünen Augen glitzerten.

„Ist ein Wunder geschehen?"

„Nein. Aber Li war immer da, wenn er gebraucht wurde. Ist nur ein Vorschlag. Sie müssen nicht."

Angelika betrachtete die Kontaktdaten noch einmal und nickte. Erst zögernd, dann zunehmend entschlossener.

„Ich kann den Herrn ja mal in Altona besuchen. Wenn Sie ihn empfehlen. Aber jetzt möchte ich über das Buch reden. Was kann ich tun?"

„Sie erzählen, ich schreibe", sagte Eric und griff nach dem nächsten Keks. „Das wird unser Arbeitsplan sein. Machen Sie sich ruhig Notizen. Ich zeichne vormittags ihre Geschichten auf und arbeite sie nachmittags zu Texten um. Das machen wir so oft es geht und solange wir durchhalten. Dann lesen Sie sich das Geschriebene durch und sagen mir, was Sie anders haben wollen. Ihre Änderungswünsche werden wir diskutieren. Ich bin unerbittlich, das müssen Sie wissen. Wir werden das Buch auf jeden Fall zu Ende bringen. *Ihr* Buch! Es wird großartig werden, das weiß ich!"

Um sich dessen überhaupt sicher sein zu können, hatte er das direkte Gespräch mit ihr gebraucht. In ihren Augen hatte er genau das gesehen, was er benötigte, um für sein neues Projekt zu brennen. Aber vor allen Dingen für seine Protagonistin.

Jetzt strahlte er sie zuversichtlich an. Wenn er könnte, würde er ihr den Tumor wegschreiben und ihr ein zweites Leben schenken. Mit einer echten Zukunft. Er mochte sie, ihre Haltung, Ausstrahlung, die Augen. Ecken und Kanten.

Angelika ließ sich gern von seiner Zuversicht anstecken. Die nächste Zeit würden sie zusammen hart arbeiten. Das würde ihr mehr helfen als Chemotherapie und Schmerzmittel. Vielleicht auch mehr als ein chinesischer Heilpraktiker aus Altona – sofern sie den auch noch in ihr Leben lassen wollte.

Sie nahm einen Keks, bevor Eric alle gegessen hatte.

„Und wann wollen wir loslegen?", fragte sie.

„Jetzt", sagte er.

*\*\*\**

Gleich nach dem Frühstück machte sich Jürgens auf den Weg. An den meisten Wochenenden konnte er es einrichten, diese besonderen Ausflüge zu unternehmen. Da er kein Auto mehr besaß, nutzte er das Netz der öffentlichen Verkehrsmittel. Das war keine vertane Zeit, weil sich in seinem Leben viel geändert hatte. Auch wenn noch keiner der daraus resultierenden Prozesse abgeschlossen war. Auf längeren Bahn- oder Busfahrten konnte er über seine neuen Pläne in aller Ruhe nachdenken. Oder er blickte aus dem Fenster und betrachtete die Welt aus einer anderen Perspektive, mit neuen Gedanken. Aus Bussen oder auf manchen U-und S-Bahnstrecken bot Hamburg einen reizvollen Anblick. Wenn man aus der Verbrechensbekämpfung kam, musste man erst wieder lernen, sich vorbehaltlos auf den Alltäglichkeit einzulassen, auf normale Menschen, die normale Dinge taten und normale Leben lebten.

Jürgens hatte nicht nur Diana Krauses Team bei der Mordkommission verlassen, sondern nach intensiver Überlegung den Dienst bei der Polizei ganz quittiert. Er wollte seinen alten Traum wieder aufleben lassen und ein Studium in Richtung Journalismus und Politikwissenschaften beginnen. Dafür hatte er sogar seinen Stolz überwunden und den gutsituierten Vater um finanzielle Hilfe gebeten. Er würde ihm das Geld, das er für seine Pläne benötigte, vollständig zurückzahlen. Sein Vater verzichtete darauf, ihm die Zusage zur Unterstützung mit einem Siegerlächeln zu gewähren, das war ein guter Start gewesen.

Die Wochenendtouren ergänzten Jürgens' Weichenstellung ideal. Er hatte etwas gefunden, das seinem Leben die Bedeutung verlieh, nach der er lange gesucht hatte. Verbunden mit Emotionen, die er bisher nie zugelassen hatte. Wahrscheinlich war ihm nicht einmal bewusst gewesen, sie überhaupt in sich zu tragen.

Als er das Zimmer betrat, begrüßte ihn die Frau mittleren Alters mit einer Umarmung und Wangenküssen wie einen guten Freund. Dafür musste er sich weit nach unten beugen, weil sie eine kleine und zierliche Person war. Anfangs hatte sie sogar zerbrechlich gewirkt, aber während ihrer Bekanntschaft war sie aufgeblüht, mit einem besonderen Glanz in ihren Augen, wenn sie

Jürgens traf. Bevor sie aufbrach, drückte sie ihm ein Buch in die Hand.

„Damit habe ich heute begonnen", erzählte sie. „Wunderbar!" Er half ihr in den Mantel. Sie nahm die Handtasche vom Stuhl, blickte sich noch einmal um, nickte dann zufrieden und ging.

Er nahm den Platz ein, auf dem sie zuvor längere Zeit verbracht hatte und schlug das Buch an der mit einem Lesezeichen markierten Stelle auf. Fing dann oben auf der linken Seite an.

Er räusperte sich und warf der im Koma liegenden Karen Franke einen kurzen Blick zu, bevor er mit dem Vorlesen begann.

# Epilog: Träume

Der wiederkehrende Traum. Gravesen spürte die wärmende Sonne bis tief in die müden Knochen. Eine leichte Brise strich über seine Haut. Das Rauschen des Meeres schaukelte seine Gedanken sanft auf und ab, machte sie belanglos und leicht. Trotz geschlossener Augen sah er alles genau vor sich, den wolkenlosen Himmel, den menschenleeren Strand, das türkisfarbene Wasser mit den trägen Wellen.

Das Gefühl, endlich angekommen zu sein, erfüllte ihn bis in den letzten Winkel. Nicht an einem bedeutenden Ziel, sondern in sich selbst. Keine Rastlosigkeit mehr oder die Angst, Zeit zu verlieren. Keine Anspannung, weil von irgendeiner Seite Gefahr drohen könnte. Keine eng getaktete Planung mit wochenlangem Schlafmangel.

Vorhin hatte er Eric Teubners Buch zu lesen begonnen. Druckfrisch auf dem Markt erschienen. Und schon ganz oben auf den Bestsellerlisten. Die wahre Lebensgeschichte der kürzlich verstorbenen Angelika Wiechert, in Freiheit und rehabilitiert. Dabei war Gravesen nicht über das vielversprechende Vorwort hinausgekommen und eingenickt. Die Müdigkeit hatte in letzter Zeit zugenommen. Vielleicht lag es an der regelmäßigen Einnahme der Medikamente. Augentropfen und Betablocker. Vielleicht auch daran, dass sich bei den schleichenden Gesichtsfeldverlusten, trotz der ersten Operation vor einiger Zeit, seine Augen mit dem Restsehvermögen immer mehr anstrengen mussten. Oder einfach nur daran, dass ihn Nichtstun noch mehr ermüdete, als von morgens bis abends die Probleme anderer Leute aus der Welt zu schaffen.

In seinem Traum verließ *sie* gerade das Meer. Sie schwamm hier jeden Tag, weil sie zum Wasser schon immer eine ganz besondere Beziehung verspürte. Müsste sie das Gefühl von Freiheit beschreiben, hatte sie ihm damals vor der Hütte auf der Bank anvertraut, dann hätte es auf jeden Fall mit Wasser zu tun. Möglicherweise eine positive Kindheitserinnerung. Oder einfach eine verborgene Sehnsucht, die sich ihre eigenen Bilder schuf.

Jetzt ging sie langsam durch den Sand, der so heiß war, dass sie schlurfend die obere Schicht mit den Füßen wegschob, um sich nicht die Fußsohlen zu verbrennen. Gravesen sah all das mit geschlossenen Augen, und jede Einzelheit kam ihm auf angenehme Weise vertraut vor.

Die Zeit in der Sonne hatte ihre Haut gebräunt, und ein schlichter Bikini betonte ihre inzwischen sportlich-schlanke Figur. Durch die kurzen Haare wirkte sie erwachsener, und die zurückliegenden Ereignisse hatten sie reifen lassen. Die Gegenwart stand ihr gut.

Sie erreichte Gravesen und beugte sich über ihn. Er spürte ihre Nähe durch den Schatten und das Meerwasser, das von ihr auf ihn herabtropfte. Sie küsste ihn mit kühlen Lippen.

So weit war der Traum immer gegangen. Aber an dieser Stelle abgebrochen.

„Hast du geträumt?", fragte Julia.

„Hoffentlich nicht", erwiderte Gravesen.

Er öffnete die Augen.

# Nachwort

Vor einigen Jahren führte ich mit meinem Lektor eines jener Gespräche, die ich nur mit ihm führen kann. Über das Schreiben. Das Schreiben. Und das Schreiben. Vom Austausch der Gedanken angeregt, vielleicht auch vom Wein beflügelt, sprach ich erstmalig über meine Idee, zwei der Realität entnommene völlig unterschiedliche Kriminalfälle zu einem Roman und einer Geschichte verbinden zu wollen. Fortan verspürte ich eine tiefe Überzeugung, die mich nicht eine Sekunde an Richtung und Ziel zweifeln ließ. Ein Idealzustand des Schreibens, den ich normalerweise nicht so dauerhaft erreiche. Ein Stoff, der geschrieben werden wollte.

Das Ergebnis liegt jetzt vor. Mit diesem Buch.

Ich danke Joern Rauser, nicht nur für die Unterstützung bei diesem Buch, auch für unsere wunderbaren Gespräche, die mir immer wieder Räume öffnen und neue Wege aufzeigen.

Außerdem danke ich Andrea Müller und Ulrich Rieger fürs Probelesen und Gerald und Alina Allenstein für das tolle Cover. Diese kreativen Prozesse rund um den Text sind nach der weitgehend einsamen Schreiberei im stillen Kämmerlein wie das Öffnen eines Fensters, um Licht und Luft an das Manuskript zu lassen.

Und dieses Mal beinahe zuletzt aber ganz besonders ausdrücklich danke ich meiner Frau Barbara, die als Erstleserin und Erstkritikerin stets das erste Wort hat.

Meiner *großen* Schwester Marion, meiner langjährigsten Kritikerin, danke ich für das „letzte Wort", denn sie hat mit der intensiven Suche zum Abschluss nach Fehlern und Ungereimtheiten für den letzten Schliff gesorgt.

Der letzte Dank gilt den Leserinnen und Lesern, die meiner *Eric-Teubner*-Reihe bisher die Treue halten. Ich hoffe sehr und wünsche mir, dass auch dieser Teil wieder für Spannung und beste Unterhaltung sorgt und Lust auf mehr macht. Denn der vierte Teil ist schon in Vorbereitung.

**Bernd Richard Knospe, Hamburg im August 2023**

In dieser Reihe ebenfalls erschienen:

## BLUE NOTE GIRL - Eric Teubner Teil 1
(nur noch als E-Book-Version erhältlich)

## ABGRÜNDIGE WAHRHEIT – Eric Teubner Teil 2

Jeder Band schildert einen in sich abgeschlossenen Fall.

**Außerdem verweise ich gern auf meine außerhalb der Reihe veröffentlichten Bücher:**

## URLAUB, BIS DER ARZT KOMMT
Ein amüsant-ironischer Roman über einen sehr ungewöhnlichen Urlaub auf Korfu.

## BILDERGESTÖBER
Wie eine Fahrt mit der Achterbahn durch mehr als hundert Jahre Zeit und Raum einer Familie. Dabei wird die Chronologie zugunsten tieferer Einsichten auf den Kopf stellt, was zusätzlich eine besonders intensive Nähe zu den Figuren schafft.

**Besuchen Sie mich auch gern auf meiner Autorenseite:**

www.bernd-richard-knospe.de

Ich freue mich über Interesse und über *jede* Reaktion. Danke!